KB068346

화의금몽

華衣錦夢

화의금몽

華衣錦夢

루쎈 지음 — 임주영 옮김

RHK
알에이치코리아

차례

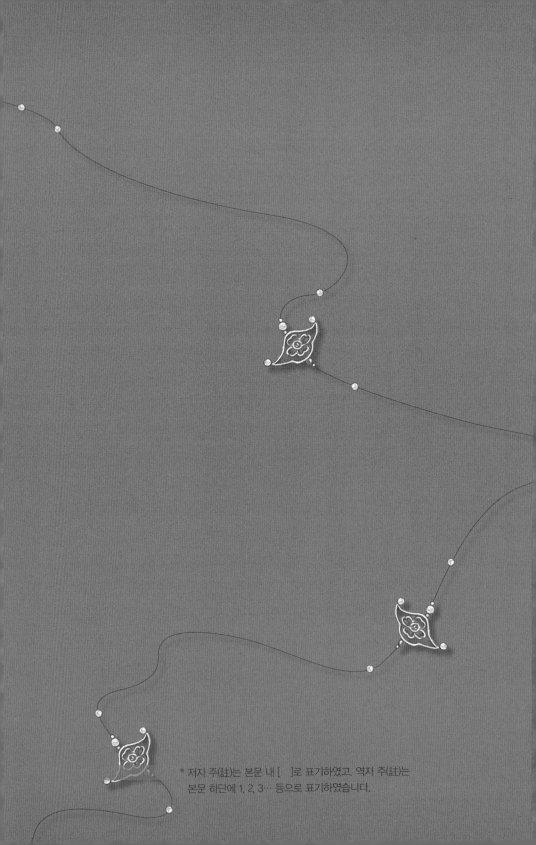

* 저자 주(註)는 본문 내 [   ]로 표기하였고, 역자 주(註)는
  본문 하단에 1, 2, 3… 등으로 표기하였습니다.

제1부

창업, 한기를 세우다

제1장

광저우_{廣州}의 수예업은 청 왕조 원년에 시작되었다.

청 왕조 건륭제_{乾隆帝} 때 『광주부지_{廣州府志}』[1]의 기록에 의하면, 강희제_{康熙帝} 시기에 장원방_{狀元坊} 일대에는 이미 수많은 공방들이 널리 퍼져 있었고, 장원방 내의 수예업 대부분이 자수로 제작하는 월극_{粵劇}[2]의상 위주였기 때문에 월극의상 거리로 특히 유명했다. 광저우식 자수법은 그 기교와 예술성이 정교하고 심오하다. 자수 기법이 매우 다채로운 데 다 색채가 농염하고 화려해서 경성의 궁정극단까지도 그 명성을 듣고

---

1 청 왕조 때 광저우 지방의 역사, 인문, 지리, 풍습, 특산물 등 지역을 소개하는 내용을 기록한 지방정부 기록물이다.
2 광둥성 지방극으로 '광동대희(廣東大戲)'라고도 한다. 불산(佛山)에서 발원하여 광둥 방언으로 창을 하는 한족 전통희극 종류 중 하나다. 광둥성 주강삼각지, 위에시(粵西), 홍콩과 마카오 및 광시의 동남부 지역에서 유행했다. 월극은 2006년에 첫 국가급 무형유산으로 등재되었고, 2009년에는 유네스코에 세계무형유산으로 등재되었다. 져쟝, 샹하이, 쟝쑤, 푸젠 등 강남 지역 에서 유행한 월극(越劇)과 다르다.

용포와 옥대를 맞추러 찾아올 정도였다. 건륭제 때에 이르러서는 장원 방 내의 수예업 종사자가 3,000여 명에 달했고, 규모가 제법 큰 자수원 을 포함해 자수공방이 50여 곳이나 되었다.

높은 곳에서 내려다보면 용마루 양쪽으로 청기와에 회색 벽돌담이 대칭을 이루며 빽빽하게 들어서 있는 모습이 허름하긴 했어도 침울해 보이지는 않았다. 처마 틈 사이로 들여다보면 널려 있는 자수 천과 도 면들, 여인들이 자기 집 문 앞에 앉아 수놓는 모습, 실을 꿴 바늘들이 자수틀 위를 나는 듯 유영하듯 분주히 지나간 뒤로 드러나는 용과 봉황 의 눈부시고 화려한 모습을 얼핏얼핏 볼 수 있었다.

월극의상을 제작하는 점포들 대부분은 의상의 설계와 봉제만 자신 들이 직접 하고, 자수 가공은 외주를 주는 방식으로 경영했다. 민국³ 원 년에 이르러서는 이미 중화中華나 췬셩群星, 신신新新, 진쥬기金珠記⁴와 같 이 상당한 규모를 갖춘 공방이 꽤 있었다. 큰 점포들은 대개 품팔이꾼 을 포함해 점원을 열댓 명 정도 고용할 정도의 규모를 갖추고 사업을 제법 크게 하고 있었다. 반면 일가족이 운영하는 작은 점포의 경우 보 통 여자가 바느질과 재단 일을 하고 남자가 경영을 했다.

장원방 뒷길인 톈셩로天成路에 천陳씨가 사는 집이 있다. 천씨 역시 월극의상 제작 사업을 하는 사람으로 '한기漢記'라는 점포를 운영하고 있다.

천더우셩陳斗升은 다소 빠른 발걸음으로 가게 안을 왔다 갔다 하면서 경계심이 가득 담긴 빈틈없고 예리한 두 눈으로 바쁘게 작업 중인 견습

---

3 중화민국(中華民國)의 약칭이다. 신해혁명 이후 수립된 정부로 1912년~1949년 신중국이 수립 되기 전까지를 일컫는다.
4 옛날 또는 일부 지역에서 점표명에 '~기(記)'를 붙인 사례를 종종 볼 수 있다. '~가(家)'와 비슷 한 의미로서 주로 가업으로 운영하는 점포에서 흔히 볼 수 있다.

생들을 살폈다. 그의 거무스름하고 누런 피부색과 깡마른 체구, 작지만 빛을 뿜어내는 두 눈은 전형적인 광둥 사람의 외모였다. 그는 흰색 러 닝셔츠에 거친 무명으로 된 괘자掛子[5]를 걸치고 매일 점포 안을 분주하 게 뛰어다녔다. 괘자 끝자락을 휘날리며 바쁘게 뛰어다니는 그의 모습 은 마치 푸드덕거리는 흰 비둘기 같았다.

천더우성에게는 세 아들이 있었다. 그중 막내아들이 작년에 주강珠江 에서 물놀이를 하다 익사했다. 벌써 열네 살이 된 소년은 용모가 수려 했고 세 아들 중 학업성적이 가장 뛰어난 아이였다. 여름 방학 기간이 라 매일같이 친구들과 강에서 물놀이를 하곤 했는데, 어느 날 물속 깊 이 들어가더니 올라오지 않았다. 천더우성은 이루 말할 수 없는 비통함 으로 삶의 의욕을 완전히 잃고 절망 속에서 몇 달을 보냈다. 그러는 사 이 그는 부쩍 늙어 버렸다. 그런 데다 아내는 이 끔찍한 변고를 겪은 후 로 병을 달고 살았고, 정신적으로도 불안정하고 허약한 상태여서 가게 일을 도울 수가 없었다. 그 때문에 천더우성은 더욱 고단할 수밖에 없 었다.

천더우성은 매일 아침 직접 가게 문을 열었다. 그는 앞쪽의 가게 문 열쇠부터 뒤쪽의 작업 공방 문 열쇠까지 가게 안의 모든 열쇠를 가지고 다녔다. 그의 허리춤에 매달린 커다란 열쇠 꾸러미가 쩔그럭쩔그럭 허 리를 계속 때려댔지만, 그는 개의치 않았다. 매일 새벽 여섯 시, 지평선 에 닿은 하늘가에 희미하게 흰빛이 비어져 나올 때쯤 그는 천가의 낡은 집을 나와 장원방까지 걸어가서 커다란 열쇠 꾸러미로 가게 문에 걸어 둔 자물쇠를 열었다. 새벽 해의 빛을 받아 노을이 붉게 일렁이고 풀과 나무들이 소생하는 내음이 공기 중에 서서히 번져갈 때, 골목의 청석판

---

5 중국식 홑저고리를 말한다.

바닥 위에 깔린 정적 속에서 그가 힘껏 밀어젖힌 육중한 나무문의 두 문짝이 기이잉 하고 묵직한 소리를 냈다.

그는 이 일이 자신의 본분이라는 의식이 매우 강했다. 사시사철 혹한과 혹서에도 단 한 번도 늦은 적이 없었고, 바깥세상의 시국에 어떠한 변화가 생겨도 상관없이 늘 한결같았다. 이 커다란 열쇠 꾸러미는 가게의 상징이었고, 그가 그것을 몸에 지닌다는 것은 명문의 대업을 짊어지고 있는 것과 같은 의미였다.

이날 새벽, 여느 때와 마찬가지로 아침 일찍 가게 문을 열러 나온 천더우성은 누군가 가게 문 앞에 서 있는 것을 보았다. 훤칠한 키에 몸집이 좋은 사람이 팔짱을 끼고 서 있었다. 연한 파랑으로 날염된 비단 장괘長褂[6] 위에 모피 조끼를 걸치고 있어서 뒷모습만 봐도 귀한 신분의 손님인 것 같았다. 방문객은 문소리가 나자 얼른 돌아보더니 성큼성큼 가게 쪽으로 걸어왔다. 천더우성은 순간 주춤했다. 너무나 낯익은 얼굴인 것을 깨닫고는 얼른 말을 걸려는데 방문객이 먼저 이름을 밝혀왔다.

"리바오셩黎寶笙이오."

천더우성은 화들짝 놀랐다. 리바오셩. 그야말로 우레와 같은 명성의 이름이다. 타이핑太平 극장이 최근에 상연한 『삼영전여포三英戰呂布』[7]에서 주연을 맡았던 사람이 바로 리바오셩이었다. 문무생文武生[8]은 월극에서 가장 인기 있는 배역인 데다 한창 인기를 구가하고 있는 대로관[9]이니 더더욱 모르는 사람이 없었다. 천더우성은 다시 리바오셩을 바라보았

---

6 길이가 긴 괘자를 말한다. 청나라 때 한족이 중국 고유의 장포(長袍)의 형태를 기초로 청나라 의복 제작 방식에 따라 개조한 긴 홑저고리이다.
7 세 영웅 유비, 관우, 장비와 여포의 전투를 다룬 극이다.
8 월극(粵劇) 특유의 배역으로, 문인극과 무인극을 모두 연기하는 배역이기 때문에 실력이 뛰어난 배우가 맡았다.
9 전통극에서 중요한 남자주인공 배역을 맡는 대표 남자배우를 말한다.

화의금몽

다. 순간 자기도 모르게 이마에서 가는 땀이 촘촘히 배어 나왔다.

　리바오성은 걸어서 왔다. 새벽에는 인력거가 많지 않고 행인도 드물어서 혼자서 신나게 걸어오는 동안 그는 자신이 대로관이라는 사실을 완전히 잊을 수 있었다. 한기는 처음 문을 열었을 때만 해도 무수히 많은 점포들 중 하나에 불과한 보잘것없는 작은 가게였다. 하지만 천더우성이 치열하게 고민하고 노력하여 경영한 덕분에 사업은 서서히 번창해나갔다. 업계에서 한기의 명성을 들은 바 있었던 리바오성은 지나는 길에 우연히 한기를 들여다보았다가 한눈에 이 가게의 의상 설계와 수공 솜씨에 매료되었었다. 한기의 고풍스러운 자단색 간판이 정문 대들보 위에 단정하게 걸려 있었다. 점 하나, 가로세로 획, 꺾임까지 정교하고 섬세한 시체가 이 점포의 기풍이 바로 그러하다는 것을 보여주는 것 같았다.

　천더우성은 서둘러 리바오성을 안으로 안내했다. 내실 한가운데 진홍색 산지목酸枝木의 팔선탁과 의자가 놓여 있었다. 복잡하고 화려한 꽃 문양이 조각된 것으로, 매일매일 닦아서 먼지 한 톨 없었다. 특별히 귀한 손님을 접대하기 위해 마련한 것이었다. 천더우성은 리바오성에게 정중하게 자리를 권하고는 서둘러 물을 끓여 차를 우려냈다. 그런 다음 뒤쪽 작업 공방에서 자고 있던 견습생을 깨웠다.

　리바오성이 푸얼차의 붉게 우러난 색을 들여다보고는 고개를 끄덕이며 칭찬했다.

　"아주 좋은 차로군요!"

　천더우성은 "예, 예."라고 대답하고는 이어 특별히 상단에 부탁해서 부두로 가져온 것이라는 설명을 덧붙였다. 찻주전자에 국화를 몇 개 더 집어넣어 우려내는 동안 잔을 헹구고 첫 번째 우린 찻물은 그대로 따라

버린 다음 다시 천천히 차를 따랐다. 리바오성이 잔을 들어 얇게 한 모금 머금어 음미하더니 말했다.

"향이 정말 좋네요. 찻집에서도 이렇게 좋은 차는 마셔보질 못했습니다."

천더우성이 부랴부랴 고개를 끄덕이고는 또다시 과일과 간식 등을 정성스럽게 차려냈다. 네 칸짜리 과반에 네 가지 색으로 예쁘게 담은 당과糖果를 팔선탁에 올렸는데, 땅콩과 연근당과 모두가 최고급이었다. 리바오성이 힐끗 보더니 손사래를 치며 말했다.

"번거롭게 그러실 필요 없습니다. 곧바로 치수를 재시죠."

천더우성은 이런 일을 이골이 날 정도로 많이 해본 사람이었지만, 어디까지나 극단 단장들을 주로 응대해왔을 뿐이었다. 똑똑하고 내성적인 사업가가 한창 인기를 구가하며 위세를 떨치고 있는 대로관을 만난다는 것은 그것과는 완전히 다른 일이었다. 그는 리바오성을 향해 허리를 굽히고 고개를 숙이며 내실 가운데에 정자세로 서달라고 청한 뒤 황급히 줄자를 펼쳤다. 몸통부터 시작하여 목둘레와 어깨너비까지 차례로 재나갔고, 그것을 일일이 기록했다. 이전에도 많은 귀빈들을 응대해보았던 그였지만 이번만큼은 떨리는 것을 참을 수 없었다. 대호大虎의 위엄이 느껴지는 리바오성의 부리부리한 눈을 똑바로 마주하면 가슴속이 서늘해지는 것이었다.

리바오성의 옷차림은 화려하기 그지없었다. 목에는 금빛으로 빛나는 산호 구슬 목걸이를 걸었고, 귀걸이는 아주 세밀하고 정교하게 만수과萬壽果[10]를 새긴 것이었으며, 왼쪽 손목에 찬 옥팔찌 표면에는 상서로움을 나타내는 봉황이 조각되어 있었다. 좀 더 자세히 들여다보니 붉은

---

10 참외과의 과일로 수향과(樹香瓜)라고도 한다.

대추색 비단 장괘의 소맷부리에는 매화와 꼭 같은 모양의 '려黎'자가 빼곡히 수놓여 있었다. 꽃잎 다섯 장이 도르르 말릴 듯 말 듯 꽃술 세 개를 둘러싸고 있는 모양으로 한눈에 보기에도 매화임을 알 수 있었고, 또한 리바오성의 '리黎(검을 려)'자라는 것도 금세 알 수 있었다. 대략 훑어본 것으로도 그가 매사에 엄격한 사람임을 금방 알아차린 천더우성은 속으로 한층 더 조심하고 경계하였다.

치수를 다 잰 후 리바오성이 편안하게 앉아 차를 홀짝홀짝 마시며 말을 꺼냈다.

"해청海青[11]을 한 벌 짓고 싶은데 값이 얼마입니까?"

그는 마흔이 넘은 나이에도 나이답지 않은 붉은 입술과 하얀 치아, 매끈하고 보드라운 실결과 호랑이 눈동자처럼 영민하게 반짝이는 두 눈을 가졌다. 모든 행동과 움직임 하나하나에 월극 배우의 자태가 배어 있었으며, 드러내지 않고 조용히 감추고 있지만 손바닥만으로도 팔선탁을 쪼개버릴 것 같은 힘이 느껴졌다.

대로관과 정인화단正印花旦[12]이 자신이 입을 월극의상을 직접 맞추는 것은 최근 몇 년 사이에 생긴 일이다. 초기의 극단들은 자체의 월극의상과 소품을 갖추고 있지 않아서 공연을 올리려면 월극의상을 제작하는 점포에서 의상 상자를 통째로 대여해야 했다. 이후 몇몇 극단이 차츰 의상 상자를 갖추기 시작했고, 의상 상자는 단장이 일괄 보관했다. 그러다가 최근 들어 몇 년 사이에 '사화私伙[13](사적인 소규모 활동)'가 점차 활발해지면서 조금이나마 인기 있는 배우들은 모두 기꺼이 사비를

---

11 생(生) 배역이 입는 일상복으로 습자(褶子)라고도 한다. 신분의 귀천과 나이를 막론하고 문생(文生), 무생(武生)이 모두 광범위하게 입을 수 있다.

12 월극(粵劇)에서 제1의 여주인공 배역을 말한다.

13 극단의 배우들이 정식 공연과는 별도로 배우 없이 악기만 연주하는 악단에 와서 의상을 갖춰 입지 않고 더 많은 대중을 위해 노래한 사적인 활동을 말한다.

들여 자신의 월극의상과 소품을 갖추어 나갔다.

　광저우와 홍콩의 큰 극단에 소속되어 있는 이름 있는 배우들은 대로관이나 정인화단뿐만 아니라 문생이나 무생이나 할 것 없이 모두 월극의상을 제작하는 점포로 달려가 자신의 의상을 맞추었다. 이런 현상은 월극의상을 제작하는 점포로서는 의심할 여지 없이 매우 좋은 일이었다. 하지만 대부분의 월극의상 점포들이 이런 현상이 처음 출현했을 때 그다지 민감하게 반응하지 않았다. 천더우성만이 이 새로운 변화를 예민하게 감지해냈고, 거금을 들여서 대청을 새롭게 꾸밈으로써 대로관들이 찾아와서 편안하게 치수를 재고 의상을 맞출 수 있도록 대비했다.

　"리 라오반老板[14]께서 저희 한기를 좋게 봐주시고 이렇게 빛내주시니 영광입니다!"

　천더우성이 인사치레를 하고는 주판을 꺼내 놓고 말을 이어갔다.

　"값이야 잘 의논하면 되지요. 저희 한기는 언제나 적절한 값을 매겨왔습니다. 바느질이 다른 집보다 훨씬 꼼꼼하고 훌륭하지만 이제껏 한 푼도 더 비싸게 받지 않았답니다."

　그는 손으로는 주판알을 따닥따닥 튕겨 계산을 하면서 눈으로는 리바오성의 안색을 자세히 살폈다.

　리바오성이 흘끔 보더니 가볍게 고개를 끄덕이며 말했다.

　"값은 그런대로 적절한 것 같군요."

　"수공예인은 손재주로 먹고산답니다. 오래 일한 자가 오래 살아남지요. 값을 많이 쳐서 받을 수는 없고, 그저 자주만 와주십시오."

　장사를 오래 하다 보니 이런 식의 말재주는 그야말로 노련한 그였다. 천더우성은 겸손하게 미소 지으며 재빨리 월극의상 견본집을 꺼내

---

14 여기서는 '사장'의 의미보다는 광둥 방언으로서 중국 전통극 배우나 극단의 감독에 대한 경칭으로 쓰였다.

놓았다.

"대고大靠[15]도 한 벌 맞추고 싶군요."

리바오성이 다리를 꼬면서 빠르지도 느리지도 않게 말했다. 그는 문인극文戲과 무인극武戲의 배역을 모두 소화할 수 있는, 그야말로 명성이 자자한 문무생이었다.

"값은 아무래도 상관없습니다. 잘못 만들어서 입었을 때 싸구려로 보이지만 않는다면 좋아요."

"여기 견본집을 한번 보시지요."

천더우성이 다시 재빨리 남자 대고의 견본도안을 찾아 펼쳤다.

하지만 리바오성은 거들떠보지도 않고 손을 휘휘 내저었다.

"이런 구식은 필요 없습니다!"

천더우성은 자기도 모르게 눈살을 찌푸렸다.

"이 도안들뿐입니다. 저희도 함부로 고칠 수는 없어서요……."

리바오성은 찻잔에 남은 차를 단숨에 마셔버리고는 말했다.

"죄다 구식이군요. 어떤 식으로든 특색 있게 고쳐주십시오!"

"고치는 것이야 할 수 있습니다만, 고친 것이 문제가 될까 봐 걱정이지요."

천더우성은 이렇게 말하면서도 여전히 도면을 그의 앞에 놓아두었다.

"고쳐달라면 그냥 고치면 되지, 무슨 걱정이 그리 많습니까?"

리바오성은 이미 묻고 있지 않았다. 화를 내고 있었다. 커다란 종을 댕댕 울리는 듯한 그의 목소리에 놀라 천더우성은 목을 움츠렸다.

"어떻게 고치면 좋을까?"

---

15 중국 전통극에서 무장이 입는 전투복인 고(靠)의 한 종류이다. 대고(大靠)는 소고(小靠)와 달리 등 뒤에 배고기(背靠旗)라는 삼각형 깃발들을 여러 개 장착한다.

리바오셩이 다시 견본집을 들춰보며 자문자답하듯 중얼거렸다.

"어떻게 고칠까요?"

천더우셩이 가까이 다가가 들여다보며 또 다른 견본도면 한 뭉치를 슬그머니 그의 앞에 갖다 놓았다.

리바오셩은 그냥 자리에서 일어나더니 천더우셩의 어깨를 두드리며 말했다.

"알아서 해주십시오. 특별해야 합니다. 멋지고 특별해야 해요."

장사꾼에게 가장 중요한 것은 요구하는 대로 들어주는 일이다. 손님이 필요로 하는 것이라면 못할 것이 없다. 다만 월극의상이라는 것이 "자수를 망칠지언정 틀리게 수놓으면 안 된다"고 할 정도로 규범을 매우 중시한다는 점이 문제였다. 극 중 등장인물의 품계를 상징하는 기린 麒麟[16]이나 사자, 표범, 호랑이는 절대로 틀리면 안 되며, 고치더라도 규칙 안에서만 고쳐야 한다는 제약이 있었다.

그렇다고 리바오셩의 요구를 막무가내로 행패를 부리는 거라고 치부할 수도 없었다. 최근 몇 년간 무대 위에는 실로 큰 변화가 일어났다. 서양 영화관이 들어온 이후로 월극 극단들은 줄곧 줄어드는 관객을 걱정해왔다. 그래서 월극무대는 갖가지 새로운 모습을 연출하며 끊임없이 변화를 꾀했다. 대본을 수정하고, 무대장치를 바꾸고, 배우들은 기발한 구상으로 독창적인 연기를 보여주었다. 무대에서 연기를 피워 올리기도 하고, 돌발적으로 공중제비를 연속으로 열 번 넘게 도는 연기를 펼쳐 보여 관객들의 입을 떡 벌어지게 만들기도 했다.

천더우셩은 요즘처럼 고객쟁탈전이 치열한 상황에서 대로관이 친히

---

16 성인(聖人)이 세상에 나오면 나타난다고 하는 고대 전설상의 길상을 상징하는 동물로, 사슴 형상에 머리에 뿔이 있고, 전신이 비늘로 덮여 있으며 꼬리가 있다. 린(麟)으로 약칭하기도 하며, 일반적으로 알고 있는 목이 긴 기린(장경록:長頸鹿)이 아니다.

걸음을 해준 것 자체가 얼마나 귀한 기회인지 잘 알고 있었다. 이 업계에서는 '통성명하고 안면을 튼'[얼굴만 아는 정도로, 막상 이름을 쉽게 부를 수 없는] 아는 사이인 셈이니 첫 거래만 잘 성사되면 그 밑으로 돈줄이 끊이지 않고 이어지는 것이다. 리바오성이라는 이 엄청난 고객과의 거래를 반드시 성사시켜야 하는 것은 두말할 필요도 없는 일이다. 하지만 '어떻게 할 것인가'와 '할 수 있느냐 없느냐'는 완전히 다른 문제다. 잘하지도 못하면서 알량한 재주를 부리다가 일을 그르치면 오히려 한기라는 이름을 완전히 망가뜨리게 된다.

"그럼 그렇게 하는 걸로 합시다!"

리바오성은 시원시원한 사람이었다. 이러쿵저러쿵 말을 늘어놓지 않고 은화 두 닢을 탁자에 놓았다. 계약금이었다.

리바오성을 배웅해서 보냈다. 천더우성에게는 골치 아픈 일이 하나 늘어난 셈이었다. 그는 고개를 파묻고 끙끙대며 일하고 있는 견습공에게 시선을 던져보았다. 하지만 어디서부터 시작해야 좋을지 실마리가 잡히지 않아 그저 대청 안을 왔다 갔다 할 뿐이었다.

견습생들은 그의 심기가 불편한 것을 보고 감히 큰 소리를 내지 못했다. 그의 아들 슈런樹仁만 해죽 웃는 얼굴로 그의 뒤를 따랐다.

천슈런은 보통 체격에 까무잡잡하고 누런 피부색 때문인지 사람들 무리에 끼어 있으면 얼핏 보기에 막일꾼 같아 보였다. 온종일 잔뜩 긴장한 얼굴로 지내는 천더우성과는 달리, 그는 걸음을 뗄 때마다 엽전을 몇 개씩 줍기라도 한 사람처럼 얼굴에 늘 너그러운 미소를 띠고 있었다. 천더우성이 못마땅한 눈으로 노려보아도, 그는 조금도 개의치 않고 두 손을 비비며 해죽해죽 웃었다.

"오늘 아침상은 아직인가 봐요. 동생은요?"

이렇게 말하는 순간 추이펑翠鳳이 문 안으로 들어섰다. 추이펑은 큰 키에 호리호리하게 마른 몸매였고, 복숭아꽃 같은 두 눈은 형형하게 빛났다. 양손에 등나무 광주리를 하나씩 들었는데 한쪽에는 죽, 다른 한쪽에는 채소가 담겨 있었다. 아가씨가 들기에 결코 가벼운 양이 아니다 보니 힘에 부친 그녀의 걸음이 자연히 빨라지면서 한 걸음 내디딜 때마다 앞으로 넘어질 것만 같았다. 슈런이 재빨리 다가가 그녀 대신 광주리를 받아 내려주고는 웃으며 말을 건넸다.

"아침부터 어딜 그렇게 싸돌아다니는 거야? 우릴 굶겨 죽일 셈이야?"

뜻밖에도 추이펑에게는 이 말이 분통 터지게 억울한 말이었다. 그녀가 내내 꾹꾹 눌러왔던 화가 일순간 폭발했다.

추이펑은 매일같이 아침 일찍 일어나 밥을 지었다. 이날은 일찍 일어나보니 부뚜막에 남아 있던 잔불이 꺼져 있었다. 어두컴컴한 남방 부뚜막의 구조는 매우 독특하다. 꼬불꼬불한 통로가 깊고 으슥한 곳으로 연결되어 있어서 매번 불을 지피려면 마치 보물찾기라도 하듯 불이 통과할 곳을 찾아서 화통으로 살살 바람을 불어넣어야 한다. 잘못 불기라도 하면 통풍구가 막혀버리고, 매캐한 연기가 역류하여 얼굴을 훅 덮쳐서 불에 탄 것처럼 숨도 못 쉬게 되기 십상이다. 그러니 밤마다 잔불을 남겨놓지 않으면 다음 날 한참 고생해야 했다. 추이펑은 부뚜막 앞에서 반나절 내내 연기를 들이마셨고, 콧잔등에 내려앉은 재도 채 씻지 못한 상태였다.

집안의 막내에게 변고가 생긴 이후로 일가족의 삶은 너무나 크게 변했다. 천씨 부인은 건강이 나빠졌고, 넋이 나간 사람처럼 무슨 일을 하다가도 이유 없이 내팽개치고는 혼자 구석에 처박혀 알 수 없는 말을 중얼거리기 일쑤였다. 이런 증상이 걸핏하면 도졌고, 약을 달여 먹어도 효과가 없었다. 그렇다 보니 크고 작은 집안일이 전부 추이펑의 몫이 되었다.

추이펑은 앞섶이 마주 여미게 되어 있는 짙은 남색 대괘大褂[17]에 붉은 비단 치마를 입고 어머니가 물려준 비취 팔찌를 차고 있었다. 옷차림이 화려하지는 않지만 말끔하고 단정했으며, 깨끗하고 수려한 이목구비에 담박한 미소를 띤 얼굴은 단아하면서도 당당해 보였다. 천더우성은 이런 딸에 대한 애정이 각별했다. 아들은 집안의 건장한 일꾼이고, 딸은 가문의 얼굴이었다. 모르는 사람들은 그녀를 어느 대갓집 규수로 보았다.

오늘 아침 식사는 셴구죽咸骨粥[18](돼지등뼈를 넣어 끓인 죽)과 칭챠오떠우쟈오清炒豆角[19](콩꼬투리볶음)다. 셴구죽은 천더우성이 가장 좋아하는 음식이다. 절인 등뼈에 밴 구수한 짠맛은 일 년 내내 고단하게 일하는 가난한 사람만이 아는 맛이다. 그는 부랴부랴 뚜껑을 열고는 손짓으로 견습생들을 불렀다. 사부 앞에서 찍소리도 못하고 꿀 먹은 벙어리가 되던 견습생들이 즉각 달려와 그릇을 내밀었고, 죽이 가득 담긴 그릇을 들고 빙 둘러앉았다. 이어 주위는 온통 후룩후룩 죽 먹는 소리로 가득했다.

천더우성은 아침 식사를 마친 후 아들딸에게 리바오성을 접대한 일을 얘기했다. 슈런은 원래 말수가 적은 사람이라 열심히 듣기만 했고, 다 듣고 나서도 여전히 말이 없었고, 조용히 아버지의 지시를 기다렸다. 반면 추이펑은 두뇌회전이 빠르고 영민하여 아버지가 뭘 걱정하는지 금방 알아챘다. 그녀는 밥그릇과 수저들을 정리해서 광주리 안에 가지런히 담은 후 말했다.

"리바오성 같은 대로관이 우리 한기에 와서 옷을 다 맞추네요. 정말 우리 가게 이름이 갈수록 유명해지고 있나 봐요. 지금 같은 때 일이 있

---

17 무릎을 덮는 길이의 중국식 홑 두루마기이다.
18 함골죽. 소금에 하룻밤 절인 돼지등뼈에 쌀을 갈아 넣어 쑤는 광둥의 명죽. 맛도 좋지만 열을 가라앉히고 칼슘을 보충해주는 효능이 있다.
19 콩꼬투리볶음 요리.

으면 당연히 해야지, 뭘 겁내세요."

천더우셩이 담뱃대를 깊이 빨아 연기를 길게 내뿜으며 말했다.

"말은 그렇게 해도 만에 하나 망치기라도 하면 어쩌느냐. 몇 년 동안 피땀 흘려 고생한 것이 전부 헛수고가 되지 않겠니?"

월극의상 제작에서 수공예 기술은 매우 중요하다. 바늘땀 한 땀 한 땀과 문양 하나하나가 딱 맞는 자리에 놓여야 한다. 천더우셩은 수년간 한기를 운영해오면서 수공 솜씨에 대한 까다로운 기준을 매우 중요하게 여겼고, 재료 선택에도 늘 심혈을 기울였다. 하지만 또 다른 측면에서는 고집스럽게 규칙만 고수해서는 안 되고 새로움과 변화가 꼭 필요했다. 바로 이 중요한 문제가 서서히 추이핑의 몫이 되어갔다. 이 아가씨는 영리하고 손재주가 좋았으며, 무엇보다도 규칙 안에서 어떻게 변화를 추구해야 하는지 아주 잘 알고 있었다. 한가할 때면 혼자 꽃이나 풀 따위를 그렸는데, 그림이 모두 찍어낸 듯 정교하고 섬세하기 이를 데 없었다.

아침 식사를 마친 견습생들은 자기 자리로 돌아가 각자 할 일을 했다. 연단하는 사람은 연단을 했고, 재단하는 사람은 재단을 했으며, 풀 쑤는 사람은 가마솥에 불을 넣고 풀을 푹푹 끓였다. 풀 삶는 곳에서 역한 똥물 냄새가 풍겨 왔다. 천더우셩은 나무로 만든 기다란 계척戒尺[20]을 손에 들고 기분이 좋은 건지 나쁜 건지 알 수 없는 모호한 표정으로 방마다 들어가서 느릿느릿 왔다 갔다 했다.

추이핑은 내보냈던 자수 일감을 걷어 돌아와서 곧바로 장부를 관리하는 샤오위안과 숫자를 맞춰 보았고, 이어 오빠에게 가서 자수 본[21]을 손봐주었다. 가게에서 그녀가 하는 역할은 일손이 부족한 곳이면 어디

---

20 옛날 글방 선생이 학생을 벌할 때 쓰는 기다란 나무판.
21 수를 놓기 위해 어떤 모양을 종이나 헝겊 따위에 그려 놓은 도안.

든 가서 손을 보태는 것이었다. 바느질 솜씨는 그녀가 단연 최고였다. 걷어온 자수 일감 중 함량 미달인 것이 발견되면 수를 다시 손보는 일도 그녀 몫이었다. 하지만 최근 몇 년 동안 천더우성은 그녀가 더 많은 자수 도안을 그려주기를 원했다. 그녀는 그림을 따로 배우지 않았는데도 한 땀 한 땀부터 자수 전체를 머릿속에 환히 그릴 수 있었고, 빈 곳은 몇 땀 더 채워 넣고 꽉 찬 곳은 몇 땀 빼면서 완전히 다른 느낌의 문양을 만들어내곤 했다. 일 년 내내 말도 없고 굼뜬 견습생들에 비하면, 그녀는 죽은 연못 안에서 유일하게 살아 움직이는 물고기처럼 고요 속에서 혼자 민첩하게 움직이고 있었다. 그녀는 아름다움에 대해 타고난 특유의 감각이 있었다. 배우지 않아도 혼자서 깨쳤고, 배운 것을 능가하는 실력을 보여주었다. 그녀가 수놓은 완성품은 수십 년 동안 수를 놓아온 수녀繡女[22]들보다 탁월했다.

연단과 재단에서부터 자수와 봉제에 이르기까지 모든 과정에 세심한 주의를 기울여야 한다. 바늘땀이 세밀한지, 봉제선이 반듯하게 잘되었는지 등 어느 것 하나라도 완성된 의상의 품질에 영향을 미치지 않는 것이 없다. 문양은 또렷하고 대범하면서도 고상해야 하고, 배색 역시 밝고 선명하며 화려해야 했다. 이렇게 각각의 부속과 세세한 부분들이 융합하고 어우러지는 것은 수공예가의 수고와 정성의 결과이며, 그것이 이른바 '장인정신'이라는 것이다.

천더우성은 의상이 조금씩 모양을 갖추어가는 것을 지켜보았다. 하나의 꿈이 서서히 퍼즐 조각을 맞춰나가듯 이루 헤아릴 수 없이 화려하고 아름다웠다.

---

22 자수 놓는 일을 직업으로 하여 생계를 도모하는 여인들을 일컫는다.

한기의 수공 솜씨가 다른 집보다 월등히 뛰어난 것은 천더우성이 언제나 '정교함과 세밀함'을 고집해왔기 때문이다. 그는 다른 점포의 주인들처럼 이문을 좀 더 남기려고 싼 옷감을 사용하지도 않았고, 기획이라고는 모르는 점포 주인들처럼 시간을 아끼자고 아직 완성하지 못한 물건을 넘겨달라며 일꾼을 재촉하지도 않았다. 그는 공정 하나하나를 모두 중요하게 여겼고 원칙을 지켰다. 장원방 내에 월극의상을 제작하는 점포의 수가 적지 않아서 경쟁이 매우 치열했기 때문에, 그 안에서 두각을 나타내려면 믿을 것은 수공예 기술뿐이었다. 수공 솜씨가 좋으면 저절로 고객이 찾아오게 되고, 수공 솜씨가 나쁘면 아무리 입에 발린 말로 아첨을 해도 고객은 절대로 사지 않는다. 대로관들은 매일같이 무대에 서고, 그때마다 월극의상을 입기 때문에 어느 옷이 편안하고 어느 옷이 질 나쁜 옷인지 한 번 보면 금세 알았다. 의상의 모든 세부적인 부분이 빠짐없이 완벽하게 만들어져야 비로소 그 의상은 온전히 훌륭하다고 말할 수 있다. 천더우성은 모든 공정에 늘 열성을 기울였다. 그는 스스로 장사꾼치고 언변이 좋은 축에 들지 못한다고 생각했기 때문에 수공예 기술에 대해서 더더욱 까다롭고 엄격했다.

추위와 더위가 번갈아 오고 꽃 피었던 자리에 가을 열매가 자리바꿈을 하는 동안, 큰 가게는 큰 가게대로, 작은 가게는 작은 가게대로 변함없이 이 업계 바닥에서 한데 구르며 고단하게 벌어먹고 있었다. 따신가大新街의 옥 세공점이나 장원방의 수예점에서부터 타이캉로泰康路의 산지목 가구점에 이르기까지 한 집 한 집이 모두 아버지가 아들과 함께, 숙부가 조카와 함께, 숙련된 장인이 신참과 함께 일구어온 가게들이다. 수공예가의 생명은 수공예 기술이다. 긴 세월 쉼 없는 연마를 통해 처음에는 볼품없는 원료 덩어리에 불과하던 기술은 거친 반제품으로 성장하고, 다시 세밀한 다듬기를 거쳐 완성품으로, 또 명품으로 거듭난다.

화의금몽

문외한의 눈에는 그저 상아 조각의 섬세함과 자수의 복잡함과 정밀함, 월극의상의 화려함만 보일 뿐이다. 하지만 이렇듯 '무에서 유를 창조하는 것'이 쉼 없이 벼린 하루하루로 쌓은 세월이며, 고락이 깃든 인생이라는 것은 이 업에 종사하는 사람만이 안다.

천더우셩은 온종일 바람이 휩쓸 듯 가게 안을 질주했다. 대청 안을 왔다 갔다 하면서 일꾼들에게 고함치고, 욕지거리를 던지고, 잔뜩 밀려 있는 일감에 노심초사했다. 그는 홍목으로 된 기다란 계척(두께가 상당했는데)을 들고서 견습생이 잘못을 저지른다 싶으면 언제고 그것을 휘둘러 때렸다. 제아무리 두껍고 단단한 살갗이라도 그 계척에 한 대 맞으면 보기만 해도 끔찍한 피멍이 선명하게 남았기 때문에 견습생들 모두가 두려워했다.

한기는 장원방 내에서 이미 수위를 다투는 손꼽히는 점포였지만, 천더우셩은 조금도 긴장을 늦추지 않았다. 점포가 크다는 것은 키우는 견습생 수가 많다는 의미였기 때문에 위험요소도 그만큼 컸다. 그는 이 사업에 십여 명의 밥줄이 달렸으며, 그것이 끊어지면 모두의 살길 또한 막혀버린다는 사실을 늘 의식하고 있었다.

이날은 본가 넷째 이모님의 일흔한 번째 '대수연大壽筵[23](노인의 생일 잔치)'이 있었다. 천더우셩은 사업이 번창해갈수록 예를 갖춰야 하는 경우를 더 꼼꼼히 기억하고 챙겼다. 그는 일찌감치 일지에 기록해두었다가 보름 전부터 아내에게 수연이 있으니 준비하라고 일러두었었고, 자신은 당일에 수연에 참석해 고두叩頭[24]를 올릴 생각이었다.

---

23 회갑은 육십대수(六十大壽), 칠순은 칠십대수(七十大壽) 등 50세 이상 되는 노인들의 매 10주년 생일을 대수(大壽)라고 하며, 그 생일잔치를 대수연(大壽筵)이라고 한다.

24 엎드려 머리를 땅에 대고 절하는 것으로, 옛날에 가장 정중한 예절로 간주했던 예법이다.

하지만 넷째 이모님이 아침에 늦게 일어나는 바람에 짐차斟茶[25]하고 고두할 시간도 덩달아 늦어지고 말았다. 수연 초대장에 적힌 일시는 열두 시였기 때문에, 천더우성은 먼저 가게 문부터 열어놓고 갈 생각이었다. (하지만 가게 내 규칙이 엄격하다고 해도 사장이 자리를 비우면 종업원은 몰래 게으름을 피울 것이다.) 천더우성이 가게 안을 몇 바퀴 순시했을 즈음에는 해가 이미 맹렬히 타고 있었고, 그제야 그는 장부를 관리하는 샤오위안에게 꼼꼼히 살피라고 지시한 후 정성껏 포장한 생신선물을 들고 집으로 돌아가 추이펑을 불렀다.

문중의 넷째 어른인 이 이모님은 젊은 시절에 자수 놓는 수녀로 일하다가 의원에게 시집을 갔고, 집안에서 중의中醫 약방을 열어 운영했다. 남편이 세상을 떠난 후로는 그녀 혼자서 중의원을 맡아 꾸려오면서 자소녀自梳女[26] 몇 명을 거두었고, 근래 수년 동안은 의술로 많은 사람의 목숨을 구하고 병자를 치료했다고 해서 따둥문大東門 일대에 명성이 자자했다. 천더우성은 원래 일가족 모두를 데리고 가고 싶어 했다. 하지만 천씨 부인은 연회 자리가 시끌벅적하고 지루하다며 싫어했고, 슈런은 가게에 할 일이 많이 밀렸다고 했다. 반나절을 옥신각신한 끝에 결국 착한 추이펑만 따라나섰다.

넷째 이모님 댁에 도착해보니 널찍한 대청 안이 이미 손님들로 꽉

---

25 예를 갖추어 차를 대접함으로써 손님이나 어른에게 공경의 의미를 표하는 것을 가리킨다. 차를 품격 있게 즐기는 절차와 방법이 있다. 그 절차 가운데 찻잔에 찻물을 고르게 채워주는 것을 짐차斟茶라고 한다. 짐차할 때는 찻잔의 배열에 따라 왼쪽에서 오른쪽으로 부어나가고, 찻물을 한꺼번에 채우지 않고 차의 농도를 균일하게 할 수 있도록 두세 순배로 나누어 따른다.
26 '스스로 머리를 빗어 올린다'는 뜻으로 평생 혼인하지 않고 독신으로 사는 여성을 가리킨다. 명나라 후기에 주단 산업이 발달하면서 광둥의 순더順德일대에 양잠하는 여성들을 중심으로 독자적 생계 능력이 있는 여성들이 봉건사회 예법의 압박을 피해 스스로 머리를 올리고 독신으로 사는 풍속이 성행했다. 이러한 풍속은 300여 년 지속되어 청조 후기부터 민국 전기에 최고조에 달했다.

차 있었다. 문중에서 연배가 있는 어른은 산지목에 꽃무늬가 조각된 의자에 앉았고, 젊은 사람들은 모두 그 뒤에 서 있었다. 곱게 단장한 넷째 이모님의 모습은 맑고 아름다웠다. 가지런히 빗은 머리는 닭 가슴 모양으로 쪽을 틀어 올리고, 재물을 부르는 네 가지 보물 문양이 새겨진 진홍색 겉옷을 입고 있었다. 이 겉옷은 한기가 내놓은 작품으로, 그녀의 대수연에 딱 맞춰 만드느라 적잖이 애를 썼다.

넷째 이모님은 천더우성이 도착한 것을 보고 그를 향해 얼른 고개를 끄덕여주며 옆 사람에게 소개했다.

"더우성 가족은 우리 언니들 자손 가운데 내가 가장 아끼는 식구랍니다."

천더우성이 준비한 신물을 공손히 올린 다음 옆에 준비된 차를 받들고 허리를 깊이 숙여 절했다.

"이모님, 저희 온 가족이 생신을 축하드립니다. 무궁한 행복 누리시고 만수무강하시기를 축원합니다!"

넷째 이모님은 고개를 끄덕이고는 천더우성이 올린 차를 받아들었다.

"네 집안의 가업이 융성하여 오래도록 번창하길 나도 기원한다!"

이렇게 말하고는 차를 단숨에 들이켰다. 모두들 미소 지으며 '한기'가 만든 옷이 아주 근사하다고, 반짝이는 금사은사에 오색찬란한 문양이 화려하면서도 귀티가 난다고 분위기를 띄웠다. 몹시 기분이 좋아진 넷째 이모님이 눈을 치켜뜨고 추이평을 바라보며 물었다.

"추이평은 정혼을 했니? 언제 혼인하지?"

천더우성이 소매 속에 양손을 마주 지르고 고개를 반쯤 숙이면서 매우 공손한 어조로 어른의 말에 답했다.

"아직 정하지 못했습니다. 연초에 아이 어미와 상의했고, 아마도 올해 안에는 매파를 부를 수 있을 것 같습니다."

넷째 이모님은 그 말에 더욱 크게 웃으며 옆에 서 있던 한 노부인을 가리켰다.

"여기 이 허何 고모님²⁷이 네 매파가 돼주실 거야. 잠깐만 기다려 봐라. 애기 좀 나눠보마."

주위 사람들이 모두 소리 내어 웃자 추이평이 부끄러운 듯 고개를 숙였다.

넷째 이모님께 생신 축하 인사를 드리고 돌아온 이후로 추이평은 내내 말이 없었다. 하지만 이상한 낌새를 전혀 눈치채지 못한 천더우성은 그저 어떤 사위를 찾아줘야 할까 궁리하는 데 골몰했다. 그는 내심 샤오위안을 점찍어 두고 있었다. 샤오위안은 한기에서 일한 지도 오래되었으니 그를 사위로 들일 수만 있다면 가게 안에 믿을 수 있는 사람이 한 명 더 늘어나는 셈이었다. 하지만 웃어른들의 의견을 들어보면, 돈 만지는 사람은 아무래도 격이 좀 떨어지는 것 같아 추이평에게 좀 더 나은 집안을 골라줘야 할 것도 같았다.

그는 곧 매파인 허 고모님을 찾아가 추이평의 사주팔자를 넘겨주었다. 허 고모님은 아주 이름난 진짜배기 매파였다. 그녀의 손에는 '현물'이 한 무더기 들려 있었는데, 모든 종류의 사람이 완비되어 있었다. 그녀는 흑백사진들을 마치 포커 패처럼 한 장 한 장 가지런히 늘어놓았다. 천더우성은 그 자리에서 당장 골라내기 어려워 집에 돌아와 아내에게 의견을 물었다. 옆에서 듣고 있던 추이평의 안색이 더욱 나빠졌다.

"추이평 저 아이는 자기가 좋아하는 사람이 있으면 솔직하게 얘기하면 될 일이지, 자꾸 눈치만 주면 어쩌자는 거야."

---

27 원문은 '고파(姑婆)'로 위에 언급한 자소녀가 나이들면 고파(姑婆)라는 존칭으로 불렸다.

천더우성은 수십 년 동안 장사를 해온 사람이라 상대방의 말투와 안색만으로도 그 의중을 능히 헤아릴 수 있었다. 하지만 이번만큼은 자신의 딸 문제라서 그런지 금방 알아차리지 못했다. 그나마 이제 겨우 상황 파악이 좀 된 셈이었고, 이날은 추이펑이 아직 오지 않은 틈을 타 슈런에게 불평을 늘어놓았다.

슈런은 누이와 늘 사이가 좋았고 누이의 고민이 뭔지도 잘 알고 있었다. 그래서 행여 실수로라도 입 밖에 낼까 봐 감히 아무 말도 못하고 눈만 내리깔았다.

"대체 무슨 일이야, 말 좀 해 봐!"

천더우성은 슈런이 뭔가 알고 있다는 낌새를 눈치채고는 버럭 호통을 쳤다.

슈런은 깜짝 놀라 온몸을 부르르 떨며 한참을 얼버무리다가 결국에는 실토를 하고 말았다. 알고 보니 추이펑이 남몰래 좋아하고 있다는 이가 따신가에 사는 황류黃柳라는 소학교 교사라는 것이었다.

"수공예인이면 수공예인한테 시집을 가야지, 무슨 글 가르치는 선생한테 시집을 간단 말이냐!"

천더우성은 콧방귀를 흥 뀌면서 그런 혼사는 그리 탐탁지 않다는 뜻을 내비쳤다. 슈런은 아버지를 설득하고 싶었지만, 아무리 생각해보아도 아버지의 화를 돋우지 않을 말이 생각나지 않았다.

남편이 이토록 크게 화를 내는 모습을 한 번도 본 적이 없었던 천씨 부인은 어떻게 달래야 좋을지 몰라 안절부절 못하다가 급한 나머지 말실수를 하고 말았다.

"당신, 늘 추이펑이 아깝다면서 데릴사위라도 데려오고 싶다고 하지 않으셨어요? 그 황 선생이라는 사람한테 결혼하면 우리 집에 들어와서 살지 않겠냐고 물어보는 게 좋겠어요."

"수공예인이 수공예인한테 시집을 가야지, 무슨 글 가르치는 선생한테 시집을 간단 말이오!"

천더우성은 여전히 그 말을 되풀이하며 부인을 향해 고함을 질러댔다. 막내아들이 변을 당한 이후로 부인에게 화를 낸 적이 거의 없었던 그였다. 천씨 부인은 화들짝 놀랐다. 충격이 컸는지 한쪽 벽 구석으로 가서 소리 없이 눈물만 줄줄 흘렸다.

추이펑은 자기 방 안에서 이 모든 얘기를 똑똑히 들었지만, 차마 박차고 나가서 대들 수가 없었다. 천더우성은 한 번 말문이 터지자 멈출 수가 없었다. 그는 아예 신발까지 벗어 던지고 팔걸이의자 위에 올라앉더니 차를 한 모금 마시고는 노기등등해서 소리쳤다.

"계집애가 이 생각 저 생각 하더니만 멋대로 아무나 만나서 덜컥 시집가겠다는 거야? 제가 어울리는지 안 어울리는지 정도는 스스로 알아야지. 나중에 시집 잘못 갔다고 후회하며 부모 집에 돌아와서 울지나 말라고!"

이렇게까지 얘기하자 추이펑도 화가 났다. 그녀는 소리 없이 방에서 나와 고개를 숙이고 아버지 앞으로 다가가더니 갑자기 눈을 부릅뜨고는 무섭게 노려보았다. 천더우성은 흠칫 놀랐다. 어려서부터 커서까지 딸아이가 자기 뜻을 거역하는 것을 본 적이 없었기 때문에 순간 그는 이성을 잃고 소리쳤다.

"네 방으로 썩 꺼져. 내일 당장 짐수레를 불러다가 너를 시집보내버릴 테다."

짐수레를 부른다는 것은 가난한 집에서 딸아이를 시집보낼 때 쓰는 방법이다. 혼주婚酒조차 마련할 돈이 없어서 낡은 짐수레 하나 달랑 끌고 신랑 집으로 가는 것으로, 딸을 파는 것과 다를 바 없다. 추이펑은 아버지가 이렇게까지 무자비할 거라고는 생각도 못했던지라 화가 치밀어 말도 안 나올 지경이었다. 이튿날 아침, 천씨 부인이 아침 일찍 그녀를 부르며 아침상을 차리자고 말하자 그녀는 눈물을 훔치며 어머니에게 말했다.

"하지 않을래요. 제가 짐수레를 불러서 나가겠어요. 내일 당장 시집 갈게요!"

추이펑이 파업해버리자 한기 사람들 십여 명이 먹을 아침밥이 없었다. 다급해진 천더우성은 발을 동동 구르며 당장 집으로 돌아가 그녀를 혼내주겠다고 큰소리쳤다. 저녁에 집에 돌아온 그를 추이펑은 본체만체했다. 입을 꾹 다문 채 한마디도 하지 않았고, 이리저리 아버지를 피해 다니며 그에게는 뒷모습만 보여주었다. 한참 동안 지켜보자니 화가 치밀어 오른 천더우성은 상을 물린 후 부인이 차를 내오자 찻잔 뚜껑을 집어 땅바닥에 힘껏 내동댕이치며 소리쳤다.

"시집을 가려거든 아침 일찍 썩 꺼져버려! 내 집밥을 십 년 넘게 먹었으면서, 이제 다 컸다 이거냐! 독립하겠다고! 저 시집가는데 늙은이 의견 따위가 뭐가 중요하겠어!"

마침 아버지에게 차를 올리려던 참에 날벼락을 맞은 추이펑이 차 쟁반을 든 채로 못 박힌 듯 서서 눈물만 뚝뚝 흘렸다.

밤이 되었지만 천더우성은 여전히 울화가 치밀어 참을 수가 없었다. 추이펑을 불러 이런저런 얘기를 나누기는커녕 혼자 대청에 나와 팔걸이의자에 앉아서는 파초선芭蕉扇[28]을 흔들며 쉴 새 없이 욕을 퍼부어댔다. 그는 권세와 재력을 따지는 사람도 아니었고, 그렇다고 추이펑이 시집가버리면 일손이 줄어들까 봐 걱정하는 것도 아니었다. 그는 오로지 수공예인과 교사는 절대로 어울리지 않는다는 생각뿐이었다. 설사

---

28 빈랑(檳榔)나무의 잎으로 만든 부채를 말한다.

당장 눈이 맞아 혼인을 한다고 하더라도 나중에는 분명 후회할 거라고 생각했다. 생각할수록 딸 녀석이 맹랑하기 짝이 없다. 종일 가게에서 일만 하는 아이가 그런 교사는 대체 언제 알게 되었단 말인가?

추이펑은 어둠 속에서 숨을 죽인 채 우두커니 앉아 밤이 깊고 고요해질 때까지 기다렸다. 모두가 잠든 후에야 그녀는 자리에서 일어나 방문 밖으로 나왔다. 자신이 준비했던 다과상이 바닥에 온통 어지럽게 흩어져 있었다. 문득 아버지가 사리 분별없이 무지막지했다는 생각이 들자 뱃속에서 울컥울컥 설움이 치밀어 눈물이 차올랐다.

이튿날 천더우셩은 가게에 나가서도 눈과 코와 입과 귀의 모든 구멍으로 노기를 뿜어내며 화풀이를 했다. 여기저기 바느질 광주리가 흩어졌고, 알록달록한 실패들이 어수선하게 한데 엉켜 나뒹굴었다. 팔걸이 의자에는 기다란 대나무 자 하나가 마치 보검이라도 되는 양 어느 쪽으로도 치우치지 않게 똑바로 꽂혀 있었다. 차마 눈 뜨고 봐줄 수 없을 정도로 가장 참담했던 것은 위풍당당했던 연꽃 항아리였다. 군데군데 눈부시게 피어 있던 연꽃들이 죄다 꺾여서 항아리 안에 사는 돈거북金錢龜[29]의 밥이 돼주고 있었다. 그 돈거북들은 자유를 얻어 아주 기분이 좋은 듯 연잎을 밟고 올라섰다 내려갔다 하면서 가끔씩 고개를 내밀어 신선한 공기를 들이마시곤 했다.

천더우셩은 화가 머리끝까지 나서 완전히 이성을 잃었다. 견습생들 중 몇 명을 들이받은 끝에 어렵게 그 속에서 슈런을 잡아낸 그가 소리쳤다.

"너, 당장 가서 네 여동생 잡아 와. 내 오늘 그년을 때려죽이나 안 죽이나 보라고!"

---

29 금전구(金錢龜). 학명은 *Cuora trifasciata*로 용골등 상자거북으로 불린다.

그러면서 자신의 흰 괘자를 벗어 땅바닥에 힘껏 패대기쳤다. 슈런은 아버지가 이렇게까지 화내는 걸 보고 너무 놀라 그 길로 집으로 뛰어갔다. 추이펑에게 얼른 도망치라고 말할 참이었던 그를 어머니가 걱정스러운 얼굴로 맞으며 말했다.

"추이펑이 아침 일찍 보따리를 싸서 집을 나갔다. 나도 말릴 도리가 없었단다."

이처럼 천더우성이 딸 때문에 창피하고 화가 나서 어쩔 줄 몰라 하고 있는 동안에도, 다른 한편에서는 물건을 납품하는 납기일이 한 치의 흐트러짐 없이 다가오고 있었다. 천더우성은 화가 나서 죽을 지경이었다. 며칠 동안 종일 팔걸이의자에 누워 자신이 콱 죽어 두 눈을 감아버리면 아무것도 상관하지 않을 텐데 그러지 못하는 것이 한이라며 신음을 토해내듯 웅얼거렸다. 하지만 슈런은 그렇게 넋 놓고 있을 수 없었다. 그는 매일 마씽가麻行街로 가서 수녀들을 재촉해 일감을 완성하게 했고, 수를 마친 일감을 수거하면 재빨리 재봉사에게 가져가 작업을 시켰다.

"왜 몇 장이 부족하지? 깃은 어디로 간 거야?"

천더우성이 눈살을 찌푸리며 반쯤 합봉된 용포를 들고 흔들었다. 수녀들 몇 명이 고개를 숙인 채 선뜻 말을 꺼내지 못하다가 한참 만에야 입을 열었다.

"그건 추이펑이 하던 일이에요. 저희가 어떻게 알겠어요."

슈런이 얼른 끼어들어 해명했다.

"추이펑이 이번에 나가면서 가게 안에 있던 자투리 천이랑 바늘, 실 따위를 좀 챙겨간 모양인데 아마 실수로 그 일감들이 딸려간 모양이에요."

그 말을 들은 천더우성은 얼굴이 시뻘게지도록 격분해서 슈런에게 버럭 고함을 질렀다.

"이런 법이 어디 있어, 당장 그 아이를 잡아와, 못 데려오면 네놈 다
리몽둥이를 분질러 놓을 테다!"

제2장

월극粵劇은 명나라 말에서 청나라 초기에 방자희梆子戱[30]로부터 파생되어 발전하기 시작했다. 지역화 과정을 거치면서 링난嶺南 지역의 지방특색을 흡수하고, 쿤崑, 이弋, 샹湘, 후이徽, 한漢의 장점을 받아들여 차츰 지방 희극 가운데 독자적 격식을 갖춘 전통극의 큰 줄기로 자리 잡았다. 광둥 사람들은 월극 관람을 '대작 힐끔 보기'라고 말한다. 하나의 완전한 월극은 공연하는 데 연속 나흘이 걸리기도 하는데, 등장인물이 매우 많고 다뤄지는 일화도 복잡해서 규모가 대단하고 떠들썩하다.

'서양 그림'[여기서는 서구에서 유입된 영화를 가리킨다.]의 영향 때문에, 월극은 한때 흥행이 부진했었다. 이례적으로 낮은 관객 동원율을 기록

---

30 오랜 전통 희극의 한 종류이다. 쟝쑤(江蘇) 방자는 명나라 말에서 청나라 초기에 쉬저우 지역으로 흘러들어온 산둥(山東) 방자가 현지의 방언 및 토속어와 결합하고, 현지의 곡예와 민가 등 음악을 흡수하면서 발전한 것으로서 지금까지도 남아 있다. '대희(大戱)', '방자희(梆子戱)', '예극(豫劇)', '쉬저우방자(徐州梆子)' 등으로도 불리다가 1960년에 '쟝쑤 방자'로 명명되었다.

하면서 한동안은 유지조차 힘들 정도였다. 그런 상황에서 극단과 배우들이 함께 노력해서 대본과 연기, 무대예술에 이르기까지 공연 전반에 혁신을 감행했고, 그렇게 해서 새로 쓰인 『객도추한客途秋恨』[31], 『야화향野花香』[32], 『친왕하주강親王下珠江』[33] 등의 극이 호평을 받고 인기를 끌면서 충성스러운 관객들을 다시 대거 극장으로 불러들였다.

리바오셩이 친히 한기를 찾아가 치수를 재고 옷을 맞췄다는 소식이 퍼지자 한기라는 이름이 떠들썩하게 오르내렸다. 한기를 찾는 극단 단장들의 발걸음이 매일 끊이지 않았고, 주문이 연말까지도 다 끝내지 못할 만큼 밀렸다. 마음이 좀 누그러진 천더우셩은 직접 수족관 가게에 가서 새로 훨씬 큰 어항을 하나 사 왔다. 입구의 지름이 80센티미터나 되는 청자 어항으로, 단향목의 전용 받침대에 얹어 대청 한가운데 두었더니 위엄이 느껴지기까지 했다. 그는 조심조심 돈거북을 어항에 넣어 준 다음 하나하나 그 등을 쓰다듬어주며 말했다.

"잘 사시오. 그리고 우리 한기의 사업이 번창하고 부귀영화를 누릴 수 있도록 보살펴주시오."

그러고는 새로 딴 연 가지를 안에 넣고, 강모래와 작은 자갈들을 깔아준 다음 이리저리 기어 다니는 돈거북에게 세 번 절했다.

---

31 청나라 가경(嘉慶) 때 학자 영간(纓艮)이 처음 지은 희곡으로, 당시 기녀들의 삶과 애환을 그리고 있다. 이후 1920년대에 이르러 극작가 황샤오바(黃少拔)가 이 희곡의 줄거리에 여러 역사적 인물을 끌어들여 광둥극(월극)으로 각색했다. 초연 당시 극에 대한 반응은 냉담했지만, 주제곡 〈객도추한〉은 큰 인기를 끌었다.
32 월극 공연예술가 마스청(馬師曾)이 각본을 써서 한때 유행했던 월극이다. 성인(聖人)을 자처하던 대학교수 야오치천이 요염한 여인의 유혹에 이끌려 처자식까지 버리기에 이른다. 살인 혐의로 감옥에 갇혔다가 누명을 벗고 풀려나지만 이미 재산과 명예를 모두 잃고 후회만 가득한 여생을 보내게 된다는 내용이다.
33 극작가 펑지펀(馮志芬)이 각본을 쓴 월극이다. 제목은 '친왕이 주강으로 미복잠행을 내려온다'는 뜻으로, 이러한 첩보를 입수한 탐관이 자신의 악행을 덮으려고 자신의 친딸을 미끼로 삼는 일까지 서슴지 않지만, 사기꾼에게 속아 재산만 크게 잃는다는 내용이다.

계절은 벌써 늦봄에서 초여름으로 넘어가고 있었다. 날이 일찍 밝았고, 공기 중에 후텁지근한 기운이 희미하게 감돌았다.

천더우성은 더욱 분발해서 아주 일찍 일어났다. 매일 새벽마다 "끼익!" 소리를 내며 문을 열어젖힌 다음 혼자 청마석靑麻石[34]이 깔린 길 위에 서서 고개를 돌려 단정하게 둥근 태양이 구름 한쪽을 불태우며 장원방을 향해 온 하늘을 노을빛으로 덮쳐오는 것을 바라보았다.

이곳 장원방은 복 받은 땅이요, 보배로운 땅이다. 장원狀元을 배출할 수 있는 땅이야말로 보배로운 땅이 아니겠는가. 청회색 패방牌坊[35] 아래로 화강암이 깔린 좁은 길이 굽이치며 앞으로 이어져 있고 양옆에 가지런히 늘어선 점포의 간판들이 노을빛을 받아 저마다 조용히 반짝이고 있었다.

이날은 이른 아침부터 경축단원 단장이라는 사람이 찾아와서 원령圓領[36] 관복 세 벌과 궁녀복 세 벌, 시위구侍衛扣와 소매향小梅香[37] 의상까지 수십 벌을 한꺼번에 주문했다. 단장인 탄譚 라오반은 천더우성에 대한 신뢰가 대단했다.

"제작에만 신경 써주세요. 한기 물건이라면 우리가 안심하고 입을 수 있지요."

그는 이렇게 말하며 은화 몇 개를 팔선탁 위에 올려놓았다. 천더우

---

34 화강암의 일종.
35 중국의 전통 건축 유형으로, 충효·절의 등 모범이 될 만한 행위나 공로가 있는 사람을 표창하고 기념하기 위해, 또는 미관(美觀)을 위해 세운 문짝이 없는 문을 말한다.
36 둥근 목선의 관복을 말한다.
37 월극의 배역 중 하나인 매향(梅香)의 어린 역할이다. 매향은 전통적인 광둥극의 10대 배역에는 없었고, 10대 배역 중 잡(雜)에 속하는 마단(馬旦)이 그 역할을 겸했었다. 이후 화단(花旦) 역이 출현하고, 그 비중이 점점 늘어나면서 화단을 수행하는 역할에 매향이라는 이름이 붙게 되었고, 극의 배역으로도 편제되면서 마단의 자리를 대신하게 되었다. 매향은 경극에서의 '궁녀 계집종'과 같은 역할로 궁녀나 계집종, 여군 등의 역할을 한다.

성은 황급히 읍排[38]하여 감사를 표하고는 탄 라오반을 안으로 안내해 차와 간식을 융숭하게 대접했다.

탄 라오반을 보내고 나자 융위춘永遇春의 단장인 훠霍 라오반이 찾아왔다. 훠 라오반은 쩨쩨하고 옹졸한 사람으로 업계에서는 비위 맞추기 힘든 고객이라고 소문난 사람이었다. 훠 라오반은 계약금도 안 가져왔으면서 천더우성에게 가지고 있는 모든 도안집들을 다 꺼내오게 했다. 그는 팔걸이의자 위에 가부좌를 틀고 앉아 한 장씩 넘겨보며 고개를 설레설레 흔들었다. 시종 웃는 얼굴로 옆에 서 있던 천더우성이 물었다.

"어째 맘에 드는 것이 없으십니까?"

훠 라오반이 도안집을 세게 탁 덮어버리면서 말했다.

"맘에 쏙 드는 것은 없소. 그저 선이 좀 잘 빠지고, 수가 좀 섬세할 뿐이군요."

천더우성은 속으로 생각했다. '딱 그 두 가지가 정말로 어려운 겁니다.' 선이 잘 빠지게 하고, 수를 섬세하게 놓고, 바느질을 정교하게 하기 위해 얼마나 많은 노력을 기울이고, 얼마나 많은 이들이 밤을 새우다 눈을 망가뜨리는지 모른다. 그는 겉으로는 아무 내색도 하지 않고 그저 정성스럽게 차를 따르며 미소 띤 얼굴로 물었다.

"훠 라오반께서는 어떤 것을 원하시는지요?"

훠 라오반은 눈을 가늘게 뜨고는 마치 천더우성이 그렇게 물어봐 주기를 기다렸다는 듯이 억지웃음을 하하하 웃었다. 그는 가부좌를 틀었던 다리 방향을 바꾸더니 주머니에서 종이 한 장을 꺼냈다.

"내가 기억력이 안 좋아서 종이에 적어달라고 했지요."

그러고는 종이를 탁탁 털어 펼치고는 큰 소리로 읽어 내려갔다.

---

38 두 손을 맞잡아 얼굴 앞으로 들어 올리고 허리를 앞으로 공손히 구부려 인사하는 예(禮)의 하나이다.

"해청 두 벌."

그는 쿨럭쿨럭 기침을 하고는 손가락으로 글자를 짚어가며 말했다.

"한 벌은 연한 색으로 하고, 한 벌은 진한 먹색으로요. 연한 색은 물결무늬여야 하고, 진한 색은 소라 무늬로, 소맷단은 모두 능직으로 해주시오. 전패箭牌 하나는 두 폭, 하나는 세 폭으로 해주시고, 흉배는……."

그는 말하는 중간중간 무슨 글자인지 식별하려고 애썼다. 종이에 쓰인 내용 대부분이 다른 사람이 쓴 것이라 자기도 무슨 글자인지 알아볼 수가 없었던 모양이다. 훠 라오반의 주문서는 탄 라오반 것보다 백배는 복잡했다. 천더우성은 그가 잠시 한눈을 파는 사이에 헉 하고 숨을 들이마시고는 옆에서 열심히 일하고 있는 견습생들을 곁눈질로 힐끔 쳐다보며 틈틈이 꾀를 부리고 있지나 않은지 살폈다.

활짝 웃는 얼굴로 훠 라오반을 배웅하고 나서, 천더우성은 그제야 속을 끓이기 시작했다. 주문이야 당연히 받아야 하겠지만, 받은 다음에는 어쩔 것인가. 첫째 예약금을 받지 않았고, 둘째 계약서를 쓰지 않았으며, 셋째 다 만들어 놓고 마음에 안 들면 한기가 어디까지 고쳐줘야 하는지가 문제다. (이런 식으로 장사하다가는 언제 망해도 이상할 게 없다.) 그는 사방을 둘러보며 긴 한숨을 내쉬었다. 딸아이가 있었더라면 얼마나 좋았을까. 그 아이라면 어떻게든 묘수를 찾아냈을 것이다.

천더우성은 샤오위안을 불러 장부를 가져오게 한 뒤 둘이서 주판을 놓고 한참 동안 셈을 맞춰보았다. 훠 라오반의 요구대로 하면 상당량의 비단이 소요될 테고, 비단은 모두 현찰로만 거래된다. 주판알이 계속 올라가는 것을 보고 초조해진 천더우성의 낯빛이 어두워졌다. 샤오위안이 얼른 그를 안심시켰다.

"너무 걱정하지 마세요. 어떻게든 방법을 찾을 수 있겠지요."

견습생들은 리바오성의 남자 대고를 만드느라 한창 바빴다. 남자 대고는 작업 기간이 아주 긴 작업이다. 백 개가 넘는 부속을 한데 연결해야 하는데, 부속 하나하나에 모두 자수가 들어간다. 일반적으로는 패턴사가 도안대로 본을 뜨고, 재봉사가 재단을 하면 그 재단물은 수를 놓기 위해 수녀에게 보내진다. 이 단계가 매우 오래 걸린다. 수녀들은 도안에 맞춰 한 땀 한 땀 수를 놓아 오색찬란한 용과 기린에 금사 은사가 교차하는 작디작은 조각들을 만드는데, 여기에는 엄청난 공력이 필요하기에 반드시 숙련된 수녀들이 작업해야만 한다. 특히 투구 작업은 훨씬 더 복잡하다. 견본대로 일일이 재단해야 하고, 각각의 부속들을 반제품으로 완성해서 가장자리를 말끔히 처리한 후 각각을 다시 조립해야 한다. 천더우성은 추이펑이 없는 상황에서 투구 제작을 견습생 한 사람이 완성한다는 것이 무리임을 알고는 아예 천기陳記 투구점에 외주를 맡겼다.

장원방 일대에는 월극의상 점포가 한데 모여 군집을 형성하고 있는 것 외에도 앞뒤 골목 구석구석에 화로花佬[39]와 수녀들이 널리 포진하고 있다. 수녀들은 하나 같이 눈치가 빠르고 손재주가 뛰어나다. 글을 모를 뿐더러 회화는 더군다나 아는 바가 없지만, 점포에서 준 도안대로 고개를 파묻고 열심히 수를 놓아 마침내는 한 땀 한 땀 정교하고 색감이 살아있는 작품을 만들어내고야 만다. 한기 가게 안에는 추이펑 외에 다른 수녀는 없었기 때문에 자수 일감 대부분이 외주로 나갔다. 천더우성이 아무리 주문을 많이 받고자 욕심을 부린대도 수공의 품질에 대해서는 절대로 호락호락하지 않았기 때문에 고정적으로 외주를 주는 몇몇 수녀들은 모두가 매우 까다로운 검증을 거친 이들이었고, 자수 솜씨가 최고로 정교했다.

---

39 광저우 자수업계에서 수놓는 일을 직업으로 하여 생계를 도모하는 남자를 일컫는 말이다.

이날 정오 무렵, 날이 너무 뜨거워 다들 점심을 먹자마자 흩어져 각자 휴식을 취했다. 천더우성은 대청에 남아 팔걸이의자에 기대어 졸고 있었다. 한낮이 바싹 마르고 뜨거워서 아무래도 잠을 좀 자야 했다. 팔걸이의자에 앉아 한참을 흔들거리다 서서히 잠에 빠져들 무렵, 갑자기 누군가 그를 세차게 흔들어 깨웠다. 아주 힘이 좋은 사람이었다. 두 손을 그의 어깨에 턱 걸치고 있었는데 손톱이 어찌나 날카로운지 살 속으로 파고들 것만 같았다. 천더우성은 막 꿈을 꾸려던 찰나에 극심한 통증으로 화들짝 놀라 깼다. 눈앞이 온통 흐릿했다.

"제 공연 『조자룡최귀趙子龍催歸』[40]의 개막이 앞당겨졌습니다. 광고 벽보 보셨소? 내 대고는 어떻게 됐죠? 어서 가지고 와 봐요!"

리바오성이었다. 그는 사탕을 찾는 어린아이처럼 못 찾으면 집안을 온통 뒤집어엎을 기세였고, 손바닥에서 배어 나온 땀 때문에 움켜잡은 천더우성의 어깨가 흠뻑 젖을 정도였다.

천더우성은 번쩍 정신이 들어 황급히 팔걸이의자에서 미끄러져 내려오며 말했다.

"다음 달 초하루에 납품하기로 했습니다."

"열흘밖에 시간이 안 남았는데 어떻게 돼가는지 전혀 볼 수가 없다는 말씀이오?"

리바오성이 언짢은 투로 이렇게 말하면서 팔선탁을 세차게 탕탕 내리쳤다. 찻주전자와 찻잔이 모두 튀어 오를 정도였다. 그는 사냥복과 유사한 장삼을 걸치고 있었는데, 전체적으로 알록달록한 범 무늬가 있어서 손을 움직일 때마다 사나운 호랑이가 산을 달려 내려오는 것만 같았다.

---

40 작자 미상의 전통극이다. 삼국시대에 형주를 토벌하기 위해 유비를 강 건너로 파견한 주유의 계략을 간파한 조자룡이 군주를 설득하여 형주로 돌아오게 하는 내용으로, 월극의 대표작 중 하나가 되었다.

천더우셩은 몽롱한 상태에서 잠을 깼지만 이제는 심장 박동이 빨라질 정도로 정신이 또렷했다. 그는 황급히 리바오셩을 안심시켰다.

"자수 일감이 모두 수놓는 사람들한테 가 있습니다. 이삼일 내로 걷어오기로 얘기가 다 되었고요."

"회수하지 못하면요!"

리바오셩은 자기도 모르게 눈살을 찌푸리며 말했다. 뜨거운 입김이 천더우셩의 얼굴에 훅 끼쳐왔다.

"회수하지 못하면 저희 한기 간판을 떼어 리 라오반께 보내드리죠."

리바오셩은 호랑이 같은 두 눈을 부릅뜨고 천더우셩을 똑바로 노려보며 우레와 같은 목소리로 말했다.

"분명히 당신 입으로 얘기했소. 대충 넘어갈 생각 마시오. 기한을 넘겨 옷을 다 완성하지 못한다면 내 반드시 사람을 불러 간판을 떼어버릴 것이고, 더 이상 이 장원방에서 장사해먹지 못하게 할 테니."

말을 마친 그는 부릅뜬 눈으로 천더우셩을 노려보았다. 구리 방울 같은 눈동자에서 날카로운 빛이 번뜩였다.

견습생들 앞에서 위엄이 깎이겠지만 천더우셩은 그런 것에 신경 쓸 겨를이 없었다. 비굴하게 굽실거리며 리바오셩을 배웅한 뒤 그는 정신을 가다듬고 서둘러 지시를 내렸다.

"런아, 외주 보낸 자수 일감을 내일 반드시 다 거두어 오너라."

이렇게 말하며 자기도 모르게 어깨를 움직이자 잇 사이로 "끄응" 하는 소리가 저절로 새어 나왔다. 리바오셩은 단연코 최고의 무생으로, 내가(內家)[41]의 무공이 대단해서 아무렇게나 쥐기만 해도 뼈를 쉽게 으스

---

41 중국의 무술을 내외공(內外功)의 단련과 발경(發勁) 방법에 따라 내가(內家)권과 외가(外家)권으로 구분하는데, 내공을 위주로 하는 '이정제동(以靜制動)'의 권술을 내가(內家)라고 한다. 일반적으로 무술의 양대 유파 중 하나인 무당권(武當拳)이 이에 해당한다. 그 기준이 분분하긴 하

러뜨릴 수 있었다.

다행히 수녀들이 약속을 잘 지켜주어 슈런은 나간 지 반나절 만에 거래처를 한 바퀴 돌아 수녀들에게 발주했던 자수 일감들을 모두 걷어 왔다. 하지만 그 가운데 추이펑이 맡았던 일감이 하나 있었다. 슈런은 아버지를 바라보며 한참을 우물거리다 말했다.

"제가 가서 펑이한테 한번 물어볼까요?"

안 그래도 화가 머리끝까지 나 있던 천더우성은 더욱 펄쩍 뛰었고, 기다란 계척을 쳐들어 손 가는 대로 슈런을 한 대 후려치며 소리쳤다.

"묻긴 뭘 물어, 그 아인 죽었어!"

걷어온 자수 일감은 다시 합봉하고 다림질하는 과정을 거치는데, 이 역시 각별히 조심해야 한다. 천더우성은 수녀들이 공들여 수놓은 용의 비늘을 바라보며 어느 정도 감이 잡히면서 이후의 공정에 한결 자신감이 생겼다. 그는 때때로 기다란 계척을 견습생들에게 휘두르며 이 남자 대고를 완성해내는 데 반은 목숨 거는 셈 치고 밤낮없이 일하라고 다그쳤다.

가게에서 일하는 견습생들은 이런 방식에 오래 길들여져 왔다. 그는 가게에서 매일같이 잔소리를 했다.

"일을 할 때는 열심히 하라고. 여기저기 기웃거리지도 말고, 되는 대로 대충대충 하지도 마. 수공예는 손재주가 좋아야 해. 손재주가 좋아야 다른 사람에게도 떳떳하고 자신에게도 떳떳하지."

리바오셩의 『조자룡최귀』 상연이 앞당겨지자, 천더우성도 일주일 앞당겨 납품했다. 리바오셩은 그에게 진심으로 감사해하며 그 자리에서 바로 대금을 지불했을 뿐만 아니라 웃돈까지 크게 얹어주었다. 무대 위

나 일반적으로 태극권, 팔괘장(八卦掌), 형의권(形意拳)을 내가삼권이라 하며, 이를 제외한 소림권(小林拳) 계열을 외가권이라 한다.

에서 조자룡은 투구를 쓰고 깃발을 등에 꽂고, 아름답게 수놓인 비단옷을 입고 내딛는 걸음마다 바람을 일으켰다. 한기에서 제작한 남자 대고는 옷의 전체적인 바탕의 무늬가 자수의 색상과 어울리면서도 자수를 더욱 돋보이게 해주었고, 깃에서부터 어깨까지, 또 전폭前幅에서 뒷대后帶까지 어느 한 곳 바늘땀 하나도 허술하거나 정교하지 않은 것이 없었다.

이번 공연은 하이주海珠대극장에서 열흘이나 연속 상연되었는데, 연일 극장이 미어터질 듯 만원사례인 데다 호평이 끊이지 않았다. 천더우셩은 마지막 공연을 보러 갔다. 리바오셩이 눈이 시원해지는 연한 청색의 해청을 입고 나와 무대 인사를 했다. 역시 사방을 둘러보는 눈빛이 형형하고 수려하면서도 소탈해서 여간 멋스러운 게 아니었다. 그 옷 역시 한기의 작품으로, 여러 색이 겹쳐진 오색 밑단과 갖가지 금사로 수놓은 물결무늬가 무대 아래에서도 또렷이 보였다.

소식이 퍼지자 한기의 문턱을 들락거리는 극단이 더욱더 많아졌다. 천더우셩은 이 기세를 몰아 점포의 외형을 확장하고, 아홉 자짜리 커다란 목재로 '한기'의 간판을 새로 만들었다. 그는 웅건한 필치에 단정하고 기품 있는 그 간판을 처마 밑에 높다랗게 걸었다.

천더우셩은 소주小酒[42]를 마시며 눈앞에 서 있는 새로 온 일꾼 몇 명을 기분 좋게 바라보았다.

외주 거래 한 건이 또 성사되었다. 이제 각 공정의 외주 업체들을 연결하면 한기는 직접 일할 필요 없이 각 업체의 작업만 감독하면 되었다. 천더우셩은 극단이 넘겨준 견본도안을 원단과 비즈 등 부자재와 함께 위기余記의 위余씨 부인에게 넘겨주었다. (그가 자선을 베푸는 게 아니

---

42 따뜻한 계절에 빚어서 빠르게 숙성시켜 곧바로 파는 약한 술.

화의금몽

었다. 위씨가 세상을 떠난 후 위기余記는 급속도로 쇠락했고, 지금은 위씨 부인 혼자서 밤낮으로 일하고 있지만, 이런 식으로 더는 지탱하기 힘들 때가 언제고 올 것이었다.) 그에게는 계획이 있었다. 우선 위기에 외주를 주면서 그들의 장부를 서서히 장악한 다음 부지중에 병합하겠다는 계산이었다. (지금도 위기를 사버릴 수는 있었지만, 굳이 도에 어긋나 보이는 일을 감행해서 동종 업계 사람들로부터 고아나 과부를 업신여긴다는 뒷말을 들을 필요는 없었다.)

추이펑이 없으니 별수 없이 천씨 부인이 직접 주방 일을 할 수밖에 없었다. 반찬도 현저하게 간소해져서 밖에서 사 온 옌슈이야鹽水鴨[43]와 삶은 셀러리 한 접시가 전부였다. 천더우성이 볼멘소리를 했다.

"요즘 돈을 못 버는 것도 아니고, 일도 힘든데 좀 더 잘 먹을 순 없소?"

천씨 부인은 그저 몽롱한 목소리로 중얼거릴 뿐이었다.

"옌슈이야 맛있어요. 추이펑의 솜씨가 갈수록 훌륭해지고 있었는데 말이에요."

이 말을 들은 천더우성은 더는 참을 수가 없어 젓가락을 집어던져 버렸다. 그는 씩씩거리며 대청으로 걸어가 돌로 된 병풍 아래 쭈그리고 앉아 혼자서 담배를 꺼내 물었다. 그러고는 거칠게 몇 모금 빨다가 이내 못 참고 또 불평을 쏟아놓았다.

"아침부터 저녁까지 쉬지 않고 고생하다가 집에 왔는데 어떻게 따뜻한 밥 한술, 차 한 잔이 없다니."

천씨 부인은 말없이 그의 등 뒤로 다가갔지만 뭐라고 말도 못하고 눈물만 힘껏 닦았다.

슈런은 더욱 끼어들 엄두를 못 내고 허겁지겁 몇 술 뜨다가 아버지

---

43 난징의 대표 요리로, 볶은 소금에 절인 오리를 건조시킨 후 삶아낸 오리고기 요리이다.

가 욕을 멈추자 그제야 속삭이듯 작은 소리로 어머니를 위로했다. 그런 다음 다시 용기를 내어 아버지에게 화를 가라앉히시라고 설득했다.

"아버지, 하루 종일 고생하셔서 시장하시잖아요. 화를 내면 금방 배부를지는 몰라도 오래는 못 가요."(이렇게 말하는 그를 천더우성이 아주 사납게 노려보았다.) 슈런은 아버지가 이러는 것이 반은 화가 나서이지만, 반은 마음이 아파서라는 것을 잘 알고 있었다. 결국 여동생을 그리워하고 계신 거였다. 추이펑은 집을 나가자마자 그 길로 혼자서 황류와 혼인했다. 어떻게 도로 데려올 수 있겠는가. 슈런이 이런저런 사정 얘기를 차마 하지 못하는 것은 아버지가 아시면 더욱 화가 나서 밥도 안 먹고 차도 안 마실 것이 뻔했기 때문이었다. 어쩌면 찻잔도 한 무더기쯤 내동댕이쳐서 박살낼지도 모를 일이었다.

장원방의 끝자락은 따신가에 닿아 있었다. 그곳에는 각종 산지목 가구점과 피혁점들이 포진해 있고, 사람들의 왕래가 많아서 거래가 끊이지 않았다. 따신가라는 이곳은 이전에 열세 가지 업종의 물류가 끊임없이 드나들던 출입구였다. 각종 기물과 식자재들, 수공예품의 수출입 무역이 매우 빈번하게 이뤄지면서 서서히 특유의 분위기를 형성했는데, 중국식에 서양식이 가미되어 전통적이면서도 서양풍이 느껴지는 분위기였다. 특히나 섬세함이 으뜸인 남방 수공예는 낡은 것을 새것으로 만들어내는 것을 좋아하여 때때로 아주 참신한 스타일을 탄생시키곤 했다. 황류의 집은 허닝和寧에 있었는데 문 앞에 커다란 계화나무가 한 그루 서 있었다. 마침 꽃이 피는 계절이라 사방에 진한 계화꽃 향기가 진동했고, 가끔은 계화꽃이 어깨 너머로 떨어지기도 했다.

황류의 부모는 일찍 세상을 떠났고, 그에게 남긴 것이라고는 단층 판잣집 한 칸이 전부였다. 그는 학교 선생님이라 수입이 안정적이긴 했지만 보수가 많지는 않았다.

집은 아주 허름해 보이는 것은 아니지만 그렇다고 널찍한 편도 아니었다. 추이펑은 푸른색 날염천으로 된 낡은 일상복을 입고 점심밥을 짓고 있었다. 작은 양철 난로가 풀럭풀럭 힘겹게 불을 피워 올리는 가운데 냄비 안의 죽에서 하얀 김이 올라오고 있었다. 추이펑이 대나무 젓가락으로 이리저리 몇 번 뒤적거리면서 말했다.

"오빠, 그냥 여기서 점심 드세요."

슈런은 그녀의 머리에 항상 꽂혀 있던 진주꽃 머리장식이 보이지 않는 것을 알아챘다.

"아유, 아니에요. 너무 많이 달고 있으면 집안일하기 불편해서 그래요."

추이펑은 흘끔 한번 보고도 오빠가 무슨 생각하는지 금방 알아챘다.

추이펑은 이렇게 사는 것이 전혀 힘들게 느껴지시 않았다. 가게에서 일할 때도 그녀는 늘 이리저리 애를 쓰며 아침부터 저녁까지 쉴 새 없이 일했었다. (다만 자신이 책임지고 결정할 수 있는 일이 아니었을 뿐이다. 모든 일은 아버지와 오빠가 상의했고, 문제가 있으면 언제나 두 사람이 감당했다. 지금 황류는 정해진 시간에 맞춰 수업하는 일만 신경 쓸 뿐, 그 외에 집안의 모든 일을 그녀에게 일임했다.) 그녀는 매일 같이 고되게 일하고 있었고, 미소 띤 얼굴에는 장난기와 함께 지친 기색도 엿보였다. 슈런은 그녀를 찾아온 지 반나절이 되도록 조용히 선 채로 무슨 말을 해야 할지 몰라 망설였다. 마침내 그가 용기를 내어 슬쩍 물어보았다.

"아니면, 한기로 돌아와서 일을 좀 돕는 건 어때?"

추이펑은 짐짓 못 들은 척하며 한껏 들뜬 목소리로 "오빠, 오빠도 와서 한 그릇 들어요."라고 말하며 재빨리 젓가락과 그릇을 놓아주었다. 죽 한 냄비와 청경채 마늘볶음 한 접시, 떠우푸루豆腐乳[44] 두 덩이가 어

---

44 발효된 두부. 맛과 식감이 치즈와 비슷해서 '중국 치즈'라고 불리기도 한다.

느 틈에 소리도 없이 상 위에 차려졌다. 슈런은 그녀를 지긋이 바라보며 한숨을 내쉬었다. 이렇게 시집을 가서도 동생은 결국 고생이라는 생각이 들어서였다.

"요 며칠 위를 좀 비워서 죽을 끓였어요."

추이펑은 여전히 조용하게 미소 짓고 있었다.

"펑아, 내 말 들어. 집에 가서 아버지께 잘못했다고 말씀드려. 잘 얘기하면 돼."

슈런은 동생이 이런 고생을 하는 것이 몹시 딱했고, 아버지가 괜히 욱해서 성질을 부리는 것도 다 허세일 뿐이라는 것을 알고 있었다. 하지만 추이펑은 전혀 받아들일 마음이 없다는 듯 말했다.

"오빠, 제 걱정은 말아요. 저도 이미 계획이 있어요. 직접 주문을 받아서 제 일을 할 생각이에요. 저도 웬만한 건 다 아는데 못할 이유가 없죠."

슈런은 동생의 이런 성격을 익히 알고 있었다. 설득을 한다 해도 소용없을 것이었다. 그는 자신이 말주변도 없고 둔한 사람이라 말로는 동생을 당해낼 수 없다는 것을 잘 알고 있었다. 그저 고개를 내저으며 주머니에서 지폐 몇 장을 꺼내 꼼꼼히 세어볼 뿐이었다. 그는 소위 '사장 아들'이라서 항상 메고 다니는 작은 가방에서 돈을 턱턱 꺼내곤 했지만, 정작 자기 주머니에 든 돈은 많지 않았다.

추이펑은 받지 않겠다고 고집을 부리며 고개를 한쪽으로 돌려 완강하게 외면했다.

"제 두 손 두 발 다 멀쩡해요. 아버지를 떠났다고 해서 굶어 죽진 않아요."

슈런은 동생이 겉으로는 부드럽고 온화해 보여도 사실 성격이 아주 도도하다는 것을 알고 있었다. 하지만 연약한 여자가 밖으로 나돌며 돈

벌이를 한다고 뭘 얼마나 해낼 수 있겠는가. 그는 다시 설득해보았다.

"더는 기싸움 할 필요 없잖아. 한기가 요즘 장사가 꽤 잘 돼서 아버지가 위기余記를 사들이려고 생각하고 계셔. 가게도 점점 바빠지고 있고, 모두가 널 그리워하고 있단다."

추이펑은 고개를 저으며 탁자 위에 놓인 자수를 하나를 들더니 선언하듯 말했다.

"난 내 힘으로 살아갈 거고, 내 가게를 열 거예요."

며칠 지나지 않아 황류기黃柳記가 허닝에 문을 열었다. 황류기는 자기 살림집 안에 문을 열어 어쩌면 가게라고 하기에도 민망할 정도였지만, 장사는 기이하리만치 잘 되었다. 학교 선생님인 황류는 원래부터 창唱하는 사람들과 교분이 있었고, 추이펑은 말할 것도 없이 장원방 내의 수녀들과 두루 친했다. 삼삼오오 모여 한담을 나누고 있는 수녀들을 보고 추이펑이 다가가서 자연스럽게 한데 섞여 몇 마디 나누다 보면 자수 일감은 어느 틈엔가 벌써 그들 손에 넘어가 있었다. 수녀들은 추이펑이 집안에서 관계가 틀어져서 따로 나와 독립해 일을 시작한 사정을 다 알고 있었기 때문에 그녀에게는 계약금조차 받으려 하지 않았고, 한기의 일감을 받아서 쓰고 남은 비즈까지 그녀에게 주었다. 여러 사람을 통해 이 사실을 알게 된 천더우셩은 화가 나서 며칠 동안 밤잠을 이루지 못했다.

그를 더욱 화나게 한 것은 업계에서 평소 좋지 않은 감정을 품고 있던 사람들이 장원방 안에서 제멋대로 지껄이고 다닌다는 사실이었다.

"천더우셩을 좀 보라고. 만날 자기 가슴을 탕탕 치면서 자기는 '원칙을 지키는 진솔한 사람'이라고 큰소리치더니, 자기 딸조차 등을 돌렸잖은가. 알고 보면 간사한 장사꾼이었던 게지."

매일매일 성실하게 가게를 꾸려나가고 고된 노동을 마다하지 않았던 천더우성이 하필 이런 일로 꼬투리가 잡혀서는 장원방에 들어설 때마다 고개를 푹 숙이고 뒷짐을 진 채 종종걸음으로 빠르게 걸어야 했다. 그는 사람들 앞에서는 화를 삭이고 분을 삼켰다가 집에 돌아와서 아내에게 고함을 질렀다.

"딸내미 교육 한번 잘했군그래!"

그러면서 찻잔까지 집어 던졌다.

천씨 부인은 그에게 몇 번 욕을 먹고 나서 지병이 도졌는지 밥 짓는 것도 내팽개치고 온종일 멍한 채로 비틀거리며 집 근처를 배회했다. 천더우성은 속으로 후회가 일었지만, 그렇다고 아내를 어떻게 달래야 할지도 알 수 없었다. 그저 종일 슈런을 붙잡고 설교를 늘어놓을 뿐이었다.

"너도 다 큰 어른이니 철이 들었겠지. 이 집안은 앞으로 다 네게 달렸다. 에이, 이놈의 집구석…… 나는 이제 지긋지긋하구나."

화가 좀 가라앉자 그는 더는 참지 못하고 황류기가 어떤 곳인지 보러 달려갔다. 황류기에 사람들이 들락거리는 모습을 먼발치에서 바라보고 있자니 속에서 알 수 없는 감정이 울컥 치밀었다. 말도 안 듣고 제멋대로 행동하는 딸이 밉고 분하면서도, 다른 한편으로는 자기 딸이 계집애임에도 불구하고 집안의 풍모와 재능을 제대로 물려받아서 장사의 이치를 훤히 꿰고 있고, 계산이며 장부 기록이며 아주 똑 부러지게 제 앞가림을 제대로 하는 아이인 것이 기분 좋고 안심이 되었다.

이 월극 업계에는 예로부터 규칙이 즐비했고, 매우 엄격했다. 유감스럽게도 '서양 그림'이 성도에 들어온 이후로 많은 사람들이 그 '그림'을 상영하는 영화관으로 발길을 돌렸다. 월극을 보는 사람이 급격히 줄어들자 극단들은 관객을 끌어들이기 위해 별의별 묘책을 다 내놓았다. 알록달록하고 화려한 무대장치와 회전등을 추가로 설치했고, 상황에 따라서는 극단에서 와이어를 동원하거나 무대에 연무를 피우는 등 갖가지 잡기雜技를 공연에 접목했다. 때로는 연기를 하는 도중에 무대 아래로 뛰어 내려와 관중과 함께 호흡하기도 하고, 때로는 돌연 칼자루가 휙 날아가더니 '퍽' 하는 엄청난 소리와 함께 무대 조명 전체가 일순간 꺼져 암전되면서 앞줄에 앉은 관중들이 놀라서 찻잔을 떨어뜨리기도 했다.

이러한 풍조는 월극계의 원로와 전문가들의 비판과 쟁의를 불러일으켰고, 신문에 이에 대한 평론의 글이 끊임없이 올라왔다. 그러나 욕은 욕이고, 여전히 관중들이 밤마다 표를 사서 극장으로 들어오게 만들려면 수많은 변신을 연출해야만 했다.

이날은 『팔선과해八仙過海』[45]라는 극이 상연되었다. 극 중에 많은 선관仙官과 신인仙子들이 상서로운 구름을 타고 인간 세상에 내려오는 장면이 있었다. 이 장면에서는 늘 무대에 연기를 뿜어주며 분위기를 돋우곤 했었는데, 예상과 달리 이날은 무대감독이 '새로운 볼거리를 만들어 보자'는 생각으로 대형 선풍기를 가져와 풍력을 한껏 올려 틀었다. 그 결과 연기 바람이 너무 거세어 공중제비를 넘던 한 젊은 천병天兵이 엉뚱한 방향으로 공중제비를 넘으면서 그대로 '남채화藍采和'[46]에게 가서 부딪혔다. 그 바람에 남채화가 휘청하면서 자신의 옷에 매달려 흩날리던 띠에 발이 걸려 뒤로 벌렁 나자빠지고 말았다.

무대 위아래에서 한바탕 소동이 벌어졌다. 다행히 사고로 이어지지

---

45 중국에 가장 널리 알려진 민간전설이다. 최초로는 잡극 『쟁옥판팔선과해(爭玉板八仙過海)』에서 등장하며, 그 가운데 가장 인구에 회자되는 에피소드이다. 이 고사는 전통극은 물론이고 아동극, 영화, TV 드라마 등 다양한 콘텐츠의 소재가 되고 있다. 봉래산(신선이 살고 불로초와 불사약이 있다는 산)에 거사를 도모하기 위해 초청된 여덟 신선(한종리, 장과로, 한상자, 철괴리, 려동빈, 하선고, 남채화, 조국구)이 돌아가는 길에 배를 타지 않고 각자의 신통력을 이용해 바다를 건너는 이야기이다. '팔선과해'는 자신만의 특별한 능력을 이용해 기적을 만들어내는 것을 일컫는 말로 쓰이고 있다.
46 전설에 나오는 팔선 중 한 명이다.

는 않았지만 예상치 못한 사건인 것은 분명했다. 남채화 역할을 한 류밍쥔劉明君이 이튿날 한기를 찾아왔다. 그녀는 잔뜩 화가 나서 씩씩거리며 대청 중앙에 앉더니 천더우성을 불러 해명을 요구했다.

천더우성의 장사가 잘되는 것은 고객의 요구에 맞게 잘 고쳐주는 능력에 있었다. 그는 '주문이 있으면 받는다'는 원칙을 고수하며 고칠 수 있는 것은 즉각 고쳤고, 고칠 수 없는 것은 반드시 방도를 찾아내서 고쳐주었다. 일부 업체들처럼 낡은 규칙들을 운운하며 못 고친다고 우기거나 자기네 기술이 역부족이라 고칠 수 없다고 발뺌하지 않았다. 그런데 월극의상을 입고 넘어진 배우가 자기 체면을 잃지 않기 위해 의상에 띠를 너무 많이 달아서 그랬다느니, 너무 길게 만들었다느니 한기 탓으로 돌리며 생떼를 부리니 퍽 골치 아픈 일이었다.

"쥔 아가씨, 정말 죄송합니다. 이번 일은 누구도 예상치 못한 사고였어요."

천더우성은 자세를 낮춰 손수 차를 따라주며 공손하게 사과했다.

"흥, 다 당신들 때문이에요. 무대에서 내가 얼마나 망신스러웠는지 모른다고요!"

류밍쥔은 최근 몇 년 사이에 유명해진 청의靑衣[47]인데 이렇게 넘어진 것은 무대 위에서 이만저만한 낭패가 아니었고, 명성에도 크게 금이 갔다.

"사고예요, 사고. 저도 죄송한 마음 금할 수가 없습니다."

천더우성은 고개를 거의 가슴팍에 닿을 정도로 깊이 숙였다.

---

47 중국 전통극에서 여성 배역인 단(旦) 배역 중 정단(正旦)의 다른 이름이다. 북방의 전통극에서는 청의라고 하고, 남방극에서는 정단이라고 한다. 주로 청색 겉옷을 입기 때문에 붙여진 이름이다. 대개는 현모양처나 정절을 지키는 열녀와 같이 단정하고 엄숙한 인물을 연기한다. 가창력이 주를 이루며 동작의 폭이 작고 행동이 진중하다는 것이 연기의 특징이다.

류밍쥔은 길게 한숨을 내쉬며 사과의 의미로 받은 찻잔을 들어 단숨에 들이켰다. 그녀도 어쩔 수 없는 젊은이였다. 사방에 즐비하게 걸린 반짝이는 비단 자수 옷들을 바라보더니 갑자기 욱해서 내뱉었다.

"앞으로 제가 한기에서 옷을 맞추면 무조건 8할 값에 해주세요. 그리고 어떤 손님이 주문하든 제가 최우선이어야 해요!"

"그럼요, 물론입니다."

천더우성은 재빨리 동의하며 젊은 아가씨를 정중히 배웅했다.

이 일이 있고 난 뒤 한기의 명성도 다소 영향을 받았다. 매일 무시로 한기 앞을 지나치는 손님들이 가게 문을 쳐다보며 수군거렸다. 이렇듯 시비에 휘말려 말도 많고 탈도 많은 격랑 속에서는 그저 귀머거리에 벙어리입네 하면서 잠잠해질 때까지 참는 것이 유일한 방법이라는 것을 수년 동안 장사를 해온 천더우성은 익히 알고 있었다. 찻집에서 우연히 만난 동종 업계 사람이 근황이라도 물어오면 자조 섞인 말 몇 마디로 대충 얼버무리며 어물쩍 넘기는 수밖에 없었다. 특히 무대 위에서 있었던 일의 책임에 대한 언급은 더더욱 조심하고 피해야 했다. 가뜩이나 좋지 않은 감정을 품고 있던 자들이 이런 기회를 틈타 말을 옮기면 월극 업계에 금방 퍼져서 대로관들의 노여움을 살 수도 있기 때문이었다.

이렇듯 풍파를 피하며 근신한 지 한 달 남짓 시간이 흐르자 상황도 서서히 잠잠해졌다. 대불사大佛寺로 달려가 고급 선향을 몇 개 분향하고 돌아온 뒤로 천더우성은 기분도 좋아지고 얼굴색도 한결 편안해졌다. 그는 손에 보리자염주[48]를 차고서 수시로 돌리며 말했다.

"대불사 스님이 그러시는데, 내 팔자가 꽤 괜찮대. 십수 년은 부귀를 누릴 명이고, 장사도 점점 잘될 거라는군. 사소한 사건들은 별것 아니

---

48 보리자나무 열매로 만든 염주.

라고 말이야."

대불사의 향화香火는 수백 년 동안 왕성하게 이어져왔다. 광저우 성 내에 있는 관가의 부호에서부터 각양각색의 장사꾼이나 고된 일을 하는 잡역부까지 너나 할 것 없이 모두 가서 제를 올린다. 하지만 큰스님 말씀은 그리 신통하지 않은 것 같았다. 이날 아침 일찍 가게 문을 열면서 천더우성은 보름 넘게 문이 굳게 닫혀 있던 맞은편 '허스기和事記'가 문을 연 것을 보았다. 탕탕탕 요란한 소리를 내며 내부 수리를 하고 있었다.

"또 월극의상 가게인가?"

천더우성이 걱정스러운 눈길로 점포를 바라보는데 문득 가장자리에 테를 두른 나무 문에 새겨진 세밀하고 정교한 매화단梅花團 문양이 눈에 확 들어왔다.

또 하루는 한기의 문 앞에서 폭죽을 요란하게 팡팡 터트리더니 사자춤패까지 와서 흥을 돋웠다. 그 사자춤패는 공연의 절정에서 펄쩍 뛰어 높이 매달린 돈주머니를 따내더니, 그것으로 그치지 않고 굳이 다시 한기 문 앞쪽으로 돌진해왔다. 쫓아온 미륵불49은 겉으로는 순박하게 웃는 얼굴이었지만 속에 든 사람이 무슨 표정을 짓고 있는지는 알 수 없었고, 오히려 파초선을 들고 곧장 앞으로 달려드는 품이 마치 "네 가게는 너무 오래 해먹었어. 이제 '끝낼' 때가 됐지."라고 말하는 것 같았다. 광둥 사람들이 장사하면서 가장 중요하게 여기는 것이 '좋은 징조'다. 천더우성은 얼굴이 붉으락푸르락해져서 가게 문 앞에 한참 서 있었다. 하지만 그 활짝 웃는 얼굴의 미륵불은 물러서기는커녕 오히려 춤추는

---

49 다른 말로 소면불(笑面佛)이라고도 한다. 미륵(彌勒)은 범어 Maitreya의 음역으로 '자비'라는 뜻을 가진다. 그 때문에 미륵불을 자씨(慈氏)보살이라고도 하며, 항상 자비심을 가지고 있기 때문에 뚱뚱한 몸에 환하게 미소 짓는 얼굴로 형상화되고 있다.

사자 두 마리가 시뻘건 아가리를 쩍 벌리고 달려드는 것을 가리켰다.

가게 안에 있던 덜렁이 청년 아치阿齊가 화가 나서 멜대를 들고 뛰어나와 소리쳤다.

"이런 짐승 같은 놈, 다시 한번 오기만 해 봐. 이 멜대로 확 후려쳐줄 테다!"

사자춤패는 한창 흥이 나서 춤추고 있었기 때문에 못 들은 게 분명했다. 승려 가면을 쓴 대두불大頭佛[50]이 고개를 신나게 흔들어대며 파초선을 펄럭여 사자가 위아래로 펄쩍펄쩍 뛰도록 인도하고 있었다.

점심때 또 한바탕 시끌벅적했다. 알고 보니 유명한 대로관들 몇 명이 초대되어 온 것이었다. 한기 사람들도 모두 문 앞에 나와 고개를 들이밀며 구경을 했다. 새로 문을 연 이 룽기榮記는 과연 수완이 보통이 아니었다. 모셔 온 대로관들의 면면이 하나같이 명성이 자자한 사람들이었다. 일행은 룽기에 들어가서 잠시 앉아서 차만 마시고 금세 일어났고, 룽기의 사장인 라이룽賴榮이 그들을 직접 배웅했다. 잠깐이었지만 그 효과는 상당했다. 수많은 사람이 몰려와 주변을 에워싸고 구경했다. 라이룽은 비쩍 마른 체구에 가느다란 실눈, 기이할 정도로 얇은 입술을 가진 사내로 한눈에도 계산에 밝고 장사에 능한 사람인 것을 알 수 있었다. 슈런은 이런 상황을 처음 본지라 마음속 근심이 곧바로 얼굴에 주름으로 나타났다. 한기 쪽에서 바라보니 룽기 가게 안에 놓인 2미터 길이의 차오저우潮州 자수 병풍이 어렴풋이 보였다. 가장자리를 금사로 두른 산뜻하고 아름다운 부귀목단 병풍으로 화려하기 그지없었다.

---

50 광둥성의 사자춤은 다른 지방의 사자춤과는 탈 제작 방법이나 춤추는 방법이 다르다. 광둥성 사자춤은 사자탈을 앞뒤로 쓰고 춤을 추는 두 명 말고도 한 명이 더 등장한다. 승려의 가면을 쓰고 장삼을 입은 이가 앞에 서서 손에 든 파초선으로 사자를 희롱하는데, 이를 '대두불(大頭佛)'이라고 한다.

"새로 시작했으니 한 사나흘은 꿀맛이겠지. 저 의기양양한 꼴이 얼마나 가나 두고 보자고!"

견습생들은 평소에 고개를 파묻고 일에 열중하느라 모여서 잡담하는 일도 드물었지만, 이날만큼은 가게 입구에서 맞은편 가게를 바라보며 독한 말을 퍼붓고 있었다. 룽기는 문을 연 뒤 며칠간은 연일 문전성시를 이루었다. 기세로는 한 수 이긴 듯 보였다. 다행히 한기는 오래되기도 했고 솜씨도 좋은 믿을 만한 가게라서 주문하러 오는 단골손님 수가 여전히 줄지 않았다.

열흘 남짓 지났을 때 천더우성에게 골치 아픈 일이 생겼다. 마씽가에 사는 수녀 몇 명이 곧 다 돼간다던 일감 작업을 안한 것이다.

이 수녀들 모두가 오랫동안 한기와 함께해온 사람들이었다. 일도 잘하고 꼼꼼했으며 무엇보다 원칙을 중요하게 여기는 사람들이었다. 한기는 그녀들과 협업을 시작하면서 그녀들 각자에게 별도의 장부를 만들어주고 월별로 건수에 따라 장기정산을 해왔다.

천더우성은 너무도 놀랐다. 아무리 생각해도 대금 지급이 밀린 적도 없었고, 미움을 살 만한 일도 없었다. 아무런 이유도 없이 도대체 무슨 일이 벌어진 것인가. 그는 즉시 마씽가로 달려가 목소리를 낮추고 조심스럽게 물었다. 수녀들은 그가 직접 찾아온 것을 보고 숨김없이 솔직하게 털어놓았다. 새로 문을 연 룽기가 일감에 대한 계산과는 별도로 매달 오 위안씩 주기로 했다는 것이다. 그 가운데 나이가 많은 수녀 허우侯 씨 수녀가 미안하게 됐다며 한기의 장부를 그에게 돌려주었다. 수녀 허우 씨는 수놓는 일을 십수 년째 해온 이로, 장원방에서 으뜸가는 솜씨를 가진 이였다. 이제까지 한기의 일을 해오면서 한 번도 이러쿵저러쿵 따진 적이 없었다. 그러나 매달 별도로 지급될 오 위안의 유혹은 컸던 모양이다. 천더우성은 오랜 세월 그녀들과 좋은 관계를 유지해왔고,

늘 그녀들을 존경해 마지않았으며 품삯도 제때 지급했지만 그렇게 큰 돈을 줄 수는 없었다.

수녀들과 결산을 마친 후 천더우성은 아무 말 없이 혼자서 집으로 돌아왔다. 그가 이런 시간에 집에 오는 것을 한 번도 본 적이 없었던 천 씨 부인이 깜짝 놀라며 어떻게 된 일이냐고 다급히 물었다. 천더우성은 대답하지 않고 혼자 방으로 들어가 이불을 푹 뒤집어쓰고 잤다. 잠에서 깼을 때는 이미 어둑어둑해졌을 때였다. 황금색으로 빛나는 석양이 문풍지를 통과해 들어와 침대 앞 바닥에 환하게 뿌려졌다. 천더우성은 늘어지게 기지개를 켜며 걱정스러운 얼굴로 옆을 지키던 아내에게 말했다.

"내가 아주 어렸을 때부터 다 커서까지 할아버지한테서 늘 듣던 말씀이 있었소. 그 어떤 불쾌한 일도 한잠 푹 자고 나면 다 잊을 수 있다고 하셨지."

장사를 하다 보면 오르막길도 있고 내리막길도 있다. 월극의상을 제작하는 이 일 역시 기복이 있는 것이 당연하고, 경쟁도 있고 도태되기도 한다. 천더우성은 혼자서 반나절 내내 이리저리 따져보았다. 그 결과 당장은 룽기를 당해낼 수 없다는 생각이 들었다. 운명을 받아들일 수밖에 없었다. 다행히 장원방에는 수녀들이 많아서 한 무리가 떠났더라도 또 다른 무리가 있기 마련이었다. 다만 솜씨의 차이는 있었다. 천더우성은 비관적인 쪽으로 생각하지 않으려고 스스로를 다잡았다. 그는 몇몇 이름을 떠올리며 내일 아침 일찍 찾아가 그녀들을 포섭해야겠다고 생각했다. 룽기가 이런 식으로 장사를 한다는 것은 신속하게 한기를 무너뜨리겠다는 의지의 표현임이 분명하다. 하지만 한기가 일 년 정도만 버텨낸다면 무너지는 쪽은 룽기가 될 것이다.

"광저우 성내의 누구라도 월극의상 사업을 할 수 있어. 룽기가 월극의상 사업을 한다고 해도 우리 한기를 죽일 수는 없지."

소식을 전해 들은 슈런이 예의 그 조용하고 침착한 태도를 버리고 쿵쿵거리며 사다리를 타고 처마까지 기어 올라가 간판을 한나절이나 닦으며 이렇게 결의를 불태웠다. 이토록 진지한 '미래의 사장' 모습을 본 견습생들 몇 명이 제대로 적수를 만났다며 박수로 환호했다. 그러면서 일제히 주먹을 불끈 쥐고 손을 문지르며 한기와 생사를 함께하겠다는 결연한 의지를 밝혔다.

한기의 사기는 드높았지만, 장사는 날로 시들해졌다. 룽기 쪽은 언제부터인지 호객하는 젊은이들이 입구를 지키고 서 있었다. 그들은 한기 문 앞에서 발길을 멈추는 손님을 볼 때마다 앞 다투어 그 손님을 룽기로 이끌었다. 많은 손님이 뿌리치지 못하고 룽기로 들어갔다. 가끔 일부 극단의 단장들은 겁도 없이 쳐다보지도 않고 곧장 한기로 들어오기도 했는데, 그러면 호객하는 젊은이들의 비웃음을 샀다.

"저것들, 내일도 저렇게 나오기만 해 봐. 내가 이 멜대로 저놈들 다 리몽둥이를 분질러 놓나 안 놓나 두고 보라고!"

아치가 이를 갈며 독하게 내뱉었다. 다른 견습생들도 너나없이 맞장구쳤다. 결국 밥그릇이 걸린 문제이므로 누구도 이 말을 그냥 넘길 수가 없었다. 이튿날, 바람결에 무슨 낌새를 맡은 것인지 호객하던 젊은이들이 보이지 않았다. 대신 룽기의 문 앞을 지키고 선 것은 검은 옷을 입은 두 사람이었다. 큰 키에 기골이 장대했고, 옛날 관속들이 쓰는 몽둥이를 든 모습이 척 보기에 현지 '불량배'임이 틀림없었다. 이 불량배 둘이서 룽기 주위를 오랫동안 순찰하면서 가끔씩 들고 있는 몽둥이로 땅바닥을 탁탁 쳤다. 누구라도 룽기에 딴지 거는 자가 있으면 자기들이 바로 손을 봐주겠다고 암시하는 듯했다. 슈런은 분위기가 심상치 않은 것을 보고 견습생들을 가게 안쪽의 작업 공방으로 들여보내며 공연히 나가서 말썽거리를 만들지 말라고 당부했다. 천더우성이 멀리서 한참을 지켜보더니 중얼거렸다.

"계부契父[51]로 모시지 않았다고 이 난리를 치는 건가?"

장원방 일대는 경찰국과 가까이 있었지만 항구를 통하는 거래가 빈번해서 지역의 악질 토호들을 적잖이 키워냈다. 게다가 앞으로 조금 더 가면 옛 싼란三欄[52]으로, 용과 뱀이 뒤섞인 형국이었다. 장사를 하려면 패를 결성해야 하는데, 그러다 보면 어쩔 수 없이 그 지역 불량배들과 손을 잡게 돼 있었다. 길을 따라 늘어선 각종 가게들은 저마다 얼마간의 '자릿세'를 내야 했고, 설 같은 명절 때는 '삼촌'들한테 인사치레로 과일 따위를 보내야 했다. 장사꾼 중에는 아예 불량배 조직의 우두머리를 '계부'로 삼는 이도 있었는데, 이렇게 하면 관계가 확실해진다.

한기도 지역 토호에게 매달 정확한 날짜에 '자릿세'를 내왔다. 어쨌거나 지역 토호를 상대하기란 어려운 일이라서 천더우성은 관례대로 돈을 내오면서도 그들과 교분을 쌓아야겠다는 생각은 해본 적이 없었다. 하지만 지금의 형세로 보면 설사 장사에는 영향이 없다 하더라도 한기의 기세에는 확실히 영향을 미칠 수 있었다. 정말 저들과 제대로 겨뤄야 한다는 것인가?

천더우성은 한참을 망설이다가 역시 참기로 했다. 매일 길거리에서 불량배들이 행패를 부리는 것을 본 그는 다급히 슈런을 불러 견습생들이 문제를 일으키지 않도록 잘 지켜보라고 지시했다. 그는 혼자서 장원방의 토호인 취앤잉全英을 찾아갔다. 취앤잉은 천더우성이 온 것에 조금도 놀라지 않았다.

---

51 광둥어로 의붓아버지를 나타낸다.
52 이더로(一德路)에 자리했던 노천시장인 싼란(三欄)시장을 가리킨다. 싼란은 수산물을 파는 어란(魚欄), 야채를 파는 채란(菜欄), 과일을 파는 과란(果欄)을 가리킨다.

"인근의 몇몇 가게들이 날 찾아와 하소연하더군. 자네 한기는 바로 맞은편에 있으니 분명 충격이 제일 컸겠지."

천더우성은 고개를 끄덕였다. 속으로는 이미 상황을 다 알고 있으면서 왜 전혀 관여하지 않느냐고 말하고 싶었다. (하지만 그런 말은 꺼내지도 못했을 뿐만 아니라 표정으로조차 내색하지 못했다.) 그는 취앤잉에게 룽기가 쓴 비열한 수작과 부당한 경쟁의 갖가지 사례와 관련해서 한 번쯤 손을 봐주었으면 한다고 거듭 부탁하는 수밖에 없었다. 취앤잉을 만나고 온 후 곧바로 그 불량배들이 자취를 감추었다. 마음이 좀 느긋해진 천더우성은 생각했다.

'너희가 아무리 돈 자랑을 하고 위세를 부려도 상관없다. 정당하게 경쟁하는 거라면 우리 한기는 겁나지 않아.'

이날 그는 웬일로 고객과 거래를 의논하기 위해 외출했고, 가게로 돌아올 즈음에는 날이 저물어 빛이 어둡고 희미한 데다 오가는 사람도 매우 드물었다. 가게 입구까지 걸어왔을 때 그는 돌연 등 뒤에서 이상한 움직임을 느꼈다. 막 돌아보려는 순간 이미 어깨에 한 방이 날아들었다. 그는 놀라서 휙 돌아섰고, 검은 무명옷에 붉은 허리띠를 맨 불량배 두 명이 눈에 들어왔다. 한 명은 손에 든 멜대를 휘두르고 있었고, 다른 한 명은 멜대를 쳐들어 내려치려 했다. 아주 험상궂은 표정으로 달려들었고 타격은 정확했다. 천더우성이 무의식적으로 손을 뻗어 뺏어보려고 했지만, 상대만큼 빠르지 못해 그대로 어깨에 또 한 방 얻어맞고 말았다. 몸 반쪽이 온통 저릿했다. 그는 간신히 버티며 상대가 어느 쪽에 있는지 똑바로 보려고 애썼다. 머리가 핑 돌면서 통증이 빠르게 온몸으로 퍼져나갔다. 그는 비틀거리며 일어나 온 힘을 다해 고함을 질렀다.

"사람을 쳤어!"

이때 또 다시 멜대가 내려와 그의 다리를 세게 내리쳤다. 그는 너무 아파 비명을 질렀다. 다리뼈가 이미 부러져버린 것 같았다.

한기 안에 있던 견습생 몇 명이 이상한 소리를 듣고 즉시 달려 나왔다. 샤오위안이 가장 먼저 발견하고는 크게 고함을 질렀다.

"어떤 놈이 감히 사람을 쳐!"

슈런도 아버지 목소리를 듣고 뛰쳐나오며 소리를 질렀다.

"무슨 일이에요!"

불량배 두 놈은 상대쪽 지원군이 나오는 것을 보고는 멜대를 집어던지고 도망쳤다. 천더우성은 땅바닥에 쓰러진 채 "아악, 아악" 하고 비명을 지르며 자신의 다리를 만졌다. 너무 아파 움직일 수조차 없었다.

제3장

천더우성은 며칠 동안 가게 일을 돌보지 못했다. 오전에는 집에 누워 있다가 오후에는 부제당扶濟堂[53]에 가서 치료를 받았다. 넷째 이모님은 그가 이렇게 얻어맞은 모습을 보고 몹시 마음 아파하며 그를 설득했다.

"이것저것 재고 따지면서 살지 마라. 잘 먹고 잘사는 것은 다 정해진 팔자란다."

천더우성은 두렵지는 않았다. 다만 매일 받고 있는 안마 치료가 너무 아파서 비명 지르는 것을 참을 수 없을 뿐이었다. 다행히 의원의 솜씨가 좋아서 일주일 정도 약을 달여 먹고 매일 치료를 받았더니 빠르게 회복되었다. 그는 다친 어깨를 만질 때마다 "쓰읍" 하고 신음을 뱉으면

---

53 주로 총상, 자상, 낙상, 찰과상, 타박상 등 구타나 싸움, 운동 등으로 입은 상처와 그로 인한 통증, 부종, 출혈, 골절, 탈구, 내장 손상 등을 치료하는 중의원이다. 과거에는 무술 겨루기 등이 상처의 주요 원인이 되었으므로 의원 역시 무예를 익힌 사람인 경우가 많았고, 그 때문에 의원보다는 사부라고 불리기도 했다.

서도 분통이 터져 참을 수가 없었다. 이런데도 법이라는 게 있나 싶었다. 사람들이 죄다 부정한 방법으로 겨루고 비열한 수를 동원한다면 월극의상 업계는 언젠가 망해버릴 것이다.

천더우셩은 이번에는 월극의상조합을 찾아갔다. 월극의상조합은 크고 작은 월극의상 점포들이 자발적으로 조직한 업계협회로, 여기에 가입한 점포는 매년 일정 금액의 회비를 납부해야 한다. 회장은 삼 년에 한 번 점포 사장들의 공동 추천을 받아 선거를 치러 선출한다. 지금의 후밍진胡明晉 회장이 신씽新星의 사장이라서 협회의 사무처도 신씽 위층에 자리하고 있었다. 천더우셩은 이층으로 가는 나무 계단을 쿵쿵 밟아 올라가면서도 속이 쓰렸다. 매년 가장 큰 액수의 회비를 납부해온 마당에 진즉에 한 번쯤 찾아왔어야 했다.

하지만 천더우셩이 반나절을 얘기하는 동안 후밍진은 그저 묵묵히 듣고만 있다가 마지막에 가서야 무기력하게 웃으며 한마디 했다.

"라이룽이 장원방의 질서를 어지럽힌 일로 수많은 업주들이 와서 고발을 했소. 하지만 룽기는 이제 막 문을 연 가게라 협회에 가입하지도 않았고, 게다가 외지에서 온 자라서 나도 어떻게 해보기가 난처합니다."

천더우셩은 그의 이런 대답이 마음에 안 들었다. 그는 옷소매를 걷어 팔뚝에 난 멍을 보여주며 말했다.

"나를 이 지경으로 때렸는데 다스릴 법도가 없다는 말씀이오?"

"이건, 경찰국에 신고할 수 있겠소. 지난번 그들이 쥬기珠記에서 소란을 피웠을 때도 곧바로 경찰국에 신고했으니까요."

후밍진은 아무 도움도 안 되는 대답을 하면서 자기도 모르게 목소리가 작아졌다가 천더우셩의 표정이 점점 시큰둥해지는 것 같자 얼른 그의 어깨를 두드리며 목청을 돋우어 말했다.

"내가 내일 아침 일찍 바허八和회관의 류 행장과 차를 마시기로 했소. 바허회관이 조만간 새 터로 옮기는데 무대 커튼을 새로 맞춰야 한다더군요. 내 당신네 한기를 추천하지요."

천더우성은 쓸데없이 더 말해봤자 아무 소용이 없다는 것을 알고는 얼른 표정을 바꾸어 미소 지으며 후밍진에게 말했다.

"감사합니다, 회장님."

협회를 나온 천더우성은 찜찜한 채로 돌아올 수밖에 없었다. 천더우성은 마음이 편치 않았다. 진즉에 이럴 줄 알았다면 매년 회비를 내지 않았을 것이다. 차라리 협회에 가입을 안 하는 게 나았을 것이다. 게다가 그 토호라는 작자는 순 사기꾼이 아닌가 말이다…… 이런 생각을 하다 보니 어느새 골목 입구에 이르렀다. 고개를 든 그는 맞은편에서 검은 옷에 붉은 허리띠를 맨 두 사내가 걸어오는 것을 보았다. 가슴이 두근거렸고 몸이 본능적으로 부들부들 떨려오며 등 쪽으로 찌릿찌릿 통증이 엄습해왔다. 계속 이런 식이라면 장사는 그들에게 뺏길 게 뻔하다는 생각이 들자 마음이 더욱 무거워져서 끝도 없는 심연의 강바닥까지 가라앉는 것만 같았다. 그는 천천히 문지방을 넘어 자신의 가게로 들어갔다. 애써 미소로 가장한 표정이 금세 어두워졌다.

인근의 몇몇 점포들도 모두 라이룽이 보낸 자들의 '방문'을 받았다. 한기야말로 장사가 가장 잘되고 또 맞은편에 위치해 있으니 자연히 '방문'도 훨씬 잦았다. 적잖은 고객들이 한기 문 앞까지 와서 들어오려고 하는 순간, 맞은편에서 다가오는 검은 옷차림의 젊은이한테 놀라 걸음을 멈추었다. 겁 많은 사람들은 그대로 가버렸고, 배짱이 있는 사람도 확실히 위험하지 않다고 여겨져야만 한기로 들어왔다. 다급해진 천더우성은 발을 동동 구르며 백방으로 방법을 찾았다. 그러다가 같은 업계 일을 하는 지인의 조언으로 우여곡절 끝에 기꺼이 도와주겠다는 '중재자'를 찾아냈다.

이날 천더우성은 일찍부터 기다리고 있었다. 정오가 다 되어갈 무렵에야 인력거 한 대가 한기 앞에 멈춰 섰다. 인력거가 멈추고 가림막 안에서 한 사람이 천천히 나왔다. 초승달처럼 하얀 천남성 문양의 장괘를 걸치고 검은 선글라스를 썼으며, 허리에는 최신 유행하는 담뱃대 함이 매달려 있었다. 천더우성이 황급히 달려가 맞으며 올려다보았더니 뜻밖에도 아는 얼굴인 데다 한창 인기 있는 대로관이었다.

량환런梁煥仁은 키가 크지는 않았지만 입술이 붉고 치아가 희며 이목구비가 빼어나게 아름다웠고, 콧대가 유난히 곧아 어떤 역으로 분장을 해놓아도 그라는 것을 바로 알아볼 수 있었다. 천더우성은 대로관들 중 상당수가 성격이 명랑하고 호탕해서 교우 관계가 넓다는 것을 알고 있었다. 그들은 장사꾼부터 관리까지 음지 양지 할 것 없이 두루두루 좋은 관계를 유지하고 있다. 천더우성은 황급히 량환런을 안으로 안내했다. 룽기의 웃통 벗은 젊은이가 천천히 다가왔다. 량환런은 얼굴색 하나 변하지 않고 침착하게 성큼성큼 다가가더니 그 두 젊은이를 마주 보며 말했다.

"당신네 사장에게 가서 전하시오. 소생 량환런이라고."

두 젊은 불량배는 엄포를 놓는 역할만 맡은 터였는데 상대를 위아래로 한번 훑어보니 기세가 만만치 않고 보통내기가 아닌 것 같아 보여서 함부로 덤비면 안 되겠다고 생각했는지 아무 일 없었다는 듯 룽기 입구로 되돌아갔다.

천더우성은 정중하게 량환런을 자리로 안내한 후 새로 제작한 도안집을 꺼내 보여주며 그에게 마음에 드는 것을 고르게 했다. 량환런은 신상품을 보더니 기쁨을 감추지 못했다. 금세 몰입해서 들여다보던 그는 그 자리에서 남자 대고 한 벌을 주문했다. 천더우성은 작은 알코올

화로에 불을 붙이고 좋은 차 한 주전자를 끓여 공손하게 량환런 앞에 올리며 물었다.

"해청은 안 하시나요?"

평소에 접대가 많은 량환런은 새 의상 맞추는 것을 매우 좋아했다. 새 옷감이 들어왔다는 천더우셩의 말에 새 옷을 맞추고 싶은 충동이 인 그가 잠시 생각하더니 말했다.

"날씨가 추워졌으니 두툼한 장괘를 하나 맞추는 것도 좋겠네요."

천더우셩이 얼른 맞장구를 쳤다.

"그럼요, 그럼요."

량환런은 예전부터 한기의 솜씨를 아주 좋아해왔다. 젊은 시절 극단에서 단역을 전전하던 때부터 그는 한기 옷을 차지하게 되는 것을 가장 좋아했다. 나중에 대로관이 되어 셩셔우녠勝壽年과 자유계약을 체결하고 처음 한기에 왔을 때, 그는 한꺼번에 수십 벌을 맞췄었다. 이후 리바오셩 도 한기에서 옷을 맞춘다는 사실을 안 다음부터는 발길이 뜸해졌다. 최근에 문무포文武袍를 맞추러 한 번 오긴 했지만, 벌써 반년 전 일이다.

천더우셩은 그 두 사람이 오랜 원한이 있다는 소문을 들은 터라 그의 앞에서 리바오셩 얘기를 꺼낼 수 없었다. 뜻밖에도 량환런이 천천히 차를 마시며 먼저 얘기를 꺼냈다.

"제가 여기 한기의 제품을 아주 좋아한답니다. 그런데 한기가 귀인 리바오셩의 옷만 전담해서 지어준다는 말을 듣고는 감히 올 수가 없었지요."

천더우셩이 환하게 웃으며 말했다.

"량 라오반께서 농담도 잘하시네요. 한기는 성도에 있는 모든 극단의 옷을 다 만든답니다. 누구라도 다 환영이지요."

량환런이 껄껄 웃으며 말했다.

"귀인 리바오셩이 웃돈을 두둑하게 주겠지요. 천 사장님, 장사꾼은 이문을 중히 여기잖습니까."

천더우셩은 얼른 량환런에게 차를 더 따라주며 말에 뼈가 있는 걸 못 알아들은 척하며 여전히 기분 좋게 웃었다.

"콩알만 한 가게라 그저 입에 풀칠이나 할 뿐이지요. 어디 이문이랄 게 있겠습니까."

이번 대응은 량환런의 마음에 적중한 것 같았다. 그는 아름다운 것을 사랑하고 월극을 사랑하는 사람으로서, 늘 한기의 훌륭한 수공예 솜씨에 미련을 가졌었다. 차를 좀 더 마신 후 그는 월극의상 도안을 한 번 더 쭉 살펴보더니 마지막에 새로 개발한 모양의 좌룡座龍[54]을 두 벌 더 주문했다.

"한기의 솜씨에 대해서는 마음 놓으십시오. 엉망이면 저희도 내놓지 않지요. 저희 간판에 먹칠만 할 텐데요."

천더우셩은 시종 웃음을 지었다. 이렇게 큰 주문을 받고 보니 애초에 량환런을 부른 목적 같은 것은 거의 잊어버렸다.

량환런은 또다시 천천히 차를 마시더니 약간 취한 듯 사방을 둘러보며 조롱기 가득한 얼굴로 말했다.

"천 사장님, 가게가 정말 좋습니다. 제가 귀인 리바오셩과 한 집에서 옷을 맞추는 건 싫지만, 그래도 놓치기 아까운 곳이에요."

천더우셩이 얼른 고개를 끄덕이며 그렇다고 말하다가 문득 이게 아니다 싶어 황급히 고개를 가로저으며 말했다.

---

54 월극의 무대의상인 좌마(座馬)와 용괘(龍褂)를 합친 조합을 줄여 일컫는 말이다. 배우는 먼저 좌마를 입고 단단한 허리띠로 맨 다음 그 위에 용괘를 걸친다. 소매와 앞 가슴에 둥글게 몸을 사린 용 문양이 수놓여 있는 용괘는 황제나 황족의 일상복으로 일반적으로 황색이 많고, 검은색과 붉은색도 있다.

"그건 다릅니다, 그건 다르지요."

오전 내내 잡담을 하다가 마침내 큰 건으로 다섯 벌을 예약하고 계약금을 받았다. 천더우성은 기분 좋게 량환런을 문 앞까지 배웅하고, 인력거도 불러주었다. 량환런은 간판 아래에서 잠시 걸음을 멈추고는 건너편을 힐끗 쳐다봤다.

"룽기가 이런 식으로 횡포를 부리는 것은 월극의상 업계의 발전에도 하등 좋을 게 없어요. 우리 같은 배우들한테도 좋을 게 없고요. 제가 경찰국의 천陳 국장과 잘 아는 사이입니다. 부탁 한 마디면 정리될 거고요. 한기는 앞으로 저한테 좋은 옷 많이 만들어주십시오. 귀인 리바오성만 잘해주지 마시고요."

천더우성은 정신없이 고개를 끄덕였다.

슈런은 매일매일 물 마실 겨를도 없이 바빴다. 이 젊은이는 가게에서 일한 지 벌써 오륙 년이 되었지만, 여전히 단순하기 짝이 없었다. 아버지의 '말'이 떨어지면 그는 아무 고민 없이 그저 아버지의 구령에 맞춰 일할 뿐이었다. 주위 사람들 눈에는 그가 미래의 대형 점포 '사장님'으로서 먹고살 걱정 없이 그냥 앉아서 가업을 통째로 물려받는 '부잣집 도련님'이었다.

그러나 이 '부잣집 도련님'은 언제나 겸손한 모습이었다. 그는 언제나 자신을 일하는 사람이라고 생각했다. 그는 연단하고, 마름질하고, 꿰매고, 자수 놓는 일 하나하나에 정통했다. 작업 공방 안에서 이루어지는 모든 공정을 제대로 꿰뚫고 있었고, 섬세한 솜씨도 갖추고 있었다. 그를 속상하게 하는 것은 최근에 불거진, 이 가게의 존망이 걸린 분쟁에서 자신이 할 수 있는 일이 아무것도 없다는 사실이었다.

천더우성이 장탄식을 내뱉을 때 그는 위로할 말을 찾지 못했다. 천더우성이 전전긍긍하며 도움을 구할 때도 그는 이렇다 할 뾰족한 방법을 찾아내지 못했다. 급기야는 천더우성이 눈살을 찌푸린 채 무기력하게 그를 바라보며 이렇게 말했다.

"앞으로 내가 없으면 어떻게 한기를 끌고 갈 셈이냐?"

그는 그저 고개를 푹 숙인 채 번잡하고 자질구레한 부속물들을 챙기며 빨리 의상이 완성되어 아버지의 근심이 하나라도 덜어지길 바라는 수밖에 없었다.

그는 성격이 온화하고 내성적이며 언제나 너그러운 미소를 띠고 있었다.

천더우성이 극단이나 배우들과 친분을 쌓을 기회를 엿볼까 하고 아침 차를 마시러 찻집에 갈 때, 슈런은 장부를 들고 자수 일감을 회수하러 다녔다. 그는 한 번도 게으름을 피운 적이 없었지만, 견습생들한테는 일부러 꾀부릴 틈을 주곤 했다. 그는 자신이 힘들게 일하고는 있지만, 형편이 곤궁하지는 않다고 생각했다. 반면에 견습생들은 아침부터 저녁까지 일한 대가로 쥐꼬리만한 돈을 받으면서 그마저도 아까워서 못 쓰고 가족들을 부양하겠다고 고향 집으로 부치고 있었다. 그는 그것이 안쓰러웠다.

장원방을 통과해 따신가까지 걸어온 그는 위앤씨元錫 골목 입구에서 꽃 파는 아가씨 쑤란素蘭을 만났다.

슈런이 아는 아가씨였다. 이 아가씨도 한기에서 자수 일감을 받아 일하는 수녀였다. 아침 일찍 해가 나기 전에 싱싱한 옥란화 한 바구니를 팔고 나면, 오후에는 자수 일감을 받아 또 다른 생업을 하는 것이었다. 쑤란은 호리호리한 체구에 얼굴색은 까무잡잡하고 노랬다. 웃을 때면 커다란 눈이 둥그렇게 휘어 아주 온화해 보였다. 그녀는 파란색 날염 무명옷을 입고 있었는데, 집에서 언니들이 입던 옷임을 금방 알 수 있었다. 깃이나 소맷부리가 심하게 낡은 데다 품이 너무 크고 헐렁해서 입고 있는 몸 위에서 펄렁펄렁 나부끼는 것 같았다. 그녀는 허리를 살짝 굽혀서 힘을 덜 들이고 자기 몸보다 훨씬 큰 소쿠리 두 개를 번쩍 들었다. 슈런은 소쿠리 안에 옥란화가 한가득 들어 있는 것을 보았다. 옥란화는 아침에 물을 뿌려서인지 이슬을 머금고 있어서 가장 아름다울 때였다. 물이 똑똑 떨어질 정도로 싱싱하고 감미로운 향기가 코를 찔렀다.

둘 중 한 사람은 골목을 막 빠져나오려는 참이었고, 또 한 사람은 막 들어서려는 참이었는데 하마터면 좁은 골목길 안에서 정면으로 충돌할 뻔했다.

슈런은 고개를 숙여 그녀를 보았다. 그녀도 고개를 숙이고 있어서 하늘을 향한 그녀의 정수리밖에 보이지 않았다. 소쿠리 두 개가 심하게 몇 번 휘청거리자 그녀가 조심스럽게 멜대를 내려놓았다.

슈런이 "저기," 하고 나직이 불렀다.

"오늘은 이렇게 늦게 나온 거야?"

쑤란이 고개를 숙인 채 "네." 하고 대답했다.

"셋째 이모가 아프셔서 약을 좀 달여 드리고 나왔어요."

쑤란의 집은 투화土華에 있었다. 그녀와 언니 한 명만 위앤씨가元錫街에 있는 셋째 이모 집에 잠시 묵고 있는 것인데, 그 편이 꽃을 팔기에 좀 나아서였다.

그녀의 이마에서 어느 틈엔지 땀방울이 배어 나와 커다란 이마에 투명하게 반짝이는 땀방울 몇 개가 또렷하게 매달려 있었다. 슈런은 당장이라도 손을 뻗어 대신 닦아주고 싶은 마음을 참을 길이 없었다.

"아, 지금 자수 일감을 걷으러 가는 길이었는데 셋째 이모님이 일을 끝내셨는지 모르겠네."

슈런이 쑥스러워하며 말을 건넸다.

쑤란이 눈을 동그랗게 뜨며 대답했다.

"아, 아직 다 못 끝내신 것 같아요. 얘기 못 들었거든요."

눈빛에 두려움이 묻어났다. 아마 슈런이 집까지 따라올까 봐 걱정하는 눈치였다.

두 사람은 길목에서 서로 마주 보며 무슨 말을 해야 할지 몰라 한참을 말없이 서 있었다. 결국은 슈런이 용기를 내어 먼저 입을 열었다.

"그럼 내일 다시 오지. 급할 건 없으니까. 쑤란은 우선 셋째 이모님 간병 잘 해드려."

쑤란이 다시 그를 쳐다보며 또 한 번 놀랐다. 당황한 눈빛이었다. 잠시 생각 끝에 슈런의 배려를 받아들인 그녀가 얼굴을 붉히며 수줍게 미소 띤 얼굴로 말했다.

"그렇게 해주신다니 감사합니다, 천 사장님."

그녀는 말을 마치자마자 얼른 고개를 숙이고 소쿠리를 다시 메고는 가버렸다. 소쿠리 두 개가 여전히 심하게 휘청거렸다. 그녀가 멀어져간 길에 상큼한 옥란화 향기가 퍼졌다.

슈런이 이 옥란화 향기와 함께 기쁨에 들떠 느릿느릿 가게로 돌아왔을 때, 천더우셩은 어쩐 일인지 몹시 화가 나 있었다.

아침 일찍 후이루루惠如樓 찻집에서 차를 마시던 천더우셩이 리바오셩과 딱 마주친 것이었다. 리바오셩은 아예 그를 괴롭히려고 작심했다는 듯이 업계 사람들이 잔뜩 모인 자리에서 큰 소리로 떠들었다.

"따님 솜씨가 참 좋습디다. 장원방 전체에서 따님 솜씨가 제일이에요. 그래서 내가 어제 그 집에 가서 용포를 한 벌 맞췄지요."

모든 일에는 이유가 있다는 것을 천더우셩도 모르는 바는 아니었지만, 그렇다고 그것이 반드시 자기 딸과 관련이 있다고 볼 수도 없었다.

아마도 량환런 때문일 소지가 다분했다. 그렇다 하더라도 마음은 갑갑했다.

그는 차를 마신 후 돌아와 어항 속의 거북이[55]한테 고래고래 욕을 퍼부었다.

"이놈의 망할 거북이들은 도무지 돼먹지가 않았어. 밥은 안에서 처먹고 엉뚱한 데로 기어나가다니."

슈런은 아버지가 화내는 모습에 놀라 좋았던 기분이 싹 달아났다. 그는 재빨리 작업 공방으로 가서 견습생들과 함께 일했다. 천더우성은 거북이에게 욕을 잔뜩 퍼붓더니 다시 견습생들을 욕하기 시작했다. 마찬가지로 그들에게도 "안에서 처먹고 밖으로 기어나간다."[56]며 돼먹지 않았다고 했다.

기다란 계척을 들고 한참을 왔다 갔다 하더니 갑자기 자수 일감이 생각났는지 고개를 돌려 슈런에게 물었다.

"너 아침나절 내내 어디서 뭘 하다 온 게냐?"

슈런은 아버지가 화난 것을 알고 감히 대꾸를 못하고 그저 고개를 푹 숙인 채 한 자짜리 계척으로 세게 내려치는 것을 그대로 맞고 있었다. 계척이 자신을 내려칠 때 그는 자수 일감 생각에서 문득 쑤란이 떠올라 자기도 모르게 입가에 희미하게 미소를 흘렸다. 그것을 본 천더우성이 두 대를 더 내려쳤다. 슈런조차 매를 피하지 못하는 모습을 본 견습생들은 더욱 놀라서 찍소리도 못하고 필사적으로 일만 했다.

천더우성의 화가 좀 누그러지자 그제야 슈런이 차분하게 설득했다.

---

55 말 그대로 어항 속의 거북이, 남생이를 가리키기도 하지만, 동시에 은유적으로 '옛날 유곽 주인'이나 '오쟁이 진 남자(자기 계집이 다른 사내와 정을 통한 사람)'를 뜻하기도 한다.
56 '홀리파외(吃里爬外)'라는 중국 속담이다. 외부 사람과 결탁하여 내부에 손해를 끼치는 경우를 빗대어서 하는 말이다.

화의금몽

"가족이잖습니까. 동생이 운영하는 황류기가 문을 열었으니 우리한 테도 좋지요. 나쁠 게 뭐 있겠어요. 앞으로 두 가게가 하나로 합친다면 더 이상 우리를 따라올 상대가 없을 거예요."

천더우성은 팔걸이의자에 비스듬히 기대앉아 의자 위에 새겨진 보압천련寶鴨穿蓮 문양[57]을 만지작거리다가 몸을 돌리며 말했다.

"물론 나도 안다. 어쨌거나 다 한 가족이지."

량환런을 모셔 오면서부터 과연 룽기의 기세는 즉시 수그러들었다. 경찰국 국장이 경찰들을 이끌고 장원방 일대를 몇 차례 순찰한 뒤로 검은 옷의 장정들도 소리소문없이 시리졌다. 천더우성은 괴롭힘을 당했던 다른 몇몇 업주들과 연대하여 후밍진을 압박한 끝에 후밍진에게서 약속을 받아냈다. 룽기가 다시 한번 소란을 벌이면 후밍진이 직접 나서서 바허회관을 찾아가 앞으로 누구도 룽기를 도와서는 안 된다는 다짐을 받아내겠다는 것이었다. 천더우성은 그제야 좀 안심이 되었다. 그는 마음을 가라앉히고 잠시 생각한 끝에 슈런에게 지시했다.

"네가 추이평 쪽에 자주 들러 들여다보아라. 누구든 '자릿세'를 받겠다고 거길 가거든 바로 내게 알려다오."

황류기는 허닝의 비좁은 골목 안에 문을 열었다. 가게라고 해봤자 양쪽에 문을 낸 한 칸짜리 흙벽돌 단층집이다. 작고 좁은 간판은 얇디얇은 삼나무 판자를 칠한 것이다. 입구에 서 있는 옷걸이에 전통 하피霞帔[58] 한 벌이 걸려 있었는데, 누가 보더라도 이 가게의 솜씨가 얼마나 섬세하고 정교한지 대번에 알 수 있었다. 천더우성은 겉으로는 말끝마다

---

57 글자 그대로 연꽃을 입은 오리 문양이다. 오리 압(鴨) 자 왼쪽 변(甲)의 발음인 '갑'이 과거시험의 장원급제를 나타내는 과갑(科甲)의 갑과 같고, 연꽃의 청렴, 신성, 순결의 의미와 합쳐져 예로부터 시험 합격을 기원하는 의미로 많이 쓰였다.

58 고대 중국의 귀족 여인이 입는 예복의 일종이다. 목에서 앞가슴까지 덮는 어깨 덧옷으로 현재의 숄과 유사하며 각종 문양의 아름다운 자수가 놓였다.

욕을 해댔지만, 속으로는 무척 신경을 쓰고 있었다. 이 가게가 생겼다는 것을 안 다음부터 늘 귀를 쫑긋 세우고 업계의 반응을 살폈다. 그의 예상과 달리 황류기의 장사는 조금 잘되는 정도가 아니라 수많은 큰 가게들보다도 나았다. 하루는 잘 알고 지내는 이웃 가게에서 일부러 한기를 찾아와 알려주었다.

"자네 큰딸 가게는 큰길로 이사를 못 간다던가? 매일 손님들이 뻔질나게 드나들어서 이젠 야채시장보다도 시끌벅적하다니까."

천더우성은 얼른 웃으며 사과하고는 되도록 빨리 이사하게 하겠다고 약속까지 했다. 나중에 슈런한테서 얘기를 들어보고 나서야 성도 내 큰 극단에서 가장 유행하고 있는 소매향小梅香 의상이며 궁녀복이 모두 황류기에서 만든 것임을 알게 되었다.

천더우성이 하루는 주문 받은 고객의 치수를 재러 간다는 핑계로 옷 상자를 들고 따신가를 지나가며 일부러 길을 에둘러 허닝으로 들어갔다. 허름한 간판 아래에 자수천이 걸린 문이 열려 있었는데, 사람들이 계속 드나들어 몹시 북적거렸다. 검은 무명옷을 입은 수녀들이 배낭을 메고 문 앞에 모여 자수 일감을 받고 있었다. 춘후이春暉 극단의 푸傳 라오반은(물건을 받으러 온 것 같았는데) 으스대며 휘적휘적 문 앞까지 오더니 큰 소리로 사장을 불렀다.

"천 사장님은요?"

잠시 후 추이펑이 가게 안에서 나왔다. 손에 아주 정교하고 섬세한 여망女蟒[59] 상의를 들고 나와 빙긋 웃으며 말했다.

---

59 여자용 망포(蟒袍)로 남망(男蟒)과 형태가 거의 동일하지만 길이가 무릎 정도로 짧다. 망포는 화의(花衣)라고도 하는데, 고대 관원의 예복으로 두루마기에 이무기 무늬가 자수 놓여 붙여진 이름이다. 황실을 상징하는 용이 발가락이 다섯 개인 데 반해, 여망 위에 놓인 이무기 자수는 발가락이 네 개이다.

화의금몽

"푸 라오반께서 직접 오셨네요!"

천더우셩은 무성한 가지를 잔뜩 늘어뜨린 용수나무榕樹[60] 뒤에 서서 수염처럼 잔가지가 늘어진 굵은 나무 몸통에 몸을 가리고 한참을 지켜보았다.

추이펑은 그런 것을 전혀 몰랐다.

그녀는 처음 가게를 열까 생각했을 때도 정말 많이 망설였었다. 황류는 소학교 선생님이라는 일이 있어서 매일 정해진 시각에 수업을 해야 했으므로 가게의 장사는 오롯이 자신이 해야 할 몫이었다. 그녀는 세세하고 꼼꼼하게 계산하고 따져보았다. 월극의상 한 벌을 만들기 위해 본을 뜨고, 재단하고, 자수를 놓고, 봉제하는 모든 과정은 어느 한 부분도 생략할 수 없다. 그중 일부라도 외부의 가게에 작업을 부탁하게 되면 손에 쥘 수 있는 돈은 거의 없을 터였다. 그렇다고 자신의 두 손만으로 어떻게 다 만들어내겠는가? 그녀는 이리저리 한나절을 계산해보았다. 자수 도안이야말로 가장 돋보이는 부분이고 시간과 공을 가장 많이 들여야 하는 부분이므로 남들이 하지 않는 묘수를 생각해내야만 했다. 그녀는 경력이 많은 숙련된 수녀들을 과감히 포기하고 좀 더 싼 일꾼을 구했다.

공교롭게도 마침 그때 인근에 일자리를 잃은 몇몇 젊은 아가씨들이

---

60 교살목(絞殺木) 또는 뱅골보리수라고도 한다. 종자가 다른 나무나 석조건물, 다리 틈 등에서 발아해 기생식물로 자라며, 높이는 20미터까지 자라고 줄기가 여러 갈래로 분기하여 땅을 향하는데 무척이나 무성하여 자리 잡은 건물이나 바위를 감싸 안는다. 캄보디아 앙코르와트 석조건물을 감싸고 있는 나무로 우리에게 잘 알려져 있다. 줄기와 뿌리가 서로 구분할 수 없게 엉켜 자라는데, 뿌리도 줄기처럼 굵어지면서 껍질이 발달해 단단해진다. 바위나 콘크리트를 뚫고 나올 정도의 위력이 있고, 다른 나무를 목 졸라 죽이는 나무라고 하여 교살목이라는 별명도 붙여졌다.

있었다. 원래 샤몐沙面[61]에 있는 외국인 집에서 '하녀' 노릇을 하던 사람들인데, 하필 정부 당국과 외국인 사이에 충돌이 생기는 바람에 많은 직원이 안전을 이유로 가족들을 잠시 귀국시키면서 갑자기 일자리를 잃게 되었다. 이 아가씨들 대여섯 명이 가끔 추이펑의 가게에 와서 노닥거리며 수다를 떨곤 했다.

추이펑은 잠시 망설였다. 이 사람들은 자수 경력이 전혀 없어서 바늘을 제대로 잡을 수 있으려면 시간이 많이 필요할 거라고 생각했다. 더구나 각자의 이해력이 어느 정도인지도 모를 일이었다. 만약 일을 시킬 수 없을 정도라면 "부인도 잃고 병사도 잃는 꼴"[62]이 될 것이었다. 그녀가 주저하며 결정을 내리지 못하자 황류가 격려했다.

"사람들 모두 각자에게 맞는 가르침이 다 있다오. 세상에 부적격인 선생은 있어도 부적격인 학생은 없어요."

추이펑은 그의 말을 듣고 금세 자신감이 생겼다. (이는 수많은 견습생들을 대하면서 조금도 동요하지 않았던 그녀가 오로지 황류만큼은 좋아하게 된 이유이기도 했다.) 그녀는 부부가 함께 상의하고 서로 힘이 돼준다는 사실이 좋았다. 두 사람은 함께 가르치는 방법을 의논했고, 희미한 전등불 하나에 의지해 공책에 적고 또 거듭 수정해가며 교재를 만들었다.

추이펑은 수녀가 되고 싶어 하는 그 아가씨들과 계약을 하면서 그녀

---

61 상업 도시로서 백 년이 넘는 역사를 가진 광저우의 주요 도시이다. 십여 개 국가의 영사관이 있었고, 외국은행과 수십 개의 외국상사, 광저우 세관, 광저우클럽 등이 샤몐에 설치되어 영업을 했다. 쑨원 선생, 저우언라이 총리 등의 발자취가 남겨진 곳으로 광저우 근대사, 나아가 중국 근대사 및 조계사(租界史)의 축소판이라고 할 수 있다.
62 『삼국지연의』에 나오는 일화의 하나다. 주유가 손권의 여동생을 유비에게 시집보냄으로써 혼인하러 온 유비의 발을 동오에 묶어두고 형주를 탈환할 계책을 세웠으나 유비가 혼인한 이후 부인을 데리고 오나라를 탈출했고, 주유가 뒤늦게 군대를 이끌고 추격했으나 제갈량의 복병에 참패했다. 이를 가리켜 사람들은 주유가 "부인도 잃고 병사도 잃었다"고 비웃었다. 이후 싸게 먹히려다 오히려 손해를 본다는 의미로 쓰인다.

들에게 매일 아침마다 와서 자수법을 배우도록 했다. 아가씨들은 매일 아침 아주 기쁜 마음으로 와서 공짜 수업을 들었다. 처음에는 쉽고 얕은 것에서부터 시작해 점점 어렵고 심도 있는 것으로 자수를 놓아가며 배우도록 했다. 우선 꽃송이나 물결무늬 수놓는 법을 배웠다. 이어 바늘 바꾸기, 실 바꾸기, 두 바늘 자수 놓기, 말아 감기······ 등을 순서대로 차근차근 가르쳤다. 추이펑은 어머니에게 몰래 갖다 달라고 부탁한 한 기의 자투리 천을 교육용으로 사용했다. 그녀는 번잡한 일을 마다치 않고 매일 성심껏 가르쳤고, 또한 아가씨들에게도 엄중하게 얘기했다.

"수공예 기술로 살아가는 비결은 마음을 가라앉히고 조급해하지 않는 데 있어요. 그래야 못하던 것도 잘하게 돼요. 그런 마음가짐이라면 언젠가는 잘하게 되는 날이 와요."

그 아가씨들은 '하녀' 노릇을 하면서 매일같이 주인집에서 지적받고 꾸중만 듣느라 사는 게 너무 고달프고 답답했던지라 지금 이렇게 마음을 가라앉히고 수공예 기술을 배울 수 있다는 것이 그렇게 소중할 수가 없었다. 가장 간단한 꽃과 물고기부터 수놓기 시작해서 매일 반복하고 배우다 보니 보름이 안 되어 일을 시작할 수 있게 되었다.

추이펑은 밤낮없이 쉬지 않고 일했다. 낮에는 다른 이를 가르쳤고, 밤에는 악착같이 일을 했다. 한기의 장사가 다시 내리막길이라는 오빠의 말을 듣고, 자신이 만든 옷을 팔라고 그에게 보냈다. 금실로 꽃과 봉황을 수놓은 연한 분홍색 궁녀복이었다. 한 폭 전체에 커다란 붉은 목단이 수놓여 있었고 소맷부리에는 자잘한 난꽃과 원추리 문양이 잘 어우러졌으며, 평투침平套針, 반투침反套針 등 침법針法을 적절히 운용하여 문양의 요철이 섬세하게 표현되면서 입체감이 매우 뛰어났다. 서너 가닥이 훨씬 넘는 자수 실이 이리저리 갈라지면서 변화무쌍한 색채와 농담이 서로 번갈아 물들어 무척 근사했다. 이 궁녀복은 한기 점포 앞에 걸리자마자 그 눈부시고 찬란한 아름다움에 일주일도 안 되어 팔려나갔다.

천더우성은 추이펑의 솜씨라는 걸 뻔히 알고 있었지만 내색하지 않았고, 여느 때처럼 시세대로 값을 매겼다. 그리고 슈런에게 몇 벌 더 주문하게 한 뒤 한기 가게 앞에 새로 옷걸이를 더 마련해 일자로 늘어세웠다. 이렇게 해서 황류기의 장사는 새로운 국면을 맞았다. 추이펑은 자신감이 생겼고, 수녀들에게 반盤, 구勾, 직織, 보補[63] 등 훨씬 더 어려운 수예 기술을 가르쳤다. 이들 신참 수녀들은 고생을 기꺼이 견디며 항상 열심히 일했고, 영민해서 학습 성과가 뛰어나 바느질도 꼼꼼하고 문양도 아주 보기 좋았다. 완성된 자수품은 봉합을 거쳐 즉시 가게 앞에 진열되었고, 천더우성은 딸의 옷을 판촉하는 데 돈을 호쾌하게 썼다. 이렇게 해서 황류기의 장사가 날로 번창하자 사장부터 품팔이 일꾼들까지 자신감이 생겼다.

이날은 월말이자 월급날이었다. 추이펑은 장부를 잘 정리해 정확하고 분명하게 계산해서 수녀들에게 즉시 임금을 지급해주었다. 이는 아가씨들에게는 대단한 기쁨이었다. 기분 좋은 김에 추이펑은 모두를 찻집에 데려가 차를 대접하겠다고 했다. 광저우에는 도처에 수많은 찻집이 있었다. 찻집들 가운데도 고급, 중급, 저급의 등급이 있었지만, 이 아가씨들한테는 찻집에서 차를 마시는 것 자체만으로도 너무나 근사하고 분에 넘치는 호사였다. 그녀들도 들어는 봤지만 평소에는 엄두를 내지 못하는 일이었다. 이날 아침 일찍 한 무리의 아가씨들이 추이펑의 인솔 하에 서로 허리를 두르고 손을 잡고 히죽거리며 걸어갔다. 모두가 찻집의 커다란

---

63 광둥 자수의 다양한 기교들이다.

탁자에 한데 앉아 위터우쑤芋頭酥[64], 펑리쑤鳳梨酥[65], 지디죽及弟粥[66], 쥬창펀猪腸粉[67] 등을 잔뜩 주문하여 한 상 가득 차려놓았다. 아가씨들은 웃고 떠들며 주전부리를 먹었고, 각자의 미래에 대한 꿈을 얘기했다.

중국과 영국 사이의 무역 거래 분쟁이 갈수록 격화되는 양상으로 치달으며 항구에서 몇 번의 충돌이 발생했다. 샤먼에 거주하는 일부 영국 상인들은 안전을 이유로 가족들을 모두 영국으로 귀국시켰다. (추이펑이 거둔 수녀들이 바로 이 상인들의 집에서 입주 하녀로 일하다 온 이들이었다.) 이러한 상황은 한동안 지속되면서 좀처럼 나아질 기미가 보이지 않고 있었다. 이날 라디오에서 영국 당국이 파견한 이들이 샤먼의 선박 출입을 멋대로 봉쇄하고 영국 화물은 진입을 허용하면서 중국 화물의 출항을 불허하자 정부 당국에서 닌징의 영국영사관에 사람을 파견하여 이 문제를 긴밀히 협의하고 있다는 소식이 방송되었다. 이는 광둥성의 대외무역 전체에 심각한 타격이 될 것이고, 한순간에 성도 내 무역경제가 폭락한다는 것을 의미했다.

소식이 퍼진 지 며칠도 안 되어서 월극의상 점포의 매출은 참담하게 쪼그라들었다. 성도 내 대형 극단의 주문량은 제한적이었기 때문에 월극의상 물량(특히 자수품)의 절반 정도는 수출되어야 했다. 다시 십여 일이 지나자 몇몇 점포들의 상황이 심각해지면서 아예 문을 닫았고, 문짝에는 "친척 방문차 고향에 돌아갑니다. 한 달 쉽니다."라는 문구가

---

64 토란을 넣어 만든 비스킷류의 간식이다.

65 파인애플 잼을 넣어 만든 케이크류의 간식이다. '펑리(鳳梨)'의 민난어 발음이 '왕래(旺來)'와 비슷하여 자손이 많이 온다는 의미로 혼례나 제례 등 잔치 때 널리 만들어 먹었다.

66 광둥성의 전통 음식으로 돼지고기 완자, 순대, 간 등을 넣고 끓인 광둥식 죽이다. 돼지내장을 가리켜 '자디(雜底: 잡저)'라고 하는데 발음이 비슷한 '지디(及弟: 급제)'로 미화시켜 구매력을 높인 것이다.

67 납작한 대나무 채반에 묽은 쌀죽을 발라 쪄서 얇은 피를 만든 다음 그 피를 말아 길게 만든다. 그 모양이 돼지 창자와 비슷하여 붙여진 이름이다.

나붙었다. 실력이 탄탄한 큰 점포들은 겨우 버티고는 있었지만, 그나마 도 하루 일하고 하루 손해 보는 판국이었다.

천더우성은 팔걸이의자에 말없이 앉아 옆에 놓인 낮은 단향목 다탁에 기댄 채 작은 놋쇠화로에 불을 붙이고 주전자에 차를 우렸다. 놋쇠 화로는 불이 너무 더디게 붙었다. 불꽃이 간신히 화로 밑바닥을 핥는 듯한 모습은 사람의 미적지근한 성질을 보여주는 것 같았다. 그는 깊은 생각에 잠긴 채 화로 위에 놓인 물이 끓기를 기다리며 넋 나간 사람처럼 주전자 속에 찻잎을 한 숟갈 한 숟갈 자꾸만 넣었다. 막상 마시려고 보니 탕약처럼 너무 써서 그는 참지 못하고 혀를 내둘렀다.

슈런은 그 옆에 묵묵히 서 있었다. 그는 아버지를 어떻게 위로해야 할지 알 수 없었다. 아버지의 찻잔이 빈 것을 본 그는 얼른 잔을 씻어내고 물로 헹군 후 차를 더 넣었다. 끓는 물 속에서 찻잎이 위로 떠올랐다 다시 가라앉는 것을 지켜보던 슈런이 마침내 용기를 내어 입을 열었다.

"근래 업계 상황이 이렇게 안 좋은데 황류기 쪽이 버틸 수 있을지 모르겠어요."

천더우성은 여전히 눈을 감은 채 손가락으로 탁자를 톡톡 두드리며 짐짓 아무렇지도 않다는 표정으로 말했다.

"황류기 일을 네가 뭣 하러 걱정해. 내 집 일도 제대로 돌보지 못하는 판인데."

"황류는 선생님이라서 장사에 대해서는 아무것도 몰라요. 추이펑 같은 여자애가 이렇게 큰 풍랑을 어떻게 견딜 수 있겠어요. 우리 한기는 그래도 저력이 있지만, 황류기는 하루 벌어 하루 먹고사는 처지인데…….."

슈런은 아버지가 냉담한 반응을 보이자 다급해진 나머지 참지 못하고 아버지에게 잔소리를 늘어놓았다. (그는 정말 어찌 된 일인지 정말 이해할 수가 없었다. 일전에는 아버지가 분명 황류기에 몹시 신경을 썼었다.) 천더우성은 손을 뻗어 계산기를 두드렸다. 아들에게 자신의 안색을 들키지 않으려고 장부를 계산하면서 얘기했다.

"오늘 셴洗 사장이 왔다던데, 무슨 일인지 왜 내게 말하지 않는 거냐!"

천더우성이 거래 얘기를 하러 나간 사이에 셴 사장이 왔었다. 셴기洗記는 직원이 열 명 가까이 되는 가게로, 장사가 꽤 잘되는 편이었다. 셴 사장은 외지 사람이어서 이쪽 광둥식과는 기풍이 달랐다. 단골손님도 만들지 않았고, 입소문도 내지 않았으며, 돈이 된다 싶으면 달려들고 돈이 안 될 것 같으면 바로 발을 뺐다. 그래서 가게가 작고 재고도 적어서 언제라도 정리해서 떠날 수 있었다. 근래 월극의상 사업은 그야말로 어려운 상황이었다. 이대로 계속 손해만 볼 것 같아서 두려웠던 그는 빨리 기계를 치분해서 모은 돈을 가지고 우선 고향으로 내려갔다가 상황이 나아지면 돌아와야겠다고 생각하고 있었다.

슈런은 아버지에게 지필묵을 펼쳐주며 사실 그대로 보고했다.

"우리가 혹시 셴기를 사들일 생각이 있는지 셴 사장님이 물어왔어요."

주판 위에서 능숙하게 주판알을 튕기는 그의 손가락이 계속해서 청량한 소리를 만들어냈다. 천더우성은 먹물을 찍어 붓으로 장부 위에 숫자들을 하나하나 자세히 기록했다.

"셴기의 솜씨야 늘 괜찮았지. 그런데 가게는……."

장원방 내에서 큰 가게가 작은 가게를 병합하는 것은 흔히 있는 일이었다. 장사를 하다 보면 오르막과 내리막이 번갈아 찾아오고, 살아남는 자가 있으면 도태되는 자도 있기 마련이다. 천더우성이 다른 작은 가게들을 병합하고 싶어 한 것은 어제오늘 일이 아니었지만, 그동안은 적당한 기회가 없었다. 월극의상 경기가 안 좋을 때 일부 작은 가게들은 유지조차 힘들어진다. 다만 다른 사람의 가게를 인수하려면 자금이 필요한데, 한기의 장사도 참담하기는 마찬가지라는 것이 문제였다. (반면에 지금 형편이 빠듯한 것은 사실이지만, 지금이 작은 가게를 싼값에 사들일 더없는 호기임에도 틀림없었다.)

게다가 셴기는 가게 입지가 아주 좋았다. 장원방 끝자락에 있으니 정말 좋은 자리다. 향후 머리와 꼬리가 서로 조응한다면 장원방 전체의 장사가 한기의 것이나 마찬가지다.

"우선 가서 둘러보자."

천더우성이 붓을 내려놓고 빙긋 웃으며 말했다.

셴기의 장사는 과연, 엉망이었다. 셴 사장은 경리직원과 함께 계산대에 앉아 장부를 들추며 계산을 맞춰보고 있었다. 그는 천더우성이 찾아온 이유를 듣고는 뜻밖이라는 표정으로 반색하며 말했다.

"사시겠다면 있는 대로 다 양도하겠습니다."

천더우성은 겉으로는 차분한 표정으로 별 관심이 없는 것처럼 보였지만 재빠르게 사방을 훑어보았다. 산처럼 쌓인 비단과 대나무 틀에 끼워진 자수 일감이 이미 완성되어 층층이 쌓여 있는 것을 바라보며 그것들을 속으로 계산하고 있었다.

셴 사장은 괴로워 죽겠다는 표정으로 천더우성에게 말했다.

"최근 시장 상황이 너무 안 좋습니다. 저는 더 이상 못하겠어요. 한기는 재력이며 실력이 탄탄하니까 이 정도 풍파는 견뎌낼 수 있잖습니까. 이 장원방을 지켜낼 곳은 한기뿐입니다."

그 말에 천더우성은 속으로 으쓱하지 않을 수 없었지만 겉으로는 이렇게 말했다.

"무슨 그런, 당치 않아요. 우리도 힘듭니다. 그저 온 가족이 이 가게에 매달려 살아가고 있으니 버티기 어려워도 죽어라 버텨내야죠."

셴 사장이 천더우성을 데리고 가서 물건을 보여주고 장부도 보여주며 말했다.

"여기 일꾼들이 다 괜찮아요. 솜씨도 좋고 말수도 적고요. 자기 분수를 지킬 줄도 알고…… 천 사장님, 좋은 일 한 번 하십시오. 저 사람들 내치지 말아주세요."

천더우성은 길게 생각하지 않고 냉큼 고개를 끄덕이며 승낙했다. 오후에 샤오위안과 함께 재고를 정리하러 가서 호쾌하게 계약서에 서명한 후 지장을 찍었다. 셴 사장은 대금으로 은화를 받은 즉시 천더우성에게 모든 재고를 남김없이 깨끗이 넘기고는 저녁 무렵에 수레를 끌고 곧바로 고향으로 내려갔다. 천더우성은 감격에 겨웠다. 문머리에 반듯하게 걸려 있는 셴기 간판을 바라보며 내일 아침에 바로 떼어내고 한기의 편액을 걸어야겠다고 생각했다.

"우리 한기가 십여 년의 고군분투 끝에 이제 제법 모양을 갖추게 되었소. 며칠 후 셴기가 정리되면 런이 녀석한테 모두 맡길 거요. 런이가 정식으로 사장 역할을 하는 거지."

천더우성은 아내가 끓여준 녹두탕슈이綠豆糖水[68] 그릇을 들고서 말하는 도중에 몇 모금씩 들이켰다. 며칠을 분주하게 움직여 셴기의 물건들을 완전히 정리했다. 아내에게 이 얘기를 하며 득의만만해 하던 그가 탕슈이를 음미하며 '감탄'했다. 그 탕슈이는 천씨 부인이 오후 내내 끓여 만든 것으로 아주 걸쭉하고 달달했다. 녹두가 부드럽게 무른 데다 설탕을 많이 넣어 한 모금 마시면 마음속까지 달콤해졌다.

정말 끝내주는 게 뭔지 얘기하려던 천더우성은 문득 뭔가가 잘못됐다는 생각이 슬그머니 밀려왔다. 머리를 쥐어박으며 장부를 뒤적이던 그가 마침내 구멍을 찾아내고는 탕 그릇을 냅다 집어 던지며 소리쳤다.

"젠장!"

---

68 광둥 지역 전통 음식의 하나로 녹두와 미역을 주재료로 하는 후식 메뉴이다. 녹두를 끓인 탕에 설탕을 넣어 만든다.

과연 며칠 안 되어 샹기祥記의 양 사장이 옷감 대금을 달라고 찾아왔다. 그간 성도에서 장사하는 사람들 사이에서는 항상 물건을 인도함과 동시에 대금 지불이 이루어졌고, 외상거래를 하는 법이 없었다. 그런데 최근 들어 장사가 어렵다 보니 일부 점포에서 이례적인 선례를 만들었다. 샹기는 타이핑남로太平南路에 점포를 둔 가게로, 평소에도 화통하게 장사하는 편이어서 외상의 여지가 있었던 것이다. 양 사장은 셴 사장이 '내뺐다'는 소식을 듣고 득달같이 쫓아와 손에 든 장부를 흔들며 소리쳤다.

　"이 장부를 보세요. 여기 똑똑히 적혀 있잖습니까!"

　그 장부에는 빼곡한 목록들이 먹빛도 또렷하게 적혀 있었고, 한눈에도 위조가 아니라는 것을 알 수 있었다. 천더우셩은 계약 당시에 장부의 목록을 들여다보면서 잔금이 남아 있거나 누락된 것이 없는지 꼼꼼히 확인했었다. 양 사장이 보여준 그 부분은 셴 사장이 일부러 찢어서 장부 맨 뒷장에 끼워 놓았던 것이다. 천더우셩은 자신이 손해 봤다는 사실을 알았지만, 불운을 인정하고 싶지 않았다. 그는 정말이지 이 장부상의 거래를 인정할 수 없었다. 인정해버리면 한기의 돈으로 메꿔야 했다. 그는 고개를 가로저으며 말했다.

　"돈은 당신한테 빌린 사람에게 가서 받으시오. 이건 내가 서명한 것이 아니잖소."

　양 사장은 조금도 물러설 생각이 없었다.

　"이 가게가 여기 있고, 셴기가 이미 당신한테로 넘어왔다면, 이 대금은 당신네가 치러야 하는 게 맞소. 한기처럼 큰 월극의상 점포가 불량배 패거리들이나 하는 짓거리를 할 셈이오!"

　말을 하다 보니 언성이 높아지고 표정도 아주 험악해졌다. 샹기는 한기와 오랫동안 거래해온 가게라서 천더우셩과 양 사장도 오랜 친분이 있었다. 하지만 돈 문제로 생긴 분쟁을 친분으로 해결할 수는 없는 노릇이었다.

천더우성은 계산해볼 것도 없이 이 대금을 치를 수 없다는 것을 알고 무슨 일이 있어도 인정하지 않으려 했다.

양측이 반나절 내내 다퉜으나 결론이 나질 않았다. 어느 쪽도 손해를 보려 들지 않았다. 다행히 가게 안에는 견습생들이 많았고, 다투는 소리가 커지자 자연스럽게 다들 나와서 에워쌌다. 양 사장은 자신의 세가 불리하다는 것을 깨닫고는 더 얘기할 엄두를 내지 못하고 힘없이 돌아섰다. 그러고는 문 앞까지 와서 갑자기 고개를 휙 돌리더니 화가 나서 씩씩거리며 소리쳤다.

"우리 상기에 빚진 건 반드시 갚으시오! 흥, 천더우성, 내가 사람을 정말 잘못 봤소!"

이날 이른 아침, 인력거 한 대가 한기 앞에 멈춰 섰다. 천더우성은 귀한 손님이 왔다는 것을 알고 황급히 대문 앞으로 달려 나가 맞았다. 인력거의 가림막이 걷히며 '하녀' 두 명이 먼저 내렸고, 이어 아름다운 한 여인이 느릿느릿 땅에 발을 내디뎠다. 놀랍게도 얼마 전 새 월극 작품에서 좋은 연기를 선보여 한창 인기를 구가하고 있는 위잉잉于鶯鶯이었다.

위잉잉은 화려하고 섬세한 치파오를 입고 있었다. 하늘색 바탕에 선명한 장미꽃이 군데군데 아주 요염하게 피어 있어 입은 사람까지 요염함이 뚝뚝 묻어나게 했다. 목둘레와 소맷부리는 금사로 테를 두르고, 단추는 최신 유행하는 최고급 미제 모조 크리스털을 사용했다. 그녀는 인력거에서 내리자마자 누가 볼까 봐 걱정되는 듯 둥글부채로 얼른 얼굴을 가렸고, 두 '하녀'가 좌우 양쪽에 서서 그녀를 거의 완전하게 가렸다.

천더우성은 얼른 위잉잉을 내실로 안내한 뒤 일꾼들 모두에게 뒤쪽 작업 공방으로 들어가서 나오지 말라고 지시했다. 그런 다음 집으로 사람을 보내 천씨 부인을 불러왔다.

위잉잉은 우아하고 정취가 넘치는 잔걸음으로 총총거리며 대청으로 들어가더니 문이 닫힌 걸 보고 그제야 부채를 내려놓았다. 그녀는 유명 월극배우에게서 흔히 볼 수 있는 갸름한 계란형 얼굴이었고, 눈꼬리가 살짝 올라간 봉황눈에서는 형형한 빛이 뿜어져 나왔다. 새카맣게 윤기가 흐르는 머리칼은 두 갈래로 쪽을 져 비녀를 꽂고 귀 옆으로 한 가닥씩 늘어뜨렸는데, 그것도 최신식 전기 고대기로 동글동글하게 만 물결무늬 펌을 했다.

위잉잉은 월극의상 도안을 뒤적이다가 돌연 패션의상은 제작하지 않느냐고 천더우성에게 물었다. 천더우성이 순간 대답을 못하고 머뭇거리고 있으니 그녀가 하녀를 시켜 분장 상자 안에서 화보 한 권을 꺼내오게 했다. '패션의상'이라는 것은 최근 몇 년 사이 광저우에 유행하는 서양 드레스였다. 미국 영화에서 처음 등장한 후 나중에 큰 백화점에서도 진열하여 판매하였다. 하지만 광저우 사람들은 중국식과 서양식을 한데 섞어 '중국과 서양의 장점을 취합'해 만들기를 좋아하는 습성이 있었다. 씨관西關[69] 아가씨들이 개발한 옷 중에 상의 부분은 치파오처럼 생기고 하의는 치맛자락이 넓은 옷이 있는데, 위잉잉이 말하는 패션의상이란 바로 이런 양식의 옷이었다.

"만들어본 적은 없습니다. 하지만…… 모양을 보고 만들면 되지요. 어떤 옷감을 원하십니까?"

천더우성은 찾아오는 사람은 거절하지 않고 가능한 한 고객의 요구를 만족시켜준다는 자신의 원칙을 고수하고 있었다.

---

69 광저우 리완(荔灣)구의 옛 이름.

위잉잉은 금방 결정하지 못했다.

"옷감들을 좀 보여주시겠어요?"

천더우성은 뒤쪽 작업 공방에 둔 옷감들은 월극의상 제작용이라 예복 드레스를 만들기에는 부적합하다고 설명했다.

"아니면 우선 포목점에 가서서 옷감을 먼저 고르시겠습니까?"

위잉잉은 눈썹을 치켜올리더니 봉황눈을 가늘게 뜨고 눈빛을 반짝이며 물었다.

"그렇게까지 해야 해요?"

고객이 불만스러워하는 것을 가장 두려워하는 천더우성이 황급히 손을 내저으며 말했다.

"아니요, 그러실 것 없습니다. 사람을 보내 양 사장더러 옷감 견본들을 가지고 오라고 하면 되지요."

말은 그렇게 했지만, 속으로는 부른다고 양 사장이 오겠나 싶어 속을 끓였다.

다행히도 양 사장이 급히 달려와 주었다. 다만 낯빛이 그리 좋지는 않았다. 천더우성 앞에 와서는 쌀쌀맞게 힐끔 보더니 잉잉에게는 금세 상냥하게 웃어 보이며 말을 건넸다.

"어떤 것이 맘에 드시는지요?"

위잉잉은 쉽게 결정을 내리지 못했다. 무늬와 색깔만 몇 개 고르고는 다시 천더우성에게 "알맞겠느냐"고 물었다. 천더우성이 웃으며 막 대답하려는 순간 양 사장이 일부러 헛기침을 크게 하며 견본판을 가져가 버렸다.

천더우성은 멋쩍게 웃으면서도 위잉잉에게 도안을 꺼내 보여주고, 어울리는 천도 몇 개 골라주었다.

위잉잉은 고르는 데 한참 걸렸다. 하나하나 꼼꼼히 만져보고, 또 도안과 한 번씩 대조해본 뒤 마지막에 가서야 선택했다. 양 사장은 잔뜩 인상을 쓰며 옆에 서 있었다. 언제고 천더우셩에게 사달을 내려고 준비하는 사람 같았다. 그 때문인지 천더우셩은 평상시와 마찬가지로 신중해 보였는데도 실수를 연발했다.

다행히 한기에 대한 입소문이 좋은 편이었다. 위잉잉이 겉으로는 도도하고 오만해보였지만 의외로 지나친 요구는 전혀 하지 않았다.

"한기의 솜씨가 아주 좋다고 들었어요. 저로서는 처음으로 여기서 옷을 맞추는 것이니 실망시키지 않으셨으면 좋겠네요."

천더우셩이 얼른 승낙하였다. 한바탕 분주하게 움직인 끝에 그 까다로운 위잉잉도 매우 만족해하는 듯했다. 그는 지체 없이 재빨리 움직여 우선 목록을 쭉 적어보았다. 이번 건을 계산해보면 이문이 그리 많은 것은 아니지만, 위잉잉의 옷을 제작한다는 것은 엄청난 영광이자 행운이었다.

위잉잉은 계약금을 치르고 서명한 후 다시 한번 전체적인 모양을 확인하고는 요염하게 웃으며 말했다.

"천 사장님, 안색이 별로 안 좋아 보이세요. 가게에 무슨 일이라도 있으세요?"

천더우셩이 얼른 하하 웃으며 말했다.

"아닙니다, 아무 일 없어요!"

양 사장이 콧방귀를 뀌며 말했다.

"천 사장님이 수완이 좋으셔서 장사가 아주 잘 되는 걸요."

양 사장은 여러 번 빚 독촉을 하러 와서 귀찮게 해보았지만 별 성과가 없자 급기야 험한 말을 쏟아내며 "사람이라도 사서 받아내겠다!"고 으름장을 놓았다. 샤오위안이 매일 대청에 앉아 사방팔방으로 눈과 귀를 열어놓고 주시하던 어느 날, 양 사장이 사람을 데리고 '사전답사' 하는 것을 보았다고 말했다. 천더우성은 사람들을 안심시켰다.

"양 사장이 허세를 좀 부리기는 해도 그렇게까지 대담한 사람은 못 되네."

하지만 사람은 재물 때문에 목숨을 잃고, 새는 먹이 때문에 죽는다고 하지 않았던가. 말은 그렇게 했어도 이 일을 하루빨리 해결하지 않고서 애초에 없던 일인 셈 칠 수는 없는 노릇이었다. 천더우성은 정말이지 한 푼이라도 헛돈은 쓰고 싶지 않았지만, 더 좋은 해결책이 있는 것도 아니었다.

이날 천더우성이 작업 공방을 감독하면서 견습생에게 빨리 일하라고 재촉하고 있을 때였다. 갑자기 문밖에서 시끄러운 소리가 들려왔다. 누군가 고래고래 소리를 지르고 있었다.

"사장 나와! 사장!"

누군지 자세히 보이지는 않고 얼핏 보기에 무명천으로 된 간편복을 입고 손에 멜대를 쥐고 있는 남자가 들이닥친 것 같았다.

슈런이 맞이하러 먼저 나섰다가 곧바로 한 대 얻어맞았다. 아들이 두들겨 맞는 것을 본 천더우성이 맹렬히 달려들어 그 우두머리의 뺨을 철썩 때렸다. 견습생들도 모두 우르르 달려 나갔고, 양측 모두 인간 벽을 이루고 서서 서로 밀리지 않으려고 고래고래 악을 썼다. 쳐들어온 사람들은 멜대를 들고 왔지만, 한기 쪽 사람들도 절대 밀리지 않았다. 현장에서 잡히는 대로 긴 의자를 쳐들기도 하고, 누군가는 공방에서 작업 도구를 들고 나오기도 했다. 가게는 순식간에 아수라장이 되었다. 슈런은 아프게 한 방 먹었지만 그래도 맨 앞에서 싸우고 있었다.

우두머리는 대머리 사내로, 양 사장이 고용한 사람임에 틀림없었다. 그가 서슬 시퍼렇게 소리쳤다.

"천더우성, 니들 상기에 빚진 옷감 대금을 도대체 갚을 거야, 말 거야?"

천더우성도 나름대로 이 문제를 오랫동안 고민했다. 장기적인 관점에서 보면, 비록 악성부채지만 속히 갚아버리고 샹기와 좋은 관계를 유지하는 것이 좋겠다는 생각도 들었다. 하지만 이런 상황에서는 당장 그러마 하고 대답할 수도 없었다. 그는 자칫하면 큰 싸움이 될 일촉즉발의 상황이라는 것을 알고 마음을 가라앉힌 후 대머리 놈 앞으로 다가가 침착하게 말했다.

"갚고 안 갚고는 나와 양 사장이 논의할 일인데, 당신들은 여기 와서 뭐 하는 거요?"

장원방 내 가게들 사이의 분쟁은 상시 있는 일이다. 대개는 업계협회 회장을 불러 화두주和頭酒[70] 자리를 마련해 놓고 다 같이 앉아 해결한다. 이번에 양 사장이 불량배들에게 외상값 수금을 청탁한 것은 채무를 정산하는 데도 이로울 것이 없을 뿐만 아니라 월극의상 점포들과 포목업계와의 우호적인 관계까지도 망가뜨렸다는 점에서 완전한 패착이었다. 아마도 최근 업계 상황이 너무도 열악하다 보니 자금회전이 다급해진 샹기로서는 그런 험악한 방법이라도 동원하지 않으면 이 부실 채권을 회수할 수 없다고 생각했을 것이다.

'불량배 두목'이 거들먹거리며 자신은 돈을 받고 싸움하러 나온 것이기 때문에 이 싸움을 안 하고 넘어갈 생각이 없다고 말했다. 그가 멜대로 땅바닥을 세게 내리치며 소리쳤다.

"도대체 갚을 거야, 말 거야!"

천더우성도 언성을 높이며 무서운 표정으로 소리쳤다.

"갚고 안 갚고를 얘기하기도 전에 네놈들이 내 가게에 와서 행패를

---

70 암흑가에서 분쟁을 해결하기 위해 마련하는 술자리

부렸잖느냐!"

말이 떨어지기가 무섭게 상대의 멜대가 휙 날아들더니 그를 정면으로 내리쳐 그대로 어깨를 가격했다. 나이가 많은 천더우셩은 제대로 한 방 얻어맞고는 순간 휘청하며 똑바로 서지 못하고 그대로 땅바닥에 고꾸라졌다. 견습생들이 한꺼번에 와 하며 달려들었고, 양측은 한데 엉켜 난투극을 벌였다.

한기가 비록 전문 싸움패는 아니었지만, 견습생들도 이것저것 따질 겨를이 없이 손에 잡히는 의자며 주전자들을 닥치는 대로 집어 던졌다. 한꺼번에 냅다 집어 던지며 달려드니까 상대방 측도 겁을 좀 먹은 데다 원래 인원도 몇 명 안 되어 힘이 비등비등했다. 슈런은 이제껏 자기 본분에 충실한 우직한 사람이었는데, 다른 사람에게 영역이 짓밟히는 것을 보자 어디서 그런 용기가 나왔는지 금세 얼굴이 시뻘게지고 피가 끓어올라서는 둥근 의자를 번쩍 쳐들고 맨 앞으로 돌진해 들어가 대머리 두목의 어깨에 내리찍어 박살을 냈다.

대머리 놈이 고통으로 순식간에 힘을 잃더니 거친 숨을 몰아쉬느라 말을 내뱉지 못했다. 따르던 놈들 몇이 두목이 당하는 것을 보고 욱해서는 혼란스러운 와중에 슈런에게 주먹을 몇 대 날렸다.

슈런이 두 손으로 머리를 감싸 쥐고 천천히 몸을 웅크렸다. 견습생들 몇이 얼른 달려가 의자와 대나무 자를 휘두르며 그를 보호했다. 천더우셩은 형세가 심상치 않은 것을 보고 무리를 헤치고 대머리 놈한테 달려들어 고함쳤다.

"돌아가서 양 사장에게 전해. 내가 담판을 지으러 찾아가겠다고. 하지만 이런 식으로 한기를 짓밟아 누를 수는 없다고!"

견습생들도 등 뒤에서 그를 도와 일제히 고함쳤다. 대머리 놈은 이미 싸움을 끝내 임무를 완수했으므로 잽싸게 사라졌다.

천더우성은 또다시 부제당에 가서 치료를 받을 수밖에 없었다. 그는 고민을 거듭한 끝에 결국 담판을 하기 위해 먼저 양 사장을 찾아갔다. 양 사장도 일처리를 하겠다고 불량배들 손을 빌렸던 것을 깊이 후회하고 있던 터라 포목업계 회장을 찾아가 '중재자'가 되어 달라고 청했고, 함께 후이아이루惠愛樓라는 찻집에서 만나기로 했다. 찻집에 도착한 두 사람은 술잔을 들고 사과했다. 양 사장은 탕약 비용을 대겠다는 뜻을 밝혔다. 천더우성이 사과를 받아들이고, 한 발 물러나 그 부채를 갚는 데 동의했다.

천더우성은 고통을 꾹 참으며 치료를 받았다. 손이 가장 매운 의원이라서 고통에 못 이겨 악악 소리를 지르지 않을 수 없었지만, 그렇더라도 빨리 낫기만을 바랐다. 몸은 아팠지만, 마음은 한결 편안했다. 양 사장에게 큰돈을 허무하게 내어주게 되어 자금 손해가 이만저만이 아니었지만, 그래도 다행인 것은 셴기를 손에 넣었다는 사실이었다. 손실이야 이미 발생한 것이고, 곱씹어 생각해봤자 득 될 것이 없었다. 그저 경영에 힘씀으로써 손실을 최대한 빨리 메우는 수밖에 없었다.

진즉부터 분점을 내고 싶어 했던 그였지만, 일단 분점을 갖고 보니 비로소 그 안에 내포된 고난을 체험하게 된 것이다. 매일같이 거리 이쪽 끝에서 저쪽 끝까지 두 가게 사이를 분주하게 다녔다. 매일 아침부터 저녁까지 이전보다 더 바쁘게 지냈다.

제4장

한기가 사세를 부단히 확장할 무렵, 룽기도 점점 커지고 있었다. 소문에
는 사업을 청산하는 몇몇 포목점들로부터 엄청나게 많은 옷감을 염가에
사들였다고 했다. 그의 집안이 차오저우潮州의 대부호로 월극의상 사업
을 하고 있으며, 취급하는 물품도 비즈와 자수 실 등 없는 것이 없어서 물
건을 들여올 때 다른 점포보다 훨씬 싸게 들여온다는 얘기도 있었다.

샤먼 세관의 분쟁은 반년도 넘게 계속되었다. 이듬해 봄에 이르러서는
상대적으로 경쟁력이 약한 점포들이 거의 도태되었고, 룽기와 위터우기余頭
記 등 장사를 잘하는 가게들이 오히려 이를 기회로 합병을 추진하면서 점포
의 규모가 갈수록 커졌다. 청명절 전에는 룽기 바로 옆에서 '쥬이성朱義盛'[71]

---

71 도금 또는 도은한 장신구를 가리킨다. 원래는 광저우 장원방에서 도금 장신구를 판매하던 가
게 이름으로, 이곳 장신구가 도금이긴 했지만 진짜 금처럼 변색이 안 되어 진짜와 혼동할 정
도인 데다 값도 비싸지 않아서 아주 인기가 많았다. 이후 '쥬이성'이라는 말은 진짜와 구분이
안 될 정도로 진짜 같은 가짜 장신구를 가리키는 말로 사용되었다.

을 팔던 가게가 문을 닫으면서 룽기가 호기롭게 이곳까지 세를 냈고, 외관상으로 한기보다 훨씬 더 커졌다.

천더우성은 룽기가 세를 확장해가는 모습을 가까이서 지켜보는 것이 여간 불편한 것이 아니었다. 선대의 사업을 이어오면서 꾸준히 좋은 평판을 유지해온 자신이 일개 외지인에게 패해 무너질 수는 없다는 생각이 들었다. 슈런은 일밖에 모르는 사람이고, 추이펑은 곁에 없으니, 혼자서 이런저런 생각을 해보아도 얼른 묘안이 떠오르지 않았다. 그는 할 수 없이 스스로를 달래며 '불변으로서 모든 변화에 대응'하기로 했다. 한기가 정교한 수공예 기술로 업계 내에서 자리를 굳건히 잡는다면 대로관들도 좋아할 것이고 장사도 될 것이었다.

근래 몇 년 동안 부침을 거듭해오면서 그는 오히려 사업에 더욱 자신감이 생겼다. 기획과 경영도 물론 중요하지만 핵심은 수공예 기술에 있었다. 하늘은 스스로 돕는 자를 돕는다는 말이 있지 않은가. 하느님은 분명 선량하고 부지런히 노력하는 사람을 돌보실 것이다.

이날 아침 가게에 도착한 천더우성은 신발을 만드는 하오郝 사부가 고개를 푹 숙인 채 대청 한가운데 서 있는 것을 보았다. 그가 대뜸 그만두겠다고 말했다. 천더우성은 갑작스러운 상황에 당황하여 허둥댔다. 월극의상 점포를 창업한 초기에는 신발을 만들지 않았기 때문에 투구부터 신발까지 완전한 한 벌로 맞춘 의상을 팔아야 할 때는 제화점에 제작을 의뢰해야 했었다. 하지만 제화점에 나온 물건들은 색깔이나 모양이 월극의상과 큰 차이가 있었다. 정교함을 기하기 위해 천더우성은 제화점과 무수히 실랑이를 벌였고, 결국은 신발을 제작하는 선생을 직접 구하기로 결심했다.

천더우성은 신발의 완성도를 매우 중요하게 생각했고, 배우들이 신발에 대해서 편안함을 가장 중요하게 생각하지만 동시에 미관도 중시

한다는 것을 잘 알고 있었다. 훌륭한 제화 선생을 모시기는 쉽지 않은 일이었다. 하오 사부의 솜씨는 도성에서 제일이었다. 한기에서 수년간 일을 함께하면서 천더우성은 그를 매우 극진하게 대했었다.

하오 사부는 천더우성에게 허리를 굽혀 인사했다. 그러면서 얼마 전 고향에 바닷물이 역류하는 큰 재해가 터지는 바람에 고향 사람들 모두가 난리를 수습하기 위해 고향으로 돌아갔고, 자신도 급히 집으로 돌아가 봐야 한다고 이유를 설명했다.

그가 그토록 간곡하게 말하자 천더우성이 한숨을 푹 내쉬며 대답했다.

"천재지변이야 사람의 힘으로 어찌해볼 도리가 없지요. 어서 가셔서 급한 불부터 끄세요. 인제든 돌아오실 거 아닙니까."

하오 사부는 얼굴을 붉히며 말했다.

"맞은편 룽기 사장이 저와 같은 고향입니다. 그가 제게 같이 가자면서 노잣돈을 다 대주겠다고 하네요. 언제 돌아올지는 저도 모르겠습니다. 천 사장님, 기다리지 마세요."

천더우성은 그 말을 듣자마자 일이 어떻게 돌아가는지 알 것 같았지만, 그래도 성의를 다해 붙잡았다.

"일단은 고향에 가십시오. 가게에 신발 주문이 들어오면 우선 외주 줄 곳을 찾아볼게요. 돌아오실 때까지 기다리겠습니다."

하오 사부는 평상시에 말수가 적고 조용한 편이라 사장과 얘기를 나눌 기회가 없었다. 그는 사장이 이렇게까지 붙잡는 것을 보고 매우 감동하였다. 주인과 일꾼은 아쉬운 작별을 했고, 천더우성은 십 위안의 노잣돈을 쥐여주며 하오 사부에게 빨리 갔다가 빨리 돌아오라고 당부했다.

하오 사부는 이렇게 떠난 지 삼 개월이 넘도록 아무런 소식이 없었다. 아중阿中과 몇몇 견습생들이 쉬는 시간에 잡담을 나누면서 한꺼번에 고향으로 돌아갔던 가족들이 모두 돌아왔는데 하오 사부는 못 돌아올 것 같다는 얘기를 했다. 천더우성도 소문을 듣고는 있었지만 여전히 "하오 사부가 돌아오겠다고 몇 번이나 얘기했으니 기다려야지."라며 버텼다. 신발 제작을 언제까지 외주에 맡길 수는 없었고, 기다리는 것도 천더우성에게 고된 일이었다. 이렇게 다시 한 달 넘게 보낸 어느 날이었다. 견습생 아친阿秦이 헐레벌떡 들어오며 룽기에서 하오 사부를 봤다고 보고했다.

슈런이 참다못해 주먹으로 재단판을 쾅 하고 내리치며 소리쳤다.

"멀쩡하게 정당한 사업에 왜 자꾸 비열한 수작질이야, 이런 불량배 같으니!"

하지만 푸념해봐야 아무 소용이 없었다. 천더우성도 분을 참기 힘들었지만 그렇다고 철없는 젊은이처럼 무턱대고 덤벼서 후회할 일을 만들 수도 없었다. 그는 한숨을 푹 내쉬며 말했다.

"앞으로도 신발은 계속 외주를 주어야겠다. 룽기의 기세가 꺾이면 그때 다시 얘기하자."

슈런은 고개를 끄덕였지만, 울분을 참을 수 없어 주먹을 불끈 쥐었다. 마음속에서 불덩이가 울컥 치밀었다. 언젠가는 라이룽을 흠씬 패주어야겠다는 환상까지 품었다.

월극의상 장사에서 신발은 매우 중요한 부분이다. 많은 대로관들이 제화 전문점에 가서 신발을 맞추었다. 하지만 색다른 제품은 늘 재질에서 특별한 점이 있어야 했다. 천더우성은 수익성을 위해 눈물을 머금고 신발을 포기하면서도 속으로는 늘 애석해했다. 극장에 가서도 배우가 새 옷을 입고 무대에 등장했을 때 신발이 안 어울린다며 고개를 가로젓는 일이 잦았다.

신발 문제는 슈런이 더 마음에 걸려 했다. 오랜 세월 실력을 다듬고 벼리는 과정에서 그는 수공예 기술에 대한 집착이 몸에 뱄다. 신발을 어울리게 맞추는 일은 대개 그가 해왔다. 그는 우기吳記 제화점에 자주 드나들며 우 사장과의 교분을 쌓는 데 애쓰면서 우기가 한기를 돋보이게 해주는 최고급 신발을 만들어줄 수 있기를 기대했다. 우 사장은 겉으로는 응해주는 척하면서도 속으로는 자기 계획대로 일을 진행했다. (당연한 이치였다.) 슈런이 몇 번 가서 친해지려고 애써보았지만 우 사장을 설득하지 못했다. 몇 번 더 찾아갔더니 우 사장의 안색이 더욱 나빠졌고, 급기야 이런 말까지 했다.

"룽기와 거래하는 게 더 낫겠소."

슈런은 룽기의 도발이 있었을 기라고 추측했지만, 딩징은 어떻게 반박할 도리가 없었다. 우 사장은 슈런에게 더 이상 호의적이지 않았고, 슈런도 퇴짜를 맞고 돌아와서 몹시 괴로웠다.

이날 슈런은 골목 끝에서 자수 일감을 회수하고 돌아가는 길에 맞은편에서 걸어오는 불량배를 맞닥뜨렸다. 헐렁한 검은 웃옷에 조직원들이 늘 차고 다니는 붉은 끈을 팔목에 동여매고 있었다. 슈런은 그냥 빠르게 지나쳐갈 생각으로 신경 쓰지 않았는데 갑자기 상대방이 손을 뻗어 그를 막아서더니 다정한 목소리로 말을 건넸다.

"슈런, 나 몰라?"

슈런이 아는 얼굴이었다. 어릴 적에 천변 골목에서 함께 장난치며 놀던 동무로, 별명이 '씨구이細龜'였다. 소싯적 놀이 동무는 소원해지기 마련이다. 슈런은 씨구이가 몇 년 동안 하는 일 없이 빈둥거리다가 나중에 폭력조직에 들어갔다는 말을 들었다. 둘이 가끔 거리에서 마주쳐도 씨구이는 아무 소리 없이 지나쳤었고, 절대로 그가 먼저 인사하는 일은 없었다. 그러던 씨구이가 이번에는 전에 없이 따뜻하게 말을 걸어왔다.

"너네 가게에 최근 골치 아픈 일이 생겼다던데, 내가 도와줄까?"

거리의 일이라면 이들 불량배들은 누구보다도 소식이 빠르고 정확하다. 슈런은 본능적으로 고개를 가로저었다. 그는 이 불량배들과 잘못 엮이면 곤란하다는 것을 잘 알고 있었다. 돈 몇 푼 받고 싸움판 한 번 벌여주는 것이 나중에는 큰 화로 이어지고, 결국은 사주한 사람이 직접 보상해야 한다. 이런 일이 장원방에서 이미 한두 번이 아니었다. 그는 고개를 가로저으며 걸음을 멈추지 않고 계속 앞으로 걸어갔다.

씨구이가 묘한 웃음을 지으며 말했다.

"너 그거 모르지. 룽기가 우리 두목한테 차 한잔하자고 초대했어. 도와달라는 거지. 너희 한기의 수공예 기술이 형편없고, 쓰는 풀에는 독이 있다고 소문 좀 내달라고 했다더군."

안 그래도 화를 꾹꾹 누르고 있던 슈런은 그 말을 듣고 더 이상 참을 수 없어 즉시 걸음을 멈추고 버럭 소리를 질렀다.

"우리 한기 물건이 나쁘다니 말도 안 돼. 누가 감히 그런 헛소문을 퍼뜨리고 다녀, 대체 누가 그런 비열한 짓을 해!"

씨구이가 낄낄거리며 말했다.

"비열한 놈들은 비열한 짓을 겁내지 않아. 분명 무슨 수작을 걸려는 모양인데, 네가 뭐라고 하든 전혀 신경 쓰지 않을걸!"

슈런은 이제껏 불량배들과의 교류가 전혀 없었기 때문에 그들이 가장 즐겨 쓰는 방법이 불화를 들추어내고 자기들이 그 불화의 중재자로 나서는 것임을 알지 못했다. 순식간에 걸려든 그가 씨구이를 붙잡으며 말했다.

"나도 분풀이를 좀 해야겠어. 네가 좀 도와줘. 얼마를 원해?"

씨구이의 속셈이 바로 그것이었다. 그는 슈런을 조용히 한쪽으로 데려가서 말했다.

"급할 것 없어. 찻집에 가서 차나 마시면서 얘기하자."

슈런이 씨구이와 함께 후이아이루 찻집에 차를 마시러 갔다가 돌아
왔을 때는 이미 어둑어둑해질 무렵이었다. 슈런은 찻집에서 너무 오래
있었던 것 같아 빨리 가게로 가봐야겠다는 생각이 들었다. 가게에 들어
섰을 때는 뜻밖에도 동료 일꾼들은 모두 일을 끝낸 뒤였고, 천더우성이
대청 앞에 손을 늘어뜨린 채 나무토막처럼 서 있었다. 며칠 후에 몇 놈
을 데리고 가서 라이룽을 치기로 씨구이와 이미 얘기를 끝내고서 기분
좋게 들어온 슈런은 아버지의 안색이 심상치 않은 것을 보고는 대체 무
슨 일이 있었는지 영문을 알 수 없어 어리둥절해했다. 천더우성은 품에
기다란 계척을 품고 '사람 인人' 자 모양으로 다리를 벌리고 시시 뒤쪽
작업 공방으로 가는 통로를 막고 있었다. 보는 사람을 철렁하게 만드는
모습이었다.

"아버지, 무슨 일이에요?"

슈런이 무슨 일인지 영문을 몰라 걱정스러운 듯 물었다.

천더우성이 곧바로 손을 뻗어 들고 있던 계척을 무섭게 휘두르며 버
럭버럭 소리를 질렀다.

"너 불량배들을 찾아갔던 거야? 네가 불량배들을 찾아갔어!"

슈런은 감히 몸을 피하지 못하고 등짝에 세 대나 세차게 얻어맞았
다. 등이 타는 듯이 화끈거리며 아파 와서 다급하게 변명을 늘어놓았
다.

"누가 무슨 말을 전했는지 모르겠네요. 무슨 불량배요? 저는 무슨
말씀을 하시는지 전혀 모르겠어요."

천더우성은 화가 치밀어 하얗게 질린 얼굴로 또다시 호되게 내리쳤
다. 그리고는 큰 종을 울리듯 쩌렁쩌렁한 목소리로 호통을 쳤다.

"네가 씨구이랑 밀실에 들어가 얘기하는 걸 본 사람이 있어. 말해봐라. 그 불량배 놈을 불러다 차 마시면서 뭘 한 게냐, 밀실에 들어가서 뭘 한 게야?"

슈런은 아직 모의만 했을 뿐인데 벌써 다른 사람 눈에 들어갔다니, 생각지도 못한 상황에 놀라 낯빛이 변했다. 천더우성의 목소리가 분노로 부르르 떨렸다.

"이 장원방 구석구석에 남의 눈을 피할 데가 어디 있더냐. 내 일찍이 말했었지. 불량배들은 함부로 건드리면 안 된다고, 얼굴도 마주치지 말라고. 그런데 왜 이렇게 말을 안 들어!"

이렇게 소리치며 또다시 호되게 슈런의 등짝을 내리쳤다.

슈런은 일이 잘못됐다는 것을 알았고, 후회가 밀려왔다. 아버지가 때리는 대로 맞았고, 살가죽이 아프도록 내버려두었다. 고통을 넘어 감각을 잃을 정도였다. 천더우성도 의식했는지 계척을 내려놓고 언성을 가라앉히며 말했다.

"만나기는 했지만, 어쨌든 일을 벌이지는 않았으니 됐다. 너 그놈을 끌어들여 라이룽을 치려고 했던 거냐? 그런 개똥 같은 수작은 생각하지도 마라. 우리는 정당하고 바르게 장사한다. 그런 패거리들과 얽힐 수는 없어."

부자는 마주 보고 앉아서 한참 동안 말이 없었고, 서서히 차분해졌다. 슈런은 그 말속에 담긴 엄격함을 깨닫고는 웅얼거렸다.

"아버지, 제가 잘못했습니다. 앞으로는 정신 차리고 이렇게 잘못된 길로 들어서서 헛발질하는 일은 없도록 하겠습니다."

천더우성이 한숨을 내쉬었다.

"다른 사람의 모함이 됐든, 너 스스로 경솔했든, 결국 이번 일은 네가 잘못한 거다. 네가 바르게 행동하고 똑바로 산다면 아무 일도 일어나지 않아. 우리는 나쁜 사람들이 아니야. 그러니 나쁜 일을 해서는 안 돼."

두 부자 사이는 부드러워져 더 이상 날카롭게 대립하지 않았다. 집 뒤쪽에서 기거하는 견습생들이 시끄러운 소리를 듣고 무슨 일이 일어났는지 영문을 몰라 문틈으로 내다보았지만, 두 부자의 모습을 보고는 섣불리 끼어들 생각은 하지 못했다. 천더우성이 그의 어깨를 토닥거리며 따뜻하게 말을 건넸다.

"집에 가서 밥 먹자."

슈런이 고개를 끄덕이며 순순히 아버지 뒤를 따라갔다.

두 부자는 긴 거리를 따라 함께 집으로 걸어갔다. 멀지 않은 길이었지만 한 걸음 한 걸음 아주 무겁고 천천히 걸었다. 슈런은 고개를 들어 하늘을 올려다보았다. 어디 한 곳 기운 데 없이 동그란 저녁 해가 마치 셴딴황咸蛋黃[72]처럼 구름에 단정하게 걸쳐 있었다. 그가 서 있는 각도에서 보니 저 태양이 처마 끝에 매달려서 '넘어간' 뒤의 장원방을 사무치게 그리워하는 것처럼 보였다. 그는 돌연 아주 독특한 아름다움을 느꼈다. 정교하게 봉황문을 수놓은 봉피鳳帔[73]처럼 단아하고 아름다웠다. 형언할 수 없이 아름다워 마음속 울화가 순식간에 사라져버렸다. 그는 고개를 쳐들고 중얼거렸다. 아버지에게 묻는 것인지 스스로에게 묻는 것인지 모호했다.

"겨우 이만한 장원방에서 모두가 너나없이 불량배 싸움판을 벌이려

---

72 소금에 절인 노른자를 말한다. 그릇에 소금을 담고 흰자를 분리해낸 노른자를 소금 속에 묻은 후 소금 위에 물을 뿌려 촉촉하게 하여 이틀 정도 그늘진 곳에 둔다. 이틀 후 꺼내어 소금 알갱이를 씻어내면 투명하고 노란 셴딴황이 된다.
73 봉황문을 수놓은 피(帔)를 봉피라고 한다. 피(帔)는 고대 귀족 여인들의 예복으로 큰 소매의 배자이다. 배자는 원래 좁은 소매에 깃이 크고 앞여밈이 맞닿아 아래로 뚝 떨어지는 모양이었다가, 명나라 말엽에 이르러 소매가 점차 넓어졌다.

든다면 무슨 발전이 있을 수 있지?"

천더우성도 마침 하늘가에 물든 구름을 바라보다가 담담하게 웃으며 말했다.

"세상이 이토록 넓은데, 장사를 이 좁아터진 골목에서 말라죽게 할 수는 없지. 우리는 저들과 경쟁하지 않는다."

천陳가 고향 집에서 일 년 넘게 끌어온 문중 사당의 수리 공사가 마침내 준공을 앞두게 되었고, 사당을 다시 열면서 사흘 동안 큰 잔치를 할 예정이라는 소식을 전해왔다.

"첫날은 조상께 제사를 올릴 거고, 이튿날과 사흘째에는 분명 극단을 초청할 거다. 내가 가서 시골극단을 만나봐야겠다. 그 사람들은 성도에는 좀처럼 들어오질 않으니 일을 맡기자고 우리를 찾아올 생각은 못했을 거야."

천더우성은 짐을 꾸리면서 가족들에게 이런저런 지시를 했다. 슈런은 좋은 생각이라고 고개를 끄덕이면서도 시골 사람들 돈은 벌기가 쉽지 않다는 걱정을 덧붙였다. 천더우성도 모르는 바가 아니었다. 잠시 생각에 잠겼던 그가 엄숙하게 지시했다.

"이번에 시골에 내려가면 분명 사나흘 내로 돌아오기는 힘들 거다. 네가 가게를 잘 돌봐야 한다. 문제 일으키지 마라. 중요한 일은 내가 다녀와서 결정하마."

슈런은 얼른 고개를 끄덕였다. 그러면서 속으로 내 할 일에 충실하자고, 다시는 잘못된 길로 가는 실수를 하지 말자고 다짐했다. 천더우성은 또 샤오위안을 조용히 집으로 불러 제법 큰 액수의 돈 봉투를 쥐여주며 장부 관리를 더욱 철저히 하라는 지시를 했다. 샤오위안은 뜻밖에 큰돈을 받아 크게 기뻐하며 뭐든지 시키는 대로 하겠다고 대답했다.

천더우성은 가게에 와서도 한 차례 훈계했다. 하지만 먼 길을 간다고는 차마 말하지 못하고 고향에 가서 제사만 지내고 곧바로 돌아오겠다고 얘기했다.

슈런은 아버지가 짐 싸는 것을 도우면서 사업을 위해 아버지가 혼자서 고향에 내려가 동분서주한다는 생각에 마음이 편치 않았다. 그는 말이 없고 조용한 성격이라 감정을 그때그때 잘 표현하지 못했다.

"무슨 일이 있는 거냐?"

천더우성이 물었다. 슈런은 고개를 가로저으며 말했다.

"아무 일도 없어요. 안심하고 다녀오세요."

요즘 그는 쑤란과 자주 만났다. 하지만 쑤란은 늘 부끄러워하며 몇 마디 채 나누기도 전에 가버리곤 했다. 슈런은 자신의 나이가 이미 적지 않다고 생각했다. 가게에서 나이가 비슷한 견습생 중에는 벌써 결혼해서 서너 살짜리 아이까지 있는 사람도 있었다. 그런데도 아버지는 이 일에 대해 완전히 잊어버리고 있는 것 같았다. 아버지가 가게의 사업을 위해 매일 바쁘게 움직이는 것을 보면서 그는 얘기를 꺼낼 엄두를 내지 못했다. 몇 번이고 목구멍까지 올라온 말을 꺼내 놓지 못하고 결국 도로 삼켜버리곤 했다.

천더우성이 고향에 도착했을 때는 이미 향제鄕祭 이틀째였다. 첫 제사를 마치고 사흘 내리 조상신께 감사하는 공연이 이어졌다. 상연된 연극은 『육국대봉상六國大封相』[74]으로, 연燕, 조趙, 한韓, 위魏 등 각국의 원수

---

74 광둥 전통극인 월극 작품 중 하나로, 전국시대 귀곡자(鬼谷子)의 제자인 소진(蘇秦)의 일화를 다룬 내용이다. 소진은 귀곡자의 또 다른 제자인 장의(張儀)의 연횡책(連橫策)에 맞서 육국(六國)을 돌아다니며 강국인 진나라의 침략으로부터 육국을 보호하기 위해 육국이 연합해야 한다는 합종책(合從策)을 유세하였는데, 훗날 육국의 제후들이 의논하여 소진을 육국의 승상으로 모시기로 하고 그에게 옷과 비단을 보냈다는 이야기이다. 『육국대봉상』에는 온갖 배우들이 총출동하며 의식이 장중하고 대단히 떠들썩하다. 과거 중국의 광둥 지역에서 월극을 공연할 때면 첫날에는 반드시 이 『육국대봉상』을 공연하는 관례가 있었다고 한다.

가 번갈아가며 위풍당당하게 등장하여 갖가지 색깔의 장수 깃발을 현란하게 휘두르며 연기를 펼쳤다. 배우들이 유명 배우는 아니었지만, 자태만큼은 손색이 없었다. 공중제비를 넘고, 창을 휘두르고, 봉을 돌리며 펼치는 연기가 현란했다. 무대 아래 관중들도 아주 열성적이었다. 젊은 사람들과 아이들은 무대 처마 밑에 잔뜩 몰려와 착 달라붙어서 볼거리가 연출될 때마다 박수와 환호를 보냈다.

천더우성은 관중들 틈바구니에 섞여 있다가 참지 못하고 곧바로 극단의 라오반을 찾아갔다. 극단의 라오반은 한창 바쁜 와중이라 도저히 빠져나올 수가 없었다. 시골 극단은 성도에 비해 인원이 적기 때문에 주연배우까지 나서서 막간 프로그램을 맡아야 했고, 소생小生 역을 맡은 사람이 군졸도 겸하는 등 모두가 무대 뒤에서 법석을 떨며 의상을 갈아입느라 북새통이었다.

천더우성은 참을성 있게 기다리는 수밖에 없었다. 공연이 끝났을 때는 이미 저녁 식사 시간이어서 관중들 모두가 즐겁게 웃으며 사당으로 몰려가 밥을 먹었다. 천더우성은 얼른 무대 위로 올라가 극단 단장을 찾았다. 단장은 의상함을 정리하느라 분주했다. 그 모습을 본 천더우성은 선뜻 말을 꺼내지 못하고 계속 옆에 서서 모든 배우가 분장을 지우고 사당으로 식사하러 갈 때까지 기다렸다.

그 단장은 노련한 전문가로 보였고, 의외로 친절했다. 그는 천더우성의 말을 끝까지 진지하게 듣더니 자조적으로 웃으며 말했다.

"우리 극단의 무대의상은 모두 농한기에 각자의 집에서 여자들이 만듭니다. 성도의 월극의상은 너무 비싸서 우리 형편에 살 수가 없어요."

극단 단장은 천더우성의 공손한 태도를 보고 성의 있게 대답해주었다. 천더우성은 식사는 제쳐두고 진심을 다해 단장을 설득하며 영업했다.

"싼 것은 싼 대로 좋고, 비싼 것은 비싼 대로 좋은 점이 있지요. 우선 저희 한기의 주소를 기억해두셨다가 나중에라도 필요하게 되면 장원방으로 저를 찾아오십시오. 그때 가서 저희가 만든 작품들을 보시면 직접 만드신 것과 상점에서 만든 것이 다르다는 것을 알게 되실 겁니다."

단장은 여전히 고개를 저었다.

"우리는 그렇게 큰 극단이 아닙니다. 그저 새해나 명절 때만 겨우 공연하는 정도니까요. 전업으로 월극공연을 하는 성도의 진짜 극단들과는 비할 바가 못 되지요. 생각할 필요도 없답니다."

이렇게까지 말하는데야 더 이상 설득할 방법이 없었다. 천더우성은 이번 방문에서 아무런 소득이 없어서 매우 낙담했다. 사당에서의 식사는 언제나 왁자지껄하고 풍성해서 커다란 닭과 오리, 생선과 육류 요리들이 상에 한가득 차려져 있었지만, 그는 젓가락을 거의 대지도 않았다. 문중의 종조부[75]가 그 모습을 멀리서 보고는 분주히 뛰어다니는 그의 수고가 안쓰러웠는지 얼른 불러다 자리에 앉혔다.

종조부는 천더우성이 억지로 웃는 것을 보더니 먼저 술을 몇 잔 권했다. 천더우성은 예의상 힘껏 건배했다. 술이 배 속에 들어가니 혈기가 오르며 투지도 불끈 생겼다. 천더우성은 몇 잔을 더 마시고 생각했다. 오늘 안 되면 내일도 있으니 내일 다시 다른 시골 극단을 찾아보자.

이튿날 초청된 극단은 과연 다른 시골 극단이었다. 천더우성은 또다시 연극이 끝날 때까지 기다렸다가 극단 단장을 붙잡고 물었다. 뜻밖에도 결과는 마찬가지였다. 천더우성은 실망이 이만저만이 아니었다. 더 이상 표정을 숨길 수도 없었고, 얼굴에서 웃음기가 싹 사라져버렸다.

저녁 식사 시간에 사방이 온통 사람들이 떠들어대는 소리로 들끓는

---

75 할아버지의 남자 형제.

가운데 천더우성은 울적한 기분으로 말없이 술만 마셨다. 종조부가 그를 달랬다.

"자네 신공神功[76] 사업을 한번 해볼 텐가? 사당 수리를 이제 막 끝낸 참이라 그 많은 신공 용품을 아직 만들지 못했다네. 원래는 문중의 노마님들을 시켜서 만들까 했네만, 내 생각해보니 문중 장부에 돈도 좀 있는 만큼 더 좋은 것으로 만들 사람을 찾는 것도 좋겠다 싶어서 말일세."

천더우성은 이번 방문을 위한 여비로 헛돈을 쓴 게 아닐까 걱정하고 있던 차에 이 말을 듣자 눈앞이 환해졌다.

"왜 안 하겠습니까. 어떤 자수품이라도 저희 한기는 다 만들 수 있습니다."

월극의상점은 각종 자수상繡像[77]과 신대의 휘장 등 신공용품도 함께 제작해왔다. 전통적 신공에 맞게 제작하기도 하고, 조금 다른 양식의 것도 만들었다. 이 신공용품은 특별히 중요하게 여기는 내용이 있어서 경험이 적은 신생 점포나 시비에 자주 휘말리는 점포에서는 만들 수 없었고, 한기처럼 번창하는 점포만이 의뢰받을 수 있는 능력을 갖추고 있었다. 신공용품은 도안과 문양을 특히 중요시했다. 보살을 잘못 수놓아도 안 되고 좌대 위치도 잘못 수놓으면 안 되었다. 천더우성처럼 경험이 많은 예인만이 이러한 불상도안을 잘 알고 있고 엄격하고 세밀하게 점검할 수 있기에 감히 주문을 받을 수 있는 것이었다.

곧바로 종조부와 함께 필요한 물품의 목록을 자세하게 논의했다. 그

---

76 신공희(神功戲)를 말한다. 명절에 신의 은덕에 감사하는 의미로 사자춤을 추고 폭죽을 터뜨리며 잔치를 벌이는데 이때 백성들이 돈을 모아 극단을 불러 연극공연을 한다. 이를 신공희라고 한다.
77 수를 놓아 만든 신불, 사람 따위의 형상을 말한다.

화의금몽

러면서 천더우셩은 속으로 이런저런 궁리를 했다. 이전의 셴기는 점포가 크지도 작지도 않은 데다 제대로 된 간판이 없어서 사람들이 한기의 분점이라는 것이 무슨 의미인지 모른다는 점이 걱정이었다. 만일 셴기를 신공용품 전문점으로 만든다면 두 가게의 분업이 더욱 명확해지면서 각자의 역할과 위상도 분명해질 것이고, 자신도 매일 두 가게를 왔다 갔다 하지 않아도 될 것 같았다.

저녁 무렵 돌아갈 때의 발걸음은 이미 붕 떠 있는 듯했다. 그는 술이 이미 머리 꼭지까지 차올랐다는 것을 알았지만 더 지체하면 안 되겠다 싶어 굳이 돌아가겠다고 길을 나섰다. 논밭 사이로 좁디좁은 시골길이 나 있었고, 사방은 쥐 죽은 듯 고요했다. 그는 멀리 보이는 집에서 새어나오는 희미한 불빛에 겨우 의지했다. 보이는 거라고는 눈앞에서 바람에 흔들리는 나무 그림자뿐이었다. 시골길을 걸어본 지 대체 몇 년 만인지 은근히 두려움이 밀려왔다. 귀신이 무서운 게 아니라 자칫 잘못해서 '깨끗하지 않은 것'과 부딪혀 한기의 사업에 지장을 줄까 봐 걱정이었다. 바람에 나무가 쏴아 하는 소리를 내는 것이 마치 여러 명이 한꺼번에 쑥덕거리는 것 같았다. 천더우셩은 문득 온종일 작업 공방에서 힘들게 일하는 자신의 모습이 마치 영원히 끝에 닿을 수 없는 길을 걷는 것과 같다는 생각이 들었다.

집에 있는 가족들, 종일 고되게 일하는 아들과 딸이 보고 싶었다. 고된 노동의 삶이 한눈에 보이는 듯했고, 그 속에 예기치 못한 사건이 끝없이 도사리고 있는 것 같아 마음이 은근히 괴로웠다. 하지만 다른 한편으로는 집안의 식구들 생계가 모두 이 가게에 달려 있다는 것을 생각하면 권태로운 마음이 모두 사라졌다. 그는 자신의 뺨을 세차게 한 대 갈겨 정신을 바짝 차리고는 어둠 속을 뚫고 나아갔다.

이튿날 아침 일찍 일어나서 서둘러 아침밥을 먹은 천더우셩은 하던 얘기를 이어가기 위해 종조부를 찾아갔다. 종조부는 천더우성이 찾아온 이유를 금방 알아챘으면서도 전혀 기억이 없다는 듯 딴소리만 늘어놓았다. 천더우성은 마음에 불이 붙은 듯 초조하고 다급했지만, 그가 얘기를 꺼내지 않는 다음에야 자신도 얘기를 꺼낼 수가 없었다. 종조부 집에서 먹고 마시고, 며칠을 빈둥빈둥 지내면서도 광저우의 가게가 계속 마음에 걸렸고, 참다못해 결국은 다시 얘기를 꺼냈다.

종조부는 약간 가라앉은 목소리로 말했다.

"성도 물건이야 당연히 최고겠지. 옷감도 좋고, 모양도 좋으니 말이야. 하지만 여기서 우리가 필요로 하는 일감은 늘 친척들에게 맡겨왔다네. 사실 값이 싼 편도 아니야. 그냥 문중 친척들한테 보태주는 셈 치는 것이지."

천더우성은 눈치가 빨라서 그 뜻을 금방 이해했다. 종조부의 제안이 문중의 반대에 부딪혔던 것이다. 그가 얼른 웃으며 대답했다.

"물론이지요. 전부 다 저한테 제작을 맡기실 필요는 없습니다. 사당 입구에 놓는 것만 저한테 주시지요. 우리 한기 제품은 성도에서도 알아주는 일류제품이니 사당에 들여놓으면 문중 체면도 살게 될 겁니다."

종조부는 자신의 의견이 반대에 부딪힌 것 때문에 기분이 썩 좋지 않았던 차에 천더우성이 새로운 의견을 내놓자 잠시 생각해보더니 웃으며 말했다.

"그럼, 그럼. 다 한 가족 아닌가."

천더우성은 종조부가 후회하여 말을 번복할까 봐 얼른 간단한 계약서를 작성하여 종조부에게 인장을 찍고 서명하게 했다. 그는 또한 집집마다 일일이 방문했다. 시골은 이런저런 규범이 많고 분향할 일도 많았다. 신대神臺를 갖추고 있어 자수상繡像과 신대 휘장을 만들고 싶어 하는 집도 꽤 되었다. 천더우성은 작거나 귀찮은 일감이라고 마다하지 않고 한 집 한 집 꼼꼼하게 기록했다. 이렇게 해서 의뢰받은 주문을 계산해 보니 양이 적지 않았다. 한기의 반년 일감은 족히 되는 것 같았다.

이렇게 한 달을 머물렀다. 마침내 길이 보이는 듯했다. 향장은 사당 안의 신공 견본을 천더우성에게 넘겨주며 당부했다.

"시골 사람들은 행운의 징조를 중요하게 여기니 신공물은 반드시 정교해야 합니다."

천더우성은 얼른 고개를 끄덕이며 그러마고 대답했다.

월극의상점의 경기는 항상 극단 사업을 따라간다. 물이 불어나는 것에 따라서 배가 높이 솟기도 하고 때로는 뚝 떨어지기도 하는 것과 같다. 연초에 새 희극 작품을 올리면, 그 작품의 의상들이 제 주인을 찾아가면서 잠시 장사가 흥한다. 공연이 끝나면 공연단은 휴식에 들어가고, 월극의상점도 썰렁해지기 마련이다.

천더우성이 시골에 내려간 후로 집안사람들은 적잖이 편안해졌다. 장사도 마침 한가할 때라 견습생 몇 명은 이때를 기회로 고향에 내려가 혼인도 하고 아이도 낳았다. 슈런은 너그럽고 후덕한 성격이어서 누가 부탁하든 흔쾌히 승낙했고, 모두에게 여비를 줘여 보냈다. 그 자신도 이 기회에 바람을 좀 쐬었다. 추이펑이 시집간 후로 집안에 혼자 남게 된 그는 매일 천더우성의 눈총을 받으며 숨 한 번 제대로 내쉬지 못했었다.

이날 슈런은 자수 일감을 회수하러 간다는 핑계로 쑤란의 셋째 이모 집을 찾아갔다. 빛이 잘 안 드는 어두운 단층집 안에서 팡芳 이모가 창문 아래에 앉아 수를 놓고 있었다. 쑤란은 주방에서 일하느라 바빴고, 아궁이 불 위에 올려둔 커다란 가마솥에서는 흰 연기가 뭉싯뭉싯 피어오르고 있었다.

팡 이모가 슈런을 아주 반갑게 맞았다. 그녀는 슈런에게 우선 물을 따라준 뒤 곧바로 완성된 자수 일감을 넘겨주며 살펴보라고 했다. 슈런은 쑤란 앞에서는 늘 긴장되어 대충 한 번 쓱 훑어만 보았다.

"아주 좋네요."

말을 마친 그는 받은 물건을 어깨에 가로질러 맨 자루에 집어넣고 즉시 수량에 맞게 계산한 금액을 꺼냈다. 팡 이모는 나이가 지긋한 사람이라 무슨 속셈인지 금방 눈치를 채고는 웃으며 말했다.

"쑤란아, 얼른 천 사장님 배웅해드려라."

쑤란이 얼른 주방에서 나와 맞으며 말했다.

"이모, 약 다 달여 놓았어요. 따뜻할 때 드세요."

두 사람은 톈성로를 따라 천천히 걸었다. 양쪽으로 사람들과 차들이 지나갔다. 늘어선 점포들이 전부 수공업자의 가게들이라 물건 나르는 일꾼들이 고함을 지르며 수레를 끌고 쏜살같이 지나다녔다. 슈런은 무슨 말을 해야 할지 몰라 머뭇거리다가 용기를 내어 말을 꺼냈다.

"저기, 우리 얼음방冰室[78]에 가서 탕슈이[79] 한 그릇 마실래요?"

그는 이 말을 해 놓고는 스스로 매우 기뻐했다. 마침내 용기를 내어 첫발을 내디딘 것이었다. 그러나 쑤란은 고개를 푹 숙이고 미안해하며 말했다.

"전 얼른 자수 일을 하러 돌아가야 해요. 얼음방은 못 가겠네요. 천 사장님, 조심해서 가세요."

톈성로 일대는 온통 목재 가구점이 즐비해서 사방의 점포에서 들려

---

78 청량음료나 빙과류를 파는 가게로 찻집의 전신으로 여겨진다. 광저우, 홍콩 등 남방의 대도시에 널리 퍼져 있었다.
79 걸쭉하고 달콤하게 탕이나 죽 형태로 만든 간식이다. 광둥 지역의 탕슈이는 팥죽, 연자탕 등 종류가 매우 다양하고, 주로 더위를 식히는 간식이나 식후 디저트, 밤참으로 광둥 사람들에게 사랑받고 있다.

오는 작업하는 소리 때문에 안 그래도 소란스러웠는데, 지금 슈런의 귀에는 포탄이 터지는 소리로 들렸다. 아찔해진 그가 어찌해야 할지 몰라 허둥대는 와중에 쑤란은 말없이 돌아서서 가버렸다.

이런 식으로 몇 번을 찾아갔지만 그때마다 쑤란과 얼음방에 가서 탕슈이를 마시자는 약속 같은 것은 잡지 못했다. 슈런은 무슨 뜻인지 알 것 같았다. 하지만 마음으로는 도저히 포기할 수가 없었다. 가게로 돌아간 그는 은밀하게 샤오위안을 찾아가 조언을 청했다. 샤오위안은 고향에 내려가 정혼을 하고 부인을 얻었으니 경험자인 셈이었다. 그는 슈런을 따뜻하게 위로하며 조언해주었다.

"여자들은 대체로 부끄러움이 많아. 서두르지 말고 천천히 해."

슈런은 그 말을 철석같이 믿었다. 여자를 얻으려면 인내심을 가지고 끝까지 간다는 마음가짐이어야 한다는 생각으로 계속 쑤란의 집을 찾아갔다. 하지만 이번에는 그녀의 뒷모습밖에 보지 못했다. 쏜살같이 휙 지나가더니 그 후로는 보이지 않았다. 팡 이모가 방 안에서 반갑게 불렀다.

"천 사장, 또 왔네요."

슈런은 사실 이미 답을 알고 있었지만, 여전히 한 가닥 희망을 버리지 않고 천천히 방 안으로 들어가 앉았다. 팡 이모가 매우 공손하게 그에게 차를 우려 대접했고, 한참 이런저런 잡담도 늘어놓았다.

팡 이모가 한숨을 내쉬며 말했다.

"쑤란은 일하러 여기 와 있는 거예요. 그러니 언젠가는 돌아가야겠지. 그 아이 부모가 벌써부터 고향집에서 혼사를 다 준비해두었다는군. 마을에 썩 괜찮은 집안 남자인데, 집도 천 사장 집보다 훨씬 클 거요."

슈런이 용기를 내어 말했다.

"우리 한기는 장원방 안에서 수위를 다투는 가게예요. 집안에 자산도……."

팡 이모가 씁쓸하게 웃으며 대꾸했다.

"장사라는 게 그렇잖아요. 일감이 없어서 손을 놓으면 결국 굶는 거지. 어디 시골처럼 믿을 구석이 있나요? 게다가 시골 농사는 바쁠 때가 있으면 한가할 때도 있지. 천 사장네 가게처럼 일 년 내내 세밑도 없이 바쁘지는 않으니까."

"팡 이모님, 우리 가족 모두가 가게에서 열심히 일해요. 많이 벌지는 못해도 편안히 먹고살 정도는 됩니다. 쑤란이 원한다면 우리 가게에서 일하면서……."

이런 말은 원래 매파가 할 말인지라 워낙 낯가리는 성격인 슈런은 말을 하다가 끝내 맺지 못했다.

팡 이모는 그의 말에 조금도 흔들리지 않았고, 오히려 입가에 조소를 내비쳤다.

"그래봤자 당신네는 수공업자일 뿐이잖아요."

이 말이 슈런을 완전히 단념시켰다.

슈런은 혼자서 길고 긴 타이핑남로를 천천히 끝까지 걸었다. 이 부근에는 오래된 얼음방이 몇 집 있었다. 각종 얼음음료가 아주 맛있고, 탕슈이는 값이 싸서 가난한 사람도 사 먹을 수 있었다. 황혼 무렵이 되면 하루 종일 고되게 일한 청년들이 아가씨들을 데리고 이곳에 와서 탕슈이를 사 먹었다. 녹두탕슈이는 식감이 부드럽고 더위를 식히면서 기력을 보충할 수 있는 고급 음식이다. 즈마탕위안芝麻湯圓[80]은 고소하고 바삭하면서도 달콤하고 촉촉해 마음을 전하기에 안성맞춤이다. 탕슈이를 함께 마신다는 것은 곧 '사귄다'는 것을 의미했다. 슈런은 그곳을 지

---

80 설탕과 깨를 섞은 소를 넣어 만든 찹쌀 새알심을 우유에 넣고 끓인 음식으로, 광둥과 홍콩 및 마카오 지역에서 흔히 볼 수 있는 신년 축하 음식이다.

나칠 때마다 늘 부러운 마음으로 자신도 아가씨를 데려갈 수 있는 날이 오기를 꿈꿨었다.

그는 아내를 얻지 못하는 것이 아니었다. 이것은 자신의 꿈이었고, 꿈속에서 옥란화 향기를 또렷이 맡았을 뿐이었다. 그가 겉으로는 무뚝뚝해보여도 속으로는 아주 분명한 취향과 고집이 있었다.

천더우성의 이번 시골행은 다소 고생스럽긴 했지만 소득이 적지 않았다. 한기가 시골에 적잖은 신공용품을 제작해주게 되면서 판로가 열렸고, 시골 월극공연단과도 거래를 텄다. 시골 월극공연단의 공연은 특색이 있었다. 의상에 모두 전구가 달려 있는데(시골 월극무대는 삼면이 트여 있고 밤에 상연되기 때문에 무대가 어두울 수밖에 없었다), 누가 발명했는지는 모르지만 순식간에 퍼져 유행이 되었다. 천더우성은 이렇게 빛을 발하는 월극의상을 한기에서 도입해 성도에 널리 퍼뜨렸다. 판매가 썩 좋지는 않았지만 혁신적이라는 명성은 얻을 수 있었다. 성도 곳곳의 극단들은, 어떤 '난해한 문제'가 생겼을 때 무조건 한기를 찾아갔고, 종이에 그려주기만 하면 한기가 뭐든 만들어낸다는 것을 다들 알고 있었다.

지금 상연 중인 위잉잉의 『소군출새昭君出塞』[81]도 역시 한기가 의뢰받아 제작한 것이었다. 개량식 여성용 피풍披風[82], 가보옥賈寶玉식 의상[83], 여성용 수렵복 등 모두가 위잉잉이 직접 디자인을 고른 것이었다. 피풍

---

81 중국 역사상 4대 미녀 중 하나로 일컬어지는 왕소군(王昭君)의 일화로, 한 원제의 궁녀였던 왕소군이 궁을 떠나 흉노의 왕에게 시집간 일을 말한다. 왕소군이 그 미모에도 불구하고 흉노에게 보내진 이유는 궁정의 화공(畫工)에게 뇌물을 바치지 않아서 그녀의 초상화가 황제의 눈에 들지 못했기 때문이며, 소군이 궁을 떠나는 날 그녀를 처음 본 한 원제가 그제야 화공의 목을 베었다는 설이 있는데, 후일 만들어진 이야기일 뿐 근거가 희박하다.
82 바람막이처럼 걸치는 망토의 일종으로 깃은 직선으로 뻗어 맞닿게 되어 있고 목 부분에 끈이 있어 묶게 되어 있다.
83 『홍루몽』의 남자주인공 가보옥(賈寶玉)의 의상을 모방한 의상을 말한다.

은 가장자리에 흰색 모피로 테를 둘렀는데, 눈처럼 하얀 털이 어찌나 사랑스러운지 보는 사람을 설레게 했다. 한기는 금세 또다시 명성을 떨쳤고, 한동안 그 기세를 견줄 상대가 없었다.

이날 밤 천더우셩은 혼자 비단 장삼 차림으로 따싼위안루大三元樓에서 열리는 회의에 참석했다. 신임 업계 회장을 선출한 후 첫 번째 가지는 회합이었다. 최근 몇 년 동안 월극의상 업계에 크고 작은 일들이 많이 있었는데, 회장인 후밍진이 업계의 안정에 전혀 득이 되지 않을 뿐만 아니라 오히려 이간질만 시키고 업주들 간의 단결에 해롭기만 한 인물이어서 많은 업체들이 그에게 불만을 가지고 있었다. 업계회장은 삼년에 한 번 바뀌게 돼 있어서 그 삼 년의 기간을 마침내 참아낸 셈이었다.

새로 취임한 회장은 양복점 둥기東記의 사장인 류량진劉良進이었다. 류량진은 착실한 사람이었다. 그의 가게는 규모가 크진 않았지만 제법 입소문이 난 집이었다. 류 회장은 직접 문 앞에 나와 서서 모든 가게 사장들과 인사를 나누고 다정하게 손을 잡으며 정중하게 당부했다.

"우리 모두 같은 사업을 하는 사람들이니 악의적인 경쟁으로 시장을 망가뜨리는 일은 절대로 하지 말아주십시오."

천더우셩은 류량진의 능력을 그다지 신뢰하지는 않았지만, 기왕에 새 회장으로 취임했으니 일말의 희망을 걸어보는 수밖에 없었다. 류량진은 뜻밖에도 "다들 같은 업에 종사한다"고 말하더니, 천더우셩을 보고는 대뜸 그의 귀에 대고 진심으로 신경 쓰고 있는 것처럼 속삭이는 것이었다.

"당신 딸하고는 사이가 어떠시오? 따님 가게가 꽤 잘 됩디다. 이번 회합 때 그녀도 초청하자고 한 회원이 여럿 있었지만, 당신이 난감해할 수도 있겠다 싶어서 당분간은 부르지 않을 생각입니다."

천더우성은 이 일을 해결하지 못하고 있었기 때문에 다른 사람이 얘기를 꺼낼까 봐 늘 걱정하고 있었는데 류 회장이 이렇게 얘기를 꺼내니 난감했다. 그는 억지웃음을 웃으며 얼버무렸다.

"부녀지간에 묵은 원한 같은 게 어디 있겠습니까. 저를 부르셨으니 그 아이는 부르지 않으셔도 되지요."

류량진은 순간 이 말이 무슨 뜻인지 이해하지 못해 어리둥절했고, 천더우성은 그 정신없는 틈을 타 가버렸다. 누군가 추이핑의 실력에 감탄하는 말을 할 때면 그때마다 그도 속으로는 흐뭇했다. 다만 아비로서 늘 위엄을 갖춰야 했으므로 언제쯤 먼저 나서서 화해를 청할 수 있을지가 큰 문제였다.

올해 가을에 새로 취임한 광저우시 시장이 능력을 십분 발휘하여 여러 가지 새바람을 몰고 왔다. 그가 시정을 집행하면서 긴 제방이 있는 도로를 새로 깔았고, 십여 개의 버스노선을 증설했으며, 전화를 설치해 매우 편리해졌다. 천陳가도 이때 전화를 사용하기 시작했다. 월극무대 위에서는 징과 북이 요란하게 울리고 음악이 시작되면 그때부터 생사가 윤회하고 여러 인간 세상이 펼쳐진다. 현실에서는 하루하루 거듭되는 노동의 삶 속에서 부지불식간에 미세한 변화가 일어나고 있었다.

황류기는 업계에서 이미 명성을 굳건히 다지고 있었다. 자수 수공예 기술이 뛰어나 위탁가공을 전문으로 하는 업체로, 문양 도안이 다른 곳에 비해 독특하고 새로우며 자수기법이 매우 정교하고 탁월하다는 평을 얻고 있었다. 추이핑은 '사장 부인'이 아니라 '사장'이었고, 주변 사람들도 그녀를 그냥 '천 사장'이라고 불렀다.

천씨 부인은 딸이 이렇게 출세한 것이 매우 기뻤지만 천더우성에게는 속내를 숨겼고, 때때로 도안집을 몰래 가져다 딸에게 쓰라고 주기도 했다. 추이평은 직접 그림을 그리기도 했고 황류에게도 새 문양을 만들어보게 했는데 (그는 학교에서 그림 선생님도 겸하고 있었다), 이렇게 해서 도안지가 훨씬 더 풍성해졌다.

추이평이 고용한 수녀들 가운데 그녀의 마음을 가장 잘 아는 사람은 허우侯 씨였다. 그녀는 장원방 안에서 십여 년을 살았고, 천씨 부인과도 상당히 친한 사이였다. 연말 결산에 즈음하여 그녀가 먼저 천씨 부인을 찾아가서 말했다.

"추이평한테 줄 돈을 슈런한테 쥐여 보내지 말라고 하세요. 보통 개별 업체들의 규범에 따라 추이평이 직접 가서 결산해야 해요."

천씨 부인은 이 말에 적잖이 놀랐다.

"그럼 추이평이 난처해하지 않을까?"

허우 씨는 단호했다.

"걱정하지 마세요. 부녀가 결국은 서로 대화하게 될 거예요."

천씨 부인은 슈런을 통해 추이평에게 직접 한기로 와서 결산하라고 통보했고, 천더우셩이 기분 좋을 때를 골라 그녀에게 알려주었다. 천더우셩은 그 말을 듣더니 가타부타하지 않고 대뜸 이렇게 말했다.

"우리 한기가 계속 그 아이 물건을 받아왔단 말이야? 그런데 슈런은 그걸 나한테 말도 안 했군!"

일감을 회수하기로 약정한 날이 되자 과연 추이평이 직접 결산하러 왔다. 그녀는 문을 들어서자마자 천더우셩을 보고는 자기도 모르게 온몸이 떨려와 황급히 걸음을 늦추었다. 천더우셩은 그녀를 쳐다보지 않고 큰 소리로 샤오위안을 불러 결산하라고 일렀다. 추이평은 고개를 숙인 채 감히 아버지를 쳐다보지 못했다. 천더우셩은 계산대 안에 앉아 말없이 커다란 주판을 튕기고 있었다.

"사장님, 물건 넘겨드리려고 왔습니다."

추이펑이 눈 딱 감고 곧장 슈런 앞으로 걸어갔다.

슈런이 고개를 가로저으며 두려운 눈빛으로 아버지를 흘끔 바라보더니 다시 한숨을 푹 내쉬었다. 아버지에게 여쭤봐야 한다는 표시였다. 추이펑은 감히 아버지를 마주볼 엄두가 나지 않아 고개를 푹 숙이고 있었다. 천더우성이 굳은 표정으로 천천히 그녀 앞으로 걸어가더니 물었다.

"한기가 줄 돈이 얼마나 되지?"

"큰 것 열 개, 작은 것 열 개니까……."

추이펑의 말이 채 끝나기도 전에 대나무 채찍이 정면으로 날아들었다. 그녀는 피할 겨를도 없이 그대로 한 대 맞고 말았다. 참지 못하고 "악" 하는 소리가 터져 나왔고, 그녀는 맞은 곳을 팔로 감싸 안으며 몸을 웅크려 천천히 땅바닥에 쭈그리고 앉았다. 견습생들이 모두 와서 에워쌌고, 슈런이 맨 앞에 달려들며 다급하게 외쳤다.

"아버지!"

"내가 오늘 이 말 안 듣는 딸년을 때려죽이고 말 테다!"

천더우성은 소리를 지르며 채찍을 연거푸 휘둘렀다. 내리치는 대나무 채찍이 짝짝 옷자락을 때리는 소리가 듣기만 해도 아팠다.

추이펑은 비명을 지르며 몸을 피했지만 피할 수가 없었다. 채찍을 연거푸 수차례 얻어맞은 그녀는 완전히 기진맥진했다.

천더우성은 화가 치밀어 눈을 부릅뜨며 소리쳤다.

"네가 이렇게 다 크도록 내가 매 한 번 때린 적 없었다. 그런데 너 이게 지금……." 그러고는 대나무 채찍을 집어던지며 말을 이었다. "네 엄마랑 얘기해서 날짜를 정해라. 네 집의 그 선생 데려와서 밥 한 끼 먹자."

슈런이 황급히 동생을 부축해 일으켰다. 추이펑이 고집 센 성질대로 또 상황을 불편하게 만들까 봐 걱정된 그는 이번만큼은 좀 참아주기를 바라며 애걸하는 눈빛으로 그녀를 쳐다보았다. 뜻밖에도 추이펑은 아버지의 속마음을 완전히 이해하고 있었다. 그녀는 그저 아픈 곳을 붙잡고 "아아" 하며 신음할 뿐 말대꾸는 하지 않았다.

중추절이 되자 정말로 추이펑이 황류를 데리고 천가 집으로 돌아왔다. 천씨 부인은 기대도 하지 않았던 일에 기뻐서 어쩔 줄 몰라 하며 눈물을 쏟아냈다. 슈런은 일찌감치 샤오라燒臘[84] 가게에 가서 구운 거위고기를 사 오고, 간수에 절인 돼지 귀와 혀도 사다 놓는 등 준비를 해두었다. 추이펑은 다 된 음식들을 식탁에 차리는 것을 도왔고, 또 선뜻 주방에 들어가 일을 도왔다.

처음으로 장인과 만난 황류는 이 깡마른 노인을 바라보는 눈길에 시종 두려움이 서려 있었다.

천더우성이 황류와 술을 두어 잔 마시고는 돼지 머릿고기 한 점을 집어 그의 그릇에 놓아주며 말했다.

"내가 종일 사람들하고 얘기를 해보면 말일세, 수공예인들이 하는 말이 있다네. '귀신이 가난뱅이라고 놀리더라도 꿋꿋이 전진해라.'["누군가 당신을 가난뱅이라고 조롱해도 아랑곳하지 말고 계속 더 높은 곳을 향해 올라가야 한다."는 말로 스스로 격려하고 자극하여 곤경에서 탈피하라는 의미를 담고 있다. 여기서 '귀신'은 일반적으로 허상의 상대방인 '누군가'를 뜻한다.] 우스갯소리가 아니야. 우리네 수공예인은 일손을 놓으면 밥줄이 떨어져. 젤 중요한 게 부지런함이지."

황류가 고개를 연신 끄덕이며 말했다.

"맞습니다. 옛말에 재산이 황금 만 관貫[85]이라 해도 가진 재주 하나만

---

84 간수에 삶은 고기나 간장에 조린 고기를 말한다.
85 옛날에 엽전 1,000개를 꿴 꾸러미를 관(貫)이라고 했다.

못하다고 했지요."

천더우성이 희미하게 웃으며 말했다.

"알아들었으면 됐네."

천더우성은 가부좌를 틀고서 팔걸이의자에 반쯤 삐딱하게 기댄 자세로 황류에게 말하고 있었지만, 실은 조마조마한 심정이었다. 장인으로서 사위와 얘기를 좀 나눠보니 의외로 소통이 어려울 것 같지는 않았다. 다만 자신이 공부를 많이 하지 못한 탓에 말주변이 없다 보니 행여 말을 잘못해서 사위의 웃음거리가 되지나 않을까 걱정할 뿐이었다. 추이펑이 천더우성에게 차를 따라주었고, 천더우성은 대화하면서 그 차를 무심코 받아 마셨다. 이로써 '짐차斟茶의 예로써 잘못을 인정'[86]한 셈이었다. 그는 속으로는 이미 화가 사라진 후였지만, 겉으로는 짐짓 엄한 아버지인 체하며 저녁을 먹었다. 식사를 마치고 다들 돌아간 후에야 그는 아내에게 당부했다.

"기회를 봐서 추이펑에게 돌아오라고 설득해 봐요. 두 집이 하나로 합쳐야지."

눈 깜짝할 사이에 또 새해가 왔다. 올해는 천가에 새로운 기운이 더해졌다. 추이펑이 돌아와서 모두가 기뻐한 것은 물론이고, 새 사위까지 와서 함께 설을 쇠니 집안이 한동안 왁자지껄하고 풍성해보였다.

섣달 스무날부터 집안사람들은 설 쇨 준비를 했다. 천더우성은 기분이 너무 좋아서 일찌감치 견습생들에게 휴가를 주었다. 견습생들은 처음으로 섣달 스무사흘부터 휴가를 맞게 되어 말할 수 없이 기뻐했다. 그 자리에서 설 떡값을 받고 천더우성에게 일 년 동안의 가르침에 감사

---

86 차를 따라 공손하게 올림으로써 간절한 태도로 잘못을 인정하고 해량을 구하는 것을 말한다.

하는 의미로 깊이 허리 숙여 인사하고는 신이 나서 보따리를 싸서 집으로 돌아갔다.

천더우성은 슈런과 추이핑을 데리고 화광華光묘당에 가서 화광사부께 절을 올렸다. 월극의상을 제작하는 사람과 월극무대에 오르는 배우라면 모두 화광사부께 절을 올린다. 내년 한 해 장사도 잘되게 해달라고 얼마나 지극정성인지, 금원보金元寶[87]를 한 무더기 사서 태웠다. 그리고 집에서 가지고 나온 네 가지 색 과일을 올리고 화광사부 앞에 꿇어앉아 성심을 다해 기원했다.

섣달 스무나흘에는 오전에 골목 끝에 사는 젠보簡伯를 보러 갔다. 젠보는 예순이 넘은 노인으로, 아내는 병을 얻어 일찌감치 세상을 떠났고 하나뿐인 아들마저 몇 년 전 사고로 세상을 떠났다. 혼자 남은 그는 물을 대신 길어주거나 쌀을 져 날라주는 것으로 푼돈을 벌어 힘들게 생활하고 있었다. 광저우에서는 설 명절을 보낼 때 노인과 어린이를 돌봐야 한다는 불문율이 있다. 천더우성은 아내를 시켜 꽤 큰 액수의 홍빠오紅包[88]와 함께 쌀과 고기를 준비해 젠보에게 갖다주게 했다. 또한 친척 중 형편이 어려운 두 집도 찾아가 봐야 했다.

천씨 부인은 그의 지시대로 준비는 하면서도 당황스러워했다.

"우리가 무슨 부호도 아니고 그저 수공예인일 뿐이잖아요. 우리 먹고살기도 빠듯한데 노인을 부양할 능력이 어디 있어요?"

천더우성이 아주 자신감 넘쳐 하며 말했다.

"우리는 큰 가게야. 작은 가게들도 다 가는데 우리가 안 가면 웃음거

---

87 명나라 시대에 쓰이기 시작한 금으로 만들어진(은으로 만들기도 함) 말발굽 모양의 화폐를 말한다. 20세기 이전까지 쓰였으며, 5냥, 10냥 무게의 금으로 된 금원보와 50냥 무게의 은으로 된 은원보가 있었다고 한다. 여기서는 금원보 모양의 지전을 말한다.
88 명절 때 아이들에게 주는 세뱃돈, 연말 등 특별한 날 주인이 고용인에게 주는 돈을 말한다. 주로 붉은 천이나 봉투에 넣어 주므로 홍빠오라고 한다.

화의금몽

리가 되지 않겠소? 이 천더우성이 장사로 돈 좀 벌었다고 사람들이 입을 모아 말하고 있다고. 내가 비록 큰돈을 버는 것은 아니지만 가게 두 개가 버젓이 버티고 있는 건 사실이잖소. 장사란 모름지기 인심을 얻는 게 가장 중요해. 그래야 어려울 때 도와주는 사람이 있기 마련이지."

천씨 부인은 어떻게 해도 그의 생각을 돌릴 수 없자 몰래 아들딸에게만 원망을 늘어놓았다.

"네 아버지가 나이가 들수록 욕심이 많아지는구나. 요 몇 년 돈 좀 벌더니 부자가 되고 싶으신가 봐."

집에서는 청소를 하고 바닥을 닦고 제를 올리느라 분주했다. 천더우성은 제사 지내러 고향에 내려갈까도 싶었지만 길이 멀고 비용도 많이 들 거라는 생각에 그만두었다. 집에서는 선조 신주神主[89]를 새로 만들고, 대나무에 새긴 대련을 놓았으며, 조상의 신주 앞에는 동으로 제작한 기린麒麟 조각 한 쌍도 추가로 갖다 놓았다. 제사를 지내기 전에 천씨 부인이 준비한 제수 물품을 힐끗 보더니 그가 말했다.

"너무 단출하군. 이거 갖고 되겠어?"

그러고는 슈런에게 얼른 가서 더 사 오라고 했다. 그에게 가장 큰 것으로 금원보 한 꾸러미와 가장 길고 가장 두꺼운 자단목을 사 오게 했다. 천씨 부인은 그 모습을 보며 고개를 절레절레 흔들었고, 아들딸에게 몰래 속삭였다.

"니들 아버지가 정말로 부자가 된 줄 아시는 모양이다."

올해 섣달그믐날에는 온 가족이 한데 모이는 셈이었다. 추이평의 도움을 받아 천씨 부인은 섣달그믐날에만 빚는 퇀위앤완쯔團圓丸子[90]를 한

---

89 죽은 사람의 위패.
90 온 가족이 한데 모인다는 뜻을 담아 각종 재료들을 한데 뭉쳐 둥글게 빚어 만든 완자로, 설이나 큰 명절에 꼭 준비하는 음식이다.

솥 만들어야 했다. 참쌀가루와 쌀가루를 한데 넣고 고루 섞은 것에 물을 넣고 반죽해 둥글게 빚은 완자와 관자, 동고버섯가루, 땅콩, 상추를 넣고서 향긋한 냄새가 코를 찌르는 부드럽고 걸쭉한 탕을 한 솥 끓여낸다. 처씨 부인은 인내심을 발휘하여 완자 한 솥을 직접 빚었고, 슈런에게 잘게 으깬 땅콩과 마늘, 생강, 파 등 밑재료를 준비시켰다. 추이펑은 큰 국자를 들고 부뚜막 앞에 서서 분주하게 움직이며 닭과 오리, 생선, 고기 등 네 가지 고기 요리를 만들었고, 청경채 볶음과 자고慈姑[91] 조림, 샤런펀쓰蝦仁粉絲[92]도 준비했다.

천가에서 섣달그믐에 꼭 준비해야 하는 요리로 '빠바오야八寶鴨'[93]가 있다. 먼저 오리를 깨끗이 씻어 냄새를 없앤 후 기름소금을 전체적으로 바른다. 그런 다음 표고버섯과 고기완자, 팥, 연자蓮子[94], 생밤을 오리 배 속에 채워 넣고 실로 잘 봉합한다. 속을 채운 오리를 솥에 넣고 뭉근하게 푹 삶으면서 정향팔각, 간장, 생강 싹 등을 첨가한다. 오리 껍질이 완전히 무르고, 오리 배 속에 넣은 버섯과 연자 향이 솔솔 스며 나올 때까지 삶는다.

천더우성은 서둘러 신께 절을 올린 후 선조의 신주를 깨끗이 닦아 단정하게 놓고, 네 가지 색깔의 과일을 차려 놓고 차를 우려내고 술을 따랐다. 가족들은 각자 하던 일을 다 마친 다음 맨 먼저 일 년 동안 보살펴준 선조들께 감사하는 마음으로 분향하고 공손하게 차와 술을 올렸다. 선조의 신대 옆에 별도의 신대를 추가로 마련하여 화광사부의 자

---

91 소귀나물이라고도 하고 구근은 채소로 요리해서 먹는다.
92 끓는 물에 데쳤다가 다시 차갑게 식힌 당면 위에 새우를 넣고 10분간 찐 다음 다시 파를 넣고 1분 정도 쪄낸 새우당면조림을 말한다.
93 쑤저우 지역의 전통 요리로, 깨끗이 씻어 속을 파낸 오리의 등뼈를 절개하고 그 안에 찹쌀밥과 밤, 죽순, 표고버섯, 닭고기 등 각종 재료들을 잘게 썰어 함께 버무린 속을 채워 넣은 다음 간장 양념을 발라 갈색이 되도록 쪄낸다.
94 연꽃의 씨앗.

수상을 모시고, 마찬가지로 네 가지 색 과일과 차와 술을 차렸다. 천더우성은 가족을 인솔하여 성심껏 제사를 올리며 다가오는 한 해에도 천가 선조와 화광사부와 모든 신선들이 천가 집안의 화목과 평안과 번성을 위해 보살펴주실 것을 기원했다.

가족들이 절차에 따라 조상에게 제사를 올렸고, 이어 천더우성이 자단으로 된 대향을 향로에 꽂고 재차 절을 올렸다. 그런 다음 커다란 열쇠 꾸러미를 엄숙하게 추이펑 손에 쥐여주며 말했다.

"우리 한기 분점의 열쇠다. 앞으로 여기는 네가 관리해라."

그 말에 모두가 놀라서 어리둥절해졌다. 추이펑은 더더욱 어쩔 줄 몰라 했다. 그녀는 줄곧 이 집안에서 자기는 평범한 일꾼으로서 집안의 수공예 일을 메우는 존재라고 생각했을 뿐, 자신이 '사장'이 될 수 있다는 생각은 추호도 한 적이 없었다. 천씨 부인이 추이펑보다 더욱 당황하여 눈살을 찌푸리며 한마디 했다.

"추이펑은 여자애예요……."

천더우성이 매섭게 말을 자르며 못박았다.

"우리 천가에 여자애는 없소. 모두 수공예인이지."

설을 쇤 후 추이펑은 황류기를 한기에 귀속시키고 황류기의 간판을 한기 아래에 걸어둠으로써 오가는 손님들이 두 집이 하나로 합쳤음을 알게 했다. 이로써 한기는 정교한 솜씨를 가진 수녀들을 대거 확보했을 뿐만 아니라, 더 중요하게는 추이펑이 돌아왔기 때문에 제품이 훨씬 참신하고 정교해졌다.

월극 의상은 원래 경극 의상으로부터 배워온 것인데 시간이 지나면서 특유의 색깔을 갖게 되었다. 많은 의상이 경극 의상에 비해 화려하지만, 부속물은 오히려 간소화되어 남방의 무더운 날씨에 적합하게 변했다. 남자 대고, 여자 대고 등의 복식은 점점 세밀하고 정교해졌으며,

사용되는 색깔이 대담하여 색조배합이 굉장히 화려하고 복잡하다. (오랜 시간이 흘러 사람들이 '위오채威五彩'라는 이름을 붙여 부르게 되었다.) 무대 위에 등장하면 황금빛과 푸른빛이 어우러져 눈부시게 화려하고 현란한 색채와 빛이 이루 말할 수 없이 아름답다.

제5장

추이펑의 혼사 문제는 요란하고 떠들썩했던 반면, 슈런의 혼사는 아주 오랫동안 아무도 거론하지 않았다.

천더우성은 진즉부터 아들에게 좋은 혼처를 마련해주려고 생각해둔 바가 있었다. 그는 견습생들로부터 슈런이 꽃 파는 여자한테 거절당했다는 얘기를 듣고 속으로 조금 불쾌했다. 하지만 이미 지난 일이니 짐짓 아무것도 모르는 척할 수밖에 없었다. 그는 이미 허 고모님을 찾아가 일을 열심히 잘하고 집안 좋은 아가씨를 배필로 찾아달라고 청했다. 허 고모님이 수많은 아가씨의 사진을 꺼내 천더우성에게 보여주었지만, 유감스럽게도 너무 따지고 재는 바람에 일이 성사되기 어려웠다. 천더우성이 몇 번을 찾아갔지만, 사주팔자가 안 맞거나 생김새가 마음에 안 드는 등 성에 차는 아가씨가 하나도 없었다.

천더우성은 처음에는 전혀 개의치 않았지만 슈런이 점점 나이 들어가는 것을 보면서 슬슬 조급해지기 시작했다. 때마침 그날 천더우성이

후이아이루에서 차를 마시던 중 리바오성을 만났다. (리바오성은 한기에서 의상을 맞춘 후 천더우성과 자주 연락하며 아주 친하게 지내왔다.) 천더우성이 차 마실 생각도 않고 줄곧 주변을 두리번거리는 것을 본 리바오성이 웃으며 말했다.

"온종일 사업 생각만 하면서 살지 마시오. 가끔은 차도 마시고 쉬엄쉬엄 즐기면서 사세요. 벌면 쓸 줄도 알아야 하지 않겠습니까."

천더우성이 씁쓸하게 웃으며 대답했다.

"돈을 벌 줄만 알고 쓸 줄 몰라서 이러는 게 아닙니다. 사실은 마음에 걸리는 일이 한두 가지가 아니에요."

그는 리바오성과 한자리에 앉아 새우교자와 궈런쑤果仁酥[95], 떠우빙豆餅[96] 같은 것들을 주문해 놓고 톄관인鐵觀音[97]차를 마시며 아들의 혼사에 관해서 얘기를 꺼냈다.

이 얘기를 들은 리바오성이 뜻밖에도 매우 관심을 보이며 소리쳤다.

"런이 아직 혼인을 안 했었습니까? 제가 찾아주겠습니다. 아주 딱 맞는 사람으로요!"

리바오성이 말한 이는 쉬徐씨 성에 닝寧이라는 외자 이름의 아가씨로 광야廣雅고등학교를 졸업했다. 쉬닝의 부친인 쉬룽화이徐榕懷는 황포黃埔군관학교를 졸업했고, 지금은 선무국船務局에서 직책을 맡고 있어 행위나 사람됨에서 군인의 풍모가 짙게 풍기는 인물이었다. 쉬룽화이는 타이핑 극장에서 공연 보기를 즐겼고, 리바오성과도 몇 번 술자리를 한 친분이 있었다. 근래 들어 시국이 불안정하다는 소문이 돌자 그는

---

95 호두, 해바라기씨, 잣, 건포도 등 각종 견과류를 속재료로 하여 만든 간식이다.
96 콩에서 기름을 짜내고 얻은 콩깻묵을 말한다. 영양가가 많아 사료로도 쓰인다.
97 '철관음차'. 청차류에 속하는 중국의 10대 명차 중 하나다. '철관음'은 차 이름이기도 하고 차나무 품종이기도 하며, 녹차와 홍차의 중간인 반발효차에 속한다. 노화방지, 동맥경화 예방, 당뇨 치료 등 약효와 열을 식혀 화기를 가라앉히는 효능이 있다고 알려져 있다.

딸의 생활이 걱정되어 착실한 청년을 배필로 찾아주려고 사방에 혼처를 알아보던 차였다.

천더우성은 이 혼사에 매우 관심을 보였다. 상대방이 집안도 좋고 재력도 튼튼한 데다 정부에서 요직을 맡고 있으니 향후에 그 상당한 권력과 재력이 친가인 천가 집안의 번성에도 도움이 될 것이라고 생각했다.

그는 쉬룽화이 쪽도 같은 생각을 하고 있는지는 몰랐다. 최근 정치 상황이 매우 혼란스럽다 보니 그들이 군인 출신이라는 사실은 실로 위험한 상황이었다. 더구나 어릴 때부터 애교 있고 연약한 성격이던 딸로서는 삶에 기복이 심하고 이동이 많은 쪽보다는 착실한 수공예인한테 시집가서 먹고사는 데 큰 어려움 없이 안정된 삶을 사는 편이 좋다고 생각했다. 양측은 서로 뜻이 맞아 곧바로 리바오성에게 중개를 부탁했다. 두 사람의 사주팔자를 맞춰보니 뜻밖에도 아주 딱 들어맞았다. 사주팔자로 보면 하늘이 정해준 한 쌍이나 다름없었다. 양가는 각각 친척들을 불러 상대방 집으로 함께 가서 직접 사람을 만나보게 했는데, 모두들 아주 만족해했다. 이렇게 해서 리바오성이 자리를 마련한 가운데 양가 어른이 태평관에서 상견례를 했다. 양가가 화기애애하게 서로 얘기도 잘 통해서 혼담이 결정되었다.

슈런은 사람들 무리 속에 앉아 쉬닝을 대충 보았다. 그저 단정하고 수려한 외모에 홑 여밈으로 된 얇은 흰색 괘자褂子와 장밋빛깔의 긴 공단 치마의 잘 재단된 여학생복 차림이라는 것 정도만 보았다. 그는 오랫동안 천을 재단하고 옷을 제작하는 일에 공을 들여온 사람으로서 옷차림에 신경 쓰는 사람에 대해 매우 호감을 가지고 있었기에 그 자리에서 바로 승낙했다.

쉬룽화이는 광둥의 롄저우連州 사람으로, 딸의 혼사에도 엄격한 규율을 따졌다. 혼례의 격식에서 중매와 사주 교환, 중매인에 대한 답례, 납채 등 각종 절차 가운데 어느 것 하나도 빠져서는 안 되었다. 이쪽에서 뭔가 보내면 다시 저쪽에서 응답을 보내오는 식으로 장장 석 달이 걸렸다.

혼인 날짜는 천더우성이 은밀히 사람을 불러 두 사람의 생시와 사주에 맞게 따져본 뒤 정했다. 이날은 한기에도 좋은 기운이 넘치는 날이었다.

혼례 전에 천가 집안 전체가 혼례 준비에 여념이 없었다. 문과 창호를 혼례 전까지 새로 칠했고, 가게에도 온통 '喜(기쁠 희)' 자를 붙였다. 천더우성은 손수 큰 어항을 한 번 깨끗이 씻은 뒤 부러진 가지나 시든 잎사귀를 치우고 돈거북도 아주 깨끗하게 닦아주었다. 그러고 나서는 침대를 새로 놓고[98], 납폐함을 보냈다[99]. 신방에는 홍목으로 만든 커다란 침대와 함께 자그마한 팔선탁자와 의자 한 벌을 새로 들여놓고, 하오판가豪畔街에 가서 산지목 이단장식장도 한 벌 맞췄다. 집안에 혼사가 생겨서 모든 금기가 없는 이때를 기회 삼아 신대 위에 놓은 자수상과 휘장을 교체하고, 화광사부의 동상도 새로 모셨다.

1934년 음력 정월, 천슈런은 천가 집에서 쉬닝을 아내로 맞이했다. 정식으로 혼례를 치르는 이날, 천가 집안 온 가족이 새 옷을 차려입고 정갈하게 치장하고 정성껏 세심하게 단장한 예식장에 각종 사탕을 준비해 놓고서 식장의 자리를 채워줄 손님들을 기다리고 있었다. 신부가 사시巳時[100] 전에는 반드시 문 안에 들어서야 한다는 점쟁이의 말에 따라

---

98 안상(安床)이라고 하며, 신혼 때 침대를 새로 놓거나 쓰던 침대를 다시 자리 잡아 놓는다는 두 가지 의미가 있다. 안상을 한 후에 용띠 아이를 불러 침대 위에서 뒤척거리게 하는데 이는 빨리 귀한 아들을 낳는 것을 상징하며 반상(䑛床)이라고 한다.
99 중국의 전통 혼례에서 정혼과정 중 가장 성대한 의식으로, 결혼 전 15~20일 사이에 신랑 쪽에서 길일을 택해 예단과 다양한 예물을 신붓집으로 보낸다.
100 오전 9시부터 11시 사이.

쉬가 저택에서는 신부의 출가 행렬이 날이 밝기도 전에 이미 출발했다.

가마에는 여기저기 붉은 장식을 달아 경사스러움을 한껏 뽐냈다. 신부는 붉은 쓰개를 머리에 쓰고 빛나는 황금빛 군괘裙褂[101]를 입었다. 혼례복인 군괘에는 날개를 펼치고 춤추며 구름을 뚫고 날아가는 봉황이 전신을 금사로 휘감은 듯 수놓아져 있었다. 면을 가득 채운 금구슬과 금실이 금빛으로 번쩍였고, 신부의 목에는 순금으로 된 황금돼지 목걸이가 걸려 있었다. 그녀가 천천히 가마에서 내리자 주위에서 절로 탄성이 쏟아졌다. 머리끝에서 발끝까지 온몸이 금빛으로 반짝이는 데다 양손에는 손목에서 팔뚝까지 순금 팔찌 열 개를 빼곡히 차고 있었다. 함께 간 수모手母[102]가 그녀를 부축하여 천천히 계단을 오르는데 마치 금으로 빚은 사람이 느릿느릿 천기 집으로 들어가는 것 같았다. 대청에 모인 숙부와 숙모들이 앞다퉈 천더우셩 부부에게 축하를 전했다.

"이렇게 흐뭇할 수가 없네요. 한기도 앞으로 더 번창할 거예요."

기뻐서 입이 귀에 걸린 천더우셩이 아내의 팔짱을 끼고 함께 앞으로 걸어 나와서 새신랑 새신부의 절을 받을 준비를 했다.

대문 입구 바닥에는 맹렬히 타는 숯불을 담은 화로가 하나 놓여 있었다. 신부는 수모의 부축을 받아 치맛자락을 들고 천천히 화로를 넘었다.[103] 그와 동시에 징과 북을 치는 악사들이 곧바로 요란하게 연주를 시작했고, 견습생들은 양쪽에 늘어서서 신부를 맞으며 시끌벅적한 연주에 맞춰 함께 법석을 떨며 흥을 돋우었다. 천씨 부부는 본당에 정좌하고 있었고, 거들어주는 부인네들이 찻물을 갖다 놓고 새신랑 새신부

---

101 중국의 신부가 시집갈 때 입는 치마와 저고리 한 벌의 전통 예복으로, 도안은 용이나 봉황이 주를 이루며 전통적으로 수작업으로 제작했다.
102 전통 혼례에서 신부의 단장 및 그 밖의 일을 곁에서 도와주는 여자를 말한다.
103 혼례 때 신부가 숯불이 담긴 화로를 넘는 것은 자손이나 사업이 번창하는 것을 상징한다. 중국에서 불(火) 또는 붉은색(紅)은 기운이 흥한다는 것을 의미한다.

의 절 받을 채비를 했다.

슈런은 얼굴을 붉히며 미리 준비해둔 자를 들어 신부의 머리쓰개를 살짝 들추어 '족칭尾秤'104을 표했다. 좌중이 한꺼번에 와하하 웃음을 터뜨렸다. 대금大妗105이 신랑신부에게 차를 올리라고 시키며 큰소리로 축사를 했다.

"새 식구[며느리를 가리킨다.]의 차를 마셨으니 부귀영화를 누리리라."

이어서 천더우성과 천씨 부인이 웃으며 차를 마셨다. 신랑과 신부가 부들방석 위에 무릎을 꿇고 다시 차를 받들어 올리자, 대금이 다시 큰소리로 축사를 했다.

"신랑 신부가 다시 찻잔을 채우니 자손이 번성하고 만복이 가득하리라."

천더우성이 웃으며 훙빠오를 쟁반에 올려놓았다. 광둥 사람들은 며느리를 '새 식구'라고 부르며, '새 식구가 올리는 차'의 첫 잔을 받는 의식을 매우 중요하게 여긴다.

천더우성은 이번 혼사에 큰돈을 썼다. 집안에 유일한 큰아들이기도 하고, 또 이렇게 좋은 집안의 여식을 며느리로 맞이하기 때문이었다. 집에서 치르는 혼례 의식이 다 끝난 후에는 다 함께 후이아이루로 가서 친척과 지인들에게 만찬을 대접했다. 몇 년 전만 같았어도 이렇게 겉치레에 거창하게 돈을 쓰는 것을 부담스럽고 아깝다고 생각했을 것이고, 역부족이기도 했을 것이다. 하지만 지금은 달랐다. 하루하루 노동하는

---

104 칭찬할 만하다는 의미이다.
105 중국의 전통 혼례에서 다양한 의식을 착오 없이 진행해주는 권위 있는 전문가를 일컬어 대금이라고 한다. 대금은 매파(媒婆)의 다른 말로 혼인을 알선하고 성사시키는 중매인 역할도 한다. (남성 중매인은 월로(月老)라고 한다.) 남방에서는 외숙모(舅母) 역시 대금이라고 하는데, 외숙부가 집안의 권위 있는 인물을 상징하므로 그에 따라 외숙모인 대금 역시 중요한 인물을 나타내는 호칭으로 자리 잡았다.

동안 자신은 결국 늙을 것이고, 아들딸에게 가게의 사업을 조금씩 넘겨주어야 한다는 것, 더불어 경험과 수공예 기술뿐만 아니라 감당할 수 있는 용기와 배포까지 전수해야 한다는 것을 그는 알고 있었다. 수공예 기술은 대대로 전승되는 것이고, 품격 또한 그러했다. 하루하루 거듭되는 노동과 해가 뜨고 지는 세월 속에서 유형의 것과 무형의 것들이 후손들에 의해 계승될 것이다.

줄곧 월극의상 더미에 파묻혀 지내온 슈런이라는 이 젊은이는 지금 이 순간 비로소 군중 속으로 진정한 걸음을 내디뎠다. 그는 최신식 장쾌를 입고, 커다란 붉은 꽃을 달고 조심스럽게 신랑신부의 의식을 이행하면서 하객에 인사하는 법을 배우고 있었다. 그는 이제야말로 진정한 어른으로 성장했다고 할 수 있었다. 광둥 사람들 풍습으로는 일단 혼인을 하면 나이에 상관없이 어른으로 간주하여 독립적인 권한을 가진 사람이 된다. 슈런의 경우, 경솔하게 덤벙대는 사람이 되기 싫어서 늘 아버지 뒤를 따라다니며 여러 가지 처세법을 익힌 후 비로소 자신의 태도를 정립했다.

모든 혼례 의식이 끝나고 천가 집안은 그야말로 한껏 기뻐하며 호화롭고 화려함을 즐겼다. 밤이 되어 슈런은 술을 잔뜩 마신 후 떨면서 신부의 쓰개를 걷었다. 너무도 아름다운 아가씨였다. 단정하고 수려한 용모에 예의 바른 태도와 행동은 기품이 있었고, 새카만 두 눈동자는 그 시선에서 총기가 느껴졌다.

사흘 후 처갓집으로 인사하러 가는 날, 쉬닝은 예의 활발하고 천진한 성격으로 돌아와 아침 일찍 슈런의 손을 잡고 나섰다. 천씨 부인이 황급히 그들을 불러 세워 친정집에 첫인사 갈 때도 지켜야 할 중요한 예법이 많다고 일러주었다. 천가 집에서는 미리 준비해둔 것들을 인력

거꾼을 불러 옮겨 실었다. 새끼돼지 통구이와 장수면, 과일 등과 함께 첫인사를 위한 사탕수수와 커다란 절임닭, 제과, 술 등도 준비했다. 그리고 견습생들을 시켜 예물들을 수레에 옮겨 실은 후 함께 끌고 가도록 했다. 이렇게 하고 나서야 빈틈없이 예의와 격식을 갖춘 셈이었다.

며칠 지나지 않아 슈런은 조금 다른 느낌을 받기 시작했다. 대갓집 규수로 오랫동안 여성교육[106]을 받아왔다고 들었기 때문에 이전에는 온화하고 사리가 분명한 사람일 거라고만 생각했었다. 그런데 함께 지내보니 쉬닝이 까다롭고 제멋대로인 데다 걸핏하면 뾰로통해져서 심통을 부리고 지나치게 독선적으로 말하는 사람인 것을 의심하지 않을 수 없었다. 부부가 사흘을 함께 지내는 동안 벌써 수차례 의견 충돌이 있었다. 슈런은 마음이 상당히 언짢았다. 그는 일초에도 수천 번 변하는 그녀의 안색을 일일이 살피고 싶지 않아서 늘 혼자서 빠른 걸음으로 걸었다.

그러면 쉬닝은 집에 돌아와서 더욱 까탈을 부리는 것이었다. 득달같이 어머니 품으로 달려가 앙증맞게 귀염을 떨고, 아버지 손을 잡아끌고 애교를 떨며 결혼생활이 힘들어서 집이 그립다는 둥, 천가 집안에서 살기 싫다는 둥 원망을 늘어놓았다.

"집은 작지 않은데 재밌는 게 하나도 없고," 그녀는 답답한 듯 입을 삐죽거리며 말을 이었다. "너절한 천 쪼가리만 한 무더기 있다고요."

쉬룽화이가 얼른 딸을 달랬다.

"함부로 얘기하면 못 쓴다." 그러면서 슈런을 쳐다보며 얼굴 가득 미소를 머금고 당부했다. "얘가 바깥에서 자유롭게 지내던 것이 버릇이 돼서 말도 함부로 하고 잘 웃는다네. 자네가 수시로 가르쳐주게."

---

106 여성에 대한 각종 다양한 형식과 내용의 교육을 말하며, 좁은 의미로는 여성학교교육을 가리킨다.

슈런은 말없이 고개를 끄덕이면서도 속으로는 쉬닝이 어떻게 말을 듣겠냐고 반문하듯 중얼거렸다. 대갓집 아가씨를 맞아들였으니 앞으로는 받들어 모실 일만 남은 것이다.

두 사람은 혼인한 후 처음에는 서로에게 예의 있게 대했지만, 서서히 다툼이 잦아졌다. 쉬닝은 사흘에 두 번꼴로 친정집을 드나들었고, 친정에 오면 시댁이 얼마나 초라하고 궁상인지 모른다며 투덜거렸다. 그녀에게는 주가酒家의 사장에게 시집간 언니가 있었다. 그 주가의 사장은 성격이 호탕하고 재력이 튼튼할 뿐만 아니라 인간관계도 넓어서 아내인 쉬닝의 언니를 자주 데리고 나가 외식도 하고 월극 관람도 했다.

하지만 슈런은 수공예인이다. 매일 가게에서 고되게 일하고 밤늦게 집으로 돌아올 때면 이미 온몸이 녹초가 될 지경이었지만, 쉬지 못하고 전등불 아래에서 새로운 도안을 그리거나 새 자수법을 연습해야 했다. 쉬닝은 몇 달 동안 그를 지켜보면서 점점 흥미를 잃어갔고 성격도 점점 나빠졌다. 두 사람은 몇 마디 나누다 말고 금세 말다툼을 하곤 했다. 슈런이 쉬닝에게 가게 일을 좀 돕는 게 어떻겠냐고 권유하면, 쉬닝은 듣기는커녕 오히려 버럭 화를 내며 이렇게 말했다.

"언제부터 내가 일을 해야 하는 가난뱅이가 된 거예요?"

슈런은 쉬닝이 가게에서 사달을 낼까 봐 두려워 간곡히 권유할 엄두도 못 내고 그저 그녀가 하는 대로 내버려 두는 수밖에 없었다.

밤이 되면 젊은 부부의 실랑이가 끊이지 않았다. 슈런은 집에 돌아와서 어머니의 불평을 듣고 나면 그냥 지나치지 못하고 아내를 설득했다.

"당신, 온종일 집에 있으니 뭐든 어머니 일손을 좀 거들어드리지 그래. 밥도 하고 집안의 자질구레한 일들도 정리하고 말이야."

쉬닝은 말이 떨어지기가 무섭게 안색이 어두워지며 입을 꾹 다물고 아무 말 않고 있다가 나중에는 결국 참지 못하고 싸움을 걸었다. 슈런은 말로 그녀를 어쩌지 못한다는 것을 알고 먼저 포기해버렸지만, 쉬닝은 여전히 눈살을 찌푸리며 어두운 표정으로 그를 계속 노려보았다. 슈런은 밤새 싸우는 것이 싫어서 안 들리는 척 무시하며 잠자코 혼자 잠을 청했다. 그러면 쉬닝은 더욱 화가 치밀어 이불을 홱 잡아채 가져가서 그가 덮지도 못하게 해버렸다. 이튿날 가게에서 그는 피곤한 나머지 계속 하품을 해대다가 천더우성에게 한바탕 꾸지람을 들었다.

쉬닝은 라디오 듣는 것을 매우 좋아해서 일부러 친정에서 라디오를 한 대 가져와 매일 볼륨을 최대한 높여 놓고 들었다. 천씨 부인은 이에 대해 불만이 많았다. 자신은 정신적으로 불안정하고 심약해서 조용한 것을 좋아하는데 라디오를 아침부터 저녁까지 이렇게 큰소리로 틀어놓는다는 것이었다.

"좀 작게 틀면 안 되겠니?"

이렇게 말해도 쉬닝은 아랑곳하지 않고 매일매일 라디오를 틀었다. 천씨 부인은 도저히 방법이 없자 그녀를 피해 밖으로 나갈 수밖에 없었다. 그렇게 나가서 가게로 가면, 불편해지는 것은 두 부자였다. 어디로 고개를 돌려도 늘 마주치게 되니 공양할 보살이 한 명 늘어난 것이나 다름없었기 때문이다.

이날 쉬닝은 또 혼자서 라디오를 듣고 있었다. 요란한 대목에서는 춤까지 추었다. 천씨 부인은 반나절 정도 참다가 이내 가슴을 부여잡고 뛰쳐나가 한달음에 한기 가게로 가서 소리쳤다.

"아이고, 집안에 어떻게 이런 애가 들어왔담?"

천씨 부인의 이 말이 천더우성은 몹시 언짢았다. 어쨌든 며느리를 고른 것은 자신이었기 때문이다. 더구나 고부간의 불화야 어디서나 볼 수 있는 일이 아닌가. 한창 바쁘게 일하고 있던 그가 짜증 섞인 목소리로 말했다.

"가정이 화목해야 만사가 잘 되는 법인데, 당신은 시어머니가 돼서는 사소한 일에도 아무 데나 쪼르르 달려가고 아무한테나 얘기하고 다니니 어디 체통이 서냔 말이오!"

천씨 부인은 남편이 며느리 역성드는 말을 할 거라고는 생각지도 못했기에 화가 치밀어 뒤로 넘어갈 지경이었다. 그녀는 팔걸이의자에 누워 한참 동안 장탄식을 뱉어내며 밥할 생각도 하지 않고 계속 눈물만 흘렸다. 천더우성도 분통이 터져 애꿎은 슈런에게 화살을 돌렸다.

"기왕에 데려왔으면 좋은 말로 이치를 가르쳐야지. 부부가 서로 의논하고, 안 통하는 게 있으면 얘기를 해서 통하게끔 해야 할 것 아니냐. 네 녀석은 다 큰 어른이 남편 노릇 하나 제대로 못하는 게냐?"

슈런이 막 변명하려는데 천더우성이 버럭 고함을 질렀다.

"얼른 네 엄마 모시고 집으로 돌아가!"

저녁에 슈런은 집으로 돌아가지 않고 술을 몇 잔 마셨다. 술기운이 약간 올랐고 주위는 캄캄한데 어디선가 요란한 소리가 들려오는 것 같았다. 전투가 벌어졌나 싶어 불안한 마음에 혹시라도 장인어른이 최전방으로 가는 건 아닌가 하는 생각이 들었다.

그는 이리저리 비틀거리며 겨우 가게로 돌아왔다. 대청은 온통 칠흑같이 어두웠고, 샤오위안 혼자 남포등을 켜놓고 장부를 맞춰보고 있었다. 그가 한기의 회계장부를 관리해온 것이 벌써 삼 년이 넘었다. 그동안 단 한 번도 착오가 없었다. 저녁에 모두가 일을 마치고 정리할 때도 그는 혼자 남아 야근을 하며 장부를 맞췄다.

샤오위안은 술 취한 그를 보고 놀라움을 금치 못하며 어찌할 바를 몰라 했다. 우선은 그를 부축해 팔걸이의자에 눕힌 후 차를 끓여주고 나서 보니 그가 금방 술이 깰 것 같은 상태가 아니었다. 그는 얼른 장부를 덮고 주변을 정리하면서 웃으며 말했다.

"런 형, 자네 집에 벌써 작은 마님이 들어왔으니 앞으로 이 장부는 작은 마님한테 보라고 하시게."

슈런이 고개를 가로저으며 말했다.

"그 사람이 뭘 알아!"

샤오위안이 여전히 실실거리며 말했다.

"태어나면서부터 다 아는 사람이 어디 있겠나. 자네가 가르쳐주면 되지."

슈런은 취기가 훅 올라오는 것을 두 눈을 질끈 감으며 꾹 참았다. 그는 여전히 손사래를 치며 잠시 생각하더니 분을 못 참고 터뜨렸다.

"가르쳐봐야 소용없어. 그 사람은 아무것도 하지 않으려 들어. 그냥 살아 있는 보살 마냥 누가 받들어주기만 바란다고!"

취기로 정신이 몽롱한데 어디선가 은은한 옥란화 향기가 나는 것 같아서 그는 자기도 모르게 눈을 감고 미간을 찌푸렸다.

주말이었다. 쉬룽화이가 사람을 보내 슈런 부부에게 쉬가에 와서 함께 식사하자는 말을 전해왔다. 쉬닝은 물론 뛸 듯이 기뻐했지만, 슈런은 기분이 언짢았다. 장인어른은 지나치게 규율을 따지고 딱딱하다는 느낌을 지울 수 없었고, 몇 번 가봤지만 그때마다 장인, 장모가 천가 집안을 낮잡아보는 것 같았다. 슈런은 종일 월극의상 가게에 틀어박혀 있기 때문에 화제가 자연히 월극의상일 수밖에 없었다. 그런데 쉬룽화이는 이에 대해 전혀 관심을 보이지 않았다. 맨 처음 친정집에 인사하러 갔을 때 예의상 몇 마디 물어봤던 것을 제외하면 이제까지 한 번도 물어본 적이 없었다. 장인과 사위 두 사람은 한자리에 앉아서도 서로 아무 말이 없었다.

그런데 뜻밖에도 이날은 쉬룽화이가 슈런을 특별히 따뜻하게 대해

.

136   화의금몽

주는 것이었다. 여느 때처럼 두 사람은 팔걸이의자에 좌우로 앉았고, 그가 먼저 슈런에게 차를 따라주고 헛기침을 몇 번 하더니 진지하게 말을 건넸다.

"자네도 요 며칠 신문을 봐서 알겠지. 일본이 곧 남쪽으로 쳐들어올 듯싶더군."

쉬룽화이는 지금 매우 난감한 처지에 놓여 있었다. 그는 군관학교를 다닌 사람이라 다들 그가 전투를 잘할 거라고들 얘기했다. 지금 전방에서는 군인들이 무수히 죽어 나가고 있고, 정부에서는 너나 할 것 없이 용감하게 전방에 뛰어들어 주기를 기대하며 인력 동원에 총력을 기울이고 있었다.

"나는 이제 나이도 많고 몸도 안 좋아서 아예 일을 그만두겠다고 말했다네."

쉬룽화이는 팔걸이의자에 앉아 차를 홀짝였다. 얼굴이 굳어 있었다. 그는 쉬닝이 무슨 말인지 못 알아듣는 표정을 하자 설명을 해주었다.

"윈난雲南에서 군관학교 교사를 하고 있던 내 친구가 지원병들을 데리고 상하이로 갔다가 그만 모래벌판에서 전사했단다."

장인을 줄곧 어려워 해오던 슈런은 그의 말을 듣기만 할 뿐, 자기는 한 마디도 꺼낼 엄두를 내지 못했다. 머릿속이 웅웅거려 뭘 어떻게 도울 수 있을지 도무지 떠오르지 않았다. 쉬룽화이가 길게 한숨을 내쉬며 말했다.

"얼마간 시간이 지나면 우리도 시골로 내려가야 할 거야. 쉬닝은 자네 집안 식구이니 우리와 함께 갈 수 없어. 그러니 이 아이를 잘 보살펴 주게."

그가 말을 마치기가 무섭게 쉬닝이 놀라서 소리쳤다.

"아버지 어머니가 가시면, 저도 함께 갈래요."

말한 것은 늘 지키는 사람이었던 쉬룽화이가 금세 표정이 어두워지며 말했다.

"너는 천가 집안사람이야. 우리와 함께 가는 건 말도 안 돼."

그러고는 더는 아무 말도 하지 않았다. 쉬닝은 아버지의 얼굴이 사뭇 엄숙하고 목소리가 가라앉은 것을 보고 번복의 여지가 전혀 없다는 것을 깨달았는지 이내 엉엉 울기 시작했다.

슈런은 장인어른을 바라보며 진지하게 고개를 끄덕였다.

"물론 저 사람은 제가 잘 보살펴야지요."

"그래, 자네 한기가 광저우에서 자리 잡고 있은 지도 오래되었으니 어떻게든 수공예 기술로 먹고살 길은 있을 것이고, 쉬닝도 자네와 함께라면 굶어 죽지는 않겠지."

쉬룽화이는 분위기를 누그러뜨리려고 일부러 농담을 던진 것이었다. 하지만 두 젊은 사람이 듣기에는 하나도 우습지가 않았다. 쉬닝은 여전히 훌쩍훌쩍 울고 있었고, 쉬씨 부인도 비단 손수건으로 쉴 새 없이 눈물을 훔쳤다. 슈런은 눈앞의 모든 것을 멍하니 바라보았다. (쉬씨 집 대청에 놓인 가구들은 전체가 홍목으로 통일되어 있었고, 높은 장식장과 낮은 탁자 위에 청자와 법랑, 목조 장식품들이 들쭉날쭉 놓여 있었다.) 어슴푸레한 등불 아래 방 안에 가득 찬 눈부신 화려함이 오히려 매우 암담하고 그늘져 보였다. 어느 작은 구석에서든 불길한 일이 튀어나올 것만 같았다.

시국이 요동치고 있었다. 천더우성도 은근히 마음에 걸리던 참이었다. 그는 은행에 예금해둔 돈의 절반을 찾았고, 주문했던 옷감의 일부도 조용히 취소했다. 작업 공방 안도 언제든 점령될 수 있을 것에 대비해 깨끗이 정돈해두었다. 반면에 건너편 룽기는 쉴 새 없이 장사를 이어가고 있었다. 전세가 험악하게 돌아가면서 패전 소식이 끊임없이 들려왔다. 수많은 가게가 완전히 문을 닫고 고향으로 돌아갔다. 점포 수가 적으니 거래가 늘어난 것처럼 보였고, 룽기는 갑자기 문전성시를 이뤘다. 천더우성은 매일 대청에 앉아 건너편 가게의 활기 넘치는 광경을 바라보며 슈런에게 말했다.

"전쟁을 코앞에 두고 주문을 받는 것은 아마도 계약금만 받고 대충 흘려 넘기기를 바라는 것일 게다. 아무리 돈을 벌어야 한다지만 우리 한기가 이런 썩은 돈을 벌 수는 없지."

천더우성은 최근 두 해 동안의 회계장부를 모두 꺼내 일일이 꼼꼼하게 확인한 후 한기가 얼마나 더 버틸 수 있을지 슈런에게 직접 계산해 보게 했다. 시국의 변화는 물자가 부족해지고 기름값과 쌀값이 요동치는 것에서 금방 알 수 있었다. 견습생들도 불안한 마음에 일이 손에 잡히지 않는지 매일 우체부가 무슨 편지를 가져오지나 않을까만 신경 썼다. 언제든 고향 사람으로부터 "집에서 돌아오라고 부른다"는 소식이라도 들으면 그 즉시 천더우성에게 사직을 청했다.

쉬닝의 라디오는 아침부터 저녁까지 거의 쉬지 않고 켜져 있었다. 신문에서는 계속 전투가 벌어지고 있다는 애매모호한 보도만 이어졌다. 하지만 이 전투를 이렇게 오래 끈다는 것은 분명 이기지 못했다는 것이었다. 라디오에서는 좀 다른 소식이 흘러나왔다. 본토의 뉴스 채널에서 아나운서가 이런저런 잡다한 얘기를 하는데, 대체로 신문보다 훨씬 믿을 만했다.

견습생들이 하나둘 그만두자 한기는 썰렁해졌다. 이날은 샤오위안마저 그만두겠다고 말했다. 전시라 형편이 열악한 데다 온 가족이 시골에 있으니 아무래도 남자가 가 있는 편이 좋을 것 같다는 것이었다. 천더우성은 아무 말이 없었다. 속으로는 남자가 집에 있다고 한들 일이 터지면 막을 수 없기는 매한가지라고 생각했다. (이 말은 차마 입 밖에 꺼내지 못했다. 그저 샤오위안에게 급여를 쥐여주며 무사히 도착하기를 기원해주는 수밖에 없었다.)

순식간에 작업 공방 안에 전에 없던 고요가 찾아왔다. 매일같이 작업하던 소리가 사그라지고, 떠들썩하던 소리도 조금씩 정적으로 바뀌었다. 공방 안에 감돌던 천 냄새, 풀 냄새도 모두 사라졌다. 남은 사람은 도안의 탁본을 뜨는 덩鄧씨뿐이었다. 집이 가까워서 여전히 매일 나와서 일했다. 본을 뜬 수많은 부속 옷감들을 재단판 위에 쌓아 놓았지만 와서 수를 놓는 사람은 없었다.

천더우성은 할 일 없이 한가하게 공방 안을 어슬렁거렸다. 그가 직접 작업을 하지 않은 지도 수년이 흘러 지금 막상 손에 잡으려니 견습생보다도 솜씨가 못할까 봐 걱정되었다. 재단판이 텅 비어 있는 것을 보면서 그는 잠시 재단을 해보았다. 그저 주위가 너무 조용하다는 느낌뿐이었다. 일을 하는 중에도 무서우리만치 공포와 당황을 느끼게 하는 고요함이었다.

슈런이 옷감 하나를 집어 들며 말했다.

"이건 장모님이 의뢰하신 치푸旗服[107]네요. 찾으러 오실지 모르겠어요."

천더우성이 듣더니 단추 상자에서 최고급 매듭단추 몇 개를 꺼내며 말했다.

"네 장모님 것이라면 더 잘 만들어야지, 반만 만들고 팽개쳐두면 쓰나."

이렇게 말하며 단상 위에 놓인 채 완성을 앞두고 있는 소매향小梅香 의상을 보고는 한숨을 내쉬었다.

---

107 만주족의 전통의상을 말한다. 여기서는 만주인이 공통으로 입는 일종의 두루마기를 가리킨다.

화의금몽

"이건 류밍줜 사부의 것이라 내가 특별히 그녀를 위해 좋은 옷감을 고른 것이다. 공단도 신품이고, 색깔도 선명하지. 듣자 하니 그녀는 벌써 극단과 함께 피난을 떠난 것 같더구나. 돌아오면 그때 다시 얘기할 수밖에."

한기의 간판은 여전히 걸려 있었고, 옷걸이 역시 이빨을 드러내고 발톱을 세운 용 문양이(하지만 무척 과묵해보이는) 수놓인 용포 한 벌이 걸린 채로 입구에 그대로 놓여 있었다. 장원방은 하루하루 점점 더 쓸쓸해져 갔다. 거리에는 지나다니는 사람조차 드물었다. 한밤중에 천더우성 부자는 도보와 견본의상들을 상자에 나누어 담았다. 며칠이 지나자 주위의 모든 가게가 문을 닫았다. 거리에는 피난을 떠나는 짐수레가 점점 더 많아졌다. 그들은 의상 상자를 몇 개 더 찾아내이 남은 옷감들과 비즈들도 한꺼번에 싸서 상자에 집어넣었다.

이렇게 물건들을 정리하던 슈런이 그 의상들을 몹시 애석해하며 말했다.

"우리가 가면 옷감들은 누가 관리하죠?"

천더우성이 짐짓 웃는 체하며 말했다.

"창고 안에 넣어두는 수밖에 더 있겠니. 어쨌든 짊어지고 피난을 갈 수는 없는 노릇이니까."

두 사람은 함께 가게 안의 일꾼들 방과 땔감 곳간을 정리한 뒤 자재들을 하나하나 가지런히 쌓아 모아두고, 그 위를 짚으로 덮었다. 그는 아주 세심하게 물건들을 가지런히 쌓고, 수를 센 뒤 말했다.

"천과 비단은 용도가 많지 않아. 누가 혼란을 틈타 몰래 훔쳐 가서 괘자를 몇 벌 맞춰 입는다고 해도 어쩔 수 없는 일이지. 그것도 만들 줄 아는 사람이나 그렇게 할 테니까. 전란의 시대에는 금을 줍는대도 목숨이 붙어 있어야 누릴 수 있는 것 아니겠니."

그는 웃으며 말했지만, 눈은 다른 곳을 바라보고 있었다. 사실 보는 것도 아니었다. 슈런은 아버지가 마음 저릿해 하는 것을 알고 있었다.

옷가지들을 정리해서 잘 감추어두자마자 갑자기 리바오셩이 찾아왔다. 월극계에서 항일 자선공연을 준비하고 있다고 했다. 리바오셩은 이미 고향에 내려갈 계획을 다 세워두었지만 할 수 없이 자선공연을 마치고 내려갈 수밖에 없다고 했다. 그는 자기 집 짐들을 이미 보내버렸다며 답답한 사정을 설명했다.

"회색 대한장大漢裝[108] 한 벌만 잠시 빌려주시오. 공연이 끝나면 즉시 돌려드리겠습니다."

천더우셩은 당황해서 잠시 어리둥절해졌다. 가게를 연 지 십수 년 동안 외부에 물건을 빌려준 적은 한 번도 없었다. 대여 제품도 거의 만들지 않았다. 하지만 시국이 이러하니 이례적이지만 어쩔 수 없었다. 리바오셩은 그가 아무 말도 하지 않자 목소리를 낮추어 애원하듯 말했다.

"정말로 공연만 끝나면 바로 돌려드리겠소. 나라가 없어진 판국에 누가 옷 한 벌을 신경 쓰겠습니까."

천더우셩은 그의 말도 일리가 있다는 생각에 마지못해 고개를 끄덕였다.

하지만 한 번 선례가 생기니 일이 곧 터져버렸다. 이튿날 량환런도 찾아와 좌마座馬[109] 한 벌을 빌려달라고 했다. 천더우셩은 "안 된다."고 말할 수가 없었다. 내키지는 않았지만 그렇다고 감히 뿌리칠 수도 없었

---

108 건장한 남자 의상을 말한다.
109 원래는 청나라 관복이었는데, 훗날 이를 모방하여 전통극 무대의상으로 사용하였다. 둥근 목선, 한쪽 옆구리에서 단추로 채우는 여밈, 말굽형 소매의 긴 두루마기로 앞뒤로 허리부터 트임이 있어 네 폭이 늘어지는 형태이다. 월극에서 무예를 할 줄 아는 생 배역이 주로 입는 옷으로, 자수가 놓인 '화좌마(花座馬)'와 무늬가 없는 '정신마(淨身馬)'가 있다. 무늬가 없는 정신마는 남색, 검은색, 흰색 등 세 가지가 있으며, 남색과 검은색은 기패관(旗牌官)이나 교위(校尉), 노병 배역이 입고, 흰색은 주인공이 해청이나 망 안에 받쳐 입는다.

다. 량환런이 옷을 받고는 매우 기뻐하며 똑같은 말을 했다.

"공연이 끝나면 바로 돌려드리겠습니다."

천더우셩은 별수 없이 알았다고 했다. 그는 빌려주면서 돌려받을 수 있으리라는 데 그다지 큰 희망은 품지 않았다. 예상대로였다. 항일 자선공연이 끝나자마자 바허회관이 배우들을 모아 광시廣西의 우저우梧州로 피난을 떠나버린 것이다.

정세가 급작스럽게 악화되면서 일본군이 언제라도 공습해올 거라는 얘기가 들려왔다. 천더우셩은 매일 작업 공방과 손님들 사이를 분주히 뛰어다니면서 항상 사방팔방에 눈과 귀를 열어두고 경보가 울리는 즉시 냅다 뛰었다. 톈쯔天字 항구에서 쥬광珠光대로까지 곳곳이 난장판이었다. 몇몇 조그마한 가게만 근근이 버티고 있었고 나머지는 모두 전원을 내리고 문을 완전히 닫았다. 도성 여기저기에 방어선을 구축하느라 매일같이 삽과 곡괭이를 든 군인과 학생들이 열심히 방공호를 파는 모습을 볼 수 있었다. 천더우셩은 매일 시간 맞춰 가게 문을 열고 닫으면서 자주 관공상 앞에 서서 탄식하며 기도했다.

"아마도 이날이 정말 멀지 않은 것 같습니다. 바라건대 관공 어르신께서 우리 가족을 보살펴주옵소서."

저녁 식사를 할 때는 분위기가 몹시도 무거웠다. 천더우셩의 근심은 두말할 것도 없었고, 슈런 부부도 근심에 찬 얼굴을 하고 있었다. 천씨 부인은 가족들이 입맛 없어 하는 것을 보고는 자기라도 나서서 분위기를 띄워보려고 했다.

"요즘 날씨가 건조하니까 무화과 셔우러우탕瘦肉湯[110]을 끓여 먹는 게 좋겠어요. 폐를 부드럽게 하는 데 최고죠."

---

110 돼지고기 살코기를 깨끗이 씻어 물을 뺀 후 씻은 무화과와 대추를 함께 넣고 물을 붓고 뭉근히 끓인 국물 요리이다.

말을 꺼내자마자 천더우성이 오히려 더욱 눈살을 찌푸리며 말했다.

"지금 시국이 어떤지 안 보인단 말이오. 장사가 잘될 때나 찬을 더 놓는 것이지, 지금처럼 피난을 떠나야 할 판국에는 돈주머니를 몸에 차고 있어야 한단 말이오!"

천씨 부인은 그 말이 어찌나 서운한지 눈물이 왈칵 솟았다.

"당신과 슈런이 일하느라 고생하니까 저도 이러는 거잖아요."

그녀는 막내아들이 뜻밖의 사고로 어린 나이에 죽은 이후로는 정신적으로 많이 약해져서 심한 말을 들으면 울음을 참지 못했고, 한 번 울면 멈추지 못했다. 천더우성은 그녀의 병이 다시 도진 것을 보고 더욱 짜증이 났다. 이런 혼란스러운 시기에는 병이 나도 의사를 구할 수가 없다. 그는 더 질책하면 안 될 것 같아서 얼른 화제를 돌렸다.

"추이펑한테 피난 가는 문제 얘기해보라고 했던 일은 어떻게 됐소?"

천씨 부인은 흐느끼며 대답했다.

"추이펑이 알았대요. 언제든 떠날 수 있게 지금 정리하고 있을 거예요."

천더우성이 고개를 끄덕이고는 조금 온화해진 표정으로 말했다.

"다 한 가족이오. 아무렇게나 버려두면 안 되지. 세상일이 한 치 앞을 내다보기 힘든 상황에서 한 가족이 다 모일 수 있다는 장담을 어찌하겠소."

다들 마음이 무거웠다.

일부 소심한 사장들은 고향 집으로 피난을 떠났고, 큰 점포들은 홍콩으로 가서 업계협회 사람들과 합류했다. 천더우성은 업계 사람들이 떠난다는 소식을 끊임없이 들었고, 그에게 함께 가자고 청한 사람도 있었다. 쉬닝은 천가 집안도 시베이西北로 가서 자기 아버지 집에 합류하는 게 좋겠다고 기를 쓰고 졸랐다. 하지만 천더우성은 그럴 마음이 추호도 없었다. 광둥성 북쪽이라면 쉬룽화이의 고향인 롄저우連州와 통해 있었고, 자신의 본적지는 둥관東莞이라 동남쪽으로 가는 것이 백번 옳았다.

쉬닝은 속으로 쉴 새 없이 불평하면서 애꿎은 슈런에게 화를 냈다.

"대체 당신 집안은 우리를 사돈으로 생각하기는 하는 거예요?"

슈런은 그녀가 이런 말을 하는 것이 가장 듣기 거북했다. 생각해볼 필요도 없이 그가 바로 받아쳤다.

"당신 집안은 우리를 사돈으로 생각해?"

부부는 말을 많이 할 수도 없었다. 말이 많아지면 십중팔구 싸움이 됐다. 슈런은 그녀가 화를 내도록 내버려 둔 채 아무 말도 하지 않다가 한참 만에야 겨우 한마디 했다.

"막말로 당신은 내 아내야. 그런데 당신은 가게 일을 하는 것도 아니고, 그렇다고 집안일도 안 하잖아. 내내 이렇게 삐딱하게 굴면서 평생 말도 안 되는 말썽만 피우며 살 거요?"

말이 채 끝나기도 전에 쉬닝의 손에 베개 하나가 무참히 박살났다. 그녀는 미친 사람처럼 히스테리를 부렸다.

"그래, 나 삐딱해, 어쩔 건데! 나 아무 일도 안 하는데 어쩌라고! 나 원래 아무것도 안 하던 보석 같은 아가씨였어. 당신한테 시집와서 이런 고생하는 게 정말 두고두고 재수 없다고!"

슈런은 멍하니 그녀를 바라보았다. 뭐라도 말하고 싶었고, 그녀에게 욕을 퍼부어주고 싶었다. 하지만 머뭇거리다가 결국은 입을 다물었다.

이날 슈런이 일을 마무리하고 집으로 돌아와 보니 쉬닝이 수심에 가득 찬 얼굴로 입구에 서 있었다. 뭘 하고 있었는지는 알 수 없었다. 대청에는 어머니가 말없이 앉아 있었는데 아마 눈물을 흘리고 있는 것 같았다. 슈런은 시어머니와 며느리가 또 싸웠나 싶어서 어쩔 줄 몰라 했다. 어머니가 멍한 표정으로 미간을 찡그리며 말했다.

"새아기가 임신을 했다는구나. 아, 이런 시국에 먹을 걸 어떻게 구해 준담."

이 말을 뜻하지 않게 옆방에 있던 쉬닝이 듣고는 크게 소리쳤다.

"걱정 마세요. 엄마 집으로 돌아갈 거예요. 엄마 집에서는 내 입 하나 못 먹일 리 없으니까요."

이렇게 말하고는 자기 방으로 돌아가 떠나려고 짐을 챙겼다. 슈런은 다급하게 그녀를 막아섰지만 그녀가 다칠까 봐 제대로 힘을 쓰지도 못했다. 쉬닝은 한참 동안 엉엉 울다가 결국 그만두었다. 슈런은 그녀가 아기를 가진 것이 애틋했지만 입 밖으로는 사랑한다는 말을 꺼내 놓지 못했다.

천더우성은 이 소식을 듣고 뛸 듯이 기뻐하며 즉시 신대 앞으로 달려가 분향하며 외쳤다.

"새아기가 임신한 것은 우리 천가 집안의 큰 경사입니다!"

정작 쉬닝 자신은 하나도 기쁘지 않았다. 매일같이 집구석이 마음에 안 든다고 아우성치며 포악하게 굴더니 급기야 렌저우의 가족들에게 가겠다고 했다. 이날 그녀는 천씨 부인과 또 말다툼을 한 끝에 혼자서 미친 사람처럼 쉬가 저택으로 뛰어가 텅 빈 집 마당에 서서 고개를 쳐들고 엉엉 울었다.

제6장

1938년, 천슈런의 첫 아이가 태어났다. 진한錦漢이라고 이름 지었다. 천가 집안의 삼대 장손이었다. 천더우성은 이 일로 몹시 흐뭇해하며 신주위패 앞에 두 손을 합장하고 허리를 굽히며 조상님께 복을 빌었다. 이와 동시에 광저우가 함락되었다. 수시로 일본군 비행기가 고도古都 광저우 성의 상공을 찢으며 쐐액 하고 지나갔다. 벽돌과 기와들이 이리저리 날리고 피와 살이 튀었고, 본디 아름답고 평온했던 도시는 참혹하게 파괴되는 재난을 맞았다. 여건이 좋은 사람들은 고향 집으로 피난을 떠났지만, 떠날 수조차 없는 가난한 사람들은 집에서 죽기만을 기다리는 수밖에 없었다. 라디오에서는 여전히 항전 중이라는 얘기를 해댔지만, 이미 난징이 떨어졌고 항일부대는 번번이 패퇴를 거듭했다. 광저우 성도 지키지 못했으니 중국 땅 어디로도 더는 물러설 곳이 없었다.

천더우성은 온 가족을 데리고 산간지역으로 도피하기로 결심했다. 우선 쓰후이四會로 간 뒤 다시 광닝廣寧으로 갔다. 시골의 하늘과 땅은 도시보다 훨씬 광활한 듯했고, 시골의 논길 밭길이 이리저리 교차하는 가운데 집들이 띄엄띄엄 들어서 있어서 자못 정취가 있었다. 아침 해의 빛을 받아 이미 수확을 마친 빈 논에 푸릇한 기운이 가득 올라오고 있었다. 산바람은 시리고 맑았으며, 햇살은 따뜻하고 부드러웠다. 겨울에 가장 눈에 띄는 것은 사탕수수다. 하루가 다르게 쑥쑥 자라는 것이 마디마디가 모두 자라고 있는 것 같았다. 채소밭도 역시 신선한 빛깔로 가득했다. 이랑마다 심어진 상추도 작황이 좋았다. 겹겹의 잎이 연두색 어린 새싹을 감싸고 있었는데, 명주실에 특수 침염을 해야 얻을 수 있는 빛깔이었다.

천더우성은 약간 구부정한 자세로 옷소매 속에 팔을 질러 넣고 슈런과 밭둑길을 천천히 걸었다. 얼굴에 슬며시 미소가 번졌다.

"여기 괜찮지 않으냐."

슈런이 순순히 고개를 끄덕였다. 공기 중에 희미하게 야채와 과일의 신선한 향이 퍼져 코를 자극했다. 이 점이 장원방보다 좋았다. 장원방에는 늘 풀 먹인 옷 냄새가 감돌아 숨이 막혔었다.

마을의 노인들은 매일같이 마을 어귀의 용수나무 아래에 모여 수다를 떨었다. 이미 일본군을 봤다는 사람도 있었고, 포차가 벌써 밀고 들어왔다고 말해서 사람들을 불안에 떨게 하는 이도 있었다. 하지만 사람들은 여전히 해가 뜨면 나와서 일하고 해가 지면 들어가서 쉬는 일상을 유지하고 있었다. 이러한 평온한 삶은 그 어떤 일에도 영향을 받지 않는 것 같았다.

천가 가족이 빌린 집은 먼 사촌뻘 숙부의 집으로 본채만 온전했다. 천더우성은 슈런과 함께 흙벽돌로 본채 양쪽에 집을 지었다. 마당의 땅을 평평하게 골라놓았더니 천씨 부인이 닭을 키우겠다고 했다. 쉬닝은 앞뒷집 이웃 닭들이 수시로 넘어 들어와 싸놓는 닭똥도 이미 처치 곤란이라며 강하게 반대했다. 천씨 부인은 새아기의 성질이 두려워 고집부릴 엄두가 안 나는 데다 추이펑까지 시큰둥한 반응을 보이자 포기할 수밖에 없었다. 천더우성은 슈런을 시켜 집 바깥에 대나무 울타리를 치게 했다. 시골의 전통방식을 배워 가느다란 넝쿨줄기로 휘감고 서로 교차시켜 묶은 다음 채소와 과일을 심는 데 사용했다. 집 앞뒤로 있는 땅도 갈아서 채소들을 심고 식구들 찬거리에 보탬이 되게 했다.

집안의 중요한 일들이 차츰 슈런에게로 넘어갔다. 쉬닝은 아이를 낳은 후 몸이 많이 약해져서 매일 침대에 비스듬히 누운 채 꼼짝도 하지 않으려 했다. 천씨 부인은 온 힘을 다해 아이를 돌보았는데, 늘 힘에 부쳐서 가족들 앞에서 허리를 비틀고 등을 두드리며 "더는 못해."라고 투덜거렸다. 천더우성은 시골로 내려온 뒤 풍토에 적응이 안 되는지 점점 총기를 잃어갔다. 그는 종일 대문 문턱에 걸터앉아 쉴 새 없이 물담배를 피워대는가 하면 논두렁에 서서 끝없이 펼쳐진 광활한 들판을 넋을 잃고 바라보곤 했다. 슈런은 가계부를 만들어 매일 먹고 입는 데 쓰는 돈을 계산했다. 가계부에 적힌 숫자가 줄어들기만 할 뿐 늘지는 않으니 집에서 쓸 일용품을 사는 데도 매번 한나절씩 망설여야 했다.

이날은 마을에 장이 서는 날이었다. 슈런은 아침 일찍 추이펑을 깨워 황류와 함께 셋이서 장에 나갔다. 시골은 너무 좁아서 장에나 나가야 물건이 골고루 갖춰져 있고 값도 쌌다. 이른 아침부터 쉬닝이 무슨 영문인지 대뜸 화부터 냈다. 슈런이 자신과 아이는 거들떠보지도 않는다며 자기도 장이 선 김에 놀러 나가겠다고 우겼다. 슈런도 화가 나서 소리쳤다.

"장에 나가는 건 돈을 아끼려는 거라고. 들어오는 돈은 없고 쓰기만 하는 지금은 한 푼이라도 아껴야 해. 아직도 당신이 옛날의 그 부잣집 아가씨인 줄 아나 보지."

이 말이 쉬닝의 상처를 건드렸다. 그녀는 베개를 집어 던지고 이불을 찢으며 있는 대로 히스테리를 부렸다.

슈런은 아이가 놀랐을까 봐 걱정되어 얼른 집을 나서지 못했다. 천씨 부인이 어쩌다 이 지경까지 왔는지 모르겠다며 탄식했다. 천더우성은 짐짓 아무것도 못 들은 척하며 문 앞에 쭈그리고 앉아 담배만 뻑뻑 피웠다. 추이핑은 아침 일찍 일어나 채소밭에 물을 주고 나갈 채비를 한 후 대문 앞에서 기다리고 있었다. 한참을 기다려도 슈런 부부의 싸움이 그칠 기미를 보이지 않자 결국 참다못한 추이핑이 성큼성큼 거실로 들어가 쉬닝한테 버럭 소리를 질렀다.

"새언니, 우린 지금 피난 중이에요. 집안 형편이 어렵다고요. 오빠 생각도 좀 하세요!"

쉬닝은 천가 집안에 시집와서 추이핑이 이렇게 화를 내는 모습을 한 번도 본 적이 없었다. 이토록 노발대발하는 추이핑을 처음 본 그녀는 놀라서 입을 다물었다. 슈런은 그 틈에 빠져나왔고, 집을 나서기 전에 어머니에게 잊지 말고 시간 맞춰 아이에게 죽을 먹여달라고 당부했다.

산길은 매우 험했다. 세 사람은 비탈을 오르고 물을 건너며 고생스럽게 먼 산길을 걸어 마침내 읍내에 도착했다. 장에는 사람이 아주 많았다. 짧은 흙길 양쪽으로 좌판들이 꽉 들어차 있었고 좌판마다 토산품을 잔뜩 쌓아 놓고 있었다. 그 사이로 인파가 물처럼 흘렀고, 뒤로 돌아설 수조차 없을 정도로 북적였다. 장이 들어선 그 길에서 반나절을 돌아다니며 쌀이며 기름, 소금 등을 계속 사들였고, 갖가지 다양한 일용잡화들을 파는 좌판을 보고 참지 못하고 또 많은 것을 샀다. 그중에는 시골 사람들이 직접 담근 것으로 반찬도 될 수 있는 매실장아찌도 있었다.

같은 금액으로 평소의 두 배나 되는 물건을 살 수 있어서 모두들 매우 기뻐했다. 돌아오는 길은 산을 오르는 길이었다. 세 사람 모두 묵직한 등짐을 메고 있어서 올 때보다 훨씬 힘들었다. 추이핑은 이를 악물고 걸으며 수시로 멈춰서 하늘을 올려다보며 말했다.

"햇살이 정말 지독하게 뜨겁네!"

그녀는 몸을 잔뜩 구부리고 걸었고, 한 걸음 뗄 때마다 한참 쉬어야 할 정도로 너무 힘들었다. 너무 지쳐 온몸이 땀범벅이 된 황류도 참다 못해 한마디 했다.

"저는 아무래도 선생 일자리를 찾아야겠어요. 지난번에 문의했던 시골 중학교는 안 된 것 같아요. 마을 어귀에 모인 어르신들 얘기로는 옆 마을에도 학교가 있다는데 내일은 거기 가보려고요."

겨우 비탈길 하나를 넘었는데 추이펑은 이미 지쳐서 온몸이 부들부들 떨렸고, 다리가 말을 안 들어 걸음을 내디딜 수가 없었다. 하는 수 없이 길가의 바위에 기대 잠시 쉬기로 했다. 그녀는 안색이 창백했고 헉헉거리며 숨을 몰아쉬었다.

"아침에 살아 있어도 저녁 목숨을 장담할 수 없는 시국이에요. 학교들이 전부 문을 닫았는데 어디 가서 선생 일자리를 찾을 수 있겠어요?"

나무에 기대 숨을 돌리던 슈런이 눈살을 살짝 찌푸리며 말했다.

"우리 다시 의논해보자. 가족끼리 조그맣게나마 장사를 하면 먹고살 수 있을지도 몰라."

세 사람이 이런 얘기를 하고 있을 때 갑자기 길옆 덤불 속에서 누군가 불쑥 튀어나와 버럭 고함을 질렀다.

"통행료를 내라!"

그 사람은 간편한 무명 셔츠 차림에 복면을 하여 눈만 내놓고 있었으며 손에는 팔뚝 굵기의 나무 몽둥이를 들고 있었다. 추이펑이 화들짝 놀라며 맨 먼저 쌀 포대로 손을 가져갔다. 하지만 금방 눈치챈 강도가 곧장 그녀에게 달려들어 들고 있던 몽둥이로 사정없이 내리쳤다. 추이펑은 몽둥이가 날아드는 것을 보고 얼른 손을 뺐지만 그대로 맞았고,

너무 아파 외마디 비명을 질렀다. 슈런은 두려웠지만 상대가 한 명뿐인데다 체격도 별로 크지 않은 것을 보고 힘을 겨뤄볼 만하겠다고 생각했다. 그는 추이펑 앞으로 펄쩍 뛰어들어 두 어깨를 쫙 펼치며 막아섰다. 그런데 뜻밖에 덤불 속에서 또 한 명이 튀어나왔다. 마찬가지로 그다지 크지 않은 키에 복면을 했고, 체격으로 보아 아직 소년인 것 같았다. 두 강도는 몽둥이를 휘두르며 한 명은 추이펑의 쌀 포대를 빼앗았고, 다른 한 명은 땅바닥에서 잡곡 포대를 주워들더니 나는 듯이 달려서 순식간에 숲속으로 사라져버렸다.

너무 갑작스럽게 당한 일이라 세 사람 모두 어찌할 바를 몰라 했다. 황류가 마음을 가라앉히고 우선 아내의 상처를 들여다봤다. 강도의 뒷모습이 희미하게나마 보여 슈런이 얼른 뒤쫓아 가려고 했지만, 추이펑이 다급하게 불러 세웠다.

"쫓아가지 마, 위험해요!"

슈런이 본능적으로 걸음을 멈추고 곰곰이 생각해봤다. 익숙한 지역이 아니니까 확실히 함부로 다녀선 안 된다. 그 강도가 아무리 아이라고 해도 어쩌면 근처에 패거리가 있을지도 모른다.

"우리 같은 외지인을 노리는 자가 있는 게 이상한 일도 아니지."

그가 힘없이 한숨을 내쉬었다.

추이펑은 바위를 짚고 천천히 앉더니 눈물을 훔치고는 담담하게 말했다.

"다들 힘든 사람들이에요. 가난에 시달리다 막다른 지경까지 온 게 아니라면 양심을 속이고 이런 천하의 몹쓸 짓을 할 수가 없죠."

그러면서 소매를 걷어 올려 상처를 들여다보더니 낙관적으로 말했다.

"사람이 안 다친 게 다행이네요."

황류는 추이펑의 상처를 문질러주고는 한숨을 내쉬며 말했다.

"시골 땅도 혼란스럽기는 매한가지군. 다들 힘으로 말하려고 하고 도리 따위는 안중에도 없으니 말이오. 앞으로는 경거망동하지 말아요."

장날에 물건을 좀 싸게 사보자는 생각이었는데 뜻밖에 강도를 당했으니 돈을 아끼기는커녕 오히려 큰 손해를 본 셈이 되어 식구들 모두가 속상해했다. 천더우성이 가계부를 들춰보며 탄식했다.

"옛말에 불운도 가는 길이 있다더니[재수 없는 일이 한 번 생기면 꼬리에 꼬리를 물고 계속된다는 뜻이다.], 역시 틀린 말이 없구나."

황류는 말없이 잠자코 있었다. 추이펑은 겉으로는 부드러워 보여도 강한 성격이라 몽둥이로 얻어맞았는데도 오래 침울해하지 않았고, 좋지 않은 감정을 금세 떨쳐버리고 다시 쌀과 기름을 사러 갔다.

올 한해는 기후가 매우 온화했다. 시골은 시야가 탁 트여 있어서 평탄하게 펼쳐진 논밭이 한눈에 들어왔다. 눈길이 닿는 곳 끝까지 온통 녹색인 풍경은 마치 정성껏 그린 도안에 녹색을 주된 색조로 하여 수를 놓은 것 같았다. 집 옆에 일군 채소밭에 입동 즈음에 심은 상추와 배추를 겨울에는 수확할 수 있을 것 같았다. 먼 사촌뻘 백부가 절여 말린 고기를 보내왔기에 처마 밑에 걸어두었다. 천가 집안은 광저우에서 오래 살았다. 지체 높거나 큰 부자라고 할 수는 없었지만 다행히 가업이 있어서 먹고사는 것은 풍족했다. 지금은 온 집안이 곤궁한데도 가진 기술로 생계를 도모할 수도 없는 처지다. 하지만 시국이 어지럽고 목숨마저 보전하기 어려운 때이니만큼 그저 온 가족이 평안하게 살아남을 수 있기만을 하늘에 기원할 뿐이었다.

춥고 배고픈 겨울을 견뎌내고 이듬해 춘분이 되자 오누이 두 사람은 의논 끝에 시골에 작은 가게를 내기로 했다. 천더우성은 그다지 좋은 생각이 아니라고 했다. 자기가 이미 탐문을 해본 바로는 시골 사람들 공연은 일 년 내내 채 열 번이 안 되는데 무대의상을 맞출 필요가 어디 있겠냐는 것이었다. 슈런은 희망이 전혀 없는 것도 아니라는 생각이었다.

"여기서는 점포도 필요 없고 세를 낼 필요도 없잖아요. 하루하루 천천히 팔면 조금이나마 소득이 있을 거예요."

천더우성은 여전히 고개를 가로저었다.

"평생 월극의상만 만들었어. 한 가지 깨달은 게 있다면, 이 업으로는 부자가 될 수 없다는 거야."

집 세 채 중 좌측의 흙벽돌로 된 집이 추이펑 부부가 사는 곳이었다. 창호지를 바른 네모난 창은 항상 추이펑의 가냘픈 옆모습을 비추고 있었다. 추이펑은 한가할 때면 늘 수를 놓았다. 금실과 은실은 아까워서 못 쓰고 그냥 간단한 색실로 금붕어나 나비 등을 수놓았다. 진한이 하루하루 몰라보게 자라는 것을 보며 머리끝에서 발끝까지 온통 자수가 놓인 옷을 입혔다. 바짓부리에는 오색찬란하게 빛나는 호랑이가 수놓아져 있어 보고 있으면 정신이 번쩍 들었다. 쉬닝조차도 아이에게 손뼉을 쳐주며 소리쳤다.

"네 고모 좀 봐. 너를 아주 부잣집 도련님으로 만들어 놓으셨네."

추이펑은 마음을 온통 진한의 옷에다 쏟아부으며 문양을 다양하게 변화시켰다. 경축의 의미인 토끼와 호랑이 말고도, 한 폭 가득 차게 수놓은 운학도雲鶴圖도 있었는데 아주 고급스러워 보였다. 천더우성은 재료들을 몹시 아까워하며 "너무 손이 많이 가잖니."라고 말하면서도 손자를 귀티 나게 꾸며 놓은 것을 보고 속으로는 흐뭇해하였다.

슈런과 추이펑은 가게 여는 일을 계획하느라 밤낮으로 바빴다. 일부는 한기에서 가져온 물건들이었고, 거기에 추이펑이 최근에 만든 작품들을 보탰다. 또 궁리 끝에 구식 재봉틀 두 대를 갖추었다. 추이펑은 황류를 열심히 설득해서 우선 그에게 재단하는 법을 가르쳤다. 예상외로 황류는 기본적인 그림 실력을 갖추었음에도 불구하고 천에다 그리는 것은 그림 그리는 것이 아니라는 듯 이 일에 손대는 것을 매우 어려워했다. 추이펑은 하는 수 없이 그에게 재봉틀 다루는 법을 가르쳤다. 이 일은 의외로 아주 빨리 배웠고, 며칠 지나지 않아 재봉틀 발판을 빠르게 윙윙 밟을 수 있게 되었다. 이렇게 해서 가족 세 명이서 각자 일을 분담하고 협력하여 간단한 자루와 아기 포대기를 만들었다.

마당 문 앞에 이 좌판을 깔아 놓고 벽돌 몇 개로 눌러 놓은 다음 그 위에 낡은 상판을 놓고 팔 물건들을 진열했다. 누추하긴 해도 전시하기 좋은 데다 밭머리에 있으니 지나는 사람이 많았다. 개중에는 천으로 된 물건을 필요로 하는 사람이 있을 것이었다. 이렇게 몇 번 하면서 돈을 조금 벌었다. 마침내 수입이 생긴 셈이었고, 호박 따위를 재배하는 데만 의지해 먹고살지 않아도 되었다.

천더우성은 문 앞에 쭈그리고 앉아 물담배를 뻐끔뻐끔 피우고 있었다. 그는 스스로 수공예업을 할 인물이 못 된다고 자조했다.

"늙었어. 눈도 침침하고, 잃어버린 솜씨는 주워 담을 수도 없다고."

또 가끔은 하늘을 쳐다보며 탄식했다.

"내가 한기를 얼마나 힘들게 큰 가게로 키웠는데, 이제는 내 아버지 시절의 모습으로 되돌아갔구나. 몇 년 더 지나면 남의 가게 견습생으로 들어가게 생겼어."

천씨 부인이 듣기 좋은 말로 위로했다.

"당신이 늘 그랬잖아요. 황금이 만 관이라도 가진 재주 하나만 못하다고요. 온 가족이 함께하는데 수공업이 나쁠 게 뭐가 있겠어요?"

슈런은 아버지의 답답한 심정을 알 것 같았지만 어떻게 위로해야 할지 알 수 없었다. 언제나 말이 없고 과묵한 사람이라 매일같이 재봉 일을 하거나 좌판을 지키는 일만 했다.

두꺼운 판지에 '한기'라고 적어 붙인 조그마한 노점은 계속 장사를 해나갔다. 매일 슈런이 몇 시간씩 지키고 있었지만 장사가 나아질 기미는 좀처럼 보이지 않았다. 시골 사람들은 소박하게 사는 게 몸에 배어 집에서 쓰는 옷가지들을 대부분 각자가 만들어 입었다. 노점을 연 지 몇 개월이 지났지만 수입은 턱없이 적었고, 예전 한기의 한 달 치 우수리도 안 될 정도였다. 추이핑은 회의가 들었다.

"이렇게 힘들게 애만 쓰느니 차라리 닭을 키우는 게 낫지 않을까."

슈런은 의지 면에서는 늘 누이보다 한 수 위라 굳건하게 말했다.

"기왕에 연 것이니 계속해보자."

이날도 슈런이 좌판을 지키고 있었다. 할 일이 없으니 무료한 나머지 멀리 푸르른 대숲으로 시선을 돌렸다. 그러다가 문득 정신을 차려 좌판을 보는데 갑자기 익숙한 얼굴이 천천히 다가오는 게 보였다. 슈런이 놀라서 한참을 쳐다보다가 그제야 누군지 알아보고는 소리쳤다.

"셩 형님!"

리바오셩은 낡은 장삼을 걸치고 있었는데, 위아래가 온통 회색빛이었고 자세히 들여다봐야만 소매 속에 감춰져 있는 투명하게 반짝이는 산호 팔찌를 알아볼 수 있었다. 리바오셩이 슈런을 잡아끌며 오랫동안 헤어져 있다 만난 오랜 친구처럼 격정적으로 외쳤다.

"정말로 당신들이라니!"

알고 보니 몇몇 유명한 월극 극단이 화이지懷集와 우저우梧州 일대에서 오랫동안 머물렀지만 결국은 미래가 안 보여 뿔뿔이 흩어졌다는 것이었다. 극단의 배우들 중 일부는 홍콩으로 가고, 일부는 고향으로 돌아갔다고 했다. 리바오셩은 더는 분주하게 살기 싫어서 이곳저곳 전전하다 광닝廣寧까지 오게 됐다고 했다.

리바오셩은 자기가 아주 좋은 숙소를 얻었다며 당장 소개해주겠다고 슈런을 집으로 데리고 갔다. 돌 벽돌로 벽을 쌓은 큰 집이었는데, 채색된 화조 석고상이 있는 것으로 보아 과거에 관리가 살았던 곳으로 기품이 넘쳐 보였다. 아무리 좋은 집이라도 전쟁 시기라서 낡고 수리도 안 되어 있었다. 슈런은 리바오셩을 따라 안으로 들어갔다. 회색 벽돌로 된 작은 건물 세 채가 品 자 모양으로 서 있었는데, 부지는 넓었지만 장식물이 많지 않아 다소 쓸쓸해 보였다.

리바오셩은 슈런에게 아주 열정적으로 소개했다.

"한참을 찾아다니다가 겨우 이곳을 얻었다네. 마을에서 가장 좋은 곳이지……." 그러고는 잠시 미뭇거리더니 아쉬움이 남았는지 덧붙였다.

"오랫동안 광저우 성에서만 살다 보니 가끔 이렇게 환경을 바꿔보는 것도 아주 신선하군그래."

이런 말을 할수록 그는 담담해 보이지 않았다. 슈런은 왠지 모르게 갑자기 그의 심경이 깊이 체감되었다. 그가 친밀하게 웃어 보이며 말했다.

"우리가 이렇게 가까이 있을 줄은 생각지도 못했어요. 앞으로 우리 집에도 자주 오세요."

이때부터 리바오셩은 거의 매일 슈런네 좌판 앞에 와서 앉아 있었다. 천더우셩과 함께 물담배를 피우며 잡담을 하거나 아니면 슈런 곁에서 함께 좌판을 지켜주기도 했다. 때로는 추이펑이 수놓는 모습을 아주 흥미진진하게 지켜보기도 했다. 한 폭 한 폭 화려한 자수가 모습을 갖춰가는 것을 지켜보는 그는 마치 오랫동안 굶주린 늙은 호랑이가 고기를 바라보듯 게걸스러움이 가득 담긴 눈빛이었다. 천더우셩은 그의 마음을 읽고는 얼른 손사래를 치며 말했다.

"월극의상은 실이 너무 많이 듭니다. 이것들은 전부 어린애 입힐 옷에 쓸 것이지요."

리바오셩의 등장이 슈런을 각성시켰다. 그들은 원래 월극의상을 제작하는 사람들이다. 정교한 수공기술이 장기인 그들이 지금은 이렇게 보잘것없는 바느질만 하고 있는 것이다. 한기가 축적한 십수 년의 의상 제작 경험을 이대로 소멸시켜버릴 것인가? 그렇게 고군분투하며 키워온 오랜 이름 '한기'를 생각하면 이루 말할 수 없이 아까운 것은 당연했다. 전란의 시기에 재료가 귀하다 보니 황류를 가르치는 데 쓸 재료조차도 아낄 수 있으면 최대한 아끼는 처지였다. 하물며 대량의 재료를 들여 의상 한 벌을 제작한다는 것은 더더욱 상상조차 할 수 없었다. 슈런으로서는 심중의 바람을 억누르고 좌판의 소소한 물건들을 열심히 파는 수밖에 없었다.

이런 고달픈 시기에는 아이가 유일한 희망이었다. 진한은 논밭에서 눈부신 성장세로 쑥쑥 자라는 작물처럼 하루하루 폭풍같이 성장했다. 그 아이는 막 태어났을 때 별로 울지 않았는데 나중에는 더 잘 웃게 되었다. 매일 할머니 품에서 눈동자를 이리저리 굴리다가 새로운 장면을 보면 까르르 웃음을 터뜨리곤 했다. 돌이 지났을 때는 말은 제대로 못했어도 걸음은 아주 씩씩하게 잘 걸었다. 가끔은 혼자서도 벽을 잡고 휘청거리며 대문 앞까지 걸어가 아버지의 좌판을 바라보곤 했다. 슈런은 좌판을 지키면서 틈틈이 진한에게 월극의상 견본을 하나하나 들추어 가리키며 알려주었다. 진한은 만화 캐릭터 그림을 보듯 눈을 동그랗게 뜬 채 넋을 잃고 월극의상 견본그림을 보았다. 슈런은 아이에게 각종 문양도 가르쳐주었다. 참으로 이상하게도 진한은 글자를 익히는 데는 그다지 총명하지 않았지만, 월극의상은 안 가르쳐주어도 아주 잘 알았다. 가끔은 문양을 한 번 보고는 슈런이 설명하기도 전에 벌써 옹알옹알 소리를 내곤 했다. 슈런이 몹시 기뻐하며 아내에게 말했다.

"우리 진한이 크면 제 고모보다 훨씬 잘할지도 모르겠소."

하지만 쉬닝은 곧바로 찬물을 확 끼얹는 소리를 했다.

"배불리 먹지도 못하고 따뜻하게 입지도 못하는 수공예 일이 뭐가 그리 좋아요? 그 월극의상이라는 게 멀리서 보고 금이야 은이야 해봤자 결국은 다 가짜잖아요!"

슈런은 그녀의 말도 일리가 있는 듯해서 반박할 구실을 찾지 못하고 그저 긴 한숨만 내쉬었다.

사는 게 곤궁하고 힘들긴 했지만 하루하루 근근이 버텨나갔다. 고되지만 부지런히 일해서 집안 살림을 반듯하게 꾸려나갈 수 있었다. 어느덧 또 새해가 다가오는 가운데 온 가족이 평안하게 지내는 것을 보며 천씨 부인은 흐뭇한 마음으로 쑤시듯 아파오는 허리를 두드리며 말했다.

"온 가족이 무탈하게 잘 지내니 좋구나. 이렇게 평안하게 지낼 수 있다니 정말이지 보살님의 보살핌에 감사할 따름이야."

슈런이 얼른 고개를 끄덕이며 동생한테 연말 전까지는 돈을 좀 아껴서 설 쇨 돈을 좀 모아보라고 부탁했다. 추이펑은 알았다고 대답했고, 그 후로 창가에서 자수 놓는 시간이 훨씬 길어졌다. 절망으로 주저앉은 것은 쉬닝뿐이었다. 쉬가 집안은 렌저우로 돌아간 후 아무런 소식이 없었고, 그녀가 아무리 수소문을 해보아도 소식을 들을 수 없었다.

여전히 항일전쟁 중이었지만 그해 설은 비교적 안락한 생활을 할 수 있었다. 천더우성은 새해 첫날 온 가족을 데리고 천가 집안 사당에 분향하러 갔다. 종조부 등 본가 친척들에게 새배를 드린 후 오래전에 은행에 저축해 놓았던 돈을 찾아서 쌀과 참기름으로 바꾸어 문중 어르신들께 보냈다.

음력 정월 초이렛날, 문중의 여러 숙부, 백부님들과 몇 차례 상의 끝에 배우들을 모아 주신희酬神戱[111] 공연을 하루 올리기로 결정하였다. 읍

---

111 신의 보살핌에 감사하는 의미를 담은 희극을 말한다.

내에는 이미 수많은 일본군이 주둔하고 있었지만, 마을까지 들어오는 일은 매우 드물었다. 천가 집안사람들이 정월 초이렛날에 월극공연단을 초청해 공연하는 것은 오랜 전통이었다. 한기 노점도 정월 초하루부터 초이렛날까지 휴업하기로 결정했다. 천더우성은 젊은 사람들에게 시골의 월극의상 품질은 어떤지 시골 월극공연 구경을 한번 가보라고 했다. 기회를 봐서 극단 감독과 정단正旦[112]과도 인사를 나눈다면 혹여 거래로 이어질 수도 있을 것이었다.

시골 극단이 마을 사람들에게 보여준 연극은 『제녀화帝女花』[113]였다. 이 연극은 성도의 큰 극단들도 즐겨 올리는 대작으로, 등장인물도 많고 줄거리도 아주 긴박감 넘치고 탄탄했다. 극이 절정에 다다르면 관람객 가운데 늘 있게 마련인 치정에 빠진 남녀가 감동 받아 눈물을 펑펑 쏟으며 흐느끼곤 한다. 과거 마을에서는 이런 절자극折子劇[114] 대부분을 아침부터 저녁까지 공연하곤 했다. 지금은 여건에 제약이 있어서 사람들이 가장 많이 눈물을 쏟는 대목인 『향요香夭』[115] 한 막만 공연했다.

시골은 여건이 열악했다. 그래도 가오후高胡[116]와 얼셴二弦[117], 양금, 퉁

---

112 전통 희극의 배역인 단(旦) 역할 중 하나로, 청의(靑衣)라고도 한다. 단 역할 중 가장 중요한 위치라서 정단이라고 한다. 일반적으로 단정하고 엄숙하며 바른 인물로, 대체로 현모양처나 정절을 지키는 여인을 연기한다.

113 1957년에 초연된 작가 당척생(唐滌生)의 월극 작품으로, 극의 중심내용은 장평공주와 부마로 내정되었던 주세현의 애절한 사랑이야기이다. 극의 배경은 명나라 말기 숭정제 6년이다. 틈왕 이자성의 군대가 북경성을 에워싸니, 물러설 곳이 없어진 숭정제가 공주들을 죽이고 자결한다. 이때 죽였다고 생각한 장평공주는 치명상을 입었으나 목숨을 건져 비구니가 되고, 훗날 청 왕조 순치제 때 우여곡절 끝에 주세현과 재회하여 혼인하게 되지만, 동방화촉을 밝힌 바로 그날 비상을 먹고 함께 자결함으로써 나라에 보답한다는 내용이다.

114 여러 막으로 구성된 중국 전통극에서 가장 근사하거나 관객들이 좋아하는 하나의 막만을 독립적으로 연출하는 극.

115 『제녀화(帝女花)』에서 아름다운 죽음에 관한 대목을 가리킨다.

116 중국 전통악기로 '고음얼후(二胡)'의 약칭이다. 모양과 구조, 연주법 등 모든 것이 얼후와 같고, 단지 얼후에 비해 공명통이 작을 뿐이다.

117 몸통이 오동나무로 된 두 줄 현악기를 일컫는다.

소, 피리 등을 하나하나 늘어놓으니 악기 면에서는 구색이 맞는 셈이었다. 징과 북이 울리자 이미 황폐해진 지 오래인 무대 앞에 수많은 사람들이 모여들었다. 장평공주가 구름문양이 수놓인 호수처럼 푸른 빛깔의 궁중복에 넓게 금테를 두른 긴 갈색 치마를 받친 루췬襦裙[118]을 입고 나타났다. 다부진 체격의 배우였지만 몸놀림은 아주 가볍고 유연했다. 월극의상을 입고 분장을 하고 나니 봉황 같은 눈을 가늘게 뜨고 힐긋힐긋 시선을 던지는 모습이 제법 발랄하고 아름다웠다. 시골에서 월극공연을 하는 것은 주로 왁자지껄한 분위기를 연출하기 위함이었다. 그렇다 보니 이 공주가 나비처럼 이리저리 날아다닐 때마다 머리장식으로 들쭉날쭉 꽂은 반짝이는 구슬 장식들이 바람에 흔들리며 연출하는 우아하고 아름다운 자대만으로도 무대 아래에서는 우레와 같은 박수가 터져 나왔다. 성도에서 보는 장평공주는 극이 반전을 맞을 때마다 옷을 계속 갈아입는다. 비수飛袖[119]나 세수細袖[120], 수수水袖[121] 등이 제각각 중요한 역할을 하며, 봉피鳳帔도 그에 맞게 어울리는 것으로 갈아입는다. 반면 시골에 오면 한 벌이 전부다. 이 아가씨는 처음부터 끝까지 기다란 수수를 끌고 다니며 중요한 대목에서 잡아챘다가 다시 냅다 던지곤 했다.

슈런은 극단 감독을 만나려고 필사적으로 인파를 헤치고 무대 앞까지 나아갔다. 하지만 무대 아래 맨 앞줄에 군중 틈에 끼어 서서 고개를 쳐들고 눈도 깜박이지 않고 관람하고 있는 리바오셩의 모습만 보았을 뿐이었다. 이 광경을 본 그는 왠지 모르게 마음이 쓰라렸다. 슈런은 얼

---

118 전국시대에 등장해 위진남북조 시대에 널리 입혀진 한족 복식의 한 종류이다. 비교적 짧은 저고리에 긴 치마를 한 벌로 일컫는 중국의 전통의복을 말한다.
119 날개소매.
120 좁은 소매.
121 물소매, 소매 끝에 붙어 있는 긴 덧소매.

른 사람들 틈을 비집고 그에게 다가가 웃으며 말을 건넸다.

"여기 시골 월극공연이야 대충 시끌벅적하게 노는 거죠. 셩 형님이 여기서 한 곡 뽑으신다면 등장과 동시에 장내가 압도될 텐데 말입니다."

약간 의기양양해진 리바오셩이 웃으며 고개를 가로저었다.

"내가 이름을 감추고 여기 숨어 있는 건 바로 피난 중이기 때문이야. 이름나기를 원했다면 진즉에 그들을 따라 후방으로 떠났겠지."

슈런은 월극 관람을 그다지 좋아하지 않았지만, 월극의상 사업을 위해서 무대 앞에서 공연이 끝나기만을 기다렸다. 해가 산 너머로 떨어지자 바람이 불어오면서 무대가 한층 더 추워졌다. 천더우셩이 말한 대로 시골 사람들은 검소해서 큰돈을 들여 월극의상을 만들려고 하지 않았다. 그 시골극단 단장은 생각해볼 여지도 없다는 듯 단번에 거절했고, 슈런도 하는 수 없이 포기했다.

이튿날 뜻하지 않게 리바오셩이 아침 일찍 찾아와 천가 집 문을 두드렸다. 문을 열어준 슈런을 보더니 리바오셩은 즉시 그의 손을 잡아끌며 말했다.

"가세. 우리 집으로 가자고. 자넬 급히 찾는 사람이 있어."

슈런은 리바오셩을 따라 그의 시골 저택으로 갔다. 문을 들어서자마자 그는 놀라서 얼어붙었다. 집 안에 아이를 안은 부인이 와 있었다. 한눈에도 위잉잉이라는 것을 알 수 있었다.

위잉잉은 뚱뚱해진 몸으로 느릿느릿 움직였는데, 머리에는 두건을 싸매고 품에는 아기를 안고 있었다. 아기는 하얗고 보드라워 마치 고기소를 넣은 빠오즈包子[122]처럼 아주 귀여웠다.

리바오셩이 길게 한숨을 내쉬며 말했다.

---

122 밀가루 반죽에 각종 소를 넣어 찐 것으로, 포만감을 주며 중국 서민들의 일상생활에 꼭 필요한 음식이다. 찐빵만두와 비슷하다.

"지난번 자네가 왔을 때는 차마 보여줄 엄두가 나지 않았었네. 출산한 지 두 달밖에 안 됐어."

슈런은 이것이 대체 어떤 상황인지 생각도 못해 본지라 순간적으로 뭐라고 해야 할지 알 수가 없었다. 위잉잉은 그를 보더니 두 눈을 반짝 빛내며 달려와 그를 흔들며 말했다.

"이게 누구예요, 천가 작은 사장님 아니세요? 셩 오라버니가 제게 옷을 지어주려고 천 사장님을 모셔온 건가요?"

이렇게 말하며 웃음을 터뜨리더니 다시 방 안으로 뛰어 들어가며 소리쳤다.

"지금 치수는 정확하지 않아요. 제 예전 치수대로 만들어주세요."

리바오셩은 그녀의 뒷모습을 바라보며 고개를 지었다.

"하루 종일 아기만 보니까 사람이 좀 흐리멍덩해진 것 같아. 어제는 야외무대에서 누가 월극공연을 한다는 소릴 듣더니 혹해서는 거의 뛰쳐나갈 뻔했지 뭔가. 그 일로 한나절을 다퉜다네. 다행히 유모가 저 사람 못 나가게 눌러 앉혔지."

위잉잉이 방에서 뛰어나왔다. 손에는 오래된 치수표가 들려 있었다. 슈런은 하는 수 없이 그것을 받아들었다. 그녀가 금세 기뻐하며 말했다.

"분홍색으로 해주세요. 궁중복으로 할까 봐요. 아니다, 매향장梅香裝이 좋겠어요!"

갑자기 아이가 앙앙 울기 시작했다. 유모가 황급히 달려가 안았고, 위잉잉도 급히 달려가 보았다.

"저 사람은 월극무대에서 공연하는 것이 습관이 된 사람이지. 오랫동안 무대에 안 섰으니 답답해서 힘들 거야."

리바오셩이 슈런에게 그녀의 새 의상을 한 벌 제작해달라고 부탁했다. 위잉잉은 아이를 키우면서 참을성 있게 잘 견디지 못했고, 일이 없을 때면 운수雲手[123]를 해보거나 종종걸음을 걸어보는 등으로 답답함을 달랬다. 시골 아낙을 불러 아이를 보게 하고는, 아이가 옆방에서 앙앙 울어대도 위잉잉 자신은 아랑곳하지 않고 거실에서 가락을 흥얼거리며 연꽃을 피우듯 사뿐한 걸음으로 달을 향해 분향하고 절하는 연기를 했다.

노점을 연 지도 반년이 되어 서서히 이름이 나기 시작했다. 슈런은 목공 일을 할 줄 아는 마을 사람을 불러 삼나무 오두막을 지었다. 네모 반듯하게 지은 오두막은 비바람을 피할 수 있었고, 덜렁 침상 널빤지 하나 놓은 노점보다 훨씬 보기도 좋았다. 오두막 위에는 나무판자에 붓으로 '한기'라는 두 글자를 커다랗게 써서 삼나무 판자로 만든 문미 아래에 걸었다. 새단장한 노점에서는 추이펑이 손으로 제작한 아이용 버선과 신발 따위와 천으로 된 수공예품을 팔았다. 이는 시골에서는 하나의 큰 사건이라 사람들이 몰려들었다. 특히 시골 아이들이 와서 수예품을 호기심 어린 눈길로 뚫어지게 바라보기도 했고, 오두막 주위를 돌며 놀기도 했다. 노점 구석에는 월극의상 제품이 진열되어 비단에 놓인 화려한 자수가 조용히 빛을 발하고 있었다.

어린아이의 버선과 신발, 강보 말고도 추이펑은 몇 가지 정교한 수예품을 더 개발했다. 자수가 놓인 주머니나 자루 같은 것들인데 점차 젊은 아가씨들의 발걸음을 사로잡으면서 장사가 나아지기 시작했다.

장사가 되고는 있었지만 이문이 많이 남지는 않는 터여서 여전히 힘들었다. 시골 사람들은 원래 수수하고 검소해서 많은 옷을 필요로 하지 않았고, 게다가 대부분 스스로 만들어 입었다. 한기의 바느질 솜씨는 아주 정교하고 섬세했지만, 정교함으로 밥을 먹을 수는 없었다. 시골

---

123 태극권에서 구름이 선회하며 휘감기듯 움직이는 손의 운동을 말한다.

아낙들이 값을 깎고 또 깎는 데 어찌나 능란한지 마지막에 가서는 아주 미미한 이문밖에 남기지 못했다. 정성을 다해 만든, 값이 꽤 나가는 정교한 수예품은 오히려 잘 팔려나가지 않았고, 아름다운 것을 좋아하는 극소수의 아가씨들만 화려한 자수에 아낌없이 돈을 썼다.

성도의 부호들 대부분은 광저우 주변의 현縣으로 피난해 생활하면서 가끔 광저우의 옛집에 돌아와 둘러보곤 했다. 천가 집도 마찬가지였다. 가게를 운영하려면 천과 기타 재료들을 보충해야 했기 때문에 슈런도 가고 싶어서 안달을 했다. 하지만 막상 가려고 했을 때 뜻밖에도 광저우 성이 또다시 공습을 받았고, 장원방 인근도 공습을 피하지 못해 수많은 점포들이 엉망진창으로 폭파되었다는 얘기가 들려왔다. 천더우셩이 접한 소식에 따르면, 영업을 꿋꿋이 이어나가던 룽기가 그대로 폭격을 맞았고, 룽기의 사장과 일꾼들 십여 명이 가게 안에서 폭격을 맞아 한꺼번에 죽었다는 얘기도 있었다.

이 소식을 처음 접했을 때, 천더우셩은 놀라서 안색이 창백해지더니 말없이 문 앞에 앉아서 연신 담배만 빨아댔다. 라이룽이 미워서 일찍 죽으라고 저주를 퍼붓기도 했지만, 막상 이런 소식을 듣고 보니 마음이 괴로웠다. 룽기의 제품은 그들만의 특색이 있었다. 특히 융수絨繡[124]와 반수盤繡[125]에 뛰어났다. 생각이 여기까지 미치자 그는 더욱 괴로웠다. 그는 슈런에게 시골에서 빚은 막걸리 한 병을 사 오라고 시켜서는 혼자서 다 마셔버리고 곤드레만드레 취했다.

며칠이 더 지나자 재료는 바닥나버렸고, 슈런은 과감하게 재료를 가

---

124 특수한 망사형 천에 갖가지 색깔의 털실로 수놓는 타피스트리를 말한다.
125 토족(土族)의 민간 전통 미술로 지금은 국가급 무형문화재로 지정돼 있다. 복잡하고 기묘한 방식으로 도안의 면을 채워나가는, 토족의 중요 자수기법 중 하나로 토족 여성들이 필수적으로 배우는 기술이다.

지러 다녀오겠다고 나섰다. 천더우성이 절대로 안 된다며 말렸다.

"가야 한다면 내가 가겠다."

이때의 천더우성은 육칠십 먹은 늙은이처럼 근엄해 보였다. 비쩍 마른 얼굴은 살점이라고는 없었고, 누렇고 가무잡잡한 피부는 귤껍질처럼 쭈글쭈글했다. 몸은 여전히 단단했지만, 워낙 등을 구부리고 고개를 움츠린 채로 구부정하게 다녀서 그런지 언제나 사람들과 흥정하고 실랑이를 벌이려는 것처럼 보였다. 그는 한동안 한기를 어떻게 운영하든 일절 간섭하지 않았었다. 하지만 지금은 중요한 시점이다. 그는 정신을 가다듬고 엄숙하게 얘기했다.

"난 이미 반평생을 산 사람이다. 만에 하나 억세게 운이 좋다고 해도 네 엄마와 함께 끝까지 갈 수는 없어. 하지만 넌 젊고, 아이도 아직 어려. 네가 사고라도 난다면 아내와 아이는 어쩔 셈이냐!"

슈런은 속으로 자기 몸이 더 강하고 튼튼해서 공습을 만나더라도 아버지보다 빨리 달릴 텐데 하고 생각했다. 하지만 그 말을 꺼내지는 못하고 그저 무뚝뚝하게 한마디 했다.

"간다면 제가 가요. 아버지가 가시면 마음이 안 놓인단 말입니다!"

두 사람이 한 치도 양보하지 않으니 다른 사람은 더더욱 끼어들 여지가 없었다. 이번 여정은 큰 위험이 도사린 먼 길이다. 누가 가더라도 마음을 졸일 수밖에 없는 것은 마찬가지일 것이다. 하지만 장사를 해야 하는데 상자 속 자수 실과 비즈들이 사용할수록 바닥을 드러내니, 지금 다녀오지 않으면 재료가 부족해서 물건을 만들 수 없고, 노점을 열어놓고도 어려움이 많을 게 뻔했다. 두 사람이 팽팽히 맞서니 누구도 못 가고 있었다. 이날 아침 일찍, 천더우성은 날이 채 밝기도 전에 슈런이 자고 있는 틈을 타서 마을 입구에서 성도로 나가는 석탄차를 얻어 타고는 혼자서 갔다.

천씨 부인은 아침 일찍 일어나 그가 남긴 쪽지를 보고 황망한 나머지 울음을 터뜨렸다. 슈런이 마을 어귀까지 쫓아가 보았지만 차는 벌써 흔적도 보이지 않았다.

그 며칠 동안, 천가 집에서는 소리를 거의 들을 수가 없었다. 모두가 마음 졸이며 시간을 보내고 있었다. 천씨 부인은 매일 마을 어귀의 용수나무 아래에 온종일 서서 먼 곳을 바라보았다. 슈런과 추이펑도 몹시 걱정되어 아침마다 신대 앞에 분향하고 아버지가 무사히 돌아오기를 조상님께 빌었다.

해가 뜨고 지고, 용수나무 아래에 마을 사람들이 모였다 흩어지기를 거듭하는 데도 여전히 국도 위에는 천더우성의 모습이 보이지 않았다. 하루 종일 묵묵히 서서 기다리던 천씨 부인은 눈물이 그렁해져서 중얼거렸다.

"그렇게 가지 말라는데도 기어코 가다니. 돈이 중요해, 목숨이 중요해!"

슈런은 어머니한테 또 문제가 생길까 봐 걱정돼서 노점 문을 닫고 마을 어귀로 나가 어머니와 함께 아버지를 기다렸다.

날은 벌써 어둑어둑해지고 군데군데 구름들에 가려진 석양빛이 용수나무 사이로 드문드문 황금빛 햇살을 뿌리고 있었다. 어슴푸레하게 보이는 국도 위로 갑자기 석탄차 한 대가 모습을 드러내더니 심하게 덜컹거리며 마을 길을 달려오고 있었다. 마침내 용수나무 아래에 이르러서는 차 앞부분에서 숨을 고르지 못해 헐떡이는 맹수처럼 하얀 김이 요란하게 뿜어져 나왔다. 슈런은 매캐한 매연 냄새 때문에 몇 발자국 뒤로 물러섰다. 차 문이 갑자기 벌컥 열리더니 익숙한 형체가 차에서 내렸다.

천더우성이 커다란 짐 보따리 두 개를 들고 힘겹게 차에서 뛰어내렸다. 슈런을 발견한 그는 손을 흔들며 담담한 미소를 지어 보였다. 며칠 기분 좋게 여행을 다녀왔을 뿐이라는 표정이었다. 그가 가까이 오기도 전에 천씨 부인은 꺼이꺼이 목 놓아 울었고, 슈런은 흥분해서 뛰어가 아버지 손을 덥석 잡았다. 천더우셩은 이번에 다녀오면서 자수 실과 비즈 세 상자뿐만 아니라 젊은 아가씨까지 한 명 데려왔다.

눈매가 서글서글한 그 아가씨는 자세히 들여다보니 아주 예뻤다. 다만 옷차림이 매우 남루했는데 엄밀히 말하면 거지꼴이나 다름없었다. 천더우셩이 말없이 담배를 몇 모금 빨더니 입을 열었다.

"라이룽의 여동생 샤오훙小紅이다."

광저우에 도착한 그는 야심한 밤을 틈타 몰래 뒤뜰로 숨어들어서 창고 문을 열고 재료 따위를 가지고 나오려고 했었다. 뒤뜰로 들어섰을 때 뜻하지 않게 누군가와 부딪혔고, 어찌나 놀랐는지 까무러칠 뻔했다. 이것저것 자세히 물어보고 나서야 라이룽의 여동생 샤오훙인 걸 알게 되었다. 샤오훙은 당시 하늘에서 투하된 포탄 하나가 룽기의 지붕 위로 곧장 떨어져 순식간에 콰쾅 하는 요란한 소리와 함께 집과 사람이 순식간에 사라져버렸다는 얘기를 해주었다. 그녀는 마침 물건을 배달해주러 나갔다가 운 좋게 화를 피할 수 있었다. 룽기에서 일하던 십여 명 중 단 한 명도 살아남지 못했다. 그 후로 그녀는 혼자 외롭게 떠돌아다녔고, 옛집으로 돌아갈 엄두도 나지 않아 하루하루 유랑민처럼 도성 안을 마구잡이로 배회하던 중이었다. 낮에는 쓰레기 따위를 주워 먹고 살았고, 밤에는 천가 집 안에 숨어 잠을 잤다고 했다.

온 가족이 천더우셩을 맞아 함께 집으로 돌아갔다. 모두의 눈가에 눈물이 그렁했다. 밥을 먹기 전에 먼저 조상께 분향하고 보살펴주심에 감사했다. 천씨 부인 혼자 전혀 기쁘지 않은 표정이었고, 자기도 모르게 자꾸만 라이샤오훙에게 시선을 던졌다. 저녁에 다들 차분해지고 샤오훙이 잠들자 그제야 천씨 부인이 천더우성을 붙잡고 몹시 언짢은 투로 투덜거렸다.

"당장 우리도 굶게 생긴 처지에 아가씨까지 데리고 오다니, 도대체 무슨 생각을 하는 거예요?"

천더우성은 아내의 말이 너무 어처구니가 없어 웃어야 할지 울어야 할지 난감했다. 스스로도 이미 바람 앞의 촛불과 같은 늙은이라고 생각하는 자신이 설마 젊은 아가씨한테 딴생각을 품었겠는가. 그저 우연히 마주친 한 목숨이 난세에 가뭇없이 스러지는 걸 차마 눈 뜨고 볼 수 없었을 뿐이었다. 그는 자신의 아들딸을 바라보며 담담하게 말했다.

"다 큰 처녀가 우리 집 뒷마당에 숨어 지내고, 매일 같이 폐허 속을 뒤져 쓰레기 같은 물건을 팔아 연명하는데 너무 딱하잖소."

천씨 부인은 그의 해명을 전혀 받아들일 수 없어 괴로워했다.

"그때 룽기가 우리한테 어떻게 했는지 다 잊으신 거예요?"

천더우성은 잠시 머뭇거리더니 고개를 저으며 말했다.

"다 지난 일이오. 지금 와서 따질 수도 없고, 라이룽도 이미 세상에 없소. 지금 저 아가씨는 덩그러니 혼자 남았소. 우리가 안 받아주면 내일 어떻게 될지 모르는 처지란 말이오."

밤에 쉬닝은 슈런에게 빈정거리듯 말했다.

"당신 아버지가 전에는 참 똑똑하셨는데, 지금은 정말 늙으셨네요. 특수한 시기에는 돈 좀 있다 하는 사람들이 다 그 틈에 작은 마누라를 얻으려고 한다지만, 당신 집안이 무슨 신분이나 돼요!"

한기의 장사가 슬슬 잘되기 시작했다. 이곳에서 이름이 나더니 가까운 이웃부터 멀리 사는 이웃까지 섬세하고 화려한 천 공예품을 사고 싶어 했고, 우선 한기를 찾아와 둘러보는 것을 좋아했다. 슈런은 인내심 있고 온화하게 손님을 대했고, 추이평은 영민하고 손재주가 좋았다. 이 가족은 이곳에 잠시 피난을 와있는 것이었지만, 흡사 이곳에서 몇 대째 살아온 사람들 같았다. 리바오성은 종종 마을 안을 돌아다녔는데, 특히 사당 옆 월극무대 위에 올라가 월극 속 걸음걸이로 걷는 것을 가장 좋아했다. 물론 시골의 월극무대는 대극장처럼 밝고 화려하지 않았다. 거칠고 투박한 벽돌을 따라 누런 잡초가 비죽 튀어나와 있었고, 무대 위는 온통 먼지투성이로 한동안 아무도 청소를 하지 않은 것 같았다. 그런데도 리바오성은 전혀 개의치 않고 매일 그 위에 올라가 연습을 했다. 때때로 시골 아이들이 재밌어 하며 에워싸고 구경했다. 심지어는 미친 사람이라고 생각해서 놀리고 야유를 보내기도 했다. 슈런이 가끔 지나가다가 그 광경을 보면 늘 발걸음을 멈추었다. 월극공연 보는 것을 별로 좋아하지는 않았지만 리바오성이 무대 위에서 무술 연기를 연습하는 모습은 즐겨 보았다. 리바오성은 매일 무대 위에서 노래를 불렀는데, 가사는 대체로 "인생이 아침이슬 같다."거나 "꿈은 산산이 부서지고 눈물이 강산을 이룬다."는 등의 내용이었다. 이러한 대사는 오히려 리바오성에게 다시 희망을 품게 했다. 그는 전쟁은 언젠가 지나갈 테고, 사람들도 태평한 세월을 바라게 되리라 생각했다. 세상살이가 아무리 힘들어도 리바오성이 여전히 창을 계속하고, 추이평이 여전히 수를 놓는다면 완전한 절망은 아닌 셈이었다.

이날 리바오성은 기분이 좋아서 아주 많은 노래를 쉬지 않고 불렀다. 슈런이 들어보니 그가 부르는 곡이 『수당연의隋唐演義』에서 와강瓦崗 영웅[126]이 승전하고 돌아온 대목이었다. 너무 좋아서 계속 넋을 잃고 있

---

126 수당연의(隋唐演義)에서 부패한 조정과 우둔한 황제로 인해 도탄에 빠진 백성을 구하기 위해 곳곳에서 봉기한 반군들이 황제를 몰아내고 새 나라를 세우기 위해 혈맹을 맺고 와강산(瓦崗山)에 반수의군(反隋義軍)을 세워, 결국 대당제국의 건설로 이어지는 역사적 과정을 그린

화의금몽

었다. 오후부터 듣기 시작해서 해가 산 너머로 떨어지고 날이 컴컴해질 때까지 들었다.

마침 황혼 무렵이었다. 무대 위는 어두컴컴한 회색빛이 감돌았고, 잡초 몇 가닥의 그림자가 바람에 마구 흔들리고 있었다. 리바오성이 긴 한숨을 내쉬며 말했다.

"내 커다란 의상 상자를 시골로 가져다 달라고 부탁했는데 아직까지 어디서 헤매고 있는지 모른다네."

슈런이 껄껄 웃으며 말했다.

"의상이 형님 것이니 언젠가는 형님을 찾아오겠죠."

리바오성은 다시 길게 한숨을 쉬고 더는 아무 말도 하지 않았다. 슈런도 머리를 긁적이며 말주변이 없는 자신이 괜한 군소리로 그의 심기를 거스르면 안 되겠다고 생각했다.

밤이 되어 리바오성이 다시 황급히 뛰어오는 모습이 보였다. 슈런은 자기가 혹시 그에게 밉보이는 일을 했나 싶어서 가슴이 철렁 내려앉았다. 리바오성은 품에서 비취가락지 하나를 꺼내며 말했다.

"내 이걸 담보물로 맡길 테니 자네 가게에서 새 궁중복을 한 벌 지어 줄 수 있겠나?"

위잉잉의 연기에 대한 생각과 정서는 리바오성의 그것과는 달랐다. 그녀는 화장을 하지 않고는 절대로 무대에 오르지 않았고, 평소에도 집에 숨어서 연습했다. 한 번 무대에 오르면 아래에 누가 있든 아랑곳하지 않고 아주 진지하게 창을 했다. 하루는 그녀가 호기심이 발동했는지 이렇게 말했다.

"곧 토지절土地節[127] 아닌가요? 마을에서 주신희 공연을 올릴 테니 내

연극 가운데 한 대목을 가리킨다.

127 땅에 제사를 지내는 명절로, 토지에 제사를 올리는 경문을 읽고 병충해와 자연재해를 막아달

가 거기서 한 대목 연기해야겠어요. 시골 분들의 저에 대한 배려에 감사하는 의미로요."

옛말에 "이월 초이틀에 용이 고개를 쳐든다."는 말이 있다. 음력 이월 초이틀이면 때는 초봄이다. 첫 봄비가 내리고 만물이 소생한다고 하여 시골에서는 매우 중히 여기는 절기라서 대체로 제사를 올리고 모여서 잔치를 벌이곤 한다. 시골 사당은 벌써 분주하게 움직이기 시작했다. 부인네들이 마룻바닥을 깨끗이 청소하고, 편액을 문질러 닦고, 먼지가 잔뜩 내려앉은 월극무대를 청소하는 사람도 있었다.

리바오성은 그 말을 듣자마자 당연히 반대했고, 부부는 이 일로 몇 번이나 다투었다. 위잉잉이 성질을 부리며 기어코 무대에 서겠다고 우겼다. 그러나 리바오성은 이토록 세상이 어지러울 때 울긋불긋 화려한 무대가 가당키나 하냐고 생각했다. 하지만 소리를 지르며 싸워도 보고 욕도 퍼부어봤지만 부부는 좀처럼 화해하지 못했다.

그 외에도 위잉잉은 나쁜 기운을 없애야 한다며 과거에 입던 옛날 의상은 절대로 입을 수 없다고 했다. 그래서 리바오성이 천가 가게를 찾아올 수밖에 없었던 것이다. 항일전쟁이 한창인지라 지폐는 값어치가 없었기 때문에 리바오성은 눈물을 머금고 옥가락지를 내놓고 새 옷을 지을 수밖에 없었다.

천가 가족들은 그 자리에서 승낙하지 못했고, 문을 닫고 나서 차분히 의논할 수밖에 없었다. 슈런은 리바오성의 고심이 그대로 느껴졌고, 자신의 봉제기술로 한 벌 정도는 충분히 만들어낼 수 있을 것 같았다. 하지만 추이평은 원하지 않았다. 월극의상 한 벌을 만들려면 얼마나 많은 색실이 소요되겠냐며, 아이 옷으로 만들라치면 족히 열 벌은 만들

라고 천지산신께 기원한다.

화의금몽

수 있을 만큼의 양이라고 말했다. 그러면서 곰곰이 생각해보고는 역시 안 되겠다며 고개를 저었다.

"설사 셩 오라버니가 돈을 낼 수 있다고 해도 안 돼요. 우리 입장에서는 가게를 열고 장사를 해야 하는데 사흘이 멀다 하고 사람들한테 물건이 없다고 얘기할 순 없잖아요."

천가 집에서 결정을 내린 후 리바오셩에게 그 뜻을 전했다. 하지만 위잉잉은 원하는 것은 꼭 해야 직성이 풀리는 성미라서 한번 맞추겠다고 말한 이상 반드시 맞춰야만 했다. 리바오셩은 할 수 없이 향장을 찾아가 이 일을 얘기했다. 향장은 리바오셩 가족의 일을 은밀히 도와왔는데, 왜 공개적인 자리에 나서겠다는 것인지 아무리 생각해도 알 수가 없었다. 리바오셩은 한숨만 내쉬며 말했다.

"연극무대에 오르지 않으면 죽는 사람을 아내로 맞은 줄은 저도 몰랐습니다."

향장이 거듭 머뭇거리더니 결국은 승낙했다. 그는 관음보살 탄신일인 2월 19일이 큰 명절이니 그때 위잉잉이 설 수 있는 무대를 마련하겠다고 했다.

이렇게 결정되자 추이펑도 더 이상 뿌리칠 수 없었다. 가져온 의상 상자에서 옷감을 고르고 이를 재단해서 수를 놓았다. 아주 짧은 시간 내에 번거롭고 복잡하게 만드는 것은 어려운 일이라서 불가피하게 단순한 모양과 도안을 그려 봉황과 원추리를 수놓았고, 부자재는 상당 부분 줄이고 대신 평상시에 사용하기 어려운 얇고 가벼운 천을 사용해 느낌을 더했다. 그리고 몸통 부위에 흩날리는 끈을 여러 개 추가로 달아 경쾌하게 산들거리는 이색적인 자태를 연출했다.

관음보살 탄신일이 되자 수많은 마을 이웃들이 모두 묘당으로 와서 신께 제를 올리고 사당에 분향했고, 이렇게 제를 마친 사람들은 곧바로 공연을 관람하러 옆쪽에 마련된 무대 쪽으로 갔다. 위잉잉이 부를 곡은 『어람관음魚籃觀音』[128]으로 시골 악단이 반주를 맡았다. 막이 열리며 통소 소리가 은은하게 퍼졌고 거문고 소리가 청아하게 울렸다. 그녀가 "이이야—"하고 소리를 뽑으며 무대 좌측에서 사뿐사뿐 걸어 나왔다. 옷자락이 하늘하늘 날리는 모습이 요대瑤臺[129]의 신선이 하늘에서 내려온 것만 같았다. 그녀가 입은 의상은 단순했지만 세속의 때를 벗은 우아함이 깃들어 있어 관음의 화신에게 꼭 맞는 자태였다. 정신을 한곳에 모으고 한 걸음마다 길게 읊조리니, 마치 하늘에서 표표히 내려온 것만 같았다. 리바오성도 바라보면서 감동으로 마음이 벅차올라 참지 못하고 슈런에게 속삭였다.

"잉잉을 위해 자네들이 제작해준 이 옷은 그녀가 전에 입었던 그 어느 옷보다도 훌륭해. 잉잉은 자신이 시골극단에서 노래하게 될 줄은 평생 꿈에도 생각해보지 못했을 테지만, 너무 멋지고 연기도 좋고, 춤도 정말 훌륭하군."

말을 마친 그가 크게 하하 웃기 시작했다. 슈런은 무대 위에서 의상이 이토록 놀랍게 빛나는 것을 보고 기쁘고 안심이 되는 한편, 추이펑이 요 며칠 밤잠 못 자고 새벽까지 고생한 것을 생각하면 마음 한구석이 짜르르 아파왔다.

위잉잉은 정말이지 아주 오랜만에 무대에 서는 것이었다. 온 힘을 다해 노래했고, 연기 역시 한 치의 빈틈도 없었다. 시골 사람들은 이렇게 좋은 소리는 거의 들어볼 기회가 없었다. 환호성이 끊이지 않았고, 박수갈채가 점점 더 커졌다. 연기가 절정에 다다랐을 때 거문고 소리가

---

128 33 관음 중 한 명이다. 나찰, 독룡, 악귀의 해악을 없애주는 관음으로, 물고기를 담은 바구니를 들고 있거나 큰 물고기를 타고 있는 모습을 하고 있다.
129 옥으로 장식한 아름다운 누대(樓臺)로, 신선이 사는 곳을 말한다.

숨 가쁘게 치닫고 북과 징이 일제히 울리자 위잉잉의 몸이 휘청하더니 입에서 흘러나오던 가사도 잠시 멈칫했다. 이 장엄한 정서에 걷잡을 수 없이 휩쓸려 주체하지 못한 눈물 한 방울이 눈가에서 또르르 떨어졌다. 리바오셩은 무대 아래에 서서 그 미세한 변화를 알아챘다. 환하게 웃던 그의 얼굴이 굳어졌다. 문득 스치는 생각이 있었다. 그가 옆에 있던 슈런을 쳐다보며 담담한 표정으로 조용히 눈을 문지르더니 고개를 숙이며 한마디 했다.

"정말 고맙네!"

제7장

시국이 가장 어지러울 때, 천더우성 일가는 광시의 펑카이封開와 우저우로 옮겨 천 제품을 파는 작은 가게를 운영하며 생계를 꾸려갔다. 1945년, 항일전쟁에 승리했다는 소식이 전해지자 천더우성은 즉시 온 가족을 이끌고 왔던 길을 되짚어 광저우 옛집으로 돌아갔다.

전쟁이 끝난 뒤의 광저우는 만신창이가 되어 있었다. 도처에 무너진 담벼락과 깨진 기왓장들이 쌓여 있었다. 포화의 폭격 세례로 엄청나게 넓은 지역 안의 모든 건물들이 흔적도 없이 사라졌다. 장원방 일대도 피해가 컸다. 멀쩡하게 살아남은 건물이 거의 없었고, 벽돌과 기왓장들이 제멋대로 뒹굴고 아무렇게나 쌓여 있어 흡사 폐허와 같았다.

천가의 옛집도 절반은 폭격을 맞아 무너졌고, 담장도 절반이 날아갔다. 가게의 피해는 조금 덜했지만, 그래도 안쪽부터 바깥쪽까지 전체적으로 수리할 필요가 있었다. 천더우성은 아들딸들을 데리고 이웃들과 함께 진흙벽돌을 구하러 다녔고, 수레를 하나 빌려 필요한 물자를 시골에서 도시까지 실어 날랐다. 사람들은 전쟁으로 무너진 터전을 서둘러 복구하면서, 한편으로는 죽은 가족들을 애도했다. 밤이 되면 곳곳에 원보 촛불의 불빛이 환하게 사방을 비췄고, 여기저기서 비통한 울음소리가 들려왔다.

슈런은 천가 옛집으로 돌아온 후 둘째 아이의 강보를 불에 태웠다. 진한이 두 살 되던 해에 쉬닝이 그들의 두 번째 아이를 출산했었다. 그 연약한 딸아이는 일 년 남짓밖에 못 살고 병으로 세상을 떠나고 말았다.

그는 아이를 잃은 아픔을 마음속 깊이 묻었다. 크고 작은 재난들, 만남과 이별, 슬픔과 기쁨이 뒤섞인 속에서도 살아 있다면 또다시 남은 날들을 열심히 살아가야 했다. 광저우로 돌아온 후, 그는 쑤란의 집이 폭격으로 무너졌고 쑤란과 팡 이모 모두 집 안에서 죽었다는 소식을 들었다. 이 소식을 들은 그는 온몸이 떨려오는 것을 참을 수가 없었다. 머릿속에 아름다웠던 모습이 어렴풋이 떠오르며 서서히 통증이 밀려오더니 심장에서부터 오장육부까지 퍼져나갔다. 그는 얼른 눈물을 훔쳤다. 집안을 빨리 안정시켜야 했고, 바로 자신의 건장한 노동력을 발휘해야 할 때였다. 그리고 온 가족이 광저우로 돌아온 이상, 가게도 빠른 시일 내에 문을 열어야 했다.

쉬닝은 갑자기 철이 들었다. 아이를 잃은 슬픔을 잊으려는 듯 매일 같이 바쁘게 일했다. 아침마다 온 가족이 먹을 찬거리를 사서 두 번에 나누어 메고 돌아왔다. 그녀는 바느질에는 여전히 재주가 없었지만 밥을 짓고 요리하는 것을 배웠고, 이로써 추이펑의 부담을 한층 가볍게 덜어주었다. 라이샤오훙도 이 집안의 일원이 되었다. 그녀는 반수와 융수, 정금수釘金繡[130]를 아주 잘 놓았고, 매듭단추도 썩 잘 만들었다.

---

130 금은수라고도 하며, 금은사를 주로 사용하여 도안에 맞게 놓고 가는 실로 징금으로써 천 위에 고정하는 기법이다. 과교(過橋), 답침(踏針), 노화판(撈花瓣), 점지(墊地), 요침(凹針), 루구(累勾) 등 60여 가지 다양한 침법이 있다. 금실을 주로 사용하지만 융사를 부재료로 하여 금실

진한은 아버지를 따라 처음 가게에 왔을 때 눈이 휘둥그레져서는 창고에서 의상을 꺼내오는 아버지를 바라보며 젖내 나는 아기 말투로 소리쳤다.

"와! 예쁘다!"

천가 집안의 삼대 자손으로, 제 아버지를 닮아 체격이 좋고 건강했으며, 하루 종일 이리 뛰고 저리 뛰는 모습이 여간 영민해 보이는 게 아니었다.

항일전쟁의 승리는 도피 생활의 종결을 의미했다. 장원방으로 돌아온 것은 이전에 영위하던 삶을 이어가는 것이 아니라 폐허 위에 일가를 다시 세우는 일이었다. 다행히 세월 속에서 겪었던 슬픔은 세월의 흐름과 함께 천천히 희미해졌다. 하루하루 거듭되는 노동 속에서, 하루 세 끼 분주한 움직임 속에서, 수공예인은 부지런한 두 손에 의지해 일상을 조금씩 복구하며 새롭게 삶을 재건해나갔다.

가족들 모두가 합심하여 고치고 정리하여 빠르게 새 모습을 갖추었다. 점포도 다시 문을 열고 집 안에 숨겨두었던 간판을 꺼내어 단정하게 걸었다. 도안집을 모아서 정리했고, 떨어져 나간 부분은 다시 붙였다. 부서진 옷걸이는 못으로 다시 고정해 입구에 반듯하게 배치했다.

천더우성은 이미 늙었다. 그는 더욱 야윈 듯 보였고, 망가진 갈대처럼 수척해진 데다 다리도 불편해져서 한 걸음 걸을 때마다 한참씩 쉬면서 힘들어했다. 슈런은 뭔가 결정하기 전에 그의 지시를 기다리는 것에 익숙해져 있었지만, 정작 그는 이미 별로 상관하지 않았다. 한기의 문을 다시 연 그 순간, 그는 진지하고 엄숙하게 슈런의 손에 열쇠를 쥐여주며 말했다.

과 용사를 혼합해 수놓는 기법도 있다. 정금수는 점(點), 수(繡), 첩(貼), 병(拼), 철(綴) 등 처리 기법을 통해 부조(浮雕)와 같은 예술적 효과를 낸다.

"나는 늙었다. 앞으로 이 가게는 전적으로 너희들한테 달렸어."

오래지 않아 하이쥬海珠대극장이 전체적인 수리를 끝내고 새롭게 문을 열었다.

극장은 새로 단장을 하고는 곧 새 연극을 상연했다. 입구에 커다란 포스터가 내걸렸다. 색깔이 아주 선명했다. 외부로 흩어져 나가 있던 수많은 극단들도 돌아왔다. 전쟁이 끝난 후라 평화로워 보였고, 많은 사람들이 전후의 상처를 안고 월극에 대한 관심이 고조된 상태라서 극장에서 표 한 장 구하기가 하늘의 별 따기였다.

태양이 또 다시 대지에 내려와 장원방의 점포와 마석이 깔린 길 위에 빛을 뿌릴 때, 슈런이 커다란 열쇠 꾸러미를 손에 꽉 쥐고 큰 걸음으로 성큼성큼 걸어와 육중한 홍목 대문을 조심스럽게 밀어 열어젖혔다. 그 소리가 너무 무거워 여전히 쓸쓸하기만 한 장원방 안에서 공허하고 적막하게 들렸지만, 그의 마음만큼은 격하게 요동쳤다. 커다란 열쇠 꾸러미를 꽉 틀어쥔 그의 손바닥에 얼음장처럼 차갑고 단단한 느낌이 고였다. 그는 스스로에게 다짐했다. '괜찮아, 잘할 수 있어!'

광저우 성에 새로 문을 연 가게들은 대부분 장사가 신통치 않았다. 슈런은 거리 곳곳의 가게들의 영업상황을 가늠해보고는 추이핑과 상의했다.

"월극의상만 취급해서는 주문량이 턱없이 부족할 것 같아. 기성복도 함께 취급해서 판로를 좀 넓혀야 하지 않을까?"

추이핑은 그의 의견에 동의하지 않았다.

"우리 한기는 가장 오래된 월극의상 가게이고, 우리가 할 줄 아는 것도 월극의상뿐이에요. 이것저것 자잘한 것까지 잡다하게 팔다 보면 한기 이름에 먹칠만 하게 될 거예요."

과거의 여러 사안들은 추이핑의 판단이 늘 옳았지만, 뜻밖에도 이번에는 틀렸다. 지금은 전후 재건이 한창인 시기이다. 사는 게 너무 힘들고 팍팍하니 사람들이 돈주머니를 꽉 틀어쥐고 살았다. 극장에서 상연하는 것은 전통 월극이었고, 월극의상도 옛날에 입던 것을 입었다. 모든 동향이 시국이 안정되기만을 기다리고 있었다. 한기는 새로 문을 연후 반년 동안 단 세 건의 주문밖에 받지 못했다.

이날 슈런은 고개를 파묻고 재단에 열중하고 있었다. 재단이 끝난 재단물을 황류에게 넘겨주어 재봉틀로 봉제하게 했고, 봉제가 끝나면 그가 다시 받아서 다림질했다. 이른바 모든 것을 처음부터 새로 시작하는 것이었고, 한기의 일꾼은 지금 일가족 네 명이 전부였다. 슈런은 능숙하게 가위를 놀렸다. '스윽' 하고 한칼에 빠르게 천을 재단하고선 자신의 손놀림에 흐뭇해하고 있는 차에 갑자기 낯익은 누군가가 천천히 걸어오는 모습이 보였다.

샤오위안이었다. 그의 뒤로 젊은 친구 두 명이 따라왔는데, 그는 두 명 모두 자신의 사촌 동생이라고 소개했다.

샤오위안은 가게에 들어서자마자 고향 집에 돌아온 것처럼 흥분해서 슈런의 어깨를 툭 치며 소리쳤다.

"이게 몇 년 만이야. 갈수록 사장님 티가 나는군!"

그러고는 사방을 둘러보았다. 눈에 익은 바느질 상자며 수틀 따위가 눈에 들어왔고, 공기 중에 감도는 풀 냄새도 들이마셨다. 그의 얼굴에 그리움에 젖은 미소가 번졌다. 슈런은 매일 바쁘게 지내다 보니 시간 가는 것조차 느끼지 못했었다. 이렇게 샤오위안을 만나고서야 인생이 덧없음을 퍼뜩 깨달았다. 느끼지 못하는 사이에 많은 세월이 가버렸고 모두가 그만큼 늙었다.

샤오위안이 성도로 온 것은 역시 일자리를 찾기 위해서였다. 시골에서는 생계를 꾸려나가기가 어렵기도 했거니와 그는 아무래도 장부 관리가 몸에 익은 터라 성도에서 오래 할 수 있는 일을 구하고 싶었다. 이번에 함께 온 사촌동생들도 성도에서 생계를 도모해보겠다고 작정을 한 터였다.

슈런은 그의 말에 당장 뭐라고 답해야 좋을지 몰라 그저 묵묵히 있었다. 그도 한기의 옛 규모를 회복하고 싶었다. 아니, 넘어서고 싶었다. 하지만 지금 당장은 업계 상황이 좋지 않은 데다 물가도 폭등해서 타산을 맞추기가 여간 어려운 게 아니었다.

하지만 샤오위안은 믿을 수 없다며 물었다.

"예전에 한기에는 열 명도 넘는 견습생이 있었지만, 지금은 고작 우리 셋뿐이잖아. 나는 장부 관리를 계속할 거고. 설마 그 정도도 못 구할 정도인 건가?"

슈런이 줄곧 견습생을 몇 명 구하고 싶어 했던 것은 사실이지만, 과거에 아버지가 그랬던 것처럼 뒤쪽 작업 공방을 순시하며 지도하는 모습은 지금으로선 도저히 실현할 수 없었다. 한기가 기대했던 만큼 번창하는 일은 일어나지 않았고, 지난 반년 동안 들어온 수입은 천가 일가족의 생계만 간신히 유지할 수 있을 정도에 불과했다. 그는 결정을 내릴 수 없어 아버지가 있는 별채로 가서 가르침을 청했다. 하지만 천더우성은 자식들이 직접 '결정'하는 법을 깨우치게 하기로 마음먹었다. 그는 팔걸이의자에 앉아 슈런을 지긋이 바라보며 고개를 저었다.

"슈런, 네가 결정해라."

샤오위안은 기대에 찬 눈으로 슈런을 바라보는 수밖에 없었다. 슈런은 주먹을 꼭 쥐며 다시 한번 심사숙고해보자고 스스로를 일깨웠다. 그러고는 사방을 둘러보았다. 그의 눈빛이 사뭇 결연했다. 이윽고 그의 입에서 한 마디가 터져 나왔다.

"그럽시다!"

샤오위안은 참지 못해 슈런을 와락 끌어안고 울음을 터뜨렸다.

한기는 월극의상 선반 옆으로 새로 진열대를 몇 줄 더 들여놓고 거기에 각종 다양한 천 제품, 특히 어린이용 제품들을 진열했다. 시골의 수공예인에게 보내 제작하기도 하고, 장원방 안의 임시 일꾼을 사서 제작하기도 했다. 한기에 갑자기 일손이 셋이나 늘었고, 이렇게 늘어난 일손은 비용이 들 수밖에 없는데, 당장 상황이 나아질 기미가 보이지 않으니 당연히 살아남기 위해 무슨 수를 쓰든 변화를 꾀해야 했다.

추이펑이 또 한 번 자신의 장기를 발휘해 임시 일꾼이 되어줄 가정주부들을 찾아냈다. 주문을 받으면 각자에게 일감을 나누어주고 건별로 일당을 지급하다가 마지막에 가서는 한기 소속으로 받아들였다. 추이펑은 아이들 바지에 수놓을 문양 개발에 전념했다. 토끼가 풀을 안고 있는 모습, 아기 호랑이가 공을 쫓는 모습 등 다양했다. 좋은 생각이 떠오를 때마다 우선 황류에게 먼저 도안을 그려보게 했다. 황류는 그녀가 수놓기에 너무 힘들까 봐 일부러 도안을 최대한 간단하게, 선을 가급적 줄여서 그렸다. 추이펑이 불만을 터뜨렸다.

"좀 생동감 있게 그려주셔야 저도 생동감 있게 수를 놓죠."

그러면 그는 도안에 동물의 표정을 더했다. 웃는 표정, 우는 표정이 다 있는데 손에 만져질 듯 살아 있었다. 추이펑은 번거로움도 마다치 않고 십여 개의 바늘을 한꺼번에 꽂아 수를 놓았다. 호랑이는 살아 있는 듯 힘이 넘쳤고, 수염 한 올 한 올이 위풍당당하게 솟아 있었다.

고심에 고심을 거듭하며 가게를 운영한 결과, 장사는 서서히 살아나고 있었다. 하지만 시국은 여전히 어지러웠다. 들리는 말로는 아직 전투가 끝나지 않았다고 했고, 물가가 치솟아 쌀조차 사기 힘든 형편이었다. 하물며 옷에 쓸 돈은 당연히 아낄 수밖에 없었다.

추이펑이 고집스럽게 '정교한 수공예 기술'을 추구하니 제품은 누가 보아도 다른 집 물건에 비해 탁월하게 정교했지만, 가격 때문에 팔리지 않았다. 슈런은 그녀가 매일매일 힘들게 일하는 것이 못내 마음이 아팠다. 그는 요즘처럼 어려운 때에 새 옷을 장만하는 것만 해도 대단한 일일 텐데 누가 장식까지 신경 쓰겠냐며 말려보기도 했다. 하지만 추이펑은 수틀을 꼭 붙잡고 그 위에 꽃잎을 조용히 오므린 채 피어 있는 부용화를 소중한 듯 들여다보며 말했다.

"과거에 한기의 자랑은 정교한 수공예였어요. 지금도 당연히 정교한 수공예가 자랑이어야 하고, 앞으로도 마찬가지로 정교한 수공예가 자랑이 돼야 해요. 그게 한기예요."

슈런은 그녀를 말리려고 말을 꺼냈다가 오히려 그녀에게 설득되고 말았다. 한기의 등불은 아침 일찍부터 밤늦게까지 꺼지지 않았고, 점포 뒤 작업 공방에는 늘 일하는 사람이 있었다.

다행히 공들인 것은 외면당하지 않았다. 솜씨가 워낙 섬세하고 탁월하다 보니 한기의 제품을 갖고 싶어 안달하는 고객이 늘 있었다. 같은 값의 옷이라면 무늬가 있고 색깔이 화려한 것이 잘 팔렸다. 그렇게 한기의 이름은 또다시 차츰 빛을 발하기 시작했고, 서서히 예복 치마나 치푸를 맞추러 오는 귀부인들이 생겼다.

이날 이른 아침, 추이펑은 평상시와 마찬가지로 일찌감치 가게에 도착해 수실들을 정리하고 수틀을 갖다 놓았다. 그러다 갑자기 뭔가 평소와 다르다는 것을 느꼈다. 그녀는 자기도 모르게 눈을 비볐다. 얼마 전 함께 수다 떨던 여자들이 한 얘기가 불현듯 떠올랐고, 그 순간 놀라서 외마디 비명을 질렀다.

"내 눈!"

천가 가족들 모두가 이 일로 몹시 걱정했다. 수녀들은 오랫동안 눈을 혹사하기 때문에 눈이 일찍 망가질 가능성이 높았다. 추이펑은 오래 전부터 고된 작업을 모두 혼자 감당해왔다. 그 때문에 눈이 상한 것이 분명했다. 천더우셩까지 그 사실을 알아버렸다. 그는 담배 주머니까지 내던지고 방 안의 모든 상자며 선반을 샅샅이 뒤졌다.

"내가 예전에 받아둔 오래된 처방이 분명 있었는데, 눈병을 치료하는 처방이었다고."

추이펑은 온 가족이 자신의 일로 마음 쓰는 것을 원치 않아 애써 웃음을 지었다.

"괜찮아요, 괜찮아. 요즘 자수 작업을 좀 많이 했더니 눈이 피곤해서 그래요."

이렇게 말하며 눈을 비비고 눈두덩을 따라 주변을 꾹꾹 눌렀다. 며칠을 쉬었다. 그녀는 눈앞에 여전히 커튼 같은 것이 드리워져 있는 것처럼 모든 게 흐릿하게 보였다. 그제야 그녀는 정신이 아득해졌다. 수놓는 일이 눈을 얼마나 심각하게 망가뜨리는지, 너무 일찍 눈이 망가진 수녀들이 얼마나 많은지 알게 되었다.

가족들을 안심시키기 위해 그녀는 여전히 강한 척 미소를 지어 보였다.

"수녀들이 쓰는 아주 기막히게 효과가 좋은 처방전이 있대요. 찾아가서 물어봐야겠어요. 허우 언니도 십수 년이나 수놓는 일을 했지만 아직도 멀쩡하잖아요. 아주 효험이 있는 처방전이 확실히 있나 봐요."

수녀들도 한 번씩은 다 경험이 있었다. 일을 오래 한 사람들은 모두 스스로 눈을 보호한다는 처방전을 모으고 다녔다. 슈런도 여기저기 수소문하여 리즈완荔枝灣[131]에서 가장 유명한 중의원을 찾아냈다. 그는 원

---

131 중국 광둥성 광저우시 리완구(荔灣區) 시관판탕(西關泮塘) 일대.

래 아침부터 저녁까지 가게를 지키며 일감에만 온 정신을 쏟으며 지냈었지만, 지금은 오로지 처방전을 찾는 데만 몰두했다. 이날 그는 유명하다는 오래된 중의원을 찾아가 약을 구입했고, 그 길로 곧장 추이펑에게로 달려가 숨을 헐떡이며 말했다.

"드디어 좋은 처방전을 구했어. 얼른 집에 가서 달여 먹어!"

추이펑은 오빠가 자신을 위해 가게도 내팽개치고 발 벗고 나서는 것이 너무 미안했다.

"정말 별 거 아니에요." 그녀는 손에 든 수틀을 흔들어 보이며 말했다.

"보세요. 이렇게 멀쩡하게 수도 놓잖아요."

그 순간 온화한 성격이었던 슈런이 충동적으로 수틀을 홱 낚아채면서 버럭 소리를 질렀다.

"내려놔!"

추이펑이 화들짝 놀라 멍하니 아무 말도 못하고 있다가 한참만에야 입을 열었다.

"이건 내 일이에요. 얼른 마쳐야 해요. 설사 눈에 안 좋다고 해도 어쩔 수 없는 거잖아요."

슈런은 마지막 힘까지 쥐어짜서 구조를 요청하듯 크게 고함을 질렀다.

"더는 하면 안 돼. 아무리 가난해도 네 눈을 망가뜨릴 순 없어!"

오누이는 말다툼을 한 후 어느 쪽도 먼저 입을 열 엄두를 내지 못했다. 슈런은 말없이 견본패턴을 옷걸이에 걸고는 고개를 들어 눈이 시리게 푸른 하늘을 바라보았다. 어느덧 또 일 년이 가고 있었다. 장원방의 가을빛이 차분하고 온화하게 내려앉았고, 공기 중에 계화향이 감돌았다. 그는 추이펑이 멍하니 서서 그 수틀을 가져가고 싶은데 차마 가져가지 못하고 바라만 보는 모습에 마음이 짠해졌다. 그는 얼른 그녀 앞으로 가서 들고 있던 약을 그녀의 품에 찔러 넣어주며 말했다.

"집에 가서 달여 먹어!"

슈런은 아버지가 그랬던 것처럼 수시로 후이루루惠如樓에 들러 차를 마시며 대로관들 앞에서 눈도장을 찍었다.

후이루루는 예전처럼 시끌벅적했고 많은 사람들이 드나들었다. 다만 자세히 들여다보면 오가는 말들 가운데 차분한 얘기는 극히 적었고 온통 전쟁에 관한 일화들뿐이었다. 리바오성도 그 속에 앉아 있었는데, 어딘지 모르게 답답하고 언짢아하며 차 한 주전자를 몇 번이나 우려서 계속 마셔댔다. 위잉잉과 다툰 끝에 혼자 뛰쳐나온 모양이었다.

리바오성이 슈런을 발견하고는 기뻐하며 그의 옆에 와 앉았다.

"요즘 거리에서 바쁘게 뛰어다니던데, 도대체 무슨 일인가?"

슈런도 솔직하게 털어놓았다.

"요즘 제 동생 눈에 문제가 생겼어요. 흐릿하니 잘 안 보인다는데 자수 일을 너무 많이 해서 눈이 망가졌나 봐요. 식구들이 모두 나서서 의원과 처방전을 백방으로 알아보는 중이에요."

리바오성이 깜짝 놀라며 다급히 물었다.

"얼마나 심각한데? 치료할 수는 있고?"

옷을 좋아하는 그로서는 최고의 수공예장인을 잃어 앞으로는 그렇게 훌륭한 월극의상을 다시는 못 보게 될까 봐 몹시 걱정되었다.

슈런은 그가 이토록 초조해하는 모습이 너무 뜻밖인지라 얼른 대답했다.

"벌써 약을 달여 먹으면서 치료 중이에요. 의원 말로는 눈을 혹사해서 그렇다나 봐요. 당분간은 눈을 쓰지 말고 눈을 보호하고 맑아지게 하는 약을 먹으라네요."

리바오성이 여전히 걱정하며 물었다.

"동생이 일을 그만두면 가게 장사는 어쩌고?"

"저도 있고, 샤오훙도 있잖습니까."

슈런이 담담하게 말했다. 장사가 중요하긴 하지만, 가족이 더 중요했다. 그는 자수 일감 전체를 외주로 보냈다. 이익 면에서는 적잖은 손실이 있었지만, 마음은 한결 편했다.

슈런은 잠시 앉아 있는 동안 서먹해서인지 좀 초조해했다. 내성적인 성격이라 몇 마디 얘기하고 나면 할 말이 궁해지는 탓이었다. 리바오성이 갑자기 이마를 탁 치며 소리쳤다.

"자네들 혼례복 군괘裙褂를 취급해보지 않겠나? 내가 아는 집안 몇 군데를 소개해줄 수 있네."

군괘 제작의 난이도는 월극의상 못지않다. 여러 월극의상점들이 혼례복을 함께 취급하긴 하지만 지금까지 이름난 곳이 없다. 슈런은 얼른 리바오성의 잔에 차를 따라주며 열의를 보였다.

"군괘라면 우리가 잘 만들었죠. 다만 전쟁 직후라 경기가 안 좋아서 선뜻 주문하려는 사람이 드물어요."

"잘 만드는 가게도 드물지."

리바오성이 웃으며 말했다.

"하지만 나는 한기를 믿는다네. 자네 가게는 뭘 만들어도 항상 최고야."

슈런은 차박사[132]가 테이블 주변을 계속 돌아다니는 것을 보고는 얼른 그를 불러 물도 좀 채워주고 땅콩도 더 달라고 부탁하면서 찐만두

---

132 옛날 찻집 점원의 별칭. 송대 이후로 찻집이 크게 성행하면서 사람들이 찻집에서 서비스하는 사람을 차박사라고 불렀다.

한 판과 우샹샤오마이五香燒賣[133] 한 판을 추가로 주문했다.

내전이 한창이라 물가가 치솟고 민중의 삶은 곤궁하기 짝이 없었다. 정부에서 걷어가는 과중하고 잡다한 세금은 이미 알려진 것만도 많았는데, 신문에 또 다른 세칙이 보도되었다. 배우세를 걷겠다는 것이었다. 소식이 전해지자 바허회관은 즉시 항의의 뜻을 같이하는 조직을 구성했고, 큰 극단 몇 군데는 파업을 선언했다. 각종 과중한 잡세가 이미 새 털처럼 차고 넘치지만, 배우한테서 세금을 걷겠다는 것은 들어본 적도 없는 어처구니없는 처사였다. 리바오성은 찻집에서 탁자를 내리치며 소리쳤다.

"무대에서 노래 부르고 거꾸로 돈을 내라니, 나 리바오성은 앞으로 노래를 안 부르겠소!"

하지만 지금 정부는 부패했고, 제대로 된 통치가 이루어지기에는 너무 혼란스러웠다. 권력과 세를 가진 자들은 국난을 기회로 부를 축적하기 바빴고, 권력도 세도 없는 민중은 가족의 목숨을 부지할 수만 있어도 큰 행운이었다. 슈런은 매일같이 장부에 적힌 숫자들을 들여다보며 걱정했다. 천가 일가족의 생계가 오롯이 이 가게에 달려 있었다. 그는 집 안에 앉아 끼니를 기다리는 노인네와 어린아이를 생각하니 초조해서 눈물이 날 지경이었다.

둥산東山 일대는 부자들이 모여 사는 곳이어서 신축 별장들이 하나둘 들어서고 수입산 자동차도 보이기 시작했다. 슈런은 리바오성이 준 주소를 따라 류劉씨 저택에 이르러 주인을 찾았다. 류씨 저택은 전형적인 유럽식 건물로, 새로 단장한 듯 보이는 담장에 부조가 빼곡히 조각되어 있었다. 반면에 이층 창문은 전형적인 만주창으로 갖가지 색깔의

---

133 각종 야채와 고기들을 잘게 썰어서 볶고 찹쌀밥과 잘 섞어 만두피에 넣고 싸서 쪄낸다. 만두 피에 쌀 때 끝부분을 완전히 오므리지 않고 열어두는 것이 중요하다.

유리들이 햇빛을 반사하고 있었다. 슈런이 올려다보니 창가에 양 갈래로 머리를 땋은 여학생이 서 있었다.

　슈런은 차마 다시 쳐다보지 못하고 얼른 문을 두드렸다. 문지기 아저씨가 대문을 빼꼼히 열고는 좁은 틈새로 험악하게 생긴 얼굴을 들이밀며 퉁명스럽게 물었다.

　"무슨 일이오?"

　슈런이 자기 신분을 밝힌 후 들고 왔던 치수 재는 도구들이 든 상자를 보여주었다. 문지기 아저씨가 보고하러 들어갔다 돌아와서는 여전히 험악한 얼굴로 말했다.

　"우리 마님께서 당신네가 들어올 필요는 없다고 하셨소. 며칠 후에 직접 한기로 가실 거요."

　말을 마친 그는 쾅 하고 문을 닫아버렸다.

　며칠이 지나 과연 류씨 부인이 왔다. 서양식으로 치장한 중년부인이었는데, 머리를 송진을 채취하기 위해 나무껍질에 낸 브이(V) 자 홈 모양으로 촘촘히 땋아 늘어뜨린 하녀의 부축을 받으며 함께 천천히 한기로 들어섰다. 슈런이 얼른 그들을 맞아 대청으로 자리를 안내했고, 차와 간식을 준비해준 후 서둘러 작업 공방에 있는 추이펑을 불러냈다.

　류씨 부인이 대청에 앉아 정중하게 차를 받으며 말했다.

　"진즉부터 여기 한기에 옷을 맡기고 싶었어요. 듣자하니 당신네 제품이 최고라고 하더군요."

　슈런이 겸허하게 몇 마디 대답했고, 덧붙여 류씨 부인에게 젊어 보인다고 칭찬했다. 류씨 부인이 차를 한 모금 음미하더니 담담하게 웃으며 말했다.

　"당신 부인은 저도 잘 알아요. 전에 함께 공부한 적이 있거든요. 제 원래 성은 웨이魏예요. 부인께 얘기해보세요. 분명 알 거예요."

슈런이 "아!" 하며 샤오위안에게 쉬닝을 가게로 불러달라고 했다.

류씨 부인은 도안집을 넘겨보면서 미소 띤 얼굴로 말을 이어갔다.

"제 동생이 다음 달에 시집을 가거든요. 제가 혼례복으로 군괘를 한 벌 해줄까 해요."

슈런이 얼른 수락하며 아가씨는 어디 있냐고 다시 물었다. 류씨 부인이 손을 내저으며 말했다.

"급할 거 없잖아요. 오늘은 주문만 하고, 다른 날 데리고 와서 치수를 재죠."

슈런은 류씨 부인에게 견본을 보여주었다. 역시나 류씨 부인이 매우 흡족해하며 말했다.

"이게 좋겠어요. 당신네 한기의 솜씨는 믿음이 가는군요."

곧바로 예약금이 치러졌다. 큼직한 지폐뭉치였다. 슈런은 기쁨으로 주체할 수 없이 요동치는 심장을 안고 곧장 집으로 달려가 기쁜 소식을 알렸다.

집에 돌아와 보니 쉬닝이 진한에게 종이로 호랑이를 만들어주고 있었다. 학창시절 친구를 만나러 나갈 생각이 전혀 없는 모습이었다. 그녀가 무표정하게 담담한 어조로 말했다.

"그 친구 남편은 운이 좋네요. 전방으로 차출되지 않고 성을 지키는 임무를 맡았으니 말예요. 하지만 어디 성이 지켜지기나 했나요. 보세요, 광저우가 얼마나 형편없이 망가져버렸는지!"

이렇게 말하며 슈런을 노려보았다. 슈런은 그녀 마음이 편치 않다는 걸 알았기에 아무 말도 할 수가 없었다.

며칠이 지나 류씨 부인이 다시 찾아왔다. 이번에는 중간 정도의 키에 호리호리한 몸매의 아가씨를 데려왔다. 슈런은 한눈에 그녀가 그날 발코니에서 밖을 내다보던 여학생임을 알아보았다. 웨이 양은 고집 세 보이는 얼굴만큼 성격도 괴팍했다. 와서도 치수를 재려 하지 않고 퉁명스럽게 말했다.

"다른 사람이 내 가까이 오는 게 익숙하지 않아요!"

추이펑이 참을성 있게 혼례복 제작의 규칙에 관해 설명했다.

"혼례복 군괘를 만들 때 중요한 것은 옷의 무늬와 색깔, 디자인 등 모든 것을 입는 사람에게 잘 맞게 제작하는 것이에요. 혼례 날 모두가 주목하는 가운데 신부가 누구보다도 가장 빛나야 하거든요."

웨이 양은 조금도 귀담아듣지 않고 막무가내로 고집을 부렸다.

"중요한 게 뭐든 어쨌거나 금원보처럼 온통 황금빛으로 번쩍번쩍하면 될 것 아니에요."

그러면서 추이펑이 배합한 금은색 비즈의 비율이 맞지 않는다며 투덜거렸다.

"색깔이 천박한 게 정말 못 봐주겠군!"

그녀는 직접 비즈 몇 가지를 골랐다. 하나같이 엉뚱하고 안 어울리는 것들이었다. 추이펑이 여전히 미소 띤 얼굴로 인내심을 발휘하면서 어린 아가씨의 못된 성질에 비위를 맞춰주었다. 웨이 양을 보낸 후 혼자서 한참을 바쁘게 일하던 추이펑의 안색이 점점 어두워졌다. 그 말도 안 되는 요구사항 속에서 절충방안을 찾으려고 애써 보았지만, 웨이 양의 말 자체가 앞뒤가 안 맞는 모순덩어리인지라 그녀가 아무리 배색을 맞춰 보아도 좀처럼 어울리지 않았다.

류씨 집안으로부터 예약금을 받았으니, 이날 저녁상에는 특별히 음식을 더 놓아 축하했다. 옹색하게 쪼들려 산 지 너무 오래여서 한 번쯤은 아낌없이 풍성하게 차릴 필요가 있었다. 추이펑이 특별히 빠바오야八寶鴨 요리를 했다. 오리를 푹 익을 때까지 삶은 다음 겉에 기름과 소금, 설탕 등을 바르고 다시 굴소스를 발랐다. 색과 향과 맛이 완벽하게 어우러진 것이 흡사 요릿집에서 파는 최고급 요리 같았다. 온 가족이 어찌나 맛있게 먹는지, 이렇게 좋은 날이 없었던 듯했다.

추이펑은 샤오훙과 의논하여 며칠 후 시장에 가서 삼겹살을 샀다. 소금을 바르고 새끼줄에 꿰어 날씨가 맑은 틈을 타 최대한 볕을 쬐어주었다. 설 명절 때 집에서 먹을 라러우臘肉[134]였다.

온 가족이 기쁨에 차서 잔을 돌리고 축하를 나눴다. 천씨 부인이 울컥한 마음에 눈물을 떨굴 것 같은 표정으로 말했다.

"서로 싸우고 죽이는 이 전쟁도 오래가진 못할 거야. 사람이 밥은 먹고 살아야 하니까."

울적하고 전혀 기쁘지 않은 사람은 쉬닝뿐이었다. 그녀의 아버지는 온 가족을 데리고 시베이 쪽으로 떠났다가 다시 렌저우로 돌아와 정착했다. 며칠 전에 온 편지에 나이 들고 다리도 불편하여 당분간은 돌아오지 못할 것 같다고 적혀 있었다. 쉬닝은 친정집이 그리워 마음이 편치 않았고, 아주 사소한 일로도 슈런과 다투었다.

전후에 극심한 물자부족으로 재료 구하기가 쉽지 않았다. 여기저기서 어렵게 긁어모아 겨우 금은색 비즈를 조금 구했고, 샤오훙이 손재주를 발휘했다. 차오저우潮州 자수[135]가 원래 복잡한 기교가 특징이기도 했거니와 룽기가 한기와 같은 큰 가게와 경쟁하기 위해 비즈의 침법에 대해 특별히 깊이 연구했다. 샤오훙은 자주 가게 일을 도왔고, 비즈를 박는 데 독특한 기교를 보여주었다. 추이펑도 처음에는 만들지 못할까 봐 걱정했었다. 어쨌든 자신이 잘하는 것은 실 자수였기 때문에 비즈 자수와 금색 은색 스팽글 수놓는 법은 샤오훙이 가르쳐주었다. 이는 군쾌

---

134 소금에 절여 말린 고기.
135 광동성 차오저우(潮州)에서 나는 자수품으로, 광저우 자수(廣繡)와 함께 광둥 자수(월수(粵繡)) 라고 일컬어지며 중국의 4대 명수(名繡) 중 하나로 꼽힌다.

제작에 있어서 매우 중요했다.

월극의상과 혼례복은 여러 가지 면에서 달랐다. 월극의상은 폭이 넓고 풍성한 데 반해, 혼례복은 몸에 적당히 잘 맞아야 했다. 추이펑은 치밀하고 꼼꼼한 사람이었다. 치수를 정하긴 했지만 나름대로 한 번 더 고민하고 연구해본 뒤 군괘의 깃이 조금 더 높다는 사실을 발견했다. 일반적인 제작방법에 따르면 높은 깃에는 커다란 단추를 달아야 단정하고 대담해 보이지만, 남쪽 사람들은 체형이 가는 편이라 깃이 높으면 머리가 커 보이기 때문에 목이 더 꼿꼿해야 한다. 추이펑은 슈런의 반대에도 불구하고 과감하게 칼을 들이댔다. 높이 세운 깃을 커다랗게 젖혀진 라펠로 바꾼 다음 가장자리에 금테를 둘렀고, 좁은 소매도 넓은 소매로 고쳤다. 이후 웨이 양이 가봉하러 와서 이 군괘를 걸쳐보았을 때 몸매를 따라 자연스럽게 펼쳐지며 편안하게 잘 맞는 것이 아름답고 우아하다고 생각했다.

"제 동생이 아가씨의 혼례복을 만드느라 밤잠도 못 자고 일했어요. 눈도 벌써 많이 나빠졌고요. 여기서 좀 더 하면 눈이 아예 멀어버릴까 봐 걱정이에요."

슈런은 추이펑을 대신해 상황을 정리하려고 거의 꿇다시피 한 자세로 구차한 미소를 지었다.

놀랍게도 웨이 양은 아무런 감응이 없다는 듯 굳은 얼굴로 매정하게 말했다.

"마음에 안 드는 건 고쳐야죠. 당신들이 주문을 받은 이상 좋다고 할 때까지 고쳐야 하는 것 아닌가요. 무슨 눈이 머네 마네 그런 소릴 하는 거예요?"

슈런은 뱃속에서 울화가 잔뜩 치밀어 올랐지만 차마 터뜨리진 못하고 헌 종이 하나를 골라 웨이 양의 치수를 적고는 홱 집어 던졌다.

이 행동은 즉시 웨이 양의 눈에 걸렸고, 그녀가 차갑게 웃으며 말했다.

"고치기 싫으면 안 하셔도 돼요. 우린 예약금도 필요 없고, 지금 당장 가겠어요!"

성격 좋은 슈런은 그간 다루기 힘든 까다로운 대로관들도 많이 접대해보았지만, 웨이 양처럼 이렇게 제멋대로에다 막무가내인 사람은 본 적이 없었다. 화가 치밀어 어찌할 바를 몰랐다. 얼굴이 머리끝까지 시뻘게지면서 땀까지 솟아났다. 그는 주먹을 꽉 쥐며 웨이 양을 노려보았다.

류씨 부인은 좀 지나쳤다 싶었는지 굳은 표정으로 웨이 양에게 소리쳤다.

"함부로 굴지 마라!"

슈런은 도저히 참을 수가 없어 굳은 표정으로 눈을 치뜨며 대꾸했다.

"하기 싫으시면 하지 마십시오. 저희 한기도 능력에 한계가 있어서 이 일은 못 맡겠네요. 돌아가 주십시오."

웨이 양은 콧방귀를 흥 뀌더니 누구도 쳐다보지 않고 고개를 빳빳이 쳐든 채 한기 대문을 나가버렸다.

류씨 부인이 난감해하며 변명했다.

"정말 죄송해요. 저 아이가 워낙 성질이 고약한 데다 저희가 마련한 혼처로 시집가기 싫다고 저럽니다. 결혼은 자기가 알아서 하겠다고…… 이미 다 정해진 일이고, 벌써 다음 달 초랍니다. 힘드시겠지만 천 선생님께서 서둘러 만들어주세요."

슈런은 간절하게 호소하는 부인의 모습에 치밀었던 화가 금세 사그라져 말없이 고개를 끄덕여주었다.

류씨 부인을 보낸 후에도 분위기는 여전히 누그러지지 않았다. 슈런은 마음으로는 이해했지만, 화가 나는 것은 어쩔 수가 없었다.

"이 건은 안 해. 세 번 네 번 굽실거리고 남의 눈치 봐가면서 먹고살 필요가 뭐란 말이야."

추이평은 오히려 화도 안 내고 완성이 덜 된 옷을 조용히 잘 접어두며 말했다.

"우리가 월극의상을 만드는 것도 대로관들 눈치 봐가며 먹고사는 것 아닌가요?"

그녀의 이 말은 사실이라 반박할 도리가 없었다. 슈런은 화가 머리 끝까지 치밀어 올라 그 자리에서 핏대가 터져라 이를 갈며 소리쳤다.

"안 한다면 안 해, 굶어 죽든지 말든지!"

웨이 양은 공연히 트집 잡는 게 분명했다. 이토록 흠잡을 데 없이 정교하게 수놓은 혼례복을 자꾸만 트집을 잡으니, 이대로 계속 고치다가는 이도 저도 아닌 엉망이 될 게 뻔했다. 추이평노 참다못해 작업 공방에서 한숨을 푹 내쉬었다.

"이런 식이면 곤란하잖아. 웨이 양은 자기가 시집가기 싫은 걸 왜 한기한테 책임을 떠넘기려 하냔 말이야."

사실 이 상황은 '장님 눈에도 보이는 일'인지라 내막을 모르는 이가 없었다. 하지만 류씨 부인은 한사코 체면을 차려야겠는지 포기란 말은 입도 벙긋하지 않고 좋아할 때까지 고쳐달라고 우겼고, 이런 식으로 자꾸만 한기에 일거리를 보냈다.

슈런은 쉬닝에게 고민을 털어놓으며 조언을 구했다.

"당신은 그 사람과 동창이잖소. 자매 두 사람이 공연히 우리 한기에 와서 꿍꿍이 부리지 말라고 따로 만나서 얘기를 좀 나눠봐요."

쉬닝은 죽어도 안 만나겠다고 버텼다.

"나랑 광아廣雅중학교를 함께 다니던 시절에 그 친구는 나보다 공부를 훨씬 못하는 애였어요. 그런데 지금 내 꼴이 어떤지 보시라고요."

이렇게 이랬다저랬다 우여곡절 끝에 결국 주문은 취소되었고, 이 일은 한기의 장사에 커다란 영향을 끼쳤다.

애당초 류 참모의 명성을 빌려 최상품 군괘를 제작함으로써 한기의 혼례복 영업을 도모하려는 생각이었다. 그런데 뜻밖에 재차 삼차 취소를 거듭하면서 한기라는 이름 자체를 망가뜨릴 뻔하였다. 슈런은 의기소침해졌다.

"취소했으면 됐어. 차라리 돈 몇 푼 손해 보는 게 낫지, 또다시 웨이 양한테 농락당할 수는 없어."

추이펑은 여전히 희망을 버리지 않았다.

"한기는 이제껏 옷을 만들어오면서 한 번도 중도에 포기해본 적이 없었어요."

그래서 웨이 양을 다시 몇 번 더 응대하며 끊임없이 수정해나갔다. 하지만 그때마다 그녀는 트집을 잡았고, 옷을 받아 가려 하지 않았다.

이날 류가의 승용차가 다시 장원방에 와서 멈췄다. 류씨 부인은 수심에 차서 찌푸린 얼굴로 한기의 문을 들어섰는데 잠깐 휘청하더니 하마터면 문 앞의 돌계단에 걸려 넘어질 뻔했다.

슈런은 여전히 불만이 가득했지만 웃으면서 다가가 맞으며 인사했다.

"다 고쳐놓았습니다. 우선 앉으시지요. 제가 가져오겠습니다."

그 군괘는 몇 번의 수정을 거쳤지만 여전히 정교하고 완벽한 아름다움을 갖고 있었다. 류씨 부인은 한참을 자세히 들여다보더니 "음—"하며 "아주 잘 만들어졌네요."라고 말했다. 그녀는 군괘에 달린 단추를 만지작거리며 이렇게 독특한 단추는 본 적이 없다는 듯 쉴 새 없이 고개를 끄덕였다. 그러다가 약간 생각에 잠기더니 곤란하다는 표정으로 말했다.

"제 동생이 이미 시집을 갔답니다. 이 혼례복은 이제 필요 없게 됐어요."

슈런은 그녀가 아까 아주 잘 만들어졌다고 한 말에 매우 안심하고 있던 터라 갑작스러운 이 말에 순간 어떻게 해야 할지 몰라 멍해졌다.

마침 뒤쪽 작업 공방에서 나오던 추이펑이 무슨 일인지 영문을 모르고 환하게 웃으며 물었다.

"이제 안 고쳐도 되나요? 너무 많이 고치는 것도 좋지 않지요. 실을 잘라낸 흔적들이 남게 마련이니까요."

류 부인이 고개를 저으며 더듬더듬 말했다.

"이렇게 신경 써주셔서 정말 감사드려요."

그때 천더우성이 문턱을 넘어 안으로 들이섰다. 그는 가게에 매일 나오지 않고 가끔 들러 한 번씩 둘러보기만 했고, 이러쿵저러쿵 말도 많이 하지 않았다. 류씨 부인이라는 이 사람을 이미 여러 차례 본 바가 있었는데, 오늘은 슈런이 응대를 제대로 못하는 줄 알고 조바심에 다급히 나선 것이었다.

"우리 같은 옷 만드는 사람들은 늘 고객을 위해 봉사합니다. 만족하지 않으시면 만족하실 때까지 고쳐드려야지요."

이렇게 말하고는 습관적으로 슈런을 힐긋 노려보았다.

"부인께서 고쳐달라고 하시는 대로 고쳐드려라."

이 말에 슈런이 격노했다. 안 그래도 화나고 억울한 마음을 간신히 참고 있었는데 당장 터져버릴 것만 같았다. (특히 화가 났던 것은 아들에 대한 아버지의 불신이었다. 아버지는 앞뒤 일을 따져보지도 않고 무턱대고 늘 아들이 잘못했다고 생각하는 것이었다.) 진중한 사람이 분노하니 제압할 수 없이 순간 거세게 폭발해버렸다. 그는 입을 앙다물고 팔선탁자 앞으로 걸어가서는 탁자를 세차게 걷어차더니 버럭 소리를 질렀다.

"고치고 안 고치고의 문제가 아니라고요!"

"아, 이런 망할 녀석. 너, 이 태도가 지금 누구한테 하는 말버릇이야!"

아들이 이렇게 크게 화내는 모습을 천더우성은 처음 보았다. 순간 화가 솟구쳤다. 최근 몇 년 동안 그는 아들한테 으르렁거리는 것이 습관이 돼버렸다.

슈런은 아버지를 무섭게 노려보았다. 뱃속에 가득 찬 분노가 그 눈빛에 한데 응집되어 있었다. 그는 그렇게 한참을 서 있다가 부르쥔 주먹으로 탁자를 세게 내려치고는 돌아서 가버렸다.

화가 난 천더우성은 지팡이로 마룻바닥을 탕탕 내려치며 소리쳤다.

"이 망할 녀석, 널 제대로 못 가르친 내 탓이다. 성깔 한번 아주 대단하구나!"

슈런은 한기 가게에서 뛰쳐나왔지만 마음속 분노가 여전히 가시지 않아 나는 듯이 빠르게 걸었다. 주체할 수 없이 가득한 분노를 안고도 그는 어디로 가야 할지 알 수가 없었다. 매일 집 아니면 가게로 이 길만 분주하게 왔다 갔다 했다. 마음속에서는 온갖 생각들이 뒤죽박죽 요동치고 있는데 정작 발걸음은 성실하기 짝이 없었다.

뜻밖에 집 안에서도 싸움이 한창이었다.

이날 아침 천씨 부인은 일어나자마자 죽을 끓이고 난꽈빙南瓜餠[136]도 만들었다. 추이핑에게 가게에 가져다주라고 할 참이었다. 하지만 추이핑은 이미 나가고 난 뒤였다. 천씨 부인은 낮까지 그냥 두기 아까운 마음에 쉬닝을 불러 가게에 갖다주라고 했다. 그런데 쉬닝은 선뜻 가게에 가려고 하질 않았다. (몇 번 가긴 했지만, 그때마다 견습생들과 어울리려 하지 않고 사장 부인 행세를 하려다 슈런에게 지적을 받았다. 그 때문에 다시는

---

136 호박을 주재료로 만든 과자 또는 비스킷을 말한다.

가게에 안 나가겠다고 선언했었다.) 천씨 부인은 쉬닝을 이해할 수가 없었다. 진한이 벌써 뛰어다닐 나이가 되었는데도, 쉬닝은 밥도 하려 하지 않고 하루 종일 집 안을 어슬렁거리기만 했다. 천씨 부인은 이렇게 응석받이로 자란 며느리가 늘 못마땅했다. 이날은 정말이지 참을 수가 없어서 자못 무거운 목소리로 엄하게 말했다.

"식구들이 새벽부터 힘들게 일하면서 배까지 곯고 있잖니!"

쉬닝은 아이를 보는 동안 줄곧 꽈쯔[137]를 깨물어 먹으면서 퉁퉁 불은 목소리로 투덜거렸다.

"그러게 뭐 하러 새벽부터 난꽈빙을 만드셨어요. 쓸데없이!"

며느리의 이 말에 천씨 부인은 숨이 막힐 지경으로 화가 치밀어 그 자리에서 쾅 하고 문을 닫았다. 쉬닝은 주방으로 들어가 한 바퀴 휙 둘러본 다음 아침 식사를 바구니에 담을 생각은 하지 않고 난꽈빙만 한 줌 집어 진한을 불러다 먹였다. 천씨 부인이 방 안에서 듣고는 더욱 화가 나 다시 창문을 "펑" 소리가 나도록 세차게 닫았다.

그 소리에 아이가 화들짝 놀랐다. 마침 슈런이 돌아왔을 때 진한이 와앙 울음을 터뜨린 참이었고, 쉬닝은 눈살을 찌푸린 채 눈을 희번덕거리며 날카롭게 째지는 소리를 질러대고 있었다.

"창문을 왜 그렇게 세게 닫으세요, 진한이 좀 보시라고요!"

천씨 부인은 아들의 목소리를 듣고는 얼른 방에서 나왔다. 발갛게 충혈된 눈으로 아들을 바라보며 뭔가 말하고 싶어 하는 눈빛으로 입을 꾹 다물고 눈물만 흘렸다. 슈런은 시어머니와 며느리가 또 싸웠다는 것을 알고 자신의 억울함은 돌볼 겨를도 없었다.

"어머니, 무슨 일이에요?"

---

137 호박씨나 해바라기씨 등에 소금이나 향료를 넣어 볶은 것.

쉬닝이 그를 매섭게 째려보더니 고개를 홱 돌려 아이를 안았다.

슈런이 결국 제대로 폭발했다. 아버지도 자신을 그렇게 노려보더니, 아내까지 또 저렇게 노려보는 것이다. 슈런은 오늘 정말이지 별꼴 다 본다는 생각뿐이었다. 그는 너무 오랫동안 억누르기만 해왔다. 모두들 그를 보고 성격 좋다고 입을 모았다. 하지만 참고 양보하면 할수록 사람들이 더 우습게 여기는 게 아닌가! 그는 손에 잡히는 대로 옆에 있던 빗자루를 집어 땅바닥에 거세게 내동댕이치며 고함을 질렀다.

"일 좀 안 만들 순 없는 거야? 매일매일 밖에서 일하느라 힘들어 죽겠단 말이야!"

그는 평소에 이렇게 화를 내는 사람이 아니었다. 하지만 일단 폭발하니 자신도 통제할 수 없었다. 분노가 머리끝까지 치밀어 눈이 시뻘게지고 핏발이 온통 솟구쳐 나왔다. 그가 빗자루를 땅바닥에 세게 내던지자 "파곽" 하는 소리와 함께 빗자루의 마른 가지들이 사방으로 흩어져 온통 난장판이 되었다.

"런아, 너 뭐 하는 거야, 미쳤어!"

천씨 부인이 너무 놀라 온몸을 부들부들 떨며 감히 더는 큰소리를 내지 못하고 얼른 부서진 빗자루 잔해들을 치웠다.

쉬닝도 감히 찍소리도 못했다. 얼굴이 눈물로 범벅이 된 데다 온몸에 힘이 쭉 빠진 채로 간신히 문틀에 기대앉아 있었다. 그녀는 잠시 앉아 있다가 안색이 창백해지더니 결국 더는 참지 못하고 고개를 숙이고는 "웩" 하고 토했다. 슈런은 울면서 토하는 그녀의 애간장 끊어지는 모습을 보고는 마음이 약해져 얼른 달려가 그녀의 등을 토닥여주며 말했다.

"당신 욕한 거 아니야, 정말로 아니야. 오늘 가게에서 일이 너무 많았어. 정말 화가 나서 참을 수가 있어야지."

숨도 제대로 못 쉴 정도로 토하던 쉬닝이 울먹이며 말했다.

"알아요, 당신 탓하는 거 아니에요."

우는 것조차 힘겨워 가슴팍이 심하게 들썩이는 그녀는 당장이라도 숨이 끊어질 것만 같았다.

"이렇게 다 큰 사람이 걸핏하면 아이처럼 우는군."

슈런은 그녀의 이런 모습에 금세 마음이 약해져 조금 전의 분노가 순식간에 어디론가 사라져버렸다. 그는 온몸에 힘이 빠져 노곤해지며 화도 가라앉았다. 그는 쉬닝을 일으켜주려고 손을 뻗었다.

쉬닝이 손을 내저으며 그를 뿌리쳤다.

"괜찮아요. 또 임신한 것뿐이에요."

제8장

굴곡진 삶 속에서 천더우성은 완전히 늙어버렸다. 그는 일찍이 그토록 기세등등했고, 열심히 월극의상 가게를 경영해왔다. 하지만 세월은 사람을 기다려주는 법이 없었다. 그는 자신이 늙었다는 것을 알았고, 다행히 늙기 전에 가게를 자식들에게 물려줄 수 있었다. 그는 자식들을 믿었다. 그들이 자신의 뜻을 충실하고 성실하게 이어받아 '한기'라는 간판을 온전하게 지켜나가리라 믿었다.

그는 폐병을 얻었고, 심하게 악화되었다.

처음 중의원을 찾아갔을 때 이미 폐병이라는 확진을 받았고, 천명天命이 정해졌음을 알았다. 집 안에서는 늘 약을 달였고, 천씨 부인이 매일 세심하게 그를 간호했다. 하지만 그렇게 하는데도 그의 기침은 하루하루 심해져 갔다. 나중에는 기침이 도무지 멎질 않아서 천가 집 전체에 그의 기침 소리가 울릴 지경이었다.

추이펑은 그의 기침 소리를 들으며 수놓던 바늘을 내려놓고 필사적으로 눈물을 닦았다.

그해 하이쥬대극장은 간판을 완전히 새롭게 바꾸었다. 과거에 올렸던 작품은『류의전서柳毅傳書』[138],『댜오만공주刁蠻公主』[139]와 같은 전통극이었지만, 지금은 신문 기사를 각색한 참신한 이야기를 다루는 유행극[140]으로 바뀌었다. 전통적 궁중대극은 더 이상 환영받지 못하는 것 같았고, 신문에는 문명극文明劇[141]을 선전하는 내용뿐이었다. 더 중요한 것은 영화관이 전보다 훨씬 더 붐빈다는 점이었다. 매달 새로운 외국영화로 바뀌어 걸리는데, 소리도 있고 화면도 있는 데다 이야기 구성도 탄탄하고 흥미진진해서 젊은 사람들이 모두 즐겨 보았다.

천더우성은 자신에게 시간이 얼마 남지 않았다고 생각하며 정신이 맑을 때는 꼭 찻집에 기서 만나는 사람마다 얘기했다.

"우리 한기는 큰 부자가 되고 싶은 생각은 없습니다. 그저 이 간판을 지키고 싶은 것뿐이지요. 런이 아직 젊어서 대담하지 못해요. 일할 때 과감하게 하지 못하지요. 여러분이 신경 좀 써주시고 많이 가르쳐주세요."

그는 지팡이를 짚고 천천히 나무 계단을 내려와 비틀거리며 가게로 걸어갔다. 한기가 다시 문을 연 지 두 해가 지났지만, 여전히 샤오위안

---

138 당대(唐代) 전기소설인 이조위(李朝威)의『류의전(柳毅傳)』을 소재로 한 연극으로 중국희곡 월극의 대표적 고전이자 월극 유파인 '축파(竺派)'예술의 대표작이기도 하다.『류의기연(柳毅奇緣)』이라고도 한다.

139 선(善)과 정(情)을 기조로 하는 극으로 모든 종류의 사랑과 정이 다뤄진다. 이야기는 선으로 인해 정이 생겨나고, 정으로 인해 원한이 생겨나며, 원한이 화를 부르지만, 결국 화를 해결하는 것 역시 또 다른 선이라는 이야기로, 관중은 극을 통해 온정과 선함의 가치를 얻게 된다.

140 신해혁명 전후로 경극 공연이 현실 생활의 이야기를 내용으로 다루는 레퍼토리가 많이 상연되었다. 시대극과 달리 고대 의상을 입지 않으므로 붙여진 이름이다.

141 새로 정부를 수립한 중국의 초기 연극(話劇) 형태로, 뉴웨이브를 주창하며 '말과 동작'을 주요 표현수단으로 했다. 신극(新劇, Modern drama, Modern play)이라고도 했으며, 20세기에 상하이 일대에서 크게 유행했다.

과 그의 사촌동생들뿐이었다. 천더우셩은 한기를 다시 일으켜야 한다는 말을 더는 하지 않았다. 다만 지난 몇 년 동안의 장부를 모두 정리하라고 독촉했다. 또 모든 도안집과 견본집을 추이펑에게 넘겨주며 말했다.

"한 사람이 통일되게 관리해야 해. 앞으로 한기 가게는 네 오빠가 맡아 경영할 거야. 너는 오빠를 도와 수공예를 잘 관리해라."

추이펑이 얼른 고개를 끄덕였다.

겨울이 되자 그는 온종일 따뜻한 이불 속에 들어앉아 지냈고, 점점 더 침대 밖으로 나오기 힘들어졌다.

천더우셩이 세상을 떠나던 날은 동지였다. 광둥 사람들은 '동지 설'142 쇠는 것을 아주 중요하게 생각하기 때문에 이날은 집에서 닭고기와 오리고기, 생선, 육류 등 온갖 맛있는 음식을 준비하느라 분주했다. 그는 그날 아침 이상할 정도로 정신이 또렷하고 맑아 재빨리 침대에서 일어나 빳빳한 면으로 지은 새 장삼을 입고 후이루루로 갔다. 찻집 안에는 노회장 쟝타이江泰와 위츄기余球記의 위씨, 그리고 신신新新 월극의 상점의 추이崔 사장 등 매일같이 찾아오는 오랜 친구들이 있었다. 그는 탁자를 붙이고 빠오쯔包子와 썽런빙杏仁餠143을 주문했다. 찻집에서 새로 개발한 바삭바삭한 과자도 맛보더니 오랫동안 바깥출입을 하지 않은 동안 세상이 많이 변했다며 놀라워했다. 친구들은 그가 정신이 또렷한 것을 보고 모두들 기뻐하며 겨울은 견디기 힘든 계절이지만 견뎌내기만 하면 일 년은 더 살 수 있다고들 말했다. 천더우셩은 오히려 여유를

---

142 은주(殷周) 시대에는 동지 전날까지를 일 년으로 보고, 동지를 새해 첫날로 여겼기 때문에 중국 민간에서 '동지 설'이라는 말이 있다.

143 녹두가루를 주원료로 만든 전병으로 광둥 지역 전통 음식이다. 외관이 썽런(杏仁: 아몬드)처럼 생겨서 썽런빙이라는 이름이 붙여졌다. 틀에 반죽을 반쯤 넣고 달콤하게 양념한 돼지고기 소를 넣은 다음 다시 반죽으로 덮어 나무틀로 찍어내 굽는다.

부리며 말했다.

"애들이 다 커서 한기도 이제 그 애들한테 맡길 수 있으니 참 좋아. 나는 오늘 당장 눈 감는다고 해도 걸릴 게 하나도 없다네."

그 말에 친구들이 황급히 그를 저지했다.

"재수 없는 말 말게."

찻집에서 돌아온 천더우성은 한기 앞에서 천천히 서성거렸고, 새로 지은 군괘를 세심하게 매만지며 바느질을 살폈다. 그런 다음 뭔가 생각할 게 있다는 듯 눈을 지그시 감았다. 잠시 후 그가 미소를 지으며 말했다.

"잘 만들었군……."

슈런은 아버지가 피곤할까 봐 얼른 의자를 기져다 그를 앉게 한 뒤 탕파湯婆[144]를 그의 손 위에 놓아주며 말했다.

"어떻게 갑자기 오셨어요. 제가 모셔다드릴게요."

천더우성이 또다시 생각에 잠기더니 이윽고 입을 열었다.

"피곤하지 않다. 장부를 가져와 봐라."

한기의 장부는 파란색으로, 매 권마다 표지에 '한기'라는 두 글자가 쓰여 있었다. 장부 안에는 천더우성 자신이 고안한 기재 방식대로 고객 이름, 주문 일시, 납품 일시 등이 상세하게 분류되어 각 쪽마다 빼곡하게 채워져 있었다. 천더우성이 이리저리 뒤적이더니 슈런에게 앉으라는 신호를 보냈다. 슈런이 맞은편에 앉자 그를 바라보며 천천히 말했다.

"우리가 가게를 연 첫 번째 이유는 물론 풍족하게 먹고살기 위한 것이고, 먹고사는 것 외에는 수공예 기술을 지키기 위해서다. 이 점은 너

---

144 뜨거운 물을 넣어 그 열기로 몸을 덥히는 기구를 말한다.

와 추이평 둘 다 잘 알고 있으니 안심이다……."

그는 슈런을 바라보았다. 그가 진지한 얼굴로 경청하는 모습을 보고 웃으며 말했다.

"이 애비가 오늘 너한테 한 마디만 더 얘기하마. 모든 일을 대담하게 하거라. 네가 사장이야. 모든 건 네가 결정하는 거야!"

그는 아주 천천히 말했지만 힘이 있었다. 말을 마친 뒤 참았던 기침이 터져 나왔다. 슈런이 그의 등을 두드려주며 안심시켰다.

"명심할게요."

가게에서 돌아온 후 천더우성은 춥다고 덜덜 떨며 침대로 기어들어가 이불을 둘둘 감고서 눈을 감았다. 천씨 부인은 주방에서 동지 음식을 준비하느라 바빠서 그에게 잔소리나 하자고 방에 들어가 볼 겨를이 없었다. 오후 다섯 시가 되어서야 날이 어두워졌는데도 여태 자나 싶어서 그를 깨우러 갔다. 살금살금 방에 들어가 보니 그가 동그마니 웅크린 자세로 달게 자고 있었다. 안색은 편안해 보였지만 아무리 부르고 밀어도 눈을 뜨지 않았다.

동지 전후로 날씨가 가장 춥다. 이곳 남방의 추위는 음습해서 가랑비가 내리고 있었고, 하늘은 벌써 대여섯 시나 된 것처럼 금방이라도 캄캄한 어둠이 올 것 같았다. 장원방 안의 가게와 작업 공방들도 모두 썰렁했고, 단골손님들도 고개를 숙이고 어깨를 움츠린 채 총총히 지나갔다. 습기를 잔뜩 머금은 채 벽에 걸린 월극의상은 겨울의 차가운 공기 속에서 어두워보였다. 공방의 견습생들 반은 일손을 놓고 한데 모여 앉아 카드를 치거나 재단판에 기대어 느긋하게 휴식을 취하고 있었다.

한기는 이레 동안 문을 닫았다. 입구에는 "점주가 좋은 곳으로 가셨습니다. 당분간 쉽니다."라고 써 붙이고 한기 편액 위에는 흰 천을 내걸었다. 드나드는 단골손님들과 업계 사람들이 오가며 올려다보았다. 앞뒤 가게들과 주변의 공방들이 모두 추모의 꽃을 꽂아두었는데 마치 무수히 많은 흰나비들이 차마 떠나지 못하고 가게에 미련이 남아 배회하는 것만 같았다. 나비들은 형형색색의 화려한 월극의상 위에도 내려앉았고, 모란과 원추리가 가득 수놓인 자수감 위에도 내려앉았으며, 나풀거리는 리본 위에도 내려앉았다.

천더우성의 영전에 슈런과 추이펑이 상복을 입고 멍석 위에 꿇어앉아 조문객들에게 일일이 절을 하며 고마움을 표시했다. 전문으로 장례 일을 돕는 호상차지護喪次知[145]를 불러 망자를 보내는 재齋[146]를 올리는 동안, 중얼중얼 끊이지 않고 이어지는 독경 소리가 비통한 분위기 속에 한 가닥 해탈의 정서를 더해주었다. 슈런은 조용히 멍석 위에 꿇어앉아 벌게진 눈으로 묵묵히 지전紙錢을 태웠다.

어둡고 음산한 하늘에는 줄곧 묵직하고 두터운 구름이 소용돌이치고 있었다. 흡사 급박하게 요동치는 정세나 공연 개막 전 분주하게 돌아치는 무대 뒤 풍경 같았다. 구름은 바람을 따라 일어났다가 빠르게 사방으로 흩어져 무겁게 하늘을 가득 채웠다. 하지만 비는 내리지 않았다. 주인공이 등장하기 전 긴장을 고조시키며 둥둥 울리는 북소리 같았고, 북소리가 점점 빨라지며 절정에 이르러 드디어 막이 열렸지만 막상 텅 비어 아무도 없는 무대와 같았다. 이 음울한 날씨는 비도 내리지 않고 눈도 뿌리지 못한 채 답답함과 우울함으로 한기寒氣만 빚어내고 있었다.

영靈은 사흘 동안만 모셨으나 문상하러 오는 사람은 끊이지 않았다.

---

145 초상 치르는 데 관한 온갖 일을 책임지고 맡아 보살피는 사람을 말한다.
146 몸과 마음을 깨끗이 한다는 의미의 '재'로, 붓다의 가르침을 통해 영혼을 맑게 하는 것이 목적인 불교 의식이다. 여기서는 죽은 이를 천도하는 법회를 가리키며, 영혼이 맑아지면 천도가 저절로 이루어진다고 보는 것이다.

같은 업종의 가게들은 물론이고 천더우성의 덕을 본 적이 있는 친척과 이웃들도 모두 찾아왔다. 정말 의외였던 것은 한기를 빛내주었던 이들, 특히 극단 단장들과 리바오성, 위잉잉, 류밍쿼 등 인기 배우들까지 모두 찾아왔다는 점이었다. 천더우성의 흑백 초상이 영전에 놓여 있었다. 여위었지만 꼬장꼬장해 보이는 얼굴에 미소를 머금고 있었다. 고객이 어떤 요구를 해오든 다 들어줄 수 있다는 듯한 표정이었다. 리바오성은 천더우성의 영전에 서서 큰소리로 외쳤다.

"더우성 형님, 잘 가시오. 오랫동안 나한테 옷 만들어주어서 감사했소!"

말을 마친 그는 허리를 깊이 숙여 절했다.

한기의 대문은 여느 때처럼 해 뜨기 전에 열렸다. 외부 사람들 눈에는 예전과 전혀 다를 바가 없었다. 매일 새벽 슈런이 커다란 열쇠 꾸러미를 들고 와서 가게의 대문을 열었다. 슈런은 아버지의 가르침을 잘 새기며, 열쇠 꾸러미를 관리하는 사람으로서 매일 새벽 날이 밝기 전에 잠자리에서 일어나 뜨는 해의 새 햇살을 밟으며 장원방의 긴 골목을 지나 한기 가게까지 걸어갔다. 그는 대문을 가볍게 밀어젖힌 다음 고개를 들어 한기의 편액을 올려다보았다. 얼마나 서 있었을까, 편액이 떠오르는 태양의 햇빛 아래 서서히 빛을 발하고 있었다.

슈런은 매일 습관처럼 아버지에게 분향했다. 그는 아버지의 초상을 신대의 한가운데 놓고 매일 새벽마다 신대 옆에서 향 세 개를 꺼내 아버지 초상 옆에 피워 올렸다. 그는 신대 앞에 서서 향불이 절반쯤 탈 때까지 묵묵히 아버지와 얘기를 나누었다.

그는 아버지와 할 얘기가 아주 많았다. 한기의 장부, 드나드는 물품, 집안의 잡다한 일들⋯⋯. 아버지는 가셨고, 그는 아직 온전히 한 집안을 책임질 준비가 안 되었다. 결정하기 힘든 일을 만날 때마다 그는 신대 앞으로 달려가 아버지에게 향을 피워 올리고 묵묵히 물었다. 그는 이러한 절차를 엄격히 지켰고, 매우 정중했다. 아버지가 여전히 살아계셔서 질문과 도움을 구하는 자신의 목소리를 듣고 있다는 듯 철저했다.

광저우의 겨울은 아주 짧았다. 2월이 지나자 금세 봄바람이 얼굴에 끼쳐왔다. 이 중 며칠은 '회남천回南天'¹⁴⁷으로, 겨울과 봄을 명확히 가르는 분기점이다. 날이 밝는 시간은 점점 빨라졌고, 하늘은 점점 더 밝아졌다. 겨울의 빛은 검푸른 겨울빛이었지만, 봄이 되니 여섯 시가 되기도 전에 하늘가가 은은하게 새우의 붉은색으로 물들기 시작했다. 하루하루 더 따뜻해진 햇살이 방향을 바꾼 바람을 안고 탁 트인 대청 안을 촉촉하게 돌아 흘렀다. 실가에는 청녕설 전에 이미 채송화가 활짝 피어 있었다. 촉촉한 흙 속에 드문드문 잎사귀 몇 개를 펼친 다음 그 속에서 찬란하게 피워낸 꽃송이가 초롱초롱 빛났다. 부겐빌레아의 붉은색이 담벼락과 계단 가장자리에 불처럼 퍼져 있었다.

하지만 장사는 난항을 거듭했다. 근 일 년 동안 물가는 무섭게 올랐고, 시국이 불안정해서 공방들 사이에는 정부가 무너질 것이라는 소문이 돌았다. 가게 경영은 원래 일년지계로, 봄이 되면 가게마다 그해 일년의 생계를 모두 계획해둔다. 하지만 단오가 될 때까지도 장사는 여전히 지지부진했다. 장원방 안의 수많은 점포가 또 소리소문없이 문을 닫았다.

슈런은 새해 벽두에 비단을 도매로 주문했다. 자재라면 그가 아버지보다 더 중요하게 생각했다. 자재는 모두 준비되었지만, 주문은 없었다.

---

147 광둥성 일대에서는 2, 3월경 겨울에서 봄으로 넘어가는 환절기에 일교차가 커지면서 실내와 실외 온도 차도 커지고, 실내 물체의 온도가 '공기 중 이슬점' 아래로 내려갈 때 물체 표면에 수증기가 응결되는데 이러한 현상 또는 이런 시기를 회남천이라고 한다.

장부상에 빨간 글씨가 점점 늘어나고 갈수록 빼곡해지니, 볼 때마다 가슴이 철렁 내려앉을 정도였지만 별다른 방도가 없었다. 슈런은 아버지의 초상 앞에 분향할 때마다 늘 할 말이 많았다. 그는 묵묵히 아버지에게 얘기했다. 아버지의 침착한 얼굴을 바라보면 많은 위로를 받았고 마음이 한결 진정되었다.

리바오성은 자주 한기를 찾아와 잡담을 했는데, 올 때마다 먼저 천더우성에게 분향했다. 그러면서 뭐라고 중얼중얼했는데, 마치 주인과 고객이 주문에 대한 상담을 하는 것 같았다. 리바오성은 슈런이 압박감을 느껴 힘들어하고 있다는 것을 알고는 매일 찾아와 함께 차를 마시며 호탕하게 손을 휘저으며 말했다.

"자네 아버지 말씀대로 자네도 할 수 있어. 할 수 있고말고!"

슈런이 웃으며 리바오성의 잔에 차를 더 따라주었다.

"형님의 고언, 잘 받들겠습니다. 한기를 많이 응원해주십시오."

리바오성이 흔쾌히 고개를 끄덕이며 대답했다.

"자네가 만드는 옷이야 내가 믿고말고."

극단에서 새 연극을 올리지 않은 지도 벌써 오래되었다. 리바오성은 한기가 새로 제작한 견본집을 들춰보면서 아무 말도 할 수 없었다.

연말이 다가오는 어느 날이었다. 리바오성이 와서는 히죽거리며 견본집을 들춰보더니 옥가락지를 낀 손을 쭉 뻗어 그 가운데 피풍 하나를 가리키며 말했다.

"이걸로 하세, 위풍당당해 보이지 않나!"

그러더니 다시 주저하며 잠시 생각에 잠겼다. 값을 흥정하려다가 어쩐지 뻔뻔하다는 생각이 들었는지 차마 입을 열지 못했다. 슈런이 금세 그의 마음을 알아차리고 말했다.

"이건 우리가 새로 개량한 디자인이에요. 평상시에도 입을 수 있죠."

한참을 곰곰이 생각해본 끝에 마침내 마음을 정한 리바오성이 손에 낀 청록색 가락지를 툭툭 치며 말했다.

"천금을 줘도 마음에 쏙 드는 걸 얻기란 힘든 법이지. 그냥 이걸로 하세."

말을 마친 그는 미간을 펼치며 소탈하게 웃었다.

"잉잉이 또 임신을 했어. 지금 집에서 태교를 하고 있다네."

그 말에 슈런도 몹시 기뻐했다. 즉시 샤오위안에게 최고급 금실을 주문하라고 지시하고, 또 새로 나온 앙고라 트리밍도 주문해서 리바오성의 아이에게 새 강보를 만들어주자고 했다.

슈런은 요즘 종일 하하 웃으며 지낼 수는 없었다. 천더우성이 세상을 떠난 후로 가게 안의 모든 문제를 그가 감당해야 했다. 그는 기나란 계척을 들고 왔다 갔다 하는 것을 좋아하지는 않았지만, 그렇다고 견습생들에게 지나치게 따뜻하게 대할 수도 없었다. 가게에서 관리해야 하는 일로는 수공예뿐만 아니라 돈, 식사, 청결, 안전 등 다양한 문제가 산더미처럼 쌓여 있었다. 기둥이었던 천더우성도 없는 데다 추이평과 쉬닝이 동시에 임신했다는 사실에 그는 의지가지없는 사무친 외로움을 느꼈다. 추이평은 계속 일을 하겠다고 고집하며 매일 가게에 나와 일을 도왔다. 슈런은 그녀가 행여 과로하게 될까 봐 골치 아픈 일은 일절 그녀에게 알리지 않았다. 그는 혼자서 가게의 모든 문제를 처리했고, 열 명 가까운 식구들의 먹고사는 일을 책임졌다. 이러한 압박 속에서 서서히 주름이 늘어갔고 머리도 하얗게 셌다.

매주 금요일마다 그는 천더우성이 하던 대로 이른 아침에 곧장 후이루루로 가서 죽치고 앉아 시간을 보냈다. 찻집 장사도 몹시 썰렁했다. 경기가 안 좋아서 돈 쓰는 사람이 드물었다. 차박사가 슈런을 보더니 가족을 만난 것처럼 반가워하며 곧바로 달려와 미소 띤 얼굴로 공손하게 물을 따라주었다.

"마티까오馬蹄糕[148]말고 더 필요한 건 없으세요?"

마티까오 한 접시와 차 한 주전자면 오전 내내 앉아있을 수 있었다. 슈런은 후이루루에 앉아 멀리서 들려오는 만담꾼의 소리를 들으며 가끔 차를 홀짝홀짝 마셨는데, 사실은 주위에 있는 대로관들을 은근히 주시하고 있었다. 그는 아버지와 달리 먼저 나서서 탁자를 붙이거나 합석할 주변머리가 없어서 늘 혼자서 목석처럼 커다란 원탁 앞에 앉아 낯익은 단골손님을 기다리고 있었다. (사실 속으로는 이마저도 하고 싶지 않았다. 다만 열 명 남짓한 식구들이 모두 가게의 장사에만 매달려 있으니 어쩔 수 없이 접대하는 법도 배울 수밖에 없었다.)

그의 태도는 침착하고 진지했지만, 혼자 앉아 있으니 어쩐지 좀 바보 같았다. 천더우성은 찻집에 갈 때마다 자연스럽고 능숙하게 인사말을 건넸고 수많은 대로관들과 한담을 나누며 얼굴을 익힐 수 있었다. 반면에 슈런은 마음은 있었지만 그러지 못해서 수동적으로 기다릴 수밖에 없었다. 잡담을 나누고 있는 다른 손님들을 바라보면서 허공에 대고 웃어 보이고는 이내 안색이 어두워졌다.

찻집에서 돌아온 슈런은 작업 진도를 살피기 위해 공방을 순시했다. 황류와 라이샤오훙은 집안사람이니 일하는 데 이러쿵저러쿵 말할 필요가 없었다. 아치와 아타이는 견습생이긴 해도 슈런의 지도를 받아서 손이 아주 빨랐고, 이미 대부분의 일을 완성해낼 수 있었다. 슈런은 샤오위안이 구입한 자재들이 아직 돌고 있지 않은 것을 보고 자기가 먼저 장부를 들여다보고, 또 주판을 타다닥 튕기며 계산을 해 이 대금을 치를 수 있을지 없을지 따져보았다. 시국이 안 좋으니 돈 버는 업종이 많

---

148 광저우와 푸저우의 전통 후식이다. 설탕, 우유, 코코아 가루, 올방개 가루 등을 물을 넣고 반죽한 것을 쪄서 만든다.

지 않았고, 언제나 뾰족한 수는 없었다.

그는 장부상의 빨간 글씨들을 바라보며 잠시 멍해졌다. 머릿속이 하얘지며 이 공백을 어떻게 메워야 할지 도무지 방법이 떠오르지 않았다.

다행히 황류가 재봉을 끝내서 그와 마주 앉아 차를 마시며 가볍게 몇 마디 얘기를 나눌 수 있었다. 황류는 교원을 하면서 습관이 됐는지 늘 말과 행동으로 시범을 보이고 싶어 했고, 슈런이 잠시라도 한가한 것 같아 보이면 곧바로 불렀다.

"이리이리 좀 와보세요. 제가 손님 역할을 할 테니 한번 연습해보세요."

이는 황류가 슈런을 위해 내놓은 방법이었는데, 슈런은 아무래도 바보 같은 느낌이 들어 웃음을 터뜨리곤 했다. 황류는 호들갑을 떨며 가부좌를 틀고 앉아 직접 차를 따르고는 곁눈질로 힐끔힐끔 슈런을 살피며 말했다.

"천 사장, 요즘 장사 잘 되지요?"

슈런은 그가 기막히게 똑같이 흉내 내는 것을 보고 더 크게 깔깔 웃어댔다. 황류는 정색을 하며 말했다.

"웃지 마세요. 그렇게 웃기만 하면 우린 굶는다고요."

슈런은 한참 웃더니 문득 그 말이 맞다는 생각이 들어, 즉시 평상시처럼 공손하게 읍을 하고는 미소를 머금은 얼굴로 맞장구를 쳐주었다.

"황 사장님, 안녕하세요. 요즘 뭐 도와드릴 거라도 있으세요?"

추이펑은 황완黃婉을 가졌을 때도 아주 열심히 일했다. 의사 선생이 오래 앉아 있으면 안 된다고 말했기 때문에 그녀는 서서 다림질을 했다. 이렇게 출산이 임박할 때까지 계속 일했고, 쉽게 아이를 낳을 수 있을 거라고 생각했다. 하필 그날 류밍쥔이 와서 빨리 치수를 재달라고 재촉할 줄 누가 알았을까. 추이펑은 서두르다가 발밑에 떨어진 천 쪼가리에 걸려 넘어졌고, 하마터면 커다란 배를 탁자 모서리에 찧을 뻔했다. 그 순간 아이가 몹시 놀란 것 같은 느낌이 들었다.

저녁에 추이펑은 병원에서 여자아이를 낳았다. 태아의 위치가 잘못되어 탯줄이 목을 감고 있는 위험천만한 상황이었다. 다행히 때맞춰 병원에 도착했고, 추이펑 자신도 이를 악물고 견딘 덕분에 결국 가까스로 위험한 고비를 넘겨 아이가 무사히 세상에 나왔다. 아주 귀엽고 작은 여자아이였다. 눈매가 가늘고 고왔고, 피부는 희고 보드라웠다. 아이는 자기가 위험한 상황에서 태어난 줄도 모르고 태어나자마자 울지도, 시끄럽게 굴지도 않고 아주 차분한 얼굴로 착하게 단잠을 잤다.

온 가족이 이 조그마한 아가씨가 와준 것을 기뻐했다. 천씨 부인은 즉시 향을 피워 올리고 천더우성의 위패 앞에서 반나절을 속삭거렸다.

아이가 태어난 지 한 달이 되었을 때, 슈런이 쥬쟈오쟝猪脚姜[149]을 가지고 가게로 와서 견습생들에게 나눠 먹도록 했다. 가게 식구들도 물론 몹시 기뻐했고, 앞다투어 허겁지겁 먹으면서 쉴 새 없이 사장에게 축하를 전했다. 한참 떠들썩한 와중에 리바오셩이 들어왔고, 쥬쟈오쟝 냄새를 맡더니 금세 이 집에 아이가 태어난 경사가 있다는 걸 알고는 얼른 슈런에게 축하를 전했다. 그러면서 주머니를 뒤져 축하금 봉투를 꺼내더니 추이펑에게 전해달라고 내밀었다.

슈런은 기쁨에 겨워 흔쾌히 받으며 리바오셩에게 연신 고마움을 표했다. 그는 리바오셩을 자리로 안내해 차를 권했고, 마침 제작을 마친 자수품을 봐달라고 부탁했다. 뜻밖에도 리바오셩은 난처해하며 말했다.

"내 피풍을 안 만들 수는 없겠나?"

---

149 족발과 생강을 재료로 하는 여인의 보양식으로 이름난 광둥식 전통 요리이다. 몸을 따뜻하게 하고 자궁수축을 촉진시키므로 출산 후 보양식으로 좋다.

이런 상황은 전혀 예상치 못했던지라 순간 슈런은 어안이 벙벙해졌다. 여전히 평정을 되찾지 못하고 어색하게 웃으며 물었다.

"왜 그러세요?"

리바오셩은 사방을 둘러보았다. 모두가 바쁘게 일하는 모습을 보며 목소리를 낮추어 속삭였다.

"가족들을 다 데리고 홍콩으로 갈까 생각중이네."

항일전쟁이 승리로 끝나자마자 내전이 시작됐다. 시국은 어지러웠고, 경제는 심각한 어려움에 처했다. 국민정부는 눈에 띄게 쇠미해졌고, 많은 정계 인사와 상인들이 홍콩이나 마카오 등지로 떠날 계획을 세우고 있었다. 들리는 소문으로는 정부 당국마저 다급하게 일부 사람들을 모아 대만으로 갔다고 했다. 슈런은 눈살을 찌푸리며 서글프게 말했다.

"어디를 가든 처음엔 다 낯설지요. 당장 전쟁이 나는 것도 아니고, 광저우는 이만하면 태평하잖습니까."

"어쩌면 금방 또 전쟁이 터질지도……."

리바오셩은 표정이 어두워지며 뭔가 말을 하려다가 그만두었다. 슈런은 평소에 떠도는 소문을 믿지 않았지만 리바오셩까지 이런 생각을 하는 것을 보고는 마음이 흔들리지 않을 수 없었다. 일본 놈들을 피해 지내던 그 몇 년의 기억이 아직도 생생했다. 하루하루를 궁색하게 버티면서 언제 전쟁이 터질지 몰라 불안에 떨었던 기억은 평소에 생각하지 않으려고 애써 억눌러보아도 도저히 잊을 수가 없었다. 슈런은 리바오셩에게 차를 따라주며 말했다.

"셩 형님, 그래도 잘 생각해보세요. 어렵게 다시 월극공연도 할 수 있게 됐잖아요."

리바오셩이 긴 한숨을 내쉬었다. 월극무대에서 노래할 때의 가락이었다. 무슨 비통한 일이라도 생겼다는 것 같았다.

"홍콩 사람들도 월극을 많이 본다던데…….”

슈런은 천천히 차를 따라 공손히 올려주며 말했다.

"그래도 다르지요.”

얼마 지나지 않아 둥샨의 대부호들이 떠났다는 소문이 들려왔다. 특히 정부에서 요직을 맡았던 사람들이었다. 신허푸新河浦 일대를 드나드는 수입차가 눈에 띄게 줄어들었고, 건물 전체에 불이 다 꺼진 별장들이 허다했다. 이런 별장에서 살던 부인들은 치푸를 주문하던 주요 고객들이었다. 슈런은 가게의 자재와 주문들을 꼼꼼하게 점검했다. 근심거리가 한층 더해진 셈이었다.

하루는 은행을 지나가다가 길게 줄을 선 사람들을 보게 되었다. 무슨 일인지 물으니 은행이 문을 닫는다는 소문이 나서 현금을 인출하려는 사람이 몰렸다는 것이었다.

"지금 인출하지 않으면 늦어요. 은행이 문을 닫는다니까요!”

위츄기 사장이 호들갑을 떨며 말했다. 슈런은 줄이 점점 길어지는 것을 보고 당황하지 않을 수 없었다. 며칠 지나지 않아 신문에 금융위기 문제에 관한 기사가 실렸다.

슈런은 현금이 없어서 낭패를 보지 않도록 은행에서 돈을 절반 넘게 인출했고, 일부를 금괴로 바꿨다. 추이핑은 그가 금괴로 바꾸러 간다는 말에 마음이 급해졌다. 아이를 낳은 후 그녀는 아직 산후조리 중이었지만 당장에 가게로 달려가 슈런을 말렸다.

"금괴는 계산하기 어려워요. 그리고 아직 반년이나 남았는데 장사 안 하실 거예요?”

슈런이 한숨을 내쉬고는 그녀에게 거리에 이미 문 닫은 가게들이 얼마나 많은지 보라며 입을 비죽 내밀어 가리켰다.

"월극의상 가게 중에 벌써 너덧 곳이나 문을 닫았어. 위 사장까지 살림을 홍콩으로 옮긴대. 우리 한기가 얼마나 버틸 수 있을 것 같아? 전투가 다시 시작되면 우린 다시 시골로 내려가야 한다고."

추이펑은 그 말을 듣고 한숨을 내쉴 수밖에 없었다. 이 집안의 모든 생계를 이 가게에 의지하고 있었다. 자신은 아이를 낳은 지 얼마 안 된 데다 쉬닝도 출산이 임박했다. 일가족 일고여덟의 입을 책임지려면 방법을 생각하지 않으면 안 되었다. 오누이 두 사람은 잠시 말이 없었다. 두 사람은 차례로 천더우성의 초상 앞에 향 세 개를 피워 올리고 조용히 묵념했다.

다시 며칠이 흘렀다. 슈런이 가게 문을 열러 갔을 때 이미 리바오성이 일찌감치 와서 기다리고 있었다. 슈런이 얼른 그를 맞아 대청으로 안내했다.

"성 형님, 서두르느라 밤낮없이 일했어요. 곧 완성됩니다."

그런데 리바오성은 어쩐 일인지 난처한 표정이었다. 그가 어색하게 웃으며 말했다.

"자네들이 내 피풍 때문에 밤낮없이 일했다고 하는데 정말 미안하네." 그는 배 한 포대를 주며 유감을 표했다. "선생들한테 과일을 좀 보내드리게. 내 작은 성의일세."

슈런은 그를 거실로 안내해 자리를 권하고 차를 따라주었다. 그 팔선탁은 그곳에 놓인 지 여러 해가 지났지만 갈수록 환하게 빛나 보였다. 천더우성이 그해 들여놓은 산지목 다기 한 벌도 갈수록 반짝였다. 슈런은 물건을 매우 아끼는 데다 몹시 부지런해서 쓰고 난 물건은 늘 모포로 먼지 하나 없이 깨끗이 닦아두었다.

리바오성은 습관적으로 탁자를 손가락으로 톡톡 두드리며 한숨을 내쉬었다.

"이건 자네 아버님 시절의 물건이 아닌가. 이렇게 긴 세월을 마주했더니 나까지 정이 들어버렸군."

슈런은 여느 때처럼 조심스럽게 차를 따랐다. 막 우려내어 맑고 푸른색을 띤 진하지도 연하지도 않은 차였다. 리바오성은 가볍게 한 모금 음미하더니 미소를 지었다.

"요즘 생각이 복잡해. 가고 싶기도 하고, 안 가고 싶기도 하고."

그는 별채 쪽을 바라보았다. 선생들이 그의 피풍 작업을 하느라 분주한 모습을 보았는지 더욱 아쉬워하며 말했다.

"광저우를 떠나면 자네 한기의 옷을 입을 기회가 또 있을지 모르겠군."

슈런은 그를 위로하고 싶었지만 적당한 말을 찾을 수 없었다. 한참을 생각한 끝에 찻잔 뚜껑을 살그머니 덮으며 말했다.

"광저우를 떠나시면 그땐 정말 기회가 없겠지요."

리바오성이 길게 탄식하며 말했다.

"태평한 날을 겨우 며칠 보내나 했는데…… 또다시 이렇게 시국이 어지러우니 가지 않을 수도 없고, 그렇다고 어디로 가면 되겠는가? 홍콩? 고향을 떠나서? 완전히 낯선 곳으로 가?"

그는 혼잣말을 중얼거렸다. 슈런은 무슨 말을 해줘야 할지 몰라서 그저 잠자코 있었다.

리바오성은 한참을 고민한 끝에 자조적으로 내뱉었다.

"벌써 나이도 많이 먹었어. 흙은 흙으로 돌아가야지. 난 죽어서 타향에 뼈를 묻고 싶지는 않네."

슈런은 그가 여전히 마음을 정하지 못하는 것을 보고 위로하지 않을 수 없었다.

"사실 떠날 수 있다는 것만으로도 좋은 것이지요. 우리처럼 가난한 사람들은 떠나고 싶어도 못 떠나니까요. 하지만 말입니다, 어디라고 사는 게 아니겠어요? 어디에 간들 먹고살지 못하겠어요? 제 아버지가 살아계실 때 늘 그러셨죠. 사람은 한 가지 재주를 꼭 가져야 한다고, 재주가 있으면 밥을 굶지는 않는다고요."

리바오성은 차를 한 모금 더 마시고는 물었다. 스스로 자문하는 것도 같고, 답을 구하는 것도 같았다.

"밥만 벌어먹을 수 있으면 되나?"

"밥만 벌어먹을 수 있어도 아주 좋은 거지요. 남들한테 구걸하지도 않고, 어디 가서 훔치거나 빼앗지 않고 자기 손으로 번 거니까요. 이런 밥을 먹는다는 건 힘이 있다는 거고, 정신이 바르다는 겁니다. 힘이 있으면 생계를 모색할 수 있고, 정신만 차리면 허리를 꼿꼿이 펴고 정정당당하게 사람 노릇을 할 수 있지요."

리바오성이 잠시 생각하더니 고개를 끄덕이며 말했다.

"천 사부 말이 맞소!"

그해 말은 아주 궁벽하고 힘들었지만 그래도 섣달 스무이레에는 술자리를 마련했다. 연말 잔칫상이기도 하고, 아치와 아타이를 위한 견습생 수료 기념 잔칫상이기도 했다. 수공예업의 견습생 기간은 짧지 않다. 적게는 삼 년, 많게는 오 년에서 칠 년이 걸린다. 슈런은 아치와 아타이가 아버지의 견습생이니만큼 응당 그들에게 사은잔치를 열어주고 그들을 사부로 대접해줘야 한다고 생각했다.

이날 요리를 책임진 사람은 추이펑이었고, 샤오훙이 옆에서 도왔다. 경기가 안 좋았지만 추이펑은 사은잔칫상을 아홉 가지 요리[150]로 꽉 채

---

150 구대궤(九大簋). 광둥 지역, 특히 주강 삼각주 지역에서 성대하게 벌이는 연회의 총칭이다. '궤(簋)'는 원래 고대에 제사를 지낼 때 기장과 피를 가득 담았던 둥근 그릇을 가리키는 말로, 발음이 '鬼(gui)'와 같다. 또 아홉(九: jiu)은 '오랠 구(久: jiu)'와 발음이 같다. 이런 이유로

였다. 이 '아홉 가지 요리'는 물론 광둥 음식 중에서도 '오래오래 지속되고 융성한다'는 의미를 담은 특별한 요리들이었다. 아홉 가지 요리 가운데 가장 눈길을 끈 것은 빠바오야였다. 추이펑은 여러 해 동안 쌓은 경험으로 이 요리만큼은 최고의 경지에 올라 있었다. 잔칫상 한가운데 놓인 빠바오야는 겉껍질이 노르스름하게 윤기가 흘렀고 구수한 냄새가 사방에 풍겼다. 특히 진한 연꽃 향이 오리의 배 속에서 배어 나왔다. 슈런이 먼저 젓가락을 뻗어 빠바오야의 배를 가르니 안에서 동글동글한 밤과 입춘 전에 딴 버섯들이 주르르 굴러 나왔다.

이미 견습과정을 수료한 아치와 아타이가 이 잔칫상의 주인공이었다. 오랫동안 열심히 일해온 두 사람 모두 말수가 적어 그저 슈런을 바라보며 순박하게 웃기만 했다. 사은잔치 규례에 따라 먼저 스승에게 술을 올려야 했다. 아치가 먼저 술잔을 들고 말했다.

"런 형님, 여러 해 동안 보살펴주셔서 감사합니다. 우리가 비록 안에서 일만 했지만 근래 몇 년 동안 경기가 얼마나 안 좋았는지 잘 압니다……."

슈런은 술잔을 들고 굳은 표정으로 진지하게 말했다.

"자네들은 내 아버지가 받아준 사람들이니 아버지의 제자일세. 그러니 아버지께 올리게."

모두가 일제히 신대 앞으로 걸어가 신을 섬기는 세 개의 청화배靑花杯[151]를 가득 채운 후 천더우성에게 허리를 굽혀 절하고 정중하게 술을 올렸다. 그런 다음 아치와 아타이가 슈런에게도 술을 올리자 그도 더는

'아홉 가지 요리(九大簋)'는 오래오래 지속되고 번창하기를 신께 기원한다는 의미를 담는다.
151 청 왕조 강희제 때의 화문배로서 1월부터 12월까지 각 달을 대표하는 꽃, 즉 수선화, 목련, 복숭아꽃, 모란, 석류꽃, 연꽃, 난, 계화, 국화, 부용화, 월계화, 매화를 새긴 열두 개의 잔이 한 벌이다.

뿌리치지 못했다. 모두가 천천히 술을 마시기 시작했다. 술은 가장 일반적이고 적당한 값의 쥬장솽쩡九江雙蒸이었다. 술맛이 달았고 마시고 나서도 어지럽거나 머리가 아프지도 않았다. 남자들 몇 명이 술 마시고 식사하는데 추이펑과 샤오훙이 옆에서 이것저것 챙겨주었다.

술자리가 끝나갈 무렵 슈런이 먼저 모두에게 술을 올렸다. 그는 이미 꽤 많이 마신 상태였지만 그만큼 마시지 않았다면 준비했던 말을 꺼내지 못했을 것이다. 그는 술잔을 높이 쳐들고 아치와 아타이를 향해 정중하게 말했다.

"규례에 따라 여러분은 이제 수료 기간을 마치고 사부가 되셨습니다. 견습생들과는 다른 급여를 받게 되실 거고요. 하지만 올해 경기가 정말이지 너무 어려워서 제가 여기……."

아치와 아타이는 급여가 오르기를 기대했다가 이 말을 듣고는 할 말을 잃어 잠시 멍해졌다. 아타이의 반응이 빨랐다.

"런 형님, 뭐든 서로 의논해서 정하면 되지요. 우리도 뭐 당장 올려달라고는……."

슈런이 씁쓸하게 웃으며 말했다.

"오늘 이 자리는 사은잔치인 동시에 연말잔치예요. 올해 장사는 정말이지 엉망이었어요. 저도 열심히 노력했는데 어쩔 수가 없었습니다. 한기가 앞으로 일 년을 더 버틸 수 있을지 없을지 알 수 없습니다. 새해를 맞는 이 잔칫상으로 여러분의 송별잔치를 대신하고자 합니다."

그는 솔직하고 진중한 사람이었다. 사장이었지만 안팎으로 늘 진심을 다해 임했었다. 아치를 비롯한 사람들은 그가 진심을 말하고 있다는 것을 알았고, 그 순간 아무 말도 하지 못했다. 아타이가 잠시 생각에 잠기더니 이윽고 입을 열었다.

"런 형님, 저는 여기서 일하는 게 좋았어요. 옮기고 싶지 않습니다.

급여는 안 올려주셔도 돼요. 이전에 받던 대로 받겠습니다."

아치는 아타이가 이런 말을 할 줄은 예상치 못했다. 그는 금전상의 손실을 생각하니 얼른 받아들일 수가 없어서 나설 엄두를 내지 못하고 있었다.

슈런이 여전히 긴 한숨을 내쉬었다. 이미 계산을 다 해보았지만, 한기의 지금 수익으로는 도저히 견습생을 둘 수가 없었다. 그는 잠시 머뭇거리더니 마침내 추이펑에게 말했다.

"일 년 더 견뎌볼까? 어쩌면 상황이 호전될지도 모르잖아."

추이펑은 고개를 끄덕이면서도 차마 그에 대한 대답은 하지 못하고 사람들에게 술을 따라주며 말했다.

"우선 밥부터 먹죠. 이렇게 또 한 번의 인연을 쌓는 거니까요."

아타이는 이를 악물고 단호하게 선언했다.

"저는 한기에 들어오면서 제가 한기의 일부가 되었다고 생각합니다. 설사 급여를 받지 못한다고 해도 이 시국에서는 함께 난국을 헤쳐가야죠."

아치도 생각 끝에 고개를 끄덕이며 슈런을 향해 말했다.

"런 형님, 우리는 형님만 믿겠소. 형님은 절대 우리를 푸대접할 사람이 아니오."

슈런은 어려운 시기에 이렇게 많은 사람들이 옆에서 힘이 되어 주리라고는 전혀 예상치 못했다. 그들의 지지가 그에게 용기를 주었다. 그는 결연하게 고개를 끄덕이며 말했다.

"걱정 말아요. 한기는 그 누구도 푸대접하지 않을 겁니다!"

이듬해 봄 사부들은 집에서 설을 쇤 후 정월 열엿새에 맞춰 일하러 돌아왔다. 슈런은 올 한 해의 계획을 꼼꼼히 세웠다. 시국이 아무리 어려워도 월극의상이든 치푸든 가능한 모든 주문을 유치하자고 다짐했

222   화의금몽

다. 변두리 지역의 원단이 성도 안의 것보다 저렴해서 낮은 단가로 제작해 이윤을 높여볼 수 있을 것 같았다. 생산량을 유지하기가 몹시 힘들어서 별수 없이 천으로 된 수예제품도 만들어서 싸게 판매했다.

이렇게 힘들고 바쁜 와중에도 딸아이 진후이錦慧는 밝은 빛처럼 수시로 공방에 반짝 나타나곤 했다. 아주 예쁘게 생긴 이 아이는 뽀얀 피부에 눈매는 섬세했으며 하루 종일 까르르 잘도 웃었다. 슈런이 그 아이를 안고 가게에 한 번 다녀온 뒤로 아이는 또 놀러 가겠다고 자주 떼를 썼다. 비단에 화려하게 수놓은 의상들을 보면서 아이는 까르르 웃으며 좋아했고, 옷걸이 사이를 뒤뚱뒤뚱 들락거리며 혼자 숨바꼭질을 하고 놀았다. 추이펑이 아이를 번쩍 들어 재단판 위에 앉히며 말했다.

"애 손 좀 보세요. 가늘면서도 야무진 게 쏙 수공예인의 손이라니까요."

슈런은 그 말이 기쁘지 않았다.

"수공예 일은 너무 힘들어. 배불리 먹을 때도 있지만, 배고프고 고단할 때도 많지. 나는 저 아이가 나중에 공부를 많이 해서 의사가 되거나 쉽고 돈을 많이 버는 일을 했으면 좋겠어."

그는 이 아이를 특히 예뻐해서 틈만 나면 안아주었다. 가게 일이 많고 막중해서 하루 종일 일하고 나면 손발이 쑤시고 결렸지만, 딸아이를 안고 여리고 보드라운 작은 얼굴에 입을 맞추고 나면 모든 고단함을 잊을 수 있었다. 이 년 후 쉬닝이 남자아이를 또 낳았고, '진광錦光'이라고 이름 지었다.

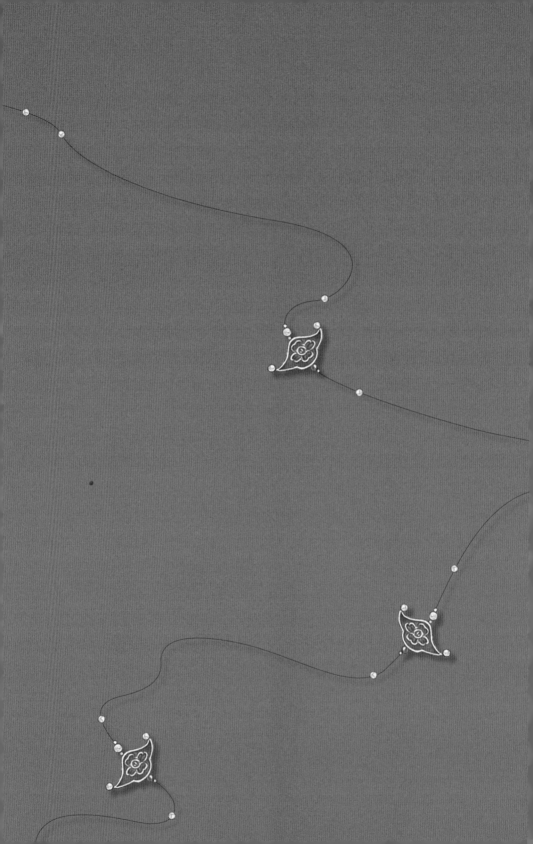

제2부

대형 공장의 시대

제9장

월극의 의상은 월극의 배역에 맞게 월극 무대가 필요로 하는 디자인으로 적응해갔다. 초기에는 명 왕조 복식에서 발전해온 경극 의상과 매우 비슷했다. 이후 역사의 긴 세월을 지나는 동안 광둥 지역 문화에 천천히 스며들면서 다른 희극의 의상들과 확연히 구별되었다. 예컨대 남방의 고온다습한 기후에 적응하여 원단이 점차 얇고 가볍거나 투명한 경향을 띠게 되었고, 배색은 서양화의 특색을 받아들여 진하고 강렬한 색채가 두드러졌으며 금사와 은사를 많이 섞어 썼다. 도안은 특히 입체감을 강조했다. 수공예 기술이 발전하면서 점차 업계가 형성되었고, 그에 따라 월극 의상은 월극 무대뿐만 아니라 조극潮戲[152]이나 계극桂戲[153]과 같이 유사한

---

152 차오저우(潮州) 방언으로 부르는 오래된 전통극으로, 조주희(潮州戲)라고도 한다. 송원남극(宋元南劇)의 한 갈래로, 지금으로부터 사백삼십여 년의 역사를 가지고 있다. 주로 광둥성과 민난(閩南), 타이완, 홍콩, 동남아 등지에 퍼져 있다.
153 광시(廣西) 지방의 전통극으로 국가급 무형문화유산 중 하나이다. 대략 명대 중엽에 발원하여 명대 말기에서 청대 초기에 곤강(崑腔)이 광시에 흘러들어 왔고, 후고강(後高腔)과 익양강(弋陽腔)이 연이어 전해지며 여러 가지 성강(聲腔)이 서로 융합하여 성조와 억양이 아름답고 우아한 계극을 형성했다.

희극에까지 쓰이면서 월粵(광둥廣東)과 계桂(광시廣西) 두 성에서 동시에 성행했다. 그렇게 역사의 흐름 속에서 월극 의상이라는 명칭은 비교적 덜 언급되었고, 통칭해서 '광식廣式(광둥과 광시) 월극의상'으로 일컬어 졌다.

1956년은 천슈런의 기억 속에서 특별한 의미를 가지는 한 해였다.

광저우 시 전체에 대대적인 공사합작경영의 붐이 일었다. 백 년 넘게 이어져 온 가내생산방식은 국가의 일괄구매 및 일괄판매 형식으로 대체되었다. 목기와 도자기, 상아조각, 광둥채자彩瓷[154], 광둥자수 등을 취급하던 소상공인과 수공업자들은 정부의 통일된 계획에 따라 각 업계의 합작조직에 차례로 가입했다.

한기는 당시의 췬씽群星, 씬씬新新, 천장기陳章記 등 월극의상 점포들과 함께 한꺼번에 '월화粵華 월극의상공장'에 병합되었다. 슈런은 한기의 모든 장부를 싸서 상자에 넣고 녹색 노끈으로 단단히 묶어 한기의 편액과 함께 몇 개의 네모난 홍목 상자 안에 나누어 담은 뒤 용수철 자물쇠로 잠갔다.

그는 일부 남은 작업 재료를 가지고 월화공장에 들어가서 입사등록서에 자신의 이름과 본적, 생년월일 등을 정직하게 기재했다. 만년필에 익숙하지 않아서 글씨 쓰는 것이 매우 느렸던 그가 등록서 상에 잉크를 몇 방울 떨어뜨리자 그 얼룩이 천천히 번졌다.

새로 생긴 월화공장의 작업장은 넓고 창이 환하게 나 있었으며 재단판이 두 줄로 나란히 배치되어 있었다. 공장 동료들이 분주하게 서로 인사를 나누고, 정리하고, 소식들을 나누느라 온통 어지럽게 엉켜 시끌벅적 떠드는 소리가 요란했다. 슈런은 작업장 한가운데 서서 어쩔 줄

---

154 저온 유약 위에 채색 장식 기법을 사용해 흰 도자기에 그림을 그리고 채색하여 구운 광둥 지역의 도자기 예술을 가리킨다.

몰라 했다. 이곳에 있는 사람들은 거의 모두 그가 아는 사람들이었지만, 깊이 친하게 지내는 사람은 아무도 없었다. '동종 업계에 종사하지만 적과 같았던' 이들이 이제 모두 한 지붕 아래 함께 있게 된 것이었다.

추이펑은 언짢은 기분에 그를 한쪽으로 데리고 가서 물었다.

"오늘 일 시작한대요? 일 시작하지 않으면 전 집에 갈래요."

그녀는 슈런과 함께 월화공장에 들어갔지만, 그와는 달리 재봉부로 배치되었다. 그녀는 이렇게 배치된 것이 마음에 들지 않아서 관리자인 우_吳 서기를 찾아가 반나절을 설득했고, 결국 자수부로 다시 배치되었다. 그녀는 자수 솜씨가 아주 좋았지만 자수 일만 하는 것에 만족하지 않았다. (그녀가 마음에 두고 있던 유일한 부서는 디자인부였다. 하지만 디자인부에는 이미 큰 점포의 사부들 몇 명이 배치되어서 그녀를 수용할 수 없는 실정이었다.)

"일단 기다려보자. 다들 아직 가지 않았잖아!"

슈런은 망연히 사방을 둘러보았다.

추이펑은 눈앞의 어수선한 장면을 보고 발을 쿵 구르고는 휙 나가버렸다.

황완이 태어난 이후 황류는 삼층짜리 작은 벽돌집을 새로 지어 온 가족이 따씬가로 이사했다.

얼마 지나지 않아 정부에서 장원방 전체에 측량계획을 실시했고, 천가 옛집 마당에 새롭게 경계선이 그어졌다. 전란 중에 무너진 담장이 철거되었고, 집의 주요 부분은 기존의 살림집 세 채만 남았다. 한기 가게는 국가에 귀속되면서 가게의 재산권 역시 정부 관할로 넘어갔다.

슈런은 이 모든 일을 어떻게 이해해야 할지 조금 당황스러웠다. 어머니가 세상을 떠난 후 그는 집안에서 결정권을 가진 유일한 사람이었다. 하지만 새로운 국가, 새로운 사회, 이 모든 변화들은 천지가 개벽하는 전대미문의 일이었다.

"천 사부, 나 좀 도와주시오!"

우 서기도 이제 막 부임해서 공장 일꾼들 전체의 입사등록서를 들고 동분서주 하느라 숨까지 헐떡거렸다. 그렇게 바쁜 와중에 그는 슈런을 주목했다.

"저 사람들을 인솔해서 자재들을 잘 좀 배치해주시오!"

쉰 살이 다 되어가는 우 서기는 키가 작고 통통한 체격에 눈이 크고 입술이 두툼한 얼굴이다. 관상학적으로 보면, 말은 많은데 조리가 없어서 요점을 잘 전달하지 못하는 유형이었다. 월극의상 사부들은 그를 처음 보았을 때 그가 공장을 장악할 수 있으리라고 믿지 않았다. 우 서기는 종일 분주하게 뛰어다니느라 얼굴은 이미 피곤한 기색이 역력했는데, 온화하고 너그러운 슈런을 보고 상당한 호감을 느꼈는지 그를 향해 웃어 보이며 말을 건넸다.

"당신이 한기의 사장이란 얘기를 들었소. 그렇게 큰 점포를 운영하시다니 대단합니다!"

디자인실은 독립된 작은 공간이었다. 디자인실에는 슈런 말고도 위앤쥬기原珠記의 사장인 류요우씽劉佑行과 투구점 위기余記의 사부인 아잉阿英, 업계 공인의 일류 패턴 사부들 몇 명이 배치되었다. 공장 안이 분주해서 어수선했고, 어수선하니 당연히 시끄러웠지만, 결국은 정돈되고 규범을 갖춰가며 서서히 질서가 생겼다. 슈런은 새로 산 손목시계를 차고 정시에 출근해 정시에 퇴근했다.

이날 아침, 그는 사무실에 오자마자 서류철을 들춰보았다. 방금 전에 하달된 회사규정을 막 읽으려는데 밖에서 비명소리가 들렸다. 곧이어 다급한 발걸음 소리가 들려왔다. 폐부를 찢는 여자의 비명소리가 아무래도 추이평의 소리 같았다. 소리가 들리자마자 그는 무의식적으로 뛰쳐나가 몰려 있던 사람들을 거칠게 헤쳤다.

추이펑은 이미 몇몇 여공들의 부축을 받으며 허리를 붙잡고 고통스럽게 신음하고 있었다. 샤오훙이 장華 씨와 서로 부둥켜안고 바닥을 뒹굴고 있었다. 샤오훙은 뚱뚱한 체격의 장 씨 몸에 눌린 채 고통스러워 말도 못하고 있었다. 옆에는 많은 사람들이 에워싸고 지켜보고 있었지만, 감히 장 씨를 떼어낼 엄두를 내지 못했다. 싸움을 말리려던 추이펑이 도리어 주먹으로 몇 대 얻어맞은 것이었다.

슈런이 황급히 달려가 두 사람을 힘껏 떼어놓았다. 우 서기도 달려왔다. 지켜보던 동료 직공들이 황급히 다가가 도왔다. 샤오훙이 입은 상처는 가볍지 않았다. 얼굴에는 새빨갛게 긁힌 손톱자국이 몇 줄 남았고, 머리칼은 온통 헝클어져 몰골이 말이 아니었다. 그녀는 동료들의 부축에 기대 힘겹게 몸을 일으키면서 온몸을 부들부들 떨었다. 장 씨에게 차여 다친 곳이 적지 않은 것 같았다. 장 씨는 큰 키는 아니었지만 옆으로 퍼진 몸매에 살집이 단단해 샤오훙보다 힘이 훨씬 세 보였다.

샤오훙은 기를 쓰고 몸을 일으켰다. 온몸이 떨렸고, 벌겋게 충혈된 눈에서 참았던 눈물이 터져 나왔다. 그 모습을 본 슈런은 화가 치밀었다. 서로 잘 알고 지내던 사람들이 이렇게 많은데도 하나같이 냉정하게 지켜만 볼 뿐 아무도 용기를 내어 나서지 않았다. 우 서기가 눈을 치뜨며 성난 표정으로 소리쳤다.

"여기는 공장이야. 자네들은 여기가 길거리인 줄 아나. 누가 자네들더러 싸움질이나 하라던가!"

슈런은 그 말을 듣고 속으로 편치 않았다. 오히려 또 다른 화가 치밀었다. 분명 장 씨가 샤오훙을 괴롭힌 것이 아닌가.

샤오훙은 이미 몸 구석구석 아프지 않은 곳이 없었는데 우 서기에게 욕까지 먹고 보니 억울해서 눈물이 왈칵 쏟아졌다. 장 씨는 억센 사람이었다. 혼자 벌떡 일어나서 몸에 묻은 먼지를 툭툭 털고는 우 서기의 말은 아랑곳하지도 않고 오히려 경멸하듯 웃었다.

"내일 다 같이 내 사무실로 오시오. 이 일은 통보비평通報批評[155]감이오!" 우 서기가 험악하게 소리쳤다.

샤오훙은 눈물을 닦으며 추이펑과 함께 서로를 부축하며 집으로 돌아갔다. 슈런은 우 서기를 바라본 후 다시 에워싼 사람들을 바라보았다. 가슴속에서 비관과 절망의 감정이 희미하게 피어올랐다.

저녁에 샤오훙이 슈런에게 자초지종을 얘기해주었다. 장 씨는 남편과 함께 시골에서 성도로 올라와 룽기에서 일했는데, 라이룽이 걸핏하면 급여를 미루고 주지 않아서 집에 먹을 것이 없을 정도로 궁핍하게 지냈다고 한다. 나중에 라이룽을 떠난 후 자기 집 문 앞에서 불량배 두 명에게 두들겨 맞았는데, 그것이 라이룽이 시킨 일이었다는 것을 알게 되었다. 원래는 몸이 좋았던 그녀의 남편은 그때 이후로 병을 얻었고, 일 년 후 세상을 떠났다. 그녀는 금할 길 없는 슬픔에 잠겼고, 이때부터 라이룽이 자기 남편을 죽였다고 생각하여 라이룽에게 깊은 원한을 품게 되었다고 한다.

앞으로도 계속 장 씨와 마주해야 한다고 생각하니 샤오훙은 또다시 눈물이 흘렀다. 슈런이 얼른 그녀를 위로했다.

"걱정 마. 다들 두 눈 부릅뜨고 있는데 그이도 어쩌지 못할 거야."

"공장이 이렇게 크고 어수선한데, 우 서기 말고 누가 그이를 통제하겠어요!"

---

155 잘못된 행위를 한 자의 해당 행위와 오류를 일정 범위 내에 공표하고 행위인이나 다른 사람들이 이를 통해 교훈을 얻고 계도로 삼기를 바라는 조치를 말한다. 이때 통보비평의 주체는 기업이나 행정기관 및 기타 조직이 될 수 있으며, 당 조직의 당내 위반행위에 대한 통보비평과 동일하다.

추이펑이 분통을 터뜨렸다.

우 서기는 시 수공예국이 직접 임명한 월화공장의 최고 지도자로, 부임하고부터 매일같이 일이 터져 골치를 썩고 있었다. 월화공장과 같이 큰 공장은 생산과 인사, 판매를 각각 다른 사람이 맡아 관리할 필요가 있었다. 시 수공예국의 지시에 따라 공장이 설립된 이후 가능한 한 빨리 채용대회를 열어 이전 점포의 사부들 가운데 공개적으로 지도자를 선발해야 했다.

이때 여론이 가장 원하는 후보는 이전 업계협회 회장이었고, 다음이 몇몇 큰 점포의 사장들이었다.

그렇다 보니 슈런에게도 기회가 있었다. 하지만 그는 주저했다. 자신이 관리해온 인원은 많아야 십여 명에 불과했었는데 백 명이 넘는 인원을 어떻게 관리할 수 있을까. 하지만 추이펑이 강하게 부추겼다.

"오빠가 반드시 공장장이 돼야 해요."

그녀는 신대 앞에 나아가 아버지에게 분향하며 말했다.

"아버지는 살아계시는 동안 남한테 의지하는 것을 정말 싫어하셨어요."

"지금 우리도 남에게 의지하고 있는 건 아니야. 공사합작경영일 뿐이라고."

추이펑이 언짢은 듯 그를 노려보며 말했다.

"무슨 합작경영, 누가 오빠랑 합작을 해요? 오빠를 괴롭힐 게 뻔하다고요."

그녀는 위패 앞에 놓인 네 가지 색 과일을 똑바로 놓으며 아버지의 초상을 향해 얘기했다.

"아버지, 오빠 잘못 가르치셨어요. 오빠는 지금 또다시 움츠러들고 있다고요. 틀림없이 평생 거북이처럼 고개를 집어넣고 살 거예요."

슈런은 추이펑이 아버지에게 그런 식으로 이르는 꼴을 봐줄 수가 없었다. 더구나 자신이 추이펑과 샤오훙과 함께 공장에 다니는 상황에서 자신이 나서지 않는다면 이 두 여인이 괴롭힘을 당할 것이 분명하다는 생각이 들기도 했다. 그는 위패 앞으로 나아가 초 두 개에 불을 붙이며 말했다.

"아버지, 제가 한번 해보겠습니다."

한기는 장원방 안에서 가장 큰 점포였고, 한기의 솜씨는 업계에서도 훌륭하기로 소문이 자자했다. 또한 슈런이 수년간 경영해오면서 사람들에게 늘 선하게 대했고 업계에 적을 만들지도 않았다. 결과적으로 공장 전체의 공개 경선 과정에서 그가 가장 높은 득표수를 차지해 월화공장의 공장장이 되었다.

슈런은 자신의 사무실을 따로 갖게 되었다. 사람들이 이전에는 그를 '천 사장'이라고 불렀지만, 이제는 '천 공장장'이라고 불렀다. 그는 그 네모반듯하고 맑고 투명한 유리창을 바라보며 너무 단조롭다고 느꼈다. 그래서 옷걸이를 몇 개 찾아내 한기의 월극의상 몇 벌을 걸어두고는 매일매일 바라보며 내심 적잖은 힘을 얻었다. (복인지 화인지 모르겠지만 이 시점 이후로 그는 백 명 가까운 사람들의 생계와 미래를 짊어지게 된 것이었다.)

공장장이 된 이후로 그는 매일 최소한 두 번은 공장을 순시하기로 정하고, 아침 아홉 시 전에는 꼭 한 번 작업장을 순시했다. 저마다 수년간 점포를 운영해온 터라 더러는 친구도 있었고, 또 더러는 적도 있었다. 슈런은 공장 내 기풍을 바꿔보려고 필사적으로 노력했다. (기왕에 한 지붕 아래에서 함께 일하게 되었으니 한 가족이나 다름없었다. 그러니 과거처럼 서로 날을 세우며 맞설 수는 없는 노릇이었다.) 그러나 모든 사람들이 같은 생각을 하는 것은 아니었다. 작업장 안에서는 알게 모르게 쟁투가 벌어졌고, 각종 입씨름과 치고받는 싸움이 끊이지 않았다. 하루는 그가 재단판 옆에서 원단을 보고 있는데 갑자기 옆에서 쾅 하는 요란한 소리와 함께 옷걸이가 넘어졌고, 이어 남자 둘이 싸우기 시작했다.

"싸움은 안 됩니다. 싸우지 마세요!"

슈런이 앞장서서 달려들어 두 사람을 떼어놓았다. 싸우고 있던 두 남자는 힘이 세고 사나웠다. 둘 중 하나가 주먹을 날렸는데 오히려 슈런이 맞고 말았다.

"계속 더 하면 즉시 해고입니다!"

슈런은 아픈 것을 신경 쓸 겨를도 없이 싸움을 계속 말렸다.

그가 가장 걱정하는 것은 샤오훙이었다. 과거에 라이룽이 적을 많이 만들었는데, 지금 그 사람들은 과거의 원한을 샤오훙에게 따질 셈이었다. 그는 샤오훙의 비즈 작업대 앞에 갈 때마다 더 자주 눈을 맞춰주었고, 또 몇 마디 건네기도 했다. 이런 행동은 별로 도움이 되지 않았다. 사람이 많으면 말도 많기 마련이었다. 어떤 사람들은 앞에서는 막상 대들지 못하면서 일부러 슈런에게 들리도록 투덜거렸다.

"저 사람은 가족이라고 말하지만, 어쩌면 작은 마누라일지도 모르지."

또 다른 목소리가 웃으며 투박하게 거친 말을 쏟아냈다.

"요즘은 혼인법에 일부일처제를 분명히 규정하고 있다고. 마누라를 두 명 얻을 순 없어."

슈런은 이런 말들을 들으며 심한 분노를 느꼈다. 그는 숨을 깊이 들이마신 뒤 그 말을 한 장 씨 옆으로 천천히 걸어갔다. 하지만 장 씨는 전혀 겁내지 않고 거리낌 없이 웃으며 말했다.

"왜요? 천 공장장님, 내 일에 간섭하시게? 아무리 장기掌記가 조그만 가게였다지만, 그래도 사장은 사장이라고. 언제부터 딴 놈이 나한테 이래라저래라하게 된 거지!"

샤오훙은 찍소리도 하지 못하고 조용히 재단판 앞으로 갔다. 눈시울이 붉어져서는 필사적으로 울음을 참고 있었다.

슈런은 타오르는 분노를 억누를 길 없어 주먹을 부르쥐었다. 하지만 마음속 목소리는 그에게 침착하라고 말하고 있었다. 아버지의 목소리처럼 조급하지도 서두르지도 않는 어조로 사적인 일일수록 동료 직공들에게 화를 내서는 안 된다는 점을 일깨워주었다.

느닷없이 굉음이 울려 사람들이 모두 깜짝 놀랐다. 추이펑이 끝이 뾰족한 커다란 가위를 번쩍 들어 장 씨 면전에서 내리쳐 깨끗하게 박살낸 것이다.

"방금 누가 가위 빌려줬지?"

추이펑이 아무렇지도 않게 손을 탁탁 털며 말했다. 그러고는 용감하게 장 씨를 똑바로 쳐다보았다.

"우리 한기는 예전에 십여 명에서 스무 명까지 일하던 큰 가게야. 나는 당신이랑은 달리 사람 부리는 걸 좋아하거든!"

말을 마친 그녀는 다시 손을 탁탁 털고는 돌아서 가버렸다. 장 씨는 그녀의 이런 무지막지한 모습에 오히려 겁을 먹은 듯 땅바닥에 떨어진 가위를 바라보며 아무 말도 하지 못했다.

슈런은 추이펑의 뒷모습을 바라보며 말없이 한숨을 내쉬었다. 그는 순간의 투지로는 문제를 해결할 수 없다는 것을 알았다. 가장 중요한 것은 이 '공장장'으로서의 책임과 천가 가족에 대한 책임을 어떻게 잘 이행하느냐였다.

새로 창단한 월극원粤劇院에서 『수서원搜書院』[156]의 상연을 위해 리허

---

156 하이난(海南)에 전해져 내려오는 유명한 이야기로 광둥성 하이난다오 경극(瓊劇)의 유명 레퍼토리이다. 이 이야기는 200년 넘게 민간에서 전해져오다가 1950년대에 하이난다오 경극

설을 하게 됐다. 월극원과 월화공장이 연계하여 작품에 필요한 의상 전체를 제작하는데 수량이 엄청나게 방대했다.

첫 번째로 작성된 주문 목록에 이미 관복, 해청, 궁녀복, 매향복梅香服, 시위복侍衛服이 있었다. 월극원과 월화공장은 일시를 정해서 참관 후 곧바로 치수를 재고 주문계약을 체결하기로 했다. 우 서기는 이 일을 위해 총회를 소집해서 이 중요한 때에 누구든 규칙을 어기거나 잘못을 저질렀을 때는 급여를 삭감할 뿐만 아니라 벌점을 주겠다고 선포했다.

월극원 일행이 참관하러 온 그날 공장 전체 직원이 모두 만반의 준비를 하고 기다렸다. 사무실에서는 접대방안을 하달했다. 가 부서에 위생청결 작업을 철저히 하도록 촉구했고, 슈런이 아침 일찍부터 작업장 안팎을 한 바퀴 돌아보았다. 약속한 시각이 되어 우 서기가 공장 책임자들과 각 부서 주임들을 인솔하여 월화공장 입구에 도열해 기다렸다. 슈런은 엄숙한 표정으로 우 서기 뒤에 서 있었다. 예전에 한기에서도 명성이 자자한 대로관들을 적잖이 접대해보았지만, 이토록 규모가 방대하고 장중한 접대는 그로서는 평생 처음이었다.

월극원 일행을 이끄는 사람은 부원장 하오샹郝尙으로, 외국에서 연극 연출을 배우고 돌아온 해외파였다. 하오샹은 '국國' 자형 얼굴에 뚱뚱한 체격으로, 가장 이목을 끄는 부분은 그의 스포츠머리였다. 한 올 한 올 솟구친 것이 포악한 성격과 똑 닮아 있었다. 월화공장과 월극원의 일원들이 서로를 소개하자 우 서기가 대표로 환영하는 의미의 박수를 쳐주었다.

극본으로 각색되었고, 유명 경극배우 황원(黃文)과 천화(陳華), 홍메이(紅梅)가 주연으로 공연해 큰 인기를 끌었다. 이후 월극 극본으로 다시 각색되었고, 월극의 유명 배우 마스청(馬師曾)과 홍셴뉘(紅線女)가 주연하여 스크린으로 옮겨져 큰 사랑을 받았다. 이로써 이 극의 배경이 된 경대서원(瓊臺書院)이 국내외에서 유명세를 타면서 관광객들의 발길이 끊이지 않게 되었다.

하오샹 뒤에 서 있는 사람은 부단장인 쟝란씬江蘭馨으로, 이 작품에서 주연을 맡고 있기도 했다. 그녀는 피부가 뽀얗고 갸름한 얼굴형에 버들잎처럼 가느다란 눈썹과 살구씨 같은 예쁜 눈을 가진 전형적인 남방의 미인상이었다. 감색 면포 상의에 회색 서양식 바지를 받쳐 입고 있어서 얼핏 보면 월극 배우라기보다는 군대의 간부처럼 보였다. 그녀의 뒤로 일군의 젊은 배우들이 재잘대며 사방을 두리번거리고 있었다. 대열의 맨 뒤에 처진 사람은 한기의 단골손님이었던 류밍쥔이었다. 류밍쥔은 여전히 치파오를 입고 있었지만, 예전처럼 금테를 두른 비단옷이 아닌 연한 색의 투박한 무늬가 있는 것이었다. 슈런이 그녀를 향해 이심전심의 미소를 보냈다.

하오샹은 일행을 이끌고 월화공장을 꼼꼼하게 참관했다. 월화공장은 설립 초기부터 각지에서 온 손님들을 끊임없이 접대해왔다. 대형 국영공장의 전범을 수립하기 위해 공장 내 순시를 중요한 업무로 여겼다. 내빈이 도착하기 전에 위생 사각지대를 중점적으로 검사했고, 자리를 정돈했으며, 매일 수시로 사용하는 잡다한 도구들을 정리했다. 내빈이 참관하러 왔을 때, 공장 내 작업장은 단정하고 청결하며 질서정연한, 말 그대로 현대화된 생산 환경이었다. 하오샹은 마치 무대 위를 걷듯이 보무당당하게 작업장에 들어섰다. 월화공장의 주요 임원들이 전 과정에 동행하며 조심조심 하오샹 뒤를 따랐다.

맨 뒤에서 천천히 일행을 따르던 류밍쥔은 난처한 기색이었다. 그녀는 전에는 무대 위를 펄펄 날던 명배우로 늘 사람들에 둘러싸여 있었고 "쥔 여사", "쥔 여사" 하며 따르는 사람이 줄을 이었었다. 최근 몇 년 동안 나이도 들고 출연하는 새 월극작품도 점점 줄어들었지만, 여전히 업계에서는 존경받고 있었다. 그러나 월극단이 창단된 이후, '자격이나 서열을 따지지 말라'는 대대적인 구호 아래 배우에게 '실적으로 평가하기'를 요구하였고, 이로써 아무도 그녀를 대접해주지 않게 되었다. 어리고 젊은 사람들끼리 붙어 다니며 시시덕거리기 일쑤였고, 암암리에 그녀를 따돌리고 있었다.

하오샹은 걸으면서 이런저런 기술적인 문제들을 언급했다. 슈런이 월화공장을 대표하여 하나하나 대답했다. 젊은 배우들은 대열 안에서 쑥덕거리며 쉴 새 없이 질문을 해댔다. 월화공장의 수행 인원들은 극히 조심하며 업계 내외를 막론한 모든 질문에 예의 바르게 대답했다. 우서기는 아주 친밀하게 하오샹의 손을 잡아끌며 짐짓 친한 척을 했다.

"월화공장의 수공기술은 누구나 아는 바지요. 분명 만족하실 겁니다."

슈런은 류밍쥔이 느리게 걷는 것을 보고 일부러 걸음을 늦추어 그녀 옆으로 다가갔다. 류밍쥔이 그를 보고 정신이 번쩍 들어 얼른 미소를 지으며 말을 건넸다.

"오랜만이네요. 앞으로 한기가 만든 옷을 입을 수 있겠네요."

슈런이 막 대답하려는 순간 우 서기가 그를 불렀다. 당장 디자인부 사람을 불러 치수를 재게 하라는 것이었다.

"우선 쥔 여사님부터 재겠습니다. 연배가 있으시니까요."

쟝란씬이 갑자기 류밍쥔 쪽을 바라보며 건방진 표정을 지었다. 평소에 쌓인 감정이 많은 것 같았다. 주변 분위기가 어색해졌다. 월극은 본래 배역 내에서 연공서열을 몹시 중요하게 따져왔기 때문에 류밍쥔이 먼저 치수를 재는 것은 당연한 처사였다. (하지만 눈앞의 상황을 보면 더는 과거의 규칙을 갖다 댈 수도 없어 보였다.) 슈런이 황급히 동료를 불러 쟝란씬의 치수를 재게 하고는 자기는 류밍쥔 앞으로 걸어가 친절하게 말했다.

"쥔 여사님, 제가 치수를 재드려도 될까요?"

류밍쥔은 순간 주체할 수 없이 감동하여 "좋아요, 좋아요."를 연발했다.

슈런은 줄자를 펼쳐서 머리둘레부터 시작해 천천히 치수를 재나갔다. 그런 다음 신상기록카드를 펼쳐 각각의 수치들을 기입했다. 그의 머릿속에 불현듯 '삼십 년 전 동쪽에 있던 강, 삼십 년 후에 서쪽에 있더라三十年河東, 三十年河西'[157]는 광둥 속담이 떠올랐다. 세상사가 참으로 변화무쌍한 것이 마치 무대 위에서 펼쳐지는 연극처럼 빠르게 휘몰아쳐 사람을 홀릴 정도였다. 그는 류밍쥔의 치수를 꼼꼼히 잰 후 다시 동료를 불러 진지하게 물었다.

"쓴 여사 치수는 다 쟀나? 신상기록표에 잘 기록해두게."

"천 공장장은 업무능력이 대단하군요. 손놀림도 아주 노련하고."

하오샹이 옆에서 뒷짐을 진 채 웃으며 말했다.

"우리 천 공장장이 예전에 큰 점포 사장이었습니다. 수공예 기술 얘기만 나오면 두 팔을 걷어붙이고 달려드는 걸 업계가 다 알지요."

우 서기가 설명했다. 하오샹 단장이 큰 소리로 껄껄 웃었다.

"하하, 당신들이 괴로웠겠군요."

월극단은 호탕하게 계약서에 서명했다. 수의水衣[158], 수고水褲[159], 머릿수건包巾, 채색깃발彩旗 등도 함께 목록에 포함되었다. 월화공장은 긴박하고 바쁘게 돌아갔다. 슈런은 매일 정확한 시간에 작업장을 순시했고,

---

157 "30년 전에는 풍수가 강 동쪽에 있더니, 30년 후에는 강 서쪽에 있더라."는 말로, 세상의 변화와 흥망성쇠가 무상함을 비유하는 말이다.

158 전통극 무대의상 중 하나로 표백이나 염색되지 않은 생지로 지은 긴 소매의 짧은 상의로, 땀을 흡수하는 옷이어서 수의(水衣)라고 부른다. 남녀 모두 수의를 먼저 입고 공연복을 입는데, 이는 공연 중 몸에서 배출되는 땀을 수의가 흡수하여 값비싼 공연복이 훼손되지 않도록 하기 위함으로 현대의 티셔츠 역할이라고 볼 수 있다. 하지만 제작공정이 복잡하고 의상보호에도 큰 도움이 되지 않아서 현재는 이러한 수의를 사용하지 않고 있다.

159 수의(水衣)와 동일한 기능을 하는 바지로, 동일한 소재와 봉제방법으로 제작한다. 바지 끝부분은 끈으로 묶는다.

각 부서 조장에게 신속하면서도 우수한 품질과 정교함이 있는 섬세한 작업이어야 한다고 끊임없이 지적하며 "물건이 안 좋으면 안 받겠다." 고 으름장을 놓았다.

슈런이 공장을 순시하고 돌아와 차를 한 잔 마신 후 서류를 살펴보려는데 류밍쥔이 왔다. 의상 제작이 얼마나 진전되었는지 보고 싶어서 온 것이었다.

"저 성격 급한 거 아시잖아요."

그녀는 미안한 듯 멋쩍게 웃으며 손을 비벼댔다. 누군가에게 부탁하는 게 평생 처음인 것 같았다.

"지금 각 부서에서 공정에 맞게 진행하고 있습니다. 모든 의상들이 지금 생산라인에 걸려 있어요."

슈런이 웃으며 설명했다. 하지만 화단花旦과 소생小生을 제외한 다른 사람들의 의상은 모두 극단이 배분한다는 사실을 차마 말해줄 수 없었다.

"저도 알아요. 아니면 공장장께서 날 작업장에 데리고 가주세요." 류밍쥔이 간절한 표정으로 부탁했다.

슈런은 도저히 거절할 수가 없었다. 하지만 대규모 공장은 대규모 공장의 규칙이 있고, 극단은 극단의 규칙이 있으며, 어느 것이나 엄격히 지켜져야 했다. 슈런이 주저하고 있는 와중에 쟝란씬까지 와서 사무실 문 앞에 서 있었다.

"쟝 단장님, 어떻게 직접 오셨어요?"

슈런이 반갑게 불렀다. 쟝란씬이 눈을 살짝 치켜뜨고는 담담하게 불렀다.

"쥔 언니."

류밍쥔은 멋쩍은 듯 웃으며 설명했다.

"마침 이곳을 지나다가 천 공장장님이 한담을 나누시는 것을 들어서요."

쟝란씬이 고개를 살짝 끄덕이며 곧바로 슈런을 향해 말했다.

"진척된 상황을 보려고 왔어요." 그녀가 웃으며 설명했다. "하오샹 단장께서 저에게 가서 살펴보라고 하셔서요. 리허설 때까지 못 맞출까 봐 걱정하고 계시거든요."

슈런은 마지못해 웃으며 고개를 끄덕였다.

"그러셔야죠, 당연합니다."

그는 서둘러 쟝란씬을 작업장으로 데리고 갔다.

류밍쥔은 끼어들 엄두를 내지도 못하고 그렇다고 그냥 가기도 섭섭해서 묵묵히 뒤를 따랐다. 슈런은 그녀들을 봉제부로 데리고 가서 봉제 중인 궁녀복을 보여주었다. 큰 깃에서 맞닿은 앞섶까지 가장자리에 수놓은 원추리와 자그마한 모란꽃 도안 등 거의 다 완성된 의상이 재단판 위에 반듯하게 펼쳐져 우아하고 기품 있는 숨결을 풍기고 있었다.

"저희 소모란도가 얼마나 그림처럼 예쁜지 좀 보세요……."

슈런이 기쁨에 겨워하며 말했다. 쟝란씬이 돌연 고개를 절레절레 저었다.

"색깔이 좀 차이가 나네요."

이 궁녀복으로 원래 주문했던 색은 매홍색梅紅色이었는데, 쟝란씬이 그 색깔은 너무 붉어서 자기 피부색에 맞지 않는다고 했다. 월화공장은 그 자리에서 연한 귤색이나 연분홍 등 환한 색으로 바꿔줄 수 있다는 의사를 표시했다. 디자인실에서 이 문제로 여러 차례 토론했고, 전체 연극의 부분별 주요 색채 배치를 고려하여 지금의 진분홍으로 최종 결정한 것이었다. 이 의상의 디자인이 결정된 후 월극원에 보내 극단 간부들에게 확인까지 받은 것이었는데도 쟝란씬은 완강하게 고개를 저으며 고집을 부렸다.

"이런 빨강은 이제껏 본 적이 없어요."

슈런은 고개를 숙이고 웃으며 재차 설명했다.

"이미 예상도까지 월극원에 보냈습니다. 부탁이니 좀 봐주세요."

쟝란씬이 아무런 반응이 없자 그는 애써 웃는 낯으로 다시 말했다.

"이 진분홍은 정말 예쁜 색입니다. 무대 위에서 조명을 받으면 특히 아름답지요."

쟝란씬은 꿈쩍도 하지 않았다.

"이건 제가 원하던 게 아니에요."

류밍쥔이 옆에서 보다 못해 끼어들었다.

"이 색깔 정말 좋네요. 당신 피부가 한결 돋보여요."

쟝란씬은 눈썹을 살짝 치켜 올렸지만 대꾸하지 않았다.

이 일로 슈런은 월극원에 몇 번이나 달려갔다. 하오샹의 태도는 매우 호쾌했다. 다만 난처해하며 이렇게 말했다.

"나도 동의하오. 하지만 이 옷은 결국 쟝란씬에게 입힐 것이니 그녀가 받아줘야 되겠지요."

슈런은 쟝란씬에게도 여러 번 간청했다. 하지만 그녀의 태도는 아주 완강했다.

"전 이 색이 싫어요."

슈런이 재차 간청했지만 여전히 받아들여지지 않았다. 결국 보고를 올리고 새로 한 벌을 만들 수밖에 없었다.

우 서기는 이 일에 크게 화를 냈다. 그는 말할 때 목소리가 크고 쉽게 흥분하곤 했지만, 그렇게 버럭 쏟아낸 후에는 결국 참을성 있게 문제를 처리했다. 그는 작업장에서 여러 번 시끄럽게 불평을 늘어놓더니 결국 슈런 앞에 마주 앉아 만년필 뚜껑으로 탁자를 딱딱 두드리며 말했다.

"슈런, 자넨 그걸 알아야 해. 시대가 달라졌다고. 과거 자네들의 조그만 가게에서 일하던 방식은 이렇게 큰 공장에서는 통하지 않아."

슈런이 잠시 생각에 잠기더니 쓸쓸하게 웃었다.

"다 똑같은 사업입니다. 설사 다른 점이 있더라도 사람은 같은 사람이지요."

"에이, 그건 자네 생각이 틀렸어."

우 서기가 큰 소리로 반박하며 무의식적으로 만년필 뚜껑을 뽑았다가 다시 닫았다.

"사람도 같은 사람이 아니지. 자네가 신경 쓸 일은 남에게 부탁을 하든 물건을 구하든 무슨 수를 써서라도 최대한 빨리 최선의 해결책을 찾는 거야!"

슈런의 사무실은 거리 쪽으로 창이 나 있었는데, 네모난 커다란 창문으로 내다보면 정면에 아주 튼실한 목면나무 한 그루가 보였다. 삼월 봄바람이 끼쳐오면 목면나무가 잎을 떨구고 타는 듯이 꽃을 피웠고, 곧게 뻗은 가지는 붉은 꽃으로 빼곡히 덮였다. 일에 지치면 그는 창가에 서서 불같이 타오르는 그 꽃을 즐겨 바라보았다. 그러면 마음속 뭔가를 건드린 것처럼 일에서 쌓였던 답답함은 사라지고 가슴 가득 온통 영웅심으로 차오르는 듯했다.

"문제가 있는 것은 지극히 정상적인 일이야. 이렇게 큰 공장에 각양각색의 사람이 다 있지 않나……."

우 서기가 그의 어깨를 두드리며 말했다.

"무슨 일이 생기든 그걸 해결하면 돼. 이 일은 우리한테 좋은 교훈이 될 거야."

슈런은 말없이 고개를 끄덕였다.

공장 안은 매일 기계 소리, 사람 소리에 파묻혀 마치 거대한 범선이 수시로 폭풍이 몰아치는 바다 위를 항해하는 것 같았다. 슈런은 작업장 안을 천천히 걸었다. 고개를 들고 가슴을 펴고 가끔은 깊게 숨을 들이마시며 언제 들이닥칠지 모를 파도를 맞을 준비를 했다.

작업장 안은 사람도 많고 말도 많아서 처리해야 할 갈등이 끊이지 않았다. 어쨌든 모두가 한때는 사장이었던 사람들인 데다 몇몇은 큰 점포의 사장이었다. 그가 명령을 하달할 때면, 말투가 너무 사근사근해서 일부 직공들이 전혀 아랑곳하지 않는다는 표정으로 팔짱을 끼고 그를 쳐다보았다. 마치 "당신이 뭔데 나한테 이래라저래라 해?"라고 말하는 듯했다. 그는 이렇게 방대한 규모의 공장은 십여 명만 굶기지 않도록 챙기면 되었던 예전 가세와는 달리 계속 적응하고 배워야 하는 곳이라는 것을 알았다.

슈런은 '대형 공장'의 지도자는 어떤 모습이어야 하는지 천천히 배워나갔다. 그는 겨우 소학교 공부만 한 터라 기본적인 글자밖에 알지 못했지만, 간단한 계산은 할 수 있었다. 지금은 조직 내부에서 발급되는 각종 문서들부터 서점에서 구입한 문양도안집, 무대의상의 체계적인 연구까지, 보충해야 할 공부가 많아졌다. 그는 늘 한 손에는 공책, 한 손에는 만년필을 들고 다니며 보는 것마다 꼼꼼하게 공책에 기록했다.

그는 많이 배우지 못해서 기본적인 글자밖에 알지 못했고, 어떻게 문장을 만들어야 하는지 몰랐다. 다행인지 우 서기가 그에게 자꾸만 회의를 열라고 다그치고, 원고를 써서 발표하게 하고, 수시로 상부 문서를 공부할 수밖에 없도록 독촉해대니 그도 서서히 깨우치게 되었다. 세월도 한몫해서 그는 한 걸음 한 걸음 정상적인 궤도에 올라섰다. 처음에는 문서를 볼 줄도 모르던 그가 이제 읽을 수 있게 되었을 뿐만 아니라 간단한 지시사항을 쓸 수도 있게 되었다. 반년이 지난 후에는 이미 간단한 문서의 초고를 작성할 수 있게 되었다. 그는 자신의 문화적 소양이 부족한 것을 알고 매일 책을 읽고 신문을 보며 남몰래 혼자서 열심히 공부했다. 그는 조직 내부에서 배포하는 간행물을 한 번씩 읽고, 또 몰래 만년필로 베껴 써보는 등 집에서 수시로 연습했다.

이 요란하고 기세등등한 환경 속에서 백 명이 넘는 이 커다란 공장은 마치 매일 같이 상연되는 『육국대봉상六國大封相』 같았다. 과거에 경영했던 개인 점포는 규모가 가장 컸을 때조차 십여 명에 불과했지만, 지금의 공장은 나이와 성격, 보유한 기술이 천차만별인 각양각색의 사람이 모여 있는 곳이다. 그는 관리하는 것뿐만 아니라 인사에 있어서도 압박감을 느꼈다. 심지어 공장 직원이 병원에 가겠다고 휴가를 신청하거나 작업장에 신문을 주문할지 말지에 관해서까지 분명한 결정을 내려야 했다. 그는 이 모든 것을 깊이 숙고했다. 문제는 많고 복잡했고 어지러웠다.

이날 출근하자마자 일을 시작할 준비를 하고 있을 때 갑자기 시끄럽게 떠드는 소리가 들렸다. 슈런은 사무실에서 나와 작업장으로 뛰어갔다. 역시나 두 여공이 한데 뒤엉켜 있었다. 한 명은 장 씨였고, 다른 한명은 샤오훙이 아니라 마찬가지로 억척스러운 성격의 간ᅥ 씨였다.

간 씨는 장 씨와 꿀에 기름을 바른 듯 친자매처럼 아주 친밀하게 지내오던 사이였지만 최근에 말다툼이 생겼다. 같은 생산라인에서는 작업량에 따라 임금을 계산했는데, 작업하는 양은 비슷해도 난이도에는 상당한 차이가 있었다. 간 씨는 장 씨와 잘 지낸 덕분에 매번 쉬운 일을 받았다. 장 씨는 처음에는 까다롭게 따지지 않았지만, 차츰 불만이 생기기 시작했다. 이날 아침 두 사람은 일을 시작하기 전에 먼저 작업 하나를 놓고 다투기 시작했는데 갈수록 격렬해지더니 결국 치밀어 오른 화를 참지 못하고 서로 주먹다짐을 벌였다.

슈런은 어두운 얼굴로 사람들을 헤치고 나아가 버럭 고함을 질렀다.

"싸우지들 마시오!" 두 여자를 향해 손을 휘저으며 소리쳤다. "싸우려면 둘 다 일 그만두고 나가서 싸워요!"

간 씨가 즉시 손을 멈추고는 시위하듯 그를 바라보며 말했다.

"샤오훙이 맞을 때는 끼어들어 말리더니 내가 얻어맞을 때는 상관없다는 거네요!"

장 씨가 즉시 반발하며 그녀를 밀치고는 소리쳤다.

"맞은 건 나라고!"

슈런은 두 여자 사이에 끼여 난처하게 되었다. 그는 할 수 없이 손을 내저으며 "다들 해산하세요!"라고 말한 뒤 두 여자를 회의실로 따로 불러서 차를 마셨다.

공장 내 규정을 처음 발표할 때는 모두가 착실히 지켰지만, 시간이 지날수록 서서히 느슨해지기 시작했다. 샤오허우 씨는 하루는 흉통이 있다고 하고, 하루는 또 두통이 있다며 온갖 이유를 들어 휴가를 신청했다. 슈런은 그녀가 분명 거짓말하고 있다는 걸 알았지만 차마 들추어내지 못했고, 그녀가 추이펑과 친하다는 것을 알고 추이펑에게 그녀를 설득해보라고 했다. 하지만 추이펑은 고개를 돌리며 말했다.

"제가 간부도 아닌데 무슨 자격으로 간섭하겠어요!"

슈런은 말로 꾸짖는 것 말고 다른 방법이 없었다. 우 서기는 사무실에서 상세한 상벌제도를 제정하라고 했다. 하지만 수차례 토론 끝에 결국은 나중에 천천히 실시하기로 했다. 공장에서 함부로 해고할 수도 없고, 이런 일은 매달 수도 없이 발생하기 때문에 일일이 처리하려면 여간 애를 써야 하는 게 아니라서 무대의상 열 벌을 디자인하는 것보다도 어려웠다.

봉제 작업장의 빙氷 씨 아주머니는 남편이 병이 나서 돌봐줄 사람이

필요하다며 보름이나 휴가를 냈다. 슈런이 노조에 지시하여 막 병문안
을 가보려는데 그녀가 공장으로 돌아와 출근했다. 우 서기가 이 일로
몹시 화를 냈다.

"그 사람 가라고 해. 가서 다시는 오지 말라고 하란 말이야."

슈런은 이러지도 저러지도 못하고 난처했다. 홧김에 내뱉는 그 말에
뭐라고 대꾸해야 할지 몰랐다. 빙 씨 아주머니는 아무렇지도 않다는 듯
돌아서 가버렸고, 이튿날 공장에 나오더니 자진해서 반성문 한 장을 냈
다. 우 서기는 안경을 쓰고 한참을 들여다보더니 전혀 나아지지 않은
표정으로 빙 씨 아주머니에게 공장 총회에서 낭독함으로써 공개 반성
을 하라고 요구했다.

사람들 앞에서 공개 반성하는 것은 참으로 낭패스러운 일이었다. 빙
씨 아주머니가 공개 반성을 마치고 분이 채 가시지 않았을 때 슈런과
마주쳤다. 그녀는 그를 무섭게 노려보고는 돌아서 침을 퉤 뱉었다. 따
지기 곤란했던 슈런은 짐짓 못 본 척했다. 뜻밖에도 신임 부공장장인
샤쳰夏謙이 깔깔 웃으며 빙 씨 아주머니의 어깨를 툭 치고는 말했다.

"천 공장장은 매사에 너무 진지하다니까. 다음부터는 나한테 먼저
말해요. 내가 대신 위에 얘기해줄 테니까."

슈런은 샤쳰이 이런 식으로 도발할 거라고는 예상치 못했다. 답답한
마음에 사무실에 반나절이나 처박혀 있었지만 오래도록 감정을 털어버
리지 못했다.

샤쳰은 원래 영업과 소속으로, 평소에 작업장 안을 돌아다니기 좋아
했고, 걸핏하면 "내가 또 큰 거 한 건 했지."라고 말하며 십 위안짜리
지폐를 꺼내 보였다. 여름 날씨가 몹시 뜨거워서 오후 네 시가 되면 공
장은 십오 분가량의 짧은 휴식이 주어졌는데, 그때마다 누군가 나서서
아이스크림을 먹자고 요란을 떨며 조장을 부추겼다. 샤쳰은 아이스크

림을 파는 이에게 아예 빙고水庫를 작업장 입구로 가져오게 해서 공장 직원들이 먹고 싶은 대로 각자 가져가게 한 뒤 돈을 자기가 한꺼번에 지불했다. 그렇게 몇 번을 반복하면서 사람들로부터 환심을 샀고, 노조 간부로 선출되었다. 지도층으로 진입한 후 그는 술도 잘 마셨고 접대가 있을 때마다 늘 앞장섰다. 그렇게 반년도 채 지나지 않았을 때 잉英 사 부가 퇴직하자 공장 직공들은 그를 다시 부공장장으로 선출했다. 뜻밖 에도 그는 임원이 된 후로는 더 이상 아이스크림을 사지 않았고, 매일 공장 직공들에게 정시에 일을 시작하라고 다그쳤으며, 시간이 되면 명 단을 가져와서 일일이 출결을 기록했다. 이런 공개반성 역시 그가 '일 벌백계'가 필요하다며 제안한 방안이었다.

한편 장 씨는 샤오홍을 볼 때마다 늘 핏발이 선 눈이었기 때문에 샤 오홍은 열심히 몸을 피하는 수밖에 없었다. 슈런은 장 씨를 찾아가 몇 번이나 얘기를 나눴지만, 장 씨는 전혀 받아들이려 하지 않았고 되레 사무실에서 고래고래 소리를 질렀다.

"당신 미쳤어? 애당초 라이룽이 당신 가게 앞에 문을 열었을 때 당 신네 밥줄 끊어놓고, 당신 아버지를 시골로 쫓아 보냈잖아. 그런데도 당신은 그 여동생을 거두겠다는 거야!"

슈런은 어떻게 반박해야 할지 얼른 떠오르지 않았다.

돌아와서 샤오홍에게 약을 발라주면서 슈런은 아무 말도 하지 못했 다. 말을 잘못 했다가 그녀의 마음을 다칠까 봐 두려워서였다. 샤오홍 은 눈자위가 벌게져서는 아픔을 참으며 감히 소리도 지르지 못했다. 그 녀 역시 슈런을 힘들게 할까 봐 걱정해서였다. 약을 다 바르자 그녀는 담담하게 웃으며 도리어 그를 위로했다.

"저는 전혀 두렵지 않아요. 장 언니가 덩치는 커도 젊은 저만 못하 죠. 그분은 저를 못 이겨요."

슈런은 그녀 발 위의 멍을 바라보며 '아!' 하고 탄식했다.

"이 지경으로 때리다니 그 사람도 참 모질다."

두 사람이 이런 얘기를 하고 있을 때 돌연 "쏴아" 하는 소리가 들렸다. 쉬닝이 세숫대야의 물을 땅바닥에 거칠게 내버리는 소리였다.

슈런은 쉬닝을 공장에 입사시켜 자질구레한 일을 하게 하려고 했다. 힘들게 일하지 않고도 고정적인 월급을 받을 수 있을 거라는 생각에서였다. 하지만 쉬닝은 그마저도 하려 하지 않았다. 슈런은 더 이상 그녀에게 강요하지 않았고, 그냥 집에서 아이를 돌보도록 했다. 하지만 공장 안에는 여공이 많은 데다 매일같이 함께 지내니 늘 시비가 생기기 마련이었다. 그는 그녀가 뒷말을 주워들었다는 것을 알았지만 그녀가 이런 식으로 화를 분출할 줄은 몰랐다. 주저하며 시간을 끌었더니 쉬닝은 안색이 점점 흉해졌고 말에도 뼈가 있었다. 생각해보면 그 자신도 잘못이 있다는 생각이 들었다. 최근 몇 년 동안 샤오훙을 동생으로 대해오면서도 그녀 일생에 가장 중대한 일인 결혼을 결정할 엄두는 내지 못하고 있었던 것이다. 결과적으로 그녀는 지나치게 본분을 지키느라 사람을 사귈 기회조차 없었다.

쉬닝이 자신의 먼 사촌오빠 얘기를 꺼냈다. 샤오관韶關현 정부에서 과학위원을 맡고 있는데 학식 있고, 성격도 좋다고 했다. 바꿔 말하면 소박하고 말주변이 없어서 샤오훙과 아주 잘 어울릴 거라는 얘기였다. 그쪽 먼 친척과는 해방 후 다시 연락이 닿았고, 사촌오빠도 회의 참석차 광저우에 온 적이 있었다. 슈런도 만나보니 믿을 만하다는 생각이 들었다. 다만 이런 말은 했다.

"샤오훙도 우리 집 딸이나 마찬가진데 그렇게 멀리 시집가다니!"

쉬닝은 전혀 개의치 않았다.

"그 아이도 이제 다 큰 처녀예요. 당신네 월화공장에서 일하는 그 많은 사람 중에 적당한 사람이 있든가요?"

슈런은 정책을 만드는 사람과 월극의상을 만드는 사람은 전혀 어울리지 않는다는 생각이 들었지만, 쉬닝은 오히려 매우 마음에 들어 했다.

"왜 안 어울린다는 거죠? 아주 좋지 않아요?"

슈런은 할 수 없이 담담하게 웃으며 말했다.

"아버지가 살아계실 때 그러셨어. 수공예인은 수공예인끼리 어울리지, 다른 업계 사람은 우리의 고충을 이해하지 못한다고 말이야."

쉬닝은 흥 하고 콧방귀를 뀌었다.

"말도 안 되는 소리 마요. 무슨 일인들 안 힘들겠어요? 세상살이 자체가 고행이죠. 사람 사는 게 다 힘든 거라고요. 세상에 안 힘든 사람이 어디 있어요!"

곧바로 맞선 약속을 잡고 서로의 사진을 교환한 다음 그 중鍾 선생을 광저우로 초대했다. 샤오훙은 중 선생이 싫지는 않았지만 그렇게 멀리 시집가는 것이 내키지 않았다. 그녀가 괴로운 얼굴로 말했다.

"저는 피를 나눈 가족도 아닌데 그렇게 멀리 시집가고 나면 저를 기억이나 하실까요?"

추이펑 역시 아쉬워했다.

"왜 그렇게 멀리 시집을 가야 하는 거죠. 광저우가 이렇게 큰데 샤오훙이 갈 데가 없어요?"

언니와 동생은 부둥켜안고 엉엉 울었다. 슈런이 설명했다.

"시집을 가려면 잘 가야지. 월극의상 업계와 멀어지는 게 좋아. 그래야 앞으로 다른 사람들한테 괴롭힘 당할 일도 없고."

이렇게 해서 양측은 구체적인 일정을 결정했다. 슈런은 장기휴가를 내고 샤오훙을 결혼시키기 위해 그녀를 데리고 떠났다.

혼례는 신식으로 치러졌다. 남자 쪽에서 신방을 마련했고, 샤오훙과 함께 혼인신고를 한 후 회사식당에서 피로연을 하고 웨딩사탕을 나누어주는 것으로 결혼식을 마쳤다. 슈런이 광저우로 돌아오는 날, 샤오훙은 눈물이 그렁그렁한 눈으로 그를 현에 있는 유일한 정거장까지 배웅했다. 슈런은 샤오훙이 상처받을까 봐 감히 말을 많이 할 수도 없었다. 그는 손수건을 꿰매 만든 천 주머니 하나를 (안에는 그가 모아둔 오십여 위안이 들어 있었다.) 그녀에게 건네주며 한마디만 했다.

"저 사람이 너한테 잘못하면 나한테 편지를 써라. 네가 늘 신경 쓰고 주의해. 그리고 이 돈은 항상 지니고 다녀."

샤오훙은 계속 눈물을 흘려 눈이 복숭아처럼 부어올랐다. 두 사람은 정거장에서 서로 아쉬워하며 작별했다. 슈런은 말없이 차에 올랐다. 해묵은 옛일을 버리는 느낌이었다. 차 안은 참기 힘든 고약한 냄새로 가득했다. 코를 쿵쿵거리며 훌쩍이는데 눈물까지 흘러내릴 것만 같았다.

제10장

작업장 안은 진한 화학약품 냄새로 가득했다. 원단과 풀과 수지접착제 냄새들이 진하게 뒤섞여 은근하면서도 눌어붙은 죽이나 냄비를 태운 것 같은 자극적인 냄새를 만들어내고 있었다. 작업장 안에는 수많은 사람들이 북적대고 자재들이 여기저기 쌓여 있었지만, 표준화한 생산라인을 갖춘 이후로는 모두가 각자의 위치를 갖게 되었다. 힘든 일로 매일매일 바쁘게 돌아갔지만 흐트러짐 없이 질서정연했다. 각 작업장마다 조장, 부조장이 있었고, 사부 한 명당 세 명의 견습생이 배치되었다. 각 부서마다 작업일지가 있어서 그날의 작업임무와 공정, 진척도 등을 상세히 기록했다.

슈런은 오전과 오후에 각각 한 번씩 공장을 순시했는데 이 책무를 매우 엄격히 지켰다. 여러 해 동안 가게를 운영해오면서 그는 '사장'의 감찰임무가 매우 중요하다는 것을 알았다. 그는 재단판 사이사이를 느린 걸음으로 지나다니며 원단 위로 날아다니듯 오르락내리락하는 민첩

한 손들을 경계심 가득한 눈초리로 바라보았다.

"월극의상 제작은 다른 지방극 의상과는 많이 다릅니다. 서로 다른 각종 자재들로 만들어져요. 예컨대 소매향小梅香의 경우, 상의와 '인人' 자형으로 퍼지는 치마, 긴 치마, 전패前牌, 허리띠, 어깨로 구성돼 있습니다. 또한 각 부분은 약간씩 변화를 줄 수도 있습니다. 상의에 통 넓은 소매를 달거나 기다란 수수水袖를 달 수도 있고, 어깨도 러플 달린 어깨나 둥근 어깨 모양도 가능합니다. 전패前牌도 여러 가지 모양이 있습니다. 세 줄짜리도 있고 두 줄짜리도 있지요……."

월화공장이 신규 직원을 대거 받아들였다. 슈런이 기술총책임자로서 그들에게 몸소 선을 보이며 지도했다.

이렇게 생기 넘치는 얼굴들을 보며 그는 위안을 느꼈고, 매 공정마다 앞에 멈춰 서서 그들에게 끈기 있게 공정을 소개했다. 그는 무대의상에 대한 지식을 당당하고 차분하게 얘기하며 행여나 모를지도 모른다는 걱정은 추호도 하지 않았다. 그가 정말로 걱정한 것은 일이 지나치게 단조롭고 반복적이며 자질구레하여 이렇게 혈기왕성한 젊은 친구들이 놀라서 도망가지나 않을까 하는 것이었다. 월극무대는 환하고 높고 넓어서 언제나 금빛 찬란한 모습으로 보인다. 그런데 무대를 벗어난 후에도 월극의상이 여전히 사람들의 눈길을 끌 수 있을까? 슈런은 견습생들을 전시실로 데려가 각종 스타일의 월극의상 디자인을 하나하나 설명했다.

"이것은 포공包公[160]이 입는 옷으로, 정통의 관복 흉배가 있고, 해와 달이 환하게 빛나는 문양도 있습니다. 이것은 부마駙馬가 입는 옷으로,

---

160 중국 북송 시대의 포증(包拯)을 가리킨다. 카이펑(開封) 지부(知府)에 있을 때 법을 엄정하게 집행하기로 이름났으며, 민간에서는 그를 포공 혹은 포청천(包靑天)이라고 존칭했다.

모자에 반드시 계화가 있기 때문에 섬궁절계蟾宮折桂[161](과거급제복)라고 부르기도 합니다……."

그는 이 아름다운 의상은 아무리 찬미해도 충분하지 않다는 듯 미소 지으며 고개를 들어 올려다보았다.

복잡하고 자질구레한 행정업무를 끝내고 그는 길게 한숨을 내쉬었다. 그러고는 자신의 사무실로 돌아와 작업복을 벗고 도안 밑그림을 펼쳐 놓고 혼자서 조용히 디자인에 몰입했다.

현대화된 생산조립라인을 구축하기 위해 도식화된 도안을 활용하는 추세여서 그에 맞게 공장에서는 미술선생을 초빙하여 전 직원을 대상으로 서양미술과 회화의 원리를 가르치는 야간 교육을 실시했다. 슈런은 이로써 소학교 학생처럼 교실에 앉아 체계적으로 미술 지식을 배울 기회가 생겼다. 미술선생은 일하면서 공부를 병행하는 공방의 방식에 코웃음을 치며 시대가 변하고 있는데 '힘들어도 참고 열심히 하는 방식'은 한물갔다고 말했다. 슈런은 이런 논조를 좋아하지 않았지만, 여전히 겸허하게 배우며 소학교 학생처럼 강의를 듣고 필기를 했다. 그는 태어나서 처음으로 뭐가 '구도'이고 '배색'인지 제대로 된 개념이론을 들었다. 밤에 아이들이 깊이 잠들면 그는 작은 스탠드를 켜고 어두운 불빛 아래에서 진지하게 도안지를 펼쳤다.

쟝란씬이 사무실 입구에 나타나서는 웃으며 말을 건넸다.

"천 공장장님, 제가 방해한 건가요?"

마침 견습생들과 함께 수업을 듣고 있던 슈런은 황급히 수업을 정리하고 그녀를 들어오게 한 후 견습생에게 차를 부탁했다.

견습생들이 서둘러 공손하게 차를 올리며 쟝란씬에게 음미해볼 것을

---

161 "두꺼비 궁에서 계수나무 가지를 꺾는다."는 뜻으로, 과거에 급제한 것을 비유하는 말이다. 부마가 입는 옷에 과거급제 시 꽂는 계화나무 가지가 있다고 하여 이렇게 부른다.

권했다. 그들은 그녀가 얼마나 무서운 사람인지 익히 겪어본 바 있었다. 월극단을 따라 회의하러 올 때마다 늘 맨 앞에 서서 고개를 쳐들고 가슴을 쫙 펴고 걷는 그녀는 몹시도 간부 태가 났다. 월극의상의 원단이나 디자인에 대해서도 언제나 자기주장이 있었고, 절대로 굽히지 않았다.

쟝란씬은 방긋 웃으며 자리에 앉아 자기가 들고 온 잡지를 펼쳤다. 잡지의 한 페이지에 목청껏 노래를 부르는 민요가수가 실려 있었다. 최근 몇 년 동안 갈수록 문예콘서트가 많아지고 있는데, 대로관들이 종종 이 콘서트에 초청을 받아 광둥어 소조小調[162]를 불렀다. 그녀가 그 가늘고 고운 손가락으로 가수의 의상을 가리키며 말했다.

"제 생각에 이게 좋을 것 같아요. 이걸로 하죠. 치마는 좀 고쳐서 루췬襦裙처럼 만들고, 도안은 작은 연꽃이 뾰족한 봉오리를 막 내민 것으로 하죠. 수채화처럼요."

슈런은 그녀의 말이 끝날 때까지 끈기 있게 기다렸다가 도안지 위에 펜으로 슥슥 밑그림을 그려 보여주며 물었다.

"이렇게 하면 될까요?"

그는 이전에는 견본대로만 옷을 만들 줄 알았기 때문에 언제나 도보圖譜 대여섯 권을 무겁게 들고 다녔었다. 지금은 도보에 의존하지 않을 뿐만 아니라 직접 도안을 그릴 줄도 알았는데 빠르게, 그것도 아주 잘 그렸다.

"바로 그거예요!" 쟝란씬이 놀라움에 고개를 연신 끄덕이며 소리쳤다. "천 공장장님이 디자인에 재단까지 별걸 다 하시네요. 정말 생각도 못했어요."

슈런이 겸허하게 웃으며 말했다.

---

162 중국 민요의 한 종류로, 민중들의 사상, 생활, 감정 등 다양한 이야기를 소재로 한다.

"예전에 온갖 것을 다 해봤지요."

"그렇다면 천 공장장님께서 수고 좀 해주세요." 쟝란씬이 웃으며 설명했다. "이건 제가 개인적으로 주문하는 거예요. 극단에서 계획한 외부활동 때 입으려고요."

그녀의 미소가 어찌나 다정하고 감미로운지 과거에 있었던 불쾌했던 일들 모두가 일어난 적조차 없는 것 같았다.

슈런은 알았다고 고개를 끄덕이며 그녀를 공손히 대문 밖까지 배웅했다.

치수를 재서 맞춤으로 주문제작하는 일은 가장 어려운 일이어서 슈런이 이런 일을 받을 때마다 동료 직공들의 원망을 샀고, 그 때문에 많은 시간과 공을 들여 작업장 안에서 협의를 봐야 했다. 생산조립라인을 따르지 않고 원래의 진도를 반드시 수정해야 했다. 또한 자체 디자인한 꽃무늬 도안은 반드시 경험이 풍부한 수녀라야만 완성할 수 있었다. 게다가 맞춤 주문제작을 고집하는 고객은 아주 까다롭기 마련이라서 의상이 다 완성된 후에도 두세 번은 고쳐야 했다. 하지만 쟝란씬은 월극단 부단장이었고, 이런 고객은 쉽게 거절할 수 없었다.

류밍쥔의 태도는 사뭇 달랐다. 친절하고 편했다. 매번 슈런을 찾아올 때마다 얼굴에 간절한 미소를 띠었다. 월극단 창단 이후 연속으로 몇 편의 월극작품을 리허설 했다. 모두 대형 단막극이었다. 류밍쥔은 중대 배역을 고를 기회가 없었지만, 태후나 간비 같은 역할은 또 내키지가 않았다.

그녀가 스스로 찾아낸 탈출구는 월곡粤曲[163] 소조를 부르는 것이었다. 단막극 무대 전체에 출연할 기회는 적었지만, 월곡 소조는 크게 유행했기 때문에 문예콘서트에 자주 등장했다. 월곡 소조를 부를 때 지나치게

---

163 광둥 방언으로 공연하는 설창문예의 일종으로, 광둥과 광시 등 광둥어 사용 지역에서 크게 유행하여 홍콩과 마카오, 동남아와 미주의 화교 거주 지역에까지 널리 퍼졌다.

정식의 월극의상을 입는 것은 적절치 않았기 때문에 류밍쥔은 따로 찾아와서 개량식 무대의상을 주문했다.

슈런은 피하고 싶은 마음이 간절했지만, 그래도 십여 년의 친분을 쌓아온 단골손님인 만큼 여전히 예의 바르게 웃으며 겸허한 자세로 물었다.

"류 사부, 또 이렇게 일찍 오셨네요. 무슨 새로운 생각이 나셨나요?"

류밍쥔이 품에서 꼬깃꼬깃 구겨진 종이 한 장을 꺼내 탁자 위에 평평하게 펼쳐 슈런에게 보여주었다.

"천 공장장님, 보세요. 이렇게 하면 어떨까요?"

그녀는 슈런이 성격이 좋다는 걸 알고는 늘 염치불구하고 자신이 디자인한 초안을 그에게 보여주었다. 도안은 그녀가 직접 그린 그림이었는데 선 몇 가닥으로 대충 긴 치마와 소매를 표현하고 있었다. 슈런은 경험을 바탕으로 대략적인 형태를 추측할 수밖에 없었다.

"샨차화山茶花 디자인으로 한 벌 만든 지 얼마 안 된 것 같은데, 벌써 낡았어요?"

슈런이 반농담조로 물었다. 무대의상 한 벌 값이 만만치 않은데 류밍쥔은 자비로 옷을 지어 입으니 그 비용이 실로 무서울 정도였다.

"그건 벌써 두 번이나 입은 데다 녹화까지 한걸요. 앞으로는 못 입죠."

류밍쥔은 손사래를 쳤다. 돈이 전혀 아깝지 않은 듯했다. 그녀는 자신의 '디자인 철학'에 대해 설명하며 슈런에게 상상력을 발휘해보라고 요구했다.

"문양은 한족 의상을 본떠야 해요. 어깨 위에 해조국화蟹爪菊花[164]를 쓰는 게 좋겠어요. 어때요?"

슈런은 고개를 끄덕이면서도 여전히 말려보려고 애썼다.

---

164 꽃송이가 커서 대륜국에 속하며, 바깥쪽으로 길게 뻗은 꽃잎 끝이 말린 것이, 휘두르는 게 발처럼 생겨 해조(蟹爪)국화라고 불린다.

"이런 식으로 옷을 만들어 입으시면 돈이 너무 많이 들어요. 저축을 좀 하셔야죠."

류밍쥔은 전혀 개의치 않고 말했다.

"지금은 정단正旦의 세상이에요. 청의靑衣(정단)를 연기하는 우리는 돈을 들여서라도 새 의상을 해 입지 않으면 설 자리가 없다고요."

슈런은 두말없이 승낙했지만, 그래도 그녀가 돈을 아낄 수 있는 방도를 곰곰이 생각했다. 봉피에 최고급 원단을 사용했으니, 루췬은 보통의 것으로 했다. 연한 노랑색의 개량식 운견雲肩[165]은 여러 가지 다양한 치마와 잘 어울렸다. 류밍쥔은 슈런을 점점 더 신뢰하게 되었다. (예전에는 수공예 솜씨가 탁월하다고만 생각했었는데 이제는 점점 그의 디자인을 좋아하게 되었다.)

"이 디자인대로 하죠. 재무부에 가서 예약금을 내세요. 나머지는 제가 협의할게요."

슈런이 미소를 지으며 말했다. 그러면서 그는 눈살을 약간 찌푸렸다. 앞으로 만나게 될 어려움이 짐작되어서다. 헌 치마를 고치는 것은 새로 제작하는 것에 비해 결코 간단한 일이 아니다. 그가 고치는 것 위주로 주장한 것은 전적으로 원로배우의 주머니 사정을 고려해서였다. 헌 궁녀복 한 벌을 그는 반궁장反宮裝으로 고쳤고, 봉피는 소조를 부를 때 입을 수 있는 민속복이 되었다. 반쯤 남은 대한복大漢服을 보름이나 걸려서 절반은 치푸의 형태를 띤 디자인으로 고치면서 앞자락과 뒷자락을 전부 잘라내고 자수도 몇 군데 새로 보완했다. 류밍쥔은 자신의 '헌 옷'을 높이 쳐들고 너무 기뻐 눈물까지 흘리며 수놓인 부분을 계속 매만졌다. 그녀는 기쁨을 주체할 수 없어 당장 통장을 꺼내며 말했다.

---

165 여인의 복장 중 어깨에 걸치는 장식물로 문양과 디자인이 매우 다양하다.

"돈을 더 낼게요. 몇 벌 더 만들어주세요."

슈런이 필사적으로 말렸다. 이미 나이를 적잖이 먹은 그녀가 제 몸 돌볼 돈은 남겨둬야 하는 입장임을 생각해서였다. 하지만 류밍줜은 전혀 아랑곳하지 않고 말했다.

"관 짤 돈만 남기면 충분해요."

슈런은 웃을 수도 울 수도 없었다. 그는 하는 수 없이 견습생을 불러 그녀가 옷을 입어보는 것을 도와주도록 했다. 젊은이 몇 명이 앞뒤에서 그녀를 도와 한 겹 한 겹 친절하게 옷을 입혀주며 아첨을 떨었다.

"너무 아름다우세요. 광둥성에서 누구도 따라올 수 없을 겁니다. 최고세요!"

그 말을 들은 류밍줜은 미칠 듯이 기뻐하며 그 자리에서 몸을 틀어 두 손으로 구름이 휘감기듯 운수雲手를 두며 가극을 노래할 자세를 취했다.

슈런은 별수 없이 그 모습을 '감상'했다. 그러면서 견습생들에게는 그녀를 자꾸만 추어올려 그녀의 '광기'를 조장해선 안 된다고 주의를 주었다. 무대 위의 인물은 화려한 옷을 입고 나는 듯이 춤을 추며 빛을 발한다. 하지만 무대 아래서는 모두에게 각자의 살아가는 법과 애환, 만남과 헤어짐, 즐거움과 고단함이 있다. 무대 위와 아래는 떼려야 뗄 수 없는 밀접한 관계지만, 그렇다고 혼동해서도 안 된다.

슈런은 하루 종일 공장에서 바쁘게 일하고 집에 돌아와도 편히 쉴 수가 없었다.

쉬닝은 집안일이 여전히 서툴렀다. 매일 빨래를 하고 밥을 짓는 것도 마지못해 억지로 '임무를 완수'하는 식이었고, 집안일을 끝내면 곧바로 마작을 하러 갔다. 그는 맛 따위는 신경도 쓰지 않고 밥을 몇 술 뜨는 둥 마는 둥 먹고는 바로 대청 구석에 놓인 재단판으로 가서 자신이 하던 수예 작업을 계속했다.

월화공장은 서서히 안정을 찾아갔고, 모두가 이런 생활에 적응하기 시작했다. 매일 아침 여덟 시 반에 출근해서 열두 시 반에 퇴근하고, 다시 오후 한 시 반에 출근해서 다섯 시에 퇴근했다. 급여는 정해진 액수대로 지급되었다. 향후 실적에 따라 급여를 책정하겠다고 했으나 그렇게 말한 지 오래됐는데도 아직 실행하지 않고 있었다. 공장에서 작업복을 지급하기 시작했다. 일 년에 두 벌이었다. 회색이긴 해도 아주 튼튼하고 해지지 않아 아침부터 저녁까지 작업현장에 틀어박혀 지내는 수많은 공장직원들이 이때부터 더 이상 새 옷을 사지 않았다. 슈런은 매일 끝도 없는 행정업무로 바빴다. 밤낮없이 바쁘게 지도자들을 접대해야 했고, 회의도 해야 했다. 그러면서도 그는 수공예 기술을 포기하지 못해서 매일 행정업무를 끝내고 나면 구슬과 비즈를 마주해야만 비로소 내면의 평정과 만족감을 얻곤 했다.

시끌벅적한 대작업장에는 각기 다른 사람들, 수년 동안 수틀에 매달려 고개를 파묻고 지내는 수녀들이 있었다. 그 모든 화면 안에서 천 갈래 만 갈래 얽혀 있는 모든 것을 하나로 연결하는 선이 바로 월극의상이었다. 월화공장이 바쁘고 정신없으면서도 질서정연하게 돌아가는 가운데 한 벌 한 벌의 월극의상은 각각의 작업장을 순환하며 숙련된 솜씨를 가진 사부들의 손을 거치면서 무에서 유로, 유에서 정교함으로 탈바꿈했다. 과거에 비해서도 훨씬 정교하고 섬세해서 진열대에 걸리면 반짝반짝 빛을 발했다.

이날 리바오성이 붉은 달걀[166] 한 자루를 들고 슈런의 사무실로 찾아

---

166 결혼을 축하하고 행운을 기원하는 의미의 전통 음식이다. 중국에서 붉은색(紅)은 불(火)과 함께 '흥하다'의 좋은 의미로 널리 사용된다.

왔다.

리바오성은 위잉잉와 이혼한 후 한 젊은 여학생과 결혼해 세 번째 아이를 낳았다. 이번에도 남자아이였다. 리바오성은 매우 기뻐하며 이 날 월화공장에 와서 옷을 주문했고, 온 김에 친하게 지내던 사부들에게 붉은 달걀을 선물했다.

모두가 붉은 달걀을 나누어 먹고 즐겁게 한담을 나누며 잠시 일손을 놓고 휴식을 취했다. 잠시도 입을 쉬지 못하는 부녀자들은 리바오성이 나이가 그렇게 많은데도 여전히 아이를 낳을 수 있다니 정말이지 '아직 녹슬지 않았다'며 시시덕거렸다. 리바오성은 회의실 안에 벽 하나를 사이에 두고 앉아 있었는데 귀가 어찌나 밝은지 남김없이 모두 알아들을 수 있었다. 하지만 이전의 불같았던 성미를 누그러뜨리고 그저 허허 웃으며 짐짓 못 들은 체했다.

그는 위잉잉과 결혼한 사실을 공개한 후 겨우 삼 년을 함께 살았다. 위잉잉은 자신이 좋아하는 월극 일을 계속하기 위해 결국 이혼했고, 가정으로 얽혀 있던 끈을 완전히 놓아버렸다. 그는 이제껏 그녀에 대해 험담은 한 번도 하지 않았다. 그저 그녀가 얼마나 기분파인지, 또 월극에 대해서는 불 속으로 뛰어드는 불나방처럼 열정적이라는 얘기만 했다.

리바오성이 슈런과 나누는 '수다'는 대개 달라진 세월과 추억에 대한 벅찬 감상이었다. 처음에 찻집에서 월극을 노래하던 것으로 시작해서 나중에 극장의 큰 무대에까지 오른 얘기, 어려웠던 시절부터 빛나던 시절까지, 그리고 다시금 가라앉고 있는 지금에 이르기까지, 뽕나무 숲이 바다로 변하듯 세상사가 변화무쌍했다. 불과 수십 년밖에 안 되는 짧은 시간에 풍경이 벌써 여러 번 바뀌었다.

"세상은 늘 변하는 거라지만, 너무 빨라. 가끔은 문득 정신을 차려보면 꿈을 꾼 것만 같다니까."

그는 천천히 감상에 젖어 들었다.

슈런은 그의 얘기를 들으면서 찻잎을 찾아 손잡이가 없는 자그마한 법랑 잔에 넣고 보온병의 물을 따라 차를 우려서 그에게 건네주며 새로 나온 디자인들을 보여주었다. 월화공장이 정상궤도에 오른 후로 제작 주기가 짧아지고, 원단이 다양하고 풍부해졌으며, 비즈와 구슬 등 부자 재도 많아져서 공예 면에서도 적잖은 발전이 있었고, 새로운 디자인도 많이 개발되었다.

"월화공장이 생기면서 수공예가 오히려 더욱 섬세해졌군."

리바오성은 이제 감히 옥가락지를 낄 형편이 안 되었지만, 손가락으로 탁자를 두드리며 말하는 습관은 여전했다.

"만듦새가 훌륭하군! 중이 혼자서는 물을 길어 마셔도, 여럿이면 시로 미루다 말라 죽는다더니만[167] 그렇지도 않은가 보오."

슈런은 자신이 이 수공예에 쏟은 땀과 노력에 생각이 미치자 순간 울컥했다. 하지만 그는 떠벌리기를 그다지 좋아하지 않아서 아무리 힘들고 고단해도 표현을 하지 않고 그저 담담히 웃기만 했다.

"시대가 발전하고 있으니 월극의상도 자연히 점점 더 좋아지는 것이지요. 할수록 나빠지는 건 없으니까요."

리바오성도 웃으며 말했다.

"유일하게 아쉬운 점은 이제 수선이 어렵다는 거야."

그는 두 손에 받쳐 든 대고 한 벌을 내밀며 슈런에게 수선해달라고 부탁했다.

"이건 예전에 『조자룡최귀』를 공연할 때 만들었던 걸세. 그때 공연은 신문에 사진이 실려서 말이야."

---

167 어떤 일을 할 때 각자의 책임이 제도적으로 담보되고 실천되지 않으면 사람이 많을수록 오히려 일의 성사가 어려워진다는 의미의 우화다.

예전의 월극의상 가게는 헌 옷을 새 옷으로 만드는 곳이었고, 경험이 많은 사부들은 모두 '낡고 썩은 것을 신비하게 재탄생시키는' 재주를 가지고 있었다. 하지만 대형 공장 시대에 들어선 후로는 아무도 원하지 않는 일이었다. 수공예인에게 '새롭게 변신'시키는 일은 엄청난 공이 들어가는 반면 이문은 거의 남지 않는 일이었다. 하지만 월극 배우들 입장에서는 당연히 헌 옷을 새 옷으로 고치는 것이 훨씬 수지가 맞았다. 월극의상을 오래 방치해두면 어딘가 마모되고 훼손되는 것이 불가피하고, 무대 위에서도 자칫하면 부주의로 망가뜨리기 십상이었다. 이렇든 저렇든 결국은 수선하는 과정이 필요했다.

슈런은 행정정례회의 때 이런 문제를 제기하며 공장 안에 수선부서를 두자고 여러 차례 건의했었다. 하지만 그때마다 반대에 부딪혔다. 사부들은 모두 생산라인의 한 부분으로서의 책임을 다할 뿐, 누구도 공동의 업무를 위해 나서서 짐을 지려 하지 않았다. 우 서기는 더더욱 지지할 수가 없었다. 그는 반대의사를 명확히 밝혔다.

"수선업무는 수익성이 높지 않아요. 국영기관으로서 우리는 매출과 수익을 생각해야만 합니다."

슈런이 여러 차례 노력해보았지만, 모두를 설득시키지 못하고 결국은 포기할 수밖에 없었다.

슈런은 리바오성이 두고 간 대고를 바라보았다. 가장자리에 잔뜩 일어난 보푸라기를 보며 그는 가슴이 뻐근하게 아파왔다. 처음에 월극 공연단의 소유였다가 개인 소유의 의상이 되기까지 먼 길을 걸어왔지만, 되짚어 돌아갈 수 없는 길이다. 하지만 무대의상에 대한 배우의 감정은, 그 무대의상을 만든 장인들이 한 땀 한 땀을 대했던 감정과 같다. 우 서기는 수공예 일을 하던 사람이 아니라서 그런 정서를 이해하지 못했지만, 슈런은 뼛속 깊이 공감했다. 그는 리바오성이 아버지 영전에 정중하게 절을 올리는 모습을 자주 떠올리곤 했다.

오히려 추이펑이 이 일의 활로를 찾아냈다. 그녀는 줄곧 자수부에서 일했지만, 그녀가 만들어낸 문양을 조장으로부터 인정받지 못해서 기술수석이 되지 못했다. 승복할 수 없었던 그녀는 밤에 혼자서 수를 놓아 집안 아이들에게 예쁜 옷을 만들어주곤 했다. 낮에 하는 일만으로도 이미 고단한데 밤에도 작업을 계속하는 바람에 부담이 컸던 눈이 밤새 벌겋게 충혈되었다. 그녀는 공장에서 일한 지 여러 해가 돼가지만 여전히 독자적으로 혼자 일하고 싶어 했다. 그녀가 흔쾌히 수선 일을 맡겠다며 천진하게 말했다.

"공장에 수선부가 없으니 우리 집에서 옷을 수선하는 건 규칙위반이 아닌 거죠."

그 말에 슈런은 계속 고개를 가로저었다.

공장 내 작업이 안정되면서부터 퇴근 후에 집에서 부업을 하는 사람들이 많아졌다. 어떤 사람은 돈을 모아 재봉틀을 사서 가족들에게 만들어주는 옷 말고도 간단한 옷이나 이불과 베개 등 침구를 의뢰받아 만들었고, 소소한 일용품으로 자수제품을 만들기도 했다. 재능을 발휘하고 싶어서 손이 근질근질했던 추이펑이 충동적으로 내뱉었다.

"오빠가 동의하지 않아도 난 할 거예요. 매일매일 꽃과 풀 따위나 수놓는 건 재미가 하나도 없다고요."

그녀가 일을 시작하자마자 뜻밖의 골치 아픈 일이 생겼다. 추이펑이 솜씨 좋은 것은 모두가 아는 사실이었다. 그녀가 집에서 수선 일을 한다는 소식이 퍼져나가자마자 곧바로 배우들이 집으로 찾아왔고, 하나둘 드나들면서 소문은 빠르게 월화공장으로 들어갔다.

"말이야 그럴듯하지. 그치만 결국은 변칙적으로 집에서 주문을 받는 것 아니냔 말이야."

"정부 관리라면 불을 질러도 괜찮고, 우리 같은 평민은 등불도 켜면 안 된다는 말 아닌가. 천 공장장이 그렇게 공명정대한 얼굴을 하고서 뒤로는 호박씨 까는 인사로구만!"

슈런은 이런 허튼 소리들이 떠돈다는 걸 알고 너무 놀라 당장 추이평을 찾아가 얘기했다. 하지만 일감은 이미 받았고, 당장 그만둘 수도 없는 상황이었다. 추이평은 마음이 심란해서 슈런과 그 일을 따지고 싶은 생각이 전혀 없었다.

"공장이 크니까 말 많은 사람도 참 많네요. 자기가 못하면 남도 하면 안 된다는 건가요?"

힘들고 가난한 시절 한마음 한뜻으로 서로를 지켜주고 보듬어주던 두 남매가 사는 게 좀 나아진 지금 오히려 다툼이 생겼다. 슈런은 공장장으로서 솔선수범하고 규칙을 엄격히 지켜야 했다. 하지만 추이평은 늘 상례를 깨는 걸 좋아했다.

"오빠처럼 간부입네 하는 사람들은 겉으로만 일하는 척할 뿐, 진짜 일은 안 하죠. 합작경영을 시작한 지 몇 년 안 되고부터 사적으로 주문을 받아서 집에서 부업하는 사람들이 얼마나 많은데요. 생산라인에서는 획일적인 상품밖에 생산하지 못해요. 창의성이라곤 없죠. 수공예인의 구상은 아예 발휘할 수가 없다고요."

"추이평, 내가 이 자리에 있는 한 사람들은 내가 실수를 저지르기만을 기다리며 눈을 부릅뜨고 지켜볼 거야……."

그녀에게 이런 요구를 하는 것이 불공평하다는 것을 슈런도 알고 있었다. 하지만 그럼에도 그렇게 할 수밖에 없었다.

"내가 돈 안 받고 그냥 공짜로 수선해주면, 그건 괜찮죠!"

추이평은 욱한 마음에 이렇게 내뱉고는 사무실 문을 쾅 닫고 나가버렸다. 슈런은 동생이 어떤 마음인지 너무도 잘 알고 있었다. 그녀는 돈을 벌겠다고 혈안이 된 사람이 아니다. 그녀가 힘든 것을 마다치 않고 주문을 받는 것은 오로지 자신의 아이디어를 구현해내고 싶은 마음에 서다. 하지만 슈런은 다른 직원은 규칙을 위반할 수 있어도, 내 집안사람은 그럴 수 없다는 사실을 잘 알고 있었다.

두 남매는 며칠을 서먹하게 지냈다. 추이펑은 아직 화가 가라앉지 않았다. 두 사람은 작업장에서 자주 마주쳤지만 서로 할 말이 없었다. 퇴근하면 추이펑은 곧바로 서둘러 나가버렸고, 슈런은 그녀를 불러 세우고 싶으면서도 반나절을 망설이다 끝내 입을 열지 못했다. 그는 어쨌거나 한 공장의 수장이었다. 과거처럼 온화하고 따뜻한 말로 조언하고 설득할 수만은 없었다. 남매 두 사람은 서로 기 싸움을 하느라 한두 달 동안 서로 말을 하지 않았다.

단오가 되었을 때 슈런은 더 이상 참을 수가 없었다. 이날 추이펑이 퇴근해서 작업장을 막 나서려는 것을 보고 얼른 그녀를 불러 세운 그가 비닐 봉지 하나를 그녀에게 건네주며 말했다.

"네 새언니가 너한테 주라더구나. 단오절 쫑쯔粽子[168]야."

추이펑은 그의 엄숙한 표정을 바라보고는 결국 웃음을 터뜨렸다. 소리까지 터져 나오자 얼른 입을 틀어막으며 말했다.

"언니한테 고맙다고 전해주세요."

슈런도 참았던 웃음을 터뜨렸다.

"날마다 얼굴 보는데 나한테 인사도 안 하니!"

추이펑의 딸 황완은 낮에 학교에 갔다가 밤에 돌아오면 수놓는 일을

---

168 찹쌀을 대나무에 싸서 찐 음식으로, 중국의 애국시인 굴원의 고사에서 유래했다. 조국 초나라가 진나라의 침입으로 멸망하자 굴원은 비통함을 참지 못해 먹라수에 몸을 던졌고, 굴원을 사랑한 초나라 백성들이 배를 띄워 그의 시체를 찾으며 그의 시신이 물고기 밥이 될까 두려워 대신 물고기 밥이 될 쫑쯔를 만들어 강물에 던졌다고 한다.

도왔다. 추이펑은 아주 낙관적인 생각을 갖고 있었다.

"앞으로 우리 집안은 완이가 잇고, 오빠네 집안도 진한이 이을 수 있을 거예요. 가족이 역량을 갖추고 있으면 언제든 한기를 다시 일으킬 수 있어요."

하지만 슈런은 감히 그런 생각은 하지 못했다. 작은 공방의 시대는 이미 지나간 지 오래다. 지금의 국가 정책은 '집단합작'이고, 여러 해 동안 합작을 해오면서 모두가 조립생산라인의 생산방식에 익숙해졌다. 공장에 안정된 일자리를 가지고 있고, 매달 고정적인 '임금'까지 나오는데 뭣 하러 혼자 '독자적인 작업'을 하겠는가?

하지만 개인적으로 부업 삼아 하는 일이 공적으로 하는 일보다는 수입이 더 좋고, 돈도 더 빨리 들어왔다. 오래지 않아 그는 많은 직공들이 사적으로 주문을 받고 있다는 사실을 여러 가지 경로를 통해 알게 되었다. 그의 눈에도 보였다. (밤에 늦게까지 일하고 낮에 하품을 하고 조는 사람, 심지어는 사적인 일을 공장에 가져와서는 들키지 않고 하느라고 한데 섞어 놓고 일하는 경우도 있었다.) 우 서기가 제보를 받아 적발한 것만도 수차례였다. 그는 앞으로 사적인 주문을 받다 걸리면 바로 해고하겠다고 으름장을 놓았다. 그런데 뜻밖의 상황이 벌어졌다. 다음으로 적발된 직공이 도리어 당당하게 또박또박 말한 것이다.

"천 공장장 집안도 사적으로 주문을 받아요."

"천슈런 자네가 지금 반란이라도 하겠다는 건가! 기율이 뭔지 알기나 해! 우리 공장 전 직원 백여 명을 몽땅 이끌고 똥통에라도 처박힐 생각인 거냐고?"

우 서기는 통보를 받고 화가 치밀어 슈런 앞에서 눈을 치켜뜨고 침을 튀겨가며 고래고래 소리를 질렀다.

슈런은 부인도 변명도 하지 않았다. 그는 공장장이라는 이 자리에 있으면 늘 논란의 소용돌이 한가운데 서게 된다는 것을 절감했다. '뭐 잘됐어. 추이펑에게 주는 교훈인 셈 치자.' 그는 속으로 이렇게 말하며 겸손하게 고개를 숙이고 우 서기의 비판을 받아들였다.

소식을 전해 들은 추이펑은 의외로 몹시 화를 냈다.

"오빠랑 아무 상관없잖아요. 다 내 잘못인걸!"

딱 잘라 단호하게 말하는 그녀의 눈에 눈물이 비쳤다. 슈런은 아무 말 없이 침착하게 그녀를 바라보았다. 책망하는 말은 더더욱 하지 않았다. 추이펑이 마침내 냉정을 되찾았고, 긴 한숨을 쉬며 말했다.

"오빠가 전에 했던 말이 맞았어요."

이 일은 결국 슈런이 직원총회에서 공개적으로 사과하고 자신의 잘못을 인정하는 것으로 마무리되었다.

추이펑이 쓴 보증서는 작업장 안에 눈에 잘 띄는 곳에 삼 개월 동안 붙어 있었다. 그 시간 동안 동료 직공들은 그를 볼 때마다 악의적인 미소를 보냈고, 심지어는 쑥덕거리고 시시덕거리며 그의 지시에 따라 일을 진행하지도 않았다. 그는 화를 삭였고, 분노를 표출하지도 않았다. 중요한 순간에는 반드시 침착해야 한다고 스스로를 일깨웠다.

일 년이 지나서야 이 일은 서서히 잊혀졌다. 이번 풍파를 겪으면서 공장 내에 사적으로 주문을 받아 일하는 사람도 줄어들었다. 추이펑은 이번 일로 마음고생이 심했다. 매번 마주칠 때마다 자기도 모르게 고개를 숙이고 참담한 표정을 지었다. 오히려 슈런은 마음이 금세 홀가분해졌다. 그는 공장장이 된 이후로 늘 전전긍긍하며 본분을 엄격히 지켰고, 작은 시행착오도 만들고 싶지 않았다. 하지만 이미 잘못을 저질렀을 때 잘못을 인정하고 현실을 받아들이면 결국 세월은 지나가게 마련이었다. 더불어 그는 앞으로 반드시 공장의 규정과 제도를 엄수하여 모든 일을 처리할 것이며, 아무리 중대한 이유가 있더라도 절대로 원칙을 깨지 않으리라고 남몰래 결심했다.

"우리가 비록 수공예인이지만, 마찬가지로 똑바로 행동하고 바른길을 걸어야 해. 충동에 사로잡혀서도 안 되고, 요행을 바라는 것은 더욱 안 돼."

그는 이번 일의 교훈을 이렇게 정리하고 추이펑에게 단호하게 말했다.

날이 갈수록 아이들은 식물처럼 쑥쑥 자랐다. 큰아들 진한은 중학생이 되었다. 이 소년은 이목구비가 뚜렷하고 코가 오뚝한 것이 아주 단정하고 수려한 외모를 가졌다. 게다가 학업성적도 좋고 손재주까지 뛰어났다. 이 아이는 또 달리기를 좋아해서 아침 일찍 후이리回力 운동화169를 신고 강을 따라 난 길을 왔다 갔다 뛰면서 얼굴을 스치는 시원한 강바람을 느끼곤 했다. 강을 건너는 연락선이 길게 기적을 울리며 쉭쉭 불어대는 강바람과 호흡을 맞춰 노래했다. 슈런은 아들에게 아주 상냥하게 대했다. (예전에 아버지가 지나치게 엄격하게 대한 것이 자신을 내성적인 성격으로 만들었다는 생각에 진한만큼은 활발하고 개성 있는 아이가 되기를 바랐다.)

집안 형편은 부유하지는 않았지만 그렇다고 옹색한 편도 아니었다. 설이나 명절을 쇨 때 샤오라를 맛볼 정도의 여유는 있었다. 하지만 슈런이 아무리 꼼꼼히 따져보아도 아주 부유해지는 것은 불가능했다. 옛날에 아버지가 "아침부터 저녁까지 일해도 부자가 못 된다."고 불평했던 그대로였다. 집안에 아이가 셋이나 되었고, 돈 들어갈 곳은 너무 많았다. 그나마 그의 월급이 지도부급이었고, 낮에는 사내 식당에서 식사

---

169 중국의 운동화 브랜드이다. 실용적이고 편하면서 가격이 저렴해서 중국 내에서 큰 사랑을 받았지만, 중국경제가 급속도로 발전하고 생활 수준이 크게 향상되면서 서서히 시장에서 퇴출되었다.

를 했으며, 일 년에 작업복 두 벌이 지급되는 등 자질구레하게 아낄 수 있는 돈이 적지 않은 것이 다행이었다. 그는 아이들이 심리적으로 부담을 느끼는 것을 원치 않았기 때문에 집에서는 한 번도 경제 사정을 언급하지 않았다. 어렸을 때 아이들 모두 그림 그리는 것을 배웠는데, 종이나 붓을 사겠다고 할 때 한 번도 말린 적이 없었다. 여름에 더위가 한창 기승을 부릴 때 그는 아이들을 데리고 나가 아이스크림을 사주었고, 푼돈 쓰는 것에 불과하지만 아이들을 즐겁게 해줄 수 있다면 가치가 있다고 생각했다.

그는 진한에게 아주 커다란 희망을 걸었다. 그는 이 큰아들이 세상을 살아가는 데 있어서 반드시 자기만의 기술을 가져야 하며, 사회에서 근심 없이 편안하게 살아길 수 있는 능력을 갖춰야 한다는 것, 그래야 우선 자신을 돌볼 수 있고, 가족을 위해 봉사할 수 있고, 나아가 사회에 기여할 수 있다는 사실을 알기를 바랐다.

"네 할아버지가 살아계실 때는……."

이렇게 말하며 슈런은 예전에 한데 묶어두었던 장부들과 해묵은 도안집 등 헌 물건들을 뒤적거렸다. 산지목 옷상자 겉면은 여기저기 긁히고 까졌지만 안에 든 물건들은 똑같은 모양끼리 종류별로 분류되어 아주 가지런하게 정리되어 있었다.

진한은 구속이 없는 환경에서 자라 아버지처럼 침착하거나 내성적이지 않고, 외향적인 성격이었다. 머리 회전이 빠르고 말도 빨랐다. 그는 늘 온화한 미소를 띠고 있었다. 세상이 너무나 아름다워 아무런 근심걱정이 없고 어떤 불행도 만나본 적 없다는 듯한 얼굴이었다.

진한은 자전거 타기를 좋아해서 쉬는 날이면 자전거를 타고 온 성을 누비고 돌아다녔다. 한동안은 여기저기서 다리를 놓고, 도로를 닦고, 고층 건물을 건설하는 등 광저우 성이 하나의 거대한 공사장을 방불케 했었다. 하지만 광저우라는 도시는 이제껏 '꽃의 도시(花城, 광저우의 별칭)'라는 찬사를 저버린 적이 없었다. 먼지가 자욱하게 흩날리는 환경 속에서도 온갖 종류의 만개한 꽃들이 비단처럼 화려하게 펼쳐진 광경을 볼 수 있었다. 특히 입하로 들어서는 늦봄 무렵에는 나무들이 새싹을 틔우고 들꽃들이 시멘트 도로 틈새를 비집고 나와 기쁘게 활짝 피었다. 진한은 이런 아름다움을, 자연이 직접 만들어내는 예술을 느끼는 것이 좋았다. 새로 조성된 둥산호東山湖 공원에는 푸른 호수가 있었다. 끝없이 펼쳐진 일렁이는 푸른 물결 위로는 물안개가 감돌았다. 호숫가에는 서로 엇갈리며 빽빽이 들어선 나무들이 제 모습을 자랑하고, 꽃의 바다 위로 향기가 파도처럼 넘실대 발길을 멈출 때마다 떠나고 싶지 않을 정도로 흠뻑 취했다.

진한은 중학교를 졸업한 이후 별다른 고민 없이 월화공장에 들어갔다. 그는 자신의 사명(월극의상 속에서 태어났고, 월극의상 속에서 자랐기 때문에 월극의상은 삶의 자연스러운 일부라는 사명)을 받아들였다. 그는 월극의상 한 벌 한 벌의 디자인 모두를 아주 잘 알고 있었다. 눈을 감고 앞자락, 뒷자락, 어깨띠, 허리띠…… 등 월극의상 한 벌을 구성하는 각각의 부속들을 다 말할 수 있었다. 슈런은 아들의 선택을 크게 기뻐했다. 여러 해 동안 깊이 연구해온 수공예 기술을 계승할 사람이 생겼다는 생각에 마음이 더욱 흐뭇했다.

진한은 이렇게 안배된 것이 좋았다. 어릴 때부터 청년이 될 때까지 그는 늘 아버지를 따라 공장에 왔다. 월극의상을 마치 옷 입고 밥 먹는 것과 같이 익숙하게 느꼈다. 그는 심지어 일찌감치 머릿속에 그려 놓은 그림들이 있었다. 한 벌 한 벌 갖가지 다채로운 그림들이었고, 공장에 들어가 실현되기만을 기다리고 있었다.

이 젊은이의 마음은 격정으로 가득 차 있었다. 얼굴에는 미소가 떠나지 않았고, 늘 사람들에게 친절하고 따뜻하게 대했으며, 수공예 일에 대해서도 기대에 부풀었다. 정식으로 공장에 들어간 후 그는 더욱 큰 기쁨을 느꼈다. 이제부터 매일 각양각색의 월극의상을 직접 만져보고, 그 정교하고 섬세한 솜씨와 화려한 디자인, 이루 헤아릴 수 없는 아름다움을 느낄 수 있다는 것이 몹시 기뻤다.

그의 유일한 불만은 하루에 네 번 울리는 벨 소리였다. 출근 시간에 듣는 것도 싫었지만, 퇴근 시간에 들으면 혐오스러운 손이 귓속을 마구 후비는 것처럼 귀가 따갑게 느껴졌다. 누이동생 진후이가 그에게 공장에서 일하는 소감을 물었을 때, 그가 대답했다.

"그 벨소리는 마치 영혼을 부르는 벨 소리 같아. 처음 들으면 주저앉게 되는데, 두 번째 들으면 벌떡 일어나게 되고, 세 번째 들으면 다시 주저앉게 된다니까."

진후이가 믿지 못하겠다는 듯 다시 물었다.

"벨 소리 따위가 무슨 그런 힘이 있어. 오빠가 무당 얘기를 너무 많이 들었네."

"믿든 말든 네 맘이지. 백 명도 넘는 공장 사람들이 죄다 그 벨 소리 하나에 움직인다고 생각해 봐."

그 말에 진후이가 겁을 집어먹었다.

"그럼 난 출근 안 할래."

슈런이 얼른 큰 소리로 꾸짖었다.

"진후이를 겁주지 마라!"

그는 진후이도 앞으로 공장에 들어올 수 있기를 바랐다. 그가 진후이에 대해 바라는 것은 안정적이고 단순한 작업환경이었다. 진후이는 어릴 때부터 손재주가 좋아서 수공예 일을 곧잘 했고, 성격도 차분해서 장시간 집중해서 일을 할 수 있었기 때문에 수공예로 벌어 먹고살 수 있는 아이였다.

국경절에 공장은 제2경공업국二輕局[170]에서 하달한 통지를 받았다. '건국절을 맹렬히 경축하는 분위기'를 조성하라는 통지였다. 슈런은 우 서기와 자세한 논의를 통해 친목회 형식으로 대대적인 경축행사를 열 기로 결정했다. 이 경축행사에서 매우 중요한 한 가지 일은 견습생 수 료식을 기획하는 것이었다. 과거에 공방의 견습생들은 여러 해의 수습 기간을 거쳐야만 수료할 수 있었고, 수료하느냐 마느냐의 여부도 사부 가 결정했다. 하지만 지금의 공장 규정으로는 만 삼 년이 지나면 수료 할 수 있었다. 수료를 해도 마찬가지로 직공이지만, 견습생의 적극성은 한층 높아졌다. 모두들 아우성치며 말했다.

"스승님이라면 첫 번째는 당연히 천 공장장님이죠."

슈런이 키워낸 첫 번째 견습생 그룹은 모두 수료할 수 있었다. 9월 30일 오후, 공장에서 성대한 친목회가 열렸다. 견습생들은 줄지어 그의 앞으로 걸어가서 한 명씩 차례로 그에게 술을 올렸다. 슈런은 황급히 손사래를 치며 따뜻하게 웃어주었다.

"이러지들 말게. 지금은 신사회가 아닌가. 이런 낡은 절차는 필요 없 어."

그럼에도 견습생들은 돌아가며 그의 앞으로 걸어와 90도로 깍듯이 절한 후 술을 올렸다. 슈런은 하는 수 없이 잔을 부딪친 후 단숨에 들이 켰다. 술이 몇 잔 들어가니 어질어질하고 멍해지는 것 같았지만 기분만 큼은 퍽 좋았다.

우 서기가 옆에 서서 껄껄 웃으며 말했다.

"그냥 이렇게 끝나는 거야? 에이, 너무 재미없잖아."

---

170 도시 내 자영 수공업자들을 관리하는 기구로, 이 자영 수공업자들을 연합하여 상응하는 기업 을 설립하기도 했다. 1980년대에 이르러서 제2경공업국은 유력한 산업부문으로 성장했다.

그러자 모두가 견습생들의 장기 공연을 보자고 아우성을 쳐댔다. 전 공장의 문화예술공연은 밤에 열리기로 되어 있었다. 각 부서에서 사전에 리허설을 마쳤지만, 술이 들어가자 동료 직공들은 또다시 천 공장장도 장기 한 가지 보여 달라며 법석을 떨었다.

"제가 무슨 장기가 있습니까."

슈런이 화들짝 놀라 하얗게 질린 얼굴로 손을 내저었다. 그는 주량이 보통이라 몇 잔만 마셔도 금방 얼굴과 귀가 새빨개지고 어지럼증이 생겼다. 동료직공들은 이 기회에 그를 놀려먹겠다는 (평상시에는 누가 뭐래도 공장장이므로 함부로 놀려먹지는 못했다.) 심보로 필사적으로 덤볐다.

견습생 가운데 궈요우민郭有民이라는 사람이 (생김새가 생기 넘치고 말할 때의 목소리는 큰 종을 울리는 듯했다.) 그 자리에서 쭈뼛거리지도 않고 벌떡 일어서더니 큰소리로 외쳤다.

"노래 까짓거 부르겠습니다. 제가 음치예요. 웃지들 마세요."

사람들이 와자지껄 웃음을 터뜨리며 소리쳤다.

"한 곡 해봐요, 한 곡 해!"

궈요우민은 겁도 없이 곧바로 목을 가다듬더니 「우리는 젊은이」라는 노래를 불렀다. 노래는 음정이 전혀 맞지 않은 데다 광둥어여서 마치 커다란 오리가 꽥꽥거리는 듯했다. 반나절을 들어봐도 도무지 무슨 노래인지 알 수가 없어서 모두들 정신없이 웃느라고 뒤로 넘어갔다.

슈런은 궈요우민의 어깨를 툭툭 치며 말했다.

"잘했네, 잘했어. 앞으로 월화공장은 자네들한테 달렸네."

궈요우민은 허리를 곧추세우고 어리숙한 미소를 지어보이며 말했다.

"사부님 안심하세요. 저희가 사부님 얼굴에 먹칠하지 않도록 잘하겠습니다!"

슈런은 술을 마셨다. 감개무량했다. 이렇게 많이 마신 것은 그로서는 처음이었다. 그는 이미 얼큰하게 취했다. 저녁에 집에 돌아와서도 술 냄새를 풀풀 풍기며 쉬닝에게 조잘조잘 헛소리를 지껄여댔다. 마침 쉬닝에게 이날은 특별히 운이 좋은 날이었다. 마작으로 큰돈을 따서 집에 돌아오는 길에 과일사탕을 사서 아이들에게 주었고, 진한에게도 출근할 때 들고 다니라고 밀리터리 크로스백을 사주었다. 부부가 누워서 각자 자기 얘기를 하면서 기분이 좋아 어쩔 줄을 몰랐다.

제11장

이야기가 추구하는 것은 헤어짐과 만남의 애환이며, 월극에서 중요한 것은 창唱과 대사와 연기와 무술이다. 월극의상 제작에서 중요한 것은 조형과 도안, 문양이 배역과 얼마나 잘 어울리느냐이다. 월극의상을 제작한다는 것은 다양하고 복잡한 기예가 동원되는 동시에 엄격한 요구를 준수하기 위해 많은 부분에 신경을 써야 하는 수공예술이다. 보통의 월극의상 한 벌은 대략 백여 개의 부속으로 만들어지고, 디자인이 복잡한 남자 대망大蟒과 여자 대망에 소요되는 부속은 이백여 개가 넘는다. 월극의상 한 벌에 소요되는 원단은 최소한 7~8미터 정도이고, 대량의 금사와 구슬과 비즈가 소요된다. 월극의상의 주요 부속에 어울리게 맞추는 장식물로는 투구와 봉관鳳冠, 건폭巾幅171 등이 있는데, 이들 소품들 역시 많은 공이 들어가는 작업이다.

---

171 두회(頭盔), 봉관(鳳冠), 건폭(巾幅) : 월극 의상에서 배역에 맞게 한 벌로 맞춰지는 장식물 가운데 머리 장식은 관(冠), 회(盔: 투구), 모(帽), 건(巾) 등 네 가지가 있다.

서로 다른 월극의상은 디자인과 원단, 실 배합, 도안 등의 변화가 무궁무진하고, 완성되어 나온 월극의상이 규범에 부합하는지, 심미적 가치가 있는지는 디자인과 패턴, 봉제, 자수 등 각 분야가 얼마나 잘 협력하느냐에 달려 있다.

월화공장은 시市의 수예품 공장과 한 차례 합병을 거쳐 수예품을 생산하는 초대형 공장이 되었지만, 반년도 되지 않아서 상급부서의 지령에 따라 다시 분할되었다. 정책을 번복한 것은 공장 직공들의 적극성에 영향을 미쳤다. 합병이든 분할이든 둘 다 커다란 변동이었다. 인사와 행정상에 처리해야 할 자질구레한 일들이 아주 많았고, 관리 측면에서의 요구도 현저히 많아졌다. 슈런은 화를 내거나 분노하지 않았다. 그의 인내심은 다년간의 경험에서 나온 것이었다. 무수한 단련이 그를 어떠한 어려움도 겁내지 않게 만들었고, 어떠한 상부의 지시도 열심히 집행하게 만들었다. 그는 창밖의 목면이 피었다가 지고, 새잎이 싹텄다가 시들어 떨어지는 것을 바라보면서 꽃이 피는 것도 한철이고, 계절은 윤회한다는 것, 사람도 한 해 한 해 성숙해간다는 것을 깨달았다.

진한과 함께 공장에 들어온 청년들이 열 명 가까이 되는데, 각각 재단과 편칭도안, 봉제, 자수 등을 담당하는 각 부서에 배치되었고, 디자인부에 투입된 사람은 진한과 천청陳誠이었다. 수년 동안의 탐색을 거쳐 월화공장은 규범화된 교육과정을 수립했다. 견습생들은 일괄적으로 3년의 과정을 마치면 수료하고, 수료 이후에는 사부로 불린다. 사부 한 명이 일 년에 서너 명의 견습생을 거느리는데, 견습생이 실수를 저질렀을 때 사부도 함께 책임을 진다. 이러한 방식은 도제식 전통을 계승하면서도 젊은이들에게 아주 커다란 기회를 주는 것이었다. 슈런은 진한과 천청을 자신의 견습생으로 두고 직접 제도하는 법과 패턴 뜨는 법을 일일이 가르쳤다.

슈런은 진한을 교육하는 데 매우 엄격했다. 진한이 이미 집에서 재봉을 배웠다는 것을 알지만, 여전히 절차에 따라 가장 간단한 수의水衣와 수고水褲부터 가르쳤다. 진한은 처음부터 배우는 것을 전혀 짜증스럽게 여기지 않았고, 그 점에서 그는 구사회의 도제식 교육에서 제자들이 그랬던 것처럼 백번 천번 해본 일이라도 군소리 없이 해낼 수 있었다.

진한의 마음을 불편하게 했던 유일한 것은 동료 직공들의 손가락질이었다. 그가 공장장의 아들이라는 것을 모두가 알고 있어서 뒤에서 이런저런 시비와 험담이 아주 많았다. 그가 '아버지 덕에 큰 나무 그늘 아래서 팔자 좋게 더위를 식힌다.'(공장에 들어오는 수공예인 대부분이 가족의 일자리를 물려받는 입장이었지만, 진한의 신분은 더욱 특수했기 때문에 감당해야 하는 어울함도 더욱 많았다.)는 것이었다.

집에서는 진한도 참다못해 어머니에게 불평을 털어놓았다.

"공장 사람들이 알게 모르게 저를 배척해요. 제가 실력도 없이 천 공장장 덕만 보고 있다고요."

쉬닝은 그런 말은 신경 쓸 가치도 없다는 듯 힐긋 흘겨보며 말했다.

"그런 수다쟁이들, 지껄이고 싶은 대로 지껄이라고 해!"

그녀는 슈런을 향해 돌아서며 더욱 무시하는 태도로 말했다.

"당신은 공장의 수장이라면서 위신이라고는 조금도 없는 거예요? 아랫사람들이 코앞에서 아들을 욕해도 내버려 두니 말이에요."

슈런은 부인과 다투는 것을 좋아하지 않아서 그저 조용히 웃으며 말했다.

"다들 같은 노동자요. 위아래를 따지지 않으니 아랫사람이라는 말도 없지."

그는 수공예인은 수공예 솜씨로 말해야 한다고, 수공예 솜씨가 좋으면 모두가 존중해줄 거라고 생각했다. 그가 진한을 위해 내놓은 해법은 그에게 대량의 도안을 주고, 권한을 갖고 일하게 해주고, 의상제작 기술을 설명해주는 것이었다.

슈런은 쟝란씬의 요구에 맞게 디자인한 공연복을 진한에게 맡겨 진행하게 함으로써 책임감을 배우도록 했다. 진한은 몹시 기뻐하며 받아들였다. 그는 자기가 이해한 대로 천을 재단하고 치수대로 패턴을 그려 나갔다. (이 젊은이는 정말이지 '실수를 범한다'는 개념이 없어서 독특하고 새로운 디자인을 보면 얼른 만들어보고 싶다는 생각뿐이었다.) 그는 심혈을 기울여 도면을 제도하고, 공정을 정한 다음 슈런에게 심사를 받았다. 슈런은 꼼꼼히 살펴본 후 고개를 끄덕이며 사무실에 보고하고 공정에 대한 비준을 받는 방법을 일러주었다.

사무실에서는 슈런의 지시에 따라 빠르게 공정을 비준해주었다. 하지만 진한은 재단부에 가자마자 재단사인 쳰鈐씨에게 가로막혔다. 쳰씨는 그의 도안을 들고 웃으며 물었다.

"이게 뭐지? 아주 복잡해 보이네."

진한은 익살스러운 표정을 지으며 장난기 어린 목소리로 대답했다.

"안 알려 드려요. 어쨌든 치수대로 제대로 만들기만 하면 되는 거잖아요."

쳰 씨가 한참을 들여다보더니 고개를 절레절레 저었다.

"재료를 망치면, 네 주머니를 털어서 물어내야 해."

진한이 호쾌하게 고개를 끄덕이며 대답했다.

"만들 수만 있다면 얼마가 됐든 낼게요."

쳰 씨가 큰 소리로 하하 웃더니 말했다.

"너 돈 얼마나 있어. 이 단추 한 개가 네 반년 치 월급인데, 넌 뭘 먹고 살려고?"

진한은 늘 낙관적이었지만 이런 어마어마한 손실을 입을 거라는 말을 들은 순간 놀라서 안색이 변했다.

전 씨가 더 큰 소리로 웃으며 친밀하게 그의 어깨를 토닥였다.

"널 겁주려는 것뿐이야!"

편칭부에 갔을 때도 샤오허우 씨 역시 고개를 가로저으며 난색을 표했다.

"이런, 잎을 너무 조밀하게 붙여 그렸잖아. 이렇게 하면 바늘땀이 너무 촘촘해서 수를 놓으면 너무 두꺼워지고 경쾌한 맛이 없어."

진한은 자신이 정성껏 디자인한 리쯔荔枝 도안이 아주 마음에 들었지만, 그녀의 말을 듣고 충격으로 식은땀이 흘렀다. 그는 돌아와서 아버지에게 다시 가르침을 청했고, 밤새워 잘못된 부분들을 모두 삭제했다.

마지막으로 옷은 지수부로 갔고, 거기서 다시 닌콴에 봉착했다. 진한은 리쯔의 잎을 연한 녹두색에서 점차 연초록으로 넘어가는 단아한 색조로 구성해, 물이 뚝뚝 떨어질 듯 신선하고 부드러운 리쯔와 서로 어울리도록 했다. 하지만 자수부의 중슈링鐘秀玲은 예상외로 한참을 생각하더니 고개를 절레절레 흔들며 말했다.

"자네가 배합한 이 색깔들을 다 어디 가서 찾지?"

진한은 거의 절망하다시피 했다. 다년간 집에서 일을 도와온 경험으로 그는 자신이 월극의상 한 벌쯤 만드는 것은 손바닥 뒤집기만큼 쉬울 거라고 생각했었다. 하지만 문제는 쉴 새 없이 터졌다. 다행히 이 청년은 모든 문제는 해결할 수 있다는 생각을 가지고 있었다. (이 점에서 그는 할아버지인 천더우셩처럼 어려움에 직면했을 때 비탄에 젖거나 낙담하지 않고 다른 길로 갈 수 있는 사람이었다.)

하지만 새로운 문제가 끊임없이 나타났다. 월요일의 정기임원회의에서 류요우씽劉佑行이 반대 의견을 냈다. 그가 강경한 태도로 말했다.

"배우가 뭘 만들어달라는 대로 우리가 만드는 건 안 됩니다."

그러면서 새로 온 견습생들이 재료를 낭비하고, 비준도 거치지 않고 사적으로 직공들에게 주문을 넣는다며 비판을 쏟아냈다.

슈런은 이에 대해 논리적인 근거를 들어서 견습생들이 훈련의 기회를 가져야 하며, 기예 면에서 '시행착오'를 허용해야 한다고 따졌다. 두 사람은 각자의 입장을 조금도 굽히지 않았다. 다른 사람들도 자연스레 찬성하는 쪽과 반대하는 쪽, 두 파로 갈라졌다. 우 서기는 생산에 대해서는 그동안 '작업장의 정상적인 제조공정을 어지럽혀서는 안 된다.'는 점만 강조해왔을 뿐 간섭을 거의 하지 않았었다.

진한은 완성을 거의 눈앞에 둔 의상의 작업이 돌연 중단되자 자기도 모르게 화가 치밀어 올랐다. 그는 빙 씨와 전 씨를 찾아갔지만, 아무도 그를 상대해주지 않았다. 몇 번이나 벽에 부딪히면서 그는 서서히 기가 꺾이기 시작했다. 나중에 모든 것이 류요우씽이 시킨 일이라는 것을 알았을 때는 너무 화가 나서 다 집어치우고 싶어졌다. 하루는 작업장에서 류요우씽과 딱 마주쳤다. 그는 참지 못하고 그 자리에서 항의했다.

"이건 공장이 받은 주문 아닌가요? 제가 사적으로 받은 일도 아니라고요."

류요우씽은 콧방귀를 흥 뀌며 굳은 표정으로 말했다.

"하고 싶은 대로 멋대로 하면서 자네는 이 공장이 자네 집안 공장인 줄 알잖나!"

진한은 면전에서 그런 비난을 받고는 화가 치밀어 얼굴이 시뻘게졌다.

이 일의 최종 해결방식은 쟝란씬이 제2경공업국에 전화를 걸어 고소한 것이었다.

이때부터 류요우씽은 사사건건 트집을 잡으며 진한을 더욱 못살게 굴었다. 진한이 대작업장에 오기만 하면 험악한 표정으로 노려보거나 겉으로만 억지웃음을 웃으며 물었다.

"천가 도련님, 또 뭐 하시게요?"

그는 각 작업장에 은밀하게 지시를 내려 임원의 결재 없이 사적인
일을 중간에 끼워 넣지 말라고 했다. 월화공장에서 원래 진행 중이던
적잖은 날개 주문들이 순식간에 모두 정체되어 일이 진척되지 않았다.
슈런이 여러 차례 추궁했지만 직공들은 류요우씽의 압박 때문에 감히
작업을 재개하지는 못하고, 사석에서만 중간에서 입장이 난처하다고
호소했다.

"지도부 내에서 생긴 갈등을 먼저 해결하신 후에 지시를 내려주세
요."

다행히 진한이 공장에 들어온 후로 기술은 부단히 발선했다. 완전히
아버지의 재능을 그대로 물려받은 그는 수공예에 있어서는 조금만 가
르쳐도 금세 깨우쳤다. 슈런은 오랜 세월 한기에서 일하면서 재단과 봉
제를 배웠지만, 진한은 이것저것 조금씩만 경험했을 뿐인데도 직감으
로 의상 한 벌을 만들어낼 정도로 배움이 빠르고 훌륭했다.

그는 또 자청해서 자수부로 '도둑 학습'을 하러 갔다. 자수부에는 삼
사십 명의 수녀들이 있었는데, 그 혼자만 남자였다. 매번 자수실에 들
어갈 때마다 난처해하는 분위기를 느낄 수 있었다. 어떤 아가씨는 부끄
러워서 고개를 깊이 숙였고, 어떤 아주머니는 쑥덕거리며 비웃기도 했
다. 진한은 다른 사람이 뭐라고 하든 겁내지 않고 자신의 자수에만 몰
두했다. 자수부에서 석 달을 지내며 각종 자수법을 익혔다. 점粘(붙이
기), 런连(잇기), 반盘(감아치기) 등 각종 기법들을 모두 배웠고, 할 수 있
게 되자 다시 보고서를 올려 다른 부서로 옮겼다. 재단과 재봉틀 부서
에도 가서 모든 것을 터득한 후 마침내 제화부까지 신청했다. 보름 동
안 펄펄 끓는 보일러 옆에 머물며 직접 긴 부츠 한 켤레를 만들었고, 그

제야 싱글벙글하며 디자인부로 돌아왔다.

그해 연말에 월화공장에서 엄청난 사건이 발생했다. 공장 내 젊은 여공 한 명이 영업부의 한 남자 동료와 연애를 했는데, 퇴근 후 집에 가지 않고 작업장 안에서 밀회하다가 당직이던 류 씨 아저씨에게 들킨 것이다. 류 씨 아저씨 말로는 그날 저녁 일곱 시경 저녁을 먹고 손전등을 들고 3층부터 순찰하기 시작했는데 2층 계단 입구까지 걸어갔을 무렵 갑자기 계단 사이에서 아주 또렷한 소리가 들렸다고 했다. 그는 깜짝 놀랐지만 용기를 내어 천천히 아래층으로 내려갔고, 손에 든 커다란 손전등을 쉴 새 없이 흔들어댄 끝에 마침내 한데 얽혀 있는 사람의 모습을 비췄다. 두 젊은이는 잡힐까 봐 얼른 손을 잡고 도망쳤는데, 다급하게 도망치다가 그만 옷걸이를 툭 쳐서 우당탕 넘어뜨렸고, 그 바람에 걸려 있던 옷이 땅바닥에 떨어졌다. 이 일은 더 큰 화로 이어졌다. 옷걸이에 휘감겨 있던 여자 봉피鳳披 한 벌이 옷걸이가 넘어지면서 두 조각으로 쭉 찢어졌고, 또 다른 관복 한 벌은 한가운데가 망가졌다. 봉제만 문제인 정도가 아니라 자수까지 새로 손봐야 하는 지경이었다.

이런 일이 생기면 가장 먼저 당사자의 책임을 추궁해야 했다. 두 젊은이는 공개적인 성토를 받아야 했고, 공장에서 월급을 차압했으며, 사상총회에서 엄하게 문책을 당했다. 다른 한편으로는 훼손된 의상을 시급히 수선해야 해서 재봉부와 자수부가 야근을 해가며 작업을 서둘러야 했다. 이렇게 계획에 없던 추가 작업이 생기면서 이 연인들에 대한 동료 직공들의 비난이 증폭되었다.

여자 측은 이런 비난을 견디지 못해 스스로 그만두었다. 이 아가씨는 월화공장에서 일한 지 삼 년 가까이 되어 수료를 앞두고 있었지만, 이런 변고를 만나 자신의 미래와 인생을 송두리째 망가뜨리고 말았다.

들리는 말로 그녀는 사직한 후 곧바로 윈푸雲浮의 고향 집으로 돌아가 서둘러 시집을 가버렸다고 했다.

이 사건 이후 노조는 공장 내 남녀 청년들에 대한 '배려'를 강화했다. 노조위원장인 샤오위小玉 여사가 미혼의 젊은이들을 하나하나 찾아가 대화를 나눴는데, 성과는 미미했다. 아가씨들은 하나같이 쑥스러운 듯 웃으며 "무슨 말씀을 하시는지 모르겠네요."라고 말했다. 젊은 남자들은 반대로 호쾌하게 하하 웃으며 말했다.

"안심하세요. 저는 작업장에서 일하는 아가씨들을 안 좋아해요. 아침부터 저녁까지 일만 하니까 아가씨들이 어떻게 생겼는지 제대로 보지도 못한다니까요."

은밀하게 조사해보니 공장 내에 젊은 연인이 적지 않았다. 어쨌거나 월화공장은 직원이 백 명이 넘는 큰 공장이었고, 최근 몇 년 동안 새로 고용한 노동자들 다수가 결혼적령기에 있는 사람들이었다. 류 씨 아저씨도 후회되고 괴로운 마음이었다.

"그 친구들을 놀라게 하지 않았더라면 좋았을 텐데요. 뗄수록 일이 커졌으니까요."

이후로도 그는 퇴근 시간 이후 작업장을 순찰하면서 몰래 만나 부비적거리는 연인들을 자주 마주쳤는데, 한데 부둥켜안고 있는 것만 아니면 그는 그냥 아무 소리도 내지 않았고 손전등을 이리저리 흔들지도 않았다.

슈런도 진한의 '개인적인 문제'에 촉각을 곤두세우고 있었다. 그는 속으로는 걱정하고 있었지만, 겉으로는 전혀 내색하지 않고 다정하게 진한에게 말했다.

"네가 누굴 좋아하게 되면 나한테 알려다오. 내가 도와줄 테니 절대로 몰래 만나지는 마라."

진한이 수줍은 듯 웃으며 잠시 생각하더니 이내 고개를 저으며 말했다.

"전 누구랑 연애한 적 없어요."

그 말은 사실이었다. 매일 공장에 들어서는 순간부터 그는 신경을 온통 수공예에만 쏟았다. 이 작업장에서 작업하는 것을 지켜보고, 저 작업장에서는 가르침을 청했다. 바쁜 것도 즐거워서 이제껏 일하면서 어느 아가씨에게도 한눈을 판 적이 없었다.

실상이 그런데도 그에 관한 온갖 유언비어들이 끊이지 않았다. 슈런은 한 공장의 수장이었고, 진한은 젊디젊은 나이에 디자인부에서 독자적으로 디자인을 맡아 할 수 있을 정도로 전도유망한 젊은이였다. 진한은 아직 생각이 없었지만, 나이 든 동료 노동자들은 걸핏하면 그를 잡아끌며 "자넨 도대체 누구랑 연애하고 있는 거야?"라든가, "생각 있으면 이 사부한테 말하게."라며 오히려 더 적극적이었다.

슈런은 거듭 당부하지 않을 수 없었다.

"너 똑똑한 척하다가 실수해서 남에게 약점 잡히지 않도록 조심해라."

그는 남이 잘되는 꼴을 못 보고 늘 천씨 부자에게 일이 터지기만을 바라는 사람들이 있다는 것을 잘 알고 있었다.

말하자면 진한은 이미 연애할 때가 된 것이다. 이 유쾌한 청년은 누구에게나 싱글벙글한 표정으로 대했지만, 그 누구에게도 그런 뜻은 없었다. 슈런은 자신이 중매결혼으로 손해를 봤다고 생각했기 때문에 아들만큼은 좋아하는 짝과 맺어주고 싶었다. 하지만 진한은 누구에게나 똑같이 다정하게 대했다.

하지만 나이가 점점 들어감에 따라 이 젊은이도 감정에 눈을 뜨기 시작했다.

그는 남들이 원하지 않는 디자인 일을 기꺼이 도맡아 했다. 대체로 복잡한 기교가 요구되는 도안이거나 혁신적인 변신인 경우였다. 새로 디자인한 스타일이 아무리 예뻐도 손이 많이 가기 때문에 나이 든 직공들은 자연히 그런 일을 받고 싶어 하지 않았다. 진한이 도안을 들고 자수부로 갈 때마다 나이 든 직공들이 아우성치며 그에게 소리쳤다.

"일을 꼭 만든다니까!"

진한은 감히 선배들에게 대들지는 못하고 고개를 푹 숙인 채 작업장 류 주임에게 가서 은근슬쩍 담배를 건네며 물었다.

"자수부에서 어느 분이 제일 마음이 좋아요? 제일 흔쾌히 하실 분은요?"

"류루이펀劉瑞芬한테 해달라고 해." 류 주임이 입을 비죽거리며 말을 이었다. "왼쪽 줄 두 번째야."

진한이 얼른 그쪽을 쳐다보니 깔끔하고 단정한 아가씨가 눈에 띄었다. 짙은 남색 작업복을 입고 머리는 깔끔하게 포니테일로 묶었는데 양쪽 귀밑으로 흘러나온 잔머리 때문에 얼굴이 가려 잘 안 보였다.

류 주임이 그녀에 대해 소개했다.

"루이펀은 젊은 자수 직공 가운데 가장 열심이지. 한 번 고개를 파묻고 일하기 시작하면 한두 시간은 꼼짝도 안 해. 물도 안 마시고 일한다니까."

진한이 몰래 지켜보았는데, 정말이지 다른 여공은 잠시 수놓는 동안 물도 따라 마시고, 화장실도 가고, 잡담도 몇 마디 하는데 류루이펀은 온 정신을 일감에만 쏟고 있었다.

"저기…… 샤오류, 잠깐만 와보세요."

진한은 문득 쑥스러워졌다.

류루이펀이 자수 작업장에서 천천히 고개를 돌려 진한을 쳐다보더니 느리게 입구까지 걸어 나와 공손하게 물었다.

"저를 찾으셨나요?"

손에 수틀을 그대로 든 채로 나왔는데, 막 꽃봉오리가 터지려고 하는 연꽃이 수놓아져 있었다. 연꽃의 꽃잎이 한 겹 한 겹 겹쳐져 색깔이 연하게 번지는 것이 흡사 호수와 하나로 합쳐지는 듯했다.

나중에 알게 된 사실이지만, 류루이펀은 류 주임의 조카였다. 진한이 물어보니까 당연히 자기 친척을 추천한 것이었다. 하지만 류루이펀의 자수 솜씨는 실제로 매우 훌륭했다. 다른 사람들은 자수를 놓을 때 생략할 수 있는 것은 생략했다. 조장이 세 겹 실을 사용하라고 하는데 자진해서 다섯 겹 실을 사용하는 법은 절대로 없었고, 도안대로만 수가 놓이면 그만이었다. 하지만 그녀는 아주 정성을 기울여 세심하고 꼼꼼하게 작업했다. 색깔을 추가하기도 하고, 점층 효과를 더 추가하기도 했기 때문에 같은 무늬와 색깔이라도 그녀가 수놓은 것은 늘 다른 사람들 것보다 훨씬 생동감이 넘쳤다. 진한이 그녀에게 부탁한 자수 일감을 그녀는 한 번도 사양하지 않았고, 다 못했을 때는 야근까지 해가며 완성했다. 진한은 자수실의 유리문을 지나칠 때마다 일부러 한 번씩 더 들여다보곤 했다. 그녀의 온화한 옆얼굴밖에 안 보였지만, 뚫어져라 자수 일감을 응시하고 있는 커다란 까만 눈동자와 한곳에 집중되어 있는 맑고 투명한 그 시선을 느낄 수 있었다.

월화공장의 자수부는 모든 부서 가운데 가장 중요한 부서인 동시에 가장 바쁜 부서였다. 월극의상에 놓는 각종 복잡한 자수만 해도 이미 임무가 막중한데, 이것 말고도 무대 장막과 신공물神功物에서 가장 중요한 것 역시 자수였다. 또한 최근 몇 년 동안은 광둥식 수예품을 외빈에게 기념품으로 증정하는 것이 유행하면서 자수부는 매일 밤낮을 가리지 않고 쉴 새 없이 작업하는데도 여전히 눈코 뜰 새 없이 바빴다. 매달 세운 계획을 번번이 끝내지 못하는 걸 보고 대외업무부에서 끊임없이 재촉 전화를 걸어왔다. 슈런은 자수2부 신설을 계획하고 다시 수녀들을 대거 모집했다. 심지어 그는 자수부를 월극의상 부속을 제작하는 부서와 수예품을 전담하는 부서로 나누고, 수예품 제작은 외주제작을 위주로 하는 방안까지 생각했다.

이러한 계획을 제안하자마자 적잖은 사람들의 반대에 부딪혔다. (대형 공장의 회의라는 것이 늘 이런 식이었다. 일부 사람들은 찬성하고 일부 사람들은 강력하게 반대했다.) 류요우씽의 반대 의견이 가장 많았다. 회의에서 그는 작업공정표를 탁자 위에 힘껏 내동댕이치며 큰 소리로 슈런을 비판했다.

"무슨 얼어 죽을 빌진이야, 노동자들의 생사 따위는 안중에도 없지."

슈런은 원래 논쟁을 싫어하는 사람이었지만, 자신의 생각을 밀어붙이기 위해 점차 류요우씽과 다툴 수밖에 없는 상황이 됐다. 공장 규모가 크다 보니 별별 사람이 다 있었다. 노동자들 가운데 무사안일만 추구하며 작업량에 어떠한 변화도 일어나지 않기를 바라면서도 오히려 류요우씽을 열렬히 지지하는 이들이 있었다.

두 사람이 여러 번 논쟁을 했지만, 서로 양보할 생각이 전혀 없어서 회의는 아무런 성과 없이 찜찜하게 해산됐다. 그 의제는 이런 식으로 계속 지연되면서 반년을 다투어 겨우 결론이 났다. 회의를 끝내고 나서 슈런은 붉으락푸르락해진 얼굴로 디자인실에 들어갔는데, 견습생들이 모두 열심히 연구하는 모습을 보니 마음이 좀 풀렸다. 류요우씽이 그 모습을 보더니 싸늘하게 콧방귀를 흥 뀌고는 자기 수하의 견습생에게 말했다.

"내 사무실로 함께 가서 회의하세!"

류요우씽의 아들 류즈쿤은 진한과 함께 공장에 입사했다. 그는 공장에 들어오자마자 영업부로 들어갔기 때문에 이제껏 제대로 수공예를 접해본 적이 한 번도 없었다. 류요우씽은 자기를 슈런과 비교하는 것 말고도 자기 아들을 진한과 비교하는 것도 좋아했다. 류즈쥔은 그의 좋은 전통을 물려받아서 외향적인 성격이었고, 교제관계가 넓어 영업부의 선후배 동료들을 금세 하나로 똘똘 뭉치게 만들었다.

"자네가 자수실에 들어가는 걸 볼 때마다 나는 웃음이 나와."

류즈쥔은 진한에게 반 농담조로 말을 건넸다.

진한은 그의 표정을 바라보며 좋은 얘기가 아니라는 것을 직감적으로 느꼈고, 순간적으로 뭐라고 대꾸할 말을 찾지 못했다.

"자네가 거기 오래 앉아 있다가 여자로 변해버릴까 봐 겁이 나더라니까!"

말을 마친 류즈쥔이 깔깔거리며 웃었다. 그의 등 뒤에 서 있던 같은 부서의 '형제'들도 함께 깔깔거리며 웃었다.

"여자 노릇도 나쁠 거 없지."

진한이 얼굴을 쳐들고는 전혀 화난 기색 없이 반은 농담인 듯 대꾸했다.

그는 공장장의 아들이라는 이유로 공장에 들어온 첫날부터 각종 압박을 받아왔다. 심지어는 악의적인 것도 많았지만 겁내지 않았다. 그는 자신이 압박을 받을 수밖에 없으며, 아버지가 공장장으로서 더 큰 압박을 받고 있는 것과 마찬가지임을 잘 알고 있었다. 그렇기 때문에 그의 얼굴은 늘 걱정스러운 표정보다는 미소 짓는 표정이 많았다. 월화공장에서 수년간 일하면서 정직하고 진실한 친구도 많이 사귀었다.

외주부서를 신설할지 여부에 관한 논쟁은 공장에서 반년 넘게 계속되었고, 마침내 슈런의 구상대로 집행되었다. 정식으로 상부의 비준공문을 받은 후, 월화공장은 자수 외주부서를 신설하여 새로운 수녀들을 대거 받아들였다. 슈런은 쇠뿔도 단김에 빼듯 재봉틀부와 편칭부 모두 1조, 2조로 나누었다. 같은 성격의 부서가 늘어나자 경쟁체제를 도입할 수 있었고, 생산품의 품질에 따라 점수를 매겨 그 점수를 근거로 월말에 격려금을 지급했다. (이것이야말로 류요우싱 일행이 가장 걱정하던 일이었다. 하지만 슈런의 노력으로 생산을 효과적으로 추진하는 이러한 정책들이 단계적으로 실행되었다.)

월화공장은 월극의상을 제작하는 것 말고도 대외 공예품을 제작하는 임무도 맡고 있었다. 진한이 임무를 하나 맡았다. 광저우를 찾아오는 외국인 친구에게 줄 광저우를 대표할 수 있는 작품을 디자인하는 것이었다. 진한은 어떻게 하면 더 훌륭한 수예품을 만들 수 있을지 궁리했다. 자수 일감을 몇 차례나 보냈더니 류 주임도 더 이상 참을 수 없었는지 면전에서 얼굴을 붉히며 그를 힐난했다.

"자꾸만 일을 보태서 부담을 늘리는군."

그럴 때마다 진한은 히죽히죽 웃으며 겸손하게 사과한 다음 자수실로 달려가 손짓으로 류루이펀을 불러냈다.

자수부의 1조 조장인 중슈링도 자주 진한과 함께 일했다. 중슈링은 나이가 이십 대 초반이었지만 손재주만큼은 자수부 전체에서 가장 뛰어났다. 단순히 정교함과 섬세함에서만 뛰어난 것이 아니라 머리를 쓸 줄 알았고, 사고가 과감하고 거침없어서 색조 배합이 다른 여공에 비해 아주 탁월했다. 그녀는 공장에 들어오자마자 가히 천부적인 그 재능을 발휘했다. 그러면서 차츰 자수부는 거의 모든 색조배합에 관해 그녀의 의견을 묻게 되었다. 조를 나눈 후로 중슈링은 1조 조장으로 선출되었다.

진한은 중슈링과 함께 일하는 것이 좋았다. 두 사람은 함께 연구했고, 종종 다른 사람들이 이제껏 들어본 적도 없고 본 적도 없는 새로운 자수법을 개발해내기도 했다.

금세 뜬소문이 작업장 내에 파다하게 퍼졌다. 진한과 중슈링이 연애한다는 얘기들이었다. 공장에서는 이미 남녀 직원들에게 '내부 문제는 각자 해결'하도록 독려한다는 호소문을 내놓은 상태였다. 임원급의 허가가 떨어지자 역시나 공장 내에 연인들이 늘어났다. (젊은 남녀가 아침 저녁으로 얼굴을 맞대고 지내다 보니 서로 감정이 쉽게 싹텄다.) 이 소문은 금세 슈런의 귀에 들어갔고, 그는 황급히 진한에게 따져 물었다. 그런데 그 얘기를 들은 진한이 오히려 펄쩍 뛰며 머리를 긁적였다.

"우린 그저 일을 했을 뿐이에요. 모든 게 일이었어요."

그 말에 슈런은 안심하면서도 한편으로는 다소 실망했다.

"그 아가씨는 나도 만나봤다. 내 생각엔 너희 둘은 안 맞아. 하지만 네가 정말로 좋다면 말리지는 않겠다."

진한은 이 일에 대해 정말 아는 바가 없었다. 다만 언제부터인지 아가씨들이 자기를 애매한 태도로 대한다는 사실만 알고 있었다. 어떤 아가씨는 수줍어하며 그에게 미소를 보냈고, 어떤 아가씨는 작업을 핑계로 수시로 그를 찾아와 수다를 떨기도 했다. 그는 그녀들과 어떻게든 얽히기 싫어서 조심스럽게 피하고 있었다. 그의 입장에서는 과도하게 친해지면 일을 배분할 때 거리낌 없이 말하기 곤란해질 수도 있기 때문이었다. 그도 물론 연애도 하고 결혼도 해야 했다. 하지만 그는 모든 열정을 디자인에 쏟아붓고 있어서 자신이 어떤 아가씨를 좋아하는지 생각할 겨를이 없었다.

유언비어가 퍼진 후 중슈링은 그를 볼 때마다 얼굴을 붉혔다. 그녀는 늘 시원시원하고 명랑한 성격으로, 일할 때도 매사에 정확한 사람이었다. 하지만 이제는 눈을 내리깔기 시작했고, 말할 때도 시원스럽게 하지 않았다. 그 때문에 진한은 답답해서 참을 수가 없었다. 공예품 제작은 늘 엄청난 인내심이 요구되고 집중해야 하는 일이었기에, 진한은 중슈링이 전심전력으로 도와주기를 바랐다.

그런데 중슈링은 늘 바빠서 나갈 수 없다고 둘러대며 피했다. 그는 다른 방법이 없어서 하는 수 없이 류루이펀을 찾아갔다. 뜻밖에도 류루이펀은 평소와 달리 퉁명스럽게 말했다.

"짬이 안 나네요!"

그녀는 진한이 자신을 찾아올 걸 뻔히 알고 있었지만, 줄곧 수틀에 고개를 파묻고 열심히 수만 놓으며 하루 종일 자수실 밖으로 나가지 않았다. 진한은 그제야 마음이 다급해졌다. 그는 일에 열중하고 있는 그 뒷모습을 가끔씩 바라보며 그녀가 고개를 들어주기를 간절히 바랐다.

하지만 막상 그녀가 고개를 들면 어떻게 해야 할지 그 자신도 알지 못했다. 그는 때때로 다른 업무를 핑계로 그녀 주변을 맴돌기도 했다. 그녀가 고개를 들면 그녀에게 장난치듯 미소를 지어 보이고 눈도 찡긋거렸다. 루이펀은 처음에는 그를 무시했지만, 그가 몇 번이고 그렇게 하자 마침내 웃어버렸다.

진한은 그제야 자신의 마음속에 이미 연꽃 한 송이가 심겨 있었던 것을 깨달았다. 그가 좋아한 이 아가씨는 뽀얀 피부에 눈이 크고 맑았으며, 매일 수틀을 붙잡고 온 정신을 집중했다. 그것을 깨닫고 다시 류루이펀을 만났을 때 그의 눈빛은 달라져 있었다. 이런 남다른 다정함을 류루이펀도 느꼈다. 그녀가 그를 잠시 바라보더니 이내 웃으며 말했다.

"나한테 왜 자꾸 웃어주는 거죠?"

이 말을 할 때 그녀는 마침 밥그릇을 들고 식당으로 밥을 타러 가고 있었다. 진한은 밥그릇을 엄폐물 삼아 수가 놓인 작은 복주머니를 그녀의 손에 쥐여주며 말했다.

"내가 어젯밤에 수놓은 건데, 어때요?"

류루이펀이 복주머니를 열었다. 보통의 비단 천 조각이 들어 있었는데, 현기증이 날 정도로 파랗게 펼쳐진 호수의 수면 위에 빽빽하게 들어찬 연잎 사이로 두 송이 연꽃이 나란히 붙은 가지가 솟아 있었다. 두 꽃망울 중 하나는 흰색, 하나는 분홍색으로, 색이 말쑥하고 우아해 주변의 연잎과 물안개 사이에서 신선인 듯 초연해 보였다.

류루이펀은 한 줄기에 가지런히 핀 한 쌍의 연꽃[172]이 뭘 의미하는지 알기에 달콤한 미소를 짓지 않을 수 없었다. 그녀는 작은 복주머니를 다시 잘 여민 후 정중하게 작업복 주머니 속에 집어넣었다.

두 사람은 짐짓 아무 일도 없었다는 듯 굴었고, 그러면서도 '상호협조'하며 한동안을 보냈다. 진한은 의심받지 않기 위해 늘 천청을 데리고 다니면서 '여성 우선'이라는 명분을 내걸고 곳곳에서 류루이펀의 기분을 맞춰주었다. 천청은 그의 속셈을 눈치채고는 아주 적극적으로 그를 엄호해주었다. 류루이펀은 애정공세의 달콤함을 아주 태연하게 즐기며 얼굴이 발갛게 홍조를 띠었고 눈매에는 온통 웃음기가 가득 차 있었다.

류루이펀이 작업한 자수는 정교했지만, 구도나 배색 면에서 늘 중슈링에게 조금 뒤처졌다. 진한은 수예품 디자인 업무를 받고는 반나절을 고민하다가 결국 류루이펀을 '포기'하고 중슈링을 찾아가 도움을 청했다.

진한은 기계자수공장인 '취징取經'을 자주 찾아가서 광둥자수의 찬란한 역사를 들었다. 그때마다 그는 전설 속의 '유화 같은' 수예품을 만들어보고 싶어서 안달이 났다. 자수 기예 면에서 발군인 중슈링이야말로 이 일에서 가장 도움이 될 인물이었다. 그녀는 도안만 보고도 완성품이 어떤 모습일지 상상해낼 수 있었고, 어디가 잘못될 수 있고 어디가 배

---

172 사랑이 깊은 부부를 비유하는 말로 자주 쓰인다.

화의금몽

색이 안 될 수 있는지 십중팔구는 맞출 수 있었다. 류루이펀은 솜씨가 정교하고 뛰어났지만 이런 천부적인 재능은 없었다.

두 사람은 창조적인 작품을 위해 자주 모여서 열렬히 토론했다. 그 모습을 보면서 류루이펀은 기분이 언짢았고, 참다못해 진한에게 말했다.

"당신, 왜 나한테 오지 않고 그 여자를 찾아가는 거예요?"

진한이 장난스럽게 웃으며 말했다.

"그녀는 조장이잖아요. 일이 있으면 응당 그녀를 먼저 찾아가야지, 그녀를 피해 일을 할 수는 없죠. 이 일은 당신한테두 이로울 게 없어요."

온화한 성격의 류루이펀이었지만 이번만큼은 어린 소녀의 마음으로 화를 내며 진한을 탓했다.

"당신, 분명히 내 솜씨가 그 사람만 못하다고 생각하는 거예요."

진한이 얼른 손을 내저으며 부인했다.

"아니, 그렇지 않아요." 그러고는 부드러운 목소리로 달래주었다. "난 그저 그녀에게 조언을 구한 것뿐이에요. 방안을 정했다면 그녀를 찾아가지 않았겠죠."

하지만 이튿날 아침 일찍 그는 또다시 중슈링을 찾아갔고, 두 사람은 디자인실에서 고개를 숙이고 한참을 얘기했다. 류루이펀은 정말로 화가 단단히 나서 다시 그를 만났을 때 일부러 고개를 돌리고는 그가 무슨 말을 하든 전혀 못 들은 체했다.

이렇게 화난 채로 며칠이 지나자 진한은 어쩔 도리가 없었다. 그는 천청에게 부탁해서 주말에 위애슈越秀 공원에서 만나자고 청하는 작은 쪽지를 그녀에게 전했다.

약속한 날이 되어 진한은 새로 산 하얀 셔츠로 단정하게 차려입고 아침 일찍 위애슈 공원 입구에 서 있었다. 그는 조급하다기보다는 쑥스

러운 마음이 컸다. 이는 남녀 사이로 연애를 시작하는 것이며, 이 아가
씨를 책임져야 한다는 것을 어렴풋이 느끼고 있었다. 약속한 시각이 되
자 공원 매표소 뒤에서 고개를 숙인 채 홍조 띤 얼굴을 한 류루이펀이
천천히 걸어 나왔다. 그녀 역시 정성껏 치장한 모습이었다. 새 데이크
론 블라우스 차림에 머리는 양 갈래로 나눠 붉은 술붓꽃 끈으로 묶었
다. 두 사람은 공원 안으로 들어가서 오르막길을 따라 천천히 걸었다.
진한이 잠시 뜸을 들이다가 마침내 용기를 내어 말했다.

"나를 그렇게 외면하지 말아요. 일 얘기하는 건데 화낼 일이 뭐가 있
어요."

류루이펀이 얼굴이 붉어지더니 잠시 생각 끝에 입을 열었다.

"나 화나지 않았어요. 일하는 건데 화낼 일이 뭐가 있겠어요."

두 사람은 이렇게 서로에게 말을 맞춰주었고, 다시 사이가 좋아진
듯했다. 활기를 되찾은 진한이 펄쩍펄쩍 뛰듯 산길을 올랐다. 그러다
길옆에 데이지꽃 한 송이가 비죽 고개를 내민 것을 보고는 얼른 쪼그리
고 앉아 조심스럽게 꺾었다. 그는 손가락 두 개로 집어 든 꽃을 그녀 앞
에 내밀며 말했다.

"이것도 화낼 만한 일이죠. 말 몇 마디 한 것뿐인데. 정말 당신과 함
께하려면 다른 동료들과는 말도 할 수 없는 건가요?"

이렇게 말하는 그를 보며 류루이펀은 참았던 웃음을 터뜨렸다. 하지
만 슈링을 곰곰이 생각해보면 여전히 위험하다는 느낌이 드는 건 어쩔
수 없었다. 두 사람은 늘 동료라고 말하지만, 여자의 마음은 어느 정도
짐작할 수 있었다. 그녀는 어떻게 말해야 좋을지 몰라 잠시 머뭇거렸
다. 얼른 생각이 떠오르지 않자 손바느질로 만든 연꽃 모양 열쇠고리를
그의 손에 쥐여주며 말했다.

"이 열쇠고리를 드릴게요."

진한이 몹시 기뻐하며 열쇠고리를 받아들고는 말했다.

"사실 당신 솜씨는 정말 훌륭해요. 슈렁에게 전혀 뒤지지 않아요."

순간 류루이펀이 표정을 굳히며 일부러 화난 척했다. 진한이 다급하게 수습했다.

"알았어요, 알았어. 그녀 얘기는 안 할게요. 우리 얘기만 해요."

수예품에 대한 독특한 이해를 가지고 있던 진한은 수많은 디자인과 무수히 많은 실험을 거쳐 마침내 자신의 이상에 부합하는 기념품을 만들어냈다.

이 작품의 이름은 『어유도魚游圖』로, 화면 위에 여섯 마리의 물고기가 노닐고 있었다.[173] 물고기는 통통하게 살진 짧은 몸을 필사적으로 움직이며 흐르는 수초 사이로 헤엄치며 장난쳤다. 이러한 사진 같은 효과를 만들어내기 위해 구도에 서양의 투시법을 차용해 물고기들의 크기와 높낮이를 다양하게 달리 표현할 수 있었다. 물고기의 몸통은 각각 붉은색, 노란색, 검은색의 세 가지 색을 위주로 하였고, 물고기의 부위별 색깔의 농담에 치중하여 색이 점층적으로 변하게 함으로써 빛의 차이를 구현해냈다.

진한은 이 작품의 디자인을 위해 아주 오랫동안 작업했다. 물고기의 입체감을 부각하기 위해 실을 겹겹이 쌓는 방법으로 실 위에 실을 덧대었고, 입체감을 더욱 강하게 살리기 위해 바늘땀을 짧게 하고 유수로留水路기법[174]을 사용했다. 마지막으로 자수면 위의 물고기는 주황색이 감

---

173 여섯 마리의 물고기가 노니는 그림에서 '여섯(六)'은 '모든 일이 순조롭다(六六大順)'는 의미를, '물고기(魚)'는 '여유(餘)'를, 물고기가 노니는 물은 곧 '재물'을 뜻하여, '만사가 뜻대로 이루어지며 부자가 된다'는 의미를 담고 있다.
174 유수로 자수법은 광저우 자수에서 천년이 넘는 역사를 가진다. 수로를 남기듯 문양의 윤곽선을 따라 일정한 간격을 비워두고 수를 놓는 자수법으로, 이 틈으로 인해 대상의 윤곽이 더욱 또렷하게 보이는 특징이 있다.

도는 등뼈 부위와 연한 미색의 배 부위, 그리고 살짝 굽어진 물고기 배 위로 은은하게 그늘이 져서 힘차게 노니는 모습이 살아 있는 것처럼 생동감 넘쳐 보였다.

『어유도』가 탄생한 이후로, 자수 업계에 적잖은 파문이 일었다. 이제까지 광둥자수계에서는 수예품의 평면적이고 단조로운 구도의 특징을 혁파하고 강렬한 색채의 유화효과를 낼 수 있을지에 대한 논의가 끊임없이 이어져 왔었다. 이제 몇 대에 걸친 노력 끝에 마침내 진정한 길을 찾아낸 것이었다. 작품은 시 전체 경공업 미술공예품전에서 금상을 받았고, 전시회 참가 이후 월화공장의 기념비적 작품 중 하나가 되어 공장 전시실에 보관되었다.

진한은 연구를 계속하여 창작 난이도가 훨씬 높고, 형태와 색채가 살아 있으며 역동적인 자수화를 시도했다. 그는 공작새와 자고새, 화미조畵眉鳥를 포함한 『백조조봉百鳥朝鳳』을 디자인했는데, 색채가 아주 화려하고 거의 실제에 가까웠다. 공작새 깃털에만도 색채가 셀 수 없이 많았다. 매화와 난초, 소나무와 측백나무 등 네 가지 식물을 담은 '복福'자도 마찬가지로 실을 겹겹이 쌓는 자수법을 사용했는데 머리카락처럼 가는 소나무 잎 한 가닥 한 가닥이 다 다를 정도로 정교하고 섬세했다.

이렇듯 성공적인 작품 덕분에 공장에서는 그를 전폭적으로 지지했다. 그는 디자인부와 자수부를 이끌고 힘을 합쳐 협력해서 과감하게 『홍루紅樓』와 『서상西廂』을 창작했다. 그것은 이미 최고의 경지에 도달한 자수법으로, 바늘 사용이며 실의 사용이며 할 것 없이 정교함의 극치였다. 수예품의 형식으로 붓으로 그린 회화의 효과와 함께 빛과 그림자의 조화까지 구현해냈다. 모든 인물이 입체적이고 또렷한 이목구비와 섬세한 눈매를 가지고 있어서 형태가 생동감 넘쳤고 풍채가 우아했다. 인물화에서는 손의 선 처리가 가장 까다로운데, 진한이 개발한 수예품에

서는 인물의 손도 아주 적절하게 표현해냈다. 의상의 주름은 허虛와 실
實의 결합을 중요시하는데, 볼륨감을 제대로 살리기 위해서 자수부의
동료들이 밤낮없이 일했다. 옷자락 부분 중 손바닥만 한 귀퉁이를 위해
매일 열 몇 시간씩 자수를 놓았다.

노조 조직 하에서 공장 내 미혼 남녀 문제가 또다시 의제로 상정되
었다. 노조가 운동회와 무도회를 마련한 것도 다 젊은이들에게 기회를
만들어주기 위해서였다. 일단 누구든 공장 내 젊은 남자가 누군가에게
호감을 가진 것이 밝혀지면 즉각 그들에게 언제 결혼할 거냐는 질문이
던져졌다.

류루이펀도 생각이 있었다. 그녀는 번듯한 집안의 규수였기 때문에
연애는 금기시되었다. 만약 그녀가 진한과 사귀는 것이 모두에게 알려
졌는데도 그녀가 인정하지 않는다면 그녀는 작업장에 계속 남을 수 없
을 것이었다. 두려운 결과에 생각이 미치자 그녀는 참지 못하고 먼저 얘
기를 꺼냈고, 관계를 공개하자고 진한을 재촉했다. 진한은 결혼하기로
마음을 먹었지만, 아버지에게 말할 적당한 기회를 찾지 못하고 있었다.

이날 정오에 모두가 함께 식당으로 가서 점심을 먹었다.

진한이 그릇을 들고 와서 먼저 앉았다. 이런 순간이 올 때마다 그는
일부러 아버지와 멀리 떨어져 앉았었다.

공교롭게도 식탁에 딱 세 사람만 있었고, 류루이펀도 굳이 숨기지
않고 생글생글 웃으며 자신의 그릇 안에 있던 고기 한 점을 집어 진한
의 그릇에 넣어주었다. 진한은 마음이 어찌나 달콤해지는지 활짝 웃었
고, 고기를 얼른 집어 그녀의 그릇에 도로 넣어주며 말했다.

"당신 너무 말랐어요. 많이 먹어요."

옆에 있던 중슈링은 눈치를 채고 고개를 숙인 채 묵묵히 밥그릇 안
에 든 밥만 헤집었다.

두 사람은 합법적으로 연애를 하면서도 뭔가 양심에 거리끼는 일을 하는 것 같은 느낌을 지울 수 없었다. 공원을 거닐거나 영화를 보러 갈 때도 늘 도둑처럼 주위에 사람이 있는지 사방을 살펴야 했다. 주변의 분위기는, 한편으로는 자유연애를 주창하면서도 다른 한편으로는 남녀가 친구로 지내는 것을 무슨 위법한 일이라도 되는 것처럼 여겼다. 부모의 독촉 하에 혼인신고부터 한 다음 연애를 하거나, 아니면 직장에 먼저 보고를 해야 했다. 진한은 매일 루이펀을 보면서 당당하게 함께 걷고 싶다고 생각하면서도 또 한편으로는 주저하며 쑥스러워했다. 류루이펀은 다른 사람이 알게 되는 것을 겁내지는 않았지만, 아직 공개하지 않았기 때문에 먼저 나서서 그와 함께 걸을 엄두를 내지 못했고, 누군가 진한에게 짝을 소개해준다는 얘기를 들을 때마다 매섭게 그를 노려보았다.

이런 식으로 반년 동안 몰래 연애하면서 점점 더 많은 사람들이 알게 되었다. 진한은 마침내 용기를 내어 아버지에게 솔직하게 털어놓기로 마음먹었다. 이날 아침 슈런이 회의를 마치고 공장장 사무실로 돌아온 것을 보고 그가 얼른 뒤따라 들어갔다. 얘기를 막 꺼내려는 순간 그는 또 자신이 어리석기 짝이 없다는 생각이 들었다. 이건 집안일이니 응당 집에 가서 얘기해야 하는 것 아닌가.

슈런은 이미 그를 본 데다 그의 안색이 뭔가 심상치 않다는 것을 알아채고는 얼른 물었다.

"왜 그러니?"

진한은 어쩔 수 없이 심호흡을 크게 한 뒤 얘기를 털어놓았고, 내친 김에 '상사'에게 혼인신고를 할 수 있도록 소개장을 써줄 수 있는지도 물었다.

슈런은 놀랍기도 하고 기쁘기도 했다. 아들이 마침내 결혼하여 자립

화의금몽

할 수 있게 됐다고 생각하니 입을 다물 수 없을 정도로 기뻤고, 그 감정을 도저히 숨길 수가 없었다. 그는 기쁜 마음에 뭐라고 말해야 좋을지 몰라 손을 비비면서 한참을 생각한 끝에 말했다.

"어쨌든 우리 집에 가서 밥을 먹자꾸나. 어떻게 당장 혼인신고부터 하겠니?"

진한이 고개를 저으며 말했다.

"아버지는 아직 누군지도 모르시잖아요. 자수 작업장 왼쪽 줄에서 두 번째 아가씨예요."

이제껏 그렇게 기쁜 적이 없었던 슈런이 웃으며 말했다.

"안다, 알아. 공장 전체 백여 명 직원들 모두의 이름이 뭔지, 어떻게 생겼는지 나는 다 안단다."

하지만 그렇게 말하면서도 그는 이 아가씨의 신상기록표를 보려고 신상기록철을 열었다.

진후이도 고등학교를 졸업한 후 월화공장에 들어갔다.

그녀는 어려서부터 다 자랄 때까지 한결같이 천진난만한 모습이었다. 잘 웃었고, 순수했으며, 월극의상 선반에 숨어 숨바꼭질 놀이 하는 것을 좋아했다. 열 살이 훌쩍 넘어가면서 그녀는 그 나이 또래의 다른 모든 아가씨들과 마찬가지로 내성적이고 수줍음을 많이 타는 성격으로 바뀌었고, 모르는 사람과 얘기할 때면 얼굴이 빨개지곤 했다. 어릴 때는 공부를 곧잘 해서 성적이 아주 좋았다. 공부를 많이 한 사람이 없는 천가 집안에서는 거의 별종이나 다름없었다. 하지만 중학교까지 마치면서 그녀는 힘에 부쳐하기 시작했다. 슈런은 고심 끝에 진후이 역시 월화공장에서 수공예인의 길을 걷게 하기로 했다.

진후이가 공장에 들어와서 받은 압박은 진한만큼 심하지는 않았다.

공장에서도 수예 일을 할 수 있는 여공들은 늘 필요했기 때문이었다. 그녀는 말수가 적은 데다 봉제부에 따로 떨어져 배치되어 아침부터 저녁까지 하루 종일 재봉틀 페달만 밟으면 되었다.

그런데 문제는 생각보다 일찍 찾아왔다.

젊은 여자의 결혼연령은 남자보다 빠르다. 그녀는 처음 공장에 들어올 때부터 이미 연애할 수 있는 나이였다. 노조에서 그녀의 '일생의 대사大事'에 관심을 가졌고, 젊은 남자직원들도 모여 잡담을 하면서 장난치듯 서로 "너 진후이 좋아해?"라고 묻곤 했다. 묻는 사람은 시시덕거렸지만, 대답하는 사람은 아주 정색을 하며 필사적으로 고개를 내저으며 "난 그녀와 얘기해본 적도 없다고."라고 대답했다. 모두들 "부귀를 탐한다."든지 "권세에 빌붙으려고 한다."든지 하는 말을 듣기는 싫어서였다. 진후이는 하루 종일 찍소리도 하지 않고 재봉틀 페달만 왕왕 밟아댔지만, 그래도 주변을 떠도는 소문들을 늘 듣고는 있었다. 그녀는 어떻게 대응해야 할지도 모르겠고, 대응할 엄두도 나지 않아서 그냥 못들은 척하며 부끄러움으로 발갛게 달아오른 채 고개를 일감에 파묻고 지냈다.

그녀는 봉제부에서 조용히 지냈다. 재봉틀로 의상을 만드는 것이라 빨랐고, 손재주도 좋았다. 그녀의 재봉틀에서 나온 봉제선이 가장 깔끔하고 박음질이 튼튼해서 한눈에 보기에도 솜씨 좋은 것을 알 수 있었다. 작업장 주임이 자주 그녀를 칭찬했다.

"과연 천 공장장님 따님이야. 타고난 솜씨라니까."

잦은 칭찬은 사람들의 시기와 질투를 더욱 부추겼다. 그녀는 똑같이 일에 몰두하고, 똑같은 월급을 받는데도 마음을 나눌 친구 하나가 없었다.

아무 거리낌 없이 그녀에게 농담을 거는 사람이 딱 한 명 있었는데

바로 류즈쥔이었다. 류즈쥔은 언제나 활발하고 명랑한 사람이다. 뻔뻔한 구석도 있어서 못하는 농담이 없었다. 그는 줄곧 영업부에 있었는데, 공장에서 결혼적령기 청년들의 시급한 문제를 해결하자고 독려하면서부터 자주 작업장에 들어와 헤집고 다니며 공공연하게 짝을 찾고 있다고 큰 소리로 떠벌이곤 했다. 다들 그의 뺀질거리는 말투에 이골이 난 지라 따지지도 않았고, 틈만 나면 그와 함께 온갖 있는 얘기 없는 얘기를 떠들어댔다. 류즈쥔은 여기저기 말을 걸어 집적거렸는데, 가장 부끄러움을 잘 타고 얼굴이 빨개지는 진후이야말로 놀려먹기 좋았다.

오래지 않아 공장 안에 류즈쥔과 진후이가 연애한다는 소문이 쫙 퍼졌다.

들리는 말로는 이 일은 류즈쥔이 자기 입으로 직접 얘기했다고 했다. 그는 자주 진후이 옆에 딱 붙어서 그녀에게 요점도 없이 이말 저말 지껄였고, 가끔은 약간의 심부름도 했다.

슈런 역시 이 뜬소문을 들었고, 몹시 기분이 나빴다. 류요우씽과의 갈등은 차치하더라도, 그는 원체 지나치게 활달하고 수공예 기술이 없는 젊은이를 좋아하지 않았다. 그의 인상 속에 영업부 사람들은 입만 요란하게 놀려댈 뿐, 수공예 연구는 전혀 하지 않으면서 도리어 사람들이 일을 대충 한다고 비난하는 글을 쓰는 뻔뻔한 작자들이었다.

동료 직공들은 사석에서는 모두 그를 좋지 않게 보고 있었다. 류즈쥔이 성실하지 않은 성격이라 좋은 남편감은 아니라고 보았다.

"진후이는 너무 정직하고 성실해서 이런 사람과 함께하면 분명 손해 볼 거야."

열성적인 아주머니와 아저씨들은 진한에게 누이를 '잘 건사하라'고 조언했다. 하지만 진한은 마음이 온통 디자인에 가 있었고, 쓸데없는 일에 신경 쓰는 것을 좋아하지 않았다. 게다가 누이동생의 감정 문제에는 더더욱 개입하고 싶지 않아서 고개를 가로저으며 딱 잘라 말했다.

"류즈쥔이 입이 가벼운 것뿐이에요. 두 사람은 어울리지도 않고요."

오누이가 한 공장으로 출근하고는 있었지만 업무 시간에는 서로 교류하기 힘들었다. 밤에 집에 돌아가도 진후이는 집안일 하느라 바빴고, 진한 역시 그녀에게 말을 꺼내기가 어색했다. 그는 단지 진후이가 앞으로도 늘 단순하고 수줍음이 많은 채로 낮에는 부지런히 일만 하고, 밤에는 퇴근해서 가끔 여자들과 탕슈이를 마시러 가거나 쇼핑이나 하면서 지내기를 바랄 뿐이었다.

막 공장에 들어온 젊은이는 월급이 자신의 식비나 겨우 해결할 정도밖에 안 되었다. 하지만 진후이는 섭섭하게 생각하지 않았다. 그녀 자신은 돈 쓸 일도 별로 없어서 용돈만 조금 남겨 놓고 나머지는 모두 어머니에게 주었다. 그런 그녀에게 류즈쥔이 느닷없이 나타나 주위를 맴돌며 한숨을 내쉬고 한탄했다.

"쥐꼬리만 한 이 월급으로는 밥이나 겨우 먹을 수 있을 정도니, 앞으로 아내를 얻으면 어떡하죠. 한 달에 34위안 5마오니까 일 년이면 414위안, 십 년이면 4140위안……."

진후이가 웃음을 터뜨리며 말했다.

"계산을 그렇게 하시면 어떡해요. 월급이 오를 거잖아요."

류즈쥔이 또다시 한숨을 내쉬며 말했다.

"오른다고 해도 2년에 고작 3위안, 5년에 4위안요? 됐어요. 내가 살아 있는 동안에는 50위안도 채 안 오를걸요. 안정된 생활에 사는 게 늘 똑같겠죠. 눈에 선하게 보이는 것 같네요."

그는 한편으로는 불평을 늘어놓으면서 다른 한편으로는 적극적으로 돈벌이를 찾았다. 좌판을 펼쳐 놓고 면화 건조한 것이나 야생 약초, 복제 테이프 따위를 팔았다. 동료 직공들은 그를 놀리며 빈정거렸지만,

화의금몽

그의 '수많은 요령'에는 탄복하지 않을 수 없었다.

"기본 월급만 가지고는 안 돼요. 부자가 되는 길은 도처에 널려 있으니 스스로 찾아야죠."

그는 노파심에 거듭 충고한다는 투로 진후이에게 열심히 얘기했다.

하루는 그가 진후이를 잡아끌고 층계참으로 가서는 층계참에 쌓인 폐자재를 보여주었다. 그는 손바닥만 한 면포를 집어 들며 몹시 마음 아프다는 듯 말했다.

"이 자투리 천들은 정말 낭비하는 거지 뭡니까. 다음 달에 사람이 와서 수거해 간다는데 아깝지 않아요?"

"공장에서 이미 결정한 일인데 아까워해도 소용없죠." 진후이가 눈을 동그랗게 뜨며 천진난만하게 말했다.

류즈쥔은 이 천들이 쓸모를 발휘할 용처에 관한 좋은 생각이 떠올랐다며 그녀에게 말해주었다.

"이것들로 베갯잇 몇 개는 충분히 만들 수 있어요. 이렇게 좋은 천으로는 베갯잇을 만들 수 있고말고요. 쓰레기로 버려지는 것보다 훨씬 낫지요."

진후이가 놀랍다는 듯 고개를 끄덕였다. 이렇게 '기술적인' 구상이 그의 머리에서 나왔다는 것을 도저히 믿을 수가 없었다.

"당신이 얼른 만드세요. 분명 만들 수 있을 거라 믿어요."

진후이는 솜씨도 좋고 손이 빨라서 재봉틀 봉제로 완성하는 옷으로는 전체 팀 내에서 생산량이 가장 많았다. 류즈쥔은 천을 잘 싸서 그녀에게 건네주었고, 그녀는 며칠 밤 만에 '패치워크 식' 베갯잇 여러 장을 만들어냈다. 알록달록 다채로운 색깔의 천 조각들이 기막히게 배합되어 언뜻 보면 정성껏 디자인해 만든 것 같았다.

류즈쥔은 기뻐서 덩실덩실 춤을 추며 그녀에게 '진정한 천재'라고 칭찬했다. 그는 당장 주말을 이용하여 북적이는 교차로로 나가 이 저렴한 베갯잇들을 내다 팔았다. 월요일에 진후이를 만나자마자 5마오짜리, 1마오짜리 지폐를 몇 장씩 쥐여주며 '더 만들어달라.'고 했다. 돈을 받아든 진후이는 놀라움에 눈이 휘둥그레졌다. 그녀는 어른이 다 되도록 그런 큰돈을 만져본 적이 없었다. 류즈쥔이 두 번째로 자투리 천을 그녀에게 주었을 때, 그녀는 더욱 정성을 기울였다. 손바닥만 한 크기로 이미 더 이상 자를 수 없을 정도로 작은 자투리 천들을 짜깁기하여 탕파 겉싸개를 만들었다. 베갯잇을 만들 수 있는 천으로 어울리는 색깔을 골라내는 것뿐만 아니라 삼각형이나 사각형 천을 이용해 짜깁기로 수탉 도안을 만들기도 했다. 짜깁기로 넓은 천을 만든 후에는 오른쪽 귀퉁이에 '인민을 위해 복무하라爲人民服務.'[175]는 글귀도 수놓았다.

얼마 지나지 않아 문제가 생겼다. 작업장 내에 금세 "공장 내 기풍이 좋지 않다. 간부 자제들이 회사 물건을 집으로 가져간다."는 등 이런저런 뒷얘기가 퍼졌다. 동료 직공들 사이에 관계가 친밀해서 낮에는 하루 종일 작업장에서 함께하고, 밤에는 골목길을 돌아다니며 바람을 쐬는 등 서로 왕래가 잦았기 때문에 일거수일투족을 숨길 수가 없었다. 이런 소식을 들은 슈런은 "바람 없이 파도가 일지 않는다."는 것을 알았기에 곧바로 진한에게 가서 물었다. 진한은 제품 개발로 한창 바빴기 때문에 밤낮없이 디자인실에만 틀어박혀 있느라 아무 얘기도 못 들었다. 슈런이 머리를 만지작거리며 길게 한숨을 내쉬었다.

"내가 쓸데없는 소리를 한 거였구나. 말할 필요가 없었어."

이날 이른 아침 우 서기는 슈런을 사무실로 불러 한바탕 호되게 비판했다. 슈런은 무슨 영문인지 모르다가 우 서기가 말끝마다 욕을 한바

---

175 마오쩌둥 주석이 최초로 주창한 공산주의 도덕의 기본 특징 및 규범의 하나로, 중국공산당 당원과 중화인민공화국 국가기관 및 그 종사자의 법정 의무이기도 하다.

화의금몽

탕 퍼붓는 걸 듣고서야 진후이가 큰 사고를 쳤다는 걸 알게 됐다.

"내가 도대체 무슨 말을 하면 좋겠나. 자네, 간부는 어떻게 된 거야!"

우 서기는 참지 못하고 히스테리를 부리며 고함을 질렀다.

슈런은 반박할 수가 없어서 묵묵히 비난을 받아들일 수밖에 없었다.

처분이 곧장 내려졌다. 류즈쥔과 천진후이가 공장의 재물을 훔친 것은 엄중한 위반행위에 해당하므로 공장 내 통보비평을 받고 공개적인 반성문 낭독을 해야 했다. 류즈쥔은 오히려 아무렇지도 않게 자신은 "나이가 어리고 세상 물정도 모른다."고 이죽거리며 전혀 개의치 않았다. 미음이 여린 진후이는 금방 입을 틀어막고 울기 시작했다.

공장에서 총회가 열리던 날, 진후이는 부들부들 떨며 단상으로 올라가 더듬거리며 띄엄띄엄 반성문을 읽어 내려갔고, 읽는 내내 눈물을 흘렸다. 작업장으로 돌아와서는 더 큰 소리로 울었고, 누가 말려도 그치지 않고 하루 종일 울었다. 이후 몇 달 동안 그녀는 공장 안에서 감히 말도 잘 못하고 행동도 함부로 하지 못하면서 매일 재봉틀에만 고개를 파묻고 지냈다. 간부를 만나면 얼른 피하기 바빴고, 동료들이 모여 수다만 떨어도 긴장했다. 다른 사람 얼굴에서 희미한 웃음기라도 보게 될까 봐 사람을 똑바로 쳐다보지도 못했다. 이런 상황은 반년이 지나서야 좀 나아졌다. 집에 돌아오면 자신을 침대 커튼 안에 가둔 채 반나절 동안 나오지도 않고 바느질을 하거나 책만 읽었다.

진한은 단상 아래에서 여동생을 올려다보며 자신의 얼굴까지 화끈거리는 것을 느꼈고, 말할 수 없이 속상했다. 하지만 어쨌거나 진후이도 잘못이 있었기 때문에 이 일을 억울하다고 할 수만도 없었다. 그는 짐짓 침착한 체하며 동료들의 비난과 손가락질을 무표정하게 받아들이는 수밖에 없었다. 그는 자신이 연루되는 것은 상관없었다. 다만 진후이가 너무 힘들어하지 않기만을 바랐다.

슈런도 보이지 않는 손바닥이 자신의 뺨을 철썩 때린 것만 같아서 견디기 힘들었다. 그는 온갖 풍파를 겪어온 사람이라 모든 걸 꿰뚫어 보았다. 딸이 하루 종일 당황하고 심란해하는 모습을 보고 더 나무라지는 못하고 담담하게 말했다.

"잘못한 걸 알면 됐다."

제12장

주말에 진한은 천청에 이끌려 성씬聖心대성당에 가서 복음 수업을 들었다.

성씬대성당은 이더로一德路에 자리하고 있어서 성당 문 앞이 왕래하는 차들로 몹시 북적였다. 광저우 성에서 가장 큰 성당인 이곳은 소란스러움과 왁자함 속에 자리 잡은 고요였다. 시끄럽고 번화한 시내 한가운데에 돌연한 그 장엄함과 엄숙함이 두드러졌다.

두툼하고 단단한 화강암 벽돌담과 고딕 양식의 첨탑구조 덕분에 성씬대성당은 웅장하고 화려하며 신성한 기운이 충만해 보였다. 이름난 수많은 다른 성당들과 다른 점은, 성씬대성당이 광저우에서 가장 번화한 교역 시장에 위치하고 있어서 예배를 보러 수시로 드나드는 사람들 대부분이 인근에서 힘들게 살아가는 가난한 노동자들이라는 것이었다. 진한은 신앙에 대해서는 이제껏 한 번도 생각해보지 않았다. (아버지의 영향을 받은 그에게 최대의 신앙은 할아버지인 천더우셩이었다. 천더우셩이 세상을 떠날 때 그는 아직 어렸기 때문에 할아버지의 목소리나 웃는 모습에 대해 특별한 인상 같은 것은 없었다. 성인이 된 이후 기예를 발전시키기 위해 그는 항상 할아버지가 남긴 옛 도안집들을 들춰보았고, 힘이 넘치는 그 필획 속에서, 한 치의 오차도 없는 장부 속에서 강한 힘을 느꼈었다. 그도 아버지처럼 초하룻날과 보름에 향을 피워 올리고, 신대에 모셔진 선조 앞에서 묵묵히 자신의 속마음을 털어놓는 것이 습관이 되었다.)

하지만 천청은 고집스럽게 그를 잡아끌며 말했다.

"가서 한번 경험해 봐. 누구나 어느 정도는 신앙이 필요해."

조용하고 차분한 성격으로 정오 휴식 시간이면 『홍루몽』을 즐겨 읽는 천청이 서방의 전도를 즐겨 듣는다니 뜻밖이었다.

진한은 천청을 따라 셩쎈대성당 문 안으로 들어섰다. 이 교회당은 역사가 깊었다. 수차례 고난을 겪었고 몇 번의 대대적인 보수공사를 거쳤기 때문에 세상의 온갖 변천을 다 겪은 진중함을 여실히 보여주고 있었다. 널찍하고 밝은 예배당 안으로 들어서니 소속감이 충만한 가원家園에 들어온 것 같았다. 예배당 안은 사람들로 꽉 들어차 있었지만, 매우 조용했다. 모두가 눈을 지그시 감고 두 손을 교차한 자세로 신부님의 설교가 시작되기를 기다리고 있었다.

예배당 안의 웅장함과 평온함은 들뜬 마음을 순식간에 차분하게 가라앉게 해주었다. 장엄한 찬송가가 울려 퍼졌고, 말할 수 없는 감동이 뒤따랐다. 주말마다 예배당 안은 앞뒤로 좌석이 꽉 찼다. 인근의 수레꾼들은 러닝셔츠를 입고 바쁘게 뛰어다니느라 등짝이 흥건히 젖을 정도였지만 짬을 내어 와서 설교를 들었다.

진한은 천청을 따라 맨 뒷줄에 앉아 멀찍이서 종 치는 소리를 들었다. 찬송가가 울렸고, 그 소리는 널찍한 예배당 공기를 휘감으며 맴돌았다. 신부님은 한 손에 『성경』을 들고 한 손으로는 쉴 새 없이 손짓을 하며 천천히, 그리고 힘 있게 교리를 설파하였다.

찬송가의 선율이 맑고 아득하여 진한은 푹 빠져버렸다. 그는 마치 오색찬란한 일군의 정령들이 자신의 몸속에서 튀어나와 공기 중에 유영하고 떠돌며 끊임없이 선회하는 모습을 본 것만 같았다. 그것들은 마지막에 설계지 위에 내려앉아 기쁨의 춤을 추면서 갖가지 도안으로 화했다. 이 도안들은 눈부시게 아름답고 다채로웠으며 대범하고 기이했다. 마치 또 다른 상상의 세계로부터 나와서 생명으로 화한 것 같았고, 그 눈부신 아름다움은 바로 생명의 눈부심이었다.

미사를 마친 후 신부님이 성당 입구에 서서 예배당을 찾았던 이들을 한 사람 한 사람 친절하게 배웅했다. 그러고는 천청을 손짓으로 불러 두 사람을 내실로 들어오게 했다.

"고향에서 친구가 내게 먹을 것을 좀 보내왔어요. 좀 들어요."

신부가 온화한 목소리로 말했다. 내실 벽에는 자수가 놓인 십자가상이 걸려 있었는데, 천청의 작품으로 보였다.

이후 몇 번 더 다녀온 뒤로 진한은 신부와 친해졌다. 신부는 특히 중국 특유의 기예를 좋아해서 수집한 수많은 광둥식 채색도자기 접시를 주방 선반 안에 높이 쌓아 놓고 자물쇠로 잠가두고는 "귀국하면 친척들에게 선물할 것"이라고 말했다. 진한은 신부의 큰 사랑에 감사하는 마음을 전하고자 정성껏 디자인한 용상龍像 한 점을 선물했다. 신부는 연신 찬사를 쏟아내며 기뻐했다.

"정말이지 중국의 기예에는 놀라움을 금치 못하겠어요."

신부의 사무실에서 차를 마시면서 진한은 자신이 오래 생각해온 질문을 꺼냈다.

"신부님, 하느님이 정말로 정의를 주관하시나요?"

신부가 다정하게 되물었다.

"그렇지 않을 거라고 생각하나요?"

광저우에서 이십 년 넘게 살아온 신부는 중국어를 잘할 뿐만 아니라 광둥 사투리가 섞인 중국어를 구사했다. 진한이 또 물었다.

"하느님이 선한 이를 지켜준다고 하셨잖아요. 그런데 우리는 선한 사람이 아닌가요? 우리는 매일 자기 힘으로 열심히 일하며 생활하는데 왜 이렇게 사는 게 힘들죠?"

신부는 잠시 깊이 생각하더니 미소 지으며 말했다.

"힘든 것 같아요? 당신은 지금 입을 옷이 있고, 먹을 음식이 있으며, 부모님도 건강하시고, 좋은 친구도 있는데 뭐가 힘드시죠?"

진한이 신부에게 기대했던 것은 증상에 딱 들어맞는 처방이었는데, 예상하지 못한 이런 대답이 돌아오자 순간 멍해졌다. 천청은 흥미롭다는 생각이 들어 진한의 어깨를 두드리며 말했다.

"이 나이 들도록 애인도 없는 내가 더 힘들어."

신부도 웃으며 말했다.

"젊은이, 당신이 가진 모든 것이 어쩌면 수많은 다른 누군가가 꿈꿔 왔던 것일지도 모릅니다. 어떤 사람들은 평생토록 사랑을 찾지도 못하고, 평화와 기쁨을 찾지 못하기도 합니다. 그것이야말로 진정한 고통이지요."

진한은 진지하게 생각해보았다. 자신이 지금 한창 연애하면서 사랑의 달콤함을 맛보고 있다는 생각은 들었지만, 그럼에도 여전히 뭔가 잘못되었다는 느낌을 지울 수 없었다. 그는 다시금 곰곰이 생각한 끝에 말했다.

"하지만 우리는 매일 일에 몰두하고 있고 야근도 자주 합니다. 광장히 힘들어요. 우리와 같은 일을 하는 사람들은 모두 눈 건강이 나쁩니다. 지나친 과로로 눈을 더 망치게 되지 않을까 늘 걱정도 하고요. 어떤 사람은 척추를 다쳐서 나이 들면 허리를 제대로 펼 수조차 없게 되기도 합니다. 제 할아버지가 살아계실 때는 우리 가게가 큰 점포라서 다른 사람들을 도울 여력이 있었지만, 아버지 세대에 와서는 아무리 힘들게 일해도 돈을 벌 수 있으리라는 희망이 보이지 않아요. 제 아버지는 월화공장의 공장장이 된 이후로 오랫동안 정신적으로나 육체적으로 잠시도 쉴 틈 없이 일했습니다. 하지만 매일같이 마주하는 것은 가짜 금은으로 된 실일 뿐, 이른바 부귀영화는 모두 월극의상 위에 있습니다."

신부가 담담하게 웃으며 말했다.

"벼락출세나 부귀영화를 누리는 것만이 행복이라고 부를 수 있는 것은 아니지요."

진한은 신부의 대답에 만족할 수 없었다. 그는 신부에게 감사 표시로 자수를 놓아 『모란도』상을 한 점 제작해주었다. 2미터 20센티의 자수 화폭에 모란꽃 여섯 송이가 활짝 피어 있었다. 진홍색, 장밋빛 붉은색, 검붉은 색, 귤색 등 저마다 운치가 있었고, 초록색 잎의 그늘 아래서 생기 넘치게 피어 있었다. 신부는 자수상을 받아 들고는 너무 기뻐 손에서 놓을 줄 몰랐다.

성당 이외에 진한은 사찰에 가서 어슬렁거리는 것도 좋아했다. 광저우에는 이름난 종교 공간이 많았다. 기독교와 천주교 장소도 있었고, 불교나 도교 등 본토 종교에는 류룽사六榕寺, 광샤오사光孝寺 등 유명한 사찰이 많이 있었다. 진한은 류룽사에 갈 때마다 아주 친밀한 느낌을 받았고, 낯익은 이웃들이 부처님 앞에서 경건하게 무릎을 꿇고 절하는 모습을 보면서 내면 깊은 곳에서부터 안도감을 느꼈다.

류룽사는 월화공장에 신공용품을 줄곧 의뢰해왔다. 진한은 대표로서 때때로 절을 방문해서 방안을 논의하고, 도면을 보내는 등 왕래를 해온 터에 서로 친숙해졌다. 신공神功을 맡은 밍루明如 스님이 진한을 보자마자 웃으며 불당 안으로 안내했다.

"오늘도 차 얻어 마시려고 왔어요?"

사찰에서 의뢰한 것을 공장이 거절한 적은 한 번도 없었지만, 월극 의상 주문이 많아 일이 밀릴 때면 그들이 의뢰한 작업이 알게 모르게 뒷전으로 밀리곤 했다. 스님들도 그런 사정을 들어서 알고 있었고, 화를 내는 스님도 있었다.

"도대체 배우들 심기는 건드리면 안 되고, 우리는 함부로 해도 된단 말인가요?"

진한은 소통의 임무를 띠고 파견되어 불당 안에 그들과 함께 앉아 차를 마시곤 했는데, 그때마다 그는 하하 웃음을 터뜨리며 말했다.

"죄송합니다. 다음에는 정말 빨리 해드릴게요."

스님들도 그가 책임질 수 없는 일이라는 것을 알았기에 그를 탓하지는 않았다. 그저 고개를 가로저으며 불당에서 차나 한잔 하자고 청할 뿐이었다.

"우리가 주문한 무대 막은 어떻게 됐나요? 한 달이 넘었는데 그림자도 못 봤어요!"

밍루 스님이 차를 우리면서 투덜거렸다. 그러고는 고개를 들어 벽에 걸린 선화禪畵를 바라보며 말했다.

"듣기로는 당신들은 아무리 복잡한 불화도 모두 수놓을 수 있다면서요. 왜 우리한테는 한 점도 제작해주지 않는 겁니까?"

진한이 두 손을 합장하며 싱긋 웃었다.

"스님께서 공장에 와서 주문하시면 우리가 즉시 만들어드리지요."

방 안에 향나무 냄새가 감돌고 탁자 위에는 불경 몇 권이 놓여 있었다. 천천히 차를 마시던 진한은 문득 마음이 탁 트이는 기쁨을 느꼈다. 밍루 스님이 떡을 먹으라며 그를 불렀다. 자신들이 직접 만든 계화떡으로 찹쌀가루와 녹말가루를 섞어 반죽한 것을 쪄서 만들었다고 했다. 떡 속에 계화를 섞어서 그런지 아주 달콤한 향이 났다. 하지만 그는 다정하게 부르면서도 불평을 했다.

"우리는 당신한테 이렇게 잘해주는데 당신은 우리 물건에 신경도 안 쓰는 것 같군요."

진한은 남의 떡을 먹으면서 더욱 미안한 마음이 들었다.

"공장에 일이 너무 많아서 저희도 어쩔 수가 없어요."

그러다가 차츰 진한은 스님들 얼굴에 근심이 드리워지는 것을 느꼈다. 이제는 그가 온 것을 보고도 방어적인 표정을 지으며 더 이상 한가하게 차를 마시자고 청하지도 않았다. 신공을 관리하는 또 다른 젊은 스님 밍닝明寧은 평소에도 잔소리가 많았는데, 진한을 대하는 태도가 점점 험해졌다. 이날 진한이 문을 들어서자마자 밍닝 스님이 얼른 빗자루를 들더니 빗자루 끝자락이 거의 그의 발에 닿을 정도로 휘두르며 바닥을 험하게 쓸었다. 밍닝 스님은 호의라고는 없는 말투로 말했다.

"또 빈손으로 오셨군요. 아예 환불해주세요. 우리도 필요 없으니까."

진한은 그가 화난 것이라고 생각하고 얼른 웃는 얼굴로 말을 건넸다.

"다음 주에는 가져올 수 있습니다."

"다음 주면 우리는 모두 여기 없습니다. 떠날 거거든요."

밍닝 스님이 잔뜩 풀이 죽어서는 먼 곳으로 간다는 손짓을 하며 말했다.

밍루 스님이 진한을 불당으로 불러들여 차를 권하며 설명해주었다.

"주지 스님께서 여기는 이제 지키기 어렵다고 하셨습니다."

진한이 무슨 뜻인지 알아듣지 못해서 물었다.

"지키기 어렵다는 게 무슨 말씀이세요?"

"차압 얘기지요!"

이렇게 말하는 밍루 스님의 얼굴이 굳어졌다.

진한은 여전히 이해할 수 없었다.

"이곳은 늘 분향하는 사람들로 북적이는 곳인데 어떻게 그런 일이 있을 수 있죠? 전에도 차압한다는 얘기가 있었지만 이미 주민위원회에서 제지하지 않았습니까."

밍루 스님이 고개를 저으며 말했다.

"전국적으로 '사구타파四舊打破'[176] 움직임이 거센데 누가 제지할 수 있겠습니까. 며칠 전에는 주민자치회 사람들이 붉은 완장을 차고 손에 각목을 들고 대거 몰려왔습니다. 하나같이 흉악하고 험상궂은 모습을 하고는 우리를 철저히 조사하겠다고 하더군요!"

이렇게 말하는 그는 거의 울음을 터뜨릴 것만 같았다.

진한도 마음이 아팠지만, 위로의 말을 건넸다.

"스님들은 부처님이 지켜주실 겁니다. 두려워하지 마세요."

밍닝 스님이 고개를 푹 숙이며 한숨을 내쉬었다.

"전국의 형세가 이러하니 부처님이 오셔도 못 막는 게 아닐까 걱정될 뿐이지요."

다시 일주일이 지났다. 절 안은 한층 더 썰렁하고 텅 빈 느낌이었다. 사람도 적어졌고 물건도 적어졌다. 스님 몇 명이 떠났다. 고향으로 돌아

---

176 '네 가지 구태(四舊)'를 타파하자는 구호이다. 문화대혁명 초기에 혁명의 주요 목표로 네 가지 낡은 악을 타파하자는 구호를 내걸었다. 여기서 네 가지 낡은 악은 '낡은 사상, 낡은 문화, 낡은 풍습, 낡은 습관'을 통칭하는 폄의의 말이다. 네 가지 구태 타파 운동은 사회생활의 혼란을 야기하고 자산과 문물의 손실을 초래했을 뿐만 아니라, 더 끔찍한 일은 홍위병들을 학생으로서의 규칙적인 행동규범과 습관으로부터 벗어나게 만들었으며, 갖가지 문명의 금기를 깨고 허황한 계급투쟁을 이념단계에서 실천과 이행의 광기로 변질시켰다. '사구타파'라는 표어 아래 낡은 것이 모두 부정되면서 전통적인 희극(경극, 월극 등)이 금지되고 〈혁명모범극〉으로 바뀐 적도 있었다.

가 은거하거나, 훨씬 더 편벽한 사찰로 갔다. 어디도 갈 곳이 없는 스님들은 그저 얌전히 기다리며 시국의 변화에 순응하는 수밖에 없었지만, 마음은 황망하고 불안했다. 상황이 점점 긴박하게 돌아가고, 신문과 방송에서는 매일 심각하고 무거운 소식만 보도했다. 남은 스님들은 불상 앞에 끊임없이 절을 올리며 말했다.

"류룽사는 뿌리가 깊고 두터운 사찰입니다. 류룽사의 선조께서 우리를 지켜주실 겁니다."

진한이 새로 제작한 무대 막을 품에 안고 와서는 큰 소리로 스님들을 부르며 나오서서 수령히고 서명을 한 뒤 결산을 해딜라고 외쳤다. 하지만 밍위안明遠 스님이 잔뜩 굳어진 얼굴로 두 손을 모아 합장하며 다가와 정중하게 진한에게 말했다.

"죄송합니다. 주지께서 안 계십니다. 이 무대 막은 이제 필요치 않습니다."

진한은 물건을 건드리지도 않은 채로 도로 가져올 수밖에 없었다.

그는 새로 제작한 신공물을 들고 그 길로 월화공장으로 돌아왔다. 너무도 당황스럽고 심란했다. 아버지가 당신이 겪었던 격동의 세월과 전쟁에 대해 그에게 많은 얘기를 들려주었지만, 그는 믿지 않았었다. 그는 하루하루 자신의 일을 묵묵히 해내면서 비록 힘들지만 안온한 삶을 살아왔다. 그런데 이 정도의 삶도 유지할 수 없단 말인가? 그는 도저히 받아들일 수 없었다. 금빛 찬란한 이 신공용품은 이미 오래전에 완성되었다. 정교하고 아름다운 도안과 촘촘하고 튼튼한 바느질은 동료 직공들이 한 땀 한 땀 정성껏 만들어낸 결과물이었다. 불상 옆에 걸려서 만인의 주목을 받아야 할 작품이 지금은 처치 곤란한 물건이 된 것이다.

맥이 쭉 빠져서 월화공장으로 돌아와 어떻게 얘기를 꺼내야 할지 고민하던 그는 뜻밖에도 작업장 안이 이상하리만치 고요한 것을 발견했다. 우 서기가 군중 한가운데 서서 홍두문건紅頭文件[177] 하나를 들고 커다란 목소리로 낭독하고 있었다. 아래에서는 온통 숙연한 표정이었다. 진한은 어렴풋하게나마 마지막 문장을 들었다. "월화공장은 앞으로 더 이상 월극의상을 생산하지 않는다!"

우 서기가 낭독을 마치자 주위는 온통 침묵에 휩싸였다. 갑작스럽게 닥친 변화에 모두들 어떻게 반응해야 할지 몰랐다. 한나절이 지나서야 사람들이 여기저기서 낮은 목소리로 불만을 터뜨렸다.

"생산을 하지 않으면 우리는 어떻게 먹고살라는 거야?"

"커튼이나 식탁보, 베개와 이불처럼 인민이 원하는 게 있다면 우리가 만들면 됩니다!"

우 서기가 잔뜩 굳은 표정으로 손에 든 문건을 정중하게 치켜들었다.

슈런은 공장장으로서 명확한 지령을 발표해야만 했다. 그는 느릿느릿 작업장 중앙으로 걸어가 억지로 쥐어 짜낸 미소를 지으며 입을 열었다.

"침대보와 이불 등 침구를 수선하는 것은 기술적으로 어렵지 않을 겁니다. 이제부터 정돈을 시작해봅시다."

작업장 안이 온통 분분한 의견으로 술렁거렸다. 다가올 엄청난 변화에 대해 월화공장이 아무것도 감지하지 못하고 있었던 것은 결코 아니었다. 월화극단이 반년 전에 갑자기 모든 계약을 중지한 것은 당 중앙의 지시에 따라 대형 시대극을 일체 공연하지 못하게 되었고, 전국적으로 '8대 모범극'[178]의 공연만 허용되기 때문이었다. 월화극단이 대형 월

---

177 중화인민공화국 당정 지도부에서 공포한 문건, 또는 상급 지도기관이 하달하는 지시나 통지로서 문서 상단에 '××(기관)문서'라는 글씨가 붉은색으로 크게 찍혀 있다.

178 문화대혁명 시기에 혁명모범극으로 수립된 20가지 무대예술 작품을 일컫는다. 8대 모범극에는 경극인 『지취위호산(智取威虎山)』, 『해항(海港)』, 『홍등기(紅燈記)』, 『용강송(龍江頌)』, 『기습백호단(奇襲白虎團)』과 발레극인 『홍색낭자군(紅色娘子軍)』, 『백모녀(白毛女)』, 그리고 교향악

극을 공연하지 않게 된 이후로 공장의 주문량은 점점 줄어들었다. 공장 내 간부에서 말단까지 직원들 모두가 불안해했다. 월극이 사라지면 월극의상도 생존할 수 없게 될까 봐 두려워했었다. 하지만 명문화된 통지가 없었기 때문에 공장에서는 여전히 해오던 대로 작업을 계속했고, 개중에는 『백모녀白毛女』의 월극의상을 만드는 것이 『제녀화』의 월극의상보다 훨씬 간단하다며 좋아하는 직공들도 있었다. 그런데 생산을 아예 금지하는 이런 날이 결국 와버릴 줄은 아무도 몰랐다. 이 업계로서는 의심할 여지 없는 멸절의 재난이었다.

진한은 군중 속에 서서 불안을 토로하는 갖가지 얘기들을 들으며 품에 안고 있던 무대 막에 수놓인 정교한 문양을 따라 돌출된 수실을 매만졌다. 마음속에서 억누를 길 없는 분노가 치밀었다.

1966년부터 월화공장은 시대극 무대의상 생산을 완전히 중단하고 이불보와 요, 커튼 등 일용품을 생산하는 체제로 전환했다. 슈런은 매일 세 차례 순시의 규칙을 여전히 지키며 천천히 작업장 안을 돌아다녔다. 얼굴은 굳어 있었고 눈빛은 차가웠다.

공장 안은 후텁지근했다. 대형 선풍기를 사야 한다고 기안을 올렸지만 반년이 지나도록 허가가 떨어지지 않았고, 공장 직원들은 매일같이 바쁘게 일하느라 비 오듯 흐르는 땀으로 등이 흠뻑 젖었다. 그런데도 상부에서 하달되는 통지는 오히려 점점 더 빡빡해져 갔다. 학습회의가 많고 학습문건도 많아서 직공들은 거의 울상이 되어 몽유병 환자처럼 회의에 참석하곤 했다. 우 서기는 직공들의 문화적 소양이 낮은 것을 헤아려서 그들이 학습을 통해 느낀 바를 써서 상부에 올리는 보고서에 대해서는 일체 아무런 요구를 하지 않았고, 대신 사무실의 주임과 비서

『사가빈(沙家浜)』이 있다.

를 자주 불러 모두의 문장을 윤색하게 했다.

슈런은 작업장 안을 천천히 돌아보며 때때로 아버지의 가르침이 불현듯 떠올랐다. '우리 수공예인은 손을 놓으면 굶는 거야…….' 그는 요 위에 수놓인 꽃이나 새, 물고기 등의 도안을 꼼꼼히 검사하며 작업자들 모두에게 자수 바늘땀이 삐져나가지 않도록 주의하라고 일깨웠다. 공장 밖으로 내보내는 일감에도 그는 똑같이 매우 신중했다.

"이불보의 자수 도안이라고 간단하게 보지 마세요. 이것들 모두 우리 이웃들이 집에서 매일매일 사용하는 것이니 품질은 반드시 검사를 통과할 수 있어야 합니다."

그는 미소를 지으며 참을성 있게 각 조 조장에게 환기시켰다.

진한은 오히려 그것에 화가 났다. 그가 그토록 많은 노력을 기울여 연구해 개발한 각종 자수제품은 거의 이 업계의 새로운 길을 개척했다고까지 말할 수 있었건만 모두 헛수고였고, 지금은 흔적도 없이 모두 사라져버렸다. 이게 도대체 무슨 경우란 말인가? 그는 도무지 이해할 수가 없었다. 그의 얼굴에서는 더 이상 아무 거리낌 없는 해맑은 웃음을 볼 수 없었다.

그는 하루 온종일 디자인실에 처박혀 두껍디두꺼운 도안집을 연구했다. 쉴 새 없이 쓰고, 그리고, 고민하며 이불과 요를 위한 복잡한 도안을 디자인했다. 그러나 누군지 모르지만 악감정을 가진 이가 우 서기에게 제보를 했다. 우 서기는 당장 그를 사무실로 불러들여 중지하라고 호되게 비판했다.

"우리는 상급기관에서 하라는 대로 하기만 하면 돼. 도안대로 조롱박을 그리라고. 그러지 않으면 자네가 잘못하는 거야. 알겠나!"

진한은 승복하지 않고 화난 목소리로 따졌다.

"하루 종일 새 몇 마리, 꽃 몇 송이 그리는데 무슨 재미가 있고, 의미가 있나요. 아예 디자인실을 해체하는 게 낫지, 도대체 우리보고 뭘 하란 말씀이세요!"

우 서기가 씁쓸하게 웃으며 그의 어깨를 토닥였다.

"잘 생각해보게. 지금이 어떤 상황인가! 만의 하나라도 충동적으로 행동하지 말게. 멋대로 굴었다간 큰코다친다고."

'문화대혁명'의 열기가 순식간에 광저우를 뒤덮었다. 어린 홍위병이 도처를 들쑤시고 다녔고, 기관과 학교 안에서 무장투쟁이 끊이지 않았다. 월화공장 내 청년회와 청년단위원회도 은근히 준동의 조짐을 보였다. 우 서기가 접한 소문에 따르면 투구부와 영업부 사람들이 일 년 내내 서로 으르렁거리며 충돌할 기회만 엿보고 있었던 터에 젊은이들이 몰래 대자보를 쓰고 도구를 완비하여 '월화공장 내 대대적인 한판 승부'를 벌이려 하고 있다고 했다. 그는 초조했다. 매일 작업장 안을 순시하며 확성기에 대고 소리쳤다.

"우리 공장은 생산만 합니다. 투쟁은 하지 않습니다. 누구든 아무 일 없이 공연한 말썽을 일으키려거든 당장 나가주세요!"

슈런은 엄숙한 표정으로 끊임없이 작업장을 순시하면서 조기에 싹을 잘라버릴 수 있기를 희망했다. 작업장 내의 젊은이들이 불안해하며 모여서 쑥덕거리는 모습을 볼 때마다 곧장 다가가 온화한 목소리로 말했다.

"작업은 완성되었나? 오늘은 무엇을 배웠지?"

위에슈산越秀山의 옛 성벽은 등나무가 휘감아 얽혀 있고, 곳곳에 세월의 얼룩들이 남아 있어 마치 광저우 성의 역사를 기록한 천서天書의 한 페이지 같았다. 수차례 재난을 겪으면서 불과 몇 제곱미터만 살아남았지만, 그마저도 더는 보존할 수 없었다. 그 무렵 성벽을 허문다는 얘기를 자주 들었다. 형세가 심각해지면서 월극원은 이미 월극의상을 불태우기 시작했고, 비슷한 소식이 끊임없이 전해져 모두가 매일매일 긴장 속에서 지냈다.

제2경공업국에서 공장으로 문서가 하달됐다. 문서는 '각 단위기관의 자체 조사와 자체 교정'을 통해 '네 가지 구태'의 전통을 철폐하라고 호소하고 있었다. 회의를 마치고 돌아온 우 서기는 매우 심각한 표정으로 즉시 명령을 내려 우선 신공용품을 처리하라고 했다.

진한은 군중 속에 우두커니 서서 잘게 찢어지는 무대 막을 멀찍이서 바라보았다. 그것들은 파괴를 막아내지 못하고 여린 꽃송이처럼 무력하게 갈기갈기 찢기어 사방으로 흩날렸다. 남몰래 주먹을 부르쥔 그의 눈에 눈물이 차올랐다. 우 서기는 대형 확성기에 대고 상급기관의 문서를 읽어 내려가며 모두에게 알렸다.

"'네 가지 구태'에 해당하는 모든 것을 철폐하며 요행은 일절 용납하지 않는다!"

그는 멍하게 쓴웃음을 지으며 중얼거렸다.

"'네 가지 구태'가 뭔데?"

천청이 힘없이 한숨을 내쉬며 그의 어깨를 토닥였다.

"월극의상은 '네 가지 구태'가 분명해. 방법이 없어."

우 서기는 슈런에게 청년 남자직공 열 명을 조직해 월극의상 견본들을 모두 자루에 싸서 일주일 내로 소각하라고 지시했다. 그 말을 듣고 다급해진 진한이 앞뒤 재지도 않고 그 길로 슈런의 사무실로 뛰어 들어가 따졌다. 슈런은 사뭇 엄한 표정으로 그를 매섭게 노려보며 말했다.

"이건 상부의 지시야!"

"그 문서 하나 때문에 우리가 수년 동안 피땀 흘려 만든 걸 다 태워버린다고요?"

진한은 책문하지 않을 수 없었다.

슈런이 잠자코 손을 내저었다. 어서 사무실에서 나가라는 뜻이었다.

직공들 모두 안심하고 일을 할 수가 없었다. 매일 한숨만 푹푹 내쉬었고, 작업 기간을 끊임없이 조정하며 "이건 정말 믿을 수가 없어."라고 탄식했다. 슈런도 뾰족한 방법이 없었다. 그저 모두에게 "시키는 대로 하라."고 지시할 수밖에 없었다. 그는 미간을 찌푸리며 자신이 꿈을 꾸고 있는 것이 아닐까 의심하기도 했다.

칠흑같이 깜깜한 밤, 작은 트럭 한 대가 천천히 월화공장을 나섰다. 월화공장은 교외에 창고를 하나 가지고 있었다. 향후에 쓸 자재들을 주로 쌓아두는 곳으로, 자재창고 안에는 재료들을 포장하는 마포가 가득 쌓여 있었다. 슈런은 자재들을 나누어 숨겨둘 생각이었다. 창고가 복잡하고 너저분하게 어질러져 있어서 누구도 그곳을 뒤져볼 리 없었고, 일부러 조사하는 게 아니라면 절대로 못 찾을 것이었다.

이 일은 명백히 '규율위반'이고 '잘못된 일'이었다. 걸리는 날에는 어떤 후과가 뒤따를지 알 수 없었다. 하지만 눈앞의 형세가 하루하루 심각해지는 것을 보면 소각폐기는 시간문제일 뿐이었다. 과감한 조치를 취하지 않고 두려워만 한다면 그나마 남아 있는 견본조차 지킬 수 없을 것이었다.

함께 참여한 제자 몇 명도 모두 그가 직접 데리고 나온 사람들이었다. 슈런은 그들에 대한 믿음이 있었다. 그들이 의리가 있고, 몇 대에 걸친 사람들의 피와 땀이 서린 것을 지킬 용기가 있다고 믿었다. 저녁 열시가 조금 넘어 공장 안은 온통 칠흑 같은 어둠 속에 잠겼고, 당직실만 희미한 등불이 켜져 있었다. 슈런은 제자 몇 명과 함께 미리 싸둔 짐을 재빨리 차에 실었다. 수위가 보았지만 대열을 이끄는 사람이 슈런인 것을 보고 감히 막아서지 못했다.

운전은 진광錦光이 했다. 진광은 원래 재봉틀부 소속으로 반년을 일했지만 도무지 흥미를 느끼지 못해 자청해서 화물차를 몰겠다고 했다. 그는 재봉틀 일은 죽어라고 해도 일이 손에 잡히지 않더니, 운전은 그럭저럭 할 만했다. (하지만 운전을 한답시고 엉뚱한 곳으로 가서는 반나절이나 돌아오지 않은 적도 아주 많았다. 그 무렵에는 도처에서 사상을 논하고, 규범을 논할 때라 기율을 어기는 일에는 특히나 민감했던 때였다. 사람들 모두 슈런이 엄청난 압박을 감당하고 있다는 것을 알고 있었기에 차마 그에게 더 큰 난제를 던져줄 수는 없었다.)

모두가 극도로 긴장하고 있었고, 특히 '주모자'인 슈런은 손바닥이 땀으로 흥건했다. 만약 이 일이 발각되면 끌려 나와 비판투쟁에 세워질 것이었다. 누군가 나쁜 마음을 먹고 상부에 죄상을 폭로하는 글을 써서 제보한다면 그 후과는 상상조차 할 수 없었다. 슈런은 제자들에게 진지하게 말했다.

"만일에 일이 터지면 자네들은 나를 도와주었을 뿐, 마대자루 안에 뭐가 들었는지는 전혀 모른다고 말하게."

슈런은 진즉에 그렇게 마음을 정했지만, 누구도 뭐라고 하지 않았다. 다만 그의 행동이 너무 침착해서 거의 모두가 이상한 낌새를 눈치챘다. 우 서기도 약간은 짐작하고 있었지만, 마찬가지로 짐짓 모른 체하며 두루뭉술하게 물었다.

"어디서 태웠나? 그렇게 많은 옷감을 태우다가 자칫 화재라도 나면 안 되잖나."

슈런이 손을 비비며 그를 등지고 서서 대답했다.

"교외에서 태웠고, 깨끗하게 태웠습니다."

우 서기는 말없이 그를 그윽하게 바라보았다. 마치 "자네가 힘들어질 걸세."라고 말하는 듯했다. 슈런이 담담하게 웃으며 말했다.

"월화공장에 필요한 일이면 겁낼 것이 없습니다."

귀요우민이 참다못해 은밀히 진한에게 얘기했다.

"만약 일이 터지면 내가 동료들을 데리고 멋대로 저지른 짓이라고 말할 거야. 사부님은 이미 너무 많은 것을 감당했어. 더 이상 연루되시면 안 돼."

진한이 고개를 가로저으며 말했다.

"아버지는 분명 동의하지 않으실 거야. 기꺼이 책임지려는 분이잖아."

쉬닝은 이제껏 한 번도 공장의 일을 묻지 않았었다. 하지만 그들이 식탁에서 비밀모의를 하는 것을 듣고는 화를 참을 수 없어 손으로 슈런을 '틱' 치며 욕을 퍼부어댔다.

"우리 집 물건도 아닌데 그토록 신경을 쓰는군요! 일이라도 터지면 당신 혼자서 어떻게 감당할 건데요!"

그러고는 진광에게 돌아서서 소리쳤다.

"못 간다. 너마저 연루되면 우리 집안은 끝이야."

진광은 자신이 주도하는 일이 아니라는 뜻으로 어쩔 수 없다는 듯 손을 펼쳐 보였다. 진한이 억지로 웃는 표정을 지으며 어머니를 안심시켰다.

"그럴 리 없어요."

"그럴 리가 없다니. 만 가지가 다 괜찮아도 만에 하나가 걱정인 법이야."

쉬닝은 젓가락으로 진한의 머리를 가리키며 말했다.

"정말이지 요즘 애들은 세상 물정을 모른다니까. 넌 앉아서 감옥 갈 날만 기다리는구나."

그녀는 화를 내고 있었지만 달리 방법이 있는 것도 아니었다. 아이들이 쉽게 생각을 바꿀 리가 없었다. 그녀는 그야말로 절망적인 심정으로 말했다.

"네 목숨이 그따위 누더기 옷과 천 쪼가리보다 귀하지 않다는 거니?"

진한이 싱글싱글 웃으며 말했다.

"별일 없을 거예요. 목숨까지 들먹일 정도로 심각한 거 아니에요."

슈런은 소리 없이 창턱에 걸터앉아 조용히 담배를 피웠다. 쉬닝의 얘기가 맞았다. 그가 아이들을 끌고 들어갔고, 엄청난 위험을 감수하는 일이었다. 하지만 그는 이 수공예가 흔적도 없이 사라지는 것이 더 두려웠다. 오래전 고생고생하며 한기를 꾸려갔던 일을 생각해보았다. (아주 먼 옛일인 것처럼 이제는 얼룩 같은 작은 흔적 정도만 남았다. 그러나 세월은 소리 없이 갔어도 의상에 깃든 정이 있어 결국 남겨진 것들이 있었다.) 그는 천더우성의 영정을 바라보며 아버지의 눈매에 담긴 미소를 보고 속으로 물었다.

"만약 두 아들 녀석한테 일이 생기면 제가 아버지를 어떻게 봬야 할까요?" 그러고는 생각을 바꿔 다시 물었다. "만약 이 업이 사라져버린다면 제가 또 무슨 낯으로 우리 천가의 조상님들을 뵐 수 있을까요?"

이런 모험을 몇 차례 더 하면서 아주 운 좋게 가장 귀중하고 가장 화려한 것들을 모두 옮겨 놓았다. 슈런은 마침내 마음속에 줄곧 품고 있던 두려움을 내려놓고 천가 조상님께 향을 피워 올리며 '조종朝宗의 보살핌'에 감사할 수 있게 되었다. 마지막 차로 옮긴 것은 투구와 머리장식 등이었다. 그는 이 물건들이 자잘하고 쉽게 망가질 수 있는 것들이라 제자들에게 일찌감치 준비해서 꼼꼼하게 포장한 다음 꾸러미를 단단히 밀봉해달라고 특별히 부탁했다.

그런데 포장한 물건들을 차에 싣자마자 시동이 꺼져버렸다. 슈런은 가슴이 철렁 내려앉았다. 기사에게 어찌 된 일인지 물어보려는데 갑자기 눈을 찌를 듯한 손전등 불빛 몇 줄기가 공장 문 안팎에서 마구 흔들리며 비춰왔다.

슈런이 얼른 차에서 내렸고, 수위가 다가가 물었다. 붉은 완장을 찬 규찰원 십여 명이 험악한 기세로 달려들었다. 우두머리인 듯한 이가 걸어오면서 소리쳤다.

"차 세워, 차 세우라고!"

그들은 손에 든 손전등을 쉴 새 없이 흔들며 순찰봉을 휘둘렀는데 그 기세가 몹시 위협적이었다. 진한이 차에서 펄쩍 뛰어내리더니 떨면서 아버지에게로 달려갔다. 귀요우민은 차 안에서 작은 목소리로 욕을 했다.

"어떤 놈이 밀고했는지 잡히기만 해 봐, 죽여버리겠어!"

슈런은 천천히 그들이 가까이 올 때까지 기다려 아주 냉정하고 침착하게 상대를 응시했다.

"우리한테 제보가 들어왔소. 여기서 밤에 위법한 짓거리를 벌인다더군."

우두머리인 대장이 말했다. 키가 크고 얼굴이 온통 수염으로 뒤덮인 사내였다.

"무슨 위법한 짓거리 말입니까? 남은 자재들을 창고로 보내는 일을 하고 있습니다. 물건도 우리 공장 물건이고, 차도 우리 공장 차입니다. 모두 조사해보십시오."

슈런이 차분하게 대답했다. 하지만 자기도 모르게 미간을 찌푸렸다. 그는 근래 몇 년 동안 냉정을 유지하는 데는 이미 이골이 나 있었던 터라 평정심을 잃는 일은 아주 드물었다. 손전등이 날카롭게 광선을 쏘아대는데 세상에서 가장 사악한 무기 같았다.

"왜 밤에 가는 거요!"

털보가 일부러 겁을 주려고 날카롭게 찢어지는 목소리로 말했다.

슈런은 그의 으름장에 놀라긴 했지만 잠시 숨을 고르고 침착하게 대답했다.

"밤이 시원하잖습니까."

털보가 이 대답이 몹시 마음에 들지 않는다는 듯 입을 비죽거렸다. 그는 트럭 뒤 짐칸을 힐끗 보더니 다시 슈런을 바라보며 말했다.

"한번 보겠소!"

차 앞뒤로 서 있던 사람들이 모두 잔뜩 긴장했다. 진한은 차 안에 앉아 있다가 손 가는 대로 쇠막대기를 집어 들었다. 싸움을 해본 적은 없지만 지금과 같은 상황에서는 누구라도 움직이기만 하면 곧바로 한 방 날려야만 했다. 궈요우민이 차에서 뛰어 내리며 말했다.

"빨리 출발해야 해요. 창고 사부님께서 퇴근도 못하고 기다리신다고요!"

이렇게 말하며 이미 겁에 질린 운전기사 샤오쉬小許를 대신해 세게 경적을 눌렀다. 털보는 놀라지도 않고 오히려 한 발짝 더 다가와 차 앞을 가로막고 서서 소리쳤다.

"다들 차에서 내려. 검사를 해야겠어!"

차 전조등이 확 켜지며 사람이 번쩍번쩍할 정도로 환히 비췄다. 양쪽 모두 침묵으로 버티고 있었다. 일촉즉발이었다. 이토록 긴장된 순간에 갑자기 다급한 자전거 벨소리가 요란하게 울렸다. 자전거 몇 대가 쏜살같이 질주해왔다. 류요우씽이 황급히 자전거에서 내려 털보 앞으로 걸어오더니 버럭 소리를 질렀다.

"지금 뭐 하는 겁니까?"

털보는 점점 더 많은 사람들이 몰려오는 것을 보고는 약간 겁을 먹었다. 류요우씽이 쇠막대기를 손에 들고 소리쳤다.

"우리 직장의 일은 우리가 알아서 할 테니 당신들은 가주시오!"

슈런은 류요우씽을 보고 처음엔 모든 게 끝이구나 하는 생각에 머리가 하얘졌었다. 그런데 예상을 뒤집고 일은 엉뚱한 방향으로 흘러갔다. 류요우씽은 얼른 앞으로 걸어와 고개를 숙이며 말했다.

"조사하시려는 것을 저희가 보여드리겠습니다."

류요우씽은 보일러를 담당하는 돤殴 사부를 모두의 앞으로 밀며 말했다.

"여기 이 돤 서기는 제2경공업 쪽에서 나오셨소. 이분이 제보를 받았다고 하니 함께 조사를 해야겠소."

'돤 서기'는 거들먹거리며 손을 휘휘 내지으며 말했다.

"안에 있는 게 뭐요?"

젊은이들 몇 명이 그 소리에 다 같이 짐칸으로 들어갔다. 진한은 그들의 정색한 모습에 웃음이 터져 나올 것만 같아 굳은 표정을 짓느라 안간힘을 쓰며 공손한 척 물었다.

"뭘 조사하시려고요?"

'돤 서기'가 머뭇거리며 주머니에서 꼬깃꼬깃 구겨진 종이 한 장을 꺼내며 말했다.

"상부의 명령에 따라 출차 시 검사를 요한다!" 그러고는 뒷짐을 지고 짐칸 쪽으로 돌아서 쓱 보고는 말했다. "아무것도 없소. 그냥 자투리 천뿐이군."

류요우씽이 사뭇 진지한 표정으로 말했다.

"다시 한번 보십시오. 분명 뭔가 있을 겁니다. 제대로 조사해야 우리도 마음을 놓지요."

털보는 '돤 서기'가 뭐 하는 사람인지 몰라서 함부로 대들지 못하고 있었다. 주민자치회에서 나온 자신은 아무리 생각해봐도 남의 머리 꼭대기에서 이래라저래라 할 수는 없을 것 같았다. 그는 '돤 서기'가 계속 고개를 절레절레 흔들자 아무 문제도 찾아내지 못한 게 틀림없다는 걸 알고 멋쩍게 웃을 수밖에 없었다. 류요우씽은 손을 내저으며 자신의 '대원들'을 모아 놓고 엄하게 꾸짖었다. 슈런 일행도 줄지어 서서 조용히 훈계를 들었다. 털보는 하는 수 없이 일행에게 손을 흔들었고, 차가 곧바로 시동을 걸자 일행은 마지못해 물러났다.

진한은 그제야 이마에 흐른 땀을 닦아냈다. 그 짧은 십여 분 사이에 벌어진 일로 혼이 쏙 빠져버렸다. 규찰원들이 서서히 멀어지는 모습을 보며 그는 그제야 자신이 온몸에 힘이 풀려버린 것을 깨달았다. 어찌나 놀라고 조마조마했는지 힘이 하나도 없었다.

슈런은 감격에 겨워 류요우씽을 바라보며 희미하게 미소를 지었다. 중요한 순간에는 그 어떤 말도 쓸데없는 사치 같았다. 류요우씽도 알아들었다는 듯 미소를 지으며 그를 향해 고개를 끄덕였다.

"어서 가게."

1967년, 월화공장은 월극의상 생산을 전면 중단했다. 이때부터 월화공장에서는 더 이상 비즈 한 개, 용 비늘 한 조각 볼 수 없었다. 공장 직공들은 모두 새롭게 교육을 받았다. 수예품을 만드는 법 외에 코바늘뜨기도 배워야 했다. 코바늘뜨기 제품은 일반 주민들에게 인기가 아주 많아서 수예품에 비해 판매가 잘 되었다. 반면에 제화 사부는 일감을 완전히 잃어 모두 포장 직공으로 새롭게 교육받을 수밖에 없었다.

수공예 사부에게는 이러한 변화가 받아들이기 힘든 일이었다. 하지만 보통 사람들에게 가장 중요한 것은 생활이었다. 이른바 생활이란 매일 정해진 시간에 출근하고 정해진 시간에 퇴근하며, 월말에 얼마간의 월급을 손에 쥐게 되어 자신과 가정을 돌볼 수 있는 삶을 의미했다. 식량표로 쌀을 사고, 기름표로 기름을 샀다. 힘들고 굴욕적이더라도 집에 있을 식구들을 생각하면 하루하루 참아낼 수 있었다.

월극의상은 한 편의 꿈처럼 커다란 시대의 배경 속에 서서히 희미해지고 있었다.

여름이 갈수록 뜨거워지고 있었다. 낮에는 36~37도를 훌쩍 넘기기 일쑤였고, 밤에도 여전히 바싹 마르고 더워서 대지가 달궈진 것처럼 열기가 오래도록 가시지 않았다. 열 시가 넘어서야 밤의 기운이 서서히 드러나며 간간이 시원한 바람이 불었고, 달빛이 지면 위에 떠 있었다.

온 가족이 방 안 작은 걸상에 빙 둘러앉아 긴장이 감도는 가운데 의논했다. 천가 살림살이가 대단히 많은 것은 아니었지만, '위법'은 겁이 났다. 청나라 말엽부터 모아온 월극의상 도보며 한기의 옛 편액 등 수많은 물건들이 여전히 커다란 나무상자 안에 보관되어 있었다.

온갖 문양의 도안지와 비즈 꿰미와 실들도 잘 포장해서 찬장과 부뚜막의 눈에 안 띄는 곳에 여기저기 잘 숨겨두었다. 한기의 옛 자료들은 나무상자에 넣고 봉해서 가지런하게 쌓아 진후이의 작은 칸막이 공간에 두어 침상의 일부처럼 위장했다. 슈런은 안심할 수 없어서 거듭 검사하며 말했다.

"우리 집 속사정은 이 동네 거리가 다 아는 사실이다. 지금 잠잠하다고 해서 안심하면 안 돼. 일단 들이닥치면 분명 찾아내고 말 거야."

진한은 요소 포대에 담아 집 뒷마당의 기와 더미에 섞어 건축 쓰레기로 위장하자고 제안했다.

슈런이 고개를 가로저으며 말했다. "이건 우리 집안의 보물이야." 그는 적당한 장소를 찾아 더 은밀한 방식으로 숨겨둘 생각이었다. 그는 감히 충동적으로 결정할 수 없었다. 월극의상은 목숨과 같았고, 천가 식구들도 목숨이었다. 자신과 가족의 목숨으로 모험을 할 수는 없었다. 그는 진한을 위로하며 말했다.

"방법을 찾을 수 있을 거야. 당시 일본 놈들이 성을 봉쇄했을 때, 네 할아버지가 목숨을 걸고 광저우 성 밖으로 자재 상자 하나를 가지고 나가셔서……."

진한도 밤낮으로 고민하며 자신의 창작을 계속할 방법을 생각했다. 낮에는 공장에서 맥 빠진 표정으로 지내다가 퇴근해서 집에 돌아오면 저녁을 먹자마자 누구보다 또렷한 정신으로 살아남은 도보를 놓고 보면서 그림을 그렸다. 이때마다 쉬닝은 펄쩍 뛰며 "이런 멍청이 같으니……."라며 욕을 퍼부었다. 진후이도 실망스럽고 걱정돼서 얼른 끼어들어 말렸지만, 전혀 이해할 수 없는 것은 아니었다.

"하지 말라고 하시니까 그냥 하지 마요. 이걸로 밥 벌어먹는 걸 그만두라는 것도 아니잖아."

슈런은 아들의 용기는 인정했지만 이렇게 위험한 행동을 하는 것을 부추길 수는 없었다. 그는 아들 옆에 가 앉아 그의 어깨를 두드리며 위로했다.

"가장 중요한 건 사람이 사는 거잖니."

천가 집의 마룻바닥은 훼손이 심해서 울퉁불퉁 고르지 않은 바닥면이 쏟아지는 달빛이 뿌린 흔적을 희미하게 반사했다. 이 집은 나이가 꽤 든 만큼 여기저기 상처가 많고 낡아빠졌다. 이곳은 천가 집안이 이십 년 넘게 산 집으로, 벽돌 하나 기와 한 장에도 추억이 가득했다.

"아버지, 할아버지가 젊었을 때는 어떤 문제에도 눈살을 찌푸리지 않고 무슨 문제든 해결방법이 있다고 그러셨다면서요."

슈런은 한참 동안 말이 없다가 이윽고 고개를 끄덕이며 입을 열었다.

"충동적으로 굴지 마라. 내가 방법을 찾으마."

이날 쉬닝이 장을 봐서 돌아와 보니 집 문 앞에 홍위병 몇 명이 서 있었다. 그들이 무표정한 얼굴로 거칠게 소리쳤다.

"너희 집은 지주였으니까 당연히 혁명소장의 검열을 받아야지!"

쉬닝은 "아!" 하는 외마디 소리를 내뱉으며 몇 발짝 뒷걸음질쳤다. 그녀는 멍하니 한참 서 있다가 겨우 정신을 차리고 기지를 발휘해 말했다.

"아유, 열쇠를 깜박했네. 우리 집 영감이 가져갔거든요."

꼬마 혁명장군 몇 명이 도둑을 잡아 장물을 차지할 속셈으로 계속 천가 집 앞을 단단히 지켰다. 슈런과 진한이 급히 돌아왔을 때도 그들은 마치 문신門神[179]처럼 문에 딱 붙어 서 있었다. 슈런의 얼굴이 하얗게 질렸다. 요 며칠 동안 물건들을 묻어야 할지 말지 의논하고 있었고 아직 결정을 내리지 못하고 있었는데, 갑자기 상대에게 선수를 빼앗겨버린 것이다.

진한이 입구를 막고 서서 그들을 들어가지 못하게 했다. 한참을 대치하고 서 있는 동안 속으로는 가슴이 두방망이질을 치며 발까지 떨려왔다. 다행히 삼십 분가량 버티고 있는데 우 서기가 때맞춰 주민자치회 동지들을 불러왔다. 주민자치회 간부가 홍소병紅小兵[180]을 힐끗 보더니 목을 빳빳이 세우며 말했다.

"이 구역은 우리 관할인데 너희가 왜 함부로 들어와!"

꼬마장군 몇 명이 한참을 의논하더니 여전히 반신반의하는 듯 그중 한 명이 따졌다.

"우리는 집을 몰수한 게 아니라 그저 들여다본 것뿐이에요. 집 안에

---

179 음력 정월에 좌우 문짝에 붙이는 두 신상을 말한다.
180 문화대혁명 기간에 중국 소년선봉대를 대신한 소년단체로 초등학교에 학년단위로 홍소병연대를 설립하고 산하에 소대반을 설치해 홍소병단을 구성했다.

아무것도 없다면 왜 우리한테 못 보여주는 겁니까!"

진한은 놀라서 심장이 튀어나올 것만 같았다. 요 며칠 동안 정리를 막 끝내고 포장해서 상자에 넣은 터라 그들이 들어간다면 모조리 찾아낼 게 뻔했다.

슈런이 애써 침착한 표정을 지으며 말했다.

"당신들이 믿고 안 믿고는 두 번째고, 가장 중요한 것은 무슨 권리로 맘대로 검사를 하느냐는 겁니다. 우리 집은 온 가족이 노동자고, 노동인민이오. 더구나 신문에서 늘 언급되는 '존경스러운 큰형님'이란 말이오. '5.1절'에 나는 공장을 대표하여 상도 받았고, 생산의 첨병으로 우승기도 받아왔는데 보시겠소?"

그들 일행은 무슨 얘기를 해도 막무가내로 집에 들어가려고 했다. 다행히 슈런이 일찌감치 방비를 해놓았다. 상자를 파티클보드를 사용해 위장해 놓은 것이다. 그는 자발적으로 그들을 데리고 한 바퀴 돌며 가끔씩 이것저것 가리켰다.

"여기 침대 자리 너머는 제 딸아이가 자는 곳이오."

진한은 너무 긴장되어 숨 쉬는 것조차 잊을 지경이었다. 그는 주먹을 꽉 쥐며 저들이 커튼을 걷는다면 자신이 얼른 뛰어가 뭐라도 해서 주의를 끌어야겠다는 생각을 했다. 다행히 꼬마 혁명장군들은 감히 경거망동하지 못하고 호기심에 차서 두 눈을 부릅뜨고 있을 뿐이었다. 진후이의 침대는 침대보로 가려져 있었다. 침대보는 담황색 바탕에 윗부분에 까치 무리가 봄을 알리는 도안이 그려진 아주 소박한 것이었다. 슈런은 벽에 걸린 우승기를 가리키며 말했다.

"나는 칠 년 연속 선진생산첨병이었소. 그런 내가 언제 반동분자가 됐단 말이오?"

어린 청년들 몇 명이 서로를 쳐다보며 감히 함부로 말을 하지 못했다. 슈런은 그 틈을 타 그들에게 앉으라고 권한 뒤 맥아분유를 타주고 집에서 볶은 땅콩을 먹으라고 내어주었다.

우 서기가 옆에서 손을 비비며 말했다.

"슈런 일가는 노동자 큰형님이나 마찬가지인데 당신들이 함부로 와서 이러는 것은 옳지 않아. 오늘은 이렇게 얼굴을 익히고 친구를 사귄 셈 치고, 앞으로는 이러지들 말게."

슈런이 일부러 굳은 표정을 지으며 말했다.

"우리 집 사람들은 정정당당합니다. 이전에도 수공예를 하는 사람이 었지, 지주가 아니었소. 오륙 년간 공사합작경영 때도 우리는 시 정부로부터 칭찬을 받았고 무대에 올라가 붉은 꽃을 받았단 말이오!"

이 말은 그야말로 논리적이고 신랄해서 꼬마장군들은 감히 여러 말 덧붙일 엄두도 못 내고 음료를 다 마시고는 가버렸다.

쉬닝은 계속 문 앞에 서서 쉴 새 없이 떨었다. 사람들이 모두 가고 나서야 휘청거리며 집 안으로 뛰어 들어와 재빨리 문을 닫고 빗장을 걸어 잠그려 했다. 그녀는 너무 긴장해서 평상시에 한 번 꽂으면 바로 들어가는 빗장을 계속 집어넣지 못하고 있었다. 그녀는 점점 다급해지고 두려워져 다리가 풀리더니 결국은 사람이 문 뒤로 나가떨어지고 말았다.

슈런이 재빨리 그녀를 부축해주었고, 빗장도 걸어 잠그며 낮게 속삭였다.

"감추려고 너무 애쓰지 말아요."

쉬닝은 이미 너무 놀라서 입꼬리까지 떨리고 있었고, 아무 말도 나오지 않았다.

슈런은 한 개비 한 개비 줄창 담배를 피워대며 방법이 생각나기를 바랐다. 그는 이 자질구레한 물건들을 도저히 버릴 수가 없었다. 이것은 천가의 목숨이었고, 천가의 뿌리였다. 하지만 눈앞의 상황에서는, 이미 누군가는 목숨을 잃었고, 또 누군가는 '범죄'를 저지를 위험을 감수하고 있었다. 집안의 세 아이들이 모두 이 업계에 종사하고 있으니 일단 한 번 일이 터지면 그 후과는 '집안이 끝장나는' 것이 될 터였다. 그는 오랫동안 생각해보았지만 적당한 방법이 떠오르지 않아 매일같이 아버지 앞에 분향하고 천더우성의 장엄하고 엄숙한 얼굴을 바라보며 말없이 물었다.

"아버지, 우린 이제 어떡해야 합니까?"

가족들은 오랫동안 은밀히 상의한 끝에 마침내 상자를 모두 밀봉해서 적당한 곳에 묻기로 했다. 근래 몇 년 동안 몰수당한 집이 여럿이라 이웃들 모두 살림살이를 숨길 방법을 찾았다. 아궁이나 수도관, 용수나무 아래 등 갖은 방법을 다 동원해서 선조들로부터 물려받은 보물을 숨겼다. 물건을 숨겨 놓고 잃어버린 사람도 있었다. 아마도 다른 사람이 파내어 가져간 듯했다. 그러니 제대로 된 곳에 아주 잘 묻어야 했다. 슈런이 적당한 곳을 생각해냈다. 바로 리바오성의 집인 리黎가의 작은 정원이었다. 마당 바깥이 진흙땅이라 풀과 꽃들이 많았고, 석류나무도 있어서 작은 숲을 이루고 있었다. 그는 은밀히 리바오성에게 얘기했고, 리바오성도 흔쾌히 도와주겠다고 했다.

"그곳에 묻으면, 내가 대신 지키면 되겠군!"

어쩐지 리바오성의 안색이 그리 좋지 않았다. 눈빛은 한층 더 어두웠다.

"세상이 태평하지 않아. 내 살림도 벌써 정리 당했다네."

슈런은 리바오성을 절대적으로 신뢰했다. 그는 리바오성이 월극을 목숨처럼 사랑하는 성격이므로 이 비밀을 반드시 잘 지켜줄 거라고 믿었다.

이 일은 매우 중대한 일이라 반드시 온 가족의 지지가 필요했다. 그는 마음을 정하고 일부 물건들을 꾸린 뒤 가족들을 소집했다.

"내일 내가 가서 묻고 오마."

그러나 이 생각은 온 가족의 반대에 부딪혔다. 어쨌든 그는 월화공장의 공장장인 데다 광저우 사람으로 살아온 세월이 있어서 길거리에서 야식 파는 사람들까지 그를 모르는 사람이 없었다. 진한이 자신이 하겠다고 나섰다.

"제가 가요!"

슈런은 단호하게 반대했다. 진한이 아직 젊어서 만약에 잡힌다면 앞으로 미래를 장담할 수 없다는 것이었다. 차라리 자신이 이 위험을 감수하는 게 낫겠다고 했다. 뜻밖에도 쉬닝은 찬성했다.

"지금 온 가족이 당신만 바라보고 있어요. 진한한테 무슨 일이 생기면 그래도 당신이 일해서 보탤 수가 있잖아요. 하지만 당신한테 문제가 생기면 아들딸들은 제대로 살아갈 수가 없어요."

가족들의 의견이 하나로 모아지지 않자, 진한이 전에 없이 결연한 모습으로 말했다.

"그냥 그렇게 하시죠. 아버지, 제가 큰아들이니 이 집안의 절반은 제가 책임지겠습니다."

달도 없는 칠흑같이 캄캄한 밤을 골라 온가족이 소리 없이, 밤을 더듬어가며 짐을 정리했다. 그런 다음 자정이 넘을 때까지 대청에 숨죽이고 앉아 있었다. 감히 불도 켜지 못하고 가로등 빛에 의지해 상자를 자전거 뒷자리에 질러 넣고 진한이 빠르게 갔다 오기로 했다.

진한이 자전거 페달을 퍽퍽 밟았다. 밤이 깊고 인적이 없어 조용하니 자전거 바퀴 돌아가는 끽끽 소리가 선명하게 들렸다. 그는 수많은 쥐들이 뒤에서 쫓아오는 것 같다는 생각을 했다. 그는 자전거를 세게 밟을 엄두도 나지 않았지만, 그렇다고 멈출 수도 없었다. 빠르게 달려가는 동안 마음이 조마조마했다. 바퀴는 관성에 힘입어 점점 빨라졌다. 그는 안장이 삐걱거리는 소리를 들었다. 수많은 무서운 생각들이 뇌리를 스치고 지나갔다. 피 흘리는 전사, 영화 속 주인공이 적에게 무서운 형벌과 고문을 당하는 모습들이었다. 여름밤이었지만 온몸에 으슬으슬 한기가 들었고, 등이 흥건하게 젖었다.

어둠 속에서 때때로 빛의 그림자가 스쳐 지나갔다. 비상한 시기였지만 그래도 길거리를 걸어 다니는 사람들이 있었다. 밤늦게 돌아오는 사람들, 야간 버스들, 그리고 활동에 열중하고 있는 사람들이 삼삼오오 무리를 이루어 도로가에서 왁자하게 떠들거나 가끔은 홍가紅歌(혁명가)를 부르기도 했다. 진한은 필사적으로 페달을 밟았다. 눈앞의 전신주들이 하나하나 휙휙 지나쳐갔다. 얼마나 빠른지 나는 것 같았다. 큰길에서 골목으로 접어들자 그제야 그는 조금 안심이 되었다. 하지만 쥐 한 마리가 찍찍거리며 자전거 바로 앞을 가로질러 뛰어가는 바람에 놀라서 하마터면 떨어질 뻔했다.

리가의 작은 정원은 고요했다. 사람이 잠든 게 분명하다는 생각이 들었다. 진한은 자전거를 재빨리 세우고는 삽을 들고 석류나무 밑에서 바쁘게 움직였다. 이 순간 텅 비어 아무도 없으니 더욱 무서웠다. 그는 떨면서 벨트를 풀고 상자를 내렸다. 그러다 힘을 잘못 써서 허리를 삐고 말았다.

그는 이런저런 생각할 겨를이 없었다. 아픔을 참으며 몸을 숨길 만한 곳에서 삽을 붙잡고 있는 힘껏 파 내려갔다. 이 구덩이는 충분히 깊어야 했다. 그 혼자서 삽을 들고 있는 힘을 다해 팠다. 너무 빨리 파서 소리가 너무 크게 날까 봐 걱정이 되기도 했다.

이렇게 구덩이를 파고 있는데 어쩐지 자꾸만 누군가 몰래 지켜보는 것만 같아서 심장이 쿵쿵 뛰었다. 도처에 사람들이 매복해 있는 것만 같았다. 심지어 총까지 들고서 그가 몸을 일으키기만 기다리고 있다가 즉시 '탕!'⋯⋯. 그는 땀을 닦아내며 전부 혁명 영화에서 본 장면이라고 마음속으로 스스로를 위로했다. 어둠 속에서는 그 어떤 소리도 아주 선명하게 들렸다. 바람이 나뭇잎을 흔드는 소리, 제멋대로 돌아다니는 쥐들, 조용한 때일수록 위험이 잠복해 있는 것 같았다. 그는 가슴을 부여잡았다. 펑 하고 심장 터지는 소리가 들린 것만 같았다. 조금 진정이 되자 다시 얼른 몸을 숙여 빠르게 진흙땅을 파헤쳤다. 하지만 삽을 쥔 손이 시큰거리며 점점 힘이 빠졌다.

갑자기 기침 소리가 들렸고, 그는 거의 기절할 뻔했다.

리바오성이 걸옷을 걸치고 살금살금 방에서 나왔다. 진한을 보고도 놀라는 기색이 없었고, 오히려 안도의 한숨을 내쉬며 말했다.

"깜짝 놀랐지 뭔가. 도둑인 줄 알았어."

진한이 하던 일을 멈추고 삽을 세운 다음 미안해하며 말을 건넸다.

"시끄러워서 깨신 건가요? 그냥 못 본 척해주세요."

리바오성이 환하게 웃으며 대답했다.

"소리를 좀 낮춰주게. 난 자러 가겠네."

진한은 그제야 마음이 좀 놓여 땀을 닦았다. 밤바람이 느리게 불어왔고, 그도 하늘을 볼 여유가 좀 생겼다. 온통 검푸른 하늘에 별 몇 개가 구름 속에서 보일락말락 희미하게 빛나고 있었다. 주위가 더 조용해진 것 같더니, 갑자기 '쉭' 하는 소리와 함께 쥐 한 마리가 나무 밑으로 지나갔다.

1972년, 천진후이가 결혼했다.

새신랑 둥즈웨이董志偉도 월화공장 직공으로, 진후이와 함께 공장에 들어왔다. 둥즈웨이는 제화부에서 일했고, 각종 목이 긴 부츠를 잘 만들었다.

둥즈웨이는 키가 크고 덩치가 좋았다. 얼굴이 불꽃처럼 시뻘겋고 허리가 아주 두꺼워서 아는 사람들은 모두 그를 월극의상 공장보다는 벽돌공장에서 일하는 사람 같다고들 했다. 진후이는 아버지와 오빠 때문에 공장에서 줄곧 찍소리도 하지 않고 지냈고, 그녀를 위해 열심히 중매를 서주는 아주머니도 적었다. 이런 상황에서 그녀와 동갑인 다른 아가씨들은 모두 시집가고, 그녀만 시기를 놓친 채 혼자였다. 노조 내부의 여자들이 그녀를 '배려'해주었지만, 그녀에게 누군가를 소개해줄 때마다 그녀는 겁을 먹고 주저했다. 그렇게 계속 미루다 보니 그녀도 자신이 뭘 원하는지 알 수 없었다. 어느 날 진후이가 식당에서 밥을 먹고 있을 때였다. 둥즈웨이가 그녀 옆자리에 앉더니 자기 도시락을 열고는 그녀에게 말을 걸었다.

"이건 제가 직접 말린 무말랭이예요. 드셔보시겠어요?"

두 사람은 함께 공원을 몇 번 산책했는데, 말하자면 연애하는 사이라는 것을 확정한 셈이었다. 얼마 지나지 않아 혼례가 진행되었다. 슈런은 처음에 이 결혼이 마음에 들지 않았다. 둥즈웨이가 영리하지 않고 융통성이 없는 성격이라고 생각해서였다. 하지만 진후이는 당시 공장 전체 직원 앞에서의 통보비평 사건을 겪은 이후로 똑똑하고 의심 많은 사람은 배척했고, 둥즈웨이처럼 강직하고 말수가 적으며 전혀 기지를 부리거나 의심할 줄 모르는 정직한 사람을 좋아했다.

진후이는 새 작업복을 차려입었다. 깃 부분에 조화 한 송이를 질러 꽂고, 발그레하게 화장한 얼굴로 수줍게 신방에 앉아 모두의 축하를 받았다. 신랑과 신부 모두 월화공장의 직공이라 공장의 노조 동지들까지 와서 일손을 거들었다. 결혼식의 입회인으로 우 서기를 초청해서 주례

연설까지 부탁했다.

신방은 넓지는 않았지만 깨끗하게 정리되어 있었다. 천장에서 늘어뜨린 노랑, 파랑, 녹색의 주름 테이프를 묶어서 만든 커다란 오색 꽃 한 송이가 방 한가운데 늘어뜨려져 있었다. 창문에 붙은 크고 작은 붉은 '훙(기쁠 희)' 자들이 아름답게 빛나고 있어 방 안이 유난히 환해 보였다. 집에서 직접 심은 꽃 말고도 이웃에서 예쁘게 핀 해당화 화분 몇 개를 빌려주어 활기를 더했다.

황류는 몇 년 동안 바쁘게 지내느라 건강이 많이 나빠져 폐기종을 앓고 있으면서도 여전히 담배 피우는 것을 좋아했다. 아마도 나이가 들어서인지 반년 전쯤 한 번은 물건을 옮기다가 다리가 부러졌는데 그 이후로 다리에 힘을 못 쓰게 되었다. 그는 돕고 싶은 마음은 있었지만 별 도움이 되지 않으니 동료 직공들과 한담을 나누는 것밖에 할 수 없었다. 추이평은 일손을 도와 밥그릇과 젓가락을 놓으며 의욕 넘치는 말투로 얘기했다.

"열심히 경험을 쌓아서 머지않아 우리 완이 시집보낼 때 써먹어야겠어요."

황완은 진후이와 동갑내기로 진후이보다 일 년 늦게 공장에 들어왔다. 그녀는 활발하고 명랑한 성격으로, 말하기 좋아하고 일도 민첩하게 잘했으며 말만 했다 하면 까르르 웃곤 했다. 처음에는 재봉틀부에 배치되었다가 나중에 구슬 꿰는 데 흥미를 느껴 자청해서 머리장식을 만드는 부서로 이동했다. 사촌자매는 자주 붙어 다니며 재잘거렸다. 진후이의 결혼을 위해서 그녀는 누구보다도 열성적으로 분주하게 움직여 방 안을 가득 장식했다. 창문에 붙은 붉은 '훙' 자도 모두 그녀가 오려 붙인 것이었다.

류즈쥐안과 중슈링 부부도 와서 도왔다. 중슈링은 진한이 결혼한 지 반년이 지난 후 서둘러 류즈쿤에게 시집갔다. 루이펀은 류즈쿤이 평상시 행동거지가 좋지 않다고 그녀를 오래 만류했었다. 하지만 그녀는 듣지 않고 고집스럽게 결혼을 강행했다. 중슈링은 결혼한 후 눈에 띄게 조용해졌다. 아마도 결혼생활이 뜻대로 되지 않는 것 같았다. 루이펀은 그녀의 속마음이 어떨지 가늠조차 되지 않았다. 그저 모두가 오래오래 아름답고 화목한 가정을 유지하길 바랄 뿐이었다.

이런 자리에서 류즈쿤은 물 만난 고기처럼 누구와도 희희낙락하며 말을 주고받았다. 그는 천가 집안과는 줄곧 껄끄럽게 지내왔지만, 진후이의 결혼을 계기로 중슈링을 따라와서 와자지껄한 분위기에 어울려 놓았다. 그는 동료 직공들과 농담을 주고받으며 짐짓 침착한 체했다. 진후이를 쫓아다닌 일이 전혀 없었다는 듯했다.

진후이의 혼례는 거창하게 준비했다. 식탁 열 개에 상이 차려졌고, 오는 순서대로 자유롭게 앉는 방식이었다. 점심때 한 차례 차려서 대접했는데 탁자 열 개 모두 동료 직공들을 위한 자리였다. 저녁때 또 한 차례 차려진 상은 친척과 지인들을 초청해 대접했다. 슈런은 이번 기회에 동료 직공들에게 제대로 대접하겠다는 생각으로 저축해둔 돈을 거의 모두 찾았다.

물자난이 심각했지만, 그래도 식탁마다 아홉 가지 요리는 꼭 올렸다. 닭 요리와 생선요리가 있었고, 일인당 땅콩과 연자, 탕슈이를 한 그릇씩 놓아주었다. 요리사는 공장 식당의 류 사부였다. 류 사부는 평상시에 대량으로 밥 짓는 데 익숙해서 그런지 손이 아주 빠르고 능숙해서 주안상 한 상을 금방 뚝딱 차려냈다. 더구나 솜씨가 아주 일품이라 거의 호텔 수준에 육박하는 맛을 냈다. 월화공장 직공들은 먹고 맛보면서 연신 감탄사를 쏟아냈다.

"류 사부, 평소엔 그렇게 맛없는 걸 해주더니 일부러 그런 거였군요!"

류 사부는 웃으면서 계속 손을 움직였다.

슈런의 가슴에도 커다란 꽃 한 송이가 꽂혀 있었다. 그는 기쁨에 겨워 하하 웃으며 모든 식탁에 '중화' 담배를 한 보루씩 돌렸다.

술이 세 순배 돌자 간단한 혼례 의식이 시작됐다. 슈런이 신랑신부 두 사람을 연석 한가운데로 데리고 와서 큰소리로 외쳤다.

"여러분, 조용히 해주세요……."

우 서기가 주례로서『마오 주석 어록』을 받쳐 들고 한 대목을 낭독했다.

"우리 모두는 전국 각지에서 왔습니다. 오직 공동의 혁명목표를 위해 함께 달려왔습니다. …… 혁명의 대오에 있는 모든 사람은 서로를 배려하고 사랑하며 도와야 합니다……."

모두가 그릇과 젓가락을 내려놓고 숙연하게 경청했다.

어록 낭독이 끝나자 우 서기가 아주 환하게 웃으며 말했다.

"내 임무는 끝났습니다. 이제 신랑신부를 모셔서 얘기를 들어봅시다."

그제야 분위기가 다시 활기를 띠며 떠들썩해졌다. 진후이는 분홍색 블라우스에 세련된 주름치마로 갈아입고 가슴에 견사로 만든 꽃 모양 브로치를 달았다. 그녀의 흰 피부와 섬세하고 아름다운 눈매가 돋보여 그야말로 감탄을 자아내는 모습이었다.

둥즈웨이는 여전히 조심스럽고 어색한지 어수룩하게 웃으며 입을 열었다.

"제 아버지는 일찍 돌아가셨고, 어머니는 제 일에 별로 상관하지 않으셔서……." 사람들이 깔깔깔 웃으며 소리쳤다.

"누가 그런 얘기하래."

진후이도 얼굴이 발갛게 달아오르며 팔꿈치로 그를 쿡 찔렀다.

두 사람은 고개를 숙이고 키득거렸다. 진한은 루이펀과 함께 "부부가 화목하고 서로를 손님처럼 공경하기를 바란다."며 진후이 부부에게 축하 선물을 전했다. 진한이 준 선물은 한 쌍의 베개와 침대에 까는 요와 이불 한 벌이었다. 모두 진한이 며칠 밤낮에 걸쳐 직접 손으로 만든 것이었다. 천은 가장 값싼 거친 면포인 데다 도안도 보통의 원앙새가 물놀이 하는 것으로 겉보기에는 평범하고 특별할 게 없어 보였지만, 실제로는 백화점에서 잘 팔리는 일용품과는 달리 아주 고급스럽고 세련된 느낌이 있었다. 자세히 관찰해보면 '유수로留水路' 자수법을 사용하여 문양의 요철이 정교하고 또렷하여 매우 입체감이 있음을 알 수 있었다. 황완이 진후이에게 선물한 것은 코바늘뜨기 용품으로, 역시 직접 만든 것이었다. 진후이가 기쁘게 웃으며 곧장 다탁 위에 깔아 단정하게 꾸민 후 물었다.

"딱 맞네. 나 몰래 치수를 재간 거야?"

동료 직공들 대부분이 식사를 마치고 사탕을 받아서 집으로 돌아갔고, 몇몇 친한 사람들이 남아 신방을 훔쳐보겠다고 법석이었다. 류즈쥔은 중슈링의 손을 잡아끌며 가자고 했지만, 루이펀이 굳이 그녀를 못 가게 붙잡았다. 슈링의 웃는 얼굴에 지친 기색이 희미하게 엿보였다. 그녀는 이미 결혼했지만, 행복해 보이지 않았다. 동료 직공들 얘기로는 류즈쥔과 자주 다투는 듯했다. 진한은 줄곧 멍해 보이는 그녀를 보고 걱정이 되어 적당한 기회를 보아 그녀를 위로해주고 싶었다. 류즈쥔과 늘 뜻이 안 맞아 불편했었던 것만 아니라면, 슈링에게 좀 잘해주라고 그에게 직접 경고라도 하고 싶었다.

젊은 사람들은 한데 모여 있으면 항상 즐거웠다. 서로 노래를 겨루기도 하고 낭송을 겨루기도 하며 웃음이 끊이지 않았다. 진후이는 우유

사탕 하나를 까서 황완의 입에 넣어주며 속삭였다.

"이거 아버지가 해외무역판매회에서 가져오신 거야."

황완이 사탕을 먹으며 연신 고개를 끄덕였다.

"맛있다."

직장 동료들이 보내온 축하선물을 전부 널따란 탁자 위에 올려놓았다. 침상에 까는 요 하나가 금세 진한의 눈에 띄었다. 그것 역시 흔히 볼 수 있는 기본 도안으로, 모란꽃 위를 춤추듯 나는 나비 두 마리의 문양이었는데, 왠지 모르게 다른 것보다 훨씬 생동감이 넘쳤다. 진한이 궁금함을 참지 못하고 들춰보았다. 루이펀은 영문을 몰라 얼른 그를 붙잡았다.

"이 도안을 좀 봐……."

진한이 이렇게 말하며 곧바로 진후이에게 물었다.

"이거 누가 보낸 건지 알아?"

"이건 우리 엄마가 직접 만든 거예요."

옆에 있던 황완이 끼어들어 대답했다.

『마오 주석 어록』 낭독과 번갈아 노래하기, 결혼 사탕 빼앗기 등이 이어졌지만, 진한은 한데 어울릴 마음이 전혀 없었다. 그는 그 침대보 한 귀퉁이에 은은하게 놓인 자수에 온 신경이 가 있었다. 동료들이 모두 가기만을 기다린 그는 의아해하는 둥즈웨이의 눈길도 아랑곳하지 않고 곧바로 침구를 펼쳐서 자세히 관찰하기 시작했다.

"공장의 통일도면을 사용하긴 했어도 실을 사용한 것이나 바느질 솜씨 모두 누가 봐도 최고의 경지야."

세심한 진후이는 진즉에 오빠의 마음을 알아챘다.

"엄마가 너한테 이 이불과 요를 선물하려고 밤마다 수를 놓으셨어."

황완이 계속 말을 이어갔다. "이 도안은 멀리서 보면 선명하게 아름답고, 가까이서 보면 섬세하고 정교해서 분명 고급스러워 보일 거라고 하셨어."

진후이는 그녀를 꼭 안아주지 않을 수 없었다.

"나 대신 고모에게 감사하다고 전해줘. 수가 너무 예뻐."

진한은 문양을 따라 자수를 꼼꼼히 매만지며 감탄사를 연발했다.

"제대로 된 물건을 알아보지도 못하면서 그동안 비교만 해왔어. 과연 구관이 명관이네."

그동안 공식화된 까치 그림이나 모란도에 아무런 감흥이 없었던 그는 이때부터 모든 제품이 자세히 관찰해보면 저마다 디테일이 다르다는 것을 명심하게 되었다. 이러한 변화가 무료한 조립생산라인 작업에 재미를 불러왔고, 침대보나 이불들에서 명품을 발견할 때마다 보석을 발견한 것 같은 기분이 들었다. 시간이 지나자 그는 똑같은 제품에도 미세한 차이가 있고, 사부마다 수공 솜씨에 수준 차이가 있다는 것을 한눈에 알아볼 수 있게 되었다.

제13장

1973년 가을, 리바오성이 주강珠江에 몸을 던져 자살했다.

시체를 건져 올렸을 때는 이미 형체를 알아볼 수 없을 정도로 불어 있었지만, 손목에 차고 있던 마노 팔찌로 한눈에 그를 알아볼 수 있었다.

수많은 문화계 인사들이 힘겨운 고통의 세월 속에서 불안과 공포로 하루하루를 보내고 있었고, 리바오성도 예외가 아니었다.

그는 월극원 대극장 안에 살면서 아직까지 남아 있는 동료들을 자주 만났고, 다음날 함께 여행을 가기로 했었다. 그는 언제나 정직하고 쾌활한 사람이었는데, 최근에는 만나면 남몰래 긴 한숨을 내쉬고는 묵묵히 지나가곤 했다.

얼마 지나지 않아 리바오성도 거리에 끌려 나와 비판투쟁을 당했다. 원래 몸이 단단하고 강해서 실제 나이보다 십 년은 어려 보이던 그였지만, 이 운동(문화대혁명) 속에서 급속히 늙어버렸다. 나중에 5 · 7간부학교[181]에 배속되어 노동하게 되면서 끝도 없이 이어지던 비판투쟁을 더 이상 받지 않아도 되게 된 것이 그나마 상황이 조금 나아진 것이었다. 하지만 오히려 이때 그는 못난 생각을 했다. 누군가는 그의 아내가 병으로 세상을 떠났기 때문이라고 했고, 누군가는 홍콩으로 몰래 도망치려다 발각되었기 때문이라고도 했다. 또 누군가는 그가 신경쇠약으로 장기간 약을 복용해오다 정신에 이상이 생겼기 때문이라고도 했다. 남들이야 뭐라고 말하든, 그는 한 마디 유언도 없이 이렇게 가버렸다.

그날 아침, 그는 아침 일찍 일어나 옛 동료들 몇 명을 찾아가 자신이 떠날 거라고 말하며 남겨둔 월극의상이 있는데 혹시 필요하냐고 물었다고 한다. 가는 곳마다 사람들이 그를 쫓아냈다. 옛날 같으면 이런 일이 우정 어린 행동으로 여겨졌겠지만, 지금의 시국에서 월극의상을 소장하라는 얘기는 미친 짓이 아닐 수 없었다.

리바오셩은 화내지 않고 천천히 집으로 돌아갔다. 슈런이 그를 만났을 때, 그가 입고 있던 옷이 바로 물에 뛰어들 때의 바로 그 옷차림이었다. 연한색 수복壽蝠 문양[182]의 장삼으로, 이전에 남겨둔 것이라고 했다. 슈런은 오랫동안 그를 보지 못했던 터라 한참을 자세히 뜯어본 뒤에야 그인 것을 알아보았다. 많이 늙고 초췌해 보여서 자기도 모르게 마음이 무거워졌었다.

그는 공손하게 그에게 인사를 건넸다.

"돌아오셨군요!"

---

181 마오쩌둥의 '오칠지시(五七指示)'에 따라 창립되어 간부를 교육하는 학교다. 1968년 5월 7일, 마오쩌둥이 당 간부와 지식계급들을 농촌으로 내려보내 노동을 통한 의식개조를 이룩하라고 지시한 것을 계기로 설립되었다.

182 장수를 기원하는 수(壽) 자 주변에 복을 상징하는 박쥐를 배치한 문양이며, 만수(萬壽)와 만복(萬福)을 기원하는 의미로 이 문양을 사용한다. 중국어로 박쥐를 나타내는 편복(蝙蝠)의 '복(蝠)' 자를 복(福)으로 해석하여 박쥐를 복을 상징하는 길한 동물로 여겼다.

리바오성이 몸을 쭉 펴고 허리를 곧추세우며 짐짓 아무렇지도 않은 듯 편하게 화답했다.

"아, 농장에서 지금 막 돌아오는 길이네. 우리 애 좀 보려고 돌아왔지."

슈런은 그가 여전히 웃음을 잃지 않은 것을 보며 마음이 놓였다. 가게주인과 고객 사이였던 이 두 사람은 예전에는 만날 때마다 할 말이 한 광주리였지만, 지금은 그럴 수 없었다. 리바오성은 자신이 입고 있는 옷을 만지작거리며 말했다.

"이 옷은 정말이지 엉성해."

슈런이 한 번 훑어본 뒤 웃으며 말했다.

"좀 나은 걸로 한 벌 해드릴 수 있는 때가 언제 올까요."

리바오성은 고개를 살짝 쳐들었다. 기억 속 지나간 세월의 풍광을 떠올리는 듯했다. 그는 고개를 들어 하늘을 올려다보며 입속으로 웅얼웅얼 모호하게 몇 마디 노래를 불렀다. 옆으로 누군가 지나가면서 호기심 어린 눈으로 그를 쳐다봤다. 그가 두 눈을 치뜨며 노려보았다. 마치 "뭘 봐!"라고 말하는 듯했다. 행인은 화들짝 놀라 얼른 자리를 피했다.

슈런은 그 찰나의 순간 그에게서 젊은 시절의 풍채를 본 것 같았다. 당시의 그가 늘 고개를 약간 쳐들고 아주 큰 보폭으로 성큼성큼 걷던 모습을 생각했다. 어딜 가든 사람들은 한눈에 '셩 형님이 오신 것'을 알 수 있었다.

옷차림도 늘 신경 썼었다. 한기에서 장삼과 마괘馬褂[183]를 맞출 때도 매번 특별한 무늬의 천과 정교하고 섬세한 자수를 요구했었다.

---

183 마고자, 마괘자라고도 한다. 남자들이 장포(長袍) 위에 입는 겉옷으로, 소매가 길고 앞섶을 포개지 않고 맞대어 끈 단추로 채운 짧은 상의를 말한다. 원래 만주족이 말을 탈 때 착용한 옷을 가리켜 붙은 이름이다.

두 사람은 한참을 말없이 서 있었다. 리바오셩이 먼저 정신을 차리고 옷매무새를 가다듬은 뒤 말했다.

"나는 아이 보러 먼저 감세. 나중에 한번 찾아가지. 자네한테 옷도 한 벌 부탁하고 싶으니 말이야."

그 말에 슈런이 무의식적으로 대답했다.

"지금은 어떤 옷도 만들 수 없답니다."

리바오셩은 "아……" 하며 안색이 어두워졌다. 그러고는 이내 다시 웃어 보이며 말했다.

"상관없네. 나중에 또 얘기하세."

이 짧은 만남이 영원한 이별이 될 거라고는 생각지도 못했다.

월극원은 리바오셩의 죽음에 대해 어떠한 반응도 보이지 않았다. 평소 알고 지내던 몇몇 동료들과 배우들이 리바오셩의 시신을 장례식장에 보내는 것을 도왔다. 큰딸 리훙黎紅은 시골에서 인민공사에 합류해 지식청년이 되었는데 통지를 받고 돌아오는 중이었다. 아들 리쥬어黎卓와 리퉁黎同은 행렬의 뒤에 서서 어쩔 줄 몰라 하며 엉엉 울었다. 슈런은 눈물을 꾹 참으며 아이들을 품에 안아서 달래주었다.

"울지 마라, 울지 마."

하지만 아이들은 더 큰 소리로 목 놓아 울었고, 하도 울어서 숨도 제대로 못 쉬었다.

슈런은 뻣뻣하게 아이들을 붙잡고 서 있었다. 사람이 죽는 것을 경험해보지 못한 것도 아니었지만 비명에 죽는 것을 보는 일은 몹시 힘들었다. 귓가에는 무대 위에서의 목소리가 끊임없이 윙윙 맴돌았다. 기적 소리는 마치 연극 무대 위에서 길게 뽑는 목소리 같았고, 사람들 목소리는 마치 쉬지 않고 길게 이어 부르는 가사 같았다. 길가에서 물건을 파는 이의 장조를 질질 끄는 목소리는 마치 무대 위에서 정취 있고 구성진 가락을 반복해서 부르는 노랫소리 같았다. 그는 큰 걸음으로 앞으로 나아갔다. 리바오성의 최후 모습을 떠올리고 싶지 않았다. 그저 과거 무대 위에서의 조자룡이 가장 화려한 대고를 입고, 등 뒤에 기다란 오색 깃발을 꽂고, 위풍당당하게 장단에 맞추어 걷고 뛰면서 "소장, 조자룡이옵니다!"라고 포효하여 무대 아래의 관중들을 모두 매혹시켰던 모습만 기억하고 싶었다.

슈런은 고개를 들어 하늘을 올려다보았다. 흐린 회색빛 하늘에 운무가 자욱했고, 여기저기 구름이 덩어리져 굴러다니는 것이 꿈속인지 환상인지 모를 또 다른 무대처럼 느껴졌다.

리바오성을 보내고 나서 그는 두 아이를 데리고 집으로 돌아왔다. 이때 아이들은 모두 무슨 일이 벌어졌는지 알고 어안이 벙벙해 아무 말도 하지 않았다. 쉬닝은 아이들이 몹시 안쓰러웠다. 한 푼이 아쉬운 형편이었지만 식료품점에 가서 사탕을 한 봉지 사 왔다. 저녁으로 아이들에게 계란찜에 파를 쫑쫑 썰어 넣은 간장 양념을 얹어주었다. 계란은 아주 부드럽고 고소했다. 아이들은 크게 푹푹 떠서 먹으면서도 여전히 침울한 표정으로 말이 없었고, 눈가에는 눈물이 맺혀 있었다.

밤이 되었는데도 두 아이 모두 잠자리에 들지 않고 침대 위에서 펄쩍펄쩍 뛰고 떠들고 울면서 아버지를 불렀다. 겨우 아이들이 지쳐 나가떨어질 때쯤 찬밥을 데워 야식으로 먹인 후 달래서 재웠다. 슈런은 혼자서 대청에 앉았다. 창밖의 달이 유난히 밝고 유난히 둥글었다. 중추절이 다가오기 때문이리라. 맑고 차가운 달빛이 창밖에서 쏟아져 들어와 대청을 아주 환하게 밝혔다. 낡고 오래된 가구들 표면이 하얀빛으로 반들거렸다.

슈런은 창 밑에 앉아 탁자 위에 놓인 흰 종이에 천천히 윤곽을 그렸다. 먼저 사람의 윤곽을 그리고, 그 위에 장식과 방패, 갑옷을 그리고……, 점차 보무당당한 대고의 모습을 갖춰갔다.

그는 리바오성에게 가장 멋진 대고를 디자인해줄 계획을 갖고 있었다. 이 옷은 디자인이 이미 나와 있었고, 리바오성의 주문만 기다리고 있었다. 그때 리바오성은 이미 기념공연을 준비하면서 녹음과 녹화까지 진행하려고 계획하고 있었다. 그런데 뜻밖에도 형세가 급변하면서 모든 월극 활동이 즉각 중단되었고, 그 이후로 기회는 다시 오지 않았다.

쉬닝은 슈런의 옷을 들고 그의 곁으로 갔다. 원래는 그에게 잠을 좀 자라고 권할 생각이었는데, 디자인을 보고는 놀란 나머지 목소리까지 변하며 다급하게 말했다.

"대체 무슨 엉뚱한 생각을 하는 거예요. 이건 잘못하는 거예요!"

슈런이 황급히 붓을 거두며 한숨을 내쉬었다.

"나도 알아."

그는 절반 정도 그린 남자 대고 그림을 구겨 뭉쳐서 손에 꽉 쥐었다. 과거의 기억들이 한 장면 한 장면 스쳐 지나갔다. 그때 자신이 아직 어리바리한 청년이었을 때 리바오성을 처음 보았다. 마지막에 나이 들어 반백이 되어서도 리바오성은 고개를 쳐들고 가슴을 쫙 펴고 호기롭게 "요즘 어떻게 지내나!" 하고 물었다. 그는 바로 눈앞에서 리바오성이 차를 한 모금 마시고는 싱글벙글 웃으며 "솜씨가 훌륭하군!" 하고 말하는 것을 보는 것만 같았다.

리쥬어와 리퉁 둘 다 아직 어리고 장난치기를 좋아했다. 둘은 늘 마당을 뱅글뱅글 돌며 숨바꼭질을 하고 놀았다. 천가의 작은 집이 더욱 시끌벅적해졌다. 이날은 진한의 딸 뤄옌若妍과 함께 놀았다. 처음에는 사이가 좋았다. 나중에 리퉁이 사탕을 먹고 싶다고 했지만 리쥬어가 주지 않자 형제가 다투기 시작했다. 뤄옌이 옆에서 싸움을 말리려다 도리어 리쥬어에게 욕만 먹고 말았다. 어린 아가씨는 마음이 여려 금세 울음을 터뜨렸다.

슈런은 아이들의 울음소리를 듣고 짜증이 났다. 그는 리가 집안 아들들은 차마 야단치지 못하고, 자기 손녀만 몇 마디 꾸짖었다. 하지만 이런 일은 이제껏 없던 일이었다. 뤄옌은 화가 나서 더 큰 소리로 엉엉 울었다. 시끄럽게 해서 할머니를 부를 속셈이었지만, 하필 이때 쉬닝은 장 보러 나가고 없었다.

슈런은 말도 안 듣고 통제도 안 되는 이 세 아이들을 어떻게 해야 좋을지 도무지 방법을 찾을 수가 없었다.

천가가 줄곧 살아온 집은 과거에 토지개혁이 단행된 후 질반만 남은 집이라 안 그래도 비좁아 북적였는데, 지금은 아이 둘이 늘어난 것이었다. 추이펑은 한 명 정도 키우는 것은 자신이 돕겠다고 제안했지만, 아이들이 함께 있겠다고 고집을 부리며 떨어지길 원치 않았던 것이다.

류밍쥔이 왔을 때, 집안은 온통 아이들의 떠드는 소리로 시끄러웠다. 재빨리 천가 집 안으로 들어와 대문을 닫아건 그녀는 아이들을 바라보며 잠시 머뭇거렸다. 슈런은 그녀를 안채로 안내한 후 공손하게 무슨 일이냐고 물었다. 류밍쥔은 잠시 휴식을 취한 뒤 숨을 헐떡이며 품 안에서 옷 한 벌을 꺼냈다.

슈런은 보자마자 얼굴이 창백해졌다. 파리한 얼굴로 그가 말했다.

"지금 같은 때……."

류밍쥔은 몹시 두려워하면서도 여전히 품 안의 보배를 꼭 끌어안고 손을 내저으며 말했다.

"안심하세요. 아무한테도 들킬 리 없어요."

슈런은 옷감에 손을 데이기라도 할 것만 같아 당장 던져버리고 싶었지만, 끝내 그렇게 하지는 않았다. 류밍쥐안을 믿지 못해서가 아니라 갖가지 소문이 실로 너무 끔찍했기 때문이었다. 류밍쥐안이 그를 바라보며 말했다.

"알겠어요. 곤란하게 만들지 않을게요. 가져가서 제가 직접 고치죠, 뭐."

슈런이 길게 한숨을 내쉬었다.

"못 하실 겁니다. 망가뜨리지 마세요."

"저도 알아요. 그러니 제발요. 천 사부님……."

류밍쥐안이 느릿느릿 말했다. 그녀는 평소에 건강관리를 잘해서 입술이 붉고 치아도 하얬다. 그런데 지금 보니 하룻밤 사이에 눈에 띄게 늙어버렸다. 머리칼은 온통 하얗게 세었고, 얼굴은 자글자글 주름이 가득했으며, 몸도 예전처럼 곧지 않았다. 유일하게 말투에서만 특유의 부드럽고 경중완급을 넘나드는 월극배우의 어조가 유지되고 있었다.

슈런은 리바오성이 떠올라 저도 모르게 한숨을 내쉬었다. 두 사람 모두 한참 동안 말이 없었다. 이윽고 슈런이 결심한 듯 입을 열었다.

"여기 두고 가세요. 제가 고쳐드리죠!"

류밍쥐안은 그제야 안도했고, 무슨 큰일을 마친 듯 안색이 금세 밝아졌다. 슈런은 그녀의 화색이 한없이 막연한 것임을 분명히 알고 있었지만, 그녀의 기분을 맞춰주며 말했다.

"치푸로 고치시죠. 이제는 대형 월극작품을 공연하기 힘드실 테니까요."

류밍쥐안은 만족한 듯 고개를 끄덕이며 말했다.

"일단 준비해두면 소조라도 부를 기회가 오겠죠."

슈런은 하얗게 센 그녀의 백발을 바라보며 뭔가가 콱 막힌 것처럼 마음이 무거웠다. 그는 얼른 화제를 바꾸어 월극원 배우들의 근황은 어떤지 물었다. 류밍줸은 목소리를 낮춰 월극원의 참상을 얘기하기 시작했다. 리바오셩 얘기를 언급하면서는 고개를 절레절레 흔들며 말했다.

"조금만 참고 견디면 지나갈 텐데, 어떻게 그런 생각을 했을까요."

그녀는 위잉잉이 지인의 도움으로 홍콩으로 갔고, 아마도 그것이 리바오셩의 마음에 가장 크게 응어리 맺힌 일이었던 것 같다고 슈런에게 말해주었다.

사람이 이미 세상을 떠난 마당에 더 얘기하는 것은 무의미했다. 류밍줸은 자리에 앉으며 긴 한숨을 내쉬었다.

"우리 모두 늙다리에요. 언젠가는 떠나야겠죠. 저도 준비하고 있어요."

이 말에 슈런의 마음은 한없이 착잡했다. 그는 옷을 조심스럽게 개면서 말했다.

"안심하세요. 제가 잘 고쳐놓겠습니다!"

류밍줸은 월극원의 수많은 유명배우들 가운데 운이 가장 좋은 사람이었다. 그녀는 문화대혁명 초기에 곧바로 국가지도자에게 편지를 써서 자신의 결백을 밝혔다. 얼마 안 있어 국무원으로부터 그녀가 월극사업에 기여한 공헌을 인정한다는 답신을 받았다. 이 답신이 그녀를 지켜주는 부적이 되었고, 그녀는 거듭되는 재난을 안전하게 피해갈 수 있었다.

리바오셩이 남겨둔 아이들을 얘기하며 류밍줸은 잠시 생각에 잠기더니 말했다.

"저한테 맡겨주세요. 제가 우선 키울게요. 제가 월극원 안에 살고 있으니 위잉잉이 저를 찾기가 쉬울 거예요."

슈런도 아이들이 류밍줸과 함께 있는 것이 훨씬 나을 거라는 생각이 들었다. 원래 월극원에서의 생활이 익숙한 아이들이었다. 그는 아이들

짐을 대충 정리해서 류밍줸을 따라 함께 월극원으로 갔다.

밤이 되었다. 아버지와 아들은 마주 앉은 채 말이 없었다.

활처럼 흰 달빛이 몹시도 맑고 차가웠다. 슈런은 흩어진 밑그림들을 정리하며 마음속에서 좀처럼 털어내지 못한 비통함을 억지로 감추었다. 한편 진한은 월극의상을 만들 수 없다는 것 때문에 낙심해 있었다.

이 젊고 혈기왕성한 녀석의 머릿속에는 각종 다양한 도안들과 다채로운 색채 등 온갖 생각들이 빚어지고 있었다. 그는 심심할 때마다 종이에 그림을 그리고는 그 그림이 현실로 구현되는 것을 상상하곤 했다. 하지만 현실은 냉혹했다. 종이 위에 그려진 그림이 아무리 근사해도 어떤 식으로든 실천할 방법이 없었다.

"침대보 만드는 것도 그래요. 양식까지도 통일해서 하달하니 우리더러 아무것도 고치지 말라는 거잖아요!"

진한이 아버지에게 불평을 늘어놓았다. 그는 침대보를 위해 여러 가지 도안을 디자인했지만, 함부로 디자인하지 말고 상부의 지시에 철저히 따라야 한다는 말과 함께 최종적으로 모두 거부당했다. 이 일로 그는 실망이 컸고 우울했다. 천편일률적인 도안들을 정말이지 견딜 수가 없었다. 그 경직된 선과 답답하고 무거운 배색은 더 말할 것도 없었다.

부자는 밤늦게까지 멍하니 앉아 있었다. 밤이 깊어 주위에 아무도 없이 고요해지자 슈런이 침대 밑에서 류밍줸의 의상을 꺼내며 말했다.

"이건 줸 여사가 부탁한 거야. 네가 수선해주겠니?"

진한은 매일 같이 월극의상을 염불처럼 뇌까렸지만, 막상 정말로 보게 되자 놀라지 않을 수 없었다.

"만드는 것도 못하게 하는데 감히 수선을요?"

슈런은 보따리를 재빨리 그의 품에 쑤셔 넣어주며 말했다.

"요즘 상황이 그렇게 험악하지는 않으니 조사를 나오진 않을 거다.

쥔 여사도 나이가 들었는지 늘 옷 생각만 하더구나. 그녀를 위해서 우리가 모험 한번 하자."

진한은 말없이 보따리를 잘 동여맸다. 그는 아버지의 마음을 이해했다. 하지만 지금의 상황이 어떤지도 너무나 잘 알고 있었다. 이런 환경에서 충동적인 행동은 화를 부르기 십상이다. 그는 한동안 멍하니 보따리를 마주했다. 하지만 아버지가 이미 결심한 일이라면 마음이 변할 리가 없다는 생각이 들었다. 그는 다시 보따리를 풀어 들여다본 후 물었다.

"제가 직접 해요?"

슈런이 묵묵히 고개를 끄덕였다.

진한은 살금살금 자기 방으로 돌아와 최대한 납작 엎드려 침대 밑으로 기어 들어가서는 그 보따리를 가장 깊숙한 곳에 쑤셔 넣었다. 그 소리가 루이펀을 놀라게 했고, 그녀가 비몽사몽 중에 반사적으로 벌떡 일어나 잔뜩 경계하는 목소리로 물었다.

"누구야?"

그 무렵에는 모두가 도둑을 두려워했다. 사실 도둑이 들어봐야 훔쳐 갈 것도 없었지만, 그럼에도 두려워했다. 진한은 황급히 아내를 안심시키며 말했다.

"나야. 뭘 좀 찾느라고."

루이펀이 침대에서 일어나 앉더니 불을 켜고는 의심스러운 눈초리로 그를 바라보았다. 무슨 일인지 알고 싶어 하는 눈빛이었다. 진한이 웃으며 말했다.

"어서 자. 내가 물건을 좀 숨겨뒀어."

루이펀이 긴 한숨을 내쉬더니 이내 깊이 잠들었다. 올 한 해 동안 그들이 집 안에 물건을 숨기는 것을 너무 많이 봐온 탓에 그녀도 이골이 나서 이제는 봐도 이상하게 여기지 않았다.

작업장에서 침대보와 이불을 대량으로 생산하면서 서서히 월극의상의 흔적은 잃어갔다. 재단판의 녹슨 자국이 마치 한 산업이 사라지는 것을 보여주는 것 같았다. 월화공장은 일반적인 침구 생산 공장으로 변모했고, 방직공장과 같은 제품을 생산했다. 거의 매일 회의가 열렸고, 대회의가 끝나면 소회의가 열렸다. 각 부서마다 학습회를 조직하고, 사상 강연을 하고, 각성 연설을 했으며, 직원 모두 800자짜리 학습소감문을 작성하여 제출해야 했다. 작업장의 쇼윈도는 텅 비어 있었다. 화려한 월극의상도, 섬세한 수예품도 더 이상 볼 수 없었다. 어쩌면 처음부터 그런 것들은 존재한 적도 없는 것 같았다.

월화공장에 언제부터인지 유언비어가 돌기 시작했다. 월극의상이 소각되지 않고 교외 창고에 숨겨져 있다는 것이었다.

우 서기의 안색이 볼썽사나워졌다. 그는 유언비어를 퍼트린 자를 색출하기 위해 온갖 방법을 동원했고, 참다못해 슈런을 불러 따져 물었다.

"자네 정말로 교외 창고에 물건을 숨겼나? 솔직하게 대답하게!"

슈런은 교외 창고에 몇 번 갔었다. 물건은 창고 안에 잘 숨겨져 있었고, 문지기조차도 그 사실을 모르고 있었다. 하지만 소문이 생긴 이상 당장 처리해야 했다. 그는 또다시 걱정에 휩싸였다. 더 이상 무슨 방법이 있을 수 있단 말인가.

소문이 갈수록 무성해지고 있었다. 당장 적당한 방법을 찾지 못하면 창고는 또 수색을 받게 될 것이었다. 진한이 방법을 찾았다.

"월극작품에 그런 노래가 있지 않나요? 겉으로는 잔도棧道를 수리하는 척하면서 몰래 진창陳倉으로 기습 공격하는 거예요!"[184]

---

184 명수잔도, 암도진창(明修棧道, 暗度陳倉): '겉으로는 잔도를 수리하는 척하면서 실제로는 몰래 진창을 건넌다.'는 뜻으로 정면으로 공격할 것처럼 함으로써 상대방이 전력을 그곳으로 모으도록 유도한 뒤 방어가 허술한 후방을 공격하는 계책이다. 유방의 신하인 한신은 항우가

그가 생각해낸 방법은 위험했지만 떠도는 헛소문을 깨끗이 정리하여 월극의상을 안전하게 지켜낼 수 있을 것이었다. 슈런은 듣자마자 화들짝 놀라며 고개를 연신 가로저었다. 하지만 더 좋은 방법은 도저히 찾을 수 없었다. 형세는 날로 험악해졌고, 서둘러 행동에 옮기지 않으면 엄청난 실수가 될 것이었다.

진한의 구상에 따라 우선 우 서기에게 가서 "월극의상을 태우지 않고 창고에 숨겨둔 게 맞다"고 '자수'했다. 우 서기는 그 말을 듣고 너무 놀라 어쩔 줄 몰라 했다. 그는 슈런의 팔을 잡아끌며 재차 물었다.

"자네, 공장 사람들을 죄다 죽일 셈이야?"

슈런은 진지하고 간절한 표정으로 자신의 잘못을 시인했다.

"제가 생각이 짧았습니다. 지도부의 치벌을 받겠습니다!"

우 서기는 새파랗게 질린 얼굴로 가슴을 꽉 부여잡았다.

우 서기를 진정시킨 후 다음 행보에 돌입했다. 이번 일은 천가 부자 이외에 궈요우민과 천청만 알고 있었다. 그들은 허름한 누더기 천들로 마대 자루 몇 개를 채운 뒤 이미 훼손된 월극의상 몇 벌을 찾아 각각의 자루 입구 위에 넣었다. 진한은 그조차도 속이 쓰릴 정도로 아까워 촘촘한 바늘땀을 반나절이나 어루만졌다. 천청이 그를 위로했다.

"몇 벌 희생해서 몇백 벌을 살리는 거야. 충분히 가치가 있어."

모든 준비를 마친 후 슈런이 제2경공업국의 류 부국장을 모시고 우 서기와 류요우씽을 대동하여 함께 창고로 갔다.

류 부국장은 한껏 엄숙한 얼굴로 우 서기를 호되게 나무랐다.

"진즉에 소각하겠다더니, 당신들은 지금까지 말을 안 들었어. 게다

반란 평정을 위해 각지를 전전하는 틈을 타 대규모 인부를 동원하여 파촉잔도를 수리하기 시작했고, 동시에 비밀리에 산맥을 크게 우회해 진창에서 항우의 거점인 관중을 기습해 토벌했다. 이는 한이 천하를 통일하는 데 전주곡이 되었다.

가 몰래 빼돌리기까지 하다니 대담하기 짝이 없군그래!"

우 서기가 멋쩍은 듯 웃으며 말했다.

"제 생각이 짧았습니다. 지도부의 처벌을 받겠습니다!"

창고 문밖에 마대 자루가 입구가 열린 채로 잔뜩 부려져 있었다. 자루 입구가 열린 틈으로 금색과 분홍색 월극의상이 엿보였다. 슈런은 무거운 표정으로 솔직히 털어놓았다.

"모두 여기 있습니다."

그 마대 자루는 몇 년 동안이나 창고에 처박혀 있어서 그런지 더럽고 너덜너덜해서 손을 넣어 뒤지고 싶어 하는 사람이 아무도 없었다.

슈런은 또 제자 일고여덟 명을 특별히 앞쪽에 배치해 두었다. 더군다나 많은 사람들이 지켜보는 가운데 자세히 검사하고 싶어 하는 사람은 아무도 없었다. 우 서기는 대충 쓱 훑어본 뒤 고개를 절레절레 흔들며 말했다.

"태워요."(슈런이 노린 것이 바로 이 순간이었다.)

그는 즉시 성냥을 그었다. 우 서기는 류 부국장에게 지시를 청했고, 류 부국장 역시 일이 복잡해지는 것이 싫어서 손을 휘휘 내저으며 말했다.

"빨리 태우세요."

진한은 즉시 성냥으로 종이에 불을 붙였고, 그 종이로 각각의 자루에 불을 붙였다. 불이 바람을 탄 데다, 태우는 물건도 불에 잘 타는 천이라 그 자리에서 빠르게 타올랐다.

슈런은 털보도 불렀다. 털보 일행을 데려올 차에는 사전에 몰래 길을 에둘러 오도록 일러두었던 터였고, 털보 일행이 차에서 내렸을 때는 이미 다 타버리고 남은 게 거의 없었다. 슈런은 털보에게 담배를 한 개비 건네주고 웃으며 설명했다.

"기다렸는데 안 오시기에 먼저 태웠습니다."

털보 일행은 잠깐 쳐다보고는 뜻밖에도 깊이 따지지 않았다. 열 개가 넘는 마대 자루가 순식간에 타버렸으니 기쁘지 않았겠는가. 우 서기는 그 모습을 바라보며 마음이 아파 얼굴을 잔뜩 찌푸렸다. 털보가 곁눈질로 슈런을 쳐다보더니 고개를 약간 끄덕였다. 마치 "영악하군." 하고 말하는 듯했다.

한바탕 바람이 불어와 불이 점점 거세졌다. 아마도 원단의 첨가제 때문에 아주 잘 타는 것 같았다. 바람의 기세를 타고 불은 더욱 거세게 타올랐고, 천이 사방으로 날렸다. 털보가 갑자기 미간을 찌푸리더니 뭔가를 발견했다는 듯 콧방귀를 홍 뀌었다. 진한의 가슴이 요란하게 두방망이질 쳤다. 다급해진 그가 불더미 가까이 다가가 못 쓰게 된 옷걸이로 흩어지는 불꽃들을 모으려고 했다. 그때 돌연 바람이 휙 불어 화염이 치솟으며 화르륵 타올라 그의 주위를 꽃이 만개하듯 불꽃이 에워쌌다. 주위 사람들이 깜짝 놀라 어쩔 줄 몰라 했다.

진한이 원숭이처럼 불더미 속에서 펄쩍 뛰쳐나왔다. 귀요우민 일행이 황급히 달려가 손발을 정신없이 휘둘러 불을 껐다.

다들 황급히 진한을 병원으로 이송했다. 검사 결과 그의 몸 여러 곳이 화상을 입었지만, 다행히 근골이 상하지는 않았다. 루이펀은 마음이 너무 아파 엉엉 울음을 터뜨렸다. 진한이 오히려 웃으며 그녀를 위로했다.

"큰 재난에도 죽지 않으면, 훗날 복을 받는대. 당신은 운 좋은 남편을 만난 거야."

이 일이 끝난 후, 상부 지도자가 슈런을 엄정히 비판했다. 다행히 이즈음 여기저기 아수라장이어서 다들 공연히 시비가 생길까 봐 얼렁뚱땅 넘어갔다. 우 서기는 비밀리에 지도부 회의를 소집하여 전 공장의 안전을 위해 누구도 이 일을 밖으로 누설하면 안 된다고 단속했다.

월화공장은 여전히 꾸준한 생산량을 유지하고 있었고, 작업질서도 매우 안정적이었다. 직공들로서는 어쨌거나 모두 수공예로 벌어 먹고 사는 것이었다. 내키지 않아도 정해진 시간에 일을 시작하고, 정해진 시간에 물건을 수거하고, 천편일률적인 도안에 따라 제작했다. 직공들은 전체회의를 특히 싫어해서 우 서기가 단상에서 문서를 읽을 때마다 아래에서는 한눈을 팔고 딴짓을 했다. 샤오허우 씨가 은밀히 사석에서 말했다.

"나는 글자를 보면 곧바로 졸음이 와. 읽는 것은 그렇다 치고, 외우기까지 해야 하다니, 우리는 간부도 아니잖아!"

샤첸夏謙은 매일 홍보서紅寶書[185]를 들고 작업장 안을 왔다 갔다 했다.

하루는 샤오허우 씨가 일감을 끝내고 뻣뻣해진 팔다리를 펴고 목을 주무르고 있었다. 샤첸이 그녀를 불러 세우더니 대뜸 말했다.

"『마오주석 어록』 첫 페이지를 외워보세요."

샤오허우 씨는 기분 나빠하며 그를 노려보더니 손을 획 내저으며 말했다.

"저리 가요, 생산을 방해하지 말고!"

동료 직공들이 모두 그녀의 행동을 내심 통쾌해하며 너도나도 그녀의 용기를 칭찬했다. 샤첸도 하는 수 없이 멋쩍게 웃으며 말했다.

"그럼요, 생산이 가장 중요하죠. 생산이 가장 중요해요!"

자수부의 일감은 색채와 무늬가 풍부하고 다채로웠던 것에서 새, 봉황 등 단일한 것으로 바뀌었고, 모두 침대보와 이불 등 침구에 놓이는 자수였다. 다행히 일을 하기만 한다면 수입은 안정적이었다. 아무리 간

---

185 문화대혁명 기간 중의 마오쩌둥 어록이나 선집을 가리킨다.

화의금몽

단한 문양의 자수라도 결국 모든 제품에 필수적으로 들어가기 때문에 이 부서는 여전히 가장 바쁜 부서였다. 성으로 돌아온 지식청년들을 배치해야 했기 때문에 월화공장은 계속해서 인원이 늘어났다. 자수부는 방대한 생산량을 감당하기 위해 이 무렵 총 스무 명이 넘는 지식청년을 배치했다.

1973년 말에 이르러 시 지도부의 지시 하에 광저우시의 일부 공예품이 다시 생산되기 시작했다. 이 소식으로 월화공장은 크게 고무되었다.

슈런은 이미 폐지했던 디자인실을 부활시켜 수예품 개발을 계속할 수 있게 하였다. 진한은 이 소식을 듣고 뛸 듯이 기뻐했다. 그는 진즉부터 판에 박힌 공예에 신저리가 나던 터였다. 그는 매일 디자인실에 앉아 각종 배색을 시도했다. 합법적인 근거가 생겼으니 진한도 다시 한껏 열정을 품고 수예품 개발에 몰두했다.

집안 형편은 여전히 곤궁했다. 달마다 받는 양곡과 기름은 턱없이 부족했고, 온 가족이 먹고 입는 것을 아끼며 절대로 병에 걸리지 않게 해달라고 빌고, 너무 추운 겨울이 되지 않게 해달라고 빌어야 했다. 시내에는 옷도 천도 부족했다. 아무리 집안에 솜씨 좋은 사람이 있다 하더라도 아무것도 없이 물건을 만들어낼 수는 없기에 어른의 옷이 낡고 망가지면 어린아이의 것으로 고쳐 입혔다.

하루하루 커가는 뤄옌은 하얗고 깨끗한 외모에 아주 활달하고 장난기가 많아서 매일같이 길거리와 골목을 미친 듯이 쏘다녔다. 가족들이 모두 앞 다투어 그 아이에게 옷을 만들어주고, 바짓단에 꽃을 수놓아 주었다. 거친 천으로 지은 옷이었지만, 아이가 입으면 생기가 넘치고 귀여웠다. 황류는 여러 차례 병을 앓으면서 예전에 비해 눈에 띄게 몸이 허약해졌다. 슈런은 늘 그들이 염려되어 진한에게 황완네 집에 자주 찾아가 도와주라고 일렀다.

눈 깜짝할 사이에 다시 설이었다.

옹색한 살림이지만, 그래도 설이 되면 온 집안 분위기가 한껏 들떴다. 섣달 스무날부터 이미 바빠지기 시작해서 각종 절차가 한 치의 빈틈도 없이 진행되었다. 모든 일이 상서롭고 뜻하는 바대로 이뤄지기를 기원하는 뜻에서였다.

배급사의 식량공급은 항상 부족해서 양곡표가 있어도 쌀을 살 수 없었다. 슈런은 생각대로 설을 쇨 수 있도록 하기 위해 아주 일찍부터 준비를 서둘렀다. 입동이 되자마자부터 설 쇨 때 쓸 쌀을 계산해 저축해 두었다. 연말이 되면 엄격하게 섣달 스무나흘에 조왕신竈王神[186]에 감사의 제를 올리고, 스무엿새에는 대청소를 하고, 스무여드레에 떡을 하는 전통에 따라 셀러리, 파, 마늘을 하나도 빠짐없이 한데 모아두고, 담배와 술은 평소에 아껴두었던 것을 준비하고, 연근강정과 동과강정과 과일당과도 겨울이 가까워져 오는 몇 달 전부터 일찌감치 모아두었다.

섣달 서른 날 오후가 되면, 집에서 유자 물을 끓여 온 가족이 이 유자 물로 목욕을 함으로써 독 기운을 씻어냈다. 예전에는 집집마다 대문 앞에 탁자를 하나 갖다 놓고 신에게 드리는 음식물을 차려놓곤 했지만, 지금은 '봉건시대의 미신 타파'를 부르짖고 있어서 집 안에서 몰래 차릴 수밖에 없었다.

집 안의 유리창을 깨끗하게 닦고, 침구와 옷가지도 모두 깨끗이 빨았다. 신대도 깔끔하게 닦았다. 슈런은 아이들을 데리고 조상들께 예를 올리며 조상님이 보살피시어 천가 식구들 모두가 평안하고 늘 화목하게 지낼 수 있게 해달라고 기원했다.

---

186 부뚜막 신.

그 신대 위의 제기들은 사용한 지 이미 여러 해가 되어 많이 낡았고, 유기그릇 가장자리는 마모된 부위가 유난히 광이 났다. 슈런은 아버지의 영정을 마주하고서 한참을 응시하다가 마음속으로 말했다.

　　"천씨 집안은 오랜 세월 월극의상 수공예를 업으로 먹고살아 왔어요. 아버지, 저는 어둠 속에도 길이 있어서 사람이 막다른 길로 가지 않는다는 것을 믿습니다."

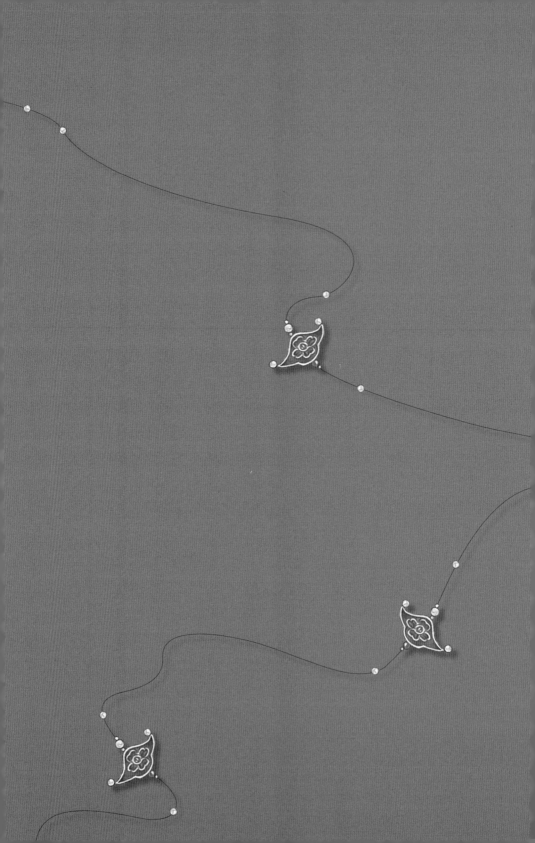

제3부

시대의 전환

제14장

광저우의 봄은 입춘인 날부터 시작된다.

바람의 방향이 북에서 남으로 바뀌어 남풍이 불면 도시가 온통 초록
이 된다. 날씨는 하루가 다르게 따뜻해지고, 공기는 촉촉해진다. 대지에
초록의 싹이 움트고, 그 초록은 점차 짙어진다. 2월쯤 되면 며칠간 '봄
을 거스르는 한파'가 이어진다. 그러고 나면 날은 급속도로 따뜻해져서
꽃과 풀과 나무들이 미친 듯이 성장한다. 미인초가 가장 먼저 피어 사
택 화단 안에서 희색을 맘껏 뽐내며 봄의 도래를 선포한다. 거리 곳곳
골목 구석구석에 붉은색, 분홍색…… 알록달록 갖가지 색깔의 카네이
션들이 경쟁하듯 핀다. 주먹만 한 크기의 꽃송이들만 빼곡히 들어차서
서로 밀치고 탐색하며 수풀 속에서 수줍은 듯 고개를 내밀지만, 사람들
에게 봄의 희망을 가져다준다.

3월이 되면 온 도시가 꽃의 바다가 된다. 눈길 닿는 곳 어디든 꽃이
아닌 곳이 없다. 집집마다 문 앞에 해당화와 월계화가 아름답게 피고,

작은 다리 옆에도, 흙바닥에도 이름을 알 수 없는 작은 들꽃들이 흙이란 흙을 모두 장식한다. 청명절 전후로 공기는 축축해지고 비가 쉴 새 없이 내리지만, 목면화는 벌써부터 준비를 마치고 잎을 떨어뜨리기 시작하고, 타는 듯이 붉은 꽃망울을 키워낸다. 봄비가 다 내리고 나면 반짝반짝 타오르는 목면화가 높다랗게 뻗어 올라간다. 선연한 꽃송이를 횃불처럼 받쳐 들고 늠름하고 위풍당당하게 투지를 고양시킨다.

대자연이 선물한 아름다움은 그 안에 속한 이로 하여금 미래에 대한 동경으로 충만하게 하고, 아무리 열악한 환경에서도 견뎌낼 수 있는 힘을 갖게 한다. 모든 곳에 생기가 있고, 햇빛이 끊임없이 구름층을 깨뜨려 인간세상 구석구석에 빛을 뿌린다.

1979년, 꽃의 도시의 대지가 녹으면서 월화공장은 월극의상의 생산을 전면적으로 재개했다.

진한은 사방팔방에서 기복하는 소음을 들으며 천천히 작업장으로 걸어 들어갔다. 기계선반이 다시 돌면서 우레와 같은 소리를 냈다. 그가 격렬하게 요동치는 마음을 애써 억누르며 낮이고 밤이고 기다려온 끝에 마침내 좋은 소식이 찾아왔다. 작업장은 선례에 따라 디자인부, 재단부, 재봉부를 부활시켰다. 월극의상 제작을 반기지 않는 동료 직공들도 없지 않았다. 그들은 차라리 신경을 덜 써도 되는 침구를 만들고 싶어 했다. 그들은 투덜거리며 내키지 않았지만 작업종류별로 조정된 공정으로 투입되어 들어갔다. 하지만 진한은 말할 수 없이 기뻤다. 그는 옷걸이와 견본패턴들을 모두 자기 손으로 직접 옮겨 제 위치에 도로 갖다 놓았다.

세월은 모두의 얼굴에 흔적을 새겨 놓았다. 월화공장 안의 수많은 사람들이 청년에서 중년으로 변모했다.

슈런은 예순다섯 되던 해에 영광스럽게 퇴직했다. 월화공장에서는 여전히 재고용을 원했지만 그가 거절했다. 환경이 부단히 변화하고 있었고, 그는 후임자가 십 년의 공백을 훌륭하게 메워 새로운 길을 열어줄 거라는 확고한 믿음이 있었다. 그는 이 업계에서 사십여 년 일하면서 그 흥망성쇠를 몸소 경험했고, 그걸로 충분했다. 그는 개인물품을 깔끔하게 챙긴 후 인수인계서에 서명한 다음 아주 홀가분한 마음으로 월화공장을 떠났다.

진한이 아버지 뒤를 말없이 따랐다. 요란하고 시끌벅적한 작업장들을 통과하고 바쁘게 일하는 사람들을 지나쳤다. 그는 아버지 대신 식판과 찻잔 등을 챙기며 말했다.

"공장에서 다음 달에 환송회를 열어주겠대요."

"그럴 필요 없다." 슈런이 유쾌하게 웃으며 말했다. "생산라인을 다시 조직해. 다들 바쁘니까 방해하지는 말고."

그 사이 쉬닝이 세상을 떠났다. 죽기 전에 작은 병을 앓았지만, 병원에 일주일간 입원했다가 조용히 떠났으니 그런대로 편안한 죽음인 셈이었다. 그녀의 영정은 당시 유행하던 제작 방법대로 백자 접시로 구워 서랍장 위에 올려놓았다. 슈런은 그녀의 부재에 아주 오랫동안 적응하지 못했다. 지난 일들 하나하나가 영화처럼 불시에 머릿속에 떠오르곤 했다. 그는 때때로 밥을 먹다가도 쉬닝이 아직 있는 줄 알고 습관적으로 주방을 향해 "밥 먹읍시다!"라고 소리쳤다. 하지만 결국 세월이 모든 것을 평정했다. 특히 나이를 많이 먹은 사람은 언제라도 가까운 사람과 이별할 준비를 해두어야 했다.

슈런은 오랜 세월 고된 일을 했지만 몸은 언제나 건장했고, 허리도 꼿꼿했다. 서명을 마친 후 그는 천천히 작업장까지 걸어와서 공장장으로서의 마지막 순시를 시행했다. 그는 재단판 사이를 천천히 지나가며 작업 공정 하나하나를 꼼꼼하게 지켜보았다. 십여 년 동안 매일 하던 대로 담담하면서도 진지한 표정이었다.

그가 퇴직한 뒤 얼마 지나지 않아 제자인 궈요우민이 공장장이 되었고, 진한도 공개선거를 거쳐 순조롭게 부공장장이 되었다.

월화공장은 예전의 떠들썩함과 분주함을 되찾았다. 공장 직공들은 여러 해 동안 잊고 지냈던 월극의상 수공예 솜씨를 다시 새롭게 연마하기 시작했다. 창고의 가장 깊숙한 곳에 숨겨두었던 보물들도 마침내 세상 빛을 다시 볼 수 있게 되었다. 진한은 청년 남자직원들을 모아 마대자루를 뜯고 들어 있던 의상들을 꺼내 세탁하고 다림질하는 등 전반적으로 손을 보아 의상들이 다시 제빛을 발할 수 있게 했다. 다채롭고 화려하게 빛나는 월극의상이 눈에 잘 띄는 곳에 한 벌 한 벌 걸렸다. 마치 새 시대를 연다고 선포하는 듯했다.

진한은 항상 혼자서 디자인실에 틀어박혀 지칠 줄 모르고 일했다. 수년간의 노력을 쌓은 끝에 그는 무대의상 수선 방면에서 경험의 총화를 만들어냈고, 재능 있는 제자를 발굴해 하나에서 열까지 모두 전수해 줄 수 있기를 희망했다. 때로는 조용하고 평탄하다가도 또 때로는 부침을 거듭하며 요동치던 세월 속에서 남은 것은 결국 수공예 기술과 수많은 사람들의 피와 땀이 깃든 예술품이었다.

월극단과 가무극단도 리허설을 재개했다. 이 몇 년을 거치면서 그들이 보관해오던 월극의상은 이미 남은 것이 몇 개 되지 않았다. 슈런은 진한에게 반드시 준비하고 있어야 한다고 일깨워주었다.

"일단 새 월극작품을 공연하기로 결정하면 대량의 주문이 쏟아질 거다." 과연 월화공장이 생산 재개를 선포하자마자 성 내 각지의 월극단과 예술학교, 예술연구소 등에서 주문이 쉴 새 없이 밀어닥쳤다.

"다 받아, 다 받으라고. 우선 주문을 받고 나서 생각해!"

궈요우민은 의욕에 차서 주먹을 휘둘렀다. 진한의 마음과도 약속이

나 한 듯이 딱 맞아떨어졌다. 일시에 지도부에서 말단까지 월화공장 전체가 사기충천하여 최고조의 효율로 일했다.

시 월극원이 완전히 새로운 궁중극 한 편을 리허설하기로 하면서 이 월극작품의 무대의상 일체를 한꺼번에 대규모로 주문했다. 하지만 첫 번째 주문량을 검수하면서 여자 대고 한 벌이 반환되어 돌아왔다. 배우가 이 의상에 대해 불만이 많았기 때문이었다. 색깔이 맞지 않고 앞쪽 화살이 비뚤어졌다는 둥, 좌우 소매길이가 같지 않다는 둥, 말만 들어서는 의상이 문제투성이였다. 도저히 받아들일 수 없었던 진한이 극단 책임자와 교섭해보았지만, 결국은 상대방의 의견대로 고쳐주었다. 그런데 의상을 고쳐서 다시 보내자 또 다른 문제를 발견했다며 다시 반환해왔다.

진한은 이 문제로 몹시 초조해하며 다시 한번 자신의 손으로 직접 정성껏 수선했다. 그렇게 해서 다시 보낸 것 역시 퇴짜를 맞았다. 상대 측에서 진한에게 은밀히 알려주었다.

"이건 훙 여사의 뜻이에요."

진한은 그제야 알 것 같았다.

리바오성이 세상을 떠난 후 리훙 남매는 줄곧 류밍쥐안과 함께 살았다. 위잉잉이 돌아와서 아이들을 찾아갈 방법을 모색했는데, 갖가지 압박에 못 이겨 결국 리쥐어만 데려가고 리훙은 광저우에 남게 되었다. 그녀는 부모의 예술적 재능을 물려받은 데다 월극원에서 쭉 자라면서 수많은 선배들을 따라다니며 노래를 배웠고, 어린 계집종부터 정단正旦까지 부를 수 있게 되어 월극원의 새로운 기대주가 되었다.

며칠 지나지 않아 여러 번 수선을 반복한 여자 봉피鳳披 하나가 또 반환되었다. 역시 리훙의 뜻이었고, "파이핑에 문제가 있다. 감친 라인이 깔끔하지 않고, 견고하지 않다."고 했다는 것이었다. 의상이 반환되어 돌아오자 조립생산라인의 전체 직공들이 모두 분통을 터뜨렸다. 특히 봉제를 담당한 샤오메이小媚는 문양의 곧은 결을 매만지며 화가 나서 시뻘게진 얼굴로 결판이라도 낼 것처럼 소리쳤다.

"그 여자는 우리 수공예인을 대체 뭘로 보는 거야!"

늘 사람 좋은 얼굴로 화를 잘 안 내던 궈요우민까지도 참을 수가 없었는지, 며칠 동안이나 작업장에서 시커먼 표정을 하고서 험한 욕설을 퍼부어댔다. 진한이 집에 돌아와 아버지에게 이 일을 알리자, 슈런도 고개를 절레절레 흔들었다. 리씨 남매는 당시 리바오성이 홍콩으로 가고 싶어 했는데 슈런의 설득으로 눌러앉게 되었다는 것을 안 뒤부터 앙심을 품고 줄곧 천가를 미워했다.

"성 형님은 정말 안타까워." 슈런이 안타까운 마음에 탄식하며 말했다. "그때 내가 남아 계시라고 설득했던 게 큰 잘못이었어."

죽은 벗 생각에 그는 한없이 서글펐다.

"아버지가 신선도 아니잖습니까. 미래에 무슨 일이 일어날지 어떻게 다 예측할 수 있겠어요."

진한이 힘없이 한숨을 내쉬며 말했다. 앞으로 만나게 될 온갖 난처한 일들을 생각하면, 스스로에게 인내심을 당부할 수밖에 없었다.

월극의상 생산을 재개한 뒤 공장 전체가 활기를 되찾았다. 공장 내 식당은 그대로 있었지만 류 사부는 퇴직했다. 공장에서 찜통을 새로 장만했는데, 직공들은 직접 싸 온 도시락을 점심때 한꺼번에 찜통에 넣고 쪘다. 진후이는 매일 세 개의 도시락을 정성껏 준비했다. 보통은 차샤오叉燒[187]나 라창臘腸[188]에 약간의 야채와 탕 한 그릇을 곁들인 광저우 사람들의 일반 가정식이었다. 라창은 식료품점에서 산 것도 있었고, 직접

---

187 양념에 절인 고기를 꼬챙이에 꿰어 구운 고기를 말한다.
188 잘게 썬 고기와 각종 부재료들을 섞어 창자에 채워 넣고 발효와 숙성을 거쳐 만드는 중국 특산의 육류제품이다.

만든 것도 있었다. 초겨울이 되면 돼지창자와 간 고기를 사서 기름과 소금, 간장 등 각종 조미료로 간을 해 창자에 채운 뒤 햇볕에 열흘 남짓 말렸다. (직접 만든 라창은 신선하고 맛이 좋은 데다 돈을 아낄 수 있었다.) 그 무렵에는 마침 해가 충분해서 라창이 아주 윤이 나고 선명한 색깔로 잘 말랐고 향이 좋았다. 맛을 본 동료 직공들은 모두 그녀의 솜씨가 일품이라며 칭찬을 아끼지 않았다.

"황상황皇上皇[189] 것에 전혀 뒤지지 않는 맛이야."

월화공장의 작업장은 다시 시끌벅적해졌다. 화로가 다시 타올랐고, 비즈가 산더미처럼 쌓였으며, 오랜만에 빛을 본 무대의상 견본들이 다시 작업장 곳곳에 걸려 화려하게 빛났다.

공장 안에 일감이 빠르게 쌓여갔고, 작업장도 하루하루 바쁘게 돌아가 재봉틀이 하루 종일 쉴 새 없이 움직였다. 진한은 아무리 바빠도 매일 정해진 시간에 순시를 돌았다. 슈런에 비하면 그는 공장에서 일한 경력이 훨씬 길었고, 훨씬 다양한 분야에 걸쳐 기술을 갖고 있었다. 방치되었던 수많은 일들이 다시 시행되기를 기다리는 상황에서, 그는 옛날의 생산 경험을 벗어나서 더 새롭고 더 훌륭한 제품을 탐색할 수 있는 기회를 잡기를 희망했다.

진한은 늘 혼자서 디자인실에 앉아 있었는데, 한 번 들어가면 열 시간을 훌쩍 넘기곤 했다. 그는 도보의 그림대로 하는 것에는 진즉에 만족하지 못했고, 아주 오래전부터 머릿속에 각종 도안을 그려오고 있었다. 이제 그는 상상 속 도안들을 현실로 바꾸는 시도를 통해 자신이 만족할 수 있는 작품을 창조해내고 있었다.

---

189 중화권의 오랜 건육 · 건어물 식품 브랜드이다.

이 상황이 짜증스러워 견딜 수 없는 사람은 진광뿐이었다. 심지어 알 수 없는 분노까지 치밀었다.

진광은 처음에 재봉틀부에서 일했지만, 단조롭고 지루한 것을 견디지 못하고 자청해서 운전하는 일을 했다.

운전 일은 자유롭고 규율이 느슨해서 자리를 꼭 지키고 있지 않아도 된다는 점이 그의 성격에 맞았다. 그런데 생산이 재개된 후로 작업장이 성과급제를 도입하면서 각 부서가 성과급 지급을 허용하자 수입에 차이가 생겼다. 그는 동료들이 적극적으로 일하고 월급이 한 달 한 달 높아지는 것을 보면서 우울하기까지 했다. 반면 진한은 이때 검증 기간을 순조롭게 넘기고 정식으로 월화공장 부공장장에 임명되었다. 형제간의 격차가 더욱 벌어지자 그는 좀 언짢았다.

이날 진광은 더는 참을 수가 없었다. 그는 느닷없이 부공장장실에 들어가 진한을 붙잡고 재봉틀부로 다시 보내 달라고, 게다가 작업조장까지 하겠다고 요구했다.

진한은 한참 눈코 뜰 새 없이 바빠 짬을 낼 수가 없었다. 월화공장이 직원모집을 재개했기 때문에 그가 학생들을 맡아야 했다. 미술전문대학을 졸업한 이 학생들은 견습생들과는 달랐다. 그들은 이론적 기초는 있었지만, 하루하루 세월을 두고 쌓은 경험이 부족했다. 진한은 자신이 편성한 교육과정에 따라 순서대로 차근차근 강의했고, 재능에 맞게 교육을 진행했다.

진광의 요구를 들은 진한은 부아가 치밀면서도 한편으로는 우습기도 했다. 하지만 그는 여전히 참을성 있게 그를 달랬다.

"지금은 공장 내 제도가 확립되어 있어서 나 혼자 결정할 수 있는 일이 아니야. 너도 알잖아. 공장에서 직원을 대거 모집해서 작업장마다 꽉 찼어."

진광은 전혀 들으려고 하지 않았다.

"아무리 그래도 형은 부공장장이잖아!"

그는 아래턱을 치켜들고 경멸에 찬 어조로 말했다. 여러 해 동안 그는 공장 안에서 형의 일이 모두 물 흐르듯 순조롭게 잘 풀렸던 것은 전적으로 아버지의 명성에 힘입은 결과라고 줄곧 생각해왔다. 반면 동생인 자신은 반평생을 형의 그늘 아래에서 살았다.

"형이 날 도와주지 않으면, 아버지에게 가서 귀요우민한테 얘기 좀 해달라고 말할 거야."

진광은 이 말을 하면서 아래턱을 쳐들고 입을 삐죽거리며 일부러 사람을 쳐다보지 않았다.

진한은 그와 실랑이를 벌이고 싶지 않아 손을 휘휘 지으며 내뱉었다.

"가서 얘기하든지." 그랬다가 잠시 생각해보고는 다시 한숨을 내쉬었다. "아버지는 이미 퇴직하셨어. 공장 일로 더 이상 아버지를 귀찮게 하지 마."

슈런은 진한을 탓하지 않았다. 오히려 그를 지지해주었다. 자신의 세 아이들 중 월극의상을 가장 잘 이해하는 사람은 진한이었고, 진후이는 재봉틀 솜씨가 좋았다. 반면 진광은 수공예 일을 할 재목이 아니었다. 그는 성격이 급해서 한 곳에 진득하게 앉아 있지를 못했다. 재봉틀부에 있을 당시, 그의 작업이 가장 질이 떨어져서 천을 적잖이 낭비했었고, 사부들이 그를 대신해 보충하느라 피곤하기도 했었다. 어차피 이 업계 일에 적응하지 못하는 바에야 그냥 포기하고 그의 성격에 맞는 일을 찾아가야 했다.

"진광아, 이렇게 여러 해 동안 나는 내 제자들은 욕하면서도……."

슈런은 자신의 아이에 대해서는 오히려 어떻게 교육해야 좋을지 몰랐다. 그는 차마 아이들을 욕하지 못했고, 진광은 막내였기 때문에 특히 더했다.

"언제나 너한테 가장 너그러웠지."

하지만 진광은 전혀 감사해하지 않고 여전히 목을 빳빳이 세우며 고집을 부렸다.

"저는 재봉틀부로 돌아가고 싶어요."

"너는 늘 정성과 노력이 필요한 일을 싫어했었잖아? 더구나 너한테 맞지도 않고 말이야."

슈런은 느릿느릿 말했지만 눈빛은 결연했다.

그는 공장 일에 관여하지 않은 지 이미 오래되었다. 이 일은 공장 일이라기보다는 집안일이었다. 진광은 정말 재봉틀부로 돌아가고 싶어했고, 궈요우민이 한마디만 하면 될 거라고 생각했다. 다만 슈런은, 한가지 일을 잘하려면 진정으로 좋아하는 사람이 해야 한다는 것, 야근비 몇 푼이 탐나서 옮기고 싶어 한다면 언젠가 포기하게 될 거라는 것을 너무나 잘 알고 있었다.

아버지의 지지를 얻지 못한 진광은 더욱 화가 났고, 이때부터 진한을 보기만 하면 표정이 어두워지며 일부러 그와는 눈도 마주치지 않고 말도 하지 않았다. 월화공장의 그 많은 사람들 가운데 이 형제 둘이서 다투고 서로 말도 하지 않는 것을 눈치챈 사람이 아무도 없었다. 진한은 그가 일시적으로 화를 낸다고 생각해서 크게 걱정하지 않았다. 그런데 뜻밖에도 이 어색한 관계는 몇 달이나 계속됐고, 끝내 화해하지 못했다.

중추절에 모두가 천가 옛집으로 모였다. 하지만 여전히 교류가 없었고 덕담 한마디를 하지 않았다. 슈런은 온 가족을 데리고 신에게 예를 올렸다. 신주위패 앞에 분향하고, 지전을 태우고, 샤오러우[190]와 닭고기,

---

190 돼지 통구이.

셀러리, 떡과 사탕을 신대의 제자리에 정성껏 배치하고, 차례로 조상님께 차를 올리고, 술을 올렸다.

진광은 여전히 화가 잔뜩 난 상태였다. 아버지 앞에서도 그는 진한과 말을 하지 않았다. 형제 둘이 시종 데면데면 불편해했고, 진후이는 아버지가 걱정하실까 봐 가운데서 중재자 노릇을 하느라 바빴다. 그녀는 은밀하게 양쪽 모두를 설득했다. 하지만 진광은 자신은 잘못한 게 없다고 우겼고, 진한은 동생이 납득하기만을 조용히 기다렸다.

온 가족이 한자리에 모이는 저녁 잔칫상에서 '빠바오야'는 이미 주인공이 아니었다. 살림이 궁핍했던 몇 년 동안은 왕밤이나 연자조차도 살 수 없어서 빠바오야 요리를 좀처럼 할 수가 없었다. 쉬닝은 아예 빠바오야를 빼기로 결정하면서 "가난한 사람이 부자인 척히면 남들이 비웃어요."라고 말했었다. 슈런도 아무 대꾸를 하지 않았었다. 나중에는 큰 명절이 되어도 빠바오야 요리는 없었고, 점차 루이펀이 잘하는 요리인 바이체지白切鷄[191]만 덮어 놓고 만들게 되었다.

끓는 물에 닭을 넣고 펄펄 끓여 삶는다. 삶은 닭은 꺼낸 즉시 찬물에 담가 육질을 부드럽게 유지한다. 과정은 간단하지만 불 조절이 매우 중요하다. 요리가 잘 되면 닭 껍질이 반들반들 윤이 나고 배 속에 기름이 고인다. 생강과 파, 마늘을 잘 배합하여 만든 양념을 넣으면 고기의 잡냄새가 없어지고 담백하고 달콤한 향이 난다. 루이펀은 다년간 요리를 해왔고, 요리솜씨가 매우 훌륭해서 그야말로 천가의 주방신이었다.

슈런은 '빠바오야'가 생각나면 추이펑 집에 가서 밥을 먹었다. (황완은 추이펑의 '비법'을 전수받아 이 요리를 아주 잘했다. 전통대로 계피와 팔각을 끓여 졸인 소스를 사용할 때도 있었고, 유행하는 방법대로 딸기잼을 사용하

---

191 닭을 통째로 삶아 작은 조각으로 자른 것.

기도 했다.) 황완의 남편인 천웨이둥陳衛東은 제2경공업국(월화공장의 상급기관)에서 일했는데, 슈런과 공장 내의 관리에 관해 얘기하는 것을 아주 좋아했다.

저녁 식사를 마치고 어른들은 빙 둘러앉아 월병을 먹으며 수다를 떨었고, 아이들은 방에 숨어서 몰래 카드놀이를 했다. 집안의 아이들 모두 젊은 어른으로 자랐다. 뤄옌은 나이가 가장 많고 주관이 뚜렷해서 아이들의 대장이었다. 진후이의 아이인 하오옌浩彦은 그녀보다 세 살 어리고, 이제 막 중학생이 되었다. 황완의 딸 츄이秋怡는 하오옌과 비슷한 나이로, 성격이 쾌활하고 짧은 머리로 다니는 것을 좋아했다. 진광의 딸 뤄리若麗는 아름다운 아가씨로, 언니 오빠들을 따라다니며 노는 것을 가장 좋아했다. 이 아이들 몇 명이서 즐겁게 '김매기' 놀이를 하면서 "돼", "안 돼"를 쉴 새 없이 외쳐댔다. 슈런은 아이들이 즐겁게 떠드는 소리를 듣고 껄껄 웃음을 터뜨렸다.

"사는 게 평온하고 조용하니 참 좋구나. 저 아이들의 앞으로의 삶이 우리 때처럼 고단하지 않았으면 좋겠다."

진한은 온화한 미소를 지었고, 진광은 입을 삐죽거리며 가타부타 말을 하지 않았다.

월화공장이 생산을 재개한 후 처음 실시한 직원 공개모집 때 원래 모집하려 했던 수를 초과했다. 일 년 후 압력에 못 이겨 또다시 공개모집을 했고, 한꺼번에 스무 명 넘게 들어오는 바람에 순식간에 사람이 넘쳐나게 되었다. 작업장 안은 수많은 사람들이 오가고 각종 노동 소음이 교차하여 온통 불규칙한 잡음이 뒤섞였다. 궈요우민은 늘 몸을 쪼개지 못하는 것을 한탄하며 말했다.

"지금은 디자인뿐만 아니라 관리까지 꽉 잡아야 해."

진한도 인사상의 압력을 느끼고 있었다. 월화공장의 수익이 좋은 것을 보고 수많은 친척·친지들이 문턱이 닳도록 찾아왔다. 오랫동안 왕래가 없었던 시이모, 시고모까지 모두 담배며 술을 사 들고 찾아와 친한 척하면서 자기 아이들에게도 일자리를 주기를 바랐다. 진한은 늘 완곡하게 거절했다. 그는 권력에 대한 욕망이 적었고, 담배나 술도 탐내지 않았다. 그는 그 아이들이 그저 안정적인 일자리를 원하는 것임을 알고 있었다. 하지만 월극의상의 정수精髓는 오랜 시간에 걸친 정교하고 세심한 작업에 있으며, 진심으로 좋아해야만 오래 할 수 있는 일이다.

자칭 '넷째 이모할머니'의 손녀라는 사람이 진한을 여러 번 찾아왔었다. 매번 올 때마다 크고 작은 선물 꾸러미를 가지고 왔다. 그녀는 예전 한기의 수많은 자질구레한 일들을 언급했다. '작정하고 사기 치는 것' 같지는 않았지만 마지막에 가서는 역시나 진한에게 일자리를 좀 달라고 부탁했다. 그 부인은 혼자서 열심히 떠들었지만 진한은 '친척이 참 많구나.'라고 느꼈다.

슈런은 예전에 넷째 이모할머니가 약방을 했던 것을 어렴풋이 기억하고 있었다. 딸이 있다고 들었지만, 오랫동안 서로 왕래하지 않았다. "음식은 아무거나 먹어도 되지만 친척은 함부로 알아보면 큰일 난다."는 말이 있다. 슈런도 웃으며 말했다.

"일자리 하나 때문에 함부로 족보까지 꾸민다는 얘기는 못 들어봤구나."

"그건 모르는 거죠. 요즘 사람들은 갈수록 꿍꿍이가 많더라고요."

진광이 이상한 어조로 말하며 진한을 흘끔 쳐다보았다. 일자리 청탁을 몇 번이나 거듭 거절하자 친척들 사이에서 진한은 '인정머리 없는 인사'라는 오명을 갖게 되었다. 친척들은 그가 이토록 오랫동안 지도자로 지냈지만 헛일이었다고, 일에 몰두하는 것 말고는 뭘 할 수 있겠냐며 하나같이 뒤에서 그를 비웃었다. 진한은 그런 말들을 개의치 않았고, 지도자 회의에서도 '입사 및 퇴사'에 관한 엄격한 고용의 원칙을 끊임없이 강조했다. 수공예 기술에 대한 그의 집착은 모두가 아는 사실이었고, 그의 수하의 직원들은 허투루 시간을 낭비하는 사람 없이 모두가 업무에 능한 사람들뿐이었다. 그가 유일하게 미안해한 사람은 진광이었다. 형제로서 오랫동안 봐왔기 때문에 그는 진광을 잘 알았다. 그를 다시 재봉틀부로 보낸다고 해도 언젠가는 다시 나오게 될 것이었다.

월화공장은 맹목적인 확장은 할 수 없었다. 주문이 끊이지 않고는 있었지만 과부하의 결과는 곧 파업뿐이다. 직원 수가 날로 증가하자 귀요우민은 사방에서 들어오는 청탁압력을 막았고, 더 이상의 공석은 없으므로 향후 오 년 이내에 월화공장은 직원 공개모집을 하지 않을 것이며 입사하더라도 임시직밖에 될 수 없음을 알렸다. 중양절重陽節[192]에 진광은 집에 와서 아버지와 함께 명절을 보냈다. 그는 야간에 하는 부업을 하나 찾았다. 다른 사람의 택시를 대리로 운전하는 일이었다. 택시 운전은 적잖이 돈을 벌 수 있었기 때문에 그는 재봉틀부로 돌아가겠다고 더는 고집을 부리지 않았다. 돈을 좀 벌었는지 그가 14인치짜리 텔레비전을 한 대 사서 슈런 혼자서 볼 수 있게 그의 방에 놓아주었다.

슈런은 아들딸이 효도하는 것이 큰 기쁨이었고 위안이 되기도 했다. 하지만 그가 더 중요하게 생각한 것은 성실하게 열심히 일하는 천가 집안의 전통을 자식들이 계승하여 그 아랫세대에게 모범을 보여주고 있다는 사실이었다. 그는 진광에게 또박또박 힘주어 말했다.

"우리 수공예인에게 하나는 하나고 둘은 둘이야. 정직이 생명이라는 거지. 가난도 운명이고, 부도 운명이다. 나는 너희들이 평생 궁핍하게 살기를 바라지는 않아. 하지만 너희들이 부정하게 돈을 벌고 잘못된 길

---

192 중국 민간의 전통 명절로 음력 9월 9일이다. 『역경』에서는 9를 양(陽)수로 보는데, 9와 9가 중복되었다고 하여 중양(重陽)절이라고 한다.

로 가는 것은 더더욱 바라지 않는다."

진광은 감히 반박할 수가 없어서 연신 고개만 끄덕였다.

진한은 새로운 견습생을 교육하는 시간 틈틈이 버려진 월극의상을 열심히 수선했다. 그는 이 시간을 자신의 가장 소중했던 젊은 시절을 보내는 것처럼 보냈다. 헌 월극의상을 마주한 그는 담담한 표정으로 조용히 수선했다. 수많은 월극의상이 오랫동안 햇빛을 보지 못하고 창고 안에서 썩어 곰팡이가 피었다. 진한으로서는 용납할 수 없는 일이었다. 그는 전폭前幅 하나를 제대로 보수하기 위해 재단판 앞에 기꺼이 열 시간 넘게 앉아 있었다. 이러한 수신작업은 엄청난 인내심이 요구될 뿐만 아니라 보답을 바라지 않는 마음가짐도 필요했다.

그는 눈앞의 낡고 훼손된 관복을 바라보다가 먼저 흉배의 자수가 떨어져 나간 것을 발견했다.

"이건 새것으로 바꾸면 되니까 금방 해결할 수 있겠어."

그가 혼잣말로 중얼거렸다. 전폭과 요대를 다시 살펴보고는 몇 군데 실이 떨어져 나간 곳을 조심스럽게 이었다.

"요대도 바꿔야겠어. 그런데 색깔이 잘 어울리지 않는군."

그는 고개를 가로저었다가 다시 끄덕였다. 이 관복을 수선해 놓으면 분명 젊은 소생小生에게 입혀져 빼어나게 수려한 풍류와 자태를 뽐내게 될 것이었다. 그렇게 상상하니 웃음이 터져 나오는 것을 참을 수가 없었다.

예전에 서너 명뿐이었던 디자인실에 지금은 여덟 명이 일하고 있었다. 그중에 슈런과 동기로 공장에 들어왔던 사람들이 잇달아 퇴직했고, 남은 사람은 진한의 동기로 공장에 들어온 천청과 한 해 늦게 들어온 샤오장小張과 샤오진小金이 있었다. 다들 사부의 신분으로 제자를 거느리고 있었다.

제자를 거느린다는 것은 시간과 노력을 기울여야 하는 일이었지만 그는 오히려 좋아했다. 그는 젊고 문화를 아는 세대가 이 업계에 진입하는 모습을 즐겁게 지켜보았다. 차츰 따뜻하게 변화하고 활기가 넘치는 시대를 목도하면서 그는 어떤 것들은 변화가 꼭 필요하다고 생각했다. 새 직공들이 들어온 이후, 그는 부공장장으로서 그들이 월극의상을 알아가고, 월극의상을 뜨겁게 사랑할 수 있도록 의무감을 가지고 그들을 이끌었다. 그는 그들을 공장의 전시실로 데려가 각종 양식의 디자인을 알게끔 했다.

"화단의 의상이 가장 아름답습니다. 오색찬란한 화려함은 꽃과 같고 진주빛으로 빛나는 소맷자락이 눈부시죠. 청의 역시 아름답습니다. 간결하고 산뜻하죠. 무생은 더욱 아름답습니다. 머리에 투구를 쓰고 등에 전쟁 깃발을 꽂은 위풍당당한 모습은 사방을 벌벌 떨게 하죠."

"겹겹이 겹쳐 있네. 너무 골치 아픈걸!"

뜻밖에도 젊은 친구들이 재잘거리며 내뱉는 말은 '진부하다'거나 '복잡하다', '새롭지 않다'는 말들이었다. 진한이 참을성 있게 설명했다.

"낡은 것을 입을지언정 잘못된 것을 입을 수는 없습니다. 격식을 갖춘 차림이 아름답지요."

그러나 젊은이들은 달리는 말 위에서 꽃을 보듯 대충 훑어보며 입을 가리고 웃어댔다. 투구부에 도착한 그들은 더더욱 이해할 수 없다는 표정으로 머리 부분의 진주구슬을 만지작거리며 쑥덕거렸다.

"척 보니 플라스틱이네."

"진짜 진주처럼 보였다면 진즉에 사람들이 떼어갔겠지."

진한이 생동감 있는 표현으로 말하자 다들 웃음을 터뜨렸다.

그는 고루한 사람이 아니었다. 그는 월극의상의 좋은 점이 뭔지 알고 있었고 좋지 않은 점도 알고 있었다. 그가 지금 『신류의전서新柳毅傳

書』를 위해 디자인하고 있는 일련의 월극의상들이 바로 전통적인 형태와는 다른 효과를 추구하는 것이었다.

"지금 각 곳 지방극의 무대의상에는 일제히 혁신이 일어나고 있는데, 우리는 여전히 제자리야."

사석에서 그는 디자인부 동료들에게 진지하게 얘기했다. 공장에서 곧 조직을 꾸려서 쑤저우와 항저우로 가서 배우고, 현지의 무대의상 공장을 참관하게 했다. 이번 출장을 통해 모두 큰 충격을 받았다. 강남 지역의 월극越劇[193] 무대의상은 각종 비단緞[194]과 사紗[195]를 과감하게 사용하고 있었다. 재료 사용에 있어서도 전통적인 무겁고 음울한 느낌에서 벗어나 놀라울 정도로 화려한 배색을 사용했고, 정교하고 아름다운 쑤저우 자수와 결합하여 강남의 특별한 정취를 자아내고 있었다.

진한은 이를 계기로 '광저우식 월극의상'의 혁신을 위한 연구에 몰두했다.

전통을 충실히 지키면서도 진부해지지 않기 위해 변화를 받아들이고 변화에 적응하는 것이 개혁의 의의였다.

디자인실에 학생 둘이 새로 들어왔다. 한 명은 샤오란曉嵐이고, 한 명은 잉쥬穎珠로, 둘 다 여학생이었다. 진한은 고학력의 여 제자를 둔 것이 처음이라서 이들을 교육하는 데 특별히 정성을 기울였다. 윗세대의 디자인실 직원들은 모두 수공예 일부터 시작한 사람들로, 문화적 소양이 부족해서 아주 간단한 입체도조차 이해하지 못했다. 하지만 새로운 견습생들은 이론적 기초가 있고, 손이 빨라 일도 금세 배웠기 때문에 실전도 훨씬 수월했다. 그는 새로운 사람들이 가져온 신선한 변화가 전통

---

193 저장, 상하이, 장쑤, 푸젠 등 강남 지역에서 유행한 지방극으로 소흥희(紹興戲)라고도 불린다.
194 명주실로 광택이 나도록 짜서 빛깔이 곱고 표면이 매끄러운 천을 말한다.
195 발을 성기게 짠 얇고 가벼운 견직물을 말한다.

적인 도안 배치의 기풍을 타파하여 디자인에 새로운 변화를 꾀할 수 있기를 희망했다.

젊은 학생들은 그와 아주 원활하게 소통했다. 그들은 그에게 외국으로부터 받아들인 색채이론과 의상 제작의 입체재단 원리를 소개해주었다. 그는 신지식에 매우 흥미를 느껴서 마음을 비우고 진지한 자세로 제자들의 얘기에 귀를 기울였고, 샤오란에게는 노조 도서관에서 책을 빌려와 달라고 부탁했다. 샤오란은 조용한 성격의 여자아이였다. 흰 치마를 즐겨 입었고, 긴 머리칼을 느슨하게 하나로 묶고 있었다.

예상치 못한 문제가 금방 터지고 말았다. 새 제자들이 들어온 지 반년도 되지 않아서 갑자기 진한이 '남녀관계가 문란하다.'는 유언비어가 온 세상을 뒤덮을 기세로 퍼졌다.

진한은 이 얘기를 듣고 놀라움을 금할 수 없었다. 월화공장의 작업장에는 이런 종류의 유언비어가 너무 많았고, 여자들이 많은 곳은 늘 이러쿵저러쿵 시비가 많기 마련이었다. 하지만 그는 이 방면에서는 늘 신중했고, 스스로 거리를 둘 줄 아는 사람이었다. 진한은 예전에 루이펀과 연애할 때도 악의적인 소문을 이토록 많이 듣지는 않았었다.

그는 마음이 착잡했다. 기술적인 면에서 이런저런 말이 도는 것은 전혀 개의치 않았다. 작품만 최종적으로 완성되면 그만이라고 생각했던 것이다. 반면에 감정과 관련한 뜬소문은 각 개인의 인품과 명예에 관한 것이므로 매우 중대하다고 보았다. 그는 그러한 고충을 천청에게만 털어놓았다.

"오늘 작업장에서 사람들이 잡담하는 걸 마침 내가 딱 들었지 뭔가."

천청의 반응은 이상할 게 하나도 없다는 투였다. 이 공장에서 십 년 넘게 일해왔고, 매일매일 부녀자들과 교류하다 보면 자연히 이런 종류의 뜬소문을 수도 없이 듣게 된다는 것이었다.

"그 여자들은 내가 잉쥬와 몰래 만난다고 했다가, 또 금세 샤오란과 내가 몰래 만난다고 말하더군. 내가 그렇게 잘생기고 멋지고 개방적이었던가?"

진한이 속절없이 하늘만 바라보며 긴 한숨을 내쉬었다. 천청이 깔깔 웃으며 말했다.

"다른 쪽에서는 도저히 흠을 잡을 데가 없었나 보지."

"예전에는 이런 소문이 없었는데 요즘은 대체 왜 이런 거지?"

진한은 이해할 수가 없었다.

"요즘 분위기가 옛날보다 훨씬 개방적이잖나." 천청이 재밌어하며 웃었다. "요즘 사람들은 보는 것도 많고, 듣는 것도 많고, 생각도 많은 게지."

월화공장에는 여자들이 많아서 작업을 잠시 쉬는 동안 삼삼오오 모여 수다를 떨다 보면 항상 쉬이 말썽이 일어났다. 특히 '남녀문제'가 그랬다. 말하는 사람은 그저 우스갯소리라고 하지만, 당사자는 보이지 않는 상처를 받곤 했다. 진한은 자신에 관한 수많은 추문이 떠도는 것을 듣고도 해명할 방법이 없었다. 그저 시간이 모든 것을 증명해줄 거라고 스스로를 위로하는 수밖에 없었다. 소문을 강압적으로 누르려 한다면 오히려 비밀을 감추려고 애쓴다는 죄명이 덧씌워질 것이었다.

문제가 될 일을 피하기 위해 그는 여제자를 받지 않기로 결정했다. 그런데 뜻밖에도 이렇게 한 것이 오히려 더 큰 문제가 되어버렸다. 얼마 지나지 않아 미술전문대학을 졸업한 한 여학생이 월화공장에 들어가길 희망했는데 하필이면 명성이 자자한 '월극의상 전문가' 천진한과 꼭 함께 일하고 싶다고 한 것이었다. 그녀가 오로지 자기 때문에 온다는 얘기를 들은 진한은 문제가 생길까 봐 황급히 거절했다. 그러나 또 얼마 지나지 않아 제2경공업국의 간부가 직접 전화를 걸어와서 "제자 받기를 꺼리는 것은 지극히 편협한 행동"이라며 그를 비난했다.

변명의 여지가 없었던 진한은 하는 수 없이 잘못을 인정하고 이 여제자를 받아들였다.

하루는 진한이 약속했던 고객과 회의실에서 상담을 하는 중에 갑자기 바깥에서 시끄러운 소리가 들려왔고, 어렴풋이 자신의 이름이 들렸다. 그는 얼른 회의를 끝내고 황급히 휴게실로 달려갔다. 잉쥬와 몇몇 나이 든 여자들이 다투고 있었다.

"무슨 일입니까? 왜 싸우는 거요!"

진한이 굳은 표정으로 매섭게 질책했다.

여자들은 깜짝 놀라서 찍소리도 못했다. 그들을 에워싸고 지켜보던 동료들도 당황한 표정이었다. 진한은 마음을 가라앉히고 상황을 짐작해보았다. 아마 최근 떠들썩하게 떠돌던 '남녀문제'와 관련이 있는 듯했다. 그는 모여든 사람들 사이로 천천히 걸어 들어가 나이 든 한 동료 직원 앞에 멈춰 서서 물었다.

"무슨 일이기에 온 공장이 다 알도록 떠들어야 했죠? 나이 드신 분들이 젊은 사람들을 잘 다스리고 그들에게 모범을 보이셔야죠."

잉쥬가 억울해하며 일의 자초지종을 설명했다. 점심 휴식시간이어서 탕비실로 가서 물을 따르고 있던 그녀는 거기서 몇몇 나이 든 여자들이 모여 수군거리는 소리를 들었다. 내용이 마침 '난잡한 남녀관계'와 관련이 있는 얘기였고, 자신의 이름이 거론되자 그녀가 순간적으로 참지 못하고 여자들에게 따지고 들면서 싸움이 된 것이었다.

여자들 가운데 원_婉 씨라는 사람이 아주 강경한 태도로 반박했다.

"우리는 당신 얘기를 하고 있었던 게 아니야!"

잉쥬도 전혀 굴하지 않고 즉각 받아쳤다.

"샤오란 얘기하는 것도 안 돼요!"

원 씨는 그녀의 태도에 격분해서 순간 얼굴이 시뻘겋게 달아오르더니 손가락으로 그녀의 코끝을 가리키며 소리쳤다.

"너 이게 무슨 태도야. 정말이지 위아래도 모르고 어디서 이렇게 건방지게 굴어!"

잉쮸는 화가 머리끝까지 치밀어 올라 분통을 터뜨리며 반박했다.

"전 건방진 게 아니라 도리를 말하고 있는 거예요."

이렇게 싸우다 보니 싸움이 점점 커졌다. 동료들은 잉쮸 말이 맞다고 생각했지만, 원 씨는 오래 함께한 동료였다. 양쪽 다 지지하는 사람이 있었지만 원 씨 쪽이 조금 더 많았다.

루이펀도 사람들 틈을 비집고 들어갔다. 그녀는 긴장해서 두 다리를 떨며 무슨 말이라도 하고 싶었지만 뭐라고 말해야 좋을지 몰랐다. 바람이 없으면 파도가 일지 않는다는 말처럼, 뜬소문도 여러 번 들었더니 뭔가가 있긴 있나 보다 하고 생각하게 되었다. 하지만 진한의 표정이 굳어 있는 것을 보면서 그가 폭발하기 직전이라는 것을 알 수 있었다. 그녀가 얼른 앞으로 나가 잉쮸를 붙잡으며 말했다.

"뭘 하려는 거야?"

나이 든 여자들에게 지지 않고 분노에 찬 눈으로 그들을 마주 노려보고 있던 잉쮸는 루이펀이 막아서자 본능적으로 뜨끔해서 얼어붙어 버렸다. 이 일로 상처받은 사람은 그녀나 샤오란뿐만이 아니었다. 가장 중요한 사람은 루이펀이었다. 잉쮸는 어떻게 해야 좋을지 몰라 하며 더듬거렸다.

"펀…… 펀 여사님, 일이 좀 있었어요. 근데 분명한 건…….""

원 씨가 난감한 표정을 지으며 말했다.

"우리도 남들이 이러쿵저러쿵하는 얘기를 몇 마디 주워들은 것뿐이에요. 우리가 분명히 하고 말고 할 일은 아니죠."

루이펀의 안색이 벌겋게 달아올랐다가 창백해지기를 반복했다. 울화가 치밀어 참을 수가 없었다. 동료들이 멋대로 지껄이는 것을 두고 볼 수도 없었지만, 이 기회를 빌려 분명하게 묻고 싶은 마음도 있었다. 그녀는 참지 못하고 진한을 힐끔 쳐다보았다. 진한은 여전히 굳은 표정으로 치밀어 오르는 분노를 있는 힘껏 억누르고 있었다. 그녀는 돌연 침착해졌다. 복잡하기 그지없는 사람 일 앞에서 자신이야말로 그에게 강력한 지지자가 되어주어야 한다는 것, 그에게 혼란을 얹어줄 수는 없다는 것을 깨달았다.

그녀는 마음을 가라앉히고 잉쥬의 손을 잡아끌어 그녀의 어깨를 끌어안았다.

"쓸데없는 소리일 뿐이야. 다들 웃자고 하는 얘기니까 너무 따지고 들 필요 없어." 그러고는 원 씨 쪽으로 돌아서서 말했다. "다들 오랫동안 동료로 함께 일해왔잖아요. 당신이 어떤 사람인지 잘 알아요. 날 비웃는 건 좋지만 젊은 아가씨까지 끌어들이진 마세요. 아가씨들은 마음이 여려요."

원 씨는 당황해서 머쓱한 표정으로 고개를 끄덕이는 것도 가로젓는 것도 아닌 애매한 태도를 취했다.

진한이 손을 휘휘 내저으며 큰소리로 외쳤다.

"앞으로 작업장에서는 쑥덕공론을 삼가고 일을 더 열심히 하세요!"

모두가 더는 말할 엄두를 내지 못했고, 모여들었던 사람들도 하나둘 흩어졌다. 여자들은 재빨리 자기 자리로 돌아가 고개를 푹 숙이고 일했다. 어리고 젊은 사람들은 잉쥬를 향해 엄지를 척 들어 보이며 그녀의 용기를 칭찬했다.

퇴근 후 부부는 묵묵히 공장 대문을 걸어 나왔다. 퇴근할 무렵 도로에는 늘 차들이 꼬리에 꼬리를 물었고, 크고 작은 공장의 노동자들은 한시도 지체할 수 없다는 듯 서둘러 집으로 돌아갔다. 저녁 햇빛이 기다랗게 늘려 놓은 행인들의 그림자가 이리저리 어지럽게 교차했다. 자전거들이 쉴 새 없이 벨을 울려대며 인도 위를 쏜살같이 지나쳐갔다. 진한이 황급히 그녀를 잡아끌었다. 루이펀이 심란한 마음에 주의를 기울이지 못해 미처 피하지 못할 것 같아서였다.

탕슈이 가게를 지날 때, 들어가서 탕슈이 한 그릇 먹는 게 어떻겠냐고 진한이 물었다. 루이펀은 안색이 좋지 않았고 눈동자에 초점이 없었지만, 그럼에도 그러자고 고개를 끄덕였다. 진한은 그녀 대신 빙탕인얼렌쯔冰糖銀耳蓮子[196]를 한 그릇 주문했고, 주문한 음식은 금세 나왔다. 연한 황색의 탕슈이 안에 흰 목이버섯이 꽃처럼 활짝 피어 옥처럼 부드럽게 반짝였다.

루이펀은 무표정하게 한 모금 맛보고는 말했다.

"달지가 않네요."

"얼마나 더 달았으면 좋겠는데!"

진한이 그녀의 기분을 풀어주려고 애쓰며 웃음을 지었다. 루이펀은 대답 없이 고개만 저었다. 진한은 자기 몫으로 깨죽을 시켜 놓고 천천히 저으며 말했다.

"탕슈이 한 그릇이 배 속에 들어가니 금세 살 만하다는 생각이 드는군."

루이펀은 예전에 데이트하던 때를 떠올리지 않을 수 없었다. 그때는 월급도 적고 마땅히 놀 거리도 없어서 가장 즐겨하던 소비라고 해봐야 탕슈이 가게에서 탕슈이를 사 먹는 일이 고작이었다. 그녀는 뭔가 하고

---

196 흰 목이버섯과 연자를 넣어 만든 전통 디저트.

싶은 말이 있었지만 끝내 입을 열지 않았다.

다행히 소문은 이리저리 떠돌았지만 결국 유언비어일 뿐이었다. 시간이 지나자 다들 말을 옮기는 일에 흥미를 잃고 시들해졌다. 오래 지나지 않아 류즈쥔도 '핑크빛 스캔들'에 휘말렸다. 더구나 직접 목격한 사람도 있어서 어느 정도 근거도 있었다. 진한은 그제야 '이런 일'로 인한 곤경에서 잠시나마 벗어날 수 있었다.

제15장

해가 뜨고 지기를 거듭했지만, 장원방의 상황은 삼십 년 전과 아무것도 달라진 게 없었다. 이곳에 사는 사람들만 한 세대 한 세대 바뀌었을 뿐이었다.

햇빛이 지붕 위를 스치며 모든 골목 구석구석을 비추었고, 골목길 안에서는 맑고 쨍한 자전거 벨 소리가 끊임없이 울려댔다. 얼룩덜룩한 청석판 길 위로 푸른 이끼가 차 바큇자국처럼 종횡으로 교차하여 한 폭의 복잡한 산수화를 그려내고 있었다. 필획이 생동감 넘치고 시원스러워 아주 운치가 있었다. 진한은 자전거를 끌고 루이펀보다 먼저 문을 나섰다.

올봄에 유행성 독감이 한바탕 광저우를 휩쓸었다. 신문은 이 소식을 헤드라인으로 게재했고, 매일같이 감염자 수를 추적 보도했다. 월화공장도 피해갈 수 없었다. 작업장 전체 노동자의 삼 분의 일이 독감에 걸렸고, 매일 휴가신청서가 사무실로 올라왔다. 가장 널리 이용되는 예방법은 식초훈증법이었지만, 작업장 안에는 도처에 의류 자재들이 쌓여 있었기 때문에 냄새가 밸 우려가 있어서 적용할 수 없었다. 공장 내부적으로 오랫동안 고심한 끝에 방역소에 정기적인 소독을 요청함과 동시에 일인당 마스크 하나씩 지급해줄 것을 요청했다. 그래서 매일 아침 모두가 일을 시작하기 전에 맨 먼저 하는 일이 마스크를 착용하는 일이었다. 작업장은 상당히 안정되었다. 한눈에도 일제히 마스크를 쓴 얼굴들만 보였다.

공장에 주문이 어찌나 밀려드는지 다 받기가 어려울 정도였고, 직공들은 잇달아 하나둘 감기로 쓰러져 일자리 배치가 날이 갈수록 어려워졌다. 진한은 땅에 발붙일 틈도 없을 정도로 바빴다. 사람들 마음을 진정시키는 것 말고도 직접 현장에 뛰어들어 빈자리를 메워야 했다. 집안일은 모두 루이펀의 몫이 되었다. 그녀는 공장 안에서도 핵심 기술자였고, 집에서도 중요 노동력이었다. 뤼옌은 중등전문학교[197]를 다니고 있어서 숙식을 모두 학교에서 해결하고 주말에만 집에 돌아왔다. 슈런은 나이가 들어 허리와 다리가 자주 아팠고, 심혈관도 좋지 않아 항상 돌봄이 필요했다.

이날 루이펀은 퇴근 시간 후 제때 집에 돌아오지 못했다. 옷 한 벌을 마무리해야 해서 약간 지체되었기 때문이다. 그녀는 자신이 유행성 독감에 걸린 게 아닌지 의심스러웠다. 머리가 무겁고 발은 붕 뜨는 느낌이었으며 팔다리에 힘이 쭉 빠졌다. 하지만 집에는 이런저런 일을 할 사람이 필요했고, 집에 돌아온 뒤로 그녀는 힘든 걸 꾹 참으며 밥을 지었다.

진한이 돌아왔을 때는 이미 캄캄해진 뒤였다. 슈런은 마침 설거지를

---

197 중졸 혹은 고졸 학력을 지닌 사람을 대상으로 2년간의 실무교육을 행하는 교육기관이다.

하고 있다가 머뭇거리며 말했다.

"너희를 기다릴 수 없어서 나 먼저 먹었다."

"아버지, 먼저 드세요. 배고프시면 안 됩니다."

진한은 거대한 공장의 모든 문제를 떠안고 있었지만, 이제껏 한 번도 아버지에게 하소연한 적이 없었다.

"며느리가 한참을 누워 있구나. 아픈 건 아닌지 걱정이다."

슈런은 느릿느릿 움직여 콘센트를 찾아서 플러그를 꽂은 뒤 아들을 위해 밥을 데웠다.

진한은 소파에 널브러져 잠시 눈을 붙였다. 그는 하루 종일 너무 고단해서 그야말로 녹초가 된 데다 마음도 유난히 초조했다. 잠시 눈을 붙였던 그가 갑자기 눈을 번쩍 뜨며 말했다.

"아버지, 번거롭게 그러실 필요 없어요. 저 다시 공장에 가봐야 해요. 무슨 일 생기면 공장으로 전화하세요."

"우선 저녁부터 먹지 그러느냐."

슈런이 걱정하며 말했다. 진한은 고개를 내저으며 몸을 일으켜 가방을 들고 나갔다.

"아, 우선 며느리부터 들여다보지 그러니……."

그가 벌써 문을 나서는 것을 보며 슈런이 황급히 소리를 질러 보았지만 진한은 이미 멀리 가버린 뒤였다.

루이펀은 정신이 혼미한 채 방 안에 누워 있었다. 눈물이 저절로 흘러내렸다.

진한이 다시 돌아왔을 때는 이미 이튿날 저녁이었다. 루이펀은 혼자 힘겹게 버티며 지역보건소에 가서 주사를 맞고 약을 처방받아 먹었다. 다행히 유행성 독감은 아니었다. 그저 과로로 지쳐서 혈당이 떨어진 것이었다. 진한이 돌아왔을 때, 그녀는 이미 약을 먹고 침대에 누워 깊이 잠들어 있었다.

　부부가 벌써 며칠째 말을 하지 않았다. 진한이 여러 번 먼저 말을 걸었지만 루이펀이 상대해주지 않았다. 진한은 자신이 너무 지나쳤음을 스스로 알고 시종 웃으며 기회가 있을 때마다 아내와 눈을 마주치고, 아내에게 몇 마디라도 말을 걸어 보았다. 공장에서는 정말이지 너무 바빴다. 여러 기관의 주문이 한꺼번에 밀려 들어왔다. 더구나 유행성 독감이 퍼져 공장 직공들이 마음을 못 잡고 술렁이고 있었다. 진한은 일주일 내내 연달아 공장에서 야근을 했고, 주말에도 쉬고 싶었지만 루이펀을 대신해서 장을 보고 밥을 지었다. 하지만 공장에서 전화가 오면 그는 또다시 나가야 했다.

　이날 저녁, 진한은 오랜만에 어렵사리 일찍 귀가했다. 식탁에는 그가 좋아하는 루쥬쟈오鹵猪脚[198]와 땅콩절임이 차려져 있었다. 그는 이루 말할 수 없는 감격으로 말이 나오지 않아 아내를 그저 바라보았다. 근래 몇 년 동안 임원이랍시고 알게 모르게 으스대는 데 익숙해졌었다. 루이펀은 여전히 그를 거들떠보지도 않았고 무뚝뚝한 얼굴로 아무 말도 하지 않았다. 슈런은 진한 부부가 싸웠다고 생각했지만, 어른으로서 섣불리 끼어들면 안 된다고 생각했다. 식사를 마친 후 온 가족이 소파에 앉아 텔레비전을 보았지만 쥐 죽은 듯이 고요했다. 때마침 다행인지 현관벨이 울렸다. 천청이었다. 몹시 다급해하며 쟝拳 씨를 보러 빨리 병원에 가자고 했다.

　부부는 병원으로 급히 달려갔다. 이때는 이미 화를 낼 겨를도 없었다. 병원에 도착하니 동료들 여럿이 병상을 에워싸고 있었다. 분위기가 몹시 무거웠다. 쟝 씨는 이미 운명의 시간을 맞아 의식이 흐려져 있었

---

198 돼지족발.

다. 그녀의 가족들은 벌게진 눈으로 침상 곁에 서 있다가 진한을 보고는 얼른 그의 앞으로 와서 말했다.

"부공장장님께서 이렇게 신경 써주시다니 정말 감사합니다."

루이펀은 공기 중의 강한 소독약 냄새를 애써 차단하려 코를 틀어막았다가 갑자기 제대로 서 있지 못하고 병상 앞에 쓰러졌다.

노조에서 쟝 씨의 뒷일을 모두 처리했다. 진한은 아버지가 충격받을까 봐 아버지에게 이 사실을 알리지 말아 달라고 모두에게 부탁했다. 루이펀은 병원에 며칠 입원해 있는 동안 감기 증세가 점차 사라졌다. 하지만 눈앞이 흐려져 물체가 또렷이 보이지 않는다는 것을 알게 되었다. 눈이 너무 피로해서 그런가 싶어서 계속 문질러보았지만 여전히 잘 보이지 않았다.

공장은 일을 다 하지 못할 정도로 주문이 밀렸다. 시내 월극단뿐만 아니라 각지 지방극단과 문화관 및 선전대까지 주문을 해오니 직원들은 늘 야근을 했다. 하지만 직원모집은 쉬운 일이 아니었다. 보고서를 올리고 비준을 받아야 했다. 몇 달을 기다린 끝에 겨우 공문이 내려왔지만, 직원채용 계획이 없으니 필요하면 임시직원을 채용하라는 내용이었다. 간부급 회의가 몇 차례 열렸지만 번번이 아무런 방법을 찾지 못했다. 시내에 작은 공방들이 꽤 여러 곳 생겨났다. 작업환경도 간편하고 임금 지급 방식도 유연했다. 월화공장은 비대한 체제에 보수적인 기풍을 가진 대형 국영공장으로, 편성의 여지가 없어서 젊은이들에게 매력적이지 않았다.

월화공장은 외주업체를 구하고, 심지어 소규모 의류공장에 작업을 의뢰하기도 했지만, 여전히 산더미처럼 쌓인 주문을 제때 처리할 방법이 없었다. 직원들은 걸핏하면 야근을 했는데, 심할 때는 일주일 동안

집에 못 간 적도 있었다. 그런 와중에도 진한은 수공예의 수준을 매우 중시했기 때문에 아무리 바빠도 품질에 대한 감독을 느슨하게 하지 않았다.

어떤 때는 하루 일을 마치고 돌아와서 아버지가 아직 잠들지 않은 것을 보고 그와 함께 수공예의 이런저런 장단점을 논의하기도 했다. 슈런은 차를 우리고 담배를 피우며 함께 월극의상 제작법에 대해 깊은 얘기를 나누는 것을 매우 좋아했다. 기술적인 어려움을 얘기할 때마다 그는 어린아이처럼 흥분해서 의자를 걷어차며 말했다.

"공예가 발전하는 것은 좋은 일이지. 이미 이룩한 것을 지키기만 하는 것은 업계의 발전에 유익하지 않아."

부자는 손짓을 해가며 각각의 세부사항을 진지하고 깊이 있게 토론했다. 또 때로는 아예 재단판으로 가서 직접 시범을 보이기도 했다.

월극원은 부단히 새로운 연극을 시도하고 연습했다. 진한은 월극의상 사업을 모두 아우르고 싶어 했다. 나라에서 국영기업과 사기업 모두에 계획적으로 혁신을 추진할 것을 호소했고, 이러한 상황에서 국영기업만 활로가 열린 것이 아니라 수많은 중소기업도 우후죽순처럼 생겨났다. 광둥은 개혁개방의 창구로서 외지인 인구가 날로 늘었고, 도시도 나날이 새로운 변화가 일어났다. 그는 일에 몰두하고 있으면서도 이러한 변화는 민감하게 감지하며 속으로 알 수 없는 위기감을 느끼고 있었다. 기술적인 어려움은 해결했지만, 그는 여전히 뭔가가 잘못됐다는 생각에 마음을 놓을 수가 없었다.

루이펀은 늘 수심에 찬 표정을 하고 있었고, 마음 편히 웃지 못한 지한참 되었다. 매일 반복되는 삶이 답답하고 지루해서 견디기 힘들었다. 진한은 늘 바빴고, 그녀와의 대화는 하루에 열 마디를 채 넘지 않았다. 하지만 집안의 모든 일은 그녀가 돌봐야 했다. 슈런이 늙어감에 따라 천가 집안 가족들과 친지들의 인사치레는 모두 그녀의 몫이었다. 진한의 일이 말할 수 없이 바쁘다 보니, 집안일은 모두 그녀의 '현숙한 내조'에 기댈 수밖에 없었다. 서른 살 이후로 그녀는 몸이 많이 허약해졌다. 젊었을 때는 아무리 바쁘고 피곤해도 한숨 자고 나면 금세 체력을 회복했지만, 지금은 많이 달라져 있었다. 더구나 공장은 늘 소란스럽고 복잡한 일이 많았고, 남녀 직원 비율도 균형을 잃었다. 예로부터 여자들 사이에는 시비 다툼이 잦다는 말이 있었다. 그녀는 자신이 늘 부녀자들 틈바구니에서 언제나 요란한 시비 다툼과 쑥덕거림 속에 파묻혀 지낸다는 생각이 들었다.

이날 어쩐 일로 진한이 제 시간에 귀가했다. 슈런은 옛 동료와 약속이 있어 나갔고, 부부 둘이 오붓하게 앉아 편안한 한 끼를 함께했다. 진한은 여전히 마음이 복잡하고 무거워서 밥을 먹으면서도 줄곧 공장 내의 각종 문제들을 얘기했다. 루이펀은 참을성 있게 자리를 지키고 앉아 그의 얘기를 하나하나 다 듣더니 끝내는 참다못해 쓴웃음을 지으며 말했다.

"우리 같은 월극의상 만드는 사람들은 매일매일 금사은사로 왕이나 재상, 명망 높은 가문의 여식으로 분장하지만, 사실은 자기기만일 뿐이에요. 현실에는 골치 아픈 걱정거리가 산더미니까 말이에요."

진한은 그 말에 오히려 웃음을 터뜨렸다.

"무대 위의 것은 당연히 가짜지. 무대 위에서 부르는 부귀영화와 희비애환을 누가 몰라. 그런 걸 진짜로 여기는 사람이 어디 있겠어? 월극의상을 만드는 우리는 그저 예쁘게 만들면 그만이지."

루이펀이 서글픈 듯한 어조로 말했다.

"월극의상이 아무리 예뻐도 박수 받는 것은 인기배우들이지, 우리와 무슨 상관이 있어요?"

진한이 잠시 멈칫하더니 말했다.

"다른 사람이 어떻게 생각하든, 나는 상관이 있다고 생각해. 내가 만들어낸 제품은 반드시 내 눈과 내 마음에 들어야 하거든."

루이펀은 더는 얘기하고 싶지 않아서 그에게 억지로 미소를 지어 보이며 너무 조바심내지 말고 담배도 좀 줄이라고 당부했다.

월화공장은 일이 점점 더 바빠졌다. 공장에서 여러 차례 회의를 거쳐 상부에 보고서를 올린 끝에 마침내 대외무역부를 통해 일본으로부터 자수기계 열여섯 대를 들여오기로 결정했다.

자수기계의 도입은 월극의상산업 역사상 하나의 획기적인 사건이었다. 수공예 자수는 중국에서 오백 년이 넘는 역사를 가졌고, 기계자수는 발명된 후에도 아주 오랫동안 조형이나 기술적 한계 때문에 수공예 자수에 비해 사용률이 현저히 떨어졌었다. 하지만 자수기계가 부단히 개선되면서 60~70년대에 스위스와 일본에서 개발된 자수기계는 이미 상당 정도 손자수를 대체할 수 있었다.

역사의 흐름은 막을 수가 없었다. 자수기계는 속도가 빠르고 효율이 높아서 자재와 인건비를 낮춰주었고, 월극의상업계에 새로운 활력을 불어넣었다.

월화공장은 직원이 이백 명에 달하는 방대한 규모에 해외까지 이름난 국영공장이다. 진한은 생산을 책임지는 지도자로서 책임이 막중하다고 느꼈다. 나날이 충격의 연속인 환경 속에서 변화를 받아들이고 변화를 학습하는 것보다 더 중요한 것은 없었다. 그는 멈출 수가 없었다. 주문은 매일 쉴 새 없이 이어졌고, 인사문제는 복잡했다.

올해 중양절은 어느 해보다도 요란하고 시끌벅적했다. 바이윈산白雲山 위에는 이튿날 아침에 정상에 올라 먼 곳을 멀리 내다보려는 수많은 사람들이 모였다. 슈런은 가고 싶지 않았지만, 아랫사람들이 모두 모시고 가겠다고 나섰다. 뤄옌이 바람개비를 한 손에 들고 할아버지를 붙잡아 억지로 끌고 가듯 문을 나섰다. 문을 나서자마자 츄이를 만났다. 츄이도 함께 놀러 가고 싶었는데 추이펑이 가고 싶어 하지 않아서 한참을 매달려 실랑이를 벌여야 했다. 하는 수 없이 슈런이 추이펑에게 전화를 걸어 아이들이 가고 싶다는데 우리가 수고해야 하지 않겠냐고 설득했다. 추이펑은 그제야 함께 나섰고, 츄이와 뤄리若麗의 부축을 받으며 느릿느릿 걸었다. 진후이가 그 모습을 보고 물었다.

"너희들 하오옌은 안 기다리니?"

그러고는 즉시 집으로 전화를 걸어 공부하고 있던 하오옌을 불러냈다. 하오옌은 아이들 중에서 성적이 가장 좋았다. 매일 재촉하지 않아도 스스로 책을 보았고, 시험도 매년 일등이었다. 아이들은 만나면 늘 할 말이 끝도 없이 많았다. 슈런과 추이펑도 한동안 서로 못 보고 지냈다. 슈런은 그녀를 보면 늘 당부를 잊지 않았다.

"집 밖으로 자주 나와서 걸으렴. 나이가 들었으니 수놓는 일도 이제 그만해."

바이윈산에는 예년보다 훨씬 많은 인파가 몰렸다. 다들 손에 바람개비를 들고 한 방향을 따라 굽이굽이 산을 올랐다. 아이들은 슈런이 사람들과 부딪힐까 봐 그를 중심으로 빙 둘러 에워싼 대형으로 산을 올랐다. 슈런은 싱글벙글하며 아이들의 호의에 장단을 맞춰주느라 손에 쥔 바람개비를 번쩍 쳐들어 바람을 맞아 빠르게 돌아가게 하면서 말했다.

"참 멋지게 도는구나. 우리 모두 복 받을 거야!"

그가 마음속으로 바라는 것은 딱 한 가지, 월화공장이 오랫동안 평안하게 월극의상 사업을 지속해나가는 것이었다.

류즈쥔은 영업부 과장이었지만 주문을 관리하고 배치하는 일에 매우 열심히 간섭했다. 진한은 그와 항상 안 맞았지만 제품의 디자인과 관리에 관해서는 그의 의견을 존중했다. 시장이 차츰 커짐에 따라 영업부의 위상이 점점 더 중요해졌고, 류즈췬의 말에도 갈수록 힘이 실렸다. 전체 작업장이 차츰 영업부를 중심으로 돌아가는 것 같았다. 영업부가 어느 건을 먼저 작업하라고 말하면 그것을 먼저 작업했다.

진한이 예전에는 일의 안배에 있어서 그의 의견을 존중했었다. 하지만 때때로 류즈췬의 한 마디로 인해 작업장의 흐름이 깨져버렸고, 이것이 진한을 매우 힘들게 했다. 대부분의 경우, 진한은 부득이하게 자신의 견해를 고집함으로써 공정이 흐트러지지 않게 질서를 잡아야 했다. 그 때문에 둘의 관계도 계속 좋지 않았다. 이렇게 불편한 관계도 십여 년이나 되었다. 그렇게 오래 지내다 보니 진한도 담담해졌고, 류즈췬과 친구가 될 수는 없겠지만, 서로 너무 큰 갈등을 일으키지 않기만을 바라는 정도가 되었다.

이날 류즈췬은 평소와는 다르게 자발적으로 진한의 사무실에 들어와 얘기했다.

"자네, 이 바늘땀을 좀 봐. 어떻게 이렇게 할 수가 있지?"

진한은 어안이 벙벙했다.

"어떻게 그럴 수가?"

작업 목록상으로는 루이펀의 일감이었다. 하지만 루이펀은 자수부의 핵심 기술자로 최근에 공예미술사로 평가도 받은 터였다. 이런 수준 낮은 실수를 할 리가 없었다.

"이 몇 벌 모두 루이펀이 맡은 거야." 류즈췬은 남의 불행이 고소하다는 표정으로 말했다. "새로 다시 하게. 어쩌다 실수할 수도 있지. 지극히 정상적인 일이야."

진한은 즉시 자수부로 달려갔다. 그는 이것이 루이펀의 일감이라는 것을 믿을 수가 없었다. 분명 어느 공정에서든 착오가 생겼을 것이다. 자수부의 기술 감독은 중슈링이었다. 문제가 생기면 그녀에게도 책임이 있었다.

중슈링은 자초지종을 듣고는 몹시 참담해하며 말했다.

"아마 작업 목록이 잘못됐을 거예요."

하지만 루이펀은 보자마자 자기가 작업한 것이라고 시인했다. 그녀는 자수일감을 들고 한참을 들여다보더니 이해할 수 없다는 듯 물었다.

"뭐가 문제죠?"

진헌이 어리둥절해하며 물었다.

"자세히 봐."

루이펀은 목을 쭉 빼고 눈을 있는 힘껏 크게 뜨고 보았지만, 도무지 문제를 발견하지 못했다. 그녀는 애써 침착한 체하며 웃었다.

"이 꽃이 너무 작아서 잘 안 보이네요."

병원에서 검사해본 결과, 루이펀의 문제는 고도근시에 백내장이 겹친 것이었다. 의사는 루이펀의 눈이 아주 약한 데다 장기간 과도하게 사용해서 근시가 계속 악화됐다고 했다. 그녀는 귀찮다고 안경도 쓰지 않으면서 노상 수틀에 딱 붙어서 지내느라 시력이 더욱 급속히 나빠졌다.

루이펀은 이 사실을 받아들일 수가 없었다. 온화한 성격의 그녀는 공을 내세우려 하지 않고 조용하고 담담하게 사는 것을 달갑게 여겨왔다. 그런데 좋은 사람이 상응하는 보답을 받기는커녕, 하느님이 이토록 가혹한 안배를 하신 것이다. 도저히 받아들일 수가 없었던 그녀는 병원에서 그만 울음을 터뜨리고 말았다.

다행히 공장에서는 중슈링이 그녀의 일을 감추고 있었다. 그녀는 마음 아파하며 루이펀의 손을 잡고 책망하듯 말했다.

"문제가 생겼으면 나한테 말했어야지, 왜 혼자서 끙끙 앓고만 있었던 거야!"

루이펀도 희미하게 웃으며 말했다.

"당신도 요즘 골치 아픈 일이 많잖아요."

류즈쥔의 일 처리 스타일은 공장 사람들 전체가 알고 있었다. 최근 몇 년간 영업과의 수익이 좋았는데, 그 와중에 그는 암암리에 많은 것을 챙겼다. 개혁개방 이후, 그의 여자관계는 더욱 넓어졌다. 여러 명의 여직공과 의상실 여사장 등 가리지 않고 염문을 뿌리고 다녔다. 중슈링은 매일같이 일감에 파묻혀 물 한 잔 떠 마실 겨를도 없이 바빠서 그 어떤 풍문도 귀에 들어오지 않았다.

두 여인 모두 각자의 고충을 말하지 않아도 서로의 마음을 이해했고, 때로는 이심전심의 미소를 서로에게 지어 보였다. 류즈쥔은 줄곧 루이펀의 실수를 잡아내고 싶어 했지만, 그때마다 중슈링이 필사적으로 옹호했다.

"이 일감은 내가 책임지고 있어요. 재료도 내가 배분했고, 일감 중에는 내 몫도 있으니 무슨 일이 생기면 나한테 얘기해요."

류즈쥔은 중슈링과 정면으로 부딪히고 싶지 않아서 하는 수 없이 포기했다.

진한은 자신이 루이펀의 병세를 악화시켰다는 생각에 몹시 괴로웠다. 부부가 모두 바빠서 서로 대화가 부족했었다. 자신은 늘 작업장 일에 신경을 썼고, 물건과 재료들에 신경을 썼으며, 제자들에게 신경 썼다. 공장 내 세부적인 모든 사항에 일일이 주의를 기울이면서도 정작 주변에 있는 사람에게는 소홀했던 것이다.

그는 휴가를 낸 후 루이펀을 데리고 여기저기 진료를 받으러 다녔다. 광저우의 저명한 대학안과병원에 갔다가 다시 기차를 타고 베이징으로 가서 셰허協和병원을 찾아갔다. 병원 몇 군데의 일치된 결론은, 낙관하기 힘드니 우선 약을 먹으면서 추이를 지켜보다가 때가 무르익으면 수술하자는 것이었다.

오랫동안 수를 놓은 사람에게 가장 두려운 일이 바로 이런 날이 오는 것이다. 과거의 수녀들 중에는 노년에 실명하는 사람이 아주 많았다. 요즘 많이 나아졌다고는 하지만 일 년 내내 눈을 사용해서 안과질환이 생긴 사람이 여전히 많다. 루이펀은 그가 연구·개발하는 제품의 배색을 돕느라 계속 바빴기 때문에 눈을 과도하게 사용할 수 있다는 경계심을 가지고 조심했어야 했다.

추이펑은 이 소식을 듣고 오래된 처방을 백방으로 수소문했다. 예전 수녀들은 안과질환이 생긴 것을 걱정하여 늘 한두 가지 정도는 눈병 치료 처방을 가지고 있었고, 그녀도 상자 안에 두 장 보관해두고 있었다. 한방약이 훨씬 믿음이 가는 것 같았다. 진한은 선배들의 방법을 믿고 한방약 소매점에서 처방대로 약을 지어 매일같이 루이펀에게 달여주었다.

슈런도 옛 동료들에게서 민간요법을 듣기도 하고, 매일 신문에서 병원 광고를 보면 귀찮아하지 않고 일일이 잘라두는 등 사방팔방으로 알아보았다. 그는 참을성 있게 아들과 며느리를 위로하며 말했다.

"걱정 마라. 옛날에 병원도 없고 약도 적고, 의술도 발달하지 않았을 때도 수녀들이 다 잘들 지냈다."

가족들 모두 이 일로 걱정했다. 진한은 아내를 위해 매일 직접 약을 달였다. 하지만 약을 먹는데도 나아질 기미는 보이지 않았고, 그럴수록 마음이 몹시 불안했다.

눈 깜짝할 사이에 또 일 년이 흘렀다.

올해도 공장의 수익이 괜찮은 편이었다. 정책적으로 잉여이익금 일부는 직원들에게 복지비로 지급할 수 있었다. 따라서 직원들 모두 연말 보너스를 두둑이 받아 풍성한 설을 쇨 수 있었다.

은빛 불꽃이 청석판 위에서 반짝반짝 튀어 오르고, 불꽃의 꽃잎은 끊임없이 바깥쪽으로 확장되며 만개한 국화처럼 날아 흩어졌다. 아이들이 가지고 놀기에 적합하도록 특별히 제작된 폭죽은 엄지손가락만 한 크기로 도화선에 불을 붙이면 발밑에서 작은 불꽃들이 촘촘하게 반짝거려 아주 몽환적이었다. 또 만천성滿天星이라는 폭죽은 불을 붙이자마자 은나무銀樹에서 천만 송이의 꽃이 피어나듯 아득히 뻗은 골목 끝까지 환하게 비춰주어 아름답기 그지없었다.

진후이는 꽈쯔와 사탕을 호주머니에 가득 넣고 나가서 집 문 앞에 작은 탁자를 갖다 놓고 몇몇 이웃들과 함께 수다를 떨었다. 슈런도 골목 입구에 서서 한담을 나누며 한참 서 있다가 "바람이 차다."고 말하고는 차를 마시러 집 안으로 들어갔다. 뤄옌과 하오옌, 뤄리가 집 안의 텔레비전을 점거하고서 꽈쯔를 까먹고, 때때로 씽런빙杏仁餠[199]을 한 입 베어 먹으며 전국 설맞이 특집 쇼 방송을 보았다. 슈런도 즐겁게 웃는 얼굴이었다. 한창 바쁘게 일하는 진한을 본 슈런이 그에게 와서 앉으라고 말했다.

"어느덧 또 일 년이구나. 넌 점점 더 바빠지는 것 같고."

진한이 웃으며 아버지에게 자세하게 보고했다.

"지금 추세는 이전과 또 달라요. 민영기업이 점점 많아지고 있어요.

---

199 녹두전으로부터 발전된 광둥성 특유의 전병으로, 외관이 아몬드(杏仁) 모양이라서 붙은 이름이지만 사실 주원료는 녹두이다. 녹두를 간 반죽에 안에는 설탕에 절인 돼지고기를 넣고 아몬드 모양으로 전병을 만든다. 처음에 아몬드 모양이던 것이 점차 개량되어 근래에는 원반 모양으로 바뀌었고, 안에 넣는 소도 다양해졌다.

게다가 홍콩 업체와 대만 업체들까지 모두 들어와 있으니 우리 공장 상황이 신통치 않아질 것 같아요."

슈런이 고개를 끄덕이며 말했다.

"해마다 시대마다 사람이 달라지니 늘 새로운 문제가 생기고, 또 새로운 문제를 해결해야 하는구나."

진한은 가족들과 잠시 잡담을 나눴지만, 결국 끝까지 앉아 있지 못하고 공장을 순시하러 가겠다고 나갔다. 최근 몇 년 동안 형편이 좋아져서 많은 사람들이 집에서 폭죽을 터뜨렸고, 아이들도 신나서 여기저기 불꽃을 터뜨리며 놀았다. 그는 안심이 되지 않아 창고에 전화를 걸었다. 당직 사부에게 불이 나지 않도록 주의하라고 당부할 생각이었는데 아무도 전화를 받지 않았다. 아마도 당직 사부가 '농땡이' 부리고 술 마시러 나간 모양이었다. 그는 잠시 앉았다가 아무래도 안심이 되지 않아서 자전거를 타고 공장으로 가보았다.

아이들은 불꽃놀이가 싫증났는지 꽃시장 구경을 가자며 와자하니 몰려갔다. 꽃시장은 광저우의 대표적인 명물로, 섣달그믐에 꽃시장을 구경하는 것은 광저우 사람들의 전통이다. 스무이레부터 벌써 집 안에 꽃을 사다가 문가에도 놓고 다탁 위에도 예쁘게 올려놓았다. 그런데도 아이들은 잔뜩 신이 나서는 기어코 시후로西湖路로 가서 놀겠다고 우겼다. 슈런은 진한이 자전거를 타고 공장에서 다시 돌아오는 것을 보며 기쁜 마음에 손을 흔들며 소리쳤다.

"가자, 같이 가!"

시후 꽃시장은 마침 최대 인파가 몰려 어느 쪽을 보아도 온통 새카만 바다 같았다. 온가족이 슈런을 보호하며 천천히 이동했다. 눈앞은 온갖 등불이 휘황했고 사람의 물결이 그야말로 '물 샐 틈 없다'는 말로 표현해도 조금도 과장이 아닐 정도였다. 빽빽하게 들어선 노점에 바람

개비들이 빙글빙글 돌았고, 캐릭터 인형들이 일제히 노점 위에 매달린 채 만면에 웃음을 머금고 있었다. 싱싱한 꽃들도 손을 흔들며 웃고 있는 것 같았다. 꽃 파는 사람이 노점 앞에 서서 큰 소리로 외치고 있었다.

인파는 정말이지 물이 흐르는 것 같아서 걸음을 약간만 늦춰도 뒤쪽에서 끊임없이 밀치는 압력을 느낄 수 있었다. 길 양쪽에 화분들이 층층이 겹쳐 놓여 다채롭고 화려했다. 가장 인기 있는 귤 화분은 한곳에 별처럼 빽빽하게 모여 있어서 줄줄이 매달린 등불과 함께 서로 어울려 빛나고 있었다. 진한은 한편으로는 뤄옌을 붙잡고 다른 한편으로는 아내를 돌보며 어느 노점 앞에 힘겹게 멈춰 섰다. 루이펀이 참지 못하고 말했다.

"그냥 가요. 벌써 집에 사다 놓았어요."

진한이 웃으며 말했다.

"지금은 이거야. 뜻이 가장 좋잖아."

진한의 눈에 든 것은 생기 넘치는 복숭아꽃 한 다발이었다. 뤄옌보다 더 크고 굵고 튼튼한 줄기에 꽃망울이 촘촘히 매달려 있어서 요염함이 뚝뚝 묻어났다. 진한은 돈을 지불하고 뤄옌에게 복숭아꽃을 들려주며 말했다.

"올해 복숭아꽃이 정말 예쁘게 피었구나."

루이펀은 눈앞에 희미하게 펼쳐진 붉은 노을을 바라보며 눈을 동그랗게 뜨고 말했다.

"그렇게 좋아요?"

진한이 그녀의 손을 잡아끌어 꽃 위에 살며시 올려놓고 큰 소리로 말했다.

"응, 당신도 느껴 봐!"

새해 첫날, 슈런은 미리 약속한 노인들 한 무리와 함께 대운의 기를 받으러 산에 올랐다. 루이펀은 과일과 꽈쯔, 사탕을 이웃 누구라도 찾아오면 얼른 내어놓을 수 있도록 복숭아나무 탁자 위에 한 접시 한 접시 가지런히 차려놓았다. 전통적인 사각형 다탁 위에는 당과를 높이 쌓아놓았다. 루이펀은 시력이 좋지 않았지만, 여전히 모든 것을 만지고 더듬어서 알아내었다. 진후이는 그녀가 힘들어하는 것을 알고 많은 것을 도왔다.

뤄옌과 뤄리는 아버지에게 세배한 뒤 세뱃돈을 받아 자기들끼리 놀러 나갔다. 뤄옌은 호주머니에 땅콩과 꽈쯔를 잔뜩 집어넣고 설탕절임 과일도 한 주머니 챙겨 나갔는데 평소에 함께 놀던 친구를 보자마자 한 움큼 꺼내 나눠주었다. 진광과 샤쉬앤夏娴도 아침 일찍 슈런에게 세배를 한 뒤 형과 형수에게도 세배했다. 진후이 가족도 일찍 찾아와서 일시에 집안이 사람으로 가득 찼다. 이렇게 떠들썩하게 설을 쇠는 분위기가 사람들에게 얼마나 큰 온기를 주는지, 무슨 일이든 상관없이 이런 기쁨만 가지고 살아간다면 모든 행운이 따를 것만 같았다.

정월 초이레 아침, 궈요우민이 슈런의 제자들을 데리고 사부에게 세배하러 찾아왔다. 전통 관념은 희박해졌지만, 수공예인은 늘 사부를 존경하고 섬기는 규범을 최대한 지키고 있었다.

진한이 얼른 모두에게 자리를 권했다. 슈런은 이미 퇴직해서 더 이상 임원이 아니라고 재차 밝혔지만, 막상 이토록 많은 제자들이 찾아와준 것을 보니 몹시 흡족하고 고마웠다. 방 안이 비좁아서 다 앉지 못할 정도로 사람들로 가득 찼다. 슈런이 한껏 들떠서 소리쳤다.

"요우민, 차 좀 들게!"

"리췬利群, 사탕 좀 들어!"

자신의 제자가 배움에 있어서 성취해내는 모습을 보니 그는 기쁨으로 마음이 벅찼다.

설이 지나고 입춘이었지만 날씨는 여전히 추웠다. 잔뜩 흐린 하늘이 무겁게 내려앉았고, 습기를 머금은 한기가 뼛속을 파고들었다. 사람들은 바람막이를 단단히 여미고 몸을 잔뜩 웅크린 채 비를 맞으며 앞으로 나아갔다.

진한은 매일 아침 일찍 일어나 두꺼운 솜옷을 걸치고 나와 약을 달였다. 그는 다른 생각은 전혀 없이 그저 민간요법에 희망을 걸어볼 뿐이었다.

부스럭거리는 소리가 들리자 루이펀이 방에서 나오며 말했다.

"약 달이지 말아요. 날이 이렇게 추운데 하루 이틀 안 먹는다고 어떻게 되지 않으니까요."

진한은 여전히 한 치의 흐트러짐 없이 약을 담근 다음 약탕기에 불을 붙였고, 공예미술 업계 내부 간행물 한 권을 들고 불을 지켜보면서 공부했다. 얼마 지나지 않아 슈런도 일어났다. 그는 민첩하게 움직이지는 못했지만, 덜덜 떨면서 옷을 입고 온 가족이 먹을 아침을 사러 보온병을 들고 골목 입구로 나갔다.

반년 동안 온갖 방법을 전전하며 루이펀의 눈을 치료했다. 병원도 몇 군데나 가보았지만, 하나같이 고도근시에 녹내장까지 겹쳐 수술하는 것도 아주 위험하다고 말했다. 상황이 이렇다 보니 루이펀은 일단 일을 그만둘 수밖에 없었다. 공장 내 인력 편성에 비상이 걸렸다. 일손이 한 명 줄었지만 급여는 지급되고 있으니 조만간 누군가 이의를 제기할 것이었다. 진한은 사람들을 설득할 명분이 부족하다는 생각이 들자 그녀에게 질병퇴직을 권유했다.

"질병퇴직이요?"

루이펀은 숨이 턱 막혔다. 하루하루 수놓는 일을 할 때는 빨리 퇴직하고 싶다는 생각뿐이었는데 정말 떠나야 할 때가 되니 너무 아쉬웠다.

중슈링이 그녀를 많이 배려해 그녀에게는 아주 간단한 일감만 배정해주었지만, 자수 놓는 일이 아무래도 눈을 많이 쓰는 일이었기에 그녀는 다른 사람들이 이 비밀을 알게 될까 봐 늘 조마조마한 마음으로 두려워했다. 가까스로 반년은 버텼지만 결국 더는 버틸 수가 없었고, 그녀 스스로 자진해서 포장부로 발령을 신청하여 포장작업을 했다. 마지막에는 결국 비밀의 빗장이 열렸고, 그녀는 자수를 포기해야 하는 실망감 외에도 공장 내 이런저런 풍문까지 감당해야 했다.

하지만 그녀는 어떻게든 뤄옌이 졸업할 때까지는 퇴직을 미루고 싶었다. 그렇게 하면 뤄옌에게 '대리 근무'를 하게 할 수 있기 때문이었다. 뤄옌은 중등전문학교를 다니며 패션디자인을 전공하고 있었다. 이 아가씨는 어릴 때부터 월극의상 더미 속에서 귀동냥으로 보고 들으며 자라서인지 진즉부터 이 업계에 마음을 두고 있었다. 진한은 그 사실이 매우 기뻤다. 월화공장의 일자리는 이미 상당히 축소되어 있었다. 보통 공장에 새로 들어오는 사람들 대부분은 임시직이었고, 정직원은 거의 없었다. 진한은 뤄옌이 '대리 근무'를 할 수 있게 되기를 바랐다. 사심이었지만 보통 사람들은 모두 자기 자식들을 위해 뭔가를 준비하고 싶어 하기 마련이다.

질병퇴직 신청서를 제출하던 날, 루이펀은 혼자서 멍한 기분으로 터벅터벅 공장 문을 나섰다. 가을이었다. 하늘은 더할 수 없이 파랬지만 그녀의 눈에는 온통 흐릿할 뿐이었다. 그녀는 차마 눈물이 흐르게 할 수 없어서 눈을 문질렀다. 옅은 바람이 불어왔다. 얼굴을 스칠 듯 말 듯 가느다란 바람결이 자신의 가는 머리카락처럼 느껴졌다. 그녀가 긴긴 한숨을 내쉬며 집으로 돌아가려는데 등 뒤에서 진한의 목소리가 들려왔다. 그가 다급하게 소리쳤다.

"당신을 몇 번이나 불렀는데 못 듣는 거야! 갑시다. 우리 집에 가."

루이펀이 이상하다는 듯 물었다.

"오후에 회의 있지 않나요? 천 씨가 당신한테 얘기하는 거 들었어요."

"회의 안 할 거야. 내가 데려다줄게." 진한이 그녀의 손을 잡아끌며 말했다. "당신 먼저 집에 가서 밥해. 난 저녁에 가서 먹을게."

진한은 매일 쉬지 않고 달리는 말처럼 바빴고, 그런 날들의 연속이었다. 이제는 마침내 아내를 위해 뭔가를 할 때가 된 것이다. 그는 매일 아침 일찍 일어나 루이펀을 위해 약을 달였다. 불을 끄고 한약을 조심스럽게 그릇에 담아 루이펀에게 주며 말했다.

"나 출근할게. 잊지 말고 약 먹어."

매달 초하루와 보름이 되면, 슈런은 아버지께 향을 피워 올렸다. 세월은 부지불식간에 흘러가 버리고, 모든 것이 꿈만 같았다. 이날 아침, 그는 여느 때처럼 향 세 개를 꺼내 라이터로 불을 붙여 꽂고 신대 앞에서 경건하게 세 번 절했다. 이미 낡고 허름해진 탄상炭像[200]을 바라보며 그는 마음속으로 조용히 기도했다.

"아버지, 손자가 차도 올려드리고 매년 향도 피워드리니 아실 겁니다. 며늘애가 이 큰 고난을 넘을 수 있게 꼭 지켜주세요."

초상 속의 천더우성은 여전히 평온한 모습으로 마치 모든 것을 알고 있다는 듯 환하게 웃고 있었다. 슈런은 그 미소를 보며 마음이 편해지는 것을 느꼈다. 오히려 홀가분해지기까지 해서 아직 약을 달이고 있는 진한에게 말했다.

"괜찮을 거다. 할아버지가 너희를 지켜주실 거야."

---

200 정제된 목탄 가루와 붓으로 질 좋은 연화지(鉛畫紙)에 사진의 명암에 따라 사실적으로 사람의 형상을 그려낸 그림. 청나라 때 시작되어 지금까지 이어져 온 전통문화 중 하나다.

화의금몽

제16장

어느 날 진한은 난팡南方극장 앞을 지나다가 문득 멈춰서 한참을 멍하니 서 있었다. 난팡극장은 외관이 몹시 낡은 데다 문 앞을 지나는 발길도 뜸했고, 매표창구마저 굳게 닫혀 있었다. 일전에 수리를 할 거라는 소문이 계속 돌았지만 시간이 지나도 착공할 기미는 보이지 않았다. 지나간 연극 포스터는 벌써 반년 동안이나 바뀌지 않고 있었다. 화려하게 빛나던 고대 복식을 입은 아름다운 여인이 바람 속에서 서서히 낡아가고 있었다.

이는 일종의 위험신호로, 월화공장의 월극의상 주문 급감과도 맞물려 있는 일이었다. 진한은 장차 천지가 뒤집어질 변화가 닥치게 될 것을 어렴풋이 느꼈다. 지난 몇 년 동안 난팡극장이 흥행할 때는 밤마다 월극공연이 있었고, 좌석점유율도 영화관 못지않았다. 매번 유명한 대로관들의 새 월극작품이 상연되었고, 매표소 앞에는 표를 사려는 줄이 교차로까지 길게 늘어서 있었다. 부근에는 암표상이 밤낮으로 얼쩡거렸고, 「양성만보羊城晚報」[201] 기자가 카메라를 목에 걸고 입구에서 연신 사진을 찍어댔었다. 하지만 지금의 풍경은 쓸쓸했다. 반년 넘게 새 연극을 올리지 않아 과거의 번영에 비하면 가련할 정도로 초라했다. 진한은 극장과 월극의상 산업의 흥망성쇠가 밀접하게 연관되어 있으며, 노래하고 연기하는 사람이 적어지면 월극의상을 만드는 사람도 자연히 적어질 수밖에 없다는 것을 너무도 잘 알고 있었다.

극장의 좌석점유율까지 보지 않더라도 월화공장의 주문량만으로 능히 감지할 수 있었다. 80년대 초반에는 매월 공장에 주문이 폭주하여 작업장에 일감을 배분할 수 없을 정도였고, 소량 주문은 아예 거절해버린 것도 상당히 많았다. 지금은 몇 달 만에 겨우 주문 한 건 받을까 말까 하는데, 그조차도 계약금이나 잔금 지불에 관한 조건이 매우 까다로웠다. 직공들은 일감이 적다고 불평했고, 보너스가 적다고 투덜거렸다. 하지만 방법이 없었다. 업계 전체가 위축돼버린 이러한 환경생태의 거대한 변화는 인사를 약간 조정하고 수공예 기술을 개선하는 것으로 해결할 수 있는 문제가 아니었다.

슈런은 퇴직하고 집에 있으면서 이러한 상황을 전혀 모르고 있었지만 때때로 이렇게 중얼거렸다.

"요즘 젊은이들은 왜 월극 보는 것을 좋아하지 않을까."

그는 매일 밤 「CCTV뉴스」를 꼭 챙겨보는 습관을 지키고 있었다. CCTV를 다 보고 나면 이어서 쥬장珠江티비를 시청했다. 자신이 잘 모르는 내용을 자주 보았고, 알아듣지 못하는 단어들도 많이 들었다. 그는 어리둥절한 표정으로 텔레비전을 바라보며 남녀 주인공이 눈물을 펑펑 흘리며 우는 장면에서는 이렇게 말했다.

---

201 양성(羊城)은 광둥의 또 다른 이름이다. 양성만보는 신중국 성립 이후 처음 만들어진 대형 종합석간신문으로, 한때는 광저우 지역 발행부수가 최대였다.

"요즘 젊은 사람들은 도대체 무슨 생각을 하는지 나는 도무지 이해할 수가 없어."

그는 밤에 일찍 잠자리에 들었는데, 그가 자러 들어갈 때쯤 그제야 뤼옌의 텔레비전 시청이 시작되었다. 그녀가 손에 들린 리모컨이 이 채널에서 저 채널로 휙휙 돌리는 동안, 화면은 온통 번쩍번쩍 총알이 난무하는 총격전이었다. 한 번은 그가 도저히 참을 수 없어서 손녀에게 말했다.

"넌 월극의상을 만드는 사람이잖니. 평소에 월극을 많이 봐두어야지."

뤼옌은 텔레비전 채널을 하나씩 누르며 말했다.

"요즘은 월극을 방영하지 않아요."

이 무렵 월극은 그야말로 전망이 어두웠다. 신문이나 텔레비전 어디에서도 기사를 볼 수 없었고, 어쩌다 기사가 난다고 해도 월극 배우가 전업해서 사업을 한다는 등의 기사였다. 신문에 종합예술면은 늘어났지만, 보도되는 것은 전부 영화계 스타에 관한 기사였다.

슈런은 차이훙彩虹희극원이 해마다 올리는 월극 공연에 뤼옌을 몇 번 데리고 간 적이 있었다. 관객이 별로 없고 썰렁했다. 뤼옌은 처음에는 진지하게 관람하면서 월극의상의 디자인도 눈여겨보는 것 같더니 극이 중반을 넘어가면서부터는 이내 하품을 했다. 후반부에 들어가서도 배우가 새로운 의상으로 갈아입지 않으니 뤼옌도 이내 흥미를 잃고 시들해져서는 아예 눈을 감으며 말했다.

"노래를 너무 느리게 부르니까 무슨 말을 하는지 알아들을 수가 없어요."

이 지역의 극단 몇 곳이 체제개혁을 한다는 소식이 신문 전면을 할애해서 대대적으로 보도되었다. 월극원이 연예기획사를 영입해서 희극원을 직접 경영하고, 월극학교도 월극단에서 따로 떨어져 나와 단독으로 운영한다는 소식이었다.

신문을 본 진한의 얼굴에 근심이 깊어졌다. 그 역시 아버지와 같은 걱정을 하고 있었다. 월극이 몰락한다면 월극의상이 어떻게 살아남을 수 있겠는가? 그는 신문을 다 읽고 나서 아무 말 없이 혼자 발코니로 나가 담배를 피웠다. 슈런이 이어서 그의 신문을 보았다. 기사를 보는 도중에 사색에 잠겼던 그도 마지막에 헛기침을 쿨럭하더니 말했다.

"개혁 좋지. 개혁이 발전이니까. 새로운 기회가 있을 거야."

진한은 담배 연기를 깊이 한 모금 빨아들이고는 이미 어두워지고 있는 먼 하늘을 바라보았다.

월화공장의 상황은 낙관하기 힘들었다. 주문이 강력하게 뒷받침되지 않으면 직공들이 받을 수 있는 것은 기본급뿐이다. 과거에 금색 글씨를 새긴 간판을 호기롭게 내걸었던 대형 국영공장은 마치 노년에 접어들어 남은 목숨을 간신히 부지하는 것 말고는 달리 방법을 생각해내지 못하는 사람처럼 새로운 활력을 되찾을 수 있으리라는 것을 스스로도 믿지 못하고 있었다.

영업과 동료들의 얼굴에는 더 이상 득의만만한 미소가 걸리지 않았다. 전에는 사람들이 주문서를 들고 와서 그들에게 서명해달라고 부탁하곤 했지만, 이제는 그들이 매일같이 주문해줄 곳을 찾아다녀야 했다. 오래지 않아 공장 지도부까지 직접 나서게 되었다. 류즈쥔이 직원들을 이끌고 광시와 하이난 각지를 돌며 주문을 유치하러 다녔다. 진한은 광저우 인근의 현과 시를 직접 돌아다녔다. 이날 그는 칭위안淸遠에 출장 갔다가 돌아왔다. 잿빛이 된 얼굴에 입술은 타들어 가 한마디도 하고 싶지 않을 정도로 몹시 피곤했다. 광저우에 돌아와서는 곧바로 집에 가려고 했지만 잠시 머뭇거리다가 결국은 공장으로 돌아가 상황을 보고하기로 했다.

작업장 안은 평상시와는 판이하게 다른 모습이었다. 요란하게 기계 돌아가는 소리는 들리지 않고 물 샐 틈 없이 가득 찬 사람들만 보였다. 직공들이 작업장 입구를 가로막고 서서 험악한 태도로 목청이 터져라 소리치고 있었다.

"돈 몇백 위안으로 어떻게 살란 말이오!"

궈요우민은 재단판 위에 올라서서 쉴 새 없이 '내리누르는' 손짓을 하며 모두에게 침착하라고 필사적으로 소리쳤다.

"공장 사정이 어렵습니다. 다들 양해해주세요!"

직공들의 집단적으로 격앙된 감정은 여전히 수그러들지 않았고, 다들 주먹을 불끈 쥐고 손바닥을 비벼댔다. 개중에 특히 흥분한 몇몇은 궈요우민 앞에 달려들어 어서 가서 돈을 가져오라고 윽박지를 기세였다. 에워싼 사람들이 왁자지껄하게 저미디의 불만을 터뜨렸다. 공장 지도부가 돼먹지 않았다고도 하고, 영업과가 돈을 흥청망청 다 써버렸다고도 했다. '양해'할 의사가 전혀 없어 보였다. 진한은 사람들 틈을 비집고 들어갈 수가 없어서 조용히 지켜볼 수밖에 없었다. 통제가 불가능한 상황도 걱정이었지만, 한편으로는 고통을 호소하는 직공들 때문에도 마음이 아팠다.

양측이 대치하는 상황이 한참 동안 계속되면서 상황이 조금도 진전되지 않을 뿐만 아니라 오히려 직공들의 감정이 더욱 격화되어갔다. 기왕 들고 일어난 마당에 목적을 달성할 때까지 그만두지 않을 태세였다. 슈런이 들어왔을 때 작업장 안은 온통 아수라장이었고, 일부 노동자들은 심지어 탁자를 엎어버리기까지 했다. 궈요우민은 중간에 둘러싸여 '답을 내놓으라'는 압박을 받고 있었다.

진한은 자칫 슈런이 다칠까 봐 얼른 그에게로 달려가 필사적으로 그를 보호했다. 슈런은 그를 밀치며 천천히 군중들 속으로 걸어 들어가며 느릿느릿 말했다.

"다들 한 공장 식구들이고 다들 동료 아니오. 당신들 이러는 거 젊은 이들은 다 죽으라는 거요!"

직공들은 덕망 높은 옛 공장장을 보며 감히 입을 열지 못했다. 대략 상황은 진정된 듯했지만, 여전히 적잖은 사람들이 낮게 수군대며 불평을 늘어놓았다. 궈요우민은 오전 내내 둘러싸여 있어서 거의 탈진한 상태로 힘없이 손을 내저으며 말했다.

"하반기에 물건 구매를 위해 준비해둔 돈을 이미 월급을 지급하는데 썼습니다."

하지만 그의 이 말에 노동자들이 또다시 웅성거리며 소리치기 시작했다. 그런 말을 이제껏 수도 없이 들었지만, 지금까지 연이어 삼 개월째 월급이 밀려서 식구들이 도저히 살 수가 없다는 것이었다.

"좋소!"

슈런이 자신의 가슴을 탕탕 치며 버럭 소리를 질렀다.

"내가 이 늙은 목숨을 걸고 보증하지요. 요우민은 자기 입으로 뱉은 말을 분명 실천할 거요."

군중들은 그가 이렇게 말하자 더 이상 압박하지 않았다. 여전히 궈요우민에게 화풀이를 하고 싶었지만 결국은 노 공장장의 위엄에 눌려 하나둘 흩어졌다.

슈런은 천천히 회의실로 걸어 들어가서는 감정을 추스르면서 다급하게 물었다.

"어떻게 된 일인가?"

궈요우민이 그에게 자리를 권한 뒤 직접 차를 우려내주며 부끄러운 표정으로 말했다.

"부끄럽습니다, 죄송해요. 제가 공장장 노릇을 잘하지 못했어요."

슈런은 차를 건네받아 천천히 마셨다. 그러고는 깊이 생각에 잠겼다가 이내 긴 한숨을 내쉬며 물었다.

"공장이 정말로 그렇게 어려운가?"

궈요우민은 무거운 표정으로 고개를 끄덕이며 말했다.

"거의 월급을 지급할 수 없을 정도입니다. 이번 달에 밀린 것은 정말 어쩔 수 없었어요. 할 수 없이 자재 대금으로 임금을 지급했죠."

슈런은 뒷짐을 진 채 묵묵히 창밖을 내다보았다. 봄이 벌써 가고 있었다. 창밖에 목면화는 이미 시들어 떨어지고, 나무줄기에는 새로 가지가 나오고 그 가지 끝에 새싹이 돋고 있었다. 공장 상황이 어렵다는 것은 진한의 행적으로 미루어 짐작할 수 있었다. 연초부터 진한은 거의 집에 들어오지 못했다. 늘 낡은 여행 가방을 들고 출장이다, 주문을 받으리 간다며 밖으로 돌았다. 궈요우민은 슈런의 제자로, 그의 손으로 키워냈다고 해도 과언이 아니었다. 모든 제자들 가운데 가장 패기 넘치고 대담하며 식견이 뛰어났다. 하지만 지금처럼 업계 전체가 불황인 상황에서는 신선이라고 해도 국면을 바꾸기 힘들 것이다.

"하나의 산업은 말이지, 잘될 때도 있고 안 될 때도 있는 거야. 그러니 언젠가는 좋아지겠지."

진한은 옆에서 말없이 고개를 늘어뜨리고 있었다. 그는 어릴 때부터 아버지가 해주는 한기 얘기를 들어왔고, 옛날 가족들의 풍광을 그려볼 때마다 늘 강렬한 자긍심을 느꼈었다. 월극 업계 전체가 위기에 빠진 지금, 이 세상에 월극을 연기하는 사람이 한 명도 없는 날이 온다면 월극의상은 필요하지 않게 될 것이다. 역사상 소리 없이 사라진 수많은 업종과 마찬가지로 어느 날엔가는 이 월극의상 업계도 송두리째 사라질 것이다.

직공들에게 임금을 지급하기 위해서는 자재구입 대금을 유용했어야만 했다. 하지만 자재구입 대금을 유용하고 나면 주문받은 작업에 제동이 걸리고, 생산에 차질을 빚게 되는 것을 돌이킬 수 없다. 이것은 악순환이고, 형세가 점점 악화하는 것을 누구도 막을 수 없게 된다. 궈요우민은 월극원의 여러 지도자들을 잇달아 만나 술자리를 가졌고, 가슴을 치고 호형호제하며 호소했다. 하지만 끝내 주문을 끌어내지는 못했다. 몇 차례 죽어라고 술을 마신 그는 결국 위장출혈로 병원에 며칠 입원하게 되었다.

시 월극단의 노 단장은 그에게 월극원이 회사로 전환할 것이며, 월극 공연을 하던 젊은이들도 이미 유행가 가수로 전향했다고 일러주었다.

"요즘 같은 때 과거에 진 빚을 인정할 사람이 누가 있겠나. 상황이 이토록 요동치고 급변하는데도 당신들은 여기저기 들쑤시고 다니며 주문을 유치할 엄두가 나느냐 말일세!"

봄부터 여름까지 분주하게 뛰어다니는 동안 날씨는 점점 더 뜨거워졌다. 가장 뜨거운 날씨 속에 대지는 달아오르고 공기는 꽉 막혀 답답했다. 거리를 걷는 사람들은 찜통 속을 걷는 듯 더운 땀방울이 온몸의 모든 땀구멍에서 뿜어져 나왔다. 텔레비전에서는 매일 새롭게 기록을 갈아치우는 고온을 쉴 새 없이 보도하며 시민들에게 더위를 예방하라고 경고했다. 월화극장의 작업장 안은 몹시 더웠다. 선풍기를 몇 대 더 늘려 작업장 구석구석에 배치하고, 얼음도 가져다 놓는 등 갖은 방법으로 더위를 해결하기 위해 애썼다.

이날은 매주 열리는 정기 업무회의가 있는 날이었다. 간부 다섯 명 중 세 명만 회의에 참석했고, 두 명은 외지에 출장을 나갔다. 류즈췬이 잔뜩 짜증 난 표정으로 투덜거렸다.

"이런 날은 뛰기만 해도 사람이 죽겠어."

말을 마친 그는 서류를 탁자 위에 힘껏 내동댕이쳤다. 궈요우민은 그가 대형 공장 몇 군데와 빈번하게 연락하며 최선을 다하고 있다는 것을 알고 있었기 때문에 그를 탓할 수가 없었다. 진한은 최근의 임무상황을 간단하게 요약해 발표하고, 광저우 공예미술이 처한 곤경을 분석하여 현재 공장 내 주문이 감소했지만 대외무역박람회에 꾸준히 참가함으로써 전통 있는 월화공장이라는 이름에 부끄럽지 않도록 노력해야 한다고 강조했다. 옆에서 짜증스러워하며 듣고 있던 류즈쥔이 전혀 신나지 않은 목소리로 툴툴거렸다.

"광저우채색도자기 시장은 여전히 좋던데, 우리 월극의상은 희망이 없군그래."

궈요우민은 낙담하면서도 손을 크게 내저으며 말했다.

"이게 우리 간판인데, 어찌 됐든 사람들한테 반짝반짝한 모습을 보여줘야지!"

진한은 이전까지는 기술 쪽만 담당했었지만, 이제는 어쩔 수 없이 업무를 전환할 수밖에 없었다. 그는 대외적으로도 유명한 데다 사람됨이 정직하여 업계 내 사람들 모두가 그와 친해지고 싶어 했다. 하지만 그렇다 하더라도 주문은 미미했다. 이날 그는 쟌쟝湛江에 다녀왔지만 아무런 소득이 없었다. 이 지역의 극단들은 모두 썰렁한 분위기로 폐공장 같은 모습을 하고 있었다. 들리는 말로는 몇 년 동안 공연을 올리지 못했고, 사람들은 모두 일자리를 찾아 나갔다고 했다. 그는 돌아오는 길 내내 우울하고 답답했다. 입을 다문 채 광저우로 돌아오며 쓸데없이 차비만 낭비했다는 생각에 가슴이 아파 신음했다.

사무실에 돌아온 그에게 재단부 조장인 윈 씨가 날씨가 너무 더우니 더위를 반드시 식혀야 한다면서 뤼떠우샤綠豆沙[202] 한 통을 들고 들어와 건네주었다. 그 빙탕뤼떠우샤는 윈 씨가 직접 끓여 만든 것이었다. 지

---

202 삶은 녹두를 곱게 갈아 끓인 죽 형태로 냉장고에 시원하게 두었다가 꺼내 설탕을 섞어 먹는다. 녹두는 더위를 식히고 해독작용을 하며 통증완화와 이뇨효과까지 있어 아주 좋은 해서(解署)식품이다.

금 공장에서는 더 이상 주방 요리사를 두지 않았고, 직공들은 돈을 아끼려고 각자 음식을 싸 오고 오후에 먹을 주전부리를 가져오기도 했다. 원 씨가 뤼떠우샤를 진한의 밥그릇에 따라주며 말했다.

"요즘 여기저기 바쁘게 다녀서 그런지 안색이 많이 안 좋네요. 이 공장이 부공장장님 혼자만의 공장이 아니잖아요. 공장 일로 건강까지 해치지는 말아요."

진한은 요즘 걱정이 너무 깊었다. 공장이 처한 어려움을 생각하면, 밥도 안 넘어가고 잠도 잘 수가 없었다. 매일 작업장에 돌아오면 모두에게 신뢰를 빚진 기분이 들어 감히 큰 소리로 웃을 수도 없었다. 이런 수고가 동료 직공들의 눈에 비쳤으리라고는 생각지도 못했었다. 그는 팽팽하게 조였던 긴장을 풀고 천천히 죽을 마시고는 진심을 담아 말했다.

"감사합니다!"

이 빙탕뤼떠우샤 덕분에 몸이 한결 개운해졌다. 하지만 눈앞에 닥친 문제는 아무래도 해결하기 어려웠다.

주문을 유치하기 어렵다는 것만으로도 이미 충분히 심각했지만, 한층 더 심각한 문제는 묵은 빚을 회수하기 어렵다는 점이었다. 월극의상 주문은 관례대로 두 번 혹은 세 번에 나누어 대금을 회수했다. 장기적으로 거래해온 일부 극단들은 일 년 반 정도 결제를 미루는 경우가 다반사였다. 하지만 극단이 체제를 개편하거나 해산해버린 경우, 책임자를 찾을 수도 없고 대금을 돌려받을 길도 없어지는 것이었다.

1989년, 광둥 민족악기공장이 정식으로 천체망원경공장으로 업종을 전환했다. 전성기 때 하루 수만 개의 피리를 생산하던 것에서 매월 감산을 통해 원래의 백 분의 일 수준으로 생산량을 줄였고, 마침내 더 이상 유지하기 어려운 지경이 되었다. 이는 광둥의 전통 경공업이 쇠퇴의 길을 걷고 있음을 의미했기에 일순간 여론이 들끓었다. 개혁개방의 국면에서 국영기관이 국유기관으로 바뀌었다. 그에 따라 일부 대형 공장의 운명이 끝이 났고, 더 많은 국영기업들은 난감한 제도 개편 속에서 마찬가지로 조업중단과 인원감축의 문제에 직면했다.

"아침 먹고 가세요!"

아침 일찍 일어나 막 출근하려는 진한을 아내가 불러 세웠다. 루이펀은 정갈하고 단출하게 상을 차려놓고 말했다.

"여러 번 말했었죠. 아침을 안 먹으면 건강에 나쁘다고 신문에서도 그러잖아요."

진한은 하는 수 없이 식탁 앞에 앉아 황급히 죽을 몇 술 떠먹었다. 그는 위가 좋지 않아 의사가 죽을 많이 먹으로고 권했었다. 그 때문에 루이펀은 늘 아침 일찍 일어나자마자 죽을 끓였다.

뤼옌도 간단하게 반 그릇을 비우고는 말했다.

"살찔까 봐 많이 못 먹겠어요."

"헛소리!" 루이펀이 부드럽게 나무라며 말했다. "뭐라도 먹어야지, 힘없어서 어떻게 일하려고 그래!"

뤼옌은 루이펀이 질병퇴직한 이후 그녀의 일을 대리하고 있었다. 이 젊은 아가씨는 패션을 좋아했지만, 월화공장에서도 아주 즐겁게 일했다. 그녀는 아름다운 것들로 가득한 자수 일감을 좋아했고, 디자인을 좋아했으며, 옷 만드는 일을 좋아했다.

거리를 따라 걷는 동안 양쪽에 늘어선 잡화점에서 흘러나온 요란한 음악 소리가 귀청을 뒤흔들어 먹먹해질 정도였다. "파도가 달려가네, 파도가 흘러가네."[203]가 거리를 가득 메웠고, 중간에 유행하는 민요 한

---

203 홍콩 드라마 《상하이비치》의 주제곡에 나오는 가사이다.

두 곡이 끼어 있어서 현지의 숨결과 외래문화가 혼합된 맛을 풍기고 있었다. 뤄옌은 매일 출근할 때마다 거리에서 흘러나오는 음악을 흥얼거리며 따라 불렀다. 젊은 사람들은 새로운 사물을 늘 즐겁게 받아들였고, 하루가 다르게 바뀌는 변화에 대해서도 환영의 태도를 보였다.

진한은 날이 갈수록 힘에 부친다고 느꼈다. 그는 이제껏 기술 쪽을 맡아왔고, 사람들과 사귀는 것을 좋아하지 않아서 접대도 피할 수 있으면 피했다. 그런 그가 지금은 어쩌다 보니 영업의 주력군이 되어 있었다. 궈요우민은 그에게 명함을 만들어주고 '디자인 총감독'이라고 부르며 외부 업체가 올 때마다 콕 집어 그를 불렀다.

진한은 새 양복을 차려입고 꼿꼿이 서서 웃는 얼굴로 참관에 동행했다. 광저우와 홍콩 간의 경제무역정책이 펼쳐짐에 따라 홍콩 업체에서 자금을 투입하거나 무역을 대리하는 기업들이 광저우 각지에서 활짝 꽃을 피웠다. 이 지역의 월극원과 예술단은 날로 상황이 나빠지고 있어서 온 희망을 외자기업에 걸 수밖에 없었다.

이 모든 것으로 인해 진한은 훨씬 더 절박한 위기감을 느꼈다. 그는 큰 맘 먹고 골드라이언[204] 한 벌을 장만했는데 평소에는 아까워서 입지 못했고, 귀빈을 접대할 때만 단정하게 차려입었다.

"월화공장은 최근 몇 년간 지속적으로 수출을 해왔습니다. 광둥식 월극의상이라면, 저희 공장이 최대 규모의 국영공장이자 단연 업계 1위지요."

진한은 선沈 선생을 수행해 천천히 작업장 내를 참관하며 끈기 있게 소개를 이어갔다.

---

204 홍콩의 유명 애국지사이자 자선사업가인 청셴쯔(曾憲梓) 박사가 창립한 브랜드로, 남성 비즈니스 정장과 함께 캐주얼웨어, 속옷, 니트, 가죽제품, 구두 등 다양한 제품을 망라하고 있다.

션 선생은 상하이시 공상업연합회[205]의 소개로 왔다. 그는 기성복 대외무역사업을 경영하면서 동시에 모 월극촉진회 회장이기도 했다. 션 선생은 진정한 광둥식 월극의상을 몇 벌 꼭 주문하고 싶다는 의향을 밝혔다. 홍콩에는 다양한 예술단체와 사설조직의 수가 꽤 많아서 거의 매주 주말마다 월극 공연이 있었다.

작업장 안은 질서정연하고 일사불란했다. 공정은 명료했고 일손이 분주하게 움직였다. 사실 작업장에는 일이 그다지 많지 않았지만, 외부 업체가 참관하러 올 때는 늘 열기가 뜨겁게 달아오른 장면을 연출해야 했다.

션 선생은 얘기를 들으며 연신 고개를 끄덕였다.

"당신네 물건이 좋군요. 이것이야말로 정통 광둥식 월극의상이지요. 제 아버지가 당신네 공장 같은 곳을 정말 찾고 싶어 하셨어요. 원액 그대로의 맛 말이에요. 직접 오셔서 당신 치수를 잴 수 없으시다는 게 아쉬울 따름이네요."

"치수를 보내주시면 저희가 몸에 꼭 맞게 맞춰드릴 수 있습니다."

진한은 이제껏 제품을 소개하는 데 있어서 자신 없었던 적이 없었다. 그는 재단판에서 자수 견본을 하나 집어 들어 섬세한 바늘땀들이 그린 문양을 따라 매만지며 션 선생에게 수공예 수준을 보여주었다. 새 양복이 좀 끼는 듯했지만 그런 건 생각할 겨를도 없었다. 그는 자수 견본을 뒤집어서 뒷면의 바늘땀을 보여주며 말했다.

"물건이 좋으면서도 가격은 합리적입니다. 모든 제품이 충분히 검사를 통과할 수 있고요."

---

205 상하이시의 상공업자연합회로, 상하이시 내의 비공유제기업과 비공유제경제인사가 주체인 인민단체와 상회조직으로, 당과 정부를 비공유제경제인사와 연결해주는 교량 역할을 하며, 정부가 비공유제경제를 관리하고 서비스하는 데 도우미 역할을 하고 있다.

"견본이야 당연히 가장 훌륭하겠지요. 하지만 수공 제품은…… 제품마다 다 달라서 말이죠."

션 선생은 까다로운 눈빛으로 재단판 위에 놓인 일감들을 꼼꼼히 들여다보고 만져보았다.

"이것은 손으로 수놓은 것입니다." 진한이 천을 펼쳐서 션 선생에게 자세히 보라고 건네주며 말을 이었다. "기계로 수놓은 것은 이렇게 정교하고 층차가 풍부하지 않습니다."

션 선생이 다시 자세히 들여다보더니 가타부타 말이 없었다.

작업장 안은 언제나 사람 소리와 기계 소리가 한데 뒤섞여 몹시 시끄러워서 말하는 사람도 힘들고, 듣는 사람도 힘들었다. 진한은 시종 웃는 얼굴로 하고자 하는 말을 어렵사리 모두 마쳤고, 션 선생을 다시 회의실로 안내해 차를 대접하며 점심을 함께 먹자고 제안했다. 뜻밖에도 션 선생은 고개를 저으며 다른 공장도 가봐야 한다며 차도 마시지 않았다.

"내가 너무 솔직하다고 서운하게 생각하지 마십시오. 매번 올 때마다 일정이 빡빡해서 그래요."

션 선생이 웃으며 말했다.

진한이 얼른 겸손하게 미소 지으며 말했다.

"아닙니다. 그럴 리가요. 사업은 사업이죠. 저희 월화공장은 남과 비교하는 걸 두려워하지 않습니다."

그는 반나절 동안 입이 바짝 마르도록 많은 말을 했는데도 마지막에 이런 결과로 끝나자 당연히 실망이 컸다. 그런데 돌연 등 뒤에서 예상치 못한 한 마디가 날아왔다.

"우리 고객들 중 상당수가 물건을 보지도 않고 주문을 합니다. 홍콩 업체가 뭐 그리 대단하다고, 그 사람한테 구걸을 합니까."

그는 화들짝 놀라서 행여나 션 선생이 들을까 봐 황급히 그를 배웅했다.

경기불황이 계속되면서 공장의 수익은 형편없었고, 직공들의 원성이 높았다. 하지만 사기가 떨어지면 주문을 계약할 수 없었고, 주문을 계약하지 못하면 또 사기를 진작할 수 없었기 때문에 정말이지 해결하기 어려운 악순환이 반복되었다.

이튿날 아침에 궈요우민과 함께 가든호텔로 찾아가서 션 선생과 함께 차를 마셨다. 시장에는 거의 나가지 않던 궈요우민이었지만 이제는 '베테랑 영업맨'이 되었다. 그는 진한과 마찬가지로 사람들과 상담하면서 접대가 있을 때마다 술과 담배가 늘 따라다니는 것을 좋아하지 않았다.

세 사람은 호텔 다방에서 차를 마셨다. 정통 광둥식 간식을 몇 가지 주문했더니 위피교자魚皮餃[206], 소고기 샤오마이燒賣[207], 빠오즈펑좌鮑汁鳳爪[208], 뤄보까오蘿卜糕[209] 등 음식이 잇달아 나왔다. 귀한 손님을 대접하기 위해서는 접대비를 아낄 수 없었다. 션 선생은 한 상 가득 차려진 음식을 보고는 정중하게 손을 내저으며 자신은 일개 상인에 불과하고, 매 끼니를 월화공장이 사줄 필요는 없다는 뜻을 표했다.

"당신네 공장의 수공예 솜씨는 훌륭해요. 하지만 디자인이 좀 구식이라서요."

션 선생이 웃으며 말했다.

---

206 생선 살을 밀가루에 섞어 반죽한 만두피에 속을 넣어 빚은 후 끓여낸 음식으로, 차오저우(潮州) 한족의 전통 음식이다.
207 소고기와 갖은 재료에 간을 해서 만든 소를 만두피에 넣고 꽃잎처럼 오므려 쪄낸 음식으로, 만두와 달리 위를 열어두는 것이 특징이다.
208 전복과 닭을 함께 삶은 국물에 간장과 술 등을 넣어 끓이다가 잡내를 제거한 닭발을 넣고 뭉근한 불에 조린 음식이다.
209 쌀가루에 절인 무채를 넣어 찐 떡으로 푸젠과 민난, 광둥 등 지역 특유의 전통 떡이다.

"네, 네, 맞습니다. 저희도 고객의 의견을 반영해서 부단히 개선해나가고자 합니다."

진한이 웃으며 대답했다. 션 선생이 눈살을 찌푸리며 말했다.

"문제는 아직도 많아요."

궈요우민이 다시 차를 따르며 물었다.

"션 선생이 원하신다면 차차 맞춰드릴 수 있을 겁니다."

고객이 주문을 받아달라고 월화공장에 간청하던 것이 불과 몇 년 전 일이었다. 그런데 지금은 이미 흔적도 찾아볼 수 없는 꿈같은 일이 돼버렸다. 광둥어에 "말이 죽으면 내려서 걸어야 한다."는 얘기가 있다. 곤경 속에서도 또 다른 살길을 찾아야 한다. 궈요우민은 션 선생이 얼마가 됐든 계약을 해주길 바라며 간절한 눈빛으로 그를 바라보았다. 예전에 홍콩과 마카오 지역은 월화공장이 중요하게 여기지도 않았었고, 시장도 작았다. 하지만 지금은 상황이 다르다. 광둥 지역 현지 극단은 희망이 전혀 보이지 않을 정도로 경기가 나빴지만, 홍콩과 마카오의 업계는 다시 살아나고 있었고, 전통적인 광둥식 공예에 대단히 흥미를 보이고 있었다.

션 선생은 차를 마시고는 뤄보까오를 한 조각 집어 들며 연신 고개를 끄덕였다.

"곧 제 부친의 생신입니다. 저는 생신 선물로 꼭 용포를 사드리고 싶어요. 행운을 가져다준다고 하잖습니까."

그 말에 궈요우민이 눈살을 찌푸렸다.

"공장에 작품 재고가 많지 않습니다. 하나가 나가면 작품 수가 그만큼 줄어드는 거지요."

션 선생은 짐짓 못 들었다는 듯이 한 술 더 뜨는 제안을 했다.

"특히 천슈런 사부의 작품이면 더 좋겠습니다."

화 의 금 몽

진한은 그 말이 더 가슴 아팠다. 공장의 물건들 모두 최상급 수공예 제품이고, 제품 하나하나가 모두 진귀한 것들이다. 하지만 그중에서도 아버지가 직접 만든 것은 말할 것도 없이 명품 중의 명품이다. 아버지는 이제 늙어서 더 이상 예전과 같은 작품을 만들 수 없다. 그나마 남아 있는 몇 안 되는 작품들은 소장품으로 월화공장 보관실에 보관되어 있다.

션 선생을 보내고 나서 두 사람은 한참을 의논했지만, 결론을 내릴 수 없었다. 궈요우민이 담배에 불을 붙인 후 탁탁 털며 말했다.

"요 몇 년 동안 공장 상황이 너무 좋지 않았어. 월급도 못 주고 있으니 우리도 허리를 빳빳이 펼 수가 없었고."

진한이 힘없이 고개를 저으며 말했다.

"내가 보기엔 션 선생이 우선 용포를 손에 넣어야 우리랑 얘기할 마음이 생길 것 같아."

"그가 콕 집어 얘기하지만 않았어도 내가 어떻게든 궁리해서 한 벌쯤 찾아냈을 거야. 그런데 사부님 작품이라면…… 그건 정말이지 너무 아까워."

궈요우민은 근심에 휩싸여 다시 담배를 힘껏 몇 모금 빨았다.

두 사람의 논의는 반나절이나 계속됐지만 정말 방법이 없었다. 션 선생은 아주 고집이 세 보여서 쉽게 생각을 바꿀 것 같지 않았다. 하지만 공장에는 옛 물건이 많지 않았고, 특히 슈런이 인솔하여 제작한 것은 더욱 그랬다. 유일하게 동원 가능한 것은 월화공장이 가장 휘황한 전성기였을 때 솜씨가 가장 뛰어난 몇 명의 노장 사부들이 공동으로 완성한 작품이었다. 진한은 숨이 턱 막혀서 말도 할 수 없었다. 이 옷을 보내버리면 아버지가 마음 아파한 나머지 어떻게 되시는 건 아닐지 걱정이었다.

간부 정례회의에서 궈요우민은 어렵게 이 방안을 건의했다. 이번에는 류즈쥐엔조차도 씁쓸하게 웃으며 말했다.

"보아하니 우리 세대에서 정말 가진 걸 모두 탕진하게 되려나 보군."

몇몇 주요 간부들 모두 오랫동안 침묵했다. 한참 만에야 한 작업장 주임이 긴 한숨을 내쉬며 입을 열었다.

"머리카락이 있으면야 대머리 되고 싶은 사람이 어딨겠어……."[210]

"션 선생은 큰 고객이에요. 반드시 붙잡아야 합니다!"

진한은 마음속으로 오랫동안 엎치락뒤치락 고민한 끝에 결국 결심했다. 공장은 홍콩시장 개척으로 이어질 이 길이 절실히 필요했다. 현재 광둥성 안의 극단들은 날이 갈수록 위축되고 있어서 홍콩 극단의 수요가 아주 유혹적이었다.

진한은 아버지에게 용포를 보내게 된 일을 얘기할 엄두가 나지 않았다. 아버지가 얼마나 마음 아파할지 잘 알기 때문이었다. 저녁에 집에 돌아온 그는 아버지가 그때까지 재봉틀이 있는 방에서 기다리고 있는 것을 보고 급히 다가가 좀 쉬시라고 얘기했다. 진광 가족이 이사를 나가고 난 뒤 빈방은 재봉틀 방이 되었다. 방에는 재단판과 수틀과 재봉틀 등을 들여놓았다. 슈런은 자주 이 방에서 가공하고 수선하는 일을 했다. 그는 여전히 체구가 건장하고 꼿꼿했다. 다만 돋보기는 써야 했는데, 종종 일감을 놓고 천천히 문양을 대조해보곤 했다.

"왔니?"

슈런은 그를 보자 몹시 기뻐하며 날아갈 듯 그를 작업장으로 끌고 갔다.

---

210 이 말은 내키지 않아도 어쩔 수 없이 선택해야만 하는 상황을 비유하는 말이다.

"재봉틀에 바늘 끼우는 것 좀 도와주겠니."

진한은 그 말에 얼른 몸을 숙여 재봉틀에 바늘을 끼워 넣고는 재봉틀이 잘 작동하는지 시험 삼아 페달을 몇 번 밟아 보았다. 슈런이 옆에 서서 찬사를 늘어놓으며 웃었다.

"너 아직도 수공예를 고집하고 있는 거냐? 재봉틀을 이렇게 잘 다루면서!"

진한은 아버지의 인정을 받아 기분이 우쭐해져서 웃었다.

슈런이 몸을 숙이고 계속해서 재봉틀로 옷을 박았다. 진한은 아버지를 바라보았다. 말하고 싶었지만 어디서부터 얘기를 꺼내야 할지 난감했다.

"넌 이시 가시 자라. 난 이 소매를 마저 마무리해야 하거든."

슈런이 안경을 벗고 다시 재단판 쪽으로 달려갔다.

진한이 천천히 발걸음을 옮기며 말했다.

"재봉틀에 기름을 좀 쳐 드릴게요."

부자 두 사람은 여러 해 동안 한마음이었다. 옷 한 벌을 놓고 다투는 일은 이제껏 단 한 번도 없었던 일이었다.

슈런은 진귀한 용포를 외지 상인에게 주었다는 사실을 알고는 불 같이 화를 내며 펄펄 뛰었다. 젊었을 때 그는 온화한 성격이었는데, 나이가 들어서는 다소 성미가 급하고 거칠어졌다. 화를 낼 때는 마치 어린아이 같았다.

"지금은 옛날 같지 않아요. 가뭄 들고 장마가 져도 수확이 보장되고, 다 같이 한솥밥 지어서 나눠 먹는 시대가 아니라고요. 다들 골치가 아파요."

진한은 난처해하며 이렇게 말했다.

"그렇다고 용포로 인정을 베풀 순 없어! 그 옷은 당시 합작사가 설립되었을 때 합작사라는 간판을 알리려고 여러 대형 점포의 사부들이 공동으로 만든 작품이라고. 그 사부들 중 몇 명은 이미 이 세상에 없단 말이다……."

슈런은 이렇게 말하며 자기도 모르게 감정이 격해져서 손을 비비며 대청 안을 왔다 갔다 했다.

"공장은 도저히 월급을 지급할 형편이 안 돼요. 게다가 지금 정부에서는 제도 개혁까지 하라고 하고요. 우리가 이대로 주문을 유치하지 못하면 월화공장은 살아남을 수 없어요."

진한이 애처롭게 말했다.

슈런은 못 들었는지 혼자서 방으로 돌아와 보란 듯이 "쾅" 하고 문을 닫았다.

이렇게 충돌하고 난 후 부자는 보름 동안 서로 말을 하지 않았다. 진한은 매일 아침 일찍 나가서 밤늦게 돌아왔고, 슈런은 매일 찻집에 나가 차를 마셨다. 슈런이 찻집에서 돌아올 때쯤이면 진한은 벌써 출근하고 없었고, 슈런은 천천히 자신의 재봉틀 앞에 앉아 작업하는 데 몰두했다.

이런 집안 분위기를 도저히 참을 수 없었던 루이펀이 말했다.

"어서 방법을 좀 생각해봐요. 나이 먹은 사람은 어린애처럼 달래줘야 한다니까요."

진한은 아무런 방법도 떠오르지 않았다. 용포는 이미 보내버린 뒤라 다시 되돌려 받을 수도 없었다.

그는 워낙 바빠서 매일 열한 시, 열두 시가 돼서야 집에 돌아왔다. 그래도 이전에는 퇴근 후 집에 돌아오면 아버지의 모습을 볼 수 있었다. 하지만 지금 슈런은 단단히 화가 나서 매일 재봉틀 방에 틀어박혀 몇

날 며칠 얼굴을 내비치지 않고 있었다. 루이펀은 하는 수 없이 궈요우민에게 전화를 걸어 '제자 좋아하는' 이분의 화를 좀 풀어달라고 부탁했다.

궈요우민이 듣자마자 이렇게 말했다.

"이건 공장의 일입니다. 그 두 부자의 감정을 상하게 해서는 안 되죠."

그는 즉시 슈런에게 연락해 아침 차를 대접하겠다고 했고, 공장으로 돌아와 지도를 좀 해달라고도 부탁했다. 그는 작업장에서 어느 직공을 이미 잃었으며, 임금이 너무 낮아 사람도 못 쓰고 있는 자리가 어느 자리인지 슈런에게 알려주었다. 이날 밤, 진한이 퇴근해서 집에 돌아왔을 때 아버지는 마침 소파에 앉아 넋을 놓고 텔레비전을 보고 있었다. 진한이 시험 삼아 소리쳐 보았다.

"아버지!"

슈런이 똑바로 앉아서 가볍게 "응" 하고 대답했다.

알코올버너 위에서 물이 끓고 있었다. 부자 두 사람은 또다시 조용히 차를 마셨다. 진한이 조심스러운 손길로 찻잔을 헹구어 아버지에게 차를 우려주었고, 슈런도 받아들이며 찻잔을 들어 마셨다. 안색이 많이 온화해졌다.

진한은 아버지를 바라보며 착각이 아닌가 하는 생각을 했다. 몇 달 못 본 사이에 아버지가 너무 많이 늙은 것 같았다.

슈런은 더 이상 화내지 않고 온화한 얼굴로 말했다.

"월극을 보는 사람이 갈수록 적어지고 있으니 이건 운명인 게지. 마음 쓰지 마라."

슈런은 최근 옛 친구들을 두루 만나 얘기를 나누었다. 발전 방향을 의논해서 아들에게 도움을 주고 싶어서였다. 하지만 늙은이들은 만나면 으레 월급이 안 나온다, 복리후생이 전혀 없다며 불만을 늘어놓았고, 얘기를 하면 할수록 감정이 격해져서 당장 공장으로 쳐들어가 '날로 쇠락을 부추기는' 이 후배들을 한바탕 두들겨 패줄 기세였다. 거시적 환경이 악화하는 가운데 그들은 아무런 해결책도 찾을 수 없었다. 슈런은 또다시 애통한 한숨을 내쉬며 말했다.

"수명이 다한 모양이구나. 되돌릴 수 없겠어."

이러한 상황에서 그는 진한이 더욱 걱정되었다. 자기는 이미 편안하게 퇴직했지만, 진한은 아직 사선死線에서 몸부림치고 있기 때문이었다. 지금은 뤄옌도 아직 공장에 남아 있었다. 여기까지 생각이 미친 슈런이 한숨을 내쉬며 말했다.

"네 할아버지가 살아계실 때 그러셨지. 넘지 못할 언덕은 없다, 문제가 있으면 해결하면 된다고."

찻물이 맑고 푸르게 우러나자 그는 한 모금 입에 담아 음미했다. 지나간 세월을 회상하는 듯했다. 어느새 여러 해가 지나갔고, 한기에 관한 모든 것이 희미해졌다. 그저 길고 딱딱한 계척으로 내리칠 때 펄쩍 튀어 오를 정도로 아팠던 기억만 남아 있었다. 하지만 아버지가 했던 이 말들은 오랜 세월 마음속에 간직해두었다. 또 문제에 부딪혔을 때 껄껄 웃으며 차 한 잔 마신 뒤 즉시 문제해결에 뛰어드셨던 아버지의 모습도 간직해두었다.

진한 역시 말없이 차를 마셨다. 한참을 생각하더니 긴 한숨을 내쉬며 말했다.

"아버지가 전에 늘 그러셨죠. 황금이 만 관이라도 기술 하나 가진 것만 못하다고요. 월화공장은 정리해야 할 것 같아요. 저는 제 가게를 내서 조그맣게 사업을 해볼까 해요. 아마 훨씬 나을 거예요."

슈런은 두 눈을 지그시 감고 생각에 잠겼다. 옛날 생각이 났다. 온 가족이 힘겹게 한기를 꾸려갔었다. 매일 아침부터 저녁까지 손에서 일을 놓을 수가 없어서 잠시도 쉬지 못했다. 아마도 월극의상이라는 이 일의 운명이 그런 모양이다. 그는 오랜 침묵 끝에 천천히 입을 열었다.

"옛날에 말이다. 나는 네 할아버지와 제자들 몇 명과 함께 허구한 날 밤을 새웠었다. 손을 놀려야 먹고살 수 있었지. 눈앞이 노래질 때까지 죽도록 일해서 따뜻하고 배불리 먹고살 수 있었어. 수공예인은 큰 부자가 되지는 못해. 하물며 시국이 이 지경인 데다 업계가 이런 상황이니, 개인이 시대를 뛰어넘을 수는 없지."

이 말에 진한은 다소 놀랐다. 아버지가 이토록 참담해 한 적이 없었기 때문이었다. 예전의 한기를 언급할 때면 늘 얼마나 멋졌었는지 얘기했었다. 집안 형편이 좋을 때는 문중에서 그래도 꽤나 신분과 지위가 높은 사장님이었다고 했다.

결혼할 때는 제대로 갖춘 혼례식을 치렀다고 했다. 온갖 색깔의 등불을 밝혀 장식했고, 어머니는 온몸에 금은 장신구를 치렁치렁 둘렀다고, 손목에 찬 금팔찌가 어찌나 무거운지 어깨가 다 늘어질 정도였다고 했다. 그 휘황함을 진한은 늘 동경해마지않았고, 집안을 다시 일으키겠다는 마음을 끊임없이 독려했었다.

두 사람은 차를 마시며 천천히 얘기를 나누었다. 물에 풀어진 찻잎이 끓는 물 가운데서 위아래로 떠올랐다 다시 가라앉는 것을 지켜보았다. 두 부자는 배가 부르도록 차를 마셨지만, 여전히 근심거리가 한가득이었다. 옛날부터 지금까지, 청 왕조 말년부터 시작된 소규모 공방부터 지금의 이 월화공장이라는 말할 수 없이 비대한 거대 국영공장에 이르기까지의 얘기를 나눴다. 시대의 형세가 요란하게 뒤흔들리는 속에서 개인은 보잘것없고 무력했다. 수공예가 훌륭해야 하고, 사람됨이 좋아야 하고, 세상의 부침에 순응해야 한다고 믿는 것 말고는 달리 도리가 없었다. 슈런은 담담하게 차를 마시며 한탄했다.

"옛날부터 지금까지 얼마나 많은 업종이 생겨났고, 또 얼마나 많은 업종이 몰락했니. 사느냐 죽느냐, 돈을 얼마나 버느냐, 어떤 사람이 되느냐는 모두 시대와 운명에 달렸어."

진한은 "사람의 일은 모두 하늘에 달렸다."는 옛말이 떠올랐다. 스스로 노력했다면 원망도 후회도 없는 것이다.

깨닫고 나니 진한은 마음이 한결 명징해지는 느낌이 들었다. 당장 눈앞의 걱정은 닥쳤을 때 대처하는 수밖에 없고, 앞으로의 날들도 이를 악물고 필사적으로 헤쳐나가는 수밖에 없다. 그는 이 시기에 고객들을 응대하면서 순전히 겉으로만 웃었을 뿐, 속에는 이미 울분이 많이 쌓여 있었던 터라 쏟아내고 싶은 마음이 간절했다. 아버지는 거창한 도리를 따지는 것을 별로 좋아하지 않는 사람이어서 수십 년 세월 동안 오늘 밤이야말로 가장 많은 얘기를 한 날이었다.

주말에 진광이 가족들을 데리고 와서 함께 밥을 먹었다. 진한은 공장에서 일하느라 한창 바빴고, 집에서는 루이펀이 음식 준비를 맡았다. 샤쥐앤도 옆에서 거들었다. 진광은 빳빳하게 다린 양복을 입었는데 주머니 겉으로 딱딱한 담뱃갑 자국이 드러나 있었다. 그가 진한을 보더니 먼저 담배 한 개비를 건네며 말을 걸었다.

"피워 봐. 수입 담배야!"

진한이 미간을 살짝 찌푸리며 담배를 받았다. 어쨌든 친형제이고, 진광이 잘 지내는 것은 천가 집안이 잘 지내는 것과 마찬가지니 기쁜 일이었다.

직장에 무급휴직의 규정이 있는데, 진광은 요즘 무급휴직을 신청하고 나가서 택시를 몰고 있었다. 슈런은 강하게 반대하지 않았다. 월화 공장이 당장 활로가 안 보이는 곤경에 처한 상황에서 자기 스스로 돌파구를 찾는 것은 지극히 정상적인 일이었다. 하지만 아들이 이렇게 제멋대로 기꺼이 일을 포기해버린 것이 어느 정도 불쾌한 것도 사실이었다. 두 사람은 부자 사이가 원래 깊지 않았다. 진광은 어릴 때부터 자라는 동안 아버지의 말을 잘 듣지 않았다. 아버지는 그가 철이 없다고 여겼고, 그는 아버지가 편애한다고 생각했다. 천가가 삼대에 걸쳐 월극의상을 업으로 해오는 동안 이 수공예에 흥미를 느끼지 못한 사람은 진광뿐이었다. 세 명의 자식 중에서 진한과 진후이는 슈런을 많이 닮았지만, 진광은 성격이 외향적이고 경박했으며 진중하지 못했다.

진광이 다시 손가방에서 '훙타샨紅塔山'[211]을 통째로 꺼내며 말했다.

"아버지, 좋은 담배 좀 피워보세요."

슈런은 "응" 하고 한마디 했을 뿐 더 이상 가타부타 말이 없었다.

"형, 요즘 패션사업이 얼마나 잘 되는지 몰라. 패션사업으로 바꾸면 이렇게 바쁘게 일할 필요도 없고, 돈도 더 많이 벌 수 있어."

"좀 더 기다려보자. 일시적인 불황은 좀 견디다 보면 지나갈 거야."

진한이 덤덤하게 웃으며 말했다.

지금 월화공장은 내부적으로 몹시 불안정했고, 온갖 얘기가 다 나왔다. 부공장장인 샤즈광夏志光을 대표로 하는 개혁파가 패션사업으로 전환하자고 직접적으로 제안했다. 진한은 각 분야에서 가해지는 압박에 맞서면서 이러한 건의를 결연히 반대했다. 그는 지금 시기에 전환하면 처절한 종말을 맞게 될 수 있음을 알고 있었다. 전통적인 월극의상의 수공예는 공업화된 기성복 생산라인이 대체할 수 있는 것이 아니다. 또한 전통의 특색이 사라지면, 월화공장도 기성복 공장과의 경쟁에서 이길 수 없다.

---

211 1956년에 창립해 중국 1위이자 아시아 1위에 올라선 다국적 담배기업인 훙타연초그룹에서 제조하는 담배이다.

"기성복 공장이 사업이 잘된다고 하지만, 외국회사 상표를 붙여 대신 제작하고 있습니다. 어떻게 우리 월화공장이 그런 길을 갈 수 있겠습니까!"

진한은 생각을 굽힐 여지가 전혀 없이 확고했다.

하지만 수익을 최우선 가치로 생각하는 사람들은 늘 있게 마련이었고, 그들은 이익을 낼 수만 있다면 남의 상표를 붙인들 안 될 것도 없다고 여겼다.

"첫째, 우리는 국영기관입니다. 외국 회사에게 상표를 붙이게 할 수는 없습니다. 둘째, 기성복으로 전환한다고 해도 이익을 낸다고 확신할 수 없습니다."

진한은 직원총회에서 딱 잘라 말했다.

하지만 당장 물가는 오르는데 월급이 오르기는커녕 도리어 삭감된 것 때문에 불만이 커진 직공들이 비공식적으로 소규모 회의를 열어서, 공장이 곧 도산할 위기에 처한 것은 현재의 임원들이 제 역할을 못해서라고 비판했다. 진한은 십수 년째 부공장장을 해오는 동안 평이 좋았다. 하지만 지금은 표적이 되어 가장 호되게 욕을 먹고 있었다.

그 때문에 뤼엔도 상처를 많이 받았다. 그녀는 그런 흉흉한 말을 들으면 그저 못 들은 척할 뿐 반박한 적은 한 번도 없었다. 직원회의 때마다 그 속에 서서 가장 열심히 박수를 쳤다. 아버지가 무슨 말을 하든 그녀는 주저하지 않고 지지했다. 밤낮없이 일하고, 하루 종일 분주하게 뛰어다녀도 돌아오는 것은 원성뿐이고, 찬사는 거의 없는 아버지의 수고를 그녀는 잘 알고 있었다.

그래도 사석에서만큼은 그녀도 아버지에게 의혹을 표출하지 않을 수 없었다.

"의식주 관련 산업이잖아요. 옷을 입는 것은 언제나 필요한 일이니까 기성복 사업으로 전환하면 시장도 금세 백배 커지지 않을까요?"

진한은 상세하게 설명할 방법이 얼른 생각나지 않아서 간단하게 대답했다.

"월화공장의 성격은 변할 수 없는 거니까."

"하지만 지금 월화공장 상황이 그렇잖아요. 주문을 더 유치하지 못하면 직원들이 아버지를 들볶을까 봐 걱정이에요."

뤄옌이 걱정스러운 듯 말했다. 그녀는 아버지가 공장 사람들한테 욕먹는 것을 정말이지 잠자코 지켜볼 수가 없었다. 진한이 그녀의 어깨를 토닥이며 말했다.

"우리 천가는 증조할아버지 대부터 이 월극의상 사업을 시작했단다. 월극의상은 우리 천가 집안의 운명이고 뿌리야."

진한은 자기 자신은 전혀 돌보지 않고 오로지 딸의 앞날과 운명을 걱정하고 있었다. 자신은 곧 퇴직할 사람이었다. 정말 뭔가 변화가 생긴다고 하더라도 자신은 퇴직을 위한 근속연수만 채우면 되었다. 하지만 뤄옌은 이토록 젊다. 월극의상이 없다면 뤄옌은 무엇을 하겠는가? 다행히 이 문제는 스스로에게만 묻고 그냥 지나갔다. 젊은이들이야 어떻게든 살길이 있다. 어쨌든 지금은 패션의류 제조공장이 많아졌고, 젊은이들도 나름의 생각을 갖고 있다.

진한이 가장 흐뭇하고 기쁘게 느끼는 것은 무엇보다도 뤄옌의 능력이었다. 그녀가 디자인한 도안은 늘 정취가 풍부해서 아무리 간단한 화초 도안이라도 밀도와 여백의 조화가 아름다웠고, 복잡한 듯하면서도 어지럽지 않았다. 색채도 매우 아름다웠다. 말쑥하고 우아한 가운데 고결함을 풍겼고, 수수하고 깔끔하면서도 의외의 특별한 매력을 가지고 있었다.

주말에 집에 온 진광은 한층 더 의기양양해 보였다. 그는 제대로 된 길을 찾기라도 했는지 한꺼번에 돈을 많이 벌었고, 머리끝부터 발끝까지 온몸을 번쩍번쩍하게 치장했다. 그는 탁자 위에 라디오 한 대를 올려놓았다. 그가 새로 산 것이었다. 라디오 안에서 치직치직 테이프가 돌아가며 〈땨오만 공주기鸞公主〉 전곡이 흘러나오고 있었다. 진광은 진한을 향해 경멸하듯 웃으며 말했다.

"라디오는 내가 샀으니까 테이프는 형이 많이 사. 아버지가 량씽보梁醒波[212] 듣는 거 좋아하시잖아."

진한은 말투에서 비아냥거리고 있음을 알았지만 그냥 고개를 끄덕였을 뿐 그와 실랑이를 벌이지는 않았다. 진광은 담배에 불을 붙인 뒤 다리를 꼬고 앉아 말했다.

"제대로 된 길을 선택하는 것이 아주 중요해. 그렇지 않으면 평생 가난하고 바쁘게 산다니까."

그 말에 진한은 순간적으로 어떻게 반응해야 할지 난감했다. 전부터 아버지에게 미안한 마음이 컸던 그는 오늘 진광에게서 그런 말까지 듣게 되자 자신이 장자로서 별로 쓸모가 없다는 생각이 들었다. 그 순간 갑자기 "쾅" 하는 소리가 들렸다. 슈런이 탁자를 세게 내려친 것이었다. 그는 휘청거리면서 소파에서 일어나 큰 종을 울리듯 버럭 고함을 질렀다.

"나 천슈런은 월극의상을 평생 만들어왔어. 얼마나 많은 공헌을 했는지는 차치하고라도 어쨌든 너희 셋 잘 키웠고, 월극의상이 없었다면 너희들도 없는 거라고!"

---

212 난양 월극단의 수석 무생이었던 아버지를 따라 열일곱 살에 처음 월극 배우로 무대에 오른 뒤, 월극계에서 '축(丑: 월극에서 희극적인 어릿광대역)의 왕'이라는 별명을 얻었다. 이후 다수의 영화에 출연했고, 영화사를 설립해 작품을 제작하기도 했다. 1977년 홍콩에서 MBE(대영제국 훈장)를 수훈한 첫 배우였다.

그는 마른 등나무 넝쿨 같은 늙은 손을 뻗어 부들부들 떨며 진광을 가리켰다.

진광은 감히 아버지에게 대들지 못하고 담배만 뻑뻑 피워댔다.

제17장

이날 아침, 슈런은 아침 일찍 일어나 차를 마시러 씽윈루幸運樓로 갔다. 그는 최근 들어 살이 좀 빠졌지만, 허리는 여전히 꼿꼿하고 손발이 민첩했으며 말할 때도 기운이 넘쳤다. 오랜 동료들 몇 명이 아침 내내 앉아서 이런저런 집안일과 아이들 커가는 얘기들을 나누었다. 류요우씽이 그에게 남자 대고 한 벌을 수선해달라고 부탁했다. 전에는 서로 날카롭게 대립하며 음으로 양으로 무수히 다투고 싸웠지만, 지금은 모든 것이 연기처럼 사라졌다. 세월을 거쳐 이제 서로는 수십 년을 함께한 동료가 되어 있었다. 아침 차를 마신 후 류요우씽이 비틀비틀 그를 부축하며 말했다.

"런 형님, 부탁할게요."

숙련된 수공예인이 대거 사라졌기 때문에 슈런과 같은 나이 든 예인을 제외하면, 월극의상을 수선할 수 있는 사람을 찾을 수가 없었다. 슈런은 옷을 정성껏 접으며 말했다.

"안심해. 내가 아직은 거뜬히 할 수 있으니까."

다들 조심해서 아래층으로 내려갔고, 약간 구부정한 류요우씽의 뒷모습을 바라보며 당부의 말을 했다.

"천천히 조심해서 가게. 우리 나이에는 넘어지면 안 되니까."

베이징로北京路 일대는 어디든 차량통행이 아주 많았다. 보행자도로에는 수많은 외국 브랜드들이 들어와 커다란 광고간판을 내걸었고, 사람들의 왕래도 많아서 상업적인 분위기를 진하게 풍겼다. 서양식 수트를 입고 유행에 맞게 치장한 이른바 '스타일리쉬'한 회사원들이 느리게 걸으면 시대에 뒤떨어진다는 듯 기민한 발걸음으로 걷고 있었다. 길가에는 언제부터인지 '편의점'이 많아져서 알록달록하게 영문알파벳이 찍힌 음료를 줄줄이 진열해두고 있었다.

타이캉로泰康路 일대에 가면 또 다른 종류의 소란함이 있었다. 거리는 사람들로 북적였고 차들이 물결처럼 넘쳐났다. 금속성으로 번쩍이는 수입차들이 종횡무진 누비고 다녔고, 길가에는 노점과 화물차들이 왁자하게 인도를 가로막고 있었다. 광저우의 만추晩秋는 유화 같았다. 맑고 깨끗한 하늘은 고요하게 펼쳐진 바다처럼 짙은 푸른빛이었다. 내부순환도로 양쪽으로 붉은 부겐빌레아 꽃이 타는 듯이 활짝 피어 있었다. 나무들이 점점 낙엽을 떨구어 바람이 불면 떨어진 마른 잎들이 도로 위를 뒹굴었다.

슈런은 인도 위를 천천히 걸었다. 때때로 "빠앙" 하고 귀를 찌르는 듯한 자동차 경적 소리가 들려왔다. 그는 갑자기 자신이 늙어버렸음을, 한 시대를 건너왔음을 깨달았다. 기억 속의 세계는 사람의 힘이 지배하던 세계였다. 장원방의 벽돌담은 회색빛으로 칙칙하고, 바쁜 수레들이 덜컹거리며 분주하게 오가고, 차 안에 탄 사람들이 "지나갈게요, 좀 비켜주세요!"라고 쉴 새 없이 외쳐대는 풍경이었다.

집에 돌아온 그는 진한에게 전화를 걸었다.

"털실 몇 뭉치 갖다 주겠니. 수선할 용포가 있어."

진한은 마침 회의 중이었고, 회의실 안에는 두 팀의 사람들이 모여 해결될 기미가 안 보이는 싸움을 하고 있었다. 혼란 속에서 가까스로 알아들은 진한이 "네네." 대답하고 전화를 끊었다.

사수파와 개혁파가 양쪽에 앉아 거의 주먹다짐을 할 태세로 첨예하게 대립하고 있었다. 사수파는 월극의상을 만들지 않으면 월화공장이 아니라며 반드시 월극의상 제작을 굳건히 지켜야 한다고 주장했다. 개혁파의 목소리는 두 갈래로 나뉘었다. 한쪽은 패션의류 쪽으로 완전히 전향해야 한다고 했고, 다른 한쪽은 수예기념품으로 전향하자고 했다. 그 외에도 우선 시범 삼아 소규모로 생산할 수도 있다는 절충 방안을 선호하는 사람들도 있었다. 입장이 어떠하든 변화는 눈앞에 임박해있었다. 공장 내 설비는 수년 동안 전혀 증설하지 않았고, 노동자들의 조건도 전혀 개선되지 않아서 언제라도 누군가 상부에 문제를 제기할 수 있는 매우 심각한 상황이었다.

슈런은 다투는 소리를 어렴풋이 들었다. 오가는 말이 사뭇 거칠었다. 와글와글 소란한 속에서 누군가 소리치는 듯했다.

"요즘은 월극 보는 사람이 없어. 그런데 월극의상 시장이 어디 있겠어, 그런 건 없다고!"

전화기를 통해 들리는 소리라 선명하지는 않았지만 그래도 들렸다. 슈런은 온몸이 가눌 길 없이 부들부들 떨려왔다. 추억이 마음속 깊은 곳에서 솟구쳐 올라왔다. 나이를 많이 먹은 만큼 머릿속에 쌓인 장면도 너무 많았다.

머리 위로 중천에 뜬 해가 서서히 뜨거워졌다. 그가 고개를 들어 올려다보더니 마침 볕이 좋으니 월극의상을 가지고 나와 햇볕을 쬐어주어야겠다며 진후이에게 도와달라고 전화를 걸었다. 서둘러 집으로 달려온 진후이에게 오래된 상자들의 뚜껑을 하나하나 모두 열라고 했다. 상자 안에 곱게 보관해둔 물건들은 마치 깊은 잠에서 갑자기 깨어난 듯 부활의 광채를 뿜어냈다. 붉은 복숭앗빛 여차복女車服이 한 벌 있었는데, 진한 남색 술 장식이 달려 있는 매화문 운견과 어울려 농담이 적절히 조화를 이룬 것이 아주 아름다웠다. 남자복장 한 벌은 은색 비늘이 하얀 눈처럼 반짝이고 한가운데에 구름을 머금은 선학仙鶴이 수놓여 있었는데, 바늘땀을 기막히게 교차하여 조밀하면서도 어지럽지 않게 수놓은 그 선학이 터럭 한 올 한 올까지 선명했다.

"도대체 공장 상황이 어떤 거냐?"

슈런이 잡담하듯 진후이에게 물었다.

"뭐가 어떻긴요? 작업할 일감이 없고, 직공들은 임금을 못 받고 있어서 다들 굶어 죽게 생겼죠!"

진후이가 퉁명스럽게 말하며 상자를 열고 부채질을 해서 내려앉은 먼지를 날렸다.

그녀는 이 월극의상들을 자세히 들여다보았다. 모두 햇수가 꽤 된 물건들로 상자 안에서 수년 동안 깊이 잠들어 있었다.

"옛날 수공예 솜씨는 정말 훌륭했네요!"

그녀는 그 옷들을 넋을 잃고 바라보며 감탄했다.

"이 옷은 어디서 난 거죠, 본 적이 있는 것 같은데요?"

그녀가 몹시 궁금해하며 물었다. 밝은 황색의 봉피였다. 윗면에 금테를 두른 봉황이 꼬리를 흔들며 구름 속을 넘나드는 모습이 살아있는 듯 생생하게 수놓여 있었다. 슈런도 매우 낯이 익다고 생각했다. 어느 대형 월극공연에서 정단이 입고 출연한 옷이 분명했다. 정확하게 어느 것이었는지는 기억나지 않았다. 아무리 기억해내려 애를 써도 도대체 생각이 나지 않자 그는 참다못해 보관해둔 신문스크랩을 뒤져보러 갔다.

이십 년 전의 스크랩은 단단히 묶인 채 커다란 나무 상자 안에 보관되어 있었다. 상자를 꺼내 윗면에 앉은 먼지를 살살 털어내자 바늘과 실이 든 등나무 바구니가 있었다. 누가 남긴 것인지는 알 수 없었다. 거무튀튀한 철제 가위 한 자루가 교차지점에 녹이 슨 자국으로 지나온 햇수를 어렴풋이 가늠하게 해주었다.

"추이펑이 여기 둔 모양이구나. 그 애는 늘 물건을 아무 데나 두고는 나중에 잊어버리곤 했지."

그는 이런 생각을 하다가 문득 몇 달 동안이나 추이펑을 보지 못했음을 떠올리고는 한번 모여야겠다고 생각했다. 황류는 요즘 몸이 좋지 않았다. 몇 차례나 병원에 입원했는데도 다리와 발을 완전히 못 쓰는 지경이 돼버려서 종일 아래층에 내려오지 못했다. 생각이 여기까지 미치자 슈런은 말이 없어졌다. 시간이 물처럼 흐르고 세월이 쏜살같다. 사람의 일이든 하늘의 운명이든 돌이킬 수 있는 것은 없다. 진후이는 그의 심사가 복잡해진 것을 알고 황급히 말을 건넸다.

"생각 안 나시면 됐어요. 너무 오래된 일이잖아요."

"사람이 늙으면 다 이 모양이지. 우리도 다 늙은이인 게야."

슈런이 혼잣말을 중얼거렸다. 그가 하는 말을 제대로 듣지 못한 진후이는 정교하기 이를 데 없는 자수 선을 따라 매만지며 감탄사를 연발했다.

"나중에 내가 없더라도 나 대신 이 옷들을 잘 돌봐다오."

슈런은 진후이 쪽을 향해 가볍게 한 마디 중얼거렸다. 진후이가 또 제대로 듣지 못해 그에게 자세히 물어보려는 순간, 갑자기 귀청을 뒤흔드는 소리가 들려왔다. 그녀가 얼른 고개를 돌려보니 걸상이 비뚤어져 있고 아버지는 이미 땅바닥에 누워 있었다. 그녀가 얼른 달려가 부축했

지만 아무리 해도 일으킬 수가 없었고, 한참을 흔들어보아도 반응이 없
었다.

바쁘게 일하던 진한에게 사무실 경리직원이 얼른 전화를 받아보라
고 전해주었고, 그제야 아버지가 이미 집에서 눈을 감았다는 사실을 알
게 되었다.

친가 옛집이 사람들로 북적였다. 슈런이 직접 키운 제자 백여 명이
부고를 듣자마자 각지 사방팔방에서 달려왔다. 집안이 사람들로 새카
맣게 들어찼고, 처마 아래까지 길게 늘어서서 애도의 소리가 끊이지 않
았다. 집안에 영구를 사흘간 안치했고, 곡소리도 사흘 내내 계속됐다.
아침부터 저녁까지 조문객이 끊이지 않았다.

귀요우민이 주관한 추도회가 월화공장의 작업장에서 있었다. 작업
장 안 전체에 까만 비단 꽃이 가득 꽂혔고, 오색찬란한 월극의상들은
모두 흰 천으로 덮였다. 진한은 입구에 서서 찾아오는 모든 직공들과
허리를 굽히며 악수를 나누었다. 반평생 일해 오며 수많은 사람들과 악
수를 나눴던 그였지만, 이때처럼 가슴 아팠던 적이 없었다.

그는 아버지가 이렇게 갑자기 떠나버린 것을 도저히 받아들일 수 없
었다. 마음속에 후회가 번졌다. 그가 이미 고령임을 알고 있으면서 더
자주, 더 오래 함께할 생각을 왜 못했을까. 최근 몇 년 동안 부자가 함
께한 시간이 너무 적었다. 매일 하루 종일 바쁘게 일하다 집에 돌아오
면 아버지는 몹시도 대화를 나누고 싶어 하면서도 한편으로는 아들의
휴식을 방해할까 봐 주저했다. 아버지는 평소 자식들이 당신의 의견에
좌우되지 않고 스스로의 주관을 가지기를 바랐다. 진한은 그것을 알고
있었다.

그는 멍하니 아버지의 영정을 응시했다. 마치 아버지가 허리를 살짝
굽히고 실눈을 뜨고 재단판 옆에서 한창 바쁘게 일하고 있는 모습을 바

라보는 듯했다. 굳은살이 촘촘히 박인 두 손으로 실을 꿴 가느다란 바늘을 꼭 쥐고 아주 민첩하고 숙련된 솜씨로 천 위를 누비며 작업하는 모습이다.

발인發靷 날은 그런대로 맑았다. 태양이 하늘을 아주 환하게 비추었다. 살랑살랑 미풍이 부는, 춥지도 덥지도 않은 날이었다. 진한을 비롯한 세 남매가 영구를 호송해서 영구차를 따라 인허銀河 공동묘지로 향했다. 수많은 제자들의 차가 그 뒤를 따르면서 거대한 차량행렬을 이루었다. 사람들이 모두 "천 사부의 좋은 마음씀씀이가 보답받는 것"이며 하느님도 맑은 날 그가 떠날 수 있도록 특별히 은혜를 베풀어준 것이라고 입을 모았다.

리훙과 리퉁 남매도 그를 배웅하러 왔다. 리훙과 리퉁은 이복남매였지만 서로 사이가 좋았다. 리훙은 벌써 월극원의 부원장이 되었고, 리퉁도 주연급이 되어 소생 역을 연기하고 있었다.

"옛날에 당신들이 우리를 돌봐주었던 것에 정말 감사한다고 어머니가 그러셨어요."

리훙이 말했다. 세월에 강산도 변하건만, 사람의 생각이야 당연히 수없이 변하기 마련이다. 그녀도 중년에 접어들더니 더 이상 예전처럼 오기를 부리지 않았다. 위잉잉은 여러 인맥을 동원한 끝에 마침내 아이들을 데려가려고 돌아왔지만, 세상사의 압박으로 리쥐어밖에 데려가지 못했었다. 지금은 광둥성과 홍콩 양쪽 지역의 왕래가 다소 자유로워졌기 때문에 돌아와 다 같이 모일 수 있게 되었다. 하지만 이번에도 그녀는 촉박하게 한 번 다녀갔을 뿐이었다. 이번에는 타이밍이 좋지 않아서 리훙에게 대신 향 두 개를 피워 올리고 오라고 당부하는 수밖에 없었다.

리훙은 천슈런의 영정 앞에 나와 정중하게 허리를 굽혀 절했다.

"아버지, 안심하고 떠나세요. 마지막 걱정거리도 이제 다 해결됐으니까요." 진한이 아버지의 영정을 바라보며 말없이 마음속으로 말했다.

1992년, 천슈런이 향년 78세로 세상을 떠났다. 그는 어려서부터 광둥식 월극의상 제작을 배웠고, 서른다섯 살에 아버지에 이어 한기의 경영을 맡았으며, 1956년에 월화월극의상공장에 들어가 일함으로써 64년 동안 광둥식 월극의상 제작에 종사했다.

월화공장은 공장 공간을 축소하고 한 개 동을 매장으로 개조해 자영업자에게 임대를 주었다. 매월 정기적인 점포임대료 수입이 생기자 공장 직공들의 기본임금은 보장할 수 있게 되었다. 다만 공장이 한층 압축되니 작업환경은 훨씬 비좁고 붐비게 되었다.

작업장은 몇 번의 간소화를 거치면서 일부 낡은 설비들을 처분했다. 생산량이 줄어들자 공장 직공들은 반강제 퇴직 상태에 놓였다. 나이가 많은 직공은 아예 질병퇴직을 한 뒤 외부에 간소하게 재봉틀 작업장을 마련했다. 젊은 사람들은 사흘이 멀다 하고 휴가를 냈다. (불평하고 항의해봤자 문제가 해결되지 않으니 스스로 돈을 벌 자구책을 찾아야만 했다.)

뤄옌은 매일 디자인 책상 앞에 앉아 아침부터 저녁까지 쉬지 않고 일했다. 월화공장이 패션사업 시장을 개척하면서부터 그녀는 대량의 패턴제작을 맡아 했다. 그녀는 또 다른 디자이너인 민이敏儀와 함께 젊은 세대에 속했고, 활력이 넘치고 체력도 좋아서 패턴제작 속도가 굉장히 빨랐다. 반면 천청은 도안과 색채 부분만 맡았는데, 그가 힘없이 고개를 저으며 말했다.

"늙었나 봐. 반평생을 일했는데 이렇게 도태될 줄은 생각지도 못했어."

'디자인 총감독'인 진한의 지시에 따르면, 옛 디자인을 모방하는 것이 꼭 기성복에 수를 놓는다는 말은 아니었다. 패턴과 디자인 모두 옛

것과 새것을 조화롭게 결합하여야 하며, 전통 문양의 특색을 이용하되 그대로 베끼는 것은 안 된다고 했다. 디자이너들은 그의 말을 듣고도 마음에 깊이 새기지 않았다. 젊은 사람들은 유행만 좇아서 디자인했고, 나이 든 사람들은 월극의상 디자인만 고집했다. 오로지 뤄옌만 진한의 지시를 아주 진지하게 받아들여 매일 새로운 디자인과 색채를 연구했고, 목적을 달성할 때까지 쉬지 않았다.

"네 고모할머니는 아직 건재하셔. 예전에 한기 시절에는 무슨 일이든 다 받으셨다더구나." 진한이 말을 이었다. "고모할머니한테 좀 가르쳐 달라고 부탁드려보지 그러니."

뤄옌은 당장 추이펑을 찾아가서 기예를 배웠다. 황류가 병으로 세상을 떠난 뒤, 추이펑은 혼자 허닝和寧의 옛집에 살고 있었다.

추이펑은 나이가 많았지만 수예 솜씨는 여전히 매우 인상적이었으며 동작도 무척 날렵했다. 그녀는 뤄옌이 찾아와 가르침을 청하자 기뻐서 어쩔 줄 몰라 했다. 활력이 넘쳐 눈빛을 반짝반짝 빛내며 하나하나 자세히 뤄옌에게 설명했다.

"내가 예전에 한기에 있을 때는 재단과 봉제, 자수가 모두……."

꽃이 조각된 그 산지목 상자들은 오랫동안 방치되어 온통 먼지투성이였다. 추이펑은 코를 틀어막고서 뤄옌을 시켜 작은 상자들을 하나하나 끄집어냈다. 잠동사니 상자가 열리자 금세 할 말이 길어졌다. 민국 시기에 할아버지로부터 한기를 처음 물려받았던 일부터 시작해서 어떻게 장원방 최대의 월극의상 점포가 되었는지, 또 항일전쟁 시기에 온갖 고생을 하며 시골로 피난을 갔던 일, 호두혜虎頭鞋[213]를 만들어 생계를

---

213 중국 전통수공예품 중 하나인 아동용 신발이다. 호랑이 머리 모양을 하고 있다고 하여 호두혜라고 하는데, 북방지역에서는 고양이 머리 모양이라는 뜻으로 묘두혜(猫頭鞋)라고도 한다. 호두혜 제작기술은 무형문화재로 등재되었으며, 실용적인 가치뿐만 아니라 관상 가치 및 귀

이어가던 시절까지 이야기가 끝없이 이어졌다. 한기의 간판은 늘 크고 빛났다. 수공예인에게 하나의 브랜드를 창조한다는 것은 곧 평생의 긍지이자 자랑이었다.

추이펑은 뤄옌을 좋아했다. 뤄옌이 천생 이 직업을 타고났다는 생각에 그녀는 모든 것을 조금도 남김없이 뤄옌에게 전수해주었다. 그녀는 뤄옌에게 차를 올리게 한 후 말했다.

"네가 내 마지막 제자야."

그러면서 뤄옌의 손을 잡고 애정을 담뿍 담아 말했다.

"예전의 내가 딱 지금의 너와 같았단다. 패기 있고 생각이 깊어서 뭐든지 기꺼이 배우려고 했었지."

그녀는 당시의 일을 아주 생생하게 묘사했다. 널찍한 공방들, 여러 명의 견습생들, 제멋대로 어지럽게 쌓여 있던 천들이 흡사 영화의 장면처럼 눈앞에 그려졌다. 그녀는 뤄옌에게 삼십 년 전의 도보를 보여주었다. 생계를 위해 디자인했던 어린아이 옷들, 호랑이 머리 모양 신발, 토끼 머리 모양 신발 등도 있었다.

월화공장에서 그녀는 처음에 자수부에 있다가 인력 조정 문제 때문에 봉제부로 옮겨졌다. 그녀는 자신이 인생 후반부에 얻은 지식을 끈질기게 가르쳤다. 어떤 속도로 재봉틀 페달을 밟는 것이 가장 적당한지, 어떻게 하면 바느질 선을 가장 곧게 박을 수 있는지, 또 각종 스티치의 특징들, 실 바꿔 끼우는 법 등이 모두 저마다 중요시하는 점이 있었다. 그녀가 봉제부에서 십여 년간 일하고 퇴직할 때까지 만들었던 옷은 선을 벗어나거나 실밥이 많은 것이 하나도 없었다.

하지만 그녀에게는 어쨌거나 미완의 꿈이 있었다. 때로 한가하게 집

신을 쫓는 의미도 갖고 있다.

에 있을 때 그녀는 혼자 재미 삼아 치마나 셔츠 따위를 만들었는데, 순전히 혼자만의 놀이였다. 근래 몇 년 사이에 상황이 좋아지자 많은 사람들이 명성을 흠모하여 찾아왔지만, 그녀는 자신이 이미 늙어서 작업하기 어렵다는 것을 잘 알았다. 어찌어찌 해낼 수는 있겠지만, 최상의 것은 아닐 터였다.

"내가 만든 이런 옷들을 보렴. 앞으로 월화공장이 없어지고 나면 이 옷들을 참고해서 월극 한 편을 내놓을 수 있을 거야."

그녀는 뤄옌에게 자신의 필생의 피와 땀을 펼쳐 보여주었다. 그것은 희극 한 편을 올리는 데 필요한 총 오십여 벌의 각종 월극의상들로, 한 벌 한 벌이 이십 센티미터 크기의 바비 인형에게 입혀져 있었다. 모든 옷은 비율에 맞게 축소하였는데 장배長背, 비수飛袖, 요대腰帶 등이 빠짐없이 갖춰져 있었다. 하나같이 바느질이 매우 정교하고 섬세했으며 색배합이 화려하고 아름다웠다. 뤄옌은 이 소형 축소판 월극의상들을 보며 손톱만큼 가느다란 그 자수들을 도대체 어떻게 수놓았을지 도저히 상상도 할 수 없었다.

"고모할머니께 많이 배워둬. 고모할머니는 젊었을 때 재료를 아주 대담하게 쓰셨어. 세운 깃이든 큰 깃이든 젖혀진 깃이든 상관없이 모든 종류를 시도해보고 마음에 들 때까지 고치셨거든."

진한이 딸에게 이렇게 말하며 많이 배우고 많이 활용할 것을 독려했다. 하지만 정작 뤄옌은 낙담했다. 그녀는 그동안 디자인만 잘해왔을 뿐 우선 재단 실력이 형편없었고, 자수에 대해서는 아는 것이 전혀 없어서 모란꽃 한 송이도 수놓을 줄 몰랐다.

진한은 뤄옌이 배우고 싶어 하는 것을 보고 아예 조상 대대로 내려오는 보물들을 모두 그녀에게 넘겨주었다. 과거 리바오성 저택의 작은 뜰 뒤쪽에 숨겨두었던 상자는 파내어 가져온 후 줄곧 구석에 처박혀 있었다.

"한기의 옛 편액은 안 보이네. 다른 것들은 다 그대로 있는데 말이
야."

진한의 말에는 천가의 수 대에 걸친 피와 땀의 결과물들을 마침내
지켜냈다는 자부심이 한껏 배어 있었다.

뤼옌은 아버지와 함께 상자를 열었다. 수년간 먼지 속에 봉해져 있
던 물건들이 조용히 시간의 광채를 발했다. 들추어보니 정갈한 해서체
로 빼곡히 써넣은 장부였다. 장부는 이미 누렇게 바래 있었지만, 글자
는 그토록 선명할 수가 없었다. 흐릿해진 문양집도 몇 권 더 있었는데,
당시에 문양을 그린 사람이 얼마나 섬세했는지 알 수 있었다.

"이긴 너무 어렵겠어요. 저는 가장 간단한 꽃잎 다섯 장짜리 매화도
수놓지 못한다고요."

뤼옌이 아버지에게 원망하듯 투덜거리며 고개를 절레절레 흔들었
다.

"그러니까 배워야지. 많이 해볼수록 능숙해지고, 능숙해지면 재주가
생기는 거야. 네가 기왕 수공예인의 길로 들어왔으니 그 이치를 늘 기
억해라."

진한이 딸에게 사뭇 진지하게 말했다.

진한은 거리에서 어느 아주머니가 비스듬히 사선으로 여미는 외투
를 입은 모습을 보았다. 고전적이면서도 특이하다는 생각에 궁금증을
참지 못하고 그 앞으로 달려가서 옷이 예쁘다고 한껏 칭찬해주며 어디
서 산 것인지 물었다. 그 아주머니는 매우 기뻐하며 어느 기성복 매장
에서 샀다고 알려주었다. 진한은 그 기성복 매장을 찾아냈고, 점주와의
대화를 통해 후먼虎門에 있는 몇몇 의류공장에서 개량식 치파오를 전문
적으로 만들고 있으며, 외국회사의 상표를 부착하고 외국회사의 디자

인을 그대로 사용한다는 것을 알게 되었다. 진한은 월화공장으로 돌아오자마자 곧바로 개량식 치파오 연구에 몰두했다.

그는 거리에서 현대식 치파오를 입은 아가씨들을 심심찮게 볼 수 있었으며, 홍콩과 타이완의 인기 가수들 가운데 덩리쥔鄧麗君이나 씨슈란奚秀蘭도 공연의상으로 치파오를 즐겨 입는다는 사실을 민감하게 포착했다. 이들 스타들은 패션을 선도하는 존재로, 그들이 무엇을 입든 늘 추종자들이 있었다. 그는 이 점에 착안해서 유행하는 기하학적 선과 고전문양을 결합한 일련의 문양들을 디자인해낼 수 있을지 연구했다. 이런 연구를 대수롭지 않게 생각한 천청은 패션의류를 제작하자고 주장한 쪽은 샤즈광 쪽 사람들이니 할 일이 있다면 그들에게 고민하게 하자고 말했다.

진한은 직접 혼자서만 연구했다. 귀요우민이 무급 휴직한 이후 월화공장에는 월극의상을 진정으로 이해하는 간부가 단 한 명밖에 남지 않게 되었기 때문에 어려움에 맞서 부딪쳐보는 수밖에 없었다.

"이토록 오랜 세월 일해온 월화공장이야. 어떤 경우에도 그 이름에 먹칠할 수는 없지."

그는 전통 요소를 가미한 패션의상을 여러 벌 디자인했고, 다양한 방식으로 전통공예의 특색을 이어갈 수 있기를 바랐다.

"이런 식으로 가는 건 안 통해!"

샤즈광이 짜증스럽게 말했다. 그의 눈에는 진한이 창의적이거나 혁신적인 것이 아니라 방법을 좀 바꾸어 월화공장의 낡은 수단을 유지하자는 것에 불과해 보였다. 하지만 진한이 종일 바쁘게 일하며 월화공장을 구하기 위해 심혈을 다 쏟아붓는 것을 보고는 어느 정도 감동했다. 공장의 기풍은 더 이상 일변도로 쏠리지 않았고, 개량식 치파오와 동양풍이 가미된 패션의상을 탐색적으로 생산했다.

화의금몽

천슈런이 세상을 떠난 후 세 남매간의 왕래가 현저하게 적어졌다. 진후이는 남매간에 이런 거리감이 생기는 것이 두려워서 매달 마지막 주말을 가족모임을 하는 날로 정하자고 먼저 제안하고 나섰다. 진광은 올 때마다 기고만장하게 소파에 푹 파묻혀 다리를 꼬고 앉아 최근 떼돈을 번 형님들 누구누구는 VTR을 샀고, 또 누구누구는 가라오케 기기를 샀다는 등의 얘기들을 늘어놓았다.

"다들 한바탕 바람이 몰아치듯 돈을 쓴다니까." 진광은 가슴에 걸린 일제 카메라를 만지작거리며 아주 만족스럽다는 듯한 표정으로 말을 이었다. "그런데 샤쥐앤이 아주 좋아하니까. 형도 하나 사. 아무 때나 사진을 찍을 수 있어!"

진한은 그런 말을 듣는 것이 몹시 불편했다. 월화공장은 수익이 나빠서 최저임금만이라도 안정되게 지급할 수 있다면 상황이 괜찮은 것이었다. 공장의 수장인 진한은 임금을 일반 직공들에 비해 아주 조금 높게 받고 있을 뿐이었다.

"하루 종일 이따위 낡은 옷 쪼가리들만 주무르고 있으면 무슨 전망이 있어!"

진광이 '555'표 담배를 깊이 한 모금 들이마시며 아주 시큰둥한 모습을 보였다. 진한은 아무 말 없이 잠자코 베란다로 나가 담배를 피웠다.

연말이 되자 상황은 더욱 달라졌다. 진광은 또다시 분양주택을 한 채 샀고, 작은 집에서 큰 집으로 이사했으며, 커뮤니티에 가입했고, 모두를 초대해 가입축하주를 대접했다. 빛이 환하게 잘 들고, 창문으로 내다보면 화려한 박태기나무가 한 줄로 쭉 늘어서 있는 집이었다.

"아래에는 작은 광장이 있고, 집 뒤쪽에는 정자도 있어."

진광이 자랑스럽게 소개했다.

집들이 기념 식사를 마친 후 진한 부부는 천천히 걸어서 집으로 돌아왔다. 두 사람 모두 풀이 죽어 있었다. 진한이 탄식하듯 말했다.

"우리도 집을 사야 할 텐데."

루이펀이 고개를 절레절레 흔들며 말했다.

"지난 몇 년간 집에 모아둔 돈이 많지 않아요. 내 병치레도 그렇고 딸 대학 다니느라 돈을 많이 썼잖아요."

"모든 게 돈 많이 못 버는 직업을 선택한 내 탓이오." 진한은 어둠 속에서 탄식하며 말했다. "이번 생에는 당신을 호강시켜주지 못했어. 좀 좋아지나 싶으면 금세 상황이 바뀌고, 다시 좋아지나 싶으면 또 변수가 생겼으니 말이야."

루이펀은 그 말에 마음이 아팠다. 그녀는 진한을 만난 후로 이십여 년 동안 진한이 늘 자신의 직업에 대해 얼마나 자부심을 갖고 있고, 얼마나 사랑하는지 얘기하는 것만 들어왔었다. 그가 후회를 얘기하는 것은 이번이 처음이었다. 경제적 압박이 이미 그의 마음에 깊은 상처가 된 것이었다. 그녀가 그를 따뜻하게 위로했다.

"제 생각엔 지금도 이미 충분히 좋은 것 같은데요. 온 가족이 함께 모여서 하루 세끼 부족함 없이 먹으니 평화롭잖아요. 안 좋을 게 뭐예요."

단지 안은 아주 조용했다. 그들은 대문 쪽으로 걸었다. 과연 육각형 정자 하나가 보였다. 정자의 처마는 높이 치솟아 있었고, 그 밑에 둥근 기둥들 사이를 기다란 나무 벤치가 연결하고 있었다. 밤은 깊었고 서늘한 바람이 산들산들 불고 있었다. 정자 안이 텅 비어 있어 부드럽게 불어오는 바람 소리와 주위의 꽃과 풀들이 바람에 이리저리 흔들리는 소리를 또렷이 들을 수 있었다.

"역시 잘 가꾸어 놓았네." 진한이 루이펀의 손을 잡아끌며 말했다. "우리 여기 잠깐 앉읍시다."

대학에 합격하지 못한 것이 뤄옌에게는 큰 충격이었다. 하지만 그녀는 중등전문학교를 마친 후 독학과 성인반을 거쳐 결국 방송대학[214]에 합격했다.

이 아가씨는 자신만의 독특한 개성이 있었다. 어릴 때부터 그림을 배웠고, 혼자서 하루 종일 화폭을 마주하고 앉아 있는 습관이 있었다. 평소에 말하기를 좋아하지는 않았지만, 일단 말을 시작하면 확고하고 냉정했으며 자기주장이 아주 강했다.

외모로 보면, 여자로 태어났지만 남성스러운 얼굴이었다. 짙은 눈썹과 커다란 눈, 오뚝하고 높은 콧날에 이목구비가 진한을 쏙 빼닮아서 "광둥 사람처럼 안 생겼다."는 말을 자주 들을 정도였다. 그녀는 심플하고 질감이 있는 옷을 즐겨 입었고, 머리는 포니테일로 묶어 땋아 내린 모습이 침착하고 대범해 보여서 월극의 청의와 같은 분위기를 풍겼다.

중등전문학교에 다닐 때, 그녀는 의상디자인을 자신의 평생 직업으로 결정했다. 같은 과 학우들이 모두 나태하고 산만하게 졸업하기만을 기다렸지만, 그녀는 아주 흥미진진해하며 수업을 들었다. 선생님에게 먼저 나서서 질문을 던졌으며, 선생님이 내주신 과제를 넘치게 완수했다. 월화공장에서도 공장직원들 모두가 임금을 지급받지 못해 발을 동동 구르며 초조해하고 생활이 힘들어 불안해할 때, 유일하게 그녀 혼자 디자인 작업에 몰두하느라 밖에서 무슨 소란이 벌어지는지 전혀 신경 쓰지 않았다.

---

214 학력교육과 비학력교육을 병행하여 원격 개방교육을 실시하는 고등교육기관이다. 1979년 중앙방송대학과 28개 지방방송대학의 개교로 처음 온라인 개방교육의 장이 열렸고, 그 기반 위에 2012년에 현대정보기술을 바탕으로 교육자원의 통합과 공유, 교육모델 혁신을 기치로 '국가개방대학'이 새롭게 출범했다.

뤄옌이 방송대학에 합격했다는 소식을 듣고 모두가 기뻐했다. 진후이는 특별히 뤄옌에게 축하금을 넣은 봉투를 주었다. 하지만 의외로 이 일은 그들 부부에게 말다툼 거리가 되었다. 둥즈웨이가 원래 옹졸한 사람은 아니었다. 다만 하오옌도 공부를 계속할 것이고, 그렇다면 대학 학비를 마련해야 하는데, 집안의 경제 사정이 좋지 않으니 부부가 다투게 된 것이었다. 그들 두 사람은 수십 년간 온갖 풍파를 함께해오며 늘 화목하게 지냈다. 하지만 이번에는 둥즈웨이가 도통 너그럽게 이해하려 하지 않고 진후이에게 눈을 부라리며 말하는 것이었다.

"당신 오빠는 우리보다 월급이 많잖아!"

진후이는 그저 고개를 떨군 채 말이 없었다. 공장의 수많은 동료 직공들이 진한에 대해 불만을 가지고 종일 이러쿵저러쿵 비방하니 둥즈웨이도 어느 정도 영향을 받을 수밖에 없었다.

이때 훨씬 더 시급히 해결해야 할 또 다른 문제가 있었다. (천가 옛집을 철거해야 했다.)

장원방은 이미 새로운 도매단지를 형성하고 있었고, 주민자치회가 시 계획국에서 나온 사람과 함께 몇 번 다녀갔다. 그들은 천가가 빠른 시일 내에 주택보상금을 수령하여 이사 나가기를 설득하고 종용했다. 진한은 아쉬운 마음에 갖은 방법을 궁리해 철거를 미루고자 했다. 주변의 이웃들이 하나둘 이사를 나갔고, 주민자치회에서도 여러 번 찾아와 설득하며 정책을 위반하면 혹독한 뒷감당을 하게 될 것임을 완곡하게 밝혔다.

어차피 이사를 가야 한다면 아파트 구입을 고려해야 했다. 하지만 정부보조금은 턱없이 부족했고, 거기에 부부 두 사람이 십여 년 동안 모은 저축을 더해도 겨우 충당할 수 있을까 말까였다. 마음이 다급해진 루이펀은 눈을 해치더라도 자신이 일을 해서 돈을 벌어야겠다고 말했다. 진한은 아무리 가난해도 그런 모험을 감수할 수는 없다며 단호하게 그녀를 말렸다.

그는 사방팔방 찾아다닌 끝에 결국 바이윈로白雲路에 있는 한 작은 단지를 골랐다. 형편이 원래 부유하지 않았기 때문에 집을 사려면 일을 시작한 이래로 모아둔 돈의 거의 전부를 내야 했다.

열쇠를 손에 쥔 그날, 진한은 루이펀과 뤄옌을 데리고 함께 '입주'했다. 미리 향과 초, 부적, 돼지고기구이, 과일 등을 준비했다. 길한 시각이 되자 진한이 먼저 폭죽을 터뜨리고 나서 열쇠로 문을 열었다. 루이펀이 문 안으로 들어선 후 네 개의 과일쟁반을 동, 서, 남, 북의 각 구석에 놓았고, 향로 대신 빈 캔으로 각 곳에 촛불을 켰으며, 공사가 필요한 곳마다 부적을 붙였다. 거실에는 중요한 신주위패를 두는 방위에 맞게 그녀가 신대를 놓고, 돼지고기구이와 과일 등을 차려놓았다. 그리고 입주 후 천가가 무탈하게 지낼 수 있게 보살펴달라고 모든 신선과 땅에 기원하며 끊임없이 읍을 했다.

'입주' 의식이 끝난 후에는 공사를 시작할 수 있었다. 돈을 아끼기 위해 인테리어는 최대한 간단하게 했고, 벽의 페인트칠과 벽돌 붙이기는 모두 직접 했다. 진한은 매일 공장에서 일고여덟 시까지 일한 후, 다시 새집으로 가서 벽돌을 깔았다. 그는 이전에 한 번도 시멘트 작업을 해보지 않았기 때문에 모든 것을 작업장 동료 직공들로부터 배웠고, 밤에 직접 시험해보았다. 다행히 이런 일들은 그다지 어렵지 않아서 체력만 있으면 할 수 있는 일이었다. 그는 낮에 이미 공장에서 종일 바쁘게 일하고 밤에는 또 야근까지 해야 해서 정말이지 버티기 힘들었다. 하루는 너무 피곤해서 벽에 기댄 채 잠이 들었다.

한밤중까지 자다가 갑자기 누군가 흔들어 깨워 눈을 떠보니 놀랍게도 루이펀이었다. 그는 단잠을 자다가 놀라서 깼기 때문에 혼몽하여 잠시 멍하니 있었다. 한참 만에야 정신이 든 진한이 말했다.

"당신 눈도 안 좋은데 어떻게 여기까지 온 거야!"

루이펀은 백내장 수술 후 시력이 약간 회복되었지만, 밤에는 여전히 잘 보지 못했다.

"이렇게 늦게까지 당신이 돌아오지 않으니 무슨 일이라도 났나 싶어서 걱정했잖아요."

루이펀은 남편이 이토록 고생하는 것을 보고 마음이 아파 눈시울이 붉어졌다.

"일하다 보면 시간을 잊게 돼."

진한이 미안한 듯 머리를 긁적이며 얼른 일어서서 공구들을 정리하고 집에 돌아갈 준비를 했다.

"도저히 안 되겠어요. 그냥 사람을 불러서 시켜요. 돈도 얼마 안 들 거예요."

진한이 어깨를 으쓱하며 별일 아니라는 듯 말했다.

"내가 부업을 할 능력이 있는지 보고 싶어서."

루이펀은 웃지 않을 수 없었다.

"당신 능력 있는 거야 잘 알지요. 못하는 게 없는 만능이잖아요!"

두 부부는 웃으면서 힘들고 어려웠던 모든 것을 잠시나마 잊었다.

돈을 버는 길이 없는 것도 아니었다. 주위에는 온통 장사를 하는 사람들이었다. 카메라를 암거래하거나 가짜 명품 가죽 제품을 암거래해서 하룻밤 사이에 벼락부자가 되었다는 전설 같은 얘기가 파다하게 퍼져 있었다. 그보다 훨씬 위험하게 크게 한탕하기를 노리며 각종 추첨이나 복권, 지하 로또인 '육합채六合彩'²¹⁵를 사는 사람도 있었다. 루이펀은

---

215 홍콩의 복권 이름. 홍콩 내 유일한 합법적 복권이다.

친하게 지내는 동료의 말을 듣고 마음이 약해져서 복권을 몇 번 사느라 천 위안 가까이 썼지만 아무런 소득이 없었다. 그녀는 진한에게 말할 엄두가 나지 않아서 별수 없이 혼자서 몰래 돈을 절약했다.

진광은 돈을 버는 데 훨씬 더 열심이었다. 더구나 늘 집안사람을 이용할 궁리를 했다.

"요즘 월극의상이 안 팔린다고만 생각하지 말아요. 옛날 월극의상이 보물이야, 골동품이라고요. 아버지가 형한테 이렇게 많이 물려주셨으니 몇 개 팔아도 괜찮아요."

진한은 평소에 화를 잘 내지 않는 성격이었지만, 이 말을 듣고는 불같이 화를 냈다. 이 월극의상들은 아버지의 반평생 피와 땀이 응집된, 돈으로 가치를 따질 수 없는 보물이다. 주변 사람이 진귀하게 여기지 않는 것까지야 괜찮았지만, 천가의 일원으로서 이제껏 아버지를 한 번도 이해해본 적이 없다는 것을 도저히 용납할 수 없었다. 그는 진광을 매섭게 쏘아보았다.

"또 할아버지가 남기신 옛 물건들도 있잖아. 옛날 산지목 쟁반 같은……."

진광이 여전히 눈치 없이 굴자 진한이 버럭 고함을 지를 수밖에 없었다.

"닥쳐!"

손자들 중에서는 뤄옌이 가장 진중했다. 하오옌은 성적은 좋았지만, 가만히 앉아 있지를 못하는 성격이었다. 학업 말고도 기계를 만지거나 모형 비행기를 가지고 노는 것을 좋아해서 여름 방학에는 매일 오락실에 가서 아케이드 게임을 했다. 뤄리는 조용한 성격으로 매우 순했는데, 너무 얌전한 나머지 주관이 없어 보이기까지 했다. 고등학교에 들어간 뒤로는 성적이 나쁜 친구들과 어울려 다니면서 그 친구들이 부추기는 대로 자주 휩쓸리더니 오늘은 워크맨을 사야겠다고 하고, 내일은 또 게임기를 사야겠다고 조르곤 했다. 진광은 매일 바깥으로 도느라 신경 쓸 겨를이 없기도 했지만, 물건 욕심이 있는 아이들이 나중에 사회에 나가서 돈을 벌 줄 안다고 말했다. 평소에 진광의 말을 잘 듣는 샤쥐앤은 뤼리에 대해서도 그리 엄하게 가르치지 않았다.

황완의 딸 츄이도 천가의 사촌 언니들과 가깝게 지내는 것을 좋아했고, 뤼옌과도 매우 친했다.

그녀들은 같은 중등전문학교를 졸업했고, 츄이는 특히 수공예 방면에 재주가 있어서 옷을 썩 잘 만들었다. 이러한 자매들 간의 정은 또한 뤼리에게 직접적인 영향을 미쳤다. 그녀는 쇼핑과 오락을 좋아했지만 한가할 때는 수공예 작업을 즐겼다. 장원방에서 자잘한 징이나 비즈를 발견하면 참지 못하고 직접 사 와서 꿰곤 했다. 진광이 그 모습을 보고 몹시 화를 내며 소리쳤다.

"우리 집안사람이라고 날 때부터 수공예만 하라는 법은 없잖아."

온종일 밖에서 돈을 버느라 딸을 가르치고 돌볼 시간이 없었던 그가 우연히 딸의 성적표와 탁자 위에 벌려 놓은 비즈들을 보고는 샤쥐앤에게 버럭 고함을 질렀다.

"쟤한테 다시는 수공예 시키지 마. 대체 왜 우리 천가는 증손자 대까지 수공예를 해야 한다는 거야, 평생 가난뱅이로!"

제18장

월화공장은 여전히 온전한 월극의상 생산라인을 유지하고 있었다. 직공 수가 점점 줄어들어 작업장은 서서히 비어갔고, 임금을 지급하기 위해 어쩔 수 없이 창고를 분할매각할 수밖에 없었다. 이십여 년을 사용한 재단판이 낡고 부서져도 바꿀 돈이 없어서 두 눈 멀쩡히 뜨고 그것들이 사라지는 것을 지켜봐야 했다. 햇빛이 커다란 유리창을 통과해 재단판 위를 천천히 비추었고, 모든 것이 조용하고 엄숙했으며 숨소리조차 없었다. 과거의 풍광은 얼룩덜룩하게 녹슨 자국만 남기고 시대의 수레바퀴를 따라 연기처럼 흩어졌다.

전국 각지가 경제개혁의 물결 속에 요동치고 있었다. 거대한 시대적 배경하에서 모두가 돈 버는 길을 찾고 있었다. 이더로—德路는 해산물 도매상권이 회복되었고, 따신로大新路는 각종 주요 금속도매가 발달했으며, 까오띠가高弟街는 줄곧 의류도매의 전진기지로…… 도시 전체가 천지가 개벽하듯 새로운 면모로 탈바꿈하고 있었다. 광둥 현지 사람들은 외지에서 점점 더 많은 인구가 유입되고, 교통이 점점 혼잡해지며, 치안이 점점 더 나빠지는 광경을 지켜보았다.

하지만 월화공장은 점점 더 썰렁해지고 있었다.

날로 악화하는 상황 속에서 공장은 패션사업 확대를 시도했다. 류즈쥔은 이 일로 득의양양해져서 정례간부회의에서 장광설을 늘어놓았다.

"우리 공장에는 대담하고 식견이 있는 사람이 부족해요. 안 그랬으면 진즉에 잘나갔을 텐데요."

말을 마치고는 일부러 진한을 힐긋 쳐다보았다. 진한은 못 본 척했다. 그는 정말이지 월극의상이 너무 아까웠지만, 눈앞의 현실을 받아들이지 않을 수 없었다.

패션사업은 상상했던 것처럼 쉽지가 않았다. 주변 도시에 이미 수많은 기성복 공장들이 밀집해 있는 데 반해 월화공장은 도시 한가운데 위치해 있어서 원가가 다른 곳보다 높고, 인건비도 높아서 도저히 경쟁이 안 되었다. 제도개혁으로 구조를 전환한 지 반년이 지났지만, 이익은 조금도 성장하지 않았다. 기성복 생산과 월극의상 제작 사이에는 커다란 격차가 있었다. 진한도 기성복 디자인에 뛰어들어 보려고 했지만, 늘 생각처럼 잘 되지 않는 것 같았다.

개혁파는 계속해서 목소리를 높여 밀어붙이며 "자체생산은 어려우니 아예 외국회사 상표를 부착하는 OEM생산을 도입하자."고 제안했다. 이때 공장 내에서는 반대의 목소리가 매우 격렬했다. 연륜이 있는 직공들은 사석에서 볼멘소리를 했다.

"우리가 전통 있는 상호인데 뭣 때문에 외국 놈들 상표를 붙여 생산해줘야 하지?"

이날 정례회의가 열렸고, 몇몇 책임자들이 또다시 끝이 안 나는 싸움을 벌였다. 기성복 사업이 예상만큼 신통치 않자 류즈쥔은 그 원인을

화의금몽

디자인에 돌렸다.

"지금 유행하는 옷을 좀 봐요. 디자인이 세련된 데다 전위적이고, 색깔도 선명하잖습니까. 그런데 우리 것 좀 보라고요!"

월화공장의 기성복은 주로 당대의 중국 전통 복식과 민국 시기의 복식을 모방한 것이 주를 이루어 확실히 수수하고 깔끔한 스타일에 편중되어 있었다. 진한은 이 점에 대해서는 침묵할 수밖에 없었다.

회의가 지루하게 계속되자 그는 참다못해 회의실을 나왔고, 입구에서 서성거리며 담배 반 개비를 태우며 사람들과의 논쟁으로 답답해진 마음을 한꺼번에 쏟아냈다. 그는 조용히 쇼윈도 안에 있는 여자 대고 한 벌을 정면으로 마주한 채 회의실 입구에 한참을 서 있었다.

그 옷은 아무 소리도 없이 옷걸이에 길린 채 조용히 광채를 발하고 있었다. 매번 지나갈 때마다 그는 그냥 지나치지 못하고 자세히 살펴보곤 했다. 그 옷은 백 조각이 넘는 부속을 연결해서 완성한 옷으로, 각각의 부속들마다 모두 금은사로 수가 놓여 있고, 장식 술이 매달려 있고, 금테가 둘러져 있었다. 그것을 바라보고 있으면 정말로 위풍당당한 여장군이 무대 위에 서서 적진 깊숙이 돌격해 들어가 적을 함락시키는 것 같은 아주 용맹하고 늠름한 모습을 상상할 수 있었다. 그는 한숨을 내쉬었다. 이러한 존귀함을 차마 짓밟을 수 없어 가슴 아팠던 그는 다시 돌아와 힘주어 말했다.

"주문자상표부착 사업은 절대로 못합니다! 파산하는 한이 있더라도 우린 절대 못해요!"

월화공장은 끊임없이 정비했고, 그럴 때마다 월극의상을 만들던 옛 공장 모습을 조금씩 잃어갔다. 작업장 여기저기에 걸려 있던 전시용 월극의상은 내려졌고, 일부 노후화된 설비는 아예 매각해버렸다. 폐품을 매각하던 날, 몹시도 무더운 날씨여서 진한은 등이 흠뻑 젖도록 땀을 흘리며 몇몇 젊은 직원들이 물건을 나르는 일을 지휘했다. 검푸른 낯빛에 잔뜩 굳은 얼굴로 애써 실망감을 억누르고 있었다.

루이펀은 진한의 마음이 안 좋다는 것을 알고 있었지만, 달리 어쩔 도리가 없었다. 그녀는 뤄옌에게 부탁했다.

"네가 공장에서 아빠 대신 일을 분담하도록 해. 너도 너무 낙담하지는 말고. 잘 안 되면 나와서 민영기업에 취직해서 일하면 되니까."

뤄옌은 오히려 매우 낙관적으로 말했다.

"결국은 견뎌낼 거예요. 아름다운 것은 어쨌든 사람을 기쁘게 해주니까 시장도 있게 마련이고요."

그녀는 공장의 이익이나 손실에 대해서는 한 번도 관심을 가져본 적이 없었다. 그녀가 더 중요하게 생각한 것은 좋은 제품은 끊임없이 늘 있다는 사실이었고, 가능한 범위 내에서 창의성을 발휘해 전통과 유행을 결합하는 방안을 모색하는 것이었다. 그녀는 옛것을 모방한 패션을 디자인하는 데 뛰어난 자질이 있었을 뿐만 아니라, 개량식 월극의상도 시도했다. 특히 『중국 희극』이라는 잡지에 수시로 등장하는 유행 스틸 사진을 보면서 월극의상도 결국은 고정불변의 것이 아니고, '궁하면 변할 수 있고 변하면 통한다.'는 생각이 들었다.

그녀는 한족 복식을 모방한 원피스를 디자인했다. 상의는 겹쳐지는 여밈과 넓게 처리한 소매에 자잘한 모란화를 수놓았고, 치마는 단색의 플리츠스커트로 청초하고 단아해 보이는 복고 느낌의 디자인으로 일상복으로도 충분히 입을 수 있었다. 그녀는 화학섬유 원단의 수묵화 월극의상도 디자인했는데 의상 전체가 한 폭의 석죽도石竹圖였다. 위는 타이트하고 아래는 풍성한 디자인에 옷자락의 움직임에 따라 대나무 잎이 살랑살랑 날리는 듯 보이도록 패턴의 재단과 화면의 밀도가 기막히게 잘 어우러졌다. 그녀는 이러한 결합이 매우 운치가 있고 아름다워서 즐겨 사용했다. 그녀는 매일 자신의 디자인을 마주하며 새로운 아이디어를 만들어내는 것을 정말 기쁘게 여겼다.

천청은 뤄옌의 재능을 입에 침이 마르도록 칭찬하면서도 한편으로는 충고를 잊지 않았다.

"공장에서 작업을 하지 않으니, 네가 여기서 공연히 시간만 낭비하는구나. 바깥에 비밀 아르바이트라도 알아보지 그러니."

뤄옌은 '비밀 아르바이트'는 생각해본 적이 없어서 단호하게 말했다.

"전 그냥 이렇게 지내는 게 좋아요. 스트레스도 안 받으면서 제 아이디어를 실천해볼 수 있잖아요."

"아니면 데이트라도 하지 그래? 여자애가 종일 일 생각만 하지 말고." 천청이 웃으며 말했다. "네가 짝이 있다면 네 아버지 걱정거리도 한결 가벼워질 수 있을 텐데 말이다."

뤄옌은 시원스레 "알겠어요."라고 대답했지만, 눈에는 여전히 디자인 생각밖에 없었다.

진한은 딸에게 신경 쓸 시간이 그리 많지 않았다. 그는 디자인실을 지나갈 때 가끔 힐끗 들여다보았고, 딸이 안에서 열심히 뭔가를 그리고 있는 것을 보면 마음이 놓이곤 했다. 하지만 그런 그도 별수 없이 그녀에게 말했다.

"월화공장은 가망이 없어. 나갈 거면 빨리 나가!"

마음속으로는 그도 딸이 꿋꿋이 버텨주는 것이 몹시 대견하고 칭찬해주고 싶었다. 다만 표현을 하지 못할 뿐이었다. 가끔은 이런저런 생각 끝에 걱정이 밀려오기도 했다. 뤄옌은 아직 젊은데, 앞으로 월화공장이 정말 없어진다면 그녀는 다시 일자리를 찾아야 한다. 그 점을 생각하면 진한은 스스로를 독려하지 않을 수 없었다. '반드시 월화공장을 지켜내자.'

"모두가 떠났어. 나도 떠날까 해."

어느 날 동료인 민이가 불쑥 이렇게 말했다. 월화공장은 하루가 다르게 분위기가 가라앉고 있었다. 민이도 더는 참고만 있을 수 없었고, 밖으로 나가 일단 부딪혀보고 싶었다.

"가. 가는 게 좋아. 패션회사가 월급이 높잖아."

뤄옌은 조금도 걱정하지 않고 담담하게 말했다.

"그럼, 네가 천 공장장님께 나 대신 말씀 좀 잘 드려줘."

민이는 보고서를 올린 후 이튿날부터 출근하지 않았다. 디자인실이 가장 북적였을 때는 대여섯 명이 있었는데, 마지막에는 뤄옌과 천청만 남았다.

장원방의 의류도매시장은 지역의 한계 때문에 각 점포의 면적이 3~5제곱미터밖에 되지 않았다. 하지만 이곳에도 명당 터처럼 무수한 고객의 발길을 붙잡는 곳이 있었다. 기성복 판매뿐만 아니라 각종 패션 명품도 있었다. 수입품 가격이 저렴했고, 수출품 가격도 불가사의할 정도로 낮았다. 장원방은 또 다른 장원방으로 변모했다. 과거의 모습과 같기도 하면서 또 과거의 모습과 다르기도 했다. 한때는 이곳이 각종 수공예품과 보석, 장신구, 가죽 제품의 생산기지였지만, 지금은 과거와 마찬가지로 번화하고 북적이는 농후한 상업적 분위기를 이어가면서도 서서히 기성복 도매시장으로 변모하고 있었다.

이 지방은 모종의 특수한 기운이 깃들어 있는 것 같았다. 여기서는 뭐가 됐든 손으로 제작한 정교하고 섬세한 물건들을 만들어내야 했다.

진광은 장원방에 점포 하나를 얻어 기성복 장사를 시작했다.

그는 택시 모는 일에 이미 싫증이 난 데다 택시가 일괄 관리되기 시작한 이후로는 이전처럼 자유롭지 않아서 택시를 넘겨버렸다. 처음에는 동료의 노점에 얹혀서 물건을 팔았다. 그곳에서 그는 그들이 점포를 고르고, 가게를 열고, 그러다가 바람에 불 번지듯 장사가 잘돼서 매일 아침부터 저녁까지 눈코 뜰 새 없이 바쁘게 일하면서도 눈빛에서 광채가 뿜어져 나오는 것까지 직접 지켜보았다. 어쨌든 기성복 일도 오래 해왔기 때문에 수익성이 좋은 것은 잘 알고 있었다. 그런데 예상외로 이곳이 유동인구가 굉장히 많고 물류가 신속해서 인근의 현과 시 사람들까지 모두 이곳으로 물건을 들여오고 있었다. 이렇게 몇 개월 일한 뒤 수입을 계산해본 그는 깜짝 놀라지 않을 수 없었다.

"우리 집안사람들은 과연 옷 장사를 해야 하는군."

진광은 돈이 많아지자 차츰 미신을 믿기 시작했다. 그는 집안사람들과는 늘 달랐다. 물건을 들여올 때, 그는 화려하고 복잡한 것들을 싫어했고, 주로 가장 심플한 것으로 거의 아무런 장식이 없는 기성복을 들여왔다.

"그 사람들은 평생 고생만 해."

그는 가게를 지킨다고 다리를 꼬고 담배를 물고 한번 앉으면 아주 오래 앉아 있었다. 맞은편 가게 사람들과 잡담을 하다가 형 얘기가 나오자 그가 시답잖다는 표정을 지으며 말했다.

"그 비즈가 얼마나 가느다란지 요렇게 실눈을 뜨고서 꿰어야 한다고. 자수 실은 머리카락보다 훨씬 가늘어서 몇 땀 안 놓고 곧바로 실을 갈아야 한다니까. 얇디얇은 상장 몇 장 때문에 큰형수 눈이 다 못 쓰게 돼버렸다네."

장원방 안은 여전히 푸른 벽돌에 흰 기와와 마석麻石216길이었지만, 옛집들은 개조되어 잡화점 상점들로 바뀌었다. 이곳에 가게를 연 퇴직 노

---

216 화강암의 일종으로 흑백 반점이 있다.

동자들은 대부분 이전에 방직공장이나 의류공장에서 일하던 사람들이었다. 차이셴財嬋이라는 여인은 봉제작업장에서 핵심 일꾼으로 쭉 일해왔지만, 월극의상공장이 하루하루 상황이 나빠지는 것을 보고 의기소침해질 수밖에 없었고, 가난 때문에 결국은 눈물을 머금고 무급휴가라는 결단을 내렸다. 차이셴의 딸이 장원방에 노점을 열었고, 그녀의 재봉틀은 이제 매일 골목 안에서 윙윙 돌아갔다. 진한은 지나갈 때마다 기분이 썩 좋지 않았다. 골목 안에 재봉틀이 갈수록 많아져서 요란하게 끽끽거릴 때면 어떤 생물종의 대이동을 방불케 했다.

진후이는 이제껏 자신이 사업할 재목이라고 생각한 적이 없었다. 하지만 진광이 하는 것을 보며 그녀도 마음이 움직였다. 둥즈웨이는 찬성하지 않았다.

"장사를 한다는 것은 우선 힘들고 위험해. 우리가 저축한 그 알량한 돈으로는 어림도 없다고."

그 말에 진후이는 더 생각해볼 엄두가 나지 않았다. 얼마 지나지 않아 하오옌이 대학에 합격했다. 진후이 부부는 둘 다 월화공장 직공이었는데, 둘이 동시에 퇴직하고 수년간 모아둔 저축까지 탈탈 털어야 겨우 학비를 마련할 수 있을 것 같았다. 진후이는 좋은 방법이 아니라는 생각이 들었고, 다른 직공들처럼 질병퇴직을 신청하고 셩핑가升平街의 한 민간주택 한 동에 작은 창구 하나를 빌려 봉제를 시작했다.

진한은 그녀가 이토록 과단성 있게 결정하리라고는 생각지도 못했다. 그래서 깜짝 놀라기도 했지만, 한편으로는 그만큼 하오옌의 학비 마련이 시급했다는 것도 알게 되었다. 진한은 여동생이 '사업'하는 곳을 가보았다. 수십 년 된 낡은 건물인데도 임대료가 전혀 싸지 않았고, 인근에 산발적으로 자리한 적잖은 재봉틀 자영업자들 모두가 도매시장에 의지해서 영업하고 있었다.

"무슨 사업이랄 것도 없어요. 그냥 막노동이죠." 진후이가 웃으며 말했다. 그녀는 늘 소심하고 겁이 많았지만 먹고살기 위해서 결국 독하게 마음을 먹은 것이다.

"이게 잘 되면 나도 나와서 네 일 도울게." 진한이 웃으며 말했다. 그는 진후이가 정직하고 곧이곧대로 하다가 사람들한테 무시당하지나 않을까 걱정되어 한가할 때마다 들러보곤 했다. 진후이는 의외로 잘 적응했다. 그녀가 원래 솜씨가 좋은 데다 매사에 열심이어서 진득하게 일하며 몇 달 지낸 후로는 매일 블라우스 소매며 바짓단을 수선하는 일감이 들어왔다.

이날 오후 그녀가 열심히 재봉틀 페달을 밟고 있을 때 아팡阿芳이라는 월화공장의 한 동료가 천천히 그녀 앞으로 걸어왔다. 아팡은 같은 길에서 재봉틀을 놓고 영업하고 있었다. 원래는 장사가 썩 괜찮았는데 진후이가 노점을 차린 이후로 일감이 많이 빠져나간 모양이었다. 아팡의 표정이 좋지 않았다. 겉으로는 웃고 있지만 웃음기가 전혀 없는 표정으로 진후이에게 말을 건넸다.

"아침 내내 바빴나 봐요. 장사가 아주 잘 되네!"

진후이는 들고 있던 일감을 내려놓으며 동료에게 따뜻하게 인사를 건넸다.

"원가 제하고 나면 밥값 버는 정도밖에 안 돼요."

아팡이 웃으며 맞장구를 쳐주었다.

"공장에서 받는 것도 있잖아요."

진후이는 재봉틀 페달을 밟으며 그녀와 계속 잡담을 나누었다.

"다 합쳐도 부족해요. 아들이 대학에 합격해서 목돈을 써야 하거든요."

아팡은 그 말을 듣고 두 손을 교차하고는 짐짓 과장되게 웃으며 말했다.

"어쩐지, 자기가 여기다 노점을 차렸다는 말을 듣고도 믿지 않았어요. 속으로 '자기가 어떻게 노점을 차려!' 그랬거든요."

진후이는 그녀의 말투가 뭔가 잘못되었다는 것을 알아채고는 다소 불쾌한 생각이 들었지만 여전히 온화하게 웃으며 말했다.

"굶어 죽을 때까지 손 놓고 기다릴 수만은 없으니 방법을 모색할 수밖에요. 사회가 변했잖아요. 도처에 벼락부자가 널렸다니까."

그녀는 여전히 재봉틀 페달을 밟아 바늘이 끝자락까지 오게 한 뒤 세심하게 가위로 실밥을 잘라내며 말했다.

"앞으로의 일을 누가 장담하겠어요. 어쩌면 상황이 호전돼서 다시 월화공장으로 돌아가서 일할 수 있을지도 모르고요."

아팡은 두 손으로 팔꿈치를 감싸쥐고 더욱 과장되게 웃으며 말했다.

"우스워 죽겠네. 자기는 천 공장장 동생이잖아요. 자기까지 나와서 노점을 차렸으면, 말 다 했지. 월화공장에 무슨 희망이 있어요."

진후이는 속으로 부아가 치밀었지만 그래도 그 말을 새겨들었다. 아팡의 목소리가 어찌나 컸는지 주위 사람들의 이목이 집중되고 말았다. 진후이는 그녀와의 대화를 더는 끌고 싶지 않아서 고개를 숙이고 재봉틀 페달을 왱왱 밟아댔다.

하지만 목적한 바를 아직 이루지 못한 아팡은 지나는 사람이 적지 않은 것을 보더니 웃으며 말했다.

"또 모르죠. 얼마 안 있어서 천 공장장까지 나오게 될지도요. 천 공장장도 수공예 손 놓은 지 한참 됐죠, 아마……."

그러면서 악의적인 눈빛으로 진후이를 한 번 쏘아보더니 말을 이었다.

"아유, 그래도 자기가 작업장에서 계속 일을 했으니 다행이네요. 손재주가 아직 있으니 말이야."

진후이는 원래 참을성이 많은 성격이어서 뭐라고 큰소리는 못 치고 눈자위가 벌게져서는 재봉틀 페달만 꽉꽉 밟아댔다. 공교롭게도 때마침 진한이 다가왔다. 그는 근처에서 볼일을 좀 본 뒤 누이동생에게 죽자모근수竹蔗茅根水[217]나 한 잔 사줄 겸 (그녀가 일단 일을 시작하면 앞뒤 안 가리고 일만 하는 것을 잘 알기 때문이었다.) 들른 것이었다. 아팡이 한 말을 전부 들은 그는 마음이 편치 않았다.

아팡은 그를 보고는 뒤가 좀 켕기는 데다 소기의 목적도 달성한지라 멋쩍은 듯 씨익 웃더니 얼른 자리를 떴다. 진후이는 부아가 치밀었지만, 진한이 성을 낼까 두려워 아팡이 한 말을 진한에게 차마 전하지 못했다.

진한은 우선 그녀에게 시원한 차를 건네며 말했다.

"하루 종일 뙤약볕 아래에서 일하는구나. 더위 먹지 않게 조심해."

진후이가 알았다고 고개를 끄덕이고는 눈자위가 붉어진 것을 감추려고 차를 단숨에 들이켰다. 두 사람은 한동안 말없이 있었다. 그러다 문득 그녀가 말을 꺼냈다.

"손발만 멀쩡하면 일할 수 있고 먹고살 수 있다고, 우리 할아버지가 그러셨댔죠?"

진한이 말없이 조용히 고개만 끄덕였다. 장원방 안은 사람들의 왕래가 많았다. 모두들 생계를 위해 이리저리 분주하게 뛰어다녔다. 한 노점주가 진후이 앞에 와서는 고래고래 소리를 질렀다.

"내 바지는? 다 된 거야?"

진후이는 상대방의 기세에 놀라서 허둥대며 다급하게 뒤적였다. 손님은 아주 불량스러운 태도로 당장 눈살을 찌푸리더니 소리쳤다.

---

217 대나무사탕수수(竹蔗)와 모근(茅根)탕과 홍당무 등을 주재료로 하여 만든 탕약.

"어떻게 된 거야, 십 분이면 다 된다고 하지 않았어?"

"정말 죄송합니다, 죄송합니다. 금방 해드릴게요." 진후이가 더듬거리며 재봉틀 페달을 서둘러 밟았다.

옆에서 아무 말 없이 지켜보던 진한은 높다랗게 떠서 쨍쨍하게 내리쬐는 태양의 모든 햇살이 자신에게만 집중적으로 쏟아지고 있는 것처럼 머리끝에서 발끝까지 화끈거렸다. 하지만 진후이는 너무 바빠 손을 멈출 수가 없었고, 그는 마음이 아프지만 꾹 참고 옆에 서서 묵묵히 기다리는 수밖에 다른 도리가 없었다. 겨우 그녀가 일을 끝냈을 때까지 기다리던 그가 온화하게 웃으며 말했다.

"너 퇴직 신청한 거야? 어제 즈웨이가 나를 찾아왔었어. 즈웨이는 네가 노점을 낸 것을 찬성하지 않는 모양이던데."

진후이는 길게 한숨을 내쉬고는 잠시 주저하다가 역시 아팡의 얘기는 꺼내지 않았다. 하지만 이튿날 그녀는 장원방에서 노점을 열지 않았다.

1993년, 옷을 가장 잘 만들던 추이펑이 떠났다.

그날 아침, 그녀는 샤오허우 씨와 빙 씨와 함께 광저우 주가酒家에 차를 마시러 갔었다. 일하는 날 아침이라 찻집 안에는 여느 때처럼 아침 차를 즐겨 마시는 사람과 떨이장사를 하는 광둥 토박이들이 있었다. 한눈에도 느긋해 보이는 노인네들이었다. 광저우의 아침 차 시장은 왕성하게 발전했다. 찻집에는 딴싼蛋散[218]이나 궈정쭝裹燕粽[219]과 같은 새로운 메뉴들이 끊임없이 들어왔고, 서비스도 날로 좋아져서 번호표를 뽑고

---

218 광둥성 전통 음식으로 밀가루에 달걀, 돼지기름 등을 넣어 반죽한 뒤 노릇하게 튀겨내어 꿀을 찍어 먹는다.

219 광둥성의 단오절 전통 음식으로 다른 지역의 쭝쯔보다 약간 크게 만들어 이 지역 특유의 겨울 잎과 수초로 싸서 찌는 것이 특징이다.

기다리면 자리가 날 때 불러준다거나 전화 예약도 가능해졌다.

네 명이 모여서 샤쟈오蝦餃(새우 교자), 샤오마이, 류렌쑤榴蓮酥[220] 등 테이블 한가득 간식을 주문했다. 사람이 나이를 먹으니 부드럽고 쫀득한 것을 좋아했다. 추이펑과 샤오허우 사이에 펑좌鳳爪[221] 때문에 말다툼이 시작됐다. 추이펑은 평소에 짠 음식을 좋아해서 짭짤하고 향이 강한 쟝샹펑좌醬香鳳爪[222]를 먹고 싶었다. 반면에 샤오허우는 달콤새콤한 맛을 좋아해서 바이윈펑좌白雲鳳爪[223]를 먹고 싶었다. 두 사람이 조금도 양보하지 않고 다투다가 결국에는 한 사람 앞에 한 접시씩 시켰다. 추이펑은 먹으면서 계속 샤오허우 씨에게 불평을 늘어놓았다.

"우리는 정말 젊었을 때부터 나이 들어서까지 싸우는군요."

두 사람 모두 몸이 마음대로 따라주질 않아 걸음이 예전만큼 민첩하지 못하고, 싸우는 것도 기운이 넘치던 예전과는 사뭇 다르다는 생각이 들었다. 인생을 이 나이까지 살았으면 응당 마음을 편안하게 가라앉히고 조용히 삶을 즐겨야 했다. 추이펑은 샤오허우와 반나절 내내 실랑이를 벌이며 싸우다가 스스로 생각해도 우스웠는지 이렇게 말했다.

"우리가 이 나이까지 먹었으면 이해하지 못할 일이 뭐 있겠어요. 오늘 당장 두 다리 쭉 뻗고 떠난다고 해도 아쉬울 것도 없지요."

나이 든 여자들 몇 명이서 황급히 그녀의 말을 자르며 나이 들수록 그런 말은 "재수 없으니" 절대로 하면 안 된다고 말렸다.

황류가 떠난 후 추이펑은 혼자 살았다. 황완의 효성이 지극했지만

---

220 두리안 과육을 넣은 밀가루 반죽으로 구운 디저트의 일종으로 태국이 본고장이지만 태국 여행의 붐에 힘입어 동시에 중국인의 사랑을 받게 되었다.
221 닭발 요리.
222 기름에 튀긴 닭발에 파, 마늘, 생강, 고추, 소금 등과 육장(肉醬: 잘게 다진 고기에 양념을 하여 된장 형태로 걸쭉하게 만든 페이스트)을 넣어 윤기 나는 갈색이 될 때까지 졸인 닭발 요리.
223 익힌 닭발을 차게 식혀 새콤하게 무쳐 내는 닭발 요리.

시부모와 함께 사는 처지였기 때문에 추이펑도 그녀를 자주 찾지는 않았다. 수많은 가족들 중에서 뤄옌이 그녀를 가장 열심히 찾아와 그녀에게 가르침을 청했다.

추이펑은 눈도 침침하지 않고 손이 둔해지지도 않아서 여전히 실을 바늘에 꿸 수 있었다. 그녀는 자신이 이미 노인이기 때문에 수많은 수예 기술을 젊은 사람에게 가급적 빨리 전수해줘야 한다는 것을 알고 있었다. 원래는 황완에게 가르쳐주고 싶었지만, 황완은 전혀 개의치 않는다며 말했다.

"몇 년 지나면 저도 퇴직해요."

게다가 츄이는 회계 공부를 했다. 추이펑은 별수 없이 혼자서 넋두리하듯 중얼거리곤 했다.

"수공예 기술 중에는 간단해 보여도 기교가 필요한 게 있단다. 너희들이 배워두지 않으면 나중에는 사라져버릴 거야."

다행히 뤄옌이 월화공장에 들어갔고, 월극의상에 대한 애정이 갈수록 깊어졌다. 더구나 젊고 영민해서 하나를 알면 열을 꿰었다. 그녀는 모든 기술을 뤄옌에게 전수해주고 싶었다.

"황금이 만 관이라도 지니고 있는 기술 하나만 못한 법이란다. 이것들은 내가 수십 년간 일하면서 쌓아온 것들이야. 하지만 너희들이 필요 없다고 하면 내가 무덤에 가져가는 수밖에 없겠지."

그녀의 '보물의 집' 안에는 어수선해 보이는 작은 방이 있었는데, 그야말로 없는 게 없었다. 각양각색의 무늬가 있는 장부들, 알록달록 다양한 색깔의 천들이 잔뜩 있었다. 종류도 아주 많아서 종류별로 분류해서 한쪽에 두거나 상자를 이용해 가지런히 정리해두었다. 그녀는 젊은 시절부터 직접 만든 종이판지로 상자의 칸을 나누고, 수십 개의 실타래를 꺼내는 법을 개발했었다.

"어떤 색깔은 요즘엔 더 이상 살 수 없게 돼버렸어." 그녀는 말할 수 없이 소중하다는 눈빛으로 바라보며 말했다. "나중에 내가 죽으면 사람들은 이게 귀한 줄도 모를 거야."

"그런 말씀 마세요. 고모할머니, 건강하셔야 해요. 제가 한가할 때마다 와서 가르쳐달라고 할 테니까요."

뤄옌은 자애로운 고모할머니 앞에서 애교부리는 것을 몹시 좋아했다.

동짓날이었다. 아침 일찍 진한이 그녀에게 밥 먹으러 오라는 전화를 걸었다. 황류가 떠난 뒤로 추이펑이 혼자 살고 있기 때문에, 진한은 그녀를 자주 집으로 불러 식사를 함께했다. 중추절에도 추이펑이 황완의 시댁에 가서 밥을 먹고 싶시 않다면서 진한의 집으로 왔었다. 그런데 이날은 아무도 전화를 받지 않았다. 진한은 가슴이 쿵 내려앉았고, 황급히 그녀의 집으로 달려갔다.

다행히 철책문이 열려 있었다. 추이펑이 뭐라고 중얼거리면서 혼자 집 안을 온통 뒤지고 있었다.

"물건을 찾아서 뤄옌한테 줘야 하는데."

진한은 그제야 안도의 한숨을 내쉬고는 얼른 그녀를 도와 침대 밑을 뒤져서 먼지를 잔뜩 뒤집어쓴 나무 상자 두 개를 끄집어냈다. 그 산지목 상자는 가운데에 가짜 홍옥이 박혀 있었다. 아주 오래된 물건 같아 보였다. 상자 표면은 낡고 오래된 붉은 빛이 감도는 것이 아주 귀한 보물이라도 숨겨져 있는 것처럼 보였다. 진한이 웃으며 말했다.

"무슨 보물이라도 되나 봐요, 이렇게 단단히 숨겨 놓으시다니. 설마 또 도안은 아니겠죠."

추이펑도 따라 웃었다. 그녀가 상자 위의 꽃문양을 문지르며 말했다.

"요즘 산지목 값이 비싸다던데. 이 낡은 상자가 값이 꽤 나갈지도 모르지."

추이펑을 도와 커다란 상자를 꺼낸 후 진한은 그녀에게 "저녁에는 꼭 일찌감치 오시라."고 부탁한 뒤 일단 집으로 돌아갔다. 추이펑은 넋 나간 사람처럼 여전히 자신이 수놓은 작품들에 시선을 고정한 채 손을 대충 휘저으며 말했다.

"알았다. 알았어."

이날 저녁 식사 시간에 다들 모였는데 추이펑만 전화를 받지 않았다. 몇 번이나 해보았지만 아무도 받지 않아서 하는 수 없이 뤄옌을 보냈다. 집에 도착했을 때는 추이펑이 조용히 소파에 쓰러져 있었고, 이미 두 눈이 감겨 있었다.

그녀는 최후에 낡은 산지목 가구 위에 정교하게 조각된 꽃무늬 테두리를 베고 무슨 달콤하고 화려한 꿈이라도 꾸는 것처럼 입가에 옅은 미소를 띤 채 쓰러져 있었다. 반세기 동안의 분주했던 노동과 수고가 그녀의 등을 짓눌러 무너뜨리지 않았고, 그녀의 눈을 흐릿하게 만들지도 않았다. 마지막에 그녀는 손에 수틀을 쥔 채 조용하게 잠들었다. 마치 다른 세계에 가서도 계속해서 정교한 수를 놓으려는 것 같았다.

광저우의 겨울은 좀처럼 춥지 않은데, 올해는 지독하게 추웠다. 장원방의 회색빛 처마 위에 서리가 한층 내려앉았고, 북방의 캐시미어 바지까지 급하게 들여와 판매하고 있었다. 대로 양쪽에 낡은 삼륜화물차를 정차해두고, 업주들이 차 옆에 서서 손에 든 캐시미어 바지를 흔들어대며 큰 소리로 물건을 팔고 있었다. 바람이 쉭쉭 불어댔고 검은 구름은 낮게 하늘을 뒤덮고 있었다.

이 한 해가 마치 큰 관문이라도 되는 듯 공장의 노인들 여러 명이 세상을 떠났다. 그중에는 비즈를 꿰던 경耿 사부도 있었다. 그는 구슬 꿰는 기술이 일품이었고, 수십 가지 방법의 매듭공예도 할 줄 알았다. 최고로 신발을 잘 짓는 랴오廖 씨도 세상을 떠났다. 랴오 씨는 장애인으로 평생 결혼도 하지 않고 일 년 내내 보일러 옆에서 지냈다. 그가 떠나자 제화 사부가 몇 명 남지 않았다.

북풍이 낮은 신음 소리를 내며 도시의 고층건물들 사이를 휘감았고, 넓게 펼쳐진 강의 수면 위와 새로 지은 집들 사이로도 넘나들었다. 오래된 시멘트 도로 표면은 창백한 빛을 발했다. 광저우 도시에는 그래도 여기저기 녹색의 식물들이 흔들리고 있었다. 다만 잎들이 찬바람에 세차게 떨었고, 꽃송이들이 우수수 떨어져 땅바닥 여기저기에 부서진 잎사귀들과 꽃잎의 잔해가 뒹굴었다.

설이 지나자 공장은 철저하게 조용해졌다. 주문이 너무 적어서 작업을 개시할 수 없었다. 직공들은 매일같이 출근했시반, 하는 일 없이 앉아 수다나 떨면서 일종의 사형 집행 유예판정을 받은 듯한 비관적 정서로 한없이 빠져드는 수밖에 없었다. 시 정부에서 몇몇 대형 공예공장을 제도개혁의 시범공장으로 지정하면서 월화공장의 개혁도 시간문제가 되었다. 이런 상황에서 생산은 거의 중지되었다. 작업을 개시하지 않는다는 것은 임금이 없다는 것과 같은 얘기였다. 진한은 매일 월극단을 찾아갔지만, 번번이 사람은 없고 건물은 비어 있었다. 예전에 관리 사무를 보던 사람마저 보이지 않았다. 어렵사리 업계의 지인을 통해 팡方 단장을 찾았지만, 팡 단장은 손을 내저으며 맥 빠진 얼굴로 말했다.

"월극단은 이미 구조조정을 했어요. 한동안은 새 월극작품을 올리지 않을 거라서 월극의상을 더 이상 주문하지 않을 겁니다."

청명절 이후로 월화공장은 조업을 완전히 중단하라는 지시를 받았고, 구조조정의 통지가 빨리 하달되기만을 기다리는 처지가 되었다. 작업장 안의 자재들은 모두 포장해서 공문이 오는 즉시 처분했다. 작업장 내에는 매일같이 온갖 풍문이 떠돌았다. 류즈쥔이 회사의 이사장이 되겠다고 선언하고 적극적으로 활동하고 있다는 것이었다. 또 샤즈광이 이미 핵심 인물을 물색해 위아래로 촘촘하게 소통하면서 이사장 자리를 굳혔다는 얘기도 있었다. 사람들은 저마다 이러쿵저러쿵 추측을 내놓았지만, 진한을 눈여겨보는 사람은 없었다. 덮어놓고 열심히 일하던 시대는 이미 지나갔다. 지금은 지도자가 되려면 "방方과 원圓²²⁴"과 후흑학厚黑學²²⁵이 중요했다.

진한은 여느 때처럼 매일 작업장을 순시하며 자신이 발견한 문제들을 진지하게 지적했다. 한가할 때는 조용히 도안을 그리며 더 나은 개량식 월극의상을 연구했다. 창밖의 목면나무에 또다시 목면화가 만개해 짙푸른 하늘에 선명한 빛을 더해주고 있었다. 광활한 하늘에 이따금 비행기가 낮게 우웅 소리를 내며 지나갔다. 그 소리에 그가 창밖을 내다보니 비행기가 구름을 뚫고 지나가며 손으로 물결무늬를 그린 듯한 흔적을 남겼다.

---

224 방(方)은 사람됨의 기본, 원(圓)은 처세의 도(道)라고 보고, 방과 원을 융합하고 병용하며 상호 전환하는 것이 인생의 지혜임을 기술한 책이다.

225 민국 시기에 발간된 책으로 "낯은 두껍고 무형이어야 하고, 마음은 검고 무색이어야 비로소 영웅호걸이 될 수 있다."고 말하며 유방, 항우, 유비, 조조, 손권, 사마의 등 인물의 사례를 들어 '낯이 두껍고 얇음과 검고 흰' 것이 성패에 어떤 영향을 미치는지 논증하고 있다.

화의금몽

제19장

1994년은 새로운 사물이 끊임없이 탄생한 해였다. 광저우는 점점 전국 최대의 수출입 교역의 중심이 되어갔고, 전국이 다 아는 골드러시의 목적지였다. 꿈을 가진 수많은 청년들이 사방 각지에서 물밀 듯이 몰려들어 광저우의 기차역은 매일매일 인산인해를 이루었다. 이와 동시에 씽하이星海음악청이 건립되었고, 광저우 서적판매센터가 개점을 준비하고 있었으며, TV드라마『정만주강情滿珠江(사랑이 넘치는 주강)』이 전국적으로 흥행리에 방영되는 등, 광저우는 이제 '문화사막'이라는 꼬리표를 떼어내려고 노력하고 있었다.

작업장 안은 점점 횅하니 비어갔다. 나이 많은 사람들은 이때를 기회로 모두 퇴직했다. 남은 사람들 중 일부 일거리가 있는 사람들은 작업을 계속했고, 일거리가 없는 사람들은 쉬었다. 또 일부는 '말 대신 소를 타는'[226] 심

---

226 당장은 차선책을 수용한 뒤, 그것을 기반으로 더 나은 길을 찾는다는 말을 비유적으로 표현한다.

정으로 좋은 일자리를 찾을 때까지 자리를 지키고 있었다. 〈CCTV뉴스〉에서 매일같이 실직한 사람들의 재취업 문제를 특집으로 다뤄 방송했다. 노동자들에게 실직은 그야말로 공포의 단어라서 입에 올리는 사람마다 모두 어쩔 줄 몰라 하는 표정이었다. 주문은 실로 너무 적었고, 생산량은 거의 집계가 필요 없을 정도였다. 어쩌다 협력해서 장삼을 한 벌 만들라치면 모두가 흥에 겨워하며 특별히 신경 써서 작업했다.

진한은 여전히 침착한 얼굴로 작업장 안을 분주하게 돌아다녔다. 그는 두 시간에 한 번씩 순시를 하며 각 부서의 완성률을 점검한 뒤 각 조 조장과 의례적인 인사말을 몇 마디 나누었다. 작업장 사이를 돌아다니다가 익숙한 얼굴을 만나면 오늘도 어제와 별반 다를 게 없는 것 같기도 했다. 어떤 때는 어느 직공이 이미 세상을 떠났다는 사실을 깜빡 잊고는 습관적으로 "그분은 오늘 휴가를 내셨나요?"라고 말하곤 했다. 그는 매일 모든 것이 순서대로 차질 없이 진행되고, 모든 자리에 숙련된 일손들이 자리 잡고 있기를 바랐다.

국영기업 개혁이 전국적으로 빠르게 확산되었고, 월화공장도 예외가 아니었다. 공장은 구조조정을 통해 절반이 넘는 사람이 떠났고, 나머지 중 사오십 명은 대부분 오십 세 이상의 직공들로 퇴직을 얼마 남겨두지 않은 사람들이었다.

공장은 이사회를 설립하고 매주 월요일 아침에 정기임원회의를 열었다. 사람은 원래와 같은 사람들이었지만, 성격은 완전히 바뀐 다른 사람들이었다. 한번은 정기회의 석상에서 샤즈광이 패션사업으로 전환하자는 주장을 제기했고, 이사회 구성원 일곱 명 중 여섯 명이 찬성표를 던졌다.

"그들이 모두 패션사업에 찬성표를 던졌어."

디자인실로 돌아온 진한이 화를 내며 천청에게 말했다.

천청은 마침 아들의 지원서를 작성해주느라 바빴다. 대입시험이 코앞이라 그는 온 정신이 아들에게 쏠려 있었다. 진한의 답답함을 전혀 눈치채지 못한 그가 웃으며 말했다.

"일을 할 수만 있다면야 좋지. 뭘 하든 좋아!" 이렇게 말하고는 계속해서 아들의 합격선을 체크했다. "중산대中山大[227] 커트라인은 너무 높구나!"

그는 돋보기를 쓰고는 고개를 깊이 파묻고 고교수첩을 들여다보았다.

진한은 이렇게 쉽게 포기할 수 없었다. 그는 샤즈광이 신경을 쓰든 말든 상관없었다. 모든 사람이 월극의상에 대해 진한 향수를 가진 것은 아니고, 누군가는 그저 돈만 벌면 된다고 생각하겠지만 그래도 상관없었다. 텔레비전에서 매일 개혁개방 얘기와 함께 신흥기업에 대한 보도가 나왔다. 월화공장에서는 이미 월극의상이 패션 분야에 절반의 비중을 내어준 데다, 패션사업의 영업이익의 여지가 훨씬 컸다. 이대로 가면 월극의상은 아마 곧 사라지게 될 것이었다. 시대의 흐름 속에서 충격을 받은 모든 업종들처럼 서서히 쇠퇴의 길을 걷다가 시들어 쪼그라들고, 과거의 영광은 흔적도 없이 사라지게 될 것이었다.

몇 차례 회의의 격렬한 논쟁 끝에 진한은 샤즈광 쪽 사람들에 대해 가졌던 아름다운 환상을 포기했다. 개혁파 쪽 지지자는 점점 많아졌고, 추가 감산은 기정사실이 되었다. 구조조정을 처음 선포했을 때는 직공들 중 십 퍼센트만 직장을 그만뒀다. 상황이 점점 악화하자 더 많은 사람들이 떠나는 쪽을 선택했다. 진한은 작업장에 사람이 점점 줄어들고, 재단판이 갈수록 비어가는 것을 지켜보았다. 어느 날 아침 일찍 공장에

---

227 중산대학. 광둥성에 위치한 종합대학으로, 줄여서 중대라고 부른다. 중화인민공화국 직속 중점대학으로 손중산 선생이 직접 설립하여 백여 년의 전통을 가진 종합중점대학이다.

도착한 그는 작업장에 사람이 아무도 없어 조용하고 텅 비어 있는 것을 발견했다. 그는 어리둥절했다. 시대를 잘못 걸은 것 같았다. 그는 작업장 한가운데로 천천히 걸어가서 손을 휘휘 내저으며 과거에 수없이 그랬던 것처럼 웃으며 말했다.

"정신 차리고 일 시작합시다!"

런민로人民路 고가도로가 생긴 이후 런민남로人民南路과 장원방에 천지가 개벽할 변화가 일어났다. 이 고가도로는 건설 초기부터 논란이 끊이지 않았다. 사람들은 이 고가도로가 풍수를 가로막는다고 생각했다. 광둥 사람들이 풍수에 집착하는 것은 사실 이렇다 할 근거가 없었다. 그런데 신문조차도 시민들의 기호에 영합해 풍수와 운세를 분석한 기사들을 내보냈다.

"믿으면 있는 것이고, 안 믿으면 없는 것이다."는 광둥 사람들이 가장 즐겨 하는 말이었다. 과거에 이 일대가 풍수적으로 명당 터였으며, 난팡南方빌딩과 런민로를 가로지르는 빌딩이 광저우 무역업의 상징적 건물이었는데, 런민로 고가도로의 영향으로 이 일대가 차츰 어두워졌다. 다리 위로는 차량이 강물처럼 쉴 새 없이 흐르고 있었지만, 다리 아래는 빛도 잘 안 드는 데다 어수선해서 점포들은 임대료를 제대로 받을 수가 없었다.

장원방 일대는 과거와는 확연히 달라졌다. 정교한 수공예산업이 밀집된 지역이었던 이곳은 평범한 잡화시장으로 변했다. 더 이상 정교하고 우아하거나 스타일을 구축한 것은 없었고, 그저 조악하고 너저분한 것들뿐이었다. 발전만을 좇는 젊은이들처럼 돈을 위해서라면 언제든 맹목적으로 달려들 준비가 되어 있는 것 같았다. 진한은 이 같은 변화가 그저 놀라울 따름이었다. 빈틈없이 빼곡히 들어찬 것이 죄다 간판들이었다. 어스름한 저녁 무렵이면 앞 다퉈 빨간 불, 녹색 불을 밝히고 그 불빛으로 수만 가지 모양을 바꿔가며 쉴 새 없이 번쩍거렸다.

"내가 직접 공장을 여는 게 낫지 않을까?"

진한은 자신도 모르게 고개를 끄덕였다. 이런 생각은 마치 암흑 속에서 한 줄기 불빛을 점화한 것처럼 눈앞의 길을 환하게 비추었다. 그는 자라는 동안 한기의 전설을 무수히 들어왔다. 아버지로부터 들은 얘기도 있었고, 책에 등장하는 얘기도 읽은 적이 있었다. 그에게는 마음이 지향하는 바였다. 예전에는 전국적으로 국영기업밖에 없었기 때문에 선택이란 것이 없었다. 그런데 지금은 '물이 흘러 자연히 도랑이 생기듯' 그도 자연스럽게 이 문제를 생각하게 된 것이다. 형편이 빠듯하긴 했지만 희망이란 것도 있어야 하지 않겠는가. 뤄옌이 아직 젊어서 출구를 찾아야 했던 터였다. 중요한 점은 이 수공예업이 타 업종 사람들이 함부로 치부하거나 경시할 수는 없는 일이라는 사실이었다.

오랫동안 생각한 끝에 이 얘기를 루이펀에게 꺼내 놓았다. 뜻밖에도 그녀는 듣자마자 곧 당황하고 두려운 표정을 지으며 말했다.

"어떻게 그래요. 당신, 국영회사에서 이렇게 오래 일했으면서!"

진한의 자세한 설명을 들은 그녀는 대략적인 것은 이해할 수 있었지만 자금을 투자해야 한다는 대목에서는 필사적으로 고개를 가로저었다.

"십수 년을 저축해서 어렵게 모은 게 몇 만 위안이에요."

진한은 사정을 모를 리 없었지만, 시장이 날로 위축되는 것을 지켜보면서 이 광란의 국면을 혼자만의 힘으로 만회해보고 싶은 마음이 간절했다. 장원방 일대에는 각종 자영업 점포들이 비 온 뒤 죽순 솟아나듯 마구 생겨나고 있었다. 부지런한 사장들은 자기 점포 앞에 서서 지나가는 모든 사람들을 향해 큰 소리로 외쳐댔다.

"빨리 와서 골라요, 골라, 광저우에서 제일 쌉니다!"

그는 이따금 지나면서 시끌벅적하게 붐비는 인파와 좌판에서 득의
양양하고 생기 넘치게 떠들고 있는 사람들을 바라보며 마음속 어딘가
가 툭 건드려지는 느낌이 들었다. 그는 진후이와 황완, 둥즈웨이, 그리
고 가장 믿을 만한 제자들 몇 명과 함께 한번 멋지게 사업을 벌여보고
싶은 마음이 간절해졌다. 누구보다 가장 중요한 사람은 뤄옌이었다. 대
형 공장 시대에는 그녀의 재능을 펼쳐 보일 방법이 전혀 없었다. 그는
생각하면 할수록 흥분되어 당장 실행하지 못하는 것이 한스러울 정도
였다. 얼마나 많은 성실한 노동자들이 이를 악물고 노동시장에 뛰어들
었는지 모른다. 최고의 수공예 기술을 가진 자신이 두려워할 것이 뭐겠
는가.

하지만 루이펀은 시종 이런저런 걱정을 하며 개업 얘기를 꺼낼 때마
다 즉시 화제를 딴 데로 돌리곤 했다. 하지만 그가 불편한 심기를 드러
내면 또 본능적으로 위로의 말을 건넸다.

"광둥자수공장과 광둥채색도자기공장에서도 많은 사람들이 무급휴
가를 신청했다네요. 우선 다른 사람들이 하는 걸 보고 나서 따라 해도
될 거예요."

진한은 아무 말 없이 묵묵히 고개만 끄덕였다.

공장 사람들은 갈수록 마음을 다잡지 못했다. 류즈쥔은 공장에서 공
평무사한 척하고 있었지만, 사석에서는 친구들과 합자하여 기성복 무
역을 하고 있었다. 공장에는 그를 욕하는 사람이 적지 않았는데, 특히
그가 회사 차량을 개인적인 용도로 사용하는 것을 보았다고 했다. 하지
만 지금은 과거처럼 걸핏하면 조사보고서를 올리던 시대가 아니므로
당 지부도 노조도 그를 통제할 수가 없었다. 진한이 공장 직공들의 투
서를 받은 뒤 몇 차례나 류즈쥔을 불러 지적했지만, 류즈쥔은 전혀 아
랑곳하지 않는다는 눈초리로 그를 바라보며 경멸하듯 웃어넘겼다. 진

광이 임차한 가게는 장원방 중간쯤 있었는데 몇 번의 이사를 거쳐 아주 인기 있는 자리로 옮겼다.

가게는 5제곱미터밖에 안 되는 작은 가게로, 빼곡하게 걸려 있는 옷들 모두 현재 가장 유행하는 디자인이었다. 진한이 그의 가게에 들렀을 때 그는 막 거래 한 건을 성사시킨 참이었다. 그는 돈을 받고 옷을 둘둘 말아 붉은 비닐봉지에 담아서 손님에게 건네고는 형에게 "잠깐 가게 좀 봐달라."며 급히 화장실로 뛰어갔다. 진광 대신 가게를 보게 된 진한은 사방을 둘러보지 않을 수 없었다. 색깔이 충돌하는 옷들을 분류하여 소재별로 따로 걸었다. 젊은 아가씨 둘이 가게 안으로 들어서자 그가 곧장 다가가 맞으며 친절하게 물었다.

"어떤 옷 좋아하세요?"

그 자신은 가슴 가득 열정에 차 있었지만, 정작 옷 사러 온 손님은 영문을 몰랐다. 아가씨들이 놀라서 뒷걸음질 치며 의혹에 찬 눈초리로 그를 쳐다보았다. 장원방에는 노점이나 행상도 많고, 강매도 자주 벌어졌다. 아가씨들은 아마도 그런 사례들을 들어서 알고 있었는지 잔뜩 경계하는 눈치였다.

진한은 거래를 성사시키고 싶다는 일념으로 열정이 넘쳐 벽에서 치마 하나를 내려서 얼른 펼쳐 보여주며 말을 건넸다.

"한번 보세요. 제 생각엔 요놈, 요 치마가 손님께 어울릴 것 같아요."

한 아가씨가 팔을 내두르며 소리를 질렀다.

"우린 필요 없어요!"

또 다른 아가씨도 놀라서 소리쳤다.

"이러지 말아요, 저리 가요!"

진한은 그녀들의 격렬한 태도에 놀라 어안이 벙벙해서 바라보면서도 자기도 모르게 손을 앞으로 뻗었다.

"잠깐만요, 진정하세요!"

"저리 가요, 저리 가라고요!"

젊은 아가씨들이 뒤로 물러나면서 계속 소리를 질러댔다.

주변 가게 사람들이 심상치 않은 소리를 듣고 가게 앞으로 몰려와서 구경했다.

진한은 단지 열정이 넘친 나머지 장사는 어떻게 하는 건지 시험해보고 싶었던 것뿐이었는데, 결과가 이상한 쪽으로 흘러가 두 젊은 아가씨들에 의해 찬물을 한 바가지 뒤집어쓴 것 같은 충격을 받았다.

"변태 아저씨[228]인가 봐!"

아가씨가 중얼거렸다.

목소리는 작았지만 그의 귀에 들렸다. 화장실 갔다 돌아온 진광은 가게 앞을 사람들이 에워싸고 시끌벅적하게 구경하고 있는 가운데 진한이 하얗게 질린 얼굴로 서 있는 것을 보았다. 깜짝 놀란 진광이 달려가 물었다.

"무슨 일이야?"

진한은 고개를 절레절레 흔들며 더는 말하고 싶어 하지 않았다. 그는 각종 다양한 디자인의 옷들을 서글픈 눈으로 바라보았다. 이미 모든 걸 계획해 두었고 임대할 가게 위치까지 봐둔 터였지만, 이번 일을 겪으며 또다시 크게 흔들렸다.

진광은 진한으로부터 사건의 자초지종을 전해 듣고는 의기양양한 듯 웃으며 말했다.

---

228 원문에서는 '금붕어 아저씨'라고 표현되어 있다. 과거 홍콩에서 금붕어를 키우던 소아성애자가 어린 여자아이에게 접근하여 "얘, 아저씨랑 금붕어 보러 갈래?"라고 말하며 건물 옥상으로 데려가서 성폭력을 범했던 사례가 있었고, 그 이후 '금붕어 아저씨'는 속이려는 분명한 목적을 가지고 여성에게 접근하는 남자를 상징하는 말이 되었다.

"장사에도 장사의 도가 있는 법이야. 옷을 만들 줄 안다고 해서 누구나 잘 팔 수 있는 건 아니니까."

이날은 오랜 동료의 생일이어서 다 함께 따파이당大排檔[229]에서 만나 축하해주기로 되어 있었다. 공장의 매출과 이익은 나빴지만, 동료 직공들은 오히려 단결이 잘 되었다. 환난 속에서 정이 더 두터워지는 셈이었다. 그들은 값이 저렴한 해산물식당에서 만나 새우와 게 요리 대짜에 맥주 한 상자까지 주문하고는 '취할 때까지 마시기'로 선언했다. 젊었을 때는 많이도 다투었고 암투도 있었지만, 지금은 더 부질없는 것이 돼버렸다. 모두가 웃고 떠들며 공장에서 있었던 옛날 일들을 추억했고, 잔을 부딪고 단숨에 벌컥벌컥 들이켰다.

진한은 예전에는 술을 잘 마시지 못했지만, 공장에 일감을 유치하기 위해 어쩔 수 없이 접대를 배웠다. 인사불성으로 취해버리고 토하기를 무수히 겪은 후 주량이 갑자기 확 늘었다.

"시원하게 마십시다!"

입을 모아 외치며 다 함께 술잔을 '쨍' 하고 부딪쳤다. 찌는 듯한 여름에는 얼음처럼 차가운 맥주가 최고의 위안이었다. 진한은 반쯤 취했을 때 문득 맨 처음 월화공장에 들어왔을 때의 광경이 떠올랐다. 꿈을 꾸는 것 같았고, 꿈이구나 하는 순간 수십 년이 훌쩍 지나가 버렸다. 하지만 공장에 들어가던 그 날의 광경은 여전히 또렷했다.

"자네 기억하나……."

---

229 작은 먹거리 노점이 밀집되어 늘어서 있는 곳으로, 노점마다 가장 눈에 띄는 곳에 불을 놓고 그 옆의 긴 테이블에 각종 재료와 조미료를 놓고 즉석에서 요리한다. 손님들은 천막에 놓인 테이블에서 일회용 용기에 요리를 담아 거리를 바라보고 앉아 주문한 음식을 먹는다. 도시의 번화한 정도와 무관하게 중국인이 있는 곳이면 어디서나 볼 수 있다.

진한이 천청의 어깨를 툭툭 치며 멍한 표정으로 물었다.

"기……기억하지, 기억……나……." 천청은 주량이 보통이라 벌써 혀가 꼬부라지기 시작했다. "내…… 내가 자네보다 기억력이 좋……잖아. 다…… 기억나지."

한 무리의 사람들이 왁자지껄 웃고 떠들다 한밤중이 돼서야 헤어졌다. 몇 명은 취해서 이미 탁자 위에 엎어져 집에서 식구들이 데리러 오기를 기다리고 있었다. 진한은 가까스로 자리에서 일어났다. 약간 어지러웠지만 혼자 갈 수 있다고 고집을 부렸다. 그는 혼자서 비틀거리며 골목길을 걸었다. 절반쯤 가다가 갑자기 길을 돌리며 혼잣말을 중얼거렸다.

"오늘 공장 순시를 아직 안 했잖아."

커다란 작업장이 밤의 어둠 속에 텅 비어 있었다. 막이 내려진 후의 무대처럼 어질러진 재봉틀과 자투리 천들이 소리 없이 침묵하고 있었다. 작업장 안에는 과거의 빛나는 세월을 보여주듯 자수기계가 가지런히 정렬해 있었다. 차가운 기계 위로 달빛이 하얗게 쏟아져 훨씬 더 썰렁해 보였다. 진한은 비틀비틀 흔들리며 맨 앞에 있는 재단판 앞으로 걸어가서는 조용히 은은한 빛을 발하고 있는 구슬들을 바라보았다. 이미 완성된 투구 한 점이 달빛 속에서 은은하게 빛났다. 은백색 빛은 혈기왕성한 호랑이의 형형한 눈빛을 반사하고 있었다.

그는 작업장에 소리 없이 오랫동안 서서 조용한 재단판을 바라보았다. 가슴속에 수많은 장면들이 월극의 한 막 한 막처럼 차례로 스쳐 지나갔다. 젊었을 때는 온몸에 다 쓰지 못할 만큼 힘이 넘쳐 아침부터 저녁까지 쉼 없이 일을 했었다.

중년 이후에 관리 업무로 전환한 후로는 매일 확고한 발걸음으로 작업장 안을 분주하게 오가며 문제를 해결하느라 바빴다. 월극의상이 한 벌 한 벌 완성됨과 동시에 사람도 해마다 늙어갔고, 청춘과 땀은 모두 돈지갑 안으로 녹아들었다. 이십 대에는 도보 몇 권을 보호하기 위해 목숨까지 버릴 수 있었다. 지금 그 도보들은 바닥에 내깔린 채 언제든 폐품점 직원이 와서 한 근에 2마오씩 쳐서 가져가 주기를 기다리는 신세가 되었다. 그는 몸을 떨면서 천천히 쪼그려 앉았고, 그 도보들을 잘 보관해두고 싶다는 듯 한 뭉치씩 집어 들었다. 그러다가 갑자기 휘청하며 중심을 잃고는 그대로 바닥에 고꾸라졌다.

뤄옌이 전화를 받자마자 곧바로 병원으로 달려갔다. 이미 흰 천이 덮여 있었다. 의사가 가족들에게 사망신고를 하라고 말했다.

"집으로 모셔갈 필요 없습니다. 영안실에 하룻밤 두고 곧바로 화장터로 보냅시다."

뤄옌은 넋이 나가 멍하니 고개만 끄덕였다. 의사가 무슨 말을 하고 있는지조차 모르는 것 같았다. 옆에 서서 놀라고 당황한 얼굴로 눈물을 훔치고 있던 공장 수위가 회한에 사무쳐 말했다.

"들어오실 때 보니까 좀 취했더라고요. 말렸으면 좋았을걸. 저는 공장장께서 남은 일이 있나 보다 했죠."

진한이 이런 식으로 갑자기 세상을 떠날 줄은 누구도 예상치 못했다. 그는 늘 건강했다. 다른 사람들 모두 그가 자기 아버지처럼 장수할 거라고 생각했다. 샤즈광이 황급히 병원으로 달려왔을 때, 그의 손에 공문서 몇 개가 들려 있었다. 진한에게 서명을 받을 서류들이었다. 동료 직원들이 속속 도착했고, 병원 복도에 서서 침울한 표정으로 말했다.

"천 공장장은 늘 건강하셨는데 심근경색이라니요. 과로로 돌아가신 거예요."

광저우의 여름은 늘 타는 듯 뜨거웠다. 한 달 넘게 비 한 방울 내리지 않아 답답했다. 그런데 천진한이 세상을 떠난 후 날씨가 돌변하더니 먹구름이 몰려오고 천지가 가마솥 뚜껑을 덮어놓은 듯 온통 암흑 속에 묻혀버렸다.

그러더니 이후로 이레 밤낮을 대야로 퍼붓는 것처럼 엄청난 비가 쏟아졌다. 광저우시 전체가 홍수를 막느라 비상이었다. 신문은 매일 긴장 속에서 주강珠江의 수위와 인근 시와 현의 수몰 상황을 보도했다. 시민들은 어쩔 줄 몰라 하며 다가올 홍수를 넋 놓고 기다리고 있었다. 하늘이 얻어맞아 구멍이라도 난 것처럼, 영원히 그치지 않을 것 같은 폭우가 쏟아졌다.

루이펀은 뤄옌을 시켜 옷장 위에서 커다란 상자 세 개를 내리게 했다. 붉은색과 흰색이 어우러진 인조가죽 트렁크는 오랫동안 건드리지 않아서 표면에 먼지가 고르게 한 켜 내려앉아 있었다. 뤄옌이 눈물을 훔치며 기침을 쿨럭했다. 상자를 열어보니 작은 공책 수십 권이 가지런하게 정리되어 있었다. 누런색 가죽 표지로 된 공책 겉면에 "월화월극 의상공장"이라는 글자가 마오체毛體[230]로 커다랗게 압인되어 있었고, 안쪽 페이지로 넘기니 해서체로 뭔가가 빽빽하게 적혀 있었다. 상세하게 기록한 업무일지였다.

"1월 25일 아침, 공장 순시, 이제 막 완성한 장화의 아교가 떨어짐, 1월 26일 오후, 공장 순시, 진도가 다소 느림……."

루이펀은 한 페이지 한 페이지 넘기며 뤄옌에게 한 마디씩 모두 설명해주었다. 1960년 10월 첫날부터 시작해서 1994년 7월까지 적혀 있었고, 총 글자 수가 백만 자가 넘었다. 그의 인생 전부라고 할 수 있었다. 사건을 기록한 일지 외에도 표준적인 업무일지도 있었다. 16절지

---

230 마오쩌둥의 서예 예술이 구축한 독특한 서예체계다. 마오쩌둥은 중국 서예계에서 공인된 20세기의 서예 대가이며, 그의 서체인 마오체는 사람들에게 가장 잘 알려져 있고 익숙한 글씨체이며 출판인쇄 발행부수 최다의 서체이기도 하다.

공책에 파란색 볼펜으로 줄을 쳐서 칸마다 도안디자인, 진도 및 완성, 문제점 등으로 나누어 기록했고, 그밖에 각종 문양 같은 부호도 있었다. 루이펀은 아마 어떤 종류의 문제를 기록한 방식일 거라고 추측했다.

"매일 손에서 공책을 놓지 않으셨단다. 한 권을 다 쓰면 또 한 권을 시작하면서 그러시더라. 기록하지 않으면 잊어버리기 십상이라고……."

그렇게 말하며 소리 없이 흐느꼈다. 뤄옌이 어머니를 세게 끌어안으며 위로했다. 하지만 그녀 자신도 쏟아지는 눈물을 참을 수 없었다.

밤이 되었다. 그녀는 눈물을 훔치면서 아버지의 유품을 정리했다. 혼사 재난판 가에 앉자 왠지 얼떨떨하면서도 아버지가 옆에 있는 것 같은 느낌이 들었다. 한 번은 초크를 집어 들어 막 선을 그으려다 문득 아버지의 목소리를 들은 듯했다.

"우선 꼼꼼히 살펴보고 정해야지. 조급해하지 마라."

그녀는 무의식적으로 고개를 돌려 아버지에게 "어떻게 해야 맞는데요?"라고 물으려고 했다. 하지만 돌아봤을 땐 아무도 없었다. 그녀는 혼자서 새벽까지 멍하니 앉아 있었다. 방 안에서 바스락바스락 소리가 들렸다. 아버지가 슬리퍼를 끌고 방안을 왔다 갔다 하는 것 같았다. 얼마 안 있어 어머니의 목소리가 들려왔다.

"옌아, 너 아직 안 자니?"

두 모녀가 어둠 속에서 소리 없이 눈물을 흘렸다.

천가는 신대를 새로 제작했다. 원래 있던 것보다 훨씬 크고 넓었다. 신대 위에 진한의 영정을 놓았다. 흑백사진을 확대한 것이었다. 사진 속 그의 얼굴은 단정했고, 표정도 평소처럼 온화했다. 영정 앞에는 향로대가 놓였고, 양쪽으로 황동 기린麒麟이 한 마리씩 놓였으며, 그 옆에는 화광사부 자수상이 놓였다. 뤄옌이 아버지에게 정중하게 향을 피워 올리며 마음속으로 조용히 말했다.

"아버지, 이제부터는 제가 이 집을 지킬게요. 저, 두렵지 않아요."

천가의 작은 서재는 줄곧 재봉틀 작업 공방으로 쓰고 있어서 안에 원단과 비즈, 각종 봉제도구 등이 꽉꽉 들어차 있었다. 뤄옌은 퇴근하면 곧장 작업실에 틀어박혀 조금씩 차근차근 습득해나갔다. 처음에는 할아버지가 아버지에게 넘겨주었고, 지금은 아버지가 자신에게 넘겨준 것이었다. 그녀는 꼼꼼하게 모으고 정리했다. 모든 옷의 문양 하나하나 선을 따라 매만지며 긴긴 세월의 강물 속에 이렇게 침전되어 있던 고귀함과 정교함에 감탄했다.

"아버지도 참 너무 열심이셨어요. 과로로 돌아가셨잖아요."

뤄옌은 중얼거리며 또 눈물을 흘렸다.

진한이 그토록 갑작스럽게 세상을 떠날 줄은 아무도 몰랐다. 월화공장에서 그는 우수한 핵심 기술자였고 중요한 관리자였다. 그는 매일 정확한 시간에 작업장에 나타났고, 어느 부서든지 문제가 생기면 그에게 보고했다. 사람들은 문제가 생기면 그를 찾는 것이 버릇이 돼 있었다. 샤즈광이 이런 문제는 천 공장장의 관할 범위가 아니라고 아무리 역설해도 사람들은 여전히 습관적으로 그를 찾았다.

그가 디자인한 패턴이 아직 벽에 걸려 있었다. 조형은 빈틈없고 대범했으며, 작업 솜씨는 정교하고 치밀했다. 자세히 들여다보면 전통을 깬 수많은 혁신적인 디테일들을 찾아낼 수 있었다. 나이 든 사람들은 의상을 가리키며 말했다.

"이건 척 보니 진한의 솜씨군 그래. 당신들 함부로 비웃지 말라고."

그가 제작을 지휘하던 용포가 아직 제작공정 중에 있었다. 다림질 작업장에서 숙련된 아가씨들이 가장자리를 눌러 다리고, 실밥을 자르는 중이었다. 자수 작업장에서 임시직공을 관리하는 주임이 굳은 표정으로 목소리를 깔며 말했다.

"연꽃 문양으로 하세. 천 공장장께서 연꽃을 좋아하셨잖아."

퇴직한 한 직원은 명절 보너스를 수령하러 왔다가 그의 사무실 앞에까지 가서 문을 두드리며 물었다.

"진한이 자네 없나? 출장 갔나?"

뤄옌은 하루 종일 디자인실에 틀어박혀 쉬지 않고 제도하고, 패턴을 뜨고, 수정하며 분주함을 핑계로 슬픔을 멀리하려고 애썼다. 어쩌다 바깥에서 "천 공장장님" 하고 부르는 소리가 들리면, 머릿속이 갑자기 히애지면서 눈물이 저절로 흘러내렸다. 그녀는 마음이 너무 괴로워서 죽을 깃 깉다. 하지만 아무렇지 않은 척할 수밖에 없있다. 자칫 어머니가 자극받아서 심하게 울면 눈이 상할 수 있기 때문이었다. 루이펀은 내내 얼떨떨하고 멍한 것 같았다. 이 현실을 도저히 받아들이지 못해서 걸핏하면 세 사람 몫의 밥을 차리곤 했다. 뤄옌은 어머니를 달래려고 무진 애를 썼다. 아버지가 가고 나니 집 안이 갑자기 텅 비어버렸고, 어머니는 무너졌다. 그녀가 지탱하지 못하면 이 집도 곧 무너질 것이었다.

뤄옌이 전화를 받았다. 낯선 사람이었다. 그가 물어왔다.

"혹시 천진한 사부이십니까?"

이런 전화를 받을 때마다 그녀는 눈물이 쏟아질 것 같았지만 꾹 참으며 되물었다.

"그분은 이제 안 계십니다만, 무슨 일이십니까?"

수화기 저편의 목소리가 잠시 멈칫하더니 이내 다시 물었다.

"결정하셨는지 여쭤보려고요. 임대를 하실 건가요?"

뤄옌은 그제야 아버지가 장원방 부근에 점포를 하나 내서 월극의상

사업을 하려고 계획하고 있었음을 알게 되었다. 그녀는 수화기를 움켜쥐었다. 또다시 눈물이 그렁하게 차올라 흘러내렸다.

루이펀이 비닐 포장지로 싼 자료 한 뭉치를 찾아내 뤼옌 앞에 내놓으며 말했다.

"이게 네 아버지가 떠나기 전에 남기신 거지? 아직 쓸 만한지 어떤지 한번 봐."

열어보니 사업자등록 수속을 진행하던 중으로 이미 절반쯤 마친 상태였다. 진한이 서명한 대출신청서와 부동산 임대차계약서 복사본, 그리고 점포 계획도 등이 있었고, 오른쪽 하단에는 긴 네모 칸이 단정하게 그려져 있었다. 그 안에 '한기'라는 두 글자가 커다랗게 쓰여 있었다.

루이펀이 눈물을 훔치며 몹시 애통해했다.

"네 아버지가 이렇게 강하게 결심한 줄 진즉 알았더라면 내가 도와드렸을 텐데. 그랬다면 네 아버지 혼자서 힘들어하다가 이 지경이 되진 않았을 거야."

뤼옌은 멍하니 아버지 유품을 뒤적였다. 아버지가 늘 추구하던 것은 큰 부자가 되는 것이 아니었다. 자신만의 웨딩의상 가게를 내는 것이 아마도 그가 마음속 가장 깊숙한 곳에 간직해온 생각이었을 것이다. 뤼옌은 생각했다. 떠오르는 생각이 있었지만 역시 망설여졌다. 그녀는 당시 아버지가 머뭇거렸던 것도 이 집안을 위해서였음을 잘 알고 있었다. 결코 부유하지 않은 이 집을 위해서 함부로 가벼이 행동할 수 없었던 것이다.

이 생각은 여린 새싹과 같았다. 바람을 만나서 자랐고, 아주 빠르게 자라기 시작했다. 뤼옌은 늘 자신이 뭔가 할 수 있기를 바라왔다. 월화 공장은 이미 가쁜 숨을 겨우 이어가는 상태였고, 단속적으로 패션사업을 하고 있었다. 뤄옌은 매일 디자인실에 있으면서도 기성복 패턴만 떠 주었다.

"아버지는 하시고 싶어 했고, 분명 할 수 있었을 거야. 이토록 오랜 세월 알고 지낸 사람들, 극단들이 모두 아버지를 전적으로 신뢰했으니까."

뤄옌은 혼자서 계산을 해보았다. 아버지가 이미 일부 비용을 모아둔 터라 개업 자금은 얼추 마련되었지만 후속 비용도 만만치 않았다. 일단 가게를 열면, 임대료와 인건비, 재료비 등 각종 지출이 끊이지 않을 터였다.

그렇게 중대한 생각은 항상 신중하게 고민해야 한다. 만에 하나 실패하면 어쩌겠는가. 뤄옌은 이리저리 생각해보고 또 생각해보았지만, 역시나 한번 해보고 싶었다. 그녀는 줄곧 아버지가 계획하던 일을 이어서 하고 싶다는 생각밖에 안 들었다. 아버지가 당시 적어둔 전표가 그대로 있었다. 수기로 작성한 전표, 한기에 관한 모든 것, 그리고 고모할머니가 그녀에게 준 모든 것이 있었다. 이것들을 다 그러모아 놓으니 그녀는 자신이 그 사명을 완수할 사람이라는 생각이 들었다.

하지만 이 무거운 '사명'을 생각하면, 그녀는 또다시 망설여졌다. 자신은 그저 졸업한 지도 몇 년 안 되었고, 공장에서 일한 경력도 고작 몇 년뿐인, 경험이 일천한 사람이다. 귀동냥 눈동냥 한 것이 있다지만 그렇다고 얼마나 능력이 있겠는가?

월화공장은 그야말로 더는 지속하기 힘든 상황이었다. 작업장은 조용하기만 했고, 한 달 동안 단 한 장의 주문도 작업하지 못했다. 뤄옌은 직접 낱개주문을 받아보았다. 동료 관계라서 단골손님을 그녀에게 소개해준 것이었다. 그녀는 패턴과 재단은 혼자 하고, 난이도가 있는 작업은 동료 직공들을 찾아가 의뢰했다. 낱개작업 주문을 받으면 통제가 안 되는 부분이 너무 많아서 작업 시간과 작업반장, 각 건의 이윤 등을 아주 정확하게 계산해서 진행해야만 했다. 계산하는 것이 힘들어서 뤄옌은 아버지의 업무기록을 뒤적여보았다. 삼십 년 동안의 업무일지에 매일매일이 아주 상세하게 기록되어 있었다.

"아버지가 할 수 있었던 거라면 나도 할 수 있어."

이렇게 생각하자 그녀는 다시 용기가 생기는 것 같았다.

루이펀도 진한의 기록을 자주 들춰보았고, 보는 내내 눈물을 흘렸다. 그중 한 페이지를 가리키면서 뤄옌에게 말했다.

"매일 이렇게 잡다한 일들이 많으니 기록을 하지 않으면 어떻게 다 처리했겠니. 어떤 건 내가 대신 적어드리기도 했단다." 그녀는 뤄옌에게 보여주며 말을 이었다. "매화문양 안의 다섯 가지 배색, 매화꽃 세 송이의 간격은……."

옛날 일을 생각하니 금세 눈물이 쉴 새 없이 흘렀다. 뤄옌은 황급히 화제를 돌렸다.

"스티치 기법에 대한 기록이 있는지 좀 찾아봐 주세요."

뤄옌은 눈을 감고 당시에 아버지가 일하던 광경을 떠올려보았다. 그녀는 자신이 이 업계를 훨씬 더 잘 이해하게 되고, 아버지도 이해하게 된 것 같은 느낌이 들었다. 시대가 급변하고 사회도 끊임없이 변화하고 있다. 유일하게 변하지 않는 것은 사람의 신념뿐이었다. 자신을 책임지고 수공예를 책임지는 것이다. 그녀가 월화공장에서 일한 지도 벌써 수년째였지만, 그동안 아버지와의 소통은 거의 없었다. 특히 최근 몇 년 동안 아버지는 늘 바빴고 접대를 하고 있었다. 그녀는 이 기록들에서 아버지의 진짜 생각, 마음 깊숙이 간직했던 강렬한 신념을 보았다.

뤄리도 이 수공예 일에 흥미를 보였다. 이 온순한 성격의 아가씨는 진광을 닮지 않았고, 샤쥐앤도 닮지 않았다. 오히려 젊은 시절 진후이의 모습이 조금 있었다. 그녀는 뤄옌을 따라 조몰락거리는 것을 좋아했다. 두 자매는 함께 바느질을 했다. 어릴 때부터 귀동냥 눈동냥하며 이 수공예 일을 좋아해왔다. 다만 예전에는 부모님이 그녀가 배우지 못하도록 말리며 공부나 열심히 하라고 압박했었지만, 지금은 어른이 되었으니 그녀도 자신이 좋아하는 것을 추구할 수 있었다. 그녀는 틈만 나면 와서 뤄옌의 일을 도왔다.

뤄리는 그녀의 생각을 십분 이해했다. 이 두 자매는 어릴 때부터 함께 자라온 터라 정이 매우 깊었고, 함께 있으면 서로 할 얘기가 끊이질 않았다. 뤄옌이 뤄리에게 말했다.

"넌 어릴 때부터 비즈 꿰기랑 자수 놓는 걸 좋아했잖아. 우리 둘이서 합작해서 기기를 차리는 게 좋겠어."

뤄리는 한참 생각한 끝에 고개를 흔들었다가 다시 끄덕였다. 그녀는 이 업을 정말로 좋아했다. 하지만 진광은 어릴 때부터 만지지도 못하게 하면서 늘 호통을 쳤고, 그녀가 수공예 일을 하게 되는 것을 바라지 않았다.

반면에 츄이는 하겠다고 마음먹으면 하고야 마는 단호한 아이였다. 그녀의 전공은 회계였는데 여가시간에 학원에 다니며 CAD를 배워 간단한 패턴을 뜰 줄 알았다. 집안 여기저기에 월극의상과 월극의상 만드는 도구들이 있었다. 그녀는 이 집안에 태어난 이상 이 업계의 영향을 벗어나기 힘들다는 것을 깨달았다. 추이펑이 세상을 떠난 후 그녀는 늘 할머니를 그리워했고, 동시에 가까이 있었던 가장 소중한 것들을 이렇게 오랜 세월 동안 귀하게 여기지 않았던 것을 후회했다. 그녀가 뤄옌에게 말했다.

"과감하게 시작해 봐. 내가 도울게!"

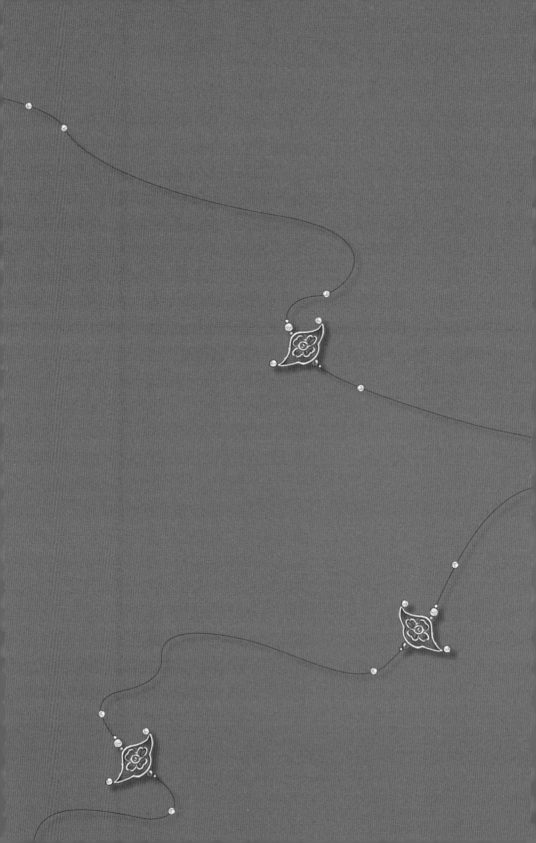

제4부

세월은 노래처럼

제20장

1996년에 천뤄옌은 런민남로人民南路에 '한기' 간판을 내걸고 다시 월극 의상 사업을 시작했다.

가게가 문을 연 그날은 쾌청한 날이었다. 높고 쨍한 가을 하늘은 멀리까지 구름 한 점 없이 맑았다. 모두들 좋은 징조라고 말했다. 점포 정면은 장원방에 딱 붙어 있었고, 런민로 고가도로를 마주 보고 있어서 사방의 시야가 좁은 데다 점포 면이 20제곱미터밖에 되지 않았다. 녹청색 간판은 만卍 자 문양으로 테두리를 두르고 가운데는 송체宋體[231]로 단정하게 '한기漢記'라는 두 글자를 크게 새겼다.

개업을 준비하는 데 필요한 여러 가지 자질구레한 일들을 모두 뤄옌

---

231 송나라 때 목판인쇄술이 발달하면서 인쇄술에 적용하기 위해 만들어진 한자 글꼴이다. 목판에는 결이 있는데 일반적으로 글자를 새길 때 가로선은 나무의 결과 일치하므로 튼튼하고, 세로선은 나무의 결과 교차하여 쉽게 끊어진다. 따라서 세로 방향은 굵게, 가로 방향은 얇게, 끝부분은 마모되기 쉬우므로 굵게 한다. 이렇게 송체의 자형이 형성되었다.

혼자서 직접 할 수밖에 없었다. 가게 인테리어부터 물건 구입, 직원 고용까지 차례로 진행해나갔다. 점포 안에 진열할 물건 중 일부는 아직 납품하지 않은 외주 건이었고, 그밖에 더 많은 것들은 뤄옌이 직접 제작한 제품들이었다. 그녀는 특별히 옛날 것을 모방한 편액을 주문했다. 비용이 만만치 않았지만 백 년 전통을 가진 오래된 가게의 영고성쇠를 아주 잘 보여주어 효과는 그만이었다. 잃어버린 반세기의 옛 간판이 소리 없이 숨죽이며, 그러나 굳건하게 장원방에 다시 등장했다.

새끼돼지는 전체적으로 연한 붉은색이었고, 높이 치켜 들린 돼지머리는 엷게 미소를 띠고 있어 한기 개업의 주인공이 된 것을 매우 기뻐하는 듯했다. 개업 전에 먼저 신대를 차려놓고 새끼돼지를 맨 앞에 놓은 뒤 양쪽으로는 지짐이를 쌓고, 쑤쟈오酥角²³²와 사탕, 과일 등을 차렸다. 뤄옌은 정중하게 화광사부를 모시고 신주 위패를 놓았다. 점포 내부에 고정된 제단을 설치해 놓고, 천가 사대四代 사부의 초상을 모두 그 위에 올려놓았다. 그녀는 구석구석 먼지 한 톨 없이 정성껏 문질러 닦았다. 초상 앞에는 공양에 쓰는 찻잔과 술잔을 놓아두고, 아침 일찍 선조들에게 예를 갖춰 향을 피우고, 세 번 절하고, 술과 차를 올리며 정중하게 고했다.

"한기가 다시 문을 엽니다!"

입구에 일렬로 늘어선 꽃바구니는 뤄옌이 직접 꽃집에 가서 주문한 것으로, 임시로 지은 회사명을 찍어 사람들이 보기에 성대하고 떠들썩한 느낌을 주었다. 꽃바구니 속 꽃은 싱싱하고 아름다웠다. 목이 긴 백합과 요염한 카네이션, 생기 넘치는 별사초 등 온통 활기 넘치는 모습

---

232 광둥 지방 특유의 간식으로 만두피에 땅콩, 깨, 설탕 등을 섞은 소를 넣고 싸서 끓는 기름에 노릇노릇 황금색이 될 때까지 튀겨낸다. 만두피를 쌀 때 끝부분을 정교하게 셔링 잡는 것이 포인트다.

이었다. 가게 안에는 남자 대고와 여자 대고, 해청, 궁녀복 등 주요 배역의 의상이 다 갖춰져 있었고, 진열장에는 정교하고 섬세하게 만들어진 비단 인형이 화려한 월극의상 견본과 함께 어우러져 돋보였다. 한쪽 벽면에는 오래된 사진들이 걸려 있었다. 잡지에서 오려낸 옛 사진 속 배우는 한기의 제품을 입고 있었고, 과거의 월극의상 견본 사진도 있었다. 또 한 장은 당시 천더우성이 온 가족을 데리고 사진관에 가서 찍은 가족사진이었다. 그때 어린 소년이던 천슈런은 풋풋함이 그대로 담긴 눈매로 정면을 똑바로 바라보고 있었다.

뤄옌은 월극학교 학생을 한 명 초청해서 한기의 의상을 입고 입구에서 월곡粵曲 소조小調를 부르게 했다. 아가씨는 젊고 예뻤다. 금실로 장식된 연한 색 상의에는 작은 매화꽃이 점점이 떠 있었고, 크레이프 스커트는 요즘 유행하는 주름치마 스타일로 개량한 것이었다. 광둥 음악이 흘러나오자 그녀가 부드럽게 노래를 불렀다. 달콤하고 아름다운 목소리가 나긋나긋 길게 이어졌다. 그녀 뒤로는 네 명의 도우미 아가씨들이 서 있었다. 붉은색 개량식 치파오를 입은 도우미 아가씨들은 뤄옌이 홍보회사에서 부른 사람들이었는데, 최근 가장 유행하는 손님맞이 스타일로 일자로 늘어서서 감미로운 미소를 짓고 있어서 서비스가 세심해 보였다.

축하해주러 오는 손님이 끊이지 않았다. 가족 친지들 외에도 월화공장 동료들과 인근에서 연극을 하는 아마추어 전통극 배우들, 그리고 '한기'의 명성을 흠모해서 찾아온 사람들이 실내를 가득 메워 시끌벅적했다. 뤄옌은 사람들을 접대하고 챙기느라 가게 안을 쉴 새 없이 분주하게 왔다 갔다 했다.

축하행사가 끝나자 그제야 그녀는 두 발이 이미 감각이 없을 정도로 마비된 것을 깨달았다.

"네 아버지가 살아서 이 모든 것을 보셨다면 얼마나 기뻐하셨을까."

루이편은 딸과 함께 잡동사니들을 정리하며 감개무량하여 이렇게 말했다. 뤄옌은 새로 마련해 놓은 팔걸이의자에 털썩 주저앉았다. 너무 피곤했지만 몹시 흥분되기도 했다. 벽에 걸린 액자와 진열장에 놓인 꽃 장식, 옷걸이에 걸린 대고와 궁녀복 견본들을 바라보고 있자니 기쁨으로 가슴이 벅찼다. 이것들을 자신의 손으로 직접 만들어냈다는 것이 믿기지 않을 정도였다.

그녀는 신대 앞으로 나아가 장엄하고 엄숙한 흑백사진들을 하나하나 바라보았다. 사진 속의 단아하고 친밀한 얼굴들을 보면서 그녀는 삶과 죽음 사이에 전해지는 어떤 무형의 힘을 느꼈다. 그녀는 그윽하게 응시하며 그들과 눈빛을 나누었고, 그들에게 한기가 다시 문을 열었다고 알려주었다. '만약 아빠가 살아 계셨다면 분명 내 어깨를 토닥이면서 아주 잘했다고 칭찬해주셨을 거야!' 이런 생각을 하니 갑자기 눈이 젖어들며 눈물이 금방이라도 흘러내릴 것만 같았다. 시간은 끝없이 광활하고 긴긴 강물처럼 쉴 새 없이 내달렸지만, 또한 어딘가에 모여들기도 하고 침전되기도 해서 후대의 자식과 손자들이 생명의 원류를 거슬러 올라가 시간이 지나온 길을 돌아볼 수 있게 해주었다.

매일 새벽 뤄옌은 맨 먼저 가게에 도착해 철문을 열었다. 셔터가 말려 올라가며 요란하게 내는 "화르륵" 소리가 그녀에게 묵직한 책임감을 느끼게 했다. 하루 단위로 산출할 수 있는 임대료가 그녀에게 수입과 지출의 균형을 시시각각 일깨워주었다. 그녀는 대문을 힘껏 열어젖히고, 먼저 송풍기를 틀어 공기 중에 휘발된 냄새들을 날려 보낸 후 등을 하나하나 켰다. 가게 안이 갑자기 환해졌다. 그녀는 서둘러 꽃에 물을 주고 깨끗하게 청소를 했다. 개업 초기에는 자금이 빠듯하여 모든 일을 자신이 직접 해야 했다.

아래층은 보여주는 전시 공간이었고, 위층은 공장이었다. 뤄옌은 일꾼 네 명을 고용했는데, 모두 월화공장에서 오래 일한 노동자들이었다. 개인기업으로 이제 막 시작했기 때문에, 한 사람이 두 사람 몫의 일을 해야 했다. 가장 바라는 바는 내 사람이 도와주는 것이었다. 하지만 상황이 녹록치 않았다. 진후이는 집안 식구들을 챙겨야 했다. 시어머니는 연로했고, 하오옌은 대학을 다니고 있었다. 샤쥐앤은 본인이 손재주가 없다며 멀찌감치 피해버렸다. 황완은 열정은 있었지만 몸이 너무 약해서 매일 출근하는 것은 어려웠고, 의무적으로 가끔 도와줄 수 있을 뿐이었다.

첫 번째 주문은 슌더順德의 한 작은 극단으로부터 받았다. 월화공장의 나이 든 직공이 소개해준 것이었다. 기래액이 작고 일이 복잡하다고 월화공장에서 주문을 받으려 하지 않자 그가 내친 김에 선심 쓰듯 그녀에게 소개해준 것이다. 뤄옌은 계약을 한 후 즉시 작업에 착수했다. 공장에서 패턴을 뜨고, 재단하고, 수녀를 찾아 외주를 주었다. 현재 일감을 받을 수 있는 수녀는 극히 소수였고, 대부분 육칠십대 노인이었다. 뤄옌은 사방팔방 수소문한 끝에 결국 노련한 수녀 몇 명을 찾아냈고, 아주 오래 공들여 설득했지만 외주로만 작업하기를 고집했다.

하지만 외주는 단점이 매우 확실했다. 나이 든 직공 한 명이 제시간에 일감을 넘겨주지 않았고, 그 때문에 그녀가 의뢰받은 이 첫 번째 주문의 납품이 지연될 수밖에 없었다.

시대가 달라져 생활 리듬이 과거에 비해 빨라졌다. 모든 일이 시간을 정확히 맞춰서 이뤄졌다. 예전처럼 천천히 작업하고 천천히 기다리는 일은 없었다. 뤄옌은 무수히 전화를 걸었다. 처음에는 부탁하다가 나중에는 질책으로 바뀌었다. 하지만 그녀가 아무리 다급하게 재촉해도 상대방은 일감을 넘겨줄 생각을 하지 않았다. 재봉틀이 할 일이 떨어지자 다들 눈만 멀뚱멀뚱 뜬 채 자수 일감이 오기를 기다렸다. 그녀는 다급해서 울고 싶을 정도였다.

"어떻게 이럴 수가 있어요. 할 수 있다고 했잖아요!"

뤼옌이 전화기에 대고 성을 버럭 냈다. 전화기 너머에서는 조용히 있다가 몇 마디 우물우물하더니 전화를 끊어버렸다.

뤼옌은 화가 났지만 화를 상대방에게 풀 방법이 없었다. 그녀는 전화기를 힘껏 집어 던져 박살내버렸다. 수화기가 "쾅" 하고 바닥에 떨어져 두 동강 났다. 그런데도 분이 풀리지 않자 발로 세게 두어 번 걷어찼다.

하지만 노 사부는 이미 일을 망쳐버렸고, 그에게 물어내라고 해서 그가 물어낼 수 있는 것도 아니었다. 어머니인 루이펀이 그녀 뒤에 서 있다가 긴장한 목소리로 달랬다.

"너무 화내지 마라. 다른 방법을 얼른 생각해보자."

"무슨 수공예인이 신뢰라고는 눈곱만큼도 없죠!"

뤼옌이 눈살을 찌푸렸다. 그녀는 원래 조용하고 말수가 적은 성격이었는데, 요즘은 참지 못하고 화를 내는 일이 잦아졌다. 손바닥으로 탁자를 "탕탕" 내리치고, 책상다리를 몇 번 걷어차며 분노를 표출해 보아도 여전히 화가 풀리지 않았다.

당초 뤼옌은 외주를 위주로 해서 작업비용을 절약할 생각이었다. 그런데 뜻밖에도 그것 때문에 생긴 손실이 임금보다도 훨씬 컸다. 그녀는 어쩔 줄 몰라 하며 책상 앞에 앉아서 턱을 왼손으로 괴었다가 오른손으로 괴었다가 했다. 손목에 차고 있던 행운팔찌가 덩달아 흔들렸다. 그 매듭팔찌는 고모할머니가 직접 만들어준 것으로, 붉은색 매듭에 매달린 인조 크리스털 비즈가(봉황관을 만들고 남은 자투리 재료들이었다) 흔들리면서 반짝반짝 빛났다.

지금은 이미 솜씨가 정교한 수녀가 거의 없었다. 뤄옌이 여기저기 부탁해서 겨우 구한 수녀 한 명은 나이가 이미 칠십이 넘었다. 시력은 다소 떨어졌지만 알고 있는 기법이 꽤 많았다. 하지만 나이 든 수녀는 일한 지 한 달도 안 되어 일이 너무 힘들고 눈이 자주 아프다고 호소했다. 뤄옌은 억지로 밀어붙일 수 없어서 하는 수 없이 급하게 다른 수녀를 또 찾아 나섰다. 하지만 사람을 금방 찾기가 어려웠다. 젊은 수녀 중에는 산착침散錯針이나 반교침反咬針 기법을 사용할 줄 아는 사람이 극히 드물었다. 그녀는 어쩔 수 없이 직접 작업에 나섰다. 하지만 전문적인 수녀가 아니라 기법은 이해하고 있더라도 숙련돼 있지 않았고, 화나고 조급한 마음으로 수를 놓다 보니 자꾸만 손가락을 찔려 피까지 났다.

개입 초부터 길핏하면 문세가 생기는 것이 조짐이 좋지 않았다. 의기소침해진 뤄옌은 손 가는 대로 자수 실을 집어 손바닥에 올려놓고 쉴 새 없이 꼬아댔다. 자수 실은 가늘지만 아주 질겨서 아무리 꼬아도 끊어지지 않았다. 그녀는 더욱 짜증이 나서 아예 가위를 들어 '철컥' 하고 단숨에 모든 것을 끊어버렸다. 루이펀은 그녀가 이토록 뭔가를 '파괴' 하는 모습에 보다 못해 호통을 쳤다.

"네가 화가 났으면 난 거지, 물건은 왜 못 쓰게 망가뜨리는 거야."

뤄옌은 안 그래도 언짢았던 마음에 참지 못하고 버럭 소리를 질렀다.

"진짜 짜증 나! 지금 생각하고 있잖아요!"

그녀는 원래 조용하고 진중한 성격이었는데 모처럼 화를 낸 것이었다. 루이펀도 깜짝 놀라 아무 말도 못하고 혼잣말만 중얼거렸다.

"우린 수공예 하는 사람이라고. 바늘 하나, 실 한 가닥도 귀하게 생각해야지."

뤄옌은 더는 견딜 수 없어 탁자에 엎드려 큰 소리로 엉엉 울었다.

루이펀은 체면이고 뭐고 던져버리고 옛날 동료를 찾아갔고, 황완에게도 도움을 청했다. 가게를 열자마자 파산의 위험을 무릅쓰게 됐다. 가게의 자금은 빠듯한데 지금 이 순간 하늘을 원망하고 땅을 원망하고 그 누구를 원망해봐야 아무 소용없었다. 믿을 것은 자신뿐이었다. 몇몇 옛 동료들이 의리를 지키며 무상으로 와서 도와주었다. 황완도 와서 동분서주하며 자잘한 일을 도왔고, 이렇게 해서 결국 일감을 완성했다.

"가게 꾸려나가는 게 쉽다고 생각했어? 직접 사장이 돼보니까 몸도 마음도 고단하지?"

루이펀은 여전히 잔소리를 했고, 뤄옌이 감정을 가라앉히지 못할까봐 뒤에서 당부도 했다.

"일꾼들한테 네가 조급한 모습을 절대로 보이지 마라. 네가 당황하면 그 사람들은 더 당황해."

뤄옌이 고개를 끄덕였다.

"알았어요."

갖가지 골치 아픈 일들을 생각하니 그녀는 도저히 웃음이 나오지 않았다. 자수 일감을 모두 넘겨받자마자 이번에는 봉제를 맡은 사부가 갑자기 휴가를 냈다. 고향으로 돌아가 집을 지어야 한다는 것이었다. 두 사람은 다투기 시작했고, 사부는 욱해서 사표를 던지며 "안 해!"라고 소리친 뒤 짐을 챙겨 곧바로 나가버렸다. 뤄옌은 기겁했다. 너무 기막히고 화가 나서 말도 나오지 않았다.

사부의 임금을 채워주고 나니 그것도 적지 않은 지출이었다. 뤄옌은 그야말로 더 이상 방법이 없었다. '솥 깨서 솥 때우고, 부뚜막 깨서 부뚜막 고치는' 방법이 되더라도 우선은 급한 일부터 처리해야 했다. 매일 흙먼지를 뒤집어쓴 것 같은 얼굴로 이루 말할 수 없이 고생하며 자신을 영원히 끝나지 않을 일 더미 위에 쌓아두었다.

월극의상을 만들 수 있는 사람은 점점 줄어드는데, 광저우라는 이

도시는 갈수록 커져갔다. 뤄옌은 사람을 구하러 뛰어다니고, 일감을 걷으러 뛰어다니느라 수많은 시간을 길에서 보냈다. 요 며칠 동안은 그나마 초가을 더위라 태양이 그다지 맹렬하지 않아서 몇 군데 더 가보려고 했는데, 뜻밖에도 '온화한' 태양 아래서 반나절 햇볕을 쬐었더니 금세 온몸이 뜨거워지고 머리가 핑 돌았다.

뤄옌은 병이 났다. 침대에 누운 채 마음은 타들어 가는데도 도저히 일어날 수가 없었다. 감기와 열과 두통이 한꺼번에 몰려와 그녀에게 덤비는 것 같았다. 침대 위에 한참을 누워 있었더니 콧물이 줄줄 흘렀다. 루이펀이 그녀에게 약을 날여주며 얌전히 누워 있으라고 명령했다. 그녀는 안심이 안 되었지만, 가게로 나가려니 코가 시큰거렸다. 콧물 때문인지, 눈물 때문인지 알 수 없었다. 약을 먹었더니 콧물은 그쳤는데 약 기운이 올라와 온몸에 힘이 쭉 빠졌다. 땅바닥에라도 눕고 싶은 심정이라 아무 생각 하지 않고 눈을 감았다. 루이펀이 그녀에게 얼른 쉬라고 명령했다.

"가게 때문에 목숨까지 내던질 참이냐."

뤄옌은 수틀을 끌어안은 채 내려놓지 않으려 했고, 벌겋게 충혈된 눈을 필사적으로 부릅뜨며 말했다.

"엄마, 전폭前幅 만드는 거 도와주신댔잖아요!"

루이펀은 뤄옌이 깊이 잠들 때까지 기다렸다가 진후이와 황완에게 전화를 걸었다. 다행히 황완이 도와주겠다고 했고, 더불어 자기처럼 실직해서 힘을 보태줄 수 있는 동료들 몇 명도 구해왔다. 일감을 해체하고 분골하여 각각 조금씩 맡음으로써 인건비 지출을 줄였다. 뤄리도 돕겠다고 나섰다. 그녀는 구슬 꿰는 것을 좋아했다. 바늘만큼 가느다란 비즈 구멍을 들여다보며 한 알 한 알 매우 참을성 있게 꿰어나갔다. 샤쥐앤은 애초에 멀찍이 피해 있었지만, 다른 사람들의 압박에 못 이겨

하는 수 없이 돕겠다고 대답했다.

뤄옌은 거의 보름이 넘게 앓았다. 몸을 어느 정도 가눌 수 있게 되자 그녀는 곧바로 가게로 나갔다. 가게 안에 이토록 많은 사람들이 모여 일을 돕고 있는 모습을 본 그녀는 내심 안도했다. 스트레스가 줄어서인지 병증도 한결 가벼워졌다. 친지들과 친구들, 동료들의 도움으로 첫 번째 주문을 제때 납품할 수 있었다.

이날 밤 직공들은 모두 퇴근해서 집으로 돌아가고, 뤄옌 혼자 가게에 앉아 남은 일감을 마무리했다. 그녀는 혼자서 조용히 일을 했고, 마무리까지 끝나자 그제야 반창고를 찾아 손가락의 상처 부위를 잘 싸맸다. 통증이 약간 있었지만 기쁨이 더 컸다. 그녀는 몸 안의 모든 세포 하나하나가 꿈틀거리는 것을 느끼며 자랑스럽게 외쳤다.

"내가 해냈어!"

새 한기漢記의 첫 번째 작품은 색실 자수에 금테를 두른 매화장梅花裝이었다. 둥근 목선에 맞닿게 디자인된 앞섶, 수수水袖가 달린 넓은 소매로 늘씬하게 흐르는 듯한 아름다움은 세련되고 우아하면서 고급스러움을 잃지 않았다. 뤄옌이 조용히 들여다보며 복잡한 문양의 선을 따라 매만졌다. 눈물이 후두둑 떨어졌다.

무대는 모든 환상이 집약된 곳이다. 온 정성을 기울여 치밀하게 조성한 궁중의 정경과 한껏 공들여 빚어낸 규방의 감흥이 깃든 곳이다. 가장 화려한 월극의상만이 무대를 현실과 격리시킬 수 있다. 월극의상은 언제나 정교하고 섬세하다. 꽃의 색깔 하나하나, 늘어뜨린 술 하나하나가 모두 저마다의 의미를 가지고 최적의 조화를 구현한다. 월극의상은 바늘 한 땀, 실 한 가닥이 모이고 쌓인 것이며, 그것의 가장 매력적인 지점은 평범한 옷감이 수고로운 두 손의 수많은 손놀림을 거쳐 최종적으로 정교한 예술품으로 탄생한다는 데 있다.

뤄옌은 봉제가 끝난 결과물을 꼼꼼하게 살펴보며 실밥을 조심조심 잘라냈다.

매일 새벽, 가게에 맨 먼저 도착하는 사람은 뤄옌이었다. 그녀는 순면 티셔츠와 청바지를 입고 긴 머리칼을 높이 틀어 올렸다. 일을 좀 더 편하게 하려고 그녀는 가게 이층에 칸막이를 하고 침대를 갖다 놓아 밤을 새울 수 있도록 했다. 가게를 열긴 했지만, 운영이 이상적으로 잘되지는 않았다. 주문은 애처로울 정도로 적었고, 그녀 자신이 주문을 많이 받을 엄두가 나지 않기도 했다. 의상을 수공으로 제작하는 것 자체가 진행이 느린 데다 정교한 품질을 추구하기 때문에 훨씬 더 긴 작업 시간을 요했다.

뤄옌은 겉으로는 침착하고 냉정해 보였지만, 사실 속으로는 다급하고 초조했다. 그러면서도 완성된 작품을 검수할 때는 직공들에게 참지 못하고 잔소리를 했다.

"좀 천천히 해요, 서두르지 말고 침착하세요. 그래야 작업이 잘 됩니다."

이렇게 함으로써 품질을 보장할 수는 있었지만 작업효율을 끌어올릴 수는 없었다. 루이펀조차 한숨을 푹 내쉬며 말했다.

"직접 가게를 차리면 온갖 어려운 일을 다 겪는다던데, 하물며 이 업종은 애당초 이 일 자체가 어려우니, 원."

신대 위에는 천더우셩의 영정과 천슈런의 영정이 놓여 있었는데, 지금은 천진한의 영정이 추가로 놓였다. 이들 선조들은 천가의 신앙이었다. 뤄옌은 매일 아침마다 선조에게 분향했다. 어려운 문제를 맞닥뜨릴 때마다 그녀는 정중하게 허리를 굽혀 세 번 절을 한 뒤 속으로 조용히 물었다. '대체 어떻게 해야 해요?'

그녀는 과거에 할아버지가 어떤 식으로 일을 했었는지, 아버지가 어떤 식으로 사고했었는지 상상해보았다. 하나의 수공예술로서 가장 중요한 원칙은 정교함이었다. 하지만 정교함은 유지하기가 결코 쉽지 않다. 비용이 너무 많이 들고 엄청나게 긴 시간이 소요된다. 요즘 기성복은 모두 대량으로 생산된다. 백화점 매장에서 고가의 명품패션 라벨을 붙이고 있는 옷들이라고 해도 실밥 몇 개 정도는 남아있을 수밖에 없다. 네크라인 뒤처리나 시접 누르기 등의 디테일이 꼼꼼하게 되었는지는 심지어 볼 수조차 없는데도 젊은이들한테 아주 인기가 많고 팔릴수록 점점 비싸진다.

선조들은 그저 하늘에서 묵묵히 그녀를 지켜줄 수밖에 없다. 해결해야 하는 문제들은 그녀 스스로 방법을 강구해야 했다. 이날 주문했던 자재를 실은 차가 이미 도착해서 가게 문 앞에 서 있었지만, 기사는 앉은 자리에서 값을 올리며 '운반비'를 요구했다. 뤄옌은 너무 속상해서 숨이 막혔다.

"운반비를 받는다는 얘기는 들어본 적이 없는데요."

"요즘은 뭐든지 다 돈이에요. 나도 다음 일하러 얼른 가봐야 해서 바빠요."

기사는 차 문 옆에 기대어 담배를 피우며 아무렇지도 않게 말했다.

뤄옌은 하는 수 없이 직원들을 불러 물건 내리는 것을 도와달라고 했다. 가게 안에 있던 직원들 모두 나이가 많고 평상시에 수공예 일밖에 하지 않는 사람들이었다. 몇 번을 왔다 갔다 짐을 옮기더니 다들 허리를 두드리고 등을 치며 도저히 못하겠다고 아우성이었다. 뤄옌은 어찌나 독한지 매번 가장 무거운 것을 옮겼는데, 그렇게 몇 번 왔다 갔다 했더니 손발이 저려 제 몸이 아닌 것 같았다. 루이펀이 급히 황완에게 전화를 걸어 둥즈웨이와 하오옌이 와서 도와주었으면 한다고 부탁했지만, 하필이면 둘 다 집에 없었다. 루이펀은 전화기 옆에 서서 울상이 되어 발을 동동 굴렸다.

"엄마, 괜찮아요. 두어 번 더 왔다 갔다 하면 끝나요."

뤄옌이 일부러 아무렇지도 않은 척 손을 휘휘 내저으며 어머니를 안심시켰다.

루이펀은 고개를 푹 숙여 자신의 감정을 필사적으로 숨기며 말했다.

"그럼 얼른 하자. 기사님 너무 많이 기다리시게 하지 말고."

이날은 초하룻날이었다. 아침 일찍 진한에게 분향하고 남편의 영정을 바라보는 루이펀의 눈가에 차츰 눈물이 맺혔다. 그녀가 원망 서린 목소리로 말했다.

"당신, 옌이 좀 잘 보살펴주지 않고 뭐 해요. 요즘 걔가 힘들어서 어떻게 됐는지 좀 보시라고요."

사진 속의 진한은 여느 때처럼 말없이 따뜻하게 웃고만 있었다. 모든 걸 다 예상했다는 듯한 표정이었다.

루이펀은 다시 돌아서서 뤄옌에게 말했다.

"네 아버지가 하늘에서 보고 계셔. 분명 널 보살펴주실 거야."

뤄옌은 어머니가 힘들어할까 봐 말을 보태지도 못하고 그저 멍하니 고개만 끄덕였다.

결정적인 순간에 기대도 하지 않았던 중슈링이 와서 아주 많은 도움을 주었다. 그녀는 한기가 곤경에 빠져 루이펀이 사방팔방으로 사람을 구하러 다닌다는 얘기를 듣고 급히 들러본 것이었다.

"안 그래도 경기가 안 좋고 장사도 어려운데, 어쩌자고 이럴 때 가게를 열었어요?"

중슈링이 안타까워했다. 루이펀이 한숨을 내쉬며 대답했다.

"이건 진한이 못다 이룬 꿈이에요."

중슈링이 주위를 둘러보고는 역시 한숨을 내쉬며 말했다.

"보아하니 상황이 정말 녹록지 않아 보이는군요."

뤄옌은 중슈링을 보면 항상 몹시 기뻐했다. 중슈링은 디자인과 재단에 모두 능숙했고 수공예 기술을 두루 섭렵한 데다 수준도 상당히 높았다. 더구나 그녀는 다년간의 관리 경험도 갖추고 있으니 가게를 운영하는 요령에 대해서도 조언해줄 수 있을 것이다. 그녀가 함께해준다면 한기가 상황을 반전시킬 수 있으리라는 자신감을 가질 수 있었다.

하지만 루이펀은 주저했고, 차마 중슈링을 끌어들일 수 없어서 태산같이 걱정하며 뤄옌에게 상의했다.

"링 아줌마가 상황이 좋지 않아. 별거만 몇 년 하다가 결국 류즈쿼과 이혼하고 혼자서 아이 키우면서 공부까지 시키고 있으니 경제 사정이 빠듯할 거야. 우리 가게에서 월급을 못 주면……."

중슈링은 실직한 후 규모가 꽤 큰 현지 패션의류공장에서 일하고 있었고 꽤 괜찮은 대우를 받고 있었다.

뤄옌도 그런 사정은 알고 있었다. 그럼에도 너무 아쉬운 마음에 그녀가 말했다. (포기하고 싶지 않았다.)

"하지만 가게에 사람이 많아지면 완전히 달라질 거예요. 이 시점에 그분 말고 저를 돕겠다고 와줄 사람이 누가 있겠어요?"

그녀는 포기해야지 하면서도 너무 아쉬워서 중슈링이 가게에 들러줄 때마다 넋을 잃고 그녀를 바라보았다. 중슈링이 참다못해 웃음을 터뜨리며 말했다.

"왜 그런 눈으로 날 보는 거야. 꿈속 연인이라도 만난 것처럼 그러지 마."

공예상의 수많은 문제들도 중슈링처럼 숙련된 기술을 가진 사람들만이 해결할 수 있었다. 때때로 그녀가 가게로 올 형편이 안 될 때는 뤄엔이 아예 그녀 집으로 찾아갔다. 한 번 두 번 가던 것이 점차 정기적인 일정이 돼버렸다. 저녁 일곱 시가 좀 넘어서 중슈링이 침대에 들어가 쉬려고 하면 그제야 뤄옌이 문을 두드리곤 했다. 중슈링은 그 모습이 안쓰러웠다.

"매일 이렇게 늦게까지 일하는 거야? 그렇게 해서 몸이 어디 버티겠니."

뤄옌은 고개를 저으며 말했다.

"방법이 없어요. 가게에 사람이 적으니 저 혼자 세 사람 몫을 해야 하거든요."

그녀는 물어보고 싶었던 일감을 품에서 꺼내 일일이 탁자 위에 펼쳐 놓았다. 그런 다음 독실한 신자와 같은 숭배의 눈초리로 중슈링을 바라보며 그녀의 가르침을 기다렸다. 중슈링은 항상 무엇을 하든 진지했다. 아무리 늦은 시간이라도 문제를 끝까지 자세하게 설명해주었다. 두 사람이 가르치고 배우면서 작업을 해나가는 동안 어느덧 일은 한밤중까지 이어졌다. 뤄옌은 피곤해서 눈이 벌겋게 충혈되었고 쉴 새 없이 하품을 해댔다. 중슈링이 보다 못해 말했다.

"남은 것은 내일 다시 얘기하자."

"내일은 내일 할 일이 또 있어요." 뤄옌이 고집스럽게 말하며 주머니에서 보온도시락까지 꺼내며 말을 이었다. "너무 배고파요. 나가서 야참을 좀 사 올게요."

중슈링은 그런 그녀를 바라보며 너무 마음이 아파 눈물을 떨구었다.

"네 아버지가 하늘에서 보고 계셔. 보물처럼 아끼는 딸이 이렇게 고생하는 걸 보고 분명 마음 아파하실 거야."

아버지 생각을 하니 뤄옌도 눈시울이 붉어졌다.

"아버지는 살아계실 때 우리한테 한 번도 힘들다고 불평하신 적이 없었어요. 얼마나 힘드셨을지 전 이제야 몸소 느끼고 있어요."

중슈링이 한동안 묵묵히 있다가 자신의 손을 그녀의 손 위에 조용히 얹으며 진지하게 말했다.

"결심했다. 이번 달 일을 마치면 가서 널 도우마."

뤄옌은 어안이 벙벙했다. 잠시 후 정신을 차렸을 때는 너무 기뻐서 말도 제대로 못하고 한참을 우물거리다가 겨우 더듬더듬 말했다.

"하지만 우리 가게는 수익이…… 월급을…….”

"네 사정 어려운 건 알고 있어. 나도 돈 때문만은 아니란다."

중슈링이 차분하게 말을 이었다. 뤄옌을 바라보는 눈빛이 부드러웠다.

"돈을 벌려면 끝이 없지. 난 더 중요한 게 뭔지 잘 알아."

뤄옌은 너무 흥분되어 뭐라고 말해야 좋을지 도무지 알 수가 없었다. 중슈링의 도움을 얻게 되자 그녀는 자신감이 생겼다. 한기는 난관을 극복할 것이고, 그뿐만 아니라 이제부터는 순풍에 돛을 단 무적이 될 것이다.

진광이 가게를 보러 와서는 한바탕 비판적 견해를 늘어놓았다. 뤄옌이 "인테리어 디자인에 문외한인 데다 장사에 대해서는 훨씬 더 무지하다."는 것이었다. 그는 어릴 때부터 아버지와 대화하면서 아버지로부터 가게가 어떤 모습이어야 하는지 들어왔고, 옛날 사진들도 본 적이 있다며 말했다.

"팔선탁은 반드시 중앙에 두어야 해. 옷걸이는 꽃무늬가 새겨진 복숭아나무로 해야 하고, 한 층씩 밀어서…….”

뤄옌은 이런 언사가 몹시 짜증 났지만 대놓고 대들 수도 없었다. 그녀는 한기를 다시 일으키겠다는 생각이 몹시 강렬했고, 집안에 전해 내려오는 이 간판을 반드시 바로 세우겠다는 뜻을 세웠다. 하지만 인테리어 비용이 만만치 않았다. 고풍스러운 인테리어를 하려면 정교하고 세련된 광둥식 경목硬木 가구로 맞춰야 하는데, 이 역시 큰돈이 드는 일이었다.

진광이 갈 때까지 간신히 참았던 그녀는 아주 긴 한숨을 내쉬며 말했다.

"여기서 더 못 버티면 그나마 있는 이 가구들마저 못 지킬 것 같아요."

"월극의상만 고집해서는 안 돼. 먼저 돈을 벌어야지."

중슈링의 냉정한 분석이었다. 뤼옌도 고개를 끄덕였다. 그녀는 오로지 한기의 재기와 월극의상의 중흥이라는 아버지의 염원을 완수하겠다는 일념뿐이었다. 하지만 그 길이 이토록 험난할 거라고는 미처 예상하지 못했다. 수많은 벽에 부딪히겠지만 그뿐만이 아닐 것이다. 자칫 방심했다가는 천 길 낭떠러지로 떨어지듯 파산을 면치 못할 것이고, 도저히 회복할 수도 없을 것이었다.

린 여사라는 사람이 치파오를 한 벌 주문하겠다며 연락을 해왔다.

뤼옌과 중슈링은 버스를 타고 교외 지역에 도착했다. 앞뒤로 마을도 가게도 찾아볼 수 없는 곳이었는데, 린 여사의 별장은 그곳에서도 멀리 떨어진 더 외진 곳이었다. 눈을 들어 멀리 내다보아도 사방에 사람이라곤 없었고, 버스나 오토바이 같은 것은 두말할 것도 없었다. 거기서부터 두 사람은 두 발에만 의지해 필사적으로 걷고 또 걸었다. 반나절을 걸어도 여전히 끝없는 황야뿐이었다. 중슈링이 참다못해 중얼거렸다.

"한기에 차 한 대는 필요하겠어. 장사를 제대로 하려면 네가 운전을 배워야겠다!"

뤼옌은 눈살을 찌푸리면서도 고개를 끄덕이지 않을 수 없었다. 한기를 처음 열 때부터 그녀는 차가 한 대 필요할 거라는 생각을 했었다. 하지만 그녀에겐 가장 싼 승합차 한 대 살 돈도 없었다.

린 여사는 월화공장의 동료 직공의 소개를 받아 전화한 사람이었다. 예전에 월화공장에 치파오를 주문한 적이 있고, 가정형편이 부유해서 매년 최고급으로 몇 벌씩 주문한다고 했다. 뤄옌은 품도 들고 시간도 들여야 한다는 걸 알았지만 이 거래를 꼭 성사시키고 싶었다. 월화공장의 장점은 작업장이 크고, 공정이 매끄럽다는 데 있었다. 반면, 작은 가게의 장점은 낱개 주문 작업이 가능하다는 데 있기 때문에 입소문이 중요하다.

사람 그림자 하나 없는 황량한 공장건물 단지를 지나 마침내 목적지에 도착했다. 린 여사는 숲이 우거진 깊숙한 별장단지에 살고 있었다. 중슈링이 걸으면서 헉헉대며 숨차하더니 참지 못하고 휴지를 꺼내 땀을 닦고는 뤄옌에게 말했다.

"어릴 때 어른들이 그러셨지. 누가 가난하다고 비웃으면 그냥 냅다 열심히 살라고 말이야. 오늘 그 말을 다시 하게 될 줄은 몰랐네."

뤄옌도 반나절이나 걸었더니 숨이 차서 말도 할 수 없었다.

별장 안에서는 가정부가 벌써 차까지 준비해 놓고 있다가 그녀들에게 대접했다. 소파에 놓인 쿠션과 휴지통 케이스, 탁자를 덮은 테이블보 등이 모두 민국 시기 양식으로 고풍스럽게 용과 봉황의 수가 놓여 있었고, 정교하고 섬세한 수초문양도 수놓여 있었다. 린 여사가 계단을 천천히 내려오는데 하이힐 소리가 통통 울렸다.

린 여사를 사오십 대 정도로 예상하고 있었는데 의외로 아주 젊고 몸매가 늘씬한 사람이었다. 한 줌밖에 안 되는 허리에 가슴은 높이 솟아 있었다. 대략 눈대중으로 가늠해본 뤄옌은 속으로 약간 당황했다. 한기가 문을 연 이래 치파오를 제작한 경험이 없었기 때문에 이 주문을 계약하고 나면 과연 원하는 대로 완성해낼 수 있을지 알 수 없었다.

하지만 지금 와서 후회할 수는 없는 노릇이었다. 모두 자리에 앉아 잠시 한담을 나눈 후 치수를 재기 시작했다. 뤄옌은 줄자를 들고 린 여사 등 뒤로 가서 키부터 천천히 치수를 재나갔다. 손가락을 줄자 위에 대고 가볍게 긋고 나서 숫자를 공책에 적었다.

"몸에 달라붙게 만들어주세요. 재단을 잘하셔야 할 거예요. 고급스러워 보이게요." 린 여사가 미소 띤 얼굴로 치수 재는 데 맞춰주며 말을 이었다. "저는 치파오를 제일 좋아해요. 일 년에 너덧 벌씩은 더 필요하답니다."

"앞으로는 한기에서 맞추세요. 우리 치파오는 바느질이 아주 훌륭해요. 자수도 아주 정교하고 섬세하죠."

중슈링이 얼른 말을 받아주며 대답했다.

린 여사는 가타부타 말없이 치수 재는 데 맞춰주다가 살짝 몸을 돌리더니 갑자기 눈을 흘기며 말했다.

"한기에 주문제작하는 거, 이게 처음이잖아요. 좋은지 안 좋은지는 아직 모르죠."

치파오 제작은 특히 패턴 재단과 봉제에 대한 시험이다. 원단이 좋아야 함은 물론이고, 재단이 꼭 맞게 되고 자수는 정교해야 하며 솔기가 정확하게 봉제되어야 한다. 월화공장은 최근 몇 년 동안 치파오를 거의 제작하지 않았다. 군괘裙褂는 번거롭고 재단을 중시하긴 해도 치파오만큼 까다롭지는 않다.

"수공예 솜씨가 좋은 집을 찾고 싶었어요. 백화점에서 파는 건 전부 다 수준이 떨어져서요." 린 여사가 부루퉁하게 말했다. "그런 수준 낮은 품질을 보고 있으면 내가 직접 만들지 못하는 게 한스럽다니까요."

"우리 한기의 수공예는 분명 탁월합니다!"

뤄옌이 참다못해 반박했다. 전문가도 아니면서 일에 대해 이러쿵저러쿵 논하는 것을 더 두고 볼 수 없었다. 린 여사는 입을 삐죽거리면서도 대꾸는 하지 않았다. 하지만 팔 길이를 잰 후에 무심코 손을 탁 뿌리쳤고, 그 손에 뤄옌이 세게 얻어맞았다.

뤄옌은 너무 아파서 하마터면 비명을 지를 뻔했다. 그녀는 눈살을 찌푸리며 린 여사를 한 번 쳐다보았다. 린 여사는 아무 일도 없었다는 듯 빨리 하라며 그녀를 재촉했다. 그녀는 갑자기 힘이 쭉 빠졌다. 오전 내내 바쁘게 뛰어다니느라 피곤하고 배도 고팠는데 비굴하게 손님 눈치까지 봐야 한다는 것이 속상했다. 이어서 원단과 디자인을 골랐다. (린 여사의 성정으로 보아 완성을 해도 만족할지 알 수 없었다.) 이 치파오를 만들려면 인력과 비용을 많이 들여야 하는데, 더불어 세 번 네 번 굽실거리는 것으로 자존심을 팔아가며 손님의 만족을 사야 했다.

"우리 한기의 수공예는 절대적으로 훌륭합니다!"

뤄옌은 린 여사가 만족하지 못한다면 아예 만들지 않겠다며 힘주어 자신 있게 말했다.

린 여사가 그녀를 힐끗 쳐다보더니 말했다. (봉황눈 눈꼬리가 살짝 치켜 올라갔다.)

"좋고 안 좋고는 옷이 얘기해주겠죠. 당신이 아니라."

중슈링이 황급히 뤄옌을 한쪽으로 데리고 가더니 그녀의 손등을 톡톡 두드리며 흥분을 가라앉히라고 설득했다.

린 여사는 시작부터 끝까지 표정이 좋지 않았다. 치수 재는 것이 끝나고 나서야 그녀는 계약금과 작업 기간, 디자인에 관한 까다로운 요구 사항들을 언급했다. 뤄옌은 치밀어 오르는 화를 애써 억누르며 린 여사와 소통했다. 린 여사는 큰 손님이었고, 그녀의 친구들도 잠재적인 고객이었다. 과거에 아버지가 거래를 유치하기 위해서 얼마나 고생했는

522

지 뤄옌은 기억하고 있었다. 그녀는 참을성 있게 한 가지씩 차례로 대화를 풀어나갔고, 결국은 협의를 잘 마무리했다.

주문서에 최종적으로 서명을 했지만, 이후로도 아주 많은 문제가 기다리고 있었다. 뤄옌은 눈살을 찌푸린 채 견본계획서를 한참 동안 들여다보며 고치고 또 고쳤다. 중슈링이 그녀를 응원하고 독려했다.

"이런 부류의 까다로운 고객을 확실히 잡는다면 앞으로 넌 무적이야."

장사를 시작하고 보니 매일매일 돈 쓸 곳투성이였다. 반면 돈은 매일 벌리는 것이 아니었다. 돈을 절약하고 싶어도 더는 아낄 만한 곳이 없는데, 임대료 내는 날은 언제나 쏜살같이 다가왔다. 매일 가장 싼 도시락을 먹고, 옛 거리의 허름한 가정식 음식점만 찾아다니며 더 이상 아낄 수 없을 정도로 아꼈다. 이제는 직접 밥을 해 먹는 수밖에 없어서 루이펀이 밥 짓는 아줌마까지 겸했다.

뤄옌은 아침 일찍 일어나 간단히 씻고 거울 볼 시간도 없이 가게로 나갔다. 하지만 외출해서 고객을 만날 일이라도 있을 때면 그녀는 정성껏 치장하고 요우이백화점友誼商店[233]에서 산 회색 정장을 입었다. 라펠이 있는 재킷에 타이트스커트를 매치한 수트로, 심플하고 세련돼 보였다. 한기라는 이름에 걸맞게 그녀는 연한 화장을 하고 향수도 뿌리는 등 부유하고 품위 있는 여사장으로 단장했다.

그녀는 아침 일찍 일어나서부터 쉴 새 없이 바쁘게 일하며 스스로에게 잠시도 머뭇거리고 쉴 틈을 주지 않았다. 잠깐이라도 머뭇거렸다가는 도로 침대로 들어가고 싶어지기 때문이었다.

가게 문 앞까지 달려오는 내내 멋대로 해버리고 싶은 마음이 간절했

---

233 광저우 요우이그룹의 전신으로 1959년 국유지분으로 설립한 대형 복합몰로 상장한 회사로 광둥성 유통의 선두기업이다.

고, 달려도 달려도 이 길이 영영 끝나지 않았으면 좋겠다는 생각을 했다. 하지만 일단 가게 안에 들어서면 쉴 새 없이 문제를 해결해나갔다. 물건을 주문한 고객은 계약금을 지불하지 않으려 했고, 외주로 나간 일감은 회수되지 않았으며, 집주인은 전 임차인이 미납한 수도요금과 전기요금을 아무리 설명해도 막무가내로 뤼옌에게 부과시켰다. 뤼옌은 아침부터 저녁까지 타닥타닥 계산기를 두들겼다. 임대료가 가장 컸고, 원단과 비즈는 한 번 주문할라치면 종류별로 가짓수가 어찌나 많은지 '수도꼭지 틀 듯' 돈을 퍼붓게 되었다. 이렇게 계산하니 예금통장의 잔고는 애처로울 정도로 적었고, 정신을 차렸을 때는 이미 돈은 바닥나 있었다. 뤼옌은 전표를 계산하면서도, 타다닥 계산기 두드리는 소리를 들으면서도, 믿고 싶지 않아서 한 번 더 계산기를 두드렸다.

"이 사업도 이윤이 너무 적은 사업이네요. 전 과정이 수작업이다 보니 한 달에 서너 벌밖에 완성하지 못하고, 규모화 생산이 불가능하니까 근본적으로 많은 돈을 벌 수 없죠." 뤼옌이 링 여사에게 의논했다. "수익을 모두 임대료로 내버리는 셈이니까 한 달 내내 헛일하는 셈이에요."

링 여사가 오히려 인내심을 보여주며 말했다.

"천천히 하자. 잘 될 날이 올 거야."

지출이 물 흐르듯 끊임없이 새어나갔고, 월말이 되면 또다시 임대료와 공과금을 내야 했으며, 직원들 월급도 줘야 했다. 임금 지급 얘기라면 뤼옌 자신도 민망해졌다. 직원채용 시 약속했던 보너스 지급은 아예 생각할 수도 없었고, 어떤 때는 기본급조차 보장할 수 없었다. 어쩌다 한두 번은 자재를 들여오느라 월급을 미루게 되었다. 모두들 잠시는 이해해주었다. 하지만 다음 달에도 여전히 월급을 주지 못하면 그때는 직공들로부터 욕을 먹어야 했다. 그녀는 너무 고통스러웠다. 하지만 도저히 방법이 없는, 그야말로 막다른 골목에 이른 것 같았다.

화의금몽

이날은 성탄절이었다. 바다 건너 들어온 이 서양 명절은 언제부터인지 모르지만 전통 명절보다 훨씬 더 요란하고 시끌벅적했다. 도처에 기쁨이 넘쳤다. 커피숍은 이날 하루 종일 만석으로 붐볐고, 술집도 사람으로 미어터졌다. 사방에 네온사인이 반짝이고, 수많은 꽃과 알록달록한 불빛들이 도시의 번화함과 떠들썩함을 비추었으며, 유쾌한 기운이 공기 중에 용솟음쳤다. 뤄옌은 방금 받은 자수 일감을 품고 옌쟝로沿江路를 따라 걸었다. 너무 피곤해서 몸은 이미 뻣뻣해졌고, 하이힐을 오래 신고 있었더니 발바닥의 튀어나온 부분이 걸을 때마다 고문하는 것처럼 아파서 더 이상 걸음을 내디딜 수 없을 정도였다. 이때는 도처에 물샐 틈 없이 가득 찬 인파로 택시도 잘 잡히지 않았다. 그녀는 입을 찌그러뜨린 채 허리를 부여잡고 한 걸음 한 걸음 인파에 실려 이동했다.

성탄절이 지나면 원단元旦[234]이다. 눈 깜짝할 사이에 반년이 훌쩍 지나갔다. 집에 저축해둔 돈도 거의 다 써버렸는데 설이 지나면 또다시 비수기다. 뤄옌은 생각이 여기에 미칠 때마다 머리가 지끈지끈 아파왔다.

따신로에서 돌아 들어와 옛 장원방 패방 아래까지 걸어온 그녀는 도저히 참지 못하고 잠시 멈춰 섰다. 황혼이 내려앉자 거세게 밀려들던 인파도 서서히 흩어지고, 가게마다 드르륵드르륵 요란한 소리를 내며 셔터가 내려지고 있었다. 뤄옌은 청석판 길 위로 맑고 또랑또랑하게 울리는 자신의 발자국 소리를 들으며 천천히 걸었다. 왠지 모를 세기말의 비감이 느껴졌다. 점주들이 가게를 정리하고 셔터를 내린 후 하나둘 장원방을 떠나고 있었다. 하루 일과를 마친 그들의 몸은 느렸고, 미소는 피로로 지쳐 있었다. 이때 막 셔터를 내리려던 점주 한 명이 뤄옌을 쓱 훑어보고는 친근하게 손을 흔들며 말을 건넸다.

---

234 양력 설날을 가리킨다. 음력 설날은 춘절(春節)이라고 한다.

"플랫슈즈 있어요. 저런, 당신 발 좀 보세요!"

이 점주는 그녀를 쇼핑하고 있는 '젊고 예쁜 아가씨'로 본 것이었다. 뤄옌은 그의 따뜻한 미소에 물들어 손을 흔들며 대꾸했다.

"안 사요. 집이 이 근처거든요."

그녀는 갑자기 발걸음이 한결 가벼워진 것을 느꼈다. 온몸 구석구석이 어떤 강인한 에너지로 고무된 느낌이었다. 불현듯 떠오르는 것이 있었다. 아주 오래전, 할아버지인 천더우성이 이 골목에서 처음 한기를 열었을 때도 이렇게 아침부터 저녁까지 바쁘게 보냈을 것이고, 저녁 무렵에는 일을 끝낸 후 온 식구를 데리고 집으로 돌아갔을 것이다. 그녀는 고개를 들어 앞쪽을 바라보았다. 저녁 해가 서서히 가라앉고 있었다. 그녀의 시점에서 바라보니 마치 따뜻하고 촉촉한 셴딴황咸蛋黃이 가게 건물 처마 끝에 걸려 있는 것 같았다.

한기로 돌아오니 마음이 편안해졌다. 루이펀이 얼른 음식을 데웠고, 그녀에게 우선 따끈한 국물부터 마시게 했다. 그녀는 음식을 데우면서 참지 못하고 또 잔소리를 늘어놓았다.

"오늘 같은 명절에는 옌장로 일대가 온통 사람들 천지였을 텐데. 안 그래도 내일 가는 게 좋겠다고 얘기해줄 참이었다고."

날씨가 추워서 그녀는 뤄옌에게 하오짜이젠딴蠔仔煎蛋²³⁵을 만들어주었다. 루이펀은 지지거나 튀기는 것을 좋아하지 않지만, 뤄옌이 지금은 피곤하고 지쳐 있는 데다 바삭하고 고소한 것을 좋아하니 결국은 그녀가 원하는 것을 해준 것이다. 쟝요우지醬油鷄²³⁶와 슈이둥졔水東芥 볶음

---

235 굴을 달걀 푼 물에 넣고 파를 썰어 넣은 후 부쳐낸 굴전.
236 맛과 향이 일품인 광둥의 전통 요리로서, 광둥에서는 "닭이 없으면 잔칫상이 아니다."라는 말이 있을 정도로 잔칫상에 꼭 갖추는 닭요리다. 깨끗이 씻은 통닭에 생강, 파 머리 부분, 표고버섯 등을 잘라 간을 한 후 고수와 섞어 닭 배 속에 채워 넣은 후 간장과 물을 1:1로 섞은 냄비에 넣고 갈색이 되도록 뒤적이며 삶는다.

화의금몽

도 있었는데, 모두 뤄옌이 가장 좋아하는 음식이었다.

"배고프시면 먼저 드시지 그러셨어요. 저 기다리시느라 배고파서 어떡해요."

뤄옌은 어머니가 매일 이렇게 늦게 식사를 하다가 위장병이 생길까 봐 걱정이 되어 말했다.

"난 배고프지 않아. 너 오면 같이 먹어야지!"

루이펀은 아무 일도 아니라는 듯 음식을 데우고 수저를 놓았다.

뤄옌은 김이 모락모락 나는 따뜻한 음식을 먹다가 갑자기 주체하지 못하고 눈물을 뚝뚝 흘렸다. 그녀는 어머니가 볼까 봐 황급히 눈물을 훔쳤다. 루이펀은 이미 보았지만 딸의 마음을 알 것 같아서 얼굴을 돌린 채 짐짓 아무것도 못 본 척 열심히 음식을 데웠다.

"너무 걱정하지 마라. 세상이 다 끝난 것도 아니잖니. 버틸 수 있어."

루이펀은 딸이 스트레스를 많이 받는 것 같아서 얼른 위로했다. 그녀는 구석구석 뒤져서 예금통장이란 통장을 모두 꺼냈고, 오래된 장신구까지 꺼냈다. 오래된 장신구 함에는 몇 K인지 모를 금 목걸이와 연꽃잎 모양의 은팔찌 등 자질구레한 물건들이 들어 있었다. 그 물건들을 바라보던 그녀는 수많은 추억이 떠올라 웃으며 말했다.

"이 팔찌는 네 아버지가 부공장장으로 승진했을 때 내게 사주신 거란다."

뤄옌은 넋을 놓고 쳐다보았다. 기쁘면서도 마음이 조금도 가볍지가 않았다. 상자에 든 물건들 모두 돈이 안 되는 것들이었고, 게다가 아버지가 남긴 그리움이기도 했다.

"엄마, 요즘 14K, 18K 합금은 값을 쳐주지도 않아요." 그녀가 장신구 함을 덮으며 말을 이었다. "잘 갖고 계세요. 이건 절대로 못 팔아요!"

"이 꽃무늬 대나무자는 네 할아버지가 남기신 거야. 옛날에는 큰 점포나 이런 걸 귀하게 여겼지." 루이펀이 돈 될 만한 것들을 모두 끄집어내며 말했다. "다 오래된 골동품이야. 네 증조할아버지가 네 할아버지한테, 또 네 할아버지가 네 아버지한테 물려주신 거니까, 어쩌면 돈이 좀 될지도……."

루이펀이 말을 하다 말고 갑자기 눈물을 흘렸다. 진한이 생각났던 것이다.

"하나같이 한 세대 한 세대 전해져온 것들인데, 어떻게 네 아버지 대에 와서는 전해줄 것도 없구나."

이렇게 말하고는 두 손으로 얼굴을 가리고는 엉엉 울음을 터뜨렸다. 뤄옌이 오래된 장부에 쌓인 먼지를 가볍게 털어내고는 고개를 들어 신대 위의 영정을 바라보았다. 그녀는 천더우성의 자애로운 얼굴을 바라보며 속으로 조용히 말했다.

"증조할아버지, 전 두렵지 않아요. 전 울지 않을 거예요!"

그녀는 바닥에 쪼그리고 앉아 이 물건들을 하나하나 수습해 잘 정리했다. 그녀는 어머니가 늘 이 물건들을 보면서 감정이 북받쳐 힘들어하는 것을 바라지 않았다. 어머니는 눈이 좋지 않아서 언제나 발병 위험을 안고 있었다. 뤄옌은 지금 한기의 사장은 자신이고, 수많은 일들이 오로지 자신에게 달려 있음을 알고 있었다. 그러니 자신이 견뎌내야만 훗날의 희망도 있는 것이었다. 버티지 못한다면 아무것도 없게 될 것이다.

그녀는 천천히 신대 앞으로 걸어가 아버지 앞에 향 세 개를 피워 올린 후 멍하니 바라보며 말했다.

"아버지는 살아 계실 때 수많은 문제에 부딪히고 수많은 풍파를 겪었지만 지는 모습을 보여준 적은 한 번도 없었어요."

어느새 겨울이 가고 봄이 왔다.

올해 춘절은 그 어떤 해보다도 짧게 느껴졌다. 정월 초하루부터 초사흘까지 친척들을 찾아가 세배를 한 뒤 곧바로 작업장으로 돌아와 일을 했다. 뤼옌은 세배를 다니는 며칠 동안에도 어디서든 기회를 찾을 수 있다는 생각을 늘 염두에 두고 애썼다. 대외적으로는 장사가 힘들다는 얘기를 절대로 하지 않았고, 벌써 주문량이 엄청나게 많다고만 얘기했다. 그녀는 외주 가격을 계산해보았다. 실직자가 증가하면서 수녀들은 오히려 늘어났다. 하지만 유감스럽게도 지금의 자금회전으로는 대량으로 외주를 주기는 어려웠다.

정스가正市街와 성핑가升平街 일대에는 여전히 봉제가공 업체가 적잖이 포진하고 있었다. 재봉틀을 다루는 사람들 대부분은 원래 월극의상 공장이나 기성복공장에서 일하다가 실직한 여직공들이었다. 뤼옌은 우선 차이셴과의 논의를 통해 그들에게 외주를 주는 것이 가능할지 어떨지 타진해보았다. 차이셴은 전혀 하고 싶어 하지 않았다.

"이 패션의상들을 좀 보세요." 그녀가 흰 셔츠를 들어 보이며 말했다. "박고, 수선하고, 꿰매고, 하루에 이삼십 건을 받을 수 있어요. 하지만 월극의상은……."

뤼옌이 이모저모로 부탁하고 설득했더니 차이셴도 그녀를 도저히 외면할 수 없었는지 결국은 외주를 받아주겠다고 승낙했다. 진한과의 정을 생각해서 한 결정인 듯했다. 뤼옌은 미친 듯이 기뻤다. 그녀는 원래 말수가 적은 사람이었는데, 한기를 연 이후로 매일 끝없이 청산유수로 말을 잘해야 하는 상황에 몰려서 거의 정신분열이 생길 지경이었다. 재봉틀이 철걱철걱 소리를 내며 그녀의 승리를 축하해주는 것 같았다.

"천천히 하세요. 제가 다음 주 월요일에 물건 받으러 올게요."

뤼옌이 기쁘게 말했다. 그녀는 재봉틀 페달 밟는 소리가 좋았다. 발판이 규칙적으로 움직이며 기어와 벨트가 기막히게 맞아떨어지는 소리를 들으면, 일이 분명 잘될 거라는 것을 알 수 있었다.

그녀는 월화공장의 옛 동료들 여러 명에게 연락을 취했다. 어떤 사람은 기꺼이 돕겠다고 하며 시장 최저가로 외주를 받아주었다. 그러면서 "다들 잘 아는 처지에 그렇게 꼼꼼하게 따질 것 없다."며 따뜻하게 말해주었다. 반면에 냉정한 태도를 보이며 손을 내젓고는 돌아서 가버리는 사람도 있었다. 업계 내 사람들은 시장의 동향에 매우 민감했다. 많은 사람들이 그녀가 이 일이 얼마나 복잡하고 어려운 일인지 모른다며, 일 년을 버티기 힘들 거라고 내다보았다. 뤄옌은 옛 동료들을 통해 떠도는 각종 소문들을 전해 듣게 될 때마다 겉으로는 아무렇지도 않은 척했지만 내심 많이 당황했다. 한기가 줄곧 도산의 언저리를 전전하며 힘겹게 버티고 있는 것은 사실이지만, 지금 포기해버린다면 앞서 투자한 것 모두를 날려버리게 된다. 이 모든 것이 아버지의 염원이었고, 부모님이 오랜 세월 축적한 자산이었다. 더욱 중요한 것은 아버지를 부끄럽게 만들 수는 없다는 것이었다. 그녀는 이 생각을 할 때마다 정신이 번쩍 들었고, 아무리 힘들고 피곤해도 힘껏 버텼다.

자금은 그녀가 브로커를 통해서 사채를 빌렸다. 사채 담보대출은 이율이 너무 높아서 일반인들은 감히 빌릴 엄두를 내지 못한다. 뤄옌은 가게만 잘 유지할 수 있고, 계속 장사하면 희망이 있을 거라고 생각했다.

청명절 전후로 또 한 차례 힘든 시기가 있었다. 광둥 사람들은 일을 할 때 '의미'를 중시하기 때문에 신대나 군괘를 만드는 등 '길흉화복'과 관계된 일은 청명절 전에 시작하지 않는다. 주문받은 일이 너무 적어서 직원 몇 명은 휴가를 내고 '청명절'을 쇠러 고향으로 내려갔다. 뤄옌 혼자서 가게를 지키며 아침부터 패턴을 뜨고, 본을 뜨고, 재단하고 봉제하는 일을 부단히 반복하며 정신없이 바쁘게 일했다. 허리가 쑤시고 등이 아파왔고 눈이 침침했다. 그녀는 이미 있는 힘을 다해 주문을 유치해 보았지만, 시장 상황이 이렇다 보니 달리 방법이 없었다. 그녀는 하는 수 없이 가게 안팎을 다시 한번 깨끗이 닦고, 각종 견본들을 색깔별로 잘 진열했다.

이날 아침, 뤄옌이 청소를 하고 있는데 갑자기 한 사람이 성큼성큼 들어왔다. 뤄옌은 얼굴을 알아보자마자 심장이 덜컥 내려앉았다. 그 사람은 곧바로 뤄옌 쪽으로 와서 팔선탁에 앉더니 담배와 라이터를 꺼내 직접 불을 붙인 후 훅훅 몇 모금 빨고는 그제야 말을 꺼냈다.

"천 사장님, 돈 갚으셔야죠."

뤄옌은 청誠에게 진 빚이 적지 않았는데, 우선 차량 운송비가 있었다. 청은 차량운송 하청업주로, 승합차 몇 대를 운행하며 장원방의 점포 주인들에게 화물운송을 해주고 있었다. 운송사업 말고도 청은 '무담보대출'업도 겸하고 있었다. 별도의 절차가 필요 없어 이체가 빠른 대신 이율이 너무 높았다. 뤄옌은 자금회전이 원활하게 되지 않자 청을 찾아가 돈을 빌렸고, 삼 개월 내에 갚기로 약속했었다.

뤄옌은 황급히 청에게 차를 대접하며 웃어 보였다. 사실 뤄옌 자신도 아직 돈을 못 받고 있었다. 물건을 진즉에 완성해 놓고 몇 번이나 재촉을 했는데도 고객이 와서 찾아가지 않고 있었다. 그녀는 청이 이런저런 사정을 봐주는 사람이 아니라는 것을 잘 알고 있었기 때문에 속으로는 심장이 이미 개전을 알리는 북을 울리듯 둥둥둥 쉴 새 없이 고동치고 있었지만, 겉으로는 시종일관 활짝 웃었다.

광저우에는 이런 종류의 민간대출을 상징적으로 가리키는 '따얼룽'237이라는 말이 있다. 텔레비전에서도 빚을 독촉하기 위해 찾아와 문

---

237 고리대금업자를 가리킨다. 초기 홍콩지역에서 고리대금업을 전문으로 하던 인도인들이 귀에 구멍을 뚫고 커다란 고리를 하고 다니기를 좋아했는데, 사람들이 그들의 귀에 뚫린 커다

에 붉은 페인트를 칠하는 이들로 자주 묘사된다. 청은 천천히 차를 마셨다. 침착함 속에 살기가 느껴졌다. 한참 동안 차를 마시던 그가 돌연 찻잔을 내려놓더니 겉으로만 거짓웃음을 지으며 말했다.

"빚을 갚는 것은 지극히 공평무사한 이치야. 나도 당신 같은 여자 하나 상대하자고 부대를 동원하고 싶진 않다고."

뤄옌이 얼른 웃어 보이며 말했다.

"그럼요, 그럼요. 저 같은 여자가 가면 어딜 가겠어요."

그녀는 침을 꿀꺽 삼키며 용기를 내어 다시 한번 청에게 상황을 설명했다.

청은 그녀의 설명을 듣고도 여전히 차가운 표정으로 말했다.

"당신 같은 여자한테 나도 독하게 굴긴 싫어. 하지만 이런 식으로 당신이 질질 끌면 나도 더는 기다려줄 수가 없지…….."

그녀가 황급히 고개를 끄덕이며 허리를 굽혔고, 그에게 차를 따라주고는 웃으며 말했다.

"며칠만 더 봐주세요."

마침 출근 시간이라 벌써 출근한 직원 몇 명이 살기등등한 청의 얼굴을 보고는 몹시 의아해했다. 뤄옌이 다급하게 손을 내저으며 그들에게 위층으로 올라가라는 신호를 보냈다.

"당신들이 신경 쓸 일이 아니니 어서 올라가서 일 보세요."

뤄옌이 짐짓 침착한 척하며 청에게 차를 따라주며 마시라고 권했다.

뜻밖에도 청은 안색이 어두워지더니 입을 다물고는 어깨에 가로질러 멘 가방을 잽싸게 열어 번쩍번쩍 빛나는 스테인리스 칼 하나를 꺼냈다. 한 자 길이의 칼은 끝이 날카로웠고, 햇살을 받아 번들거리는 광채

란 구멍을 보며 채무의 깊은 구멍을 연상해서 붙은 이름이다.

화의금몽

를 뿜어냈다. 뤄옌은 그것을 보고 너무 놀라 심장이 마구 쿵쾅거렸다.

청은 순식간에 표정이 험악해지더니 칼을 움켜쥐고 허세를 부리며 자신의 가슴 앞에서 몇 번 휘두르고는 '탁' 하고 탁자에 내던졌다. 뤄옌은 너무 놀라 심장에서 피가 다 빠져나가는 것 같았고, 머릿속이 하얘 졌다. 한참을 멍하니 있다가 가까스로 정신을 차리고 차를 한 잔 따라 두 손으로 받쳐 청에게 건네며 말했다.

"차 드세요."

그녀는 억지로 침착한 척했지만 말소리가 떨렸고, 안색은 백짓장처 럼 창백해서 거의 분장을 마친 화단이나 다름없었다.

"오후 다섯 시 전까지 돈을 준비하시오. 안 그러면 어떻게 되는지 두 고 봐!"

청은 그녀가 두려워하는 것을 보고는 더욱 대담하고 겁 없이 덤비며 칼을 그녀 면전에 들이댔다. 가슴에서 10센티미터도 안 되게 들이댄 칼 을 천천히 몇 번 긋고는 아주 느린 동작으로 칼을 거둬들였다. 예리한 칼날이 그녀의 손등을 스치며 아주 선명한 금속의 서늘함을 뿜어냈다.

뤄옌이 놀라 의자에 털썩 주저앉으며 멀리 사라지는 청을 멍하니 쳐 다보았다. 그녀는 무슨 말이라도 하고 싶었지만 힘이 쭉 빠졌고, 온몸 에 한기가 들었다. 고개를 숙여 내려다보니 손등에 칼자국이 선명했고 핏방울이 서서히 배어 나오고 있었다.

루이펀이 야채바구니를 들고 들어서다 그녀의 손을 보고는 깜짝 놀 라 실성한 듯 소리쳤다.

"피, 피!"

놀란 비명소리가 위층에 전해졌고, 직원들이 그제야 우르르 내려왔 다.

뤄옌이 별일 아니라는 듯 손을 내저었다. 청이 칼을 꺼내 위협한 일을 대략적으로 설명했더니, 모두들 뒤늦게 몸서리치며 저마다 한마디씩 했다.

"벌건 대낮에 감히 칼을 꺼내다니, 무법천지로군!"

뤄옌은 그제야 자신이 인간 세상에 살고 있다는 느낌이 들었다. 여전히 손등이 욱신욱신 아팠고, 억울하고 두렵고 초조한 감정들이 일시에 솟구쳤다. 그녀는 더는 버티지 못하고 탁자 위에 엎드려 엉엉 울음을 터뜨렸다.

제21장

난팡극장이 차츰 새 작품을 상연하기 시작했고, 한기도 날이 갈수록 원숙해졌다. 장원방은 여전히 월극의상 점포가 모여 있는 지역이다. 이 금싸라기 땅에 자리한 수많은 인기 기성복 매장들 사이에서 몇몇 월극의상 가게가 꿋꿋하게 버티고 있었다. 대부분은 외지인이 경영하는 가게로, 월극의상 도매와 함께 저렴한 액세서리 판매를 겸하고 있었다. 한기의 나이 든 직원들은 한기가 가격경쟁에서 밀릴까 봐 몹시 걱정했다. 뤄옌은 겉으로는 아무렇지도 않은 척 "걱정하지 말라."고 말했지만 속으로는 매우 불안했다. 그녀는 한기를 다시 연 이래로 '정교함'을 최우선 목표로 삼아 늘 최고의 원단과 실을 사용해왔다. 그러다 보니 원가가 높고 인건비도 만만치 않아서 외부에서 들어온 기성제품에 맞서 경쟁하는 것이 쉽지 않았다.

뤄옌은 여전히 매일 위층과 아래층을 왔다 갔다 하며 분주하게 움직였다. 위층은 작업공간이고, 아래층은 매장이었다. 그녀는 아침 일찍 가게 문을 열면 월극의상 견본을 한 벌 한 벌 걸고 꼼꼼하게 매만져 반듯하게 정리했다. 가끔 시간이 남으면 제품 진열대의 디스플레이에 변화를 주어 꽃을 흩뿌리는 천상의 선녀[238] 포즈로 만들기도 했다.

이날 뤄리와 그녀의 남자친구가 한기를 찾아왔다.

'팡方 선생'이라고 불리는 그녀의 남자친구는 자신을 투자처를 찾아 광저우에 온 홍콩 사람이라고 소개했다. 뤄옌은 팡 선생이 나이도 많고 허세를 부리는 사람 같아서 인상이 별로 좋지 않았다. 탄탄한 자본력을 갖추고 광저우에 투자하러 왔다고 떠벌리면서 항상 가짜 명품 수트를 입고 다니는데, 다른 사람들이 못 알아볼 거라고 생각하는 것 같았다. 처음 뤄리와 사귀기 시작했을 때는 자신이 이혼했다고 했다가, 나중에 '전처'와 연락하고 지내는 것을 뤄리에게 들킨 후로는 '이혼 중'이라고 말을 바꿨다. 뤄옌은 이 사람이 싫어서 여러 차례 뤄리에게 충고했다. 일찌감치 사회에 나와 꽤 오랫동안 세상과 부딪쳐온 그녀는 어느 정도 '사람 보는 눈'이 생겼고, 팡 선생이 믿을 만한 사람이 아니라는 생각을 줄곧 해왔다. 하지만 뤄리는 이미 손쓸 새도 없이 곤두박질치고 있었다.

뤄옌은 뤄리가 당할까 봐 겁이 나서 그녀가 될 수 있는 대로 빨리 그 사람과 헤어지길 바라며 여러 번 타이르고 충고했다. 그때마다 뤄리는 그저 온화하게 웃었고, 팡 선생이 달래면 금세 넘어가서는 끝내 모진 말을 하지 못했다. 그들은 창디가長堤街에 있는 레스토랑에서 커피를 마신 후 걸어왔다. 뤄옌은 겉으로는 아무런 내색을 하지 않고 반갑게 맞으며 팡 선생을 귀빈으로 대접했다.

---

238 천녀산화(天女散花)라고 한다. 천상의 선녀가 꽃을 뿌려 보살과 명성이 있는 제자의 도행을 시험하였다는 불교 고사로, 꽃이 보살의 몸에는 떨어졌지만 제자의 몸에는 떨어지지 않았다고 한다. 자잘한 무언가가 하늘에서 어지럽게 흩날리며 떨어지는 모양을 표현하는 말로 쓰인다.

"가게가 너무 작네요. 간판도 눈에 안 띄고요."

팡 선생이 주위를 둘러보더니 시큰둥하게 내뱉었다.

"장원방 부근은 늘 땅값이 금값이라서요. 이곳이 백 년 전에는 월극의상의 산실이었답니다. 그 광고효과가 있죠."

뤄옌이 설명했다.

"이 예스러운 간판은 너무 구식이네요. 요즘은 전부 LED 등을 사용하잖습니까. 하루 종일 번쩍번쩍 빛나죠."

팡 선생이 계속 이것저것 지적했는데 표정에 경멸하는 듯한 기색이 역력했다.

제아무리 성격 좋은 뤄옌이라지만 그런 사람에게 붙임성 있게 굴기는 싫어서 그저 건성으로 웃기만 했다.

뤄리는 한기에 올 때마다 눈도 한 번 돌리지 않고 실내에 있는 진열대만 줄곧 응시했다. 그녀는 월극의상도 좋아했지만, 온갖 색깔의 비즈들을 특히 좋아했다. 비즈를 한 줌 손에 쥐면 항상 꿰어보지 않고는 못 배겼다. 그녀는 팡 선생에게 여자 대고와 봉피와 대한장大漢裝이 각각 어떤 용도인지 일일이 소개했다.

그러나 팡 선생은 조금도 흥미를 느끼지 못했고, 뤄리가 말을 마칠 때까지 억지로 듣고 있다가 경박스럽게 한마디 했다.

"이런 원숭이 재주넘는 마류희馬騮戲[239] 의상이 아직도 팔리는 데가 있나?"

뤄옌은 아무런 대꾸도 하지 않았지만, 시선은 팡 선생을 따라 움직

---

239 마류(馬騮)는 원숭이를 가리킨다. 마류희는 진짜 원숭이가 공연하는 극을 가리키는 것 이외에도, 사람들이 겉만 번지르르하게 행동하는 것을 비유하거나 문화적 차이로 인해 누군가에게는 아주 재미있어 보이는 행동이 다른 누군가에게는 원숭이 연극처럼 풍자적으로 보일 수도 있다는 뜻을 나타내기도 한다.

였다. 옷걸이에 밝은 노란색의 봉피가 걸려 있었는데 운견에는 모란꽃 모티브의 단화團花[240]가 수놓여 있었고, 아래에는 금색 봉황이 수놓여 있었다. 밝은 배색과 전통적인 자수법으로 장식되어 단아하고 고전적 정취가 풍기는 이 봉피는 황실의 고귀함마저 느껴졌다.

"이것은 가장 전통적인 양식으로 매우 엄격하고 치밀한 작업을 거쳤고, 자수 역시 최고의 솜씨를 자랑합니다."

팡 선생은 팔걸이의자에 삐딱하게 파묻혀 앉아서 시답잖다는 눈초리로 바라보더니, 살짝 고개를 저으며 말했다.

"그래도 촌스러워!"

뤄옌은 속이 부글부글 끓었다. 뤄리가 눈치채고는 그녀 옆에 가 서며 그녀의 손을 잡아당겼다. 겁에 질린 모습이었다. 뤄옌은 여동생을 생각해서 분노를 삭이며 심호흡을 한 뒤 웃는 얼굴로 말했다.

"저마다 취향이 있고 견해도 다르니까요. 각자 보고 싶은 것만 보기도 하고요."

"이런 옷은 사극에서나 볼 수 있는 것 아닙니까. 당신네 가게를 여기에다 차려놓으면 누가 와서 사겠습니까?"

팡 선생은 여전히 못마땅하다는 말투로 고개를 흔들더니 한기가 내일 당장 문을 닫기라도 할 것처럼 두어 번 한숨을 내쉬었다.

뤄옌은 이 사람의 말하는 본새가 짜증 나고 교양이 없다고 생각했지만, 그의 말이 아예 얼토당토않은 것은 아니라는 것을 알았다. 과거에 월화공장도 영화와 드라마 작업을 수주해 일해본 적이 있었지만, 전통적인 큰 공연의상을 제작하는 것에 비하면 그쪽이 훨씬 간단했다. 다만 초기투자가 크고 정산이 마무리되기까지 오래 걸린다는 단점이 있었

---

240 방사형 또는 회전식의 원형 장식 문양을 말한다.

다. 그녀는 곧바로 중슈링과 상의했다.

"요즘 영화와 드라마를 많이 촬영하고 있는데, 옛날 사극의상들도 월극의상을 필요로 하는 것이 아주 많아요. 이것이 활로가 될 수 있지 않을까요?"

중슈링도 매우 공감했다.

여기저기 수소문도 하고 분석해보니, 영화와 드라마 의상 수요가 엄청나게 많은 것이 확실했다. 하지만 중슈링은 여전히 망설였다.

"영화와 드라마 의상 제작은 요구사항이 많고 일이 막중할 텐데, 한기 사람 몇 명으로 해낼 수 있을지 모르겠구나."

뤄옌이 곧바로 단호하게 말했다.

"계약을 따내는 게 먼저예요. 계약만 따내면 할 수 있어요."

뤄옌은 하오옌에게 도움을 청해 몇몇 영화사들과 연락을 취했다. 그 가운데 관심을 보인 제작진이 직접 만나기 위해 찾아왔다. 뤄옌은 즉시 대대적으로 매장을 정리하고 청소했고, 매장 쇼윈도 디스플레이도 새롭게 바꾸는 등 손님 맞을 채비를 마쳤다.

일행은 장원방에 와서 매장과 견본들을 살펴보았다. 감독은 김씨 성을 가진 오십 세 전후의 여성이었다. 반나절 동안 위층과 아래층을 참관했고, 한기의 작품도 매우 좋아했다. 그녀의 유일한 걱정은 작업 기간이었다. 한기의 인력으로는 반년 내에 당 왕조 시대극의 의상 전체를 만들어내기 어렵기 때문이었다.

뤄옌은 이 대형 계약이 매우 욕심났지만, 한편으로는 내심 겁이 나서 두근거리기도 했다. 초기에 투입될 막대한 자금이나 긴 소요 기간을 생각하면 실로 엄청난 모험이었다. 하지만 그녀는 포기할 생각도 전혀 없었다. 그녀는 마음을 다잡고 웃으며 말했다.

"계약만 성사되면 곧바로 시작하겠습니다. 기한을 넘기면 위약조항

표준대로 배상해야 하니 일 분 일 초가 소중하죠."

김 감독은 여전히 머뭇거렸다.

"우린 광저우 업체와 함께 일해본 적이 한 번도 없어요."

"우리 천가는 사 대째 월극의상 산업에 종사해왔습니다. 한기를 제 증조할아버지가 창업하셨거든요."

뤄옌은 김 감독 일행을 이층으로 안내했다. 이층은 공장을 압축해 놓은 곳이었고, 한쪽 구석을 비워 작은 무대로 꾸며 놓았다. 그녀는 사설 연극팀에서 생生 한 명과 단旦 한 명을 초청해 의상을 완전하게 갖춰 입게 한 후 월극의 도입부를 연기하게 했다. 까오후高胡가 유유히 흐르고, 피리 소리가 은은하게 기복하는 가운데 화단이 분홍색 바탕에 모란 꽃 무늬가 수놓인 의상 위에 흩날리는 이삭 문양의 운견을 걸치고 종종걸음으로 무대에 등장했다.

"봄빛 완연하니 만개한 꽃들이 저마다 아름답네. 이토록 아름다운 봄 풍경을 언제 보았더냐. 흰 제비 두 날개 퍼덕이며 취헌翠軒을 맴돌고, 나비들은 하염없이 즐겁게 춤추나니……."

화단의 몸짓은 부드러웠고, 눈매는 촉촉했다. 북방의 연극에 비해 남국홍두南國紅豆[241]는 훨씬 날렵하고 부드러운 매력이 있었다. 남자 배우는 연한 남색 해청을 입고 등장했다. 그는 생동감 넘치는 표정으로 느린 걸음걸음마다 긴 노래를 읊조리며 소생의 호방하고 소탈한 멋을 기막히게 연기했다. 무대는 남루했지만, 남녀 두 배우는 서로 교차하며 창唱과 무언의 약속된 몸짓으로 보는 이들 모두를 꽃 피고 휘영청 달

---

241 저우언라이 총리가 월극을 가리켜 '남국의 팥(南國紅豆)'이라고 불렀다. 또 유명 극작가 톈한(田漢)은 월극을 '불같이 열정적이고 애절한 감동이 있다.'고 평했다. 영남 문화의 특색이 짙은 월극예술은 세계에서 가장 넓은 지역에 전해지는 지방극이다. 월극은 아름답고 풍부한 곡조와 독특하고 화려한 의상을 비롯해 각지의 음악과 문화를 흡수해 발전시킨 이색적인 종합무대예술이다.

뜬 정경 속으로 이끌었다.

뤄옌은 견본을 김 감독 앞으로 갖다주며 문양과 유수로 기법의 자수를 보여주었다.

"이것은 전형적인 광둥식 수추수手推繡242 기법입니다. 산침散鍼과 투침套鍼을 사용했기 때문에 시중의 일반 제품들보다 훨씬 정교하고 섬세하며 입체적이죠."

김 감독은 천천히 들춰보더니 말했다.

"품질은 확실히 훌륭하네요. 하지만 비용이 많이 들겠어요."

"물건은 돈을 쓴 만큼 제값을 하기 마련이죠. 촬영장비는 실제보다 백배로 확대할 수 있으니 투자한 만큼의 값어치를 볼 수 있을 거고요."

뤄옌의 얘기에 진심이 담겨 있었다. 김 감독은 그녀에게 설득되었고, 호쾌하게 계약서에 서명했다.

자재를 구입하기 위해 뤄옌은 또다시 사채로 돈을 빌렸다. 계약서에 서명할 때 그녀는 손이 떨리는 것을 억누를 수 없었고, 청이 칼을 꺼냈던 장면이 머릿속에 떠올랐다. 뤄옌은 "한 번만 더 모험해보자!"고 스스로를 응원하며 힘을 불어넣었다. 어쨌든 물러설 곳은 없었다. 자재가 도착한 후 즉시 작업에 착수했다. 뤄옌 혼자서 세 사람 몫을 했고, 중슈링도 세 사람 몫을 해냈다. 그녀가 유일하게 할 수 있는 것은 이 의상들을 기한 내에 완성하는 것뿐, 자신에게 계약을 위반할 능력은 없다는 것을 알고 있었다.

애당초 면적이 크지도 않았던 공방 작업실 한쪽 구석을 파티클 보드

---

242 쑤저우 자수를 잇는 전통 자수공예 기법이다. 전용 기계를 이용하되 손으로 먼저 각 색깔의 실로 문양의 컬러효과를 낸 다음, 틀에 고정한 천을 기계에 맞추어 손으로 끊임없이 움직이며 조심스럽게 페달을 밟아 기계를 조작하며 자수를 완성한다. 처음에 손으로 각 색실의 구분을 분명하고 단정히 할수록 완성된 자수가 색감이 풍부하고 입체적이고 생동감 있게 표현된다.

칸막이로 막아 마련한 1제곱미터의 공간에서 루이펀이 직공들에게 밥을 지어주었다. 쌀을 미리 기름에 담갔다가 바로 냄비에 넣고 물을 가득 부은 뒤 끓여준다. 끓어오르는 물속에서 쌀이 죽어라 뒹굴고 요동치기를 한참 하다 보면 쌀 알갱이들 하나하나가 입을 벌리듯 벌어지는데, 이때 죽이 가장 맛있다. 주말에 가게에서 추가 근무를 한다고 해서 루이펀이 아침부터 모두에게 줄 죽을 끓였다. 죽이 다 되어가자 그녀는 쥐짜猪雜[243]와 땅콩, 푸쥬바오腐竹煲[244]를 정성껏 준비한 뒤 큰소리로 외쳤다.

"다들 와서 아침 드세요, 오늘은 지디죽及第粥이에요!"

하지만 한참을 불러도 아무도 반응이 없었다. 뤄옌이 마침 일감을 배분하고 있었기 때문에 직공들 누구도 감히 나가지 못하고 있었던 것이다. 루이펀은 아침 내내 애를 썼는데 아무도 반응이 없자 몹시 실망했다. 냄비 안의 뜨거운 김이 훅 끼쳐와 그녀가 눈을 문지르며 말했다.

"대형 계약을 따내고도 왜 밥도 못 먹는답니까!"

중슈링이 그녀의 말을 듣고 얼른 달려와 웃으며 말했다.

"그러다 냄비 속에 눈물 떨어지겠어요. 좀 있으면 우리 다 먹느라 정신없을 거예요."

루이펀이 웃음을 터뜨렸다.

"나 안 울어요. 울 사람들은 당신들이죠!"

일손은 아주 큰 문제였다. 일감 회수의 형식만 봐도 이래서는 도저히 진도를 맞추기가 어려워 보였다. 통일된 제식과 수공예 작업은 동일

---

243 돼지고기와 돼지 간, 돼지 내장 등을 합친 잡고기를 가리킨다.
244 푸쥬(腐竹)는 건두부 피를 돌돌 말아 막대기처럼 만든 것이다. 물에 불린 푸쥬를 볶은 고기와 함께 넣고 자작하게 끓이다가 갖은 양념을 넣고 부드러워질 때까지 졸인다.

한 생산라인에서 나오는 것이 최선이다. 뤄옌은 재차 망설이다가 중슈링과 상의했다. 아끼는 것도 좋지만 적어도 직공 두어 명은 더 채용해야 했다.

"증조할아버지께서 보살펴주시니 천가 후손에게 복이 있어 만사형통입니다!"

뤄옌이 시원스레 말하고는 신대 앞으로 나아가 심호흡을 했다.

"할아버지, 똑똑히 보세요. 한기는 절대로 망할 수 없어요."

중슈링도 뤄옌의 계획에 찬성했고, 곧바로 채용광고를 준비해 돈을 들여 신문에 게재했다.

개혁개방의 선두주자로서 광저우의 경제발전은 전국적인 주목을 받았다. 외지인이 대거 광저우로 몰려와 엄청난 아르바이트 붐이 일었다. 하지만 외지에서 온 임시노동자가 아무리 많아도 숙련된 노동자는 드물었다. 특히 월극의상 분야는 더했다. 뤄옌은 반드시 보석 같은 인재를 구하겠다는 심정으로 잇달아 십여 명의 면접을 보았다. 하지만 하나같이 만족스럽지 않았다. 경험이 전무한 초보자는 처음부터 가르쳐가며 키워야 해서 비용이 너무 부담되었고, 숙련공은 너무 높은 급여를 기대해서 문제였다. 보름이나 면접을 보았지만 적당한 사람을 구하지 못해 완전히 의기소침해진 뤄옌이 어머니에게 말했다.

"정말 사람 구하기 힘드네요. 부동산 저당이라도 잡히는 수밖에 없겠어요."

루이펀이 화들짝 놀라며 목소리까지 떨었다.

"더는 하지 마라. 나는 정말이지 거리에 나앉을 날이 올까 봐 두렵구나."

다행히 이날 경력이 있는 한 디자이너가 채용에 지원해왔다. 서른이 넘어 보이는 안경 쓴 남자였는데, 고개를 푹 숙인 것을 보니 과묵한 타

입 같았다. 뤄옌은 이력서를 훑어본 후 몇 가지 질문을 했다. 상당히 마음에 들어서 몇 번 더 쳐다보다가 문득 굉장히 낯이 익다는 생각이 들었다. 다시 한 번 이력서를 꼼꼼히 들여다보았더니 놀랍게도 중등전문학교 동창이었다.

옛 동창생을 만나니 오히려 좀 어색했다. 학창시절 같은 과에 인원이 많아서 남학생과 여학생은 아주 친하지 않으면 서로 대화를 거의 하지 않았다. 뤄옌은 애써 떠올려 보았지만 그와 교류했던 기억이 전혀 나지 않았다. 팡야오밍方耀明은 어색한 듯 웃으며 말했다.

"당신은 이곳 토박이라서 우리와는 아예 놀지도 않았어요."

뤄옌이 민망한 듯 웃었다.

팡야오밍은 내향적이고 수줍음이 많아 보였다. 웃더라도 담담하게 웃었고, 습관적으로 고개를 숙이고 다녔으며 말소리도 낮고 부드러웠다.

"나는 줄곧 기성복 공장에서 디자이너로 일했어요. 어쨌든 이곳에서 잘 안 되면 다른 곳으로 가서 일해야죠, 뭐."

뤄옌이 듣고 웃으며 말했다.

"제가 안 뽑으면 이 가게에서 과로로 죽어나가지 않을 테니 운수대통인 거죠."

팡야오밍은 그녀의 말에 어리둥절해했다. 지원을 할지말지 고민하는 것 같았다. 뤄옌도 의식했는지 얼른 누그러진 말투로 덧붙였다.

"물론, 그럭저럭 유지는 하고 있어요."

그는 현실의 격차를 받아들일 것인지 잠시 고민하더니 마침내 고개를 끄덕이며 말했다.

"좋아질 날이 오겠지요."

팡야오밍은 졸업 후 줄곧 패션의류공장에서 일했기 때문에 월급의상 일도 쉽게 시작할 수 있을 것이었다. 뤄옌은 급여 얘기를 꺼낼 때 매우 난처했다. 야오밍의 경력이 이미 상당해서 그에게 졸업생의 임금을 줄 수는 없는 노릇이었다. 학교 다닐 때 서로 친하게 지낸 사이는 아니었지만 성실하고 일을 잘할 것 같은 느낌이 들어서 그녀는 그가 있어주기를 몹시 바랐다. 그녀는 머뭇거리며 말을 꺼냈다.

"우리 가게가 큰돈을 벌지는 못해서 월급을 많이 못 줘요."

그는 또 잠시 생각하더니 고개를 끄덕였다.

"당신 같은 여자도 믿음을 가지고 하는데 제가 뭘 두려워하겠어요."

팡야오밍은 공장에 들어온 이후 과연 손도 빠르고 능숙하게 일을 잘했다. 매일 아침부터 저녁까지 고개를 파묻고 열심히 일하면서 불평은 한마디도 하지 않았다. 그는 쭉 기성복을 만들어왔기 때문에 월극의상의 제작방식에 대해서는 잘 몰랐지만, 한기에 들어온 지 한 달도 안 돼서 모든 월극의상의 생산 공정을 완전히 익혔다. 다른 사람들이 오후 휴식을 할 때 그는 제품을 보면서 디자인과 문양, 색깔 등을 연구했다. 일할 때 그는 침착하고 성실했으며 조용하고 절제할 줄 알았다. 큰돈을 벌어보겠다고 생각해본 적이 없어서 가끔은 공장 사람들한테 "젊은 나이에 넓은 세상에 나가서 뭔가를 도모해야 하지 않느냐."며 놀림을 당하기도 했다. 그러면 그는 조용히 웃으며 "선배들 말씀으로는, 황금이 만 관이라도 가진 재주 하나만 못하다고 하던데요."라고 대꾸했다. 뤄옌이 그 말에 십분 공감하며 "제 아버지도 살아계실 때 늘 그렇게 말씀하셨어요."라고 맞장구쳤다.

루이펀은 힘든 일을 기꺼이 하겠다는 사람을 구하게 되어 몹시 기뻤다. 식사 시간 사이사이 수다를 떨 때마다 뤄옌이 가게를 연 이래로 얼마나 고생을 했는지, 얼마나 버티기 힘들었는지 등 은근히 저의가 있는 이야기들을 늘어놓았다. 팡야오밍은 그 얘기를 들으면서 이 '뜻 있는 사장님' 뤄옌이 과로로 쓰러질까 봐 더욱 열심히 일했다.

뤄옌은 어머니가 그에게 지나치게 스트레스를 주는 것 같아 참다못해 한마디 했다.

"엄마, 저 사람한테 옛날 봉건시대 지주처럼 자꾸만 일하라고 재촉하지 마세요. 사람이 성실해서 그렇지, 바보가 아니라고요."

루이펀이 웃으며 대답했다.

"우리 가게에서 일하는 사람들 중에 누가 인정에 속아 끌려오지 않은 사람이 어디 있니. 너부터가 진흙보살이 강 건너는 격[245]인데, 제 몸 지키기도 어려운 판국에 다른 사람 신경 쓸 여력이 있어?"

뤄옌도 웃음을 터뜨렸다.

"제가 일은 잘 못해도 감성팔이는 좀 하죠. 하하."

루이펀이 보기에 딸은 늘 침착하고 평온한 사람이었다. 하지만 한기를 운영하며 몇 년을 힘들게 지내는 동안 사람이 많이 늙었고, 성격도 많이 괴팍해졌다. 점점 '사장님다운' 모습이 돼가면서 말주변과 일처리가 단호하고 엄격했지만 늘 뭔가가 부족해 보였다. 그녀가 뤄옌에게 잔소리한 것도 한두 번이 아니었다.

"여자가 여자다워야지."

뤄옌은 아랑곳하지 않았다. 그녀는 아침부터 저녁까지 작업장을 쉴 새 없이 돌았다. 부지런하고 성실했고, 치밀하고 섬세하게 일했다. 문제를 만나면 과거처럼 멋대로 물건을 집어 던지지 않고 사실에 입각해 이성적으로 대처했고, 무슨 문제든 침착하게 그 문제를 해결했다.

그녀는 점점 천수관음이 되어갔다. 연단과 재단, 봉제, 자수 그 어느 것도 능통하지 않은 것이 없었고, 손길이 필요한 곳이면 어디든 가서

---

245 이 말은 "저 자신조차 보전하기 어려운 상황에 하물며 남 걱정을 하랴."의 뜻으로 쓰였다.

작업을 도왔다. 이렇게 하루를 보내고 나면 늘 어지럽고 눈이 침침했다. 루이펀은 그녀가 애처로워 보약이라도 달여 먹여 몸보신해주고 싶었다. 뤄옌이 매일 징탕靚湯[246]을 마시는데도 안색이 좀처럼 좋아지지 않는 것은 아마 걱정거리가 너무 많아서인 듯했다. 루이펀이 내내 가슴 아파하다가 결국 또 잔소리를 늘어놓았다.

"너무 많은 일을 하려고 하지 마라. 생각이 너무 많으면 병난다."

뤄옌은 턱을 괴고 고개를 쳐들며 한숨을 내쉬었다.

"먹고 자고 입는 것[247] 중 어느 것 하나 걱정 안 해도 되는 일이 있어야 말이죠."

퇴근 후 직공들이 하던 일을 마무리하고 집으로 돌아간 뒤에도 그녀는 혼자 작업장에 남아 일을 계속했다. 그녀는 혼자 세 사람의 몫을 해내면서 인건비를 많이 아낄 생각이었다. 사장인 자신에게는 월급을 줄 필요가 없기 때문에, 정 힘든 상황이 되면 한 사람분의 인건비를 더 절약할 수도 있었다. 이렇게 생각하면서 힘이라는 것이 푸고 또 퍼도 닳지 않고 샘솟는 것인 듯 지칠 줄 모르고 일했다. 밤에 혼자서 수틀 옆에 앉아서 일할 때, 주변에 아무도 없고 적막한데도 바빴기 때문에 무서운 줄도 몰랐다. 일감이 조금씩 완성되어 나오는 것을 보면서 그저 안도할 뿐이었다.

---

246 몸을 보양하는 탕을 말한다. 진염분(秦艷芬)이 쓴 『광둥징탕(廣東靚湯)』은 다양한 보양탕의 재료를 선택하고 만드는 방법과 함께 식이요법에 따른 보양의 효능에 대해 자세하게 기술하고 있다. 재료를 구하기 쉽고 만드는 방법도 간단할 뿐만 아니라 맛도 좋고 보양효과도 뛰어나서 일상적인 보양 및 질병예방을 위해 대중적으로 상시에 복용하는 가정식 보양음식이다.

247 원문의 표기는 개문칠건사(開門七件事)이다. 개문칠건사(開門七件事)에는 땔감, 쌀, 기름, 소금, 장, 식초, 차 등 서민들의 일상생활에 꼭 필요한 일곱 가지 필수품이 해당한다. 서민들이 이것을 위해 매일 분투하기 때문에 속칭 '문 열자마자 하는 일곱 가지 일(開門七件事)'이라고 말한다. 오늘날에는 서민 생활의 필수품을 가리키는 것 외에 국민의 이익과 직결되는 '일'을 가리키기도 한다.

이날 그녀는 잠시 틈을 내어 저명한 광저우 자수 명인을 찾아갔다. 전통 미술공예업 전반이 유사한 곤경에 처해 있었다. 그녀는 자수 작업을 잘 해내서 월극의상이 한층 정교하고 섬세하며 예술적인 정취를 담을 수 있기를 희망하며 선배에게 허심탄회하게 가르침을 청했다. 노 사부는 몹시 기뻐하며 그 자리에서 그녀에게 자수 기법 몇 가지를 설명해주었다.

"지금 전수해주지 않으면 앞으로 완전히 사라져버릴 겁니다."

그녀는 이해력이 좋고 손도 빨랐다. 가게에 돌아와서 곧장 실천에 옮겨보았다. 음영을 구분하고 색채를 나누어 교차침법으로 융털까지 살아있는 듯한 꽃잎을 수놓았다. 꽃 한 송이가 수틀 안에 점차 모습을 드러내며 꽃잎을 하나하나 펼치고 꽃술에서 꿀을 뿜어내어 온 집안에 향기가 가득 차는 듯했다.

제작진은 월극원과는 달리 계약금을 적게 지불했고, 초기에는 진척 상황을 물어보러 온 사람도 무대감독 한 명뿐이었다. 한기는 이제껏 이렇게 방대한 양을 작업해본 적이 한 번도 없었다. 뤄옌은 그 자리에서 대뜸 할 수 있다고 단언하고 무리하게 일을 강행한 것 때문에 어떤 결과를 낳게 될지 상상할 엄두조차 나지 않았다.

애당초 부족했던 자금은 이제 얼마 남지 않았다. 일부 자재들은 연말에 결산해도 되지만, 육 개월마다 정산해야 하는 것도 일부 있었다. 뤄옌은 그날이 다가오는 것 때문에 걱정하고 있었다. 사람들은 국경절 장기휴가만 눈이 빠지게 기다리고 있었지만, 그녀는 시간이 천천히 갔으면 하는 마음뿐이었다.

율무는 습기를 제거하고, 팥은 피를 보충해준다. 루이펀은 이것들을 일일이 깨끗이 씻어서 꼼꼼하게 냄비에 넣고 탕을 끓였다. 봄에는 주로 취스탕祛濕湯[248]을 끓이고, 날이 더 더워지면 둥과라오야탕冬瓜老鴨湯[249]을 끓였다. 뤄옌이 밖에 나갔다가 돌아올 때면 멀리서부터 진한 향을 맡을 수 있었다.

"솜씨가 이렇게 좋으니 우리 옷 만들지 말고 음식점으로 전향하는 게 낫겠어요. 돈 좀 벌 수 있을 것 같은데요."

뤄옌이 이렇게 말하고는 탕을 단숨에 꿀꺽꿀꺽 들이켰다. 그녀는 얼마나 많은 정성과 배려가 이 탕 한 그릇에 농축되어 있는지 어머니의 마음을 헤아렸다. 요즘 젊은 여자들은 하나같이 뚱뚱해질까 봐 걱정했지만, 뤄옌은 그런 걱정을 전혀 하지 않았다. 그녀는 매일 공장에서 힘들게 노동하기 때문에 다이어트 따위는 할 필요도 없이 이미 문짝처럼 비쩍 말라 있었다.

모두가 루이펀의 탕은 맛이 일품이라며 칭찬했다.

"이렇게 맛있는 탕을 먹을 수 있다면 공짜로라도 즐겁게 일할 것 같아요."

루이펀이 하하 웃으며 대답했다.

"좋아해주니 다행이네요. 다 드시고 또 열심히 일해요."

뤄옌은 어머니도 마음이 편치 않다는 것을 잘 알고 있었다. 임금을 몇 달째 못 주고 있었고, 이른바 "좀 밀리긴 했어도 안 갚을 리는 없는", 그저 일시적인 어려움이라고 직원들이 양해해주기를 바랐다. 그렇다고 해도 한 달 또 한 달 거듭 미룰 수는 없는 노릇이었다. 돈 문제라면 친형제조차 체면을 안 차리는 법이다.

---

248 습열요통(濕熱腰痛)을 치료하는 탕약이다. 택사(澤瀉), 황백(黃柏), 백복령(白茯苓), 목통(木通), 방기(防己) 등의 약재를 주재료로 사용하고, 여기에 생강편을 첨가하여 달인다.
249 기를 보충해주고 습사(濕邪: 병의 원인이 되는 습한 기운)를 제거하며 더위를 식혀주는 탕 요리로, 광둥오리와 동과(冬瓜)를 주재료로 한다.

"더 이상은 안 돼. 회사를 접자. 건강이 제일 중요하잖아."

루이펀은 딸이 너무 안쓰러워 더는 돈 모을 생각도 하지 않았다.

뤄옌은 탕을 다 마셨을 즈음 사레가 들어 연신 쿨럭쿨럭 기침을 해대면서도 어머니에게 손을 내저으며 말했다.

"회사는 괜찮아요. 함부로 실패했다고 말하지 마세요."

청명절에 뤄옌은 어머니와 함께 은하공동묘지에 가서 아버지 위패 앞에 원보납촉향元寶蠟燭香을 피웠다. 불꽃이 타들어가며 연기가 위로 피어오르는 모습을 보며 아버지의 모습 같다고 생각했다. 그녀는 때때로 아버지가 그리웠다. 마음속에 의문이 생길 때마다 집 안의 신대 위에 놓인 영정을 바라보며 아버지가 아직 살아 계시다면 어떻게 사고하고 어떻게 해결했을지 가정해보았다. 아버지는 이 업계에 관해서는 백과사전이나 다름없었다. 아버지가 계셨다면 모든 것을 순조롭게 착착 해결할 수 있었을 것이다. 뤄옌은 아버지 위패 앞에 합장하고 재배를 올린 후 말했다.

"아버지, 제가 패기는 좀 부족하지만 결심은 단호해요. 한기는 버텨 낼 거예요."

월화공장의 생산량이 감소하자 일부 단골손님들이 진정한 광둥식 월극의상을 수소문한 끝에 마침내 뤄옌의 가게 소식을 접했다. 뤄옌은 옛정을 뿌리치지 못하고, 또한 장래의 사업을 생각해서 아깝지만 눈물을 머금고 옛날 의상 몇 벌을 판매했다.

이날은 리훙이 의상을 찾으러 오는 날이었다. 두 집안의 인연도 오래되었거니와 리훙이 천가의 집안 사정이나 물려받은 것에 대해 잘 알고 있기도 했다. 뤄옌 역시 그녀의 청을 거절하기 미안했기 때문에 상자 깊숙한 곳에서 할아버지가 남기신 소군昭君 의상 한 벌을 꺼냈다.

매우 아름다운 화단의 정복이었다. 은은한 금색 바탕에 봉황이 꽃과 어우러진 어두운 문양이 새겨져 있고, 목둘레에는 흰색 모헤어를 한 바퀴 둘러 단아하고 귀티가 났다. 리훙이 좋아서 넋을 놓고 바라보며 손에서 놓지를 못했다.

"이토록 훌륭한 공예품은 돈이 있어도 살 수가 없어요."

뤼옌이 미소 지으며 말했다.

"좋아하니 다행이네요."

리훙이 월극단 단장이 된 이후로 뤼옌은 그녀에게 자주 연락했다. 리훙은 새 월극작품을 상연하고 싶어 했지만 월극단 자금상황이 좋지 않아 여러 가지 제약이 있었고, 대관료조차 지불하기 어려웠다. 그녀는 올 때마다 옷걸이 위에 놓인 견본제품에서 눈을 떼지 못하고 계속 만지작거리면서도 감히 주문하지 못했다.

리훙을 보내고 나니 모녀 두 사람 다 마음이 가라앉았다. 루이펀은 수많은 지난 일들을 떠올리며 혼잣말을 했다.

"한 벌을 보냈으니, 또 한 벌 줄었네. 언젠가는 남김없이 모두 보내버리는 날이 올지도 모르겠어."

그러고는 또다시 상자 속 옛 물건들을 뒤적였다. 물건들마다 그리운 사람이 있어 눈물이 주르륵 흘러내렸다. 그녀는 약간 흐트러진 의상들을 다시 조심스럽게 접은 다음 연한 색 연꽃 한 송이를 손가락으로 스치며 미소 지었다.

"네 아버지가 살아계실 때 연꽃을 가장 좋아하셨지!"

뤼옌이 고개를 끄덕이며 의상의 자수 문양을 소중해하며 매만졌다.

그녀는 아쉬움을 삼키며 남은 견본들을 모두 나무상자에 넣고, 이후로는 절대 팔지 않으리라는 결심으로 단단히 못을 쳐 상자를 봉했다. 수공예인의 인생이 모두 이 작품들에 응집되어 있었다. 증조할아버지부터 할아버지와 아버지에 이르기까지, 곤궁했든 풍족했든, 순탄했든 힘겨웠든 상관없이, 그 모든 걱정거리와 모든 이야기들과 세대마다의 비밀들이 바로 이 월극의상에 실려 전해 내려온 것이었다. 이것은 값을 매길 수 없는 보물이었고, 그래서 그녀는 몹시 아까웠다.

5·1 노동절에 진후이 일가는 둥하오옌의 혼례를 치렀다.

하오옌의 부인은 중국과 영국의 부모 사이에서 태어난 혼혈 아가씨로, 중국 이름은 스야詩雅였다. 두 사람은 대학동창이었다. 스야가 처음 찾아왔을 때 모두가 깜짝 놀랐다. 절반은 외국인의 피가 흐르고 있었기 때문에 외국인처럼 생겼고, 말도 중국어와 영어 모두 어색했다. 그들 두 사람은 오랫동안 연애를 했고, 결혼을 결정했을 때는 진후이가 이미 이 '혼혈' 며느리에 익숙해져 있었다.

혼례는 중국식과 서양식이 혼합된 예식이었다. 이날 아침 일찍 둥하오옌이 형제들을 이끌고 신부를 맞으러 갔다. 집 안을 깨끗이 정리하고, 신대에 차를 올릴 때 쓸 다구와 향로, 사탕 등을 잘 차려놓고 새신부를 맞을 준비를 했다.

정오의 길시吉時에 '며느리'를 맞이했다. 분양주택이었기 때문에 예식의 상당 부분을 간소화했지만, 그래도 문 앞에 화로는 놓았다. 이렇게 화로를 놓는 것은 특별히 중국식 혼례에 맞게 고안한 것으로, 크기도 아주 작았고 불도 조금만 넣었다. 그렇게 했는데도 스야는 놀라서 비명을 질렀고, 나중에는 조마조마해하며 같이 온 자매들의 부축을 받아 간신히 넘어서 조심스럽게 집 안으로 들어갔다.

결혼식은 전통 풍습에 따라 대금大姆을 초청해 문 안에 들어선 이후의 모든 의식을 주관하게 했다. 요즘은 정통 대금을 찾기가 여간 어려운 게 아니었다. 이번에 온 사람은 월화공장의 옛 직공으로, 실직한 후 이 일을 겸하고 있었다. 하오옌과 스야는 대금의 지시에 따라 무릎을 꿇고 차를 올렸다. 신부의 차를 올린 후 시어머니로부터 '개구전改口錢'250을 받았고, 대금이 '성혼'을 선포하자 모두가 술집으로 몰려가 한 바탕 연회를 가졌다.

하오옌은 천가의 사대손 중 맨 처음으로 결혼했기 때문에 가족친지들 모두가 이것저것 챙겨주었다. 루이펀은 외숙모로서 신랑신부가 올리는 차를 받아야 했다. 황완이 진후이를 도와 일손을 거들었고, 루이펀은 손님 맞는 일을 도왔다. 둥즈웨이는 요즘 들어 말수가 더 적어져서 그저 허허 웃기만 했다. 다른 사람들이 그에게 서양 며느리를 보았다고 놀려도 그저 순박하게 웃으며 말했다.

"젊은 사람들은 다 제 생각이 있으니까요."

뤄옌은 정신을 바짝 차리고 기쁜 척 웃었다. 그녀는 차를 마시며 어른들을 응대하고 있었다. 우스운 농담을 얘기하면서 때때로 커다랗게 깔깔 웃기도 했지만 속마음은 허전했다. 사촌동생이 가정을 이루고 독립하는 것을 보며 세월이 쏜살같이 흘러가버렸다는 사실을 돌연 깨달았다. 수놓은 조각들을 봉합해서 의상의 부속들을 만들고, 의상 부속들을 봉합해 월극의상을 완성하면서 시간을 모두 일감에 써버린 것이었다. 주변의 친구들도 모두 결혼하여 아이를 낳았는데, 자신은 여전히 혼자였다.

술집에 와서 자리를 잡고 앉았지만, 그녀는 여전히 마음이 불안했다. 차를 마시면서도 계속 장부 생각만 했다.

스야가 입고 있는 중국식과 서양식이 결합된 예복은 뤄옌이 디자인한 옷이었다. 전신이 순수한 중국 빨강 바탕에 고전적인 정취가 가득한

---

250 중국의 혼례풍습의 하나로 신부가 가마나 차에서 내려 신랑의 어머니를 '어머니'라고 부르면 시어머니가 주는 용돈을 말한다. 호칭을 처음 바꾸는 것을 기념해주는 돈이라고 하여 '가이커우첸(개구전, 改口錢)'이라고 한다.

모란문양 수가 놓인 디자인은 스야가 입어도 전혀 애매해 보이거나 어색한 느낌이 들지 않았다. 오히려 이루 말할 수 없는 우아함이 있었다. 스야는 이 예복이 아주 마음에 들어서 뤄옌의 손을 붙잡고 연신 감사 표시를 했다.

스야가 친척 중에 홍콩의 월극촉진회 회장이라는 쟝蔣 선생을 뤄옌에게 적극적으로 소개해주며, 쟝 선생이 현재 광저우에서 투자처를 찾고 있다고 알려주었다. 쟝 선생은 이목구비가 수려했지만 창백한 안색에 시종 담담한 표정을 짓고 있어서 감정 기복이 거의 드러나지 않는 얼굴이었다. 쟝챠오蔣喬의 명함을 받은 뤄옌은 정신이 번쩍 들었다. 홍콩 업체의 투자를 받을 수만 있다면 당장 목전의 문제들을 모두 해결진 못하더라도 최소한 시급한 문제는 해결할 수 있을 것 같았다.

쟝 선생은 친척이나 지인들과 친밀하지 않았고, 말이 많지도 않았으며 표정은 늘 담담했다. 연회가 시작되기를 기다리던 쟝 선생의 시선이 갑자기 뤄옌에게 쏠렸다. 그녀의 손목에 찬 팔찌를 본 그는 기쁜 듯 탄성을 질렀다.

"아주 특별한 디자인이군요."

뤄옌은 팔찌를 빼서 그에게 보여주며 말했다.

"이건 머리 장식에 쓰는 부자재예요. 우리 한기의 작품이죠."

쟝 선생이 팔찌를 자세히 살펴보고는 연신 고개를 끄덕이며 감탄했다.

"쟝 선생님, 혹시 관심 있으시면 우리 회사를 보러 한번 오시겠어요?"

뤄옌이 기회를 놓치지 않고 말했다. 쟝 선생은 잠시 멍해 있다가 이내 웃으며 대답했다.

"좋습니다."

장챠오가 한기를 방문했을 때, 뤄옌은 그에게 한기의 역사를 들려주었다. 청 왕조 말엽부터 시작해서 민국 시기에 큰 점포를 가지기까지, 그리고 1956년에 공사합작경영을 거쳐 90년대 초에 재건하기까지의 긴 역사였다. 증조부 일생의 옛이야기부터 시작하는 '둘둘 말린 한 필의 비단처럼 긴' 이야기였다. 그녀는 홍콩상인과 타이완 상인들이 투자 잠재력을 가진 '전통 있는 가게'를 좋아한다는 것을 알고 있었다.

과연 장챠오는 이야기에 몹시 관심을 보였다.

"적당한 돌파구를 찾기만 한다면 오히려 '전통 있는 상호'로 사업하는 게 맞죠."

그는 사방을 둘러보고는 계속 고개를 끄덕였다. 번화가 속에 자리 잡은 작은 기기는 전혀 눈에 띄지 않는 겉모습을 하고 있었지만, 가게 안은 별천지였고 금빛이 휘황했다. 정통 월극 용포의 바탕 원단은 비단이었고, 둥글게 몸을 만 용 문양이 수놓여 있었는데 용의 비늘 하나하나가 층층이 겹쳐져 납작하게 반짝이고 있었다. 바라보던 장챠오가 연신 고개를 끄덕였다.

뤄옌은 과거 대형 공장 시기에는 월화공장 사람들도 홍콩에 가서 홍콩 월극배우들의 치수를 재고 의상을 제작해준 적이 있었지만, 지금은 월화공장이 생산량을 이미 대거 감축한 상태라고 설명했다.

"쟝 선생님, 우리 공장과 협력하시겠어요? 분명 놀랍고 기쁜 일이 생길 겁니다."

장챠오는 사방을 꼼꼼히 둘러보고 말했다.

"평가를 좀 더 해봐야겠습니다."

뤄옌은 겉으로는 침착한 얼굴을 하고 있었지만, 속으로는 조바심이 났다. 지금 월극 산업은 위태로운 처지에 있고, 광둥식 월극의상에 대한 수요도 너무 적은 실정이다. 더 큰 시장이 절실했고, 자금지원도 필요했다. 그녀는 고객을 너무 몰아붙이면 고객이 겁을 먹고 도망칠 수도 있다는 생각에 애써 태연하고 침착하게 웃어 보였다.

며칠 지나 쟝챠오가 다시 찾아왔다. 이번에는 그 혼자만 온 것이 아니라 비서와 회계사를 대동했다. 쟝챠오는 살짝 고개를 끄덕이며 말했다.

"작은 프로젝트라도 좋고, 지금 당장 효과를 보지 않아도 좋습니다. 투자한 데 대한 보상은 언제든 오기 마련이죠."

뤄옌은 계획서상의 조항에 아무런 이견이 없었다. 다만 쟝챠오의 '결정권'에 대해 다소 의문이 들어 확실히 얘기해두기로 했다.

"우리 한기에서 돈 버는 일과 디자인, 제작을 책임집니다. 결정은 당연히 제가 하고요."

쟝챠오가 눈살을 살짝 찌푸리며 말했다.

"공예는 제가 문외한이지만, 시장 개척 방면으로는 제가 잘 압니다."

뤄옌은 처음에는 기쁜 마음뿐이었지만, 결과적으로는 다시 망설여졌다. 그녀는 월화공장이 제도개혁 이후로 몇 명의 주주들이 매일 같이 회의석상에서 다투느라 아무것도 결정하지 못했던 것을 떠올렸다. 더 중요한 것은 천가의 선조들이 세운 회사인 한기를 절대로 외지인의 손에 넘겨줄 수 없다는 사실이었다.

뤄옌은 한기로 돌아와 선조들에게 다시 향을 피워 올렸다.

"아버지, 가게에 문제가 생겼어요. 제가 외지인의 도움을 청해도 될까요?"

사진 속의 진한은 여전히 평온한 얼굴로 미소 짓고 있었다. 마치 "네가 알아서 하렴."하고 말하는 듯했다.

"아, 제가 생각해볼게요. 아버지는 알려주실 수 없을 테니까요."

그녀는 농담을 하며 스스로 마음을 다독였다.

뤼옌의 손에는 아직 급히 완성해야 하는 오색 봉관鳳冠[251]이 있었다. 이 관은 여망女蟒에 맞출 관이었다. 봉관을 완성하지 못해서, 여망도 돈을 받지 못하고 있었다. 그녀는 팔선탁 앞에 앉아 끈기 있게 금실을 감고 있었다. 과거 월화공장에서는 투구부에서 일하던 아저씨와 아주머니들이 각자 제 몫을 하고 있어서 다른 부서에서 참여할 필요가 전혀 없었다. 그녀는 실을 몇 가닥 감다가 이건 아니라는 생각이 들어 다시 내려놓았다.

"혼자서 천하를 모두 아우를 수는 없어."

그녀가 가게 안에서 혼잣말을 중얼거렸다. 마음을 정한 뒤 이튿날 곧장 호텔로 쟝챠오를 찾아갔다.

계약서에 서명하고 돌아오던 그녀는 갑자기 온몸이 홀기분해진 것을 느꼈다. 넉넉한 자금이 생겼으니 당장 직공들에게 월급을 지급해줄 수 있고, 자재도 더 넉넉하게 준비해둘 수 있게 되었다. 그녀는 오는 내내 펄쩍펄쩍 뛰었고, 오자마자 침대 위로 뛰어 올라가 덩실덩실 춤을 추며 외쳤다.

"제대로 축하하자!"

그러고는 곧바로 머리를 파묻고 잠들었다. 아주 긴 잠을 잤다. 새벽부터 해가 산 아래로 넘어갈 때까지, 이제 막 학교를 졸업한 사람처럼 잠을 잤다. 루이펀이 일어나라고 깨워보았지만 그녀는 온몸이 녹초가 되어 이불 속에 웅크린 채 머리도 내밀지 않고 말했다.

"나 금방 나갈게요. 걱정 마세요."

뤼옌은 사흘을 내리 잠자는 것으로 '물주를 찾은 것'을 축하했다. 그런 다음 곧바로 희희낙락하여 일을 시작했고, 새로 견습공 세 명을 더

---

251 옛날 황후가 머리에 썼던 봉황 모양의 장식이 드리워진 관.

채용했다. 생산라인이 전면적으로 업그레이드되었다. 김 감독이 두 번 찾아왔고, 그동안 진행한 디자인에 대해 아주 만족해하며 몇 가지 의견도 제시했다. 이어서 조감독과 의상감독이 찾아왔고 상당히 많은 의견을 내놓았다. 뤄옌은 클라이언트의 의견을 기꺼이 수용할 수 있었다. 그녀는 온갖 어려움을 제거하고 반드시 이 드라마 의상 제작을 마무리해야겠다고 결심했다. 그녀는 아버지가 했던 것처럼 작은 노트에 작업일지를 작성했다. 표를 그리고 매일 꼼꼼하게 공정과 진도를 기록했다. 쟝챠오는 그녀에게 홍콩의 디자이너 한 명을 보내주었다. 그의 조언에 따라 월극의상의 풍성함과 쾌적함을 기초로 하되 어깨와 허리 부분에 다트를 넣었더니, 현대 배우들의 체형에 훨씬 잘 맞고 세련돼 보였다.

사용한 원단이 모두 새틴과 시폰이었기 때문에, 뤄옌은 디자인을 간소화하는 것을 특별히 중시했다. 특히 전통적인 단화團花의 배색은 너무 복잡한 데다 치마의 가볍고 경쾌한 느낌에 영향을 줄 수 있었다. 그녀는 과감하게 흩뿌린 꽃을 다양하게 디자인했다. 특히 매화와 부용화 도안을 그렸다. 궁중 평상복 몇 벌은 아예 무늬가 전혀 없이 보색으로 테두리를 둘렀다. 그녀는 또 나비춤복도 디자인했다. 튜브톱으로 된 몸통위에 치마와 가운으로 나비의 형태를 연출했는데 치맛자락에 그러데이션 시폰을 사용했다. 이 디자인의 의상은 특별히 무용수를 위해 디자인한 것으로, 겉으로 보기에는 복잡해 보였지만 실제로는 아주 가벼웠고, 당나라 때 궁중의복의 제식을 존중하여 무희복에 적용한 것이었다. 김 감독은 특히 이 디자인에 찬사를 아끼지 않았다.

뤄옌은 매일 아버지에게 분향하고 정성껏 삼배를 한 후 속으로 조용히 말했다.

"아버지, 아버지가 힘을 주시면 전 어떻게든 버틸 수 있어요."

제22장

광저우의 여름은 유난히 길어서 가을도 그 연장선의 일부로 여겼다. 타는 듯한 태양이 물러가고 계단 아래의 수도관이 더는 햇살에 끓어오르지 않을 때쯤, 겨울의 기운은 벌써 천천히 육박해오고 있었다.

뤄옌은 힘들어서 눈이 벌겋게 되면서도 매일 고강도의 작업을 계속했다. 마무리 단계에 이르러서는 혼신의 힘을 다하느라 거의 작업장에서 쓰러질 지경이었지만 신념 하나로 버텼다.

몇 달을 분투한 끝에 마침내 기한 내에 물건을 인도할 수 있게 되면서 자금도 돌게 되었다. 중슈링도 매우 낙관적으로 말했다.

"삼 년의 고생과 삼 년의 시련을 견뎌서 결국 창업기를 넘겼네. 한기는 이제부터 점차 자리를 굳건히 잡게 될 거야."

장챠오는 한기를 상당히 중요하게 생각하는 듯했다. 걸핏하면 "돈 안 되는 장사"라고 말하면서도 자수 공장에 들러 둘러보고, 장부를 살폈다. 뤄옌이 규모를 키우고 싶다고 하자 그도 단박에 찬성했다.

"오늘 네 아버지의 옛날 물건들을 정리하다가 이 보물을 또 발견했지 뭐니."

루이펀이 몹시 기뻐했다. 그것은 붉은색 새틴 군괘였다. 전부 수작업으로 제작해서 바늘땀이 아주 촘촘하고 섬세했다. 치맛자락 위에는 정금수釘金繡 기법으로 봉황을 수놓았는데 깃털이 마치 살아있는 듯 생생했다.

뤼옌은 처음으로 할머니의 군괘를 보았을 때의 광경을 아직도 기억하고 있었다. 한여름 가장 더울 때, 할머니는 정기적으로 옛 옷상자 안에서 아주 많은 옛 물건들을 꺼내 볕에 말리셨다. 그 군괘는 붉은색과 금색이 어우러진 것이었는데, 태양 아래에 펼쳐 놓으니 눈부시게 반짝이며 빛을 반사했었다. 뤼옌은 의상을 보고 입이 떡 벌어지고 눈이 휘둥그레져서 멍청하게 물었다.

"이거 금으로 만든 거예요?"

할머니가 웃으며 대답했다.

"진짜 금이면 좋게."

군괘 위는 온통 금색 비즈와 금실로 뒤덮여 있었다. 손톱만 한 조그만 마당 안, 대나무 장대 끝에 걸린 채 층층이 깊은 색을 내며 번쩍번쩍 빛나는 그 군괘는 정말이지 눈이 부셨다.

시내에 군괘를 만들 수 있는 점포는 이미 많지 않았다. 젊은 사람들은 무슨 바람을 좇듯 서구식 결혼식만 좇았다. 전통적인 광둥식 군괘는 수공이 정교하고 섬세했으며 복잡한 도안이 웅장하고 화려했지만, 젊은 사람들은 좋아하지 않았다.

다행히 몇 년이 지나자 사람들은 지나친 서구화 추세에서 다시 중국의 전통을 그리워하기 시작했고, 신문도 '맹목적인 외국 숭배'를 강력하게 비판했다. 그러면서 결혼식도 중국식과 서양식이 결합된 방식으로 변화되어, 신부는 흰색 웨딩드레스를 입고 결혼식을 한 후 피로연 때는 붉은색 군괘로 갈아입고 손님을 접대했다. 많은 사람들이 한기를 찾아와 군괘를 주문하자 중슈링은 이런 현상에 주목하며 말했다.

"시내에서 군괘를 만들 수 있는 곳이 많지 않아. 군괘 제작이야말로 가게의 위상을 높이고 널리 알릴 수 있는 가장 좋은 방법이야."

뤄옌은 진후이 고모가 군괘를 잘 만든다는 것을 알고 있었다. 그녀는 월화공장에서 십 년 넘게 봉제 일을 했었다. 나중에 직장을 그만두고 다른 일을 할 때, 공장에서 일손이 부족하면 그녀가 가서 한동안 군괘 제작을 해주곤 했다.

"고모, 보세요. 이거 우리 가게에서 이제 막 만든 군괘예요. 어때요?"

진후이가 가게에 도착하자마자 뤄옌은 곧장 그녀에게 가르침을 청했다.

"이건 아래통이 좀 크네. 바늘땀도 너무 조밀하고," 진후이는 한 번 쓱 보고 금세 문제점을 찾아내 말했다. "걸을 때 좀 무겁고 둔해 보이겠어."

"고모, 고모는 군괘 제작의 전문가세요. 한기에 오셔서 기술감독을 해주시면 좋겠어요."

뤄옌은 이 기회에 고모에게 제안을 했다.

진후이가 황급히 손을 내저으며 자신은 이미 늙었고, 눈도 침침하다고 했다. 그녀는 가끔씩 가게에 와서 한가하게 앉아 직공들과 '한담'을 나누었다. 매번 가게에 올 때마다 그녀는 소소한 일거리를 도와주곤 했다. 군괘 제작 얘기가 나오면 그녀는 후배에게 전수해주지 않고는 못 배겼다.

"광둥식 군괘의 특징은 돌출된 용 문양에 있어. 자수 안에 실을 집어 넣어서 용과 봉황의 입체감을 살려주는 거지."

"고모, 고모가 직접 만들지 않으시는 건 정말이지 그 기예를 낭비하시는 거라고요."

뤄옌이 자꾸만 애교를 부렸다.

"집에 일이 아주 많아. 장도 봐야 하고, 밥도 해야지. 내가 집에 없으면 네 고모부 탕은 누가 끓여주겠니."

진후이는 당황해하며 변명을 늘어놓았다.

뤄옌이 몇 번이나 부탁했지만 대답은 같았다. 그녀는 내키지 않았지만 어머니에게 방법을 물었다.

"어떻게 말해야 고모가 손을 내밀까요."

루이펀은 오히려 깜짝 놀라며 손을 내저었다.

"군쾌를 만드는 게 얼마나 공이 많이 드는 일인데. 네 고모한테 그렇게 힘든 일을 시키지 마라."

뤄옌은 직접 할 수밖에 없었다. 그녀가 직접 디자인한 군쾌를 가게 한쪽 구석에 놓아두었다. 다른 일감을 만지다가도 싫증이 나면 그때마다 군쾌를 붙잡고 수를 놓았다. 진후이가 와서 보고는 연신 고개를 저으며 말했다.

"머리가 작으면 큰 모자를 쓰지 말라[252]는 옛말도 있잖니."

뤄옌이 이를 드러내고 입을 일그러뜨리며 말했다.

"방법이 없잖아요. 먹고살기 힘든데 모자가 커도 제가 쓸 수밖에요."

그 군쾌는 탁자 위에 놓인 채 몇 달 동안 완성되지 못했다. 진후이도 더는 '참으려야 참을 수가 없어서' 자주 들러서 수를 놓아주었다. 그렇게 몇 달을 계속하니 서서히 윤곽이 드러나기 시작했다. 그녀는 수를 놓아주었을 뿐만 아니라 조언도 하지 않을 수 없었다.

---

252 이 말은 그에 걸맞은 능력이 없으면 막중한 임무를 맡지 말라는 뜻이다.

"재단할 때 반드시 충분히 여유를 두고 재단해야 해. 수를 놓고 나면 천이 많이 줄어들거든. 수를 다 놓고 나서 공간이 부족한 걸 알게 되면 정말이지 눈물도 안 나온단다."

뤄옌이 고모에게 애교를 부리며 말했다.

"고모는 어떻게든 방법을 찾으시겠죠."

어렵사리 만들어낸 이 군괘는 몇 달 동안 진열되어 있었고, 찾아와 문의하는 사람이 적지 않았다. 하지만 사겠다는 사람은 없었다. 진후이 는 겉으로는 아무렇지도 않다고 말했지만, 속으로는 기대가 컸다. 매번 손님이 와서 볼 때마다 적극적으로 판매에 나섰다. 군괘는 가격이 상당 히 높은 편이어서, 사람들이 사고 싶다고 했다가도 가격을 보고는 뒤로 물러섰다.

진후이는 다소 낙심했다.

"대형 공장도 그렇고, 조그만 공장도 그렇고, 조립생산라인에서 나 오는 물건을 당해낼 수는 없지."

뤄옌은 호기롭게 웃었다.

"천천히 팔면 돼요. 좋은 물건을 알아보는 사람이 반드시 나타날 거 예요."

진후이는 고개를 저으며 말했다.

"오래 놔두면 처음 만들어졌을 때만큼 멋져 보이지 않아. 시간이 오 래 지나면 유지하고 보수하는 데 또 공을 들여야 할 거고."

이날 또 한 명의 손님이 보러 왔다. 이 손님은 알록달록한 큰 꽃무늬 셔츠에 품이 크고 허리선이 배꼽까지 오는 칠부바지를 입고 있어서 한 눈에도 평범한 노부인임을 알 수 있었다. 그녀는 가게에 들어온 후 이 쪽저쪽 살펴보고 만져보며 한참을 둘러보다가 마침내 이 군괘에 시선 을 고정하고는 한참을 꼼꼼하게 들여다보았다.

뤼옌은 가게를 오래 운영하다 보니 손님을 판단하는 쪽으로는 매우 예민한 직감을 가지고 있었다. 대략 훑어만 보고도 진짜 고객인지 아니면 와서 소란만 피우다 갈 사람인지 금방 알아보았다. 그녀가 얼른 앞으로 다가가 소개했다.

"이것은 저희 가게에서 전체 수작업으로 제작한 군쾌예요. 전통적인 금은사[253] 자수법을 사용했답니다."

손님이 그녀의 말에 연신 고개를 끄덕이자, 뤼옌이 얼른 그녀에게 '돌출된 용'의 효과를 보여주었다.

"좋긴 좋네요. 그런데 너무 비싸요."

손님이 미간을 찌푸렸다.

이렇게 말할 수 있다는 것은 이미 와서 가격을 물어본 적이 있다는 의미였다. 뤼옌은 기억해내려고 애썼다. 어렴풋이 기억났다. 이 아주머니가 딸과 함께 와보았고, 입어보기까지 했었다. 첫 번째는 마음에 드는지 보러 왔었고, 두 번째는 입어보았고, 세 번째는 진짜 살지 말지를 고민했다. 뤼옌은 이번이 마지막 기회라는 것을 알고 필사적으로 판매에 나섰다. 그녀는 손님에게 진후이도 소개해주었다.

"이분이 바로 군쾌를 만드는 사부님이세요."

진후이는 손을 비비며 진심 어린 미소를 지었다. 자신이 직접 지은 군쾌를 판매하고 싶은 마음이 간절했다.

"이것은 전체가 수작업으로 한 반금수盤金繡[254]예요. 요즘 이런 군쾌

---

253 황금과 백금을 주원료로 가늘게 뽑은 실이나 그 모조품을 말한다. 모조품은 금은 광택을 지 닌 화섬박막을 아세테이트 필름에 끼워 가늘게 자른 실로 이후에는 채색 기술이 더해져 금 은색 외에도 광택을 가진 다양한 색의 실이 생산되었다.

254 전통 자수기법 중 금사를 꼰 실인 반금(盤金)실로 수놓은 문양을 말하며, '평금수(平金繡)'라 고도 한다. 일반적으로 반금실 두 가닥을 문양 위에 놓고 문양 윤곽선의 완급에 따라 꼬인 정도를 조절해가며 일정 간격으로 감친다.

를 지을 수 있는 사부들은 모두 육칠십 대 어르신들뿐이에요. 한 세대만 젊어도 아예 만들지 못하죠."

뤄옌은 다시 한번 강조했다.

손님은 반나절이나 주저주저하더니 결국은 샀다.

이 군괘는 뤄옌에게 엄청난 자신감을 가져다주었다. 그녀는 수공예 제품이 시장성이 있으며, 조립생산라인 제품으로는 결코 대체할 수 없는 우위를 가지고 있다고 믿었다.

뤄옌은 군괘에 대한 모든 일의 책임을 진후이에게 맡겼고, 또한 그녀에게 맞춰 금은사와 반짝이 실, 금색 비즈와 은색 비즈, 금은 스팽글 등을 충분히 주문했다. 전적으로 진후이가 필요로 하는 자재수요를 만족시키기 위함이었다.

"이렇게 낭비하는 거 내 탓하지 마라."

진후이가 놀라서 손을 내저었지만, 그래도 자신이 생각했던 대로 잇달아 몇 벌의 군괘를 더 만들었다. 커다란 스탠드칼라나 좁은 스탠드칼라에 정금점부수釘金墊浮繡[255]나 평금평은수平金平銀繡[256] 기법을 사용해 수를 놓은 군괘는 기품 있고 화려하며 찬란하게 빛났고, 아주 장중한 느낌을 주었다.

뤄옌은 기뻐서 그녀를 끌어안고 소리쳤다.

"한기의 발전은 이제 고모한테 달렸어요."

시장성을 고려해서 가게는 당분간 소오복小五福과 중오복中五福[257]만

---

255 금실 아래로 자재를 채워 넣어 도드라지게 입체감을 살리는 자수 기법.
256 납작한 금사나 은사를 꼬아 만든 반금실을 문양을 따라 얹고 그 위를 감쳐서 면적을 채우는 자수 기법.
257 중국 전통문화에서 박쥐(蝙蝠)는 행운과 복을 상징한다. 박쥐를 뜻하는 한자 '蝠(복: fú)'의 발음이 복(福: fú)과 같기 때문이다. 오복(五福)은 장수, 부귀, 건강, 덕, 선종(善終) 등 인간의 행복에 필요한 다섯 가지를 나타내며, 이러한 오복을 기원하는 의미를 박쥐 다섯 마리에 담아 표현했다. 중국 전통 혼례복인 군괘에도 오복의 문양이 들어가는데, 그 밀도에 따라 소오복,

만들었다. 하지만 뤄옌은 언젠가 가게에 괘후(褂后)와 괘황(褂皇)[258]도 진열할 수 있게 되기를 간절히 꿈꿨다.

"우리 팔지 않더라도 괘황 한 벌 만들어요!"

이른바 괘황이라는 것은 금은사 자수 밀도가 백 퍼센트인 군괘로, 괘(褂: 상의)의 모든 면적이 봉황 문양과 금은 비즈로 꽉 채워지는 것이다. 그녀는 너무 흥분되어 거의 두 팔을 휘두르며 함성을 지를 지경이었다. 진후이가 놀라서 황급히 손을 내저으며 말했다.

"난 못해. 게다가 손자 보러 미국에도 가봐야 해."

설을 쇤 후 한기는 성대한 시무식을 가졌다. 뤄옌이 사회를 보는 가운데 구운 돼지머리를 놓고 조상님께 절을 하고, 직접 수놓은 화광사부 상을 관공 상 옆에 놓았다.

설이 지나 홍콩에서 쟝챠오가 와서 한기의 장부를 점검했다.

뤄옌은 미소를 지었지만, 속으로는 조마조마하고 불안했다. 작년에 받은 주문 대부분이 아직 마무리 작업 중이어서 잔금이 아직 회수되지 않은 데다 뒷장에 바로 이어서 신년 예산인 것이다.

쟝챠오는 장부를 들춰보더니 미간을 찌푸리며 물었다.

"왜 전통 한족의상을 모방한 긴 치마는 만들지 않았죠?"

뤄옌은 솔직하게 대답했다.

"잘 안 팔려요. 원단이 가벼워도 자수를 놓으면 가볍지 않으니까 여자들이 좋아하지 않더라고요."

쟝챠오는 개의치 않는다는 듯 웃으며 말했다.

중오복, 대오복, 괘후(褂后), 괘황(褂皇)으로 나뉜다. 오복의 밀도가 60~80퍼센트인 것을 소오복, 중오복, 대오복이라 한다.

258 위에서 언급한 오복의 밀도가 85~90퍼센트인 것을 괘후, 100퍼센트인 것을 괘황이라 한다.

화의금몽

"작은 난관들 때문에 그냥 포기한다고요? 잘 안 팔리는 것은 어쩌면 영업의 문제일 수도 있어요."

그의 미간에 주름이 더 깊게 패였다.

"경비의 상당 부분이 집계되지 않았군요. 안 그래도 돈을 벌었다고 할 수 없는 수치인데, 제 회계사더러 다시 계산해보라고 하면 장부가 더 볼 만해지겠어요."

뤄옌은 그가 이토록 인정사정없이 냉정하게 얘기할 거라고는 생각지도 못했다. 그녀는 깊게 한숨을 쉬고는 억지로 웃음을 지으며 말했다.

"요즘 기성복 가격이 저렴해요. 특히 외국 브랜드가 빠르게 시장을 점령해나가고 있고요. 우리는 의상제작 주기가 길고, 원가가 높아서 경쟁력이 현저하게 떨어지는 게 사실입니다."

쟝챠오는 대답을 하지 않고 미간을 찌푸린 채 한참을 묵묵히 응시했다.

이른 봄 날씨라 습하고 축축한 공기에 찬 기운이 스며 있었다. 햇살이 가게 문을 통해 비스듬히 침투해 들어왔고, 바람 속에 냉기가 딸려왔다. 뤄옌은 갈수록 무겁게 짓누르는 압박감을 느꼈다. 유감스럽게도 한기는 정말 더 이상 지속하기 힘들었다. 주문은 갈수록 늘어났지만, 원가를 제하고 각종 지출을 빼고 나면 이익은 말할 수 없이 미미했다. 뤄옌은 긴 한숨을 내쉬며 쟝챠오의 포커페이스를 바라보았다. 그에게 직원들 월급이 몇 달째 밀려 있다는 말을 차마 할 엄두가 나지 않았다.

쟝챠오를 보내고, 뤄옌은 런민남로를 따라 천천히 걸어 샹쥬로上九路를 지나 샤쥬로下九路까지…… 왔다. 그녀는 고개를 들어 사방을 둘러보았다. 최근 몇 년 동안 세상은 마치 경주를 하듯 하루하루 새로운 모습으로 변했고 사람도 변했다. 옷차림과 화장도 일 년마다 새롭게 달라졌다. 광고판의 옷도 일정 시간이 지나면 모습이 바뀌었다. 그녀는 고개를 들어 쇼윈도 안의 광고포스터를 올려다보았다. 수트 광고였는데, 남자 모델들이 훤칠한 키와 비쩍 마른 몸매에 과묵하고 차가운 얼굴을 하고 확고한 눈빛으로 정면을 바라보고 있었다. 위에는 커다란 글씨로 "시대와 함께 가자."고 쓰여 있었다. 바쁘게 전진하는 이 시대는 변하지 않는 사람을 기다려주지 않는다. 한참을 자세히 들여다본 그녀는 마음이 차츰 가라앉았다.

전화가 울렸다. 뤄옌은 받고 싶지 않았지만 어쨌든 사장이 아닌가. 그녀는 심호흡을 한 후 천천히 전화를 받았다.

쟝챠오의 목소리가 웬일인지 매우 친절했다.

"미안합니다. 좀 전에 제가 당신에게 문제를 제기했던 데 대해 사과드립니다."

뤄옌은 금방 화가 났다가도 또 금방 풀어지는 사람이었다. 그녀는 쟝챠오의 말이 맞는 얘기라는 것을 알고 있었다. 가게가 제일 우선으로 추구해야 하는 것은 이익이다. 이익을 내지 못하는 회사는 당연히 문을 닫아야 한다. 그의 지원이 없었다면 한기는 이미 문을 닫았을 것이다.

"사과의 의미로 식사 대접을 해도 될까요?" 쟝챠오가 말했다. "이렇게 오래 함께 일했는데도 당신한테 밥 한 번 산 적이 없었네요."

"밥은 제가 사야죠."

뤄옌이 웃으며 말했다. 그녀는 처음에는 거절하고 싶었지만, 잠시 망설이다가 결국 승낙했다.

두 사람은 베이징로에 위치한 한 레스토랑에서 만났고, 비프스테이크와 샐러드를 주문했다. 레스토랑은 아늑한 분위기에 느린 피아노곡이 흐르고 있었다. 뤄옌은 사장을 화나게 할까 봐 말을 많이 하고 싶지 않았고, 고개를 숙인 채 쉴 새 없이 잔 안의 커피를 저었다. 쟝챠오가 그녀를 지켜보다가 참지 못하고 웃음을 터뜨렸다.

"긴장 푸세요. 장사라는 게 돈을 벌 때도 있고 잃을 때도 있는 거죠."

뤄옌은 미안한 듯 웃으며 말했다.

"돈을 벌면 당연히 기쁘지만, 손해 보면 도저히 기뻐할 수가 없어요."

얘기 도중에 종업원이 음식을 가져왔다. 뜨거운 철판에 얹혀 나오는 스테이크가 츠츠 소리를 내며 구워지고 있었고, 신선한 선홍색을 띤 고기에서 진한 후추 향이 풍겨왔다.

뤄옌은 나이프와 포크를 들어 민첩하고 깔끔하게 고기를 자르며 말했다.

"점심 사주셔서 감사해요. 종일 바쁘게 일해서 배가 엄청 고팠거든요."

"이것 봐요, 그렇게 일만 하면……."

쟝챠오가 이렇게 말하며 손을 뻗어 그녀의 귓가에 흘러내린 머리카락을 올려주었다. 그녀는 화들짝 놀라 그를 뚫어지게 바라보았다. 그는 여전히 담담한 표정이었다.

쟝챠오는 매달 한 번씩 광저우에 다녀갔고, 가게를 둘러보고 경영상황을 점검했다. 매번 올 때마다 뤄옌을 긴장하게 만들었다. 작업량은 많았지만 장부상 수치는 그리 아름답지 못했다. 이 업종은 수익을 낸다는 것이 쉽지 않았고, 발전 전망도 보이지 않았다. 쟝챠오가 투자한 돈은 아직 아무런 소득을 거두지 못하고 있었다.

쟝챠오는 장부를 꼼꼼히 살펴보고는 몇몇 주문 건의 진척상황을 물어보았다.

"거시적 환경이 좋지 않아요. 서둘러도 소용없으니 당신 건강도 좀 챙겨요."

뤄옌은 말이 많아지면 그만큼 실수도 잦아질까 봐 그저 담담하게 웃기만 했다.

점심 식사 시간이 되어 두 사람은 또 레스토랑에서 함께 식사를 했다.

"이번엔 정말 제가 낼게요. 말리지 마세요!"

뤼옌이 웃으며 말했다.

두 사람은 마주 보고 조용히 앉아 있었는데 분위기가 갑자기 이상해졌다. 쟝챠오는 겉으로는 여전히 담담해 보였지만, 자꾸만 앉은 자세를 바꾸었다. 뤼옌은 할 말이 없었지만 무슨 말이라도 해야 할 것 같았다.

"이 노래 정말 좋네요. 제목이 뭔지 모르겠어요."

쟝챠오가 웃으며 대답했다.

"〈Yesterday Once More〉라는 노래예요. 지나간 세월을 추억하는 노래죠."

뤼옌은 민망한 듯 손을 펼치며 말했다.

"영어는 몇 마디밖에 몰라요. 외국 손님들하고 가격 흥정할 때 쓰는 말 정도죠."

쟝챠오가 또 웃으며 말했다.

"기회가 되면 내가 가르쳐줄게요." 그러고는 길게 한숨을 쉬며 말을 이었다. "왜 그런지 모르겠지만, 당신이 이렇게 힘든 걸 보면 항상 당신 곁에서 도와주고 싶은 생각이 들어요."

뤼옌은 고개를 저으며 웃었다.

"아마 제가 굉장히 바보 같아 보여서겠죠."

그가 희미하게 미소 지으며 고개를 숙이더니 갑자기 고개를 쳐들고는 뤼옌을 바라보며 느리게 말했다.

"여자를 사귀지 않은 지 너무 오래돼서 어떻게 말해야 할지 정말 모르겠어요."

그 말에 뤼옌은 너무 놀라 멈칫했다. 다행히 잘 넘기나 싶었는데 또

다시 우물거렸다.

"제 생각엔 요즘 한동안 우리가 함께 있으면서 제법 잘 맞았고, 함께 얘기 나눌 수 있는 일도 많았고……."

뤄옌은 원래 부채 청산 같은 얘기를 꺼내야겠다고 생각했지만 자기도 모르게 심장박동이 빨라졌다. 뜻밖에 쟝챠오도 어색한 모습을 보이며 잠시 머뭇거리다가 입을 열었다.

"미안해요. 제가 표현을 잘하지 못해요. 이 나이가 되니 어린 친구들의 낭만놀음을 별로 좋아하지 않게 되네요."

뤄옌은 너무 놀라 심장 뛰는 것조차 잊어버릴 지경이었다. 그녀는 무심한 척 시선을 피했다. 쟝챠오의 표정이 더욱 굳어졌다. 그는 시선을 다른 데로 돌리며 말했다.

"이건 굉장히 바보 같은 생각이지만, 내가 말 안한 걸로 해줄 수 있어요?"

뤄옌이 쉴 새 없이 커피를 휘저으며 이 난감한 분위기를 덮어보려 애썼다. 그녀가 생각 끝에 입을 열었다.

"다음에 오실 때는 주문 작업 몇 건은 잔금이 회수돼 있을 거고, 장부도 그렇게 나쁜 모양새는 아닐 거예요."

공장을 둘러보러 다시 온 쟝챠오는 작업장을 한 바퀴 돌아보고는 아무런 의견을 제시하지 않고 정중하게 인사를 하고 갔다. 뤄옌은 속으로 안도의 한숨을 내쉬며, 올 하반기에는 다른 길을 개척해서 투자자에게 떳떳해져야겠다고 생각했다.

쟝챠오와 알고 지내는 동안 뤄옌은 그에 대해 감사의 마음이 컸다. 하지만 어디까지나 사업상의 일일 뿐, 어떻게 그와 감정적으로 얽힐 수 있겠는가. 그녀는 머릿속이 온통 월극의상과 자신의 가게 생각뿐이었다. 그녀에게는 한기라는 간판을 지켜낼 수 있느냐가 가장 중요한 일이었고, 연애나 결혼은 모두 나중에 생각할 문제였다.

뤄옌은 위태로운 미래에 대해 정말이지 여러 생각을 할 엄두가 나지 않았다. 한기가 하루하루를 겨우 버텨내는 것을 지켜보며 어떻게 연애할 마음이 생기겠는가. 그녀는 대학 시절 잠시 연애를 했으나 졸업하면서 헤어졌다. 츄이와 하오옌이 그녀에게 몇 명 소개해주었지만, 모두 한동안 만나다가 곧 헤어졌다. 최근 몇 년 동안 그녀는 계속 일 때문에 바빴고, 연애나 결혼 같은 건 생각해본 적도 없었다. 그녀는 아버지처럼 용기 있고 책임감 있는, 평생 한 가지 일을 꾸준히 해내는 남자를 만나고 싶었다. 하지만 동시에 그런 생각이 천진난만한 꿈일지 모른다는 생각도 했다.

그녀는 장챠오에 대해 아무런 감정이 없었다. 처음 알게 되었을 때부터 그는 줄곧 사장님이었다. 사장과 부하직원의 관계는 절대로 연인 관계로 바뀔 수 없는 것이었다. 뤄옌은 자신이 하루 종일 바쁘게 일하고 있지만 평온하고 따뜻한 진정한 자기만의 사랑을 갈망하고 있음을 알고 있었다.

하지만 관점을 바꿔서 생각해보면, 결혼은 곧 융자와 같은 것이다. 장챠오와 함께한다면 최소한 칼로 위협하며 빚 독촉을 하는 채권자에게 쫓길 걱정은 하지 않아도 될 것이다.

뤄옌은 망설였다. 당장 결정을 내릴 수가 없었다. 한기가 영업을 시작한 이래로 그녀의 모든 청춘과 땀을 소모했다. 하지만 이 길을 기왕 걷기 시작한 바에야 결연히 계속 걸어 나가야 했다. 일말의 주저함이 있어서도 안 되고, 지름길로 갈 수도 없다. 또 머리를 삐딱하게 써서 선조의 이름에 먹칠을 해서도 안 되었다.

이날은 진후이가 식사를 대접했다. 진후이와 루이펀이 주방에서 분주했다. 피쥬야啤酒鸭[259], 구루러우咕噜肉[260], 콜라닭날개 등 젊은 사람들이 좋아하는 요리를 만들었고, 탕은 화쟈오둔지花膠燉鷄[261]를 준비했다. 특별히 뤄옌을 위해 만든 음식이었다. 커다란 화쟈오(말린 부레) 서너 개를 넣고, 상당인삼黨參[262]과 백기白芪[263]를 넣어 고아낸 탕은 부드럽고 걸쭉한 식감에 향이 강했다. 서른이 다 된 아가씨가 아직까지 결혼도 하지 않고 매일 분주하게 뛰어다니느라 얼굴이 꺼칠해진 것을 온 가족이 안쓰러워했다.

뤄옌은 먹으면서도 마음은 딴 데 가 있었다. 대충 한두 술 뜨다가 또 다시 핸드폰을 뒤적이며 중요한 고객의 메시지를 놓치지 않았는지 살폈다. 루이펀이 그 모습을 보며 못마땅해 했다.

"탕이나 열심히 먹어. 무슨 일인데 그래. 다 먹고 생각하지 그러니."

뤄리는 반년 동안 끌어온 '연애'가 갑자기 이유 없이 끝나버렸다. 그녀의 팡 선생은 영문을 알 수 없이 '실종'되었다. 어느 날 길에서 마주쳤는데 그는 전혀 모르는 사람처럼 고개를 한쪽으로 돌렸다.

뤄리는 가슴이 찢겨나갈 듯 울었다. 이런 날이 오리라고는 생각지도 못했던 것이다. 넋을 잃고 멍한 채로 몇 달이 지나갔다. 샤쥐앤은 그녀에게 무슨 일이라도 생길까 봐 사촌들에게 자주 와서 함께 있어주고 달래주라고 부탁했다.

뤄옌은 모두의 흥을 깨기 싫어서 하는 수 없이 억지로라도 기운을

---

259 맥주오리. 오리를 맥주와 함께 끓여낸 요리로 청나라 때 기원하여 널리 식객들의 사랑을 받아왔다.
260 탕수육.
261 부레닭고기찜. 화쟈오는 큰 물고기의 부레를 말린 것을 말한다. 콜라겐이 풍부해서 몸을 보양하고 약용가치도 뛰어나다고 알려져 있다. 화쟈오와 닭을 함께 넣고 끓인 화쟈오둔지탕은 잔치 음식으로 사랑받는 음식이다.
262 상당(上黨, 산시성 동남부) 인삼. 지린(吉林)성에서 나는 인삼(人蔘)과 구분해서 일컫는다.
263 청양삼이라고도 하며 다년생 넝쿨과 식물이다.

내서 웃고 떠들며 분위기를 맞춰주었다. 이들의 어머니들이 가장 열중하는 일은 '자식들 돌보는 일'이었고, 평소에도 볼 때마다 잔소리를 늘어놓았다.

"네 나이가 결코 적지 않아. 그만 따지고 어서 결정해."

뤄옌은 묵묵히 들으며 끊임없이 고개를 끄덕이는 수밖에 없었다.

저녁에 사촌 자매들이 모여 '지주 게임'을 했다. 다 함께 카드놀이를 하면서 가끔 텔레비전 프로그램도 몇 개 보았다. 사촌 자매들은 지는 사람이 야식을 사기로 내기를 했다. 하오옌이 솔직하게 거침없이 말했다.

"뤄옌 누나가 지면 야식비도 못 낼까 봐 걱정이야."

농담으로 한 소리였지만, 뤄옌은 그 말을 듣고 하마터면 울 뻔했다.

하오옌은 그녀의 안색이 심상치 않은 것을 보고 얼른 손을 내저으며 말했다.

"농담이야!"

뤄리가 그의 등을 가볍게 두어 번 때리며 말했다.

"말을 함부로 하다니, 맞아야 해!"

하오옌이 아프다고 허풍을 떨며 소리를 질렀고, 다들 왁자지껄 웃었다.

이날, 손님이 한 명 가게로 찾아왔다. 랴오廖 씨라는 이 손님은 자신을 선생님이라고 소개했다. 랴오 선생님은 고상하고 예의 바른 학자 같아 보였다. 그는 가게 안으로 들어와서 눈을 가득 채우는 진귀하고 아름다운 월극의상을 바라보며 기뻐서 덩실덩실 춤을 추었다. 그는 학교에서 연극동아리를 꾸렸고, 학생들을 위해 무대의상을 마련하려고 한다고 설명했다. 아주 오랫동안 이곳저곳 찾아다니고 많은 가게를 본 끝에 마침내 이곳을 찾은 것이었다.

"우리는 지금 대량의 사극의상을 제작 중이라서요……."

뤄옌이 난처해하며 말했다.

"좀 도와주실 수 없을까요?"

랴오 선생님의 태도는 몹시 간절했고, 눈빛에는 희망이 가득 담겨 있었다.

"벌써 수많은 가게들을 다 찾아보았지만, 가격이 너무 비싸거나 귀찮아하더라고요."

뤄옌은 진심이 담긴 그의 말을 듣고 차마 매몰차게 거절할 수 없었고, 그에게 자리를 권하며 천천히 요구사항을 말해보라고 했다.

"제가 그림을 가져왔어요."

랴오 선생님이 말했다. 그가 그림을 펼쳤다. 의상을 디자인한 그림이 아니라 학생들이 그린 인물의 모습이었다. 생동감 넘치는 용모에 화려한 의상을 입은 모습이었지만, 그것으로는 작업을 전혀 할 수 없는 그림이었다.

뤄옌은 질겁해서 고개를 절레절레 흔들며 재차 거절 의사를 밝혔다.

하지만 랴오 선생님은 아주 완강했다. 그가 절박하게 상황을 설명했다.

"학교에서는 그간 연극동아리를 전혀 지지하지 않았어요. 학업에 영향을 줄까 봐 걱정했던 거죠. 그러다 이번에 아주 흔치 않게도 교육부에서 소양교육을 통해 학생들이 제2의 교실을 펼칠 수 있게 지원하겠다고 제안했어요. 그래서 우리가 용기를 내어 조직을 꾸렸답니다. 무대의상 문제로 시작할 수 없게 된다면 몇 년 후에 바람이 방향을 바꿔버릴 때 우린 기회를 완전히 잃고 말 거예요."

뤄옌은 한 선생님의 간절한 청을 차마 거절할 수 없었지만, 훨씬 더 긴박한, 곧 검수를 하게 될 영화와 드라마 의상을 생각하면 걱정이 되었다. 특히 이 그림은 상상력이 가미된 무대의상이라서 처음부터 다시 디자인하고 패턴을 떠야 했다. 시간과 정성이 너무 많이 드는 일이었다.

그녀는 장탄식을 내뱉으며 다시 한번 랴오 선생님의 청을 거절했다.

하지만 며칠 지나지 않아 랴오 선생님이 다시 찾아왔다. 아마도 공장 몇 군데를 다 돌아보았지만 어느 곳에서도 받아주지 않았던 모양이었다. 그는 고집스럽게 팔선탁 앞에 앉더니 반나절을 꼼짝 않고 앉아 있었다. 손님이 들어올 때마다 그가 눈살을 찌푸리며 "내가 먼저 왔다."는 표정으로 노려보아 놀란 손님들이 가격도 묻지 않고 나가버렸다.

뤼옌은 그에게 거듭 해명했다.

"저분들이 원하는 것은 상품이나 현물이라서 선생님 것보다 처리하기 쉬운 부분이 많아요."

하지만 랴오 선생님은 듣지 않았다. 그는 뤼옌과 얘기할 때마다 몹시 간절한 표정으로 말했다.

"제발 부탁합니다. 보면 알죠. 당신이 좋은 사람이란 걸요."

뤼옌은 긴 한숨을 내쉬었다. 이 까다로운 일을 맡을 수밖에 없었다. 그녀는 요즘 어린 친구들이 '구닥다리 골동품'을 좋아하지 않는다는 것을 알고, 디자인을 간소화하고 원단을 바꾸자고 제안했다. 특히 아이들이 활동성이 크다는 특징을 고려해서 탄성이 좋은 화학섬유로 하자고 건의했다.

옆에서 듣고 있던 츄이가 고개를 저으며 말했다.

"신축성 있는 원단이 자수 놓기가 제일 까다로워. 정말이지 사서 고생하는 거라니까."

뤼옌은 전혀 걱정되지 않는다는 듯 대꾸했다.

"기왕 만들 거면 어린 고객들이 만족하게 만들어야지. 안 그러면 안 만드는 것만 못해."

그녀는 전통적인 물결무늬를 동심원 모양으로 간소화하고, 겹겹이 복잡한 장미꽃도 심플한 라인드로잉으로 대체했다. 색채 사용에서도 전통 월극의상의 밝은 노랑과 수홍색水紅色 대신 젊은 사람들이 좋아하는 주황색과 연한 핑크색으로 바꿨다. 배색은 색채의 분리와 상보성을 고려해야 하므로, 그녀는 우선 컴퓨터에서 효과를 테스트해본 뒤 지시서를 작성했다. 배색에서 자주 부딪히는 문제로, 상상 속에서는 완벽하게 아름다웠고 컴퓨터상으로 볼 때도 문제가 없었는데 막상 실제로 자수도안을 그려보면 어딘지 모르게 이상하게 느껴질 때가 있다. 이때는 버리고 새로 시작하는 수밖에 다른 선택의 여지가 없다.

"전통 수공예에는 전통의 특색이 있지만, 젊은 사람들한테 더 인정받는 건 개량한 의상일 거예요."

뤄옌이 랴오 선생님에게 설명했다.

"알겠습니다, 알겠어요." 랴오 선생님은 어떻게 감사를 표현해야 할지 몰라 하며 덧붙였다. "나중에 연극을 올릴 준비가 되면 모실게요. 와서 봐주세요."

하지만 순시하러 왔다가 이 이상한 무대의상을 본 장챠오는 언짢아하는 기색이 역력했다. 표정이 어두워진 그가 물었다.

"그 대형 거래는 디자이너를 초빙할 가치가 충분히 있었어요. 그런데 이건 뭐죠?"

뤄옌이 조심스럽게 대답했다.

"이건 제가 디자인한 거예요. 돈 쓸 필요 없어요."

"그럼 효율은요, 작업 기간은요!"

평소 점잖고 품위 있던 장챠오의 얼굴이 싹 바뀌었다. 목소리도 커졌고 태도도 몹시 날카로웠다.

"기술적인 일에 관해서는 신경 쓰지 마세요!"

뤄옌이 도저히 참을 수 없어서 내뱉었다.

두 사람은 오랫동안 침묵했다. 쟝챠오는 아무 말이 없었고, 뤄옌도 뭐라고 말해야 좋을지 몰랐다. 직원들은 감히 건드렸다가 무슨 일이 날지 몰라 다들 숨죽이고 있었다.

이후 쟝챠오가 다시 왔을 때는 벌써 삼 개월이 지난 후였다. 그는 옷걸이에 걸린 무대의상을 보았다. 소매통이 넓은 장포長袍로, 디자인이 심플하고 대범했고 자수 문양도 심플하고 딱 적당했다.

"이건 『신데렐라』를 위해 제작한 건가요?"

그는 전에 다퉜던 일을 까맣게 잊었는지 한참을 꼼꼼히 들여다보더니 몇 마디 칭찬까지 했다. 뤄옌이 참을성 있게 설명했다.

"이건 제가 원해서 한 일이에요. 공익을 위해서라고 해두죠. 우리가 이걸 주문목록에 넣지는 않겠지만, 다른 거래는 제가 보장할게요. 해야 할 일을 못하는 일은 없을 거예요."

점심시간이 되어 뤄옌이 광둥식 찻집에 가자고 제안했다. 광저우에는 좋다고 입소문이 난 레스토랑이 많았다. 그녀는 그래도 전통 광둥요리가 더 좋은 것 같았다.

광둥식 찻집은 늘 인기가 많아서 붐비고 시끌벅적했다. 테이블마다 열띤 토론이 이뤄지고 있었는데, 테이블들이 조밀하게 배치되어 있어서 작게 말해도 다 들렸다. 쟝챠오는 원래 말이 많지 않은 사람이라 몇 마디 하면 금세 버거워하며 더 이상 말하지 않았다. 두 사람은 샤쟈오264와 뉴러우완牛肉丸265, 셩차이러우펜죽生菜肉片粥266을 주문했다. 뤄옌이 뉴러우완을 그의 앞으로 밀어 놓으며 말했다.

---

264 새우 교자.
265 소고기 완자.
266 상추소고기죽.

"단 것도 좀 시킬까요?"

쟝챠오는 조용히, 거의 들리지 않는 목소리로 말했다.

"최근에 골치 아픈 일이 많았어요. 홍콩 쪽 회사의 손해가 막심해요."

뤄옌은 그 말에 놀라서 가슴이 두근거렸고, 황급히 물었다.

"심각해요? 가보셔야 해요?"

"괜찮아요. 사업이 다 그렇죠. 벌기도 하고 손해 보기도 하는 게 당연한 일이에요." 쟝챠오가 여전히 담담한 미소를 지으며 말을 이었다. "현재 영업점 수가 너무 많아요. 제가 생각해도 통제하기 어려워서 더는 버티기 힘들 것 같아요. 한두 개는 정리해야죠."

그는 고개를 숙이고 잠시 생각했다. 웃는 것 같기도 하고 쓸쓸한 웃음 같기도 했다.

"이 나이쯤 되면 산전수전 다 겪어서 무서울 게 없어요. 까짓것, 잠잘 곳 하나 얻어서 한숨 자고 나면 다시 일어날 수 있어요."

뤄옌은 그가 느낀 바가 있어서 그러는 건지, 아니면 스스로를 위로하는 건지 알 수 없었다. 사업도 인생과 같아서 늘 오르락내리락 기복하고 순풍과 역풍을 번갈아 만나기 마련이다. 순풍을 만났을 때는 만사가 뜻대로 되고 두려울 것이 없지만, 역풍을 만나면 이를 악물고 견디며 묵묵히 헤쳐 나가는 수밖에 없다. 그녀는 서글픈 듯 한숨을 내쉬며 사람이 세상을 살아가는 데 어쩌면 기쁨보다는 고통이 많도록 정해져 있는 게 아닐까 하는 생각을 했다. 다행히 수공예인으로서 기술을 가졌다는 생각을 하면 마음이 다소 편안해졌다.

쟝챠오는 뭔가 할 말이 더 있어서 고개를 들었는데, 뤄옌이 무거운 짐을 벗어버린 듯 홀가분한 표정을 짓고 있는 것을 보고는 눈치껏 입을 다물었다.

쟝챠오가 다음에 찾아왔을 때는 반년이 훌쩍 지난 후였다. 뤄옌은 그와 함께 공장을 돌아본 후 한기를 나와서 런민로를 따라 천천히 걸었다. 걷다 보니 어느새 옌장서로沿江西路까지 와 있었다. 쟝챠오는 여전히 격식을 갖추어 예의 바르게 그녀에게 식사를 대접하겠다고 말했다. 뤄옌은 고개를 가로저으며 말했다.

"이번에도 굳이 계산하겠다고 우기실 거면 전 안 가겠어요."

쟝챠오가 난처한 듯 웃으며 말했다.

"누가 내든 마찬가지잖아요. 그냥 밥 한 끼인데요."

뤄옌은 대답하지 않았다. 그녀는 심호흡을 하고 용기를 내어 쟝챠오에게 한기의 지분을 회수하고 싶다는 의사를 밝혔다.

"당신의 도움을 정말 감사하게 생각해요. 하지만 사업은 사업이고, 인정은 인정이에요. 우선 절반을 먼저 드리고, 나머지는 매달 이자 계산해서 갚을게요."

쟝챠오는 어리둥절했다.

"사실 나도 그렇게 돈이 없는 건 아니에요."

뤄옌이 담담하게 웃으며 말했다.

"저란 사람이 원래 남한테 뭘 빚지고 사는 게 익숙하지 않아서요. 일하면서도 늘 묶여 있는 느낌이라 뭐든 마음껏 할 수가 없더라고요."

쟝챠오가 고개를 끄덕이고는 더는 아무 말도 하지 않았다.

옌장서로에 쉭쉭 강바람이 불어 나무 그림자가 마구 흔들렸다. 강둑에는 노인 몇 명이 태극권을 하고 있었고, 달리기를 하는 젊은이도 있었다. 멀리 쥬쟝이 보였고, 강 위에 배들이 왔다 갔다 하면서 때때로 길게 기적 소리를 냈다. 쟝챠오는 한참을 응시하다가 뭔가 생각난 듯 입을 열었다.

"저마다 방향이 다르니까 동이든 서든 각자의 길을 가야겠죠."

뤄옌이 고개를 끄덕이며 말했다.

"또 뵐 수 있겠죠."

그녀는 쟝챠오에게 용포 액세서리를 선물했다. 한기에서 최근에 개발한 기념품이었다. 평범한 액세서리 유리 틀 안에 아주 작은 용포를 심은 것이었다. 소형 용포였지만 오색 금룡과 물결무늬, 만卍 자 문양들 어느 것 하나 빠짐없이 새겨져 있었으며, 자수 기법도 깔끔하고 정밀했다. 뤄옌이 진심을 담아 얘기했다.

"이 장식품은 좋은 의미가 있어요. 용이 사해四海를 날아올라 그 운이 길하다는 의미를 가지고 있죠. 당신한테 행운을 가져다주면 좋겠네요."

쟝챠오를 배웅한 후 뤄옌은 마음 한가득 근심을 안고 한기로 돌아왔다. 얼마 전부터 한기는 수익을 조금씩 내고 있었지만, 아직 자산이 마구 불어날 정도는 아니었다. 이럴 때 쟝챠오에게 돈을 갚아야 하는 것이 정말 실상가상이었다. 나행히도 한 끼 또 한 끼 밥을 먹듯, 난관도 하나씩 차근차근 지나갔다. 그녀는 공장에서 막 완성되어 나온 용포 장식품을 꼼꼼하게 진열하면서 속으로 따져보았다. 이런 액세서리는 의미가 좋으니 판로는 분명 나쁘지 않을 것이다. 수익을 낼 수만 있다면 계속해서 자재를 들여올 수 있고, 임금을 지급할 수 있고, 문제를 하나씩 해결해나갈 수 있을 것이었다.

중슈링이 마침 전화를 하고 있었다. 건물주에게 지붕에서 물이 새서 원단 한 무더기가 젖었다고 항의하던 중이었다. 옆에서 그 말을 들은 뤄옌은 머리가 깨질 듯이 아팠고, 다급해서 발을 동동 구르며 물었다.

"어떡해요, 어떡해?"

중슈링이 긴 한숨을 내쉬며 말했다.

"다시 물건을 들여오는 수밖에 없어. 물론 먼저 지붕부터 고쳐야겠지."

뤄옌은 속이 답답했지만 그래도 웃지 않을 수 없었다.

"우선 건물주부터 꼬드겨 데려와서 한바탕 패줘야겠어요."

제23장

백발이 성성한 아주머니 한 명이 비틀거리며 한기로 와서는 공연복을 주문하고 싶다고 했다.

육십 세가 넘어 보이는 그 노인은 물건을 아주 꼼꼼히 살피며 이리저리 들춰보고 만져보더니 수공으로 자수 놓은 의상에 시선이 닿자마자 더는 다른 곳으로 시선을 옮기지 않았다. 한 벌 한 벌 보는 것마다 모두 좋아했고, 마지막에 유약의 푸른빛을 띠는 개량식 청화자기[267]를 골랐다.

백발 아주머니는 천천히 사진첩 한 권(문예단이 곳곳에서 공연한 사진첩이었다)을 꺼내더니 몹시 자랑스러워하며 말했다.

"보세요, 이것 좀 봐요. 우린 일 년 내내 공연을 무척 많이 했어요."

---

267 명대의 자기로 중국에서 가장 우수한 도자기 중 하나인 량츠(良瓷)다. 량츠의 발음이 '량즈(良知)'와 비슷해서 스스로 두드려 나는 청화자기의 소리를 들음으로써 자신의 양심(良知)이 살아 있는지 없는지 항상 잊지 말라는 의미로도 쓰인다. 여기서는 가장 우수한 제품을 나타내는 것으로 보인다.

뤄옌은 허름한 그 무대 사진들을 보고는 머뭇거리며 말했다.

"아주머니, 전체 수공으로 자수 놓은 공연복은 좀 비싸요."

백발 아주머니는 다소 어리둥절해 하더니 고개를 떨구고 중얼거렸다.

"우리는 늙은이예요. 퇴직금도 아주 적어요. 하지만 일단 우리 공연을 보면 프로그램이 다채로워서 어딜 가도 환영받는다고요."

뤄옌은 몹시 난감했다. 거리의 수많은 공연단이 모두 자신들의 공연복을 갖고 싶어 하지만, 보통은 화학섬유에 금박으로 문양을 인쇄한 것이나 기껏해야 약간의 비즈를 추가한 정도를 선택하고, 그런 제품들은 가격이 현저하게 싸다. 전체를 수공으로 수놓은 의상과 장신구는 정교하고 섬세하지만, 수공의 원가가 높기 때문에 가격은 당연히 낮을 수가 없다. 하지만 최근 몇 년 사이에 지역 커뮤니티에서 조직한 수많은 예술단과 사설월극팀들은 대부분 노년팀이고, 공연복에 대한 기대치가 컸다.

그녀는 하는 수 없이 노인의 얘기를 천천히 들어주었다. 그런데 노인은 쉴 새 없이 수다를 늘어놓았고, 계속 가격을 깎는 데다 심지어 계약금도 내지 않으려고 했다.

"예전에 신용으로 일을 할 때는 단골이라고 계약금을 안 내는 경우가 있었어요. 하지만 지금은 안 통합니다. 사람과 사람 사이에 신뢰가 부족해서요."

중슈링이 이렇게 말하면서 고개를 가로저었다. 뤄옌은 이 점에 대해 생각해보았다. 역시 같은 생각이었다. 이렇게 대치하고 있었더니 마침내 백발 아주머니가 한발 물러서서 계약금을 내겠다고 했다. 한기는 이 주문을 받아놓고도 전혀 기쁘지가 않았다. 노인의 돈을 벌어들이는 것은 어려운 일이기 때문이었다. 이미 퇴직한 사람인 데다 모두 자비를 들여 의상을 만드는 것이니만큼 얼마나 소중하게 여기는지 알 만했다. 디자인을 보는 데만도 여러 번 찾아왔고, 열 가지가 넘는 버전을 보고도 모두 마음에 안 든다고 했는데, 그 이유도 너무 촌스러워서가 아니라 너무 화려해서였다. 그러면서 마지막에는 불평을 늘어놓으며 자신들의 디자인으로 하겠다고 고집했다. 뤄옌은 하는 수 없이 그녀들에게 맞춰 거듭 수정을 해주었고, 그들의 기호를 추측해가며 서서히 이상 속의 디자인에 근접해갔다.

뤄옌은 공연복을 만드는 데 대해서도 자기 생각이 있었다. 지금은 조립라인생산이 대세였고, 공연복이야말로 가장 좋은 실험 방향이었다. 컴퓨터로 디자인하고 제도해서 조립라인생산으로 한 번에 삼사십 벌을 생산할 수 있을 것이다. 하지만 한기의 이름으로 내놓는 제품이라면 슈이인로水蔭路의 제품과는 다른 점이 있어야 했다.

그녀는 차이션을 통해 크리스털 스터드 박기에 능하다는 쥬어卓 여사를 찾았다.

쥬어 여사의 집은 아주 먼 교외에 있어서 거의 다른 도시까지 가야 했다. 그녀는 두 딸을 데리고 집에서 일하고 있었다. 그녀는 나이가 많았지만 행동이 빨랐다.

"모두 손에 익은 일들이라 어렵지 않아요."

뤄옌은 잠시 서서 그녀가 구슬 다섯 개짜리 무늬를 만드는 데 일 분도 안 걸려서 완성하는 모습을 보고 감탄해 마지않았다.

뤄옌은 스터드 박기를 쥬어 여사에게 외주를 주기로 했다. 스터드 박기는 숙련공의 솜씨가 필요한 일이라 외주를 보내면 가게로서는 훨씬 효율적이었다. 쥬어 여사의 작업실에는 각종 공연복이 진열되어 있었는데, 전부 그녀가 수주한 일감이었다. 뤄옌은 한참을 자세히 들여다보고는 몇 가지 디자인을 몰래 익혀두었다. 그녀는 속으로 쥬어 여사와 협력하면 다른 가게의 디자인을 볼 수 있고, 이를 참고하여 개량하면 더 좋은 제품을 만들어낼 수 있을 거라는 생각을 했다.

뜻밖에도 다음에 찾아갔을 때 쥬어 여사의 집 대문은 굳게 닫혀 있었고, 아무리 두드려도 대답이 없었다. 뤄옌은 다급해져 계속 문을 두드렸고, 그 소리에 이웃들이 뛰쳐나와 독하게 소리를 질러댔다.

"시끄럽게 좀 하지 마요. 그 사람들 벌써 이사 갔다고!"

뤄옌은 숨이 턱 막혔다. 크리스털 스터드와 유리꽃 한 보따리를 쥬어 여사에게 모두 준 데다 일부 계약금까지 주었는데 몽땅 잃은 것이었다.

"그럴 리가 없어. 그 사람들 수공예인이 어떻게 그래."

뤄옌은 화가 치밀어 온몸이 부들부들 떨렸고 목소리도 쉬었다. 이웃들이 의혹에 찬 눈초리로 그녀를 힐끗 쳐다보았다. 수공예인은 왜 달아날 수 없는 것인지 이해할 수 없다는 듯한 눈빛이었다.

뤄옌은 동종 업계 사람들을 통해 사방팔방으로 쥬이 여사의 소식을 수소문했지만, 한결같이 어디로 갔는지 모르겠다는 대답이 돌아왔다. 뤄옌은 도저히 믿을 수가 없었다. 수공예인은 오랜 세월 쌓은 신뢰를 바탕으로 먹고사는 사람들이다. 신용이 없으면 어딜 가서도 환영받지 못한다.

"앞으로는 이 일을 안 하려나 봐요!"

그녀가 중얼거렸다.

"이제 막 이 단계까지 해왔는데, 하고 보니 실망이 컸나 봐. 그래서 포기하고 싶었겠지. 그때 딱 우리를 만난 거야." 슈링이 위로했다. "지금 당장은 자재를 다시 구입하는 게 중요해. 이번에는 우리가 직접 하는 수밖에 없겠어."

뤄옌은 울고 싶어도 더는 흘릴 눈물도 없었다.

그녀는 할 수 없이 차이션을 불러 성질을 부렸다. 하지만 차이션은 몹시 억울해하며 말했다.

"나도 인터넷에서 본 사람이야."

뤄옌은 인터넷으로 검색한 끝에 쥬어 여사가 작업실 사이트를 아주 근사하게 꾸며 놓고 각종 기사와 사진들을 그럴싸하게 갖춰 놓았다는 것을 알았다. 월화공장 동료들은 모두 나이 든 사람들이라 인터넷에 대해 아는 게 거의 없었다. 그들은 아직도 옛날 사고방식을 가지고 있어서 신문에 보도되는 모든 기사며 공개 석상에서 공식 문서화된 것은 전부 권위가 있다고 믿었다.

뤄옌은 그러데이션 시폰을 공연복에 어떻게 근사하게 이용할지 고민했다. 공연복에 지나치게 섬세한 손자수는 적합하지 않고, 디자인 감각이 매우 중요했다. 가장 잘 팔리는 것은 서구풍의 민국복民國服이었다. 그녀가 디자인한 몇 벌은 모두 디테일에 중점을 두어 보색 파이핑이나 끈을 꼬아 만든 매듭단추 등을 사용함으로써 원래 디자인의 특색을 살리면서도 모던한 느낌이 있었다. 그녀는 슬림한 스타일의 예복도 디자인했다. 수놓은 새틴으로 바탕 치마를 만들어 중국식 슬림함의 특징을 살리면서도, 여기에 망사와 아플리케를 잔뜩 덧붙였다. 그녀는 망사의 꼬임 속에 크리스탈을 꿰매 붙이는 작업을 수차례 시도해서 마침내 각각의 큐빅을 어떻게 퍼뜨려 배치하고 교차시켜야 가장 적당한지 확실한 방법을 찾아냈다.

쥬어 여사 사건은 그녀에게 인터넷 사이트의 광고효과가 매우 좋다는 하나의 힌트를 주었다. 그녀는 돈을 들여 한 인터넷 회사에 웹사이트를 만들어달라고 의뢰했다. 아주 간단한 사이트지만 소통의 창구가 늘어난 셈이었다. 사이트를 오픈한 후로 전화 업무가 많아졌다. 자문만 하는 전화라도 희망을 가져다줄 수 있었다. 그녀는 귀찮아하지 않고 전화를 걸어온 상대방에게 친절하게 설명해주었고, 가게로 초청해 견본과 디자인을 보여주었다. 상담 업무가 많아지니 너무 바빠졌다. 뤄옌은 하는 수 없이 접대를 전담해줄 '예쁜 아가씨'를 채용했다.

"회사에는 대외홍보와 행정을 전담하는 부서가 당연히 있어야 해."

중슈링이 새로 온 샤오쥐小菊를 만족스럽게 바라보며 덧붙였다. "우리도 이만하면 꽤 성장한 셈이네."

뤄옌이 고개를 끄덕이며 샤오쥐를 신대 앞으로 데려가 화광사부의 자수상을 소개해줘야겠다고 말했다.

손님을 끌어모으기 위해 뤄옌은 별의별 극단적인 수단까지 다 동원했다. 그녀는 자신이 디자인한 이브닝드레스를 입고 오페라를 보러 갔다. 전통 중국식 차이나칼라에 치마는 전형적인 서양식 버슬백 스타일로 치맛자락에 은색의 수공 스터드가 반짝반짝 빛나는 것이었다. 그녀는 오페라에 대해서는 전혀 흥미가 없었지만 일부러 VIP표를 사서 맨 앞줄에 앉았고, 그녀를 보는 사람마다 찬사를 아끼지 않았다.

개중에는 눈꼴사나워하며 몹시 무례하게 "이 사람 참 옷을 이상하게 차려입었네."라고 말하는 사람도 더러 있었고, 심지어는 쉴 새 없이 위아래로 훑어보며 정신병자라도 만난 듯 민망하게 웃는 사람도 있었다. 그녀는 전혀 아랑곳하지 않는 듯 고개를 쳐들고 가슴을 쫙 폈다. 여러 가지 방식으로 잠재고객을 매료시킬 수 있기를 희망해서였다.

그녀는 젊은 사람들이 추종하는 패셔너블하고 독특한 디자인을 할 수 있기를 바라며 혼자서 견본을 바라보면서 그림을 그리고 글도 썼다.

홍콩의 수많은 월극협회들은 전통을 매우 고집스럽게 견지했고, 광둥식 월극의상에 대한 애정이 각별했다. 그녀는 이 점을 아주 좋은 상업적 기회라고 보았다. 하지만 홍콩·마카오와 사업을 하는 데는 번거롭고 어려운 일이 아주 많았다. 전통적으로는 직접 치수를 재서 재단하고 의상을 짓는 것을 매우 중시하는데, 홍콩 고객이 광둥으로 오든, 한기에서 사람을 홍콩으로 파견하든 둘 다 큰 비용이 소요되는 일이었다. 홍콩 쪽 주문을 접수할 때마다 통행증을 발급받고, 서명하고, 노선을 알아보는 등 한바탕 분주하게 발품을 팔아야 했고, 한 무리의 일행이 먼지를 풀풀 날리며 우르르 찾아갔다가 당일에 서둘러 돌아와야 했다. 다행히 이렇게 몇 년을 지속한 결과 홍콩과 마카오 지역에서 이름이 나기 시작했고, 얼마 지나지 않아 큰 건을 수주했다. 어느 유명한 텔레비전 스타에게 주인공 의상을 만들어주는 일이었다.

이 텔레비전 스타는 홍콩 드라마에 일 년 내내 출연하며 시청자에게 매우 사랑받는 인물이었다. 동시에 그는 젊었을 때부터 무대 위에서 활약한 월극 명인이기도 했다. 뤄옌은 그의 치수를 재서 전통적인 광둥식 남자 대고를 한 벌 지어주었다. 전통 오방색을 기초로 맑은 호숫빛 푸른색과 펄럭이는 전쟁깃발을 통해 이 배우의 수려한 용모와 풍채를 빚어냈다. 이 공연은 홍콩에서 뜨거운 반향을 일으켰고, 한기도 이로 인해 월극 무대의상에서의 지위를 한층 공고히 했다.

하지만 루이펀은 오히려 딸에게 가해질 스트레스가 장기화되어 정신이상이라도 생길까 봐 걱정이 늘었다. 이 해에 어머니가 가장 조급하게 생각했던 것은 딸의 혼사였다. 뤄옌은 자기 일생의 중대사를 그다지 중요하게 생각하지 않았다. 그녀의 머릿속을 채운 것은 온통 한기뿐이었다. 루이펀이 얘기를 꺼낼 때마다 그녀는 웃으며 말했다.

"내가 시집가면 한기는 누가 지켜요. 아무도 없잖아요. 그렇게 되면 엄마 돈도 다 물거품 되는 거라고요."

가족모임 때 몇몇 어른들이 참다못해 잔소리를 늘어놓았다.

"얼른 시집 안 가면 영원히 못 가게 될지도 몰라."

루이펀은 얼굴에 수심이 가득해서는 모두에게 뤄옌의 짝을 좀 소개해달라고 부탁했다. 하지만 뤄옌이 아침부터 저녁까지 바쁘게 일만 하니 선을 볼 시간이 없었다. 진후이가 분석을 내놓았다.

"애가 요즘 데이트할 마음이 어디 있겠어요. 이 사람 아니면 월극의상을 할 사람도 없고요."

루이펀이 불현듯 정신이 번쩍 들어 소리쳤다.

"맞아."

그녀는 진즉에 팡야오밍을 염두에 두고 있었다. 이 남자는 나이도 비슷하고, 사람 됨됨이가 성실하고 진중했다. 게다가 매일 가게에 있다.

"이렇게 나이 들어서까지 결혼을 안 하고 있는 사람은 전 세계에 그 둘밖에 없을 거야." 루이펀은 진후이에게 넌지시 얘기했다. "자네가 좀 도와줘야겠어."

진후이는 그 의견에 반대했다. 사장이 아랫사람과 연애할 수는 없다는 얘기였다.

"그렇게 되면 가게에서 누가 결정권을 가져야 하죠? 하나의 얼굴에서 입과 코가 싸우는 꼴[268] 아니겠어요?"

하지만 루이펀은 단념할 수 없었다. 그녀에게는 뤄옌의 결혼이 더 중요한 문제였다. 설사 가게가 팡야오밍의 손에 넘어간다고 하더라도 괜찮았다. 이날 뤄옌이 고객을 만나러 외출한 사이에 그녀는 야오밍의 옆에 앉아 반나절이나 수다를 떨며 일부러 걱정스러운 듯 물었다.

"야오밍, 자네 나이도 적지 않은데 왜 연애를 안 하나?"

팡야오밍이 깜짝 놀라며 대답했다.

"일하느라 바빠서 그런 생각할 겨를이 없어요."

루이펀은 이 솔직하고 수줍음 많은 청년을 지긋이 바라보았다. 보면 볼수록 좋아서 참다못해 말을 꺼냈다.

"창창한 젊은이가 어째 일만 하고 데이트를 안 해. 주변을 좀 둘러봐. 마음에 드는 사람 없어?"

---

268 입과 코는 한 얼굴에 속해 있으면서 일정 정도 떨어져 있으니 싸울 필요도 없고 싸우려고 해도 다툼이 되지 않는다는 말로, 무의미한 말다툼이나 결과 없는 싸움을 일컫는다.

그녀의 갑작스런 얘기에 어리둥절해진 팡야오밍이 안경을 추어올리며 물었다.

"어떻게 있겠어요?"

"혹시 있을지도 모르지. 자네가 모르고 있을 뿐인지도."

루이펀은 아예 점점 이상한 쪽으로 몰고 갔다.

팡야오밍이 멍한 눈으로 그녀를 바라보았다.

"그런 일은 있을 수 없습니다."

팡야오밍은 시내 청중촌城中村에 혼자서 집을 얻어 살고 있었다. 루이펀이 뤄옌에게 "야오밍을 가게 안에 들어와 살게 하면 가게도 지키는 사람이 있어 좋지 않겠느냐."는 제안을 했다. 뤄옌이 그에게 말을 꺼내기 난처해하자 루이펀이 직접 얘기했고, 뜻밖에도 팡야오밍이 동의했다.

뤄옌은 디자인 연구개발에 대해 항상 관심이 많았다. 저녁에 퇴근하고 모두 집으로 돌아간 뒤에도 두 사람은 작업장에 남아 재단을 하기도 했고 봉제도 했다.

"이렇게 얇은 실크는 수예품을 만들기가 가장 어려워요."

팡야오밍이 안경을 밀어 올리며 속삭였다.

"이렇게 부드러우니 어떻게 수를 놓겠어요. 그냥 인쇄로 하죠."

뤄옌이 그 말에 승복하지 않고 몇 번이나 더 시도했지만 결국 실패했다. 그녀는 CAD로 디자인한 새 문양이 괜찮겠는지 항상 팡야오밍에게 의견을 물었다. 팡야오밍은 기성복 분야에 경험이 많았기 때문에 그가 괜찮다고 한 것은 실제로 만들어 놓았을 때 늘 좋았다.

"그럼요," 팡야오밍이 고개를 끄덕이며 말했다. "이 도안은 제가 사용해봤어요."

밤이 늦어 조용했고, 두 사람뿐이었다. 어쩌다 마주 앉게 되면 뤄옌은 다소 난감했다. 그녀는 약간 떨어져 앉아 그 그림자를 피했다. (마음이 좀 싱숭생숭했고, 심장이 쿵쿵 뛰었다.) 그러다 잠깐 한눈을 판 사이에 바늘에 찔렸고, 그녀는 너무 아파서 순간 "아얏!" 하고 소리쳤다.

팡야오밍이 깜짝 놀라 그녀를 쳐다보았다.

"여기 등불이 어둡네요. 제가 내일 형광등으로 바꿀게요."

뤄옌이 미안한 표정으로 "아……예." 하며 고개를 끄덕였다. 팡야오밍은 그녀의 말이 무슨 뜻인지 모르기도 했고, 또 오해했을지도 몰라서 다시 물었다.

"바꾸라는 건가요?"

뤄옌은 지수 본을 뜨고 있는 중이라 좀 짜증이 났는지 언성을 높여 말했다.

"네!"

두 사람은 자주 싸우기도 했다. 한 공연복을 디자인하던 중 팡야오밍이 화학섬유로 바꾸자고 제안했다.

"요즘 거리에 나가보면 온통 합성섬유로 된 옷들이에요. 원가가 훨씬 싸니까요. 실크와 새틴만 고집하면 원가가 너무 비싸잖아요."

원단 문제는 뤄옌도 고민해보지 않은 게 아니었다. 하지만 항상 "돈을 들인 만큼 제값을 한다."는 가르침을 따랐다. 다투기 시작하면, 그녀는 기분이 나빠져서 목소리가 커졌다.

"우리 집 증조부 때부터 내려오는 교훈이 정교함을 우선으로 하는 거예요. 한기의 제품은 그 이름에 걸맞은 것이어야 해요."

팡야오밍은 감히 그녀와 다투지 못하고 고개를 숙인 채 잠자코 일에 몰두했고 오랫동안 말이 없었다.

또다시 며칠이 지났다. 뤄옌은 완성한 견본을 살펴보다가 팡야오밍이 도안을 심플하게 수정한 것을 발견했다.

"이 무늬가 훨씬 간결하고 선이 자연스러워서요."

팡야오밍이 웃으며 설명했다.

하지만 뤄옌은 이해할 수 없었다. 그녀가 돌연 화를 내며 많은 사람들 앞에서 큰 소리로 질책했다.

"도대체 사장이 당신이에요, 아님 나예요!"

팡야오밍은 고개를 떨구고 더듬거리며 말했다.

"물론 당신이 사장이니까 당신이 결정한 대로 따라야죠."

이튿날 다시 출근한 뤄옌은 어제 있었던 일을 벌써 깨끗이 잊은 것 같았다. 하지만 팡야오밍은 울적했고, 거의 말을 하지 않았다.

뤄옌은 이상한 낌새를 눈치채지 못했고, 여전히 그에게 이것저것 하라고 지시했다. 오히려 루이펀이 알아채고 말을 건넸다.

"야오밍, 자네 오전 내내 한마디도 안 했어. 목이 아픈 거야?"

이 광저우 지역은 마른 바람에 건조한 물성 때문에 화가 일어나기 쉽다. 루이펀은 자신이 만든 음식이 '열 있는' 음식이라서 그런가 싶어서 걱정했다. 팡야오밍이 "네."하고 대답하며 덧붙였다.

"말 못 할 일 같은 건 없어요."

뤄옌은 그제야 뭔가 이상하다는 것을 느꼈다. 걱정스러운 눈초리로 그를 힐끔 쳐다보던 그녀가 그의 잔에 물을 따라주고는 다가가서 웃으며 말했다.

"오전 내내 힘들게 일했으니 물 마시면서 좀 쉬세요!"

팡야오밍이 물 컵을 받아 잠자코 마셨다.

대형 연극이 개막했다. 먼저 퉁보銅鈸[269]가 챙챙 울리며 사람들 마음속의 현을 퉁겼다. 이어서 큰 징이 댕댕 울렸다. 폭우가 곧 쏟아질 것만

---

269 동발(銅鈸, 퉁보)을 포함한 제금, 자바라, 향금 따위의 총칭. 직경 20~30센티미터의 접시 모양의 둥근 동편으로, 서양의 심벌즈처럼 중앙에 끈을 꿰어 양손에 하나씩 들고 마주쳐 연주한다.

같은 소리로 졸린 사람들을 깨웠다. 한바탕 요란한 소리가 지나가고 까오후 선율이 유유히 흐르며 백 번 천 번 휘돌았다. 비 온 뒤 맑게 갠 하늘처럼 모든 준비가 끝나고 이야기가 시작되었다.

무대 위 조명이 갑자기 환하게 켜지며 사방이 반짝반짝 빛났다. 봄과 맑은 날의 찬란한 햇살을 상징했다. 양금이 팅팅 울리고 퉁소 소리가 은은하고 감미롭게 섞였다. 음악 소리가 겹겹이 쌓이고 선회하며 휘돌았다. 하얀 달 빛깔의 봉피를 두른 화단이 등장했다. 기다란 덧소매가 파도처럼 땅 위로 길게 끌리다가 다시 솟아오르고, 또 떨어지며 파도를 일으켜 온 무대를 장악했다. 무대 배경은 복숭아꽃 숲이었다. 월극은 무대배경으로 복숭아꽃을 사용해 화려하고 아름다운 봄빛이 가득한 세계를 만들어냈다. 붉은 복숭아꽃이 송이마다 선명하고 요염했고, 복숭아꽃 숲속에 서면 온 하늘 온 땅이 화려함으로 가득 찼다.

뤄옌은 리메이크 버전의 『백사전白蛇傳』을 감상하고 있었다. 전통 버전에 비해 리메이크 버전은 대본에서 음악, 무대장치, 조명까지 모두 새롭게 각색되어 편성됐다. 배경음악에도 서양 교향악이 가미되어 흐름이 유연하면서도 장쾌하고 웅장했다.

흰옷 한 벌이 하늘하늘 나부끼며 걸음마다 화려한 금빛으로 반짝였다. 노란색이던 조명이 서서히 청색으로 바뀌면서 그 무대의상도 호숫빛 푸른색으로 물들어 부드러운 정취를 연출했다. 관중들 모두 화단의 자태에 매료되었다. 이 무대의상은 주변 환경과 하나로 어우러져 사람이 마치 호수 안에서부터 걸어 나온 듯했고, 돌아서서 다시 호수 속으로 돌아갈 것만 같았다.

무대 아래에서 자신의 작품을 감상하는 것은 또 다른 감흥이 있었다. 뤄옌은 시작할 때부터 끝날 때까지 격동에 찬 감정으로 지켜보았다. 무대 위에서 의상은 생명을 가진 듯했다. 단순히 한 벌의 옷이 아니라 배우와 한 몸인 것 같았다. 주름 하나하나가 줄거리와 관련이 있고, 인물과 관련이 있었다. 이 극에서 뤼옌은 사정蛇精[270]의 요염함을 부각하기 위해 의상의 가벼움을 극대화했다. 다채로운 모습의 그 긴 치마가 구름인 듯 배우의 발끝을 감쌌고, 그렇게 계속 걷다 보면 인간 세상의 선경仙境에 다다를 수 있을 것만 같았다. 전통적인 면 원단을 크레이프와 시폰으로 대체한 소재의 혁신이 참신한 감각을 선사했다.

뤼옌은 꽃을 들고 무대 뒤로 갔다.

관중들이 축하 사진을 찍느라 분주한 가운데, 리훙은 혼자 화장대 앞에 앉아 조용히 화장을 지우고 있었다.

"훙 언니, 여기 꽃 받으세요."

뤼옌이 커다란 백합꽃다발을 화장대 옆에 놓으며 공손하게 말했다.

리훙이 뤼옌을 보더니 억지로 웃음을 짜내었다. 이번 공연에 등장한 의상은 모두 한기에서 제작한 것이었다. 그녀는 뤼옌에게 매우 감사해하고 있으면서도 다소 난감해하는 태도를 보였다. 일부 잔금을 아직 치르지 못했고, 공연이 마무리된 후 티켓 판매액을 결산한 후에야 갚을 수 있기 때문이었다.

"정말 고마워!"

리훙은 틀어 올린 머리에서 물총새의 푸른 깃털 장식 떨잠을 천천히 빼면서 피곤한 기색을 감추고 웃으며 말했다. 뤼옌도 웃으며 대답했다.

"오늘 공연 정말 멋졌어요. 훙 언니, 정말이지 오늘 최고로 아름다웠어요."

그녀는 최근 몇 년 동안 사업하면서 끊임없이 좌절과 어려움을 겪었고, 그러면서 입에 발린 소리를 하는 법도 배웠다.

---

270 뱀이었으나 인간 여자로 변신한 요괴이다. 한족 민간 전설에 등장하며 일부 사정은 미색으로 남성을 홀리기를 좋아하여 그 양기로 힘을 키우기도 한다.

리훙은 거울 속의 자신의 모습을 냉정하게 바라보며 담담하게 웃었다.

"사는 게 쉽지 않네. 이 연극은 극단에서 비용을 절반밖에 지급해주지 않아. 나머지 절반은 내 부동산을 담보로 잡아 충당했어. 관객동원이 잘 될지 어떨지 모르겠어. 오늘은 첫 번째 무대였고 앞으로도 몇 번의 공연이 더 있는데, 오늘처럼만 유지되면 나쁘지 않겠지. 안 그러면 내 사택을 팔아야 할 거고."

이번 작품이 성공을 거두긴 했지만, 문제는 얼마나 손해를 보느냐였다. 애당초 그녀가 대담하게 새 작품을 올리자고 제안했을 때 손해는 그녀 개인이 책임지겠다고 특별히 강조했었다. 최근 며칠 동안 무대 아래에서 지켜보니 좌석점유율이 대략 절반 정도밖에 안 되었다. 이번은 첫 공연이었지만, 이런 식으로 며칠 더 손해 보고 나면 전망이 결코 밝다고 할 수는 없었다.

뤄옌은 돈 얘기를 하려고 왔지만, 리훙이 이렇게까지 얘기하자 그녀도 이해했다.

리훙은 마음에 걸리는 듯 뤄옌을 한 번 쳐다보았지만, 잔금 얘기를 꺼낼 엄두가 나지 않았다. 최근 몇 년간 월극의상에 대한 애정 때문에 자주 한기를 찾아갔었고, 한기가 조그맣게 시작해서 성장해나가는 모습, 공예 수준이 날로 발전하는 모습을 자신의 눈으로 직접 지켜보았다. 또한 이 젊은 아가씨가 안색이 누렇게 떠서 까칠해지고 핏기가 하나도 없을 때까지 밤을 새워가며 일해온 것도 자신의 눈으로 직접 보았다. 그녀는 한기의 공예 솜씨를 좋아했고, 그래서 가격을 따질 것도 없이 반드시 한기의 제품이어야 했다. 지난 세대의 은혜와 원한은 이미 시간이 흐르면서 연기처럼 사라져버렸고, 남은 것은 월극의상에 대한 공통의 애정뿐이었다.

"이런 작은 매화 비녀가 아주 딱 어울려요." 뤄옌이 세심하게 말했다. "잘 떨어지는 게 문제네요. 제가 내일 다시 한 벌 가져올게요."

리훙은 고개를 끄덕이며 비녀를 소중하게 하나하나 분장 상자에 담았다.

"너도 너무 비관적으로 생각하지 마." 그녀가 별안간 돌아서며 뤄옌에게 따뜻하게 말했다. "하루하루 견디다 보면 결국 지나가더라. 내가 건재한 날이 오면 극단이 건재한 날도 오겠지."

뤄옌이 고개를 끄덕였다. 두 사람은 서로 마주 보며 조용히 웃었다.

밤은 물처럼 차가웠다. 뤄옌은 혼자서 조용히 걷고 있었다. 이미 한밤중이었지만, 광저우시는 여전히 시끌벅적했다. 밤의 불빛을 밟으며 집으로 돌아가는 길은 양쪽으로 늘어선 가게마다 사람들 소리로 떠들썩했다. 특히 야식 매점들은 마침 손님으로 가장 붐비는 시간이라 석탄 난로에 불빛이 활활 타오르고 보일러는 쉭쉭 열기를 내뿜고 있었다. 사장은 웃통을 벗고 뭔가를 볶으며 한창 기세 좋게 '냄비 던지기'[광둥요리 요리사는 볶음 요리를 할 때 재료가 고루 익게 하기 위해 커다란 냄비를 사용하는데, 때로는 냄비 안의 재료들을 멀리 던졌다가 다시 냄비로 받아 뒤적여가며 볶는다. 이런 행동을 '냄비 던지기'라고 한다.]를 하고 있었고, 안주인은 종종걸음으로 앞뒤로 분주하게 누비고 다니며 테이블과 의자를 정리하고, 주문을 받고, 주문을 넣었다. 뤄옌이 지나가자 그녀가 아주 따뜻하게 말을 건넸다.

"챠오미펀炒米粉[271] 한 접시 드릴까요? 이렇게 늦었으니 배가 무척 고프실 텐데요."

뤄옌은 고개를 저어 정중하게 사양하고 지나쳐갔지만, 마음은 훈훈

---

271 전통 민난(閩南) 요리로 널리 대중의 사랑을 받고 있는 볶음쌀국수 요리다. 쌀국수에 콩나물, 공심채, 상추 등 야채를 넣고 볶고 달걀을 곁들여내기도 한다.

해졌다. 월극의 미래를 생각하고, 한기의 미래를 생각하면 구름이 걷히고 달이 다시 나타나기를 기다리듯 희망이 앞에 있을 것만 같았다. 새로운 작품을 올릴 수만 있다면 외상이라도 좋다. 이런 생각을 하니 그녀의 입가에 가느다란 미소가 떠올랐다. 갑자기 전화가 울렸다. 중슈링이 건 전화였다.

"런민남로에 불이 났다는구나."

뤄옌은 순간 너무 놀라 아름다운 미래에 대한 동경 같은 건 싹 사라져버렸다. 이 일대는 집들이 밀집돼 있어서 불이 붙으면 순식간에 번져 큰 화재가 된다. 한기가 바로 그 안에 있었고, 분명 화를 면할 수 없을 것이었다.

더구나 뤄옌에게 더 두려운 일은 팡야오밍에게 무슨 일이 생길지도 모른다는 것이다. 그녀는 순간 머릿속이 복잡해졌다. 그에게 가게 안에 있지 말라고 해야 한다. 위층에는 자질구레한 원단들이 많고 아교 냄새와 풀 냄새가 온통 뒤섞여 전혀 사람 살 곳이 못 되었다. 그녀는 걸어가면서도 머릿속에 온갖 두려운 장면들이 떠올랐다. 한기가 다 불타 없어지면 어쩌지? 더 무서운 생각도 스멀스멀 올라왔다. 야오밍이 안에 있으면 어쩌지?

그녀는 온몸에 힘이 풀려 다리가 떨리고 손도 떨렸다. 그에게 여러 번 전화를 했지만 받지 않았다. 그녀는 붐비는 인파 속을 혼자 걸으며 머릿속으로 온갖 두려운 장면들을 떠올렸다. 한기가 불바다에 삼켜지고, 의상들도 한 벌 한 벌 화마 속으로 빨려 들어가 찰나의 순간에 재와 연기로 변해버리는, 모든 것이 끝나는 장면 말이다.

뤄옌은 처음에는 달렸지만 점차 움직일 수 없게 됐다. 그녀는 하이쥬남로海珠南路까지 간신히 버티며 걸었고, 소방차의 사이렌 소리를 들었다. 두 다리가 통제할 수 없이 떨렸다. 눈앞에 시커먼 인파가 몰려와 있었고, 경찰이 도로에 바리케이트를 쳐놓았다. 뤄옌은 필사적으로 인파 속으로 비집고 들어갔다. 코를 찌르는 매캐한 연기 냄새를 맡았고, 멀리 불길이 치솟는 것을 보았다. 그녀는 아연실색했다. 어찌할 바를 모르고 눈물만 하염없이 흘렸다.

봉쇄선 바깥은 사람들이 빽빽하게 에워싸고 있어서 비집고 들어갈 수가 없었다. 간신히 몇 마디 주워들을 수 있었는데, 불이 시작된 곳이 장원방이 아니라 도로 건너편의 한 여관이라고 했다. 그녀는 가슴을 힘껏 움켜쥐었다. 잔뜩 걱정했던 마음을 잠시 내려놓았다. 긴장이 풀리자 손발에 힘이 쭉 빠지는 것 같았다. 사방을 둘러보던 그녀는 마침내 팡야오밍의 모습을 발견한 것 같았다. 하지만 아직 확신할 수 없어 놓치지 않고 시선으로 바짝 쫓으며 따라갔다. 분명 그였다.

"야오밍, 야오밍!"

그녀는 그가 행여 듣지 못할까 봐 무작정 큰 소리로 그를 불렀다.

팡야오밍은 머리와 얼굴에 재를 잔뜩 뒤집어쓰고서 몹시 걱정하는 표정으로 군중 속에서 그 소란을 지켜보고 있었다. 다행히 목소리를 들은 그가 군중 속에서 힘겹게 빠져나와 뤄옌 쪽으로 걸어갔다.

두 사람은 교차로에서 만났다. 뤄옌은 울음을 그치고 웃으며 눈물을 닦았다.

"놀라서 죽는 줄 알았잖아요!"

팡야오밍은 갑자기 익살을 부리고 싶어져서 웃으며 말했다.

"뭘 울어요? 누가 귀신 분장이라도 하고 겁을 주던가요?"

그녀는 팡야오밍이 아직 야근을 하고 있다는 생각에 일부러 나이황빠오奶皇包[272] 두 개를 가져왔다. 소가 차가워지면 딱딱해져서 맛이 없을까

---

272 우유와 달걀 맛이 진하게 나는 광둥지방의 전통 디저트로, 광둥 사람들이 아침 차에 달콤하게 곁들여 즐기는 간식이다.

봐 배낭 맨 아래쪽에 넣어 왔기 때문에 꺼냈을 때는 아직 따뜻했다. 저녁 내내 바쁘게 일하느라 몹시 배가 고팠던 팡야오밍은 한입에 거의 절반을 베어 물었다. 하얗고 도톰한 피 안에 황금색의 기름진 소가 드러나면서 향이 훅 끼쳐왔다. 연인 같은 달콤함이 사람의 마음까지 달콤하게 해주었다.

"뜨거울 때 드세요. 배고팠죠."

뤄옌이 애처로운 눈길로 그를 바라보았다. 그의 머리칼에 붙은 천 쪼가리를 후우 불어 털어낼 때는 눈물이 흐를 뻔했다.

"정말 배가 고프네요." 팡야오밍은 쑥스러운 듯 웃었다. "원래는 밤 열 시 전까지 요대를 완성할 생각이었어요. 거의 다 되어가서 몇 바늘만 더 하면 되는데 밖에서 요란한 소리가 나지 뭡니까. 사람들이 '불이야'라고 외치더라고요. 창가로 뛰어가 내다보니 다들 뛰고 있는 거예요."

그는 평소에 여러 문장을 줄줄이 이어 말하는 사람이 아니었다. 그도 적잖이 놀란 모양이었다.

"정말 깜짝 놀랐어요. 서둘러 밖으로 나갔는데 반쯤 가다 되돌아와서 디자인계획서를 가지고 나왔어요. 그러고 나니까 밖에서 화재경보가 울리는 거예요. 놀라서 다리가 다 후들거리더라고요. 빨리 뛸 수가 없었어요."

뤄옌이 그의 이마의 땀을 닦아주었다. 화재가 난 곳 옆에 오래 서 있었더니 얼굴이 온통 재로 뒤덮여 있었다.

"그렇게 오래 서 있으면 어떡해요, 위험하잖아요!"

참다못한 뤄옌이 말했다. "무서워할 것 없어요. 소방차들이 다 왔잖아요."

팡야오밍이 쑥스러운 듯 웃었다.

두 사람은 깊은 밤거리를 나란히 걸었다. 전에 없이 편안했다. 뤼옌이 한참을 그를 따라 천천히 걷더니 갑자기 입을 열었다.

"안 되겠어요. 안 보이니까 내가 불안해요."

두 사람은 다시 되돌아서 봉쇄선 밖까지 갔다. 소방차가 여전히 진화작업을 하는 중이었고, 군중들도 여전히 해산하지 않고 있었다. 세상이 온통 불빛으로 환했고, 수증기와 사람들 소리가 한데 뒤섞였다. 팡야오밍이 얼굴을 붉히며 그녀의 손을 잡아끌더니 말했다.

"사람이 너무 많네요. 흩어지면 안 돼요."

뤼옌이 부끄러운 듯 웃으며 그의 손을 꽉 쥐었다. 두 사람은 날이 밝을 때까지 손을 마주 잡고 길목에 서 있었다.

이튿날 아침 일찍 밥을 지으러 온 루이펀은 곧바로 '단서'를 포착했다. 뤼옌이 빵 한 조각을 집더니 팡야오밍에게 주는 것이었다. 팡야오밍은 얼굴이 새빨개져서는 다소 민망해하면서도 얼른 받아 고개를 숙이고 먹었다. 루이펀이 궁금해서 얼른 그를 쳐다보았지만, 대뜸 대놓고 물어보지는 못하고 그저 이렇게만 말했다.

"야오밍, 저녁에 우리 집에 와서 식사해요."

팡야오밍이 잠시 어리둥절해하다 뭐라고 말하려는 순간, 뤼옌이 이미 고개를 끄덕이며 대답했다.

"갈게요!"

제24장

뤄옌은 야오밍과 혼인신고를 마친 후 장쑤와 저장으로 여행을 다녀왔다. 신혼여행인 셈이었는데 도중에 촬영 세트장 인근에 영화의상 사업이 있다는 말을 들었다. 루이펀은 매일 "정식으로 결혼식을 올려라. 하오옌보다 더 성대하게 해야 한다."고 잔소리를 늘어놓았다. 하지만 가게에 일손이 너무 부족해서 도저히 자리를 비울 수가 없었다.

뤄옌은 대학원에서 월극의상 기예에 관한 강의를 해달라는 요청을 받았다. 뤄옌은 처음에 가게 일이 너무 바쁘기도 해서 고사하려고 했다. 그런데 중슈링이 그녀를 설득했다.

"사람이 많아야 힘도 커지는 거야."

더 많은 사람들이 이 일을 이해하고 좋아해야만 월극의상이 발전해나갈 수 있다는 거였다.

강의는 성공적이었다. 패션디자인을 전공하는 일부 학생들이 감명을 받아 전통 복식을 전수받겠다고 뤄옌을 스승으로 모시고 싶어 했다.

가게 안에서는 늘 사람들에 둘러싸여 아침부터 저녁까지 말을 할 겨를이 없었다. 뤄옌은 아예 직업기술학교와 상의하여 의상디자인 전공의 실습거점이 되었다. 견습생이 생기니 작업량을 여러 갈래로 분담할 수 있게 되었다. 다만 뤄옌은 강의 업무가 많아졌고, 하루 종일 강의만 하느라 말을 너무 많이 해서 입이 다 마를 정도인 날이 자주 있었다.

뤄옌은 가게 양옆의 점포까지 세를 얻어 한기를 전면 길이만 십여 미터가 넘는 대형 점포로 확장했다. 더 많은 임대료를 부담해야 했지만, 반면에 런민남로에서 인근을 지나갈 때면 한눈에 확 띄기 때문에 적잖은 광고효과가 있었다.

가게는 여전히 낮밤으로 분주히 돌아갔다. 가끔은 영화나 드라마 제작진이 명성을 듣고 극 전체의 의상제작을 의뢰하러 찾아왔다. 뤄옌이 몇 차례 상담을 한 끝에 쉬씨 성의 감독과 계약을 체결했다. 명나라 시대 궁중을 배경으로 하는 극으로, 디자인도 많고 의상 수도 많았다. 제작진은 전통적인 명나라 복장의 제식 외에도 대본의 필요에 따라 대량의 참신하고 새로운 디자인도 해주기를 원했다.

쉬 감독은 한기의 수공예 솜씨에 매우 안도했다. 제품 견본들을 대충 훑어보더니 바로 결정을 내렸다.

"중요한 것은 디자인입니다. 작업 품질에 관해서는 한기의 제품이면 안심입니다."

쉬 감독은 나이가 좀 들어 보였다. 흰머리가 많았고 말할 때 담배를 시종 손에서 놓지 않으며 계속 기침을 해댔다. 그는 뤄옌의 걱정을 간파하고는 자조적으로 웃으며 말했다.

"제가 몸이 썩 좋진 않아요. 하지만 불치병은 아니니 갑자기 세상을 떠나지는 않을 겁니다."

뤄옌은 이해한다는 표정으로 웃으며 말했다.

"그래도 나쁜 습관은 고치는 게 좋죠."

"방법이 없어요. 예술 하는 사람들은 매일 담배를 많이 피우고, 술을 많이 마셔서 스스로를 영감이 충만한 상태로 유지해야 하거든요."

뤄옌은 정교하게 수놓은 수예품 한 장을 그에게 보여주며 말했다.

"우리 수공예인에게 가장 좋은 예술이란 바로 오랜 세월 쌓인 꾸준함이에요."

쉬 감독은 잠시 생각하더니 고개를 끄덕이고는 호쾌하게 계약서에 서명했다.

츄이가 정식으로 한기에 입사해 회계를 맡았다. 하오옌은 틈날 때마다 가게에 와서 일을 도왔고 사방으로 뛰어다니며 대외연락을 담당했다. 뤄리는 주로 투구 및 머리장식을 맡았다. 그녀는 '팡 신생'과 헤어진 후 한동안 조용히 지냈고 세상을 좀 배운 것 같았다. 뤄옌은 그녀가 조용하고 성실한 성격이라 수공예 일에 적합하다고 생각했고, 많은 기법과 기교들을 그녀에게 전수해주고 싶었다.

제작진과 협의한 결과, 모든 디자인은 제작진의 의상디자이너가 결정하고 디자인계획서도 제작진에서 제공하기로 했다. 하지만 그 도면들 중 몇 개를 받아본 뤄옌은 몹시 마음에 안 들었다.

"전통적인 대칭 스타일이 너무 경직되어 보인다고 해서 이렇게 비대칭 사선 일변도로 하는 건 조화롭지 않은 것 같아요."

뤄옌은 번거로워도 꾸준히 쉬 감독과 소통했다.

쉬 감독은 뤄옌의 의견에 대해 공감했지만, 디자이너를 존중해줘야 한다고 말했다.

"우리는 모던하지 않은 게 아니에요. 그리고 모던함이 이상한 옷을 말하는 것도 아니죠. 이렇게 거무튀튀한 컬러는 무대에서도 전혀 사용하지 않아요. 하물며 카메라에 담다니요."

뤄옌은 쉬 감독에게 배색의 원리에 대해 쉼 없이 강변했다.

"우리가 초빙한 분은 국제상을 받은 디자이너예요." 쉬 감독이 전화 너머에서 말했다. "이분이 좀 거만한 면이 있어서 바꾸기 싫어하시네요."

쉬 감독은 이 문제로 몇 번이나 광저우까지 비행기를 타고 날아와 한기에서 뤄옌과 협의했다.

"아니면 그냥 그가 하자는 대로 하시죠. 어쨌든 거액을 들여 초빙한 분이고, 수정하려면 그 역시 비용이 드니까요."

"이 무늬와 색깔은 그림상으로만 보기 좋은 거예요. 실제 만들어보면 분명 안 좋을 겁니다." 뤄옌은 완강했다. "우리는 큰 상을 받아보진 못했지만 경험이 많습니다. 십여 년 동안 월극의상을 만들어온 저는 뭐가 좋은 것이고, 뭐가 안 좋은 것인지 잘 압니다."

이런 식의 끝도 없는 논쟁이 계속되면서 작업을 시작한 지 한참 된 의상 몇 벌이 완성되지 못하고 있었다. 하지만 실제로 제작하고 보니 그 효과는 뤄옌의 예상과 꼭 들어맞았다. 수차례 수정을 거듭한 끝에 제작진은 최종적으로 뤄옌의 의견을 받아들였다.

"일이 이렇게 왔다 갔다 반려되면 수지가 전혀 맞지 않아." 루이펀조차 좀 짜증이 났다. "네가 그 사람들 말을 듣고 주문서대로 작업했으면, 그 사람들은 의상이 예쁘든 밉든 받아 가야 하는 것 아니니?"

하지만 뤄옌은 고개를 가로저었다.

"그래도 한기 제품이라면 반드시 예뻐야 한다고 생각해요."

이 말에 루이펀은 진한이 생각나 순간 마음이 아팠다. 다행히 북받쳤던 감정은 금세 지나갔고, 그 때문에 그녀는 마음이 따뜻해졌다. 그녀가 뤄옌에게 말했다.

"네 아버지도 똑같은 말씀을 하셨단다. 두 부녀 성격이 꼭 같구나!"

연말에 뤼옌은 또 다른 영화사와 큰 건을 계약했다. 그녀는 미칠 듯이 기뻐했다. 몇 번이고 계약서를 쳐들고 바보같이 깔깔 웃어댔다. 그녀는 좋은 자재들을 들여오고, 망가진 다리미와 글루건 몇 개를 교체하기로 했고, 직원도 두어 명 더 뽑아야 했다. 한기의 몇몇 베테랑 직공들은 충정은 있었지만 나이가 많아 손이 느렸다. 그래서 이번에는 젊은 사람을 뽑아야 했다. 젊고 힘 좋고, 행동이 민첩한 사람이어야 했다.

이때 그녀는 자신이 임신했다는 것을 깨달았다.

병원에서 검사결과지를 훑어본 의사가 무표정한 얼굴로 딱딱하게 물었다.

"이번 달에 드신 약이 있나요? 다치거나 넘어진 적은요? 이 아이 낳고 싶으세요?"

뤼옌은 어안이 벙벙했다. 뭐라고 해야 할지 알 수가 없었다. 그녀는 임신 초기 석 달이 중요하다는 것을 알고 있었지만, 이토록 심각한 줄은 생각지도 못했다. 한기에 이 '사장'이 없으면 어떻게 버텨나갈까?

그녀는 고민을 거듭한 끝에 이 아이를 낳기로 했다. 부부 두 사람의 나이도 이미 적지 않았고 한기도 중요했지만, 다음 세대도 마찬가지로 중요했다. 팡야오밍의 아버지는 이미 돌아가시고 안 계셨지만 어머니는 아직 건강했고, 이제나저제나 손자를 안아볼 날만 기다리고 있었다.

뤼옌은 배가 많이 불러도 일하는 데 끄떡없겠지만 당분간 조금 쉬는 게 좋겠다고 생각했다. 광둥 사람들 풍습으로는 임신 초기 석 달 동안은 누구한테도 말하지 않는다. 친척이나 친구에게조차 알려주지 않는다. 뤼옌은 꾸준히 작업장을 순시하면서 굽 낮은 플랫슈즈로 바꿔 신고 걸음도 천천히 걸었다. 복부가 은근히 찌릿찌릿 아파왔다. 하지만 그녀는 게으를 수 없어서 배를 가만히 문지르며 속삭였다.

"아가, 힘내!"

뜻밖에도 아기는 그녀가 상상한 것만큼 '강인함'이 없었다. 작업장 안을 반나절 정도 걸었더니 온몸이 쑤시고 맥이 쭉 빠지면서 힘을 전혀 쓸 수가 없었다. 그녀는 이제껏 자신이 '체격이 건장'해서 어떤 병도 이를 악물고 견디면 지나갈 거라고 생각했었다. 그런데 생각과는 달리 배는 점점 더 아파왔고, 더는 견딜 수 없을 지경이 되자 응급실로 달려갈 수밖에 없었다.

병원에 입원해서 일주일을 쉬면서 회복하여 결국 태아를 살릴 수 있었다. 의사는 그녀에게 짧게는 일주일, 길게는 한 달 정도 누워서 휴식하라고 했고, 태아가 안정되면 다시 얘기하자고 했다. 뤄옌은 할 수 없이 침대에 누워 지내며 틈틈이 원격조종을 했다.

"엄마, 오늘 서호장西湖裝 두 벌 마무리해야 해요. 망포蟒袍는 원단 재단 끝났으면 링 여사님께 봉제에 투입해달라고 전해주세요."

그녀는 야오밍이 걱정할까 봐 그에게는 비밀로 해달라고 모두에게 부탁했다. 안 그래도 진척이 더뎌 일정이 빠듯했던 가게 일을 뤄옌까지 거들 수 없게 되었지만, 그런 일로 야오밍을 신경 쓰게 할 수는 없었다.

루이펀은 그녀가 그런 부탁을 하는 것이 화가 나서 참을 수 없었다.

"가게에 이렇게 사람이 많은데 뭐가 걱정이냐. 기술은 야오밍이, 회계는 츄이가 똑 부러지게 하잖아. 뤄리도 일을 돕고 있고. 넌 마음 놓고 아기만 신경 써."

뤄옌은 말로는 알았다고 했지만 마음이 놓이지 않았다. 둥관東莞의 한 월극협회에서 주문계약을 하러 와서는 다른 사람은 믿지 못하겠다며 콕 집어 뤄옌을 지명했다. 그녀는 여러 번 고민한 끝에 직접 만나 협상하고 계약을 체결한 뒤 고객에게 견본과 패턴을 보여주었다.

연이어 며칠을 분주하게 뛰어다녔더니 곧바로 또 불편함이 느껴졌다. 아랫배에 한 번씩 진통이 밀려왔다. 아이가 저항하고 있는 것 같았다. 그녀는 초조한 마음에 눈물까지 흘렸다. 힘이 있어도 쓰면 안 되었고, 얌전히 침대에 누워 쉬어야 했다. 하지만 눈만 감으면 머릿속에 한기의 파산과 월극의상이 통째로 사라져버리는 무서운 장면이 떠올랐다.

저녁에 집에 돌아온 야오밍은 한눈에 그녀의 안색이 좋지 않다는 것을 알아챘고, 잔뜩 긴장하며 어떻게 된 일이냐고 물었다. 뤄옌은 그가 걱정할까 봐 아무 말도 하지 않고 얼굴을 이불 속에 깊이 파묻었다. 야오밍이 한참을 달래더니 긴 한숨을 내쉬었다.

"당신, 마음을 놓을 수가 없는 거지!"

뤄옌은 집에서 이삼일 누워 지냈더니 몸이 좀 좋아진 것 같아 다시 가게에 나갔다. 야오밍은 그녀를 보자마자 표정이 어두워지며 한마디도 하지 않았다. 그에게 해명할 겨를도 없이 뤄옌은 우선 간략하게 작업장을 한 바퀴 순시했다. 재봉틀 박음선을 만져보고, 바늘땀을 살펴보고, 결재해야 할 서류들을 하나하나 처리했다. 낮에는 또 단골고객 두 명을 접대한 다음 츄이에게 재고를 파악하고 진도를 업데이트하라고 지시했다. 옆에서 싸늘한 시선으로 바라보던 야오밍의 안색이 점점 더 어두워졌다.

루이펀이 그녀에게서 한 발자국도 떨어지지 않고 바짝 붙어 긴장한 눈빛으로 지켜보다가, 그녀가 가위를 집어들 때마다 큰 소리로 "내려놔!" 하고 소리쳤다. 뤄옌은 혀를 쏙 내밀고는 얼른 내려놓았다. 야오밍이 갑자기 버럭 화를 내며 도안집을 세차게 탁자에 내던졌다.

모두들 놀라서 어리둥절했다. 나이 든 직공들이 얼른 상황을 수습해보려고 나섰다.

"아유, 놀래라. 야오밍, 소리 좀 낮춰. 아기가 놀라겠어."

부부 두 사람은 이 일로 며칠 동안 냉전을 겪었다. 야오밍은 자신이 잘못했다는 것을 알고 여러 가지로 뤄옌에게 말을 걸 방법을 생각해봤지만, 뤄옌이 거들떠보지도 않았다. 하는 수 없이 루이펀이 중재자로 나섰다.

"부부간에 다툼거리 아닌 게 어디 있겠어. 그래도 한 사람이 한발 양보하고 서로 이해해야지. 야오밍이 막무가내로 무도한 사람도 아니잖아."

"엄마, 안심하세요. 성깔 부리는 사람 아니잖아요."

뤄옌은 고개를 저었고, 전혀 마음에 두지 않았다.

저녁에 집에 돌아온 야오밍이 디자인계획서 한 장을 그녀 앞에 내놓았다.

"이 박람회에 참가해서 새로운 전기를 좀 만들어볼 생각이오." 이렇게 말하며 야오밍이 디자인 맵을 그녀에게 보여주었다. "봐. 상당히 패션 감각이 있지 않소?"

각종 투자유치회와 박람회에 참가하는 것은 최근에 자주 해오던 일이었다. 뤄옌은 우선 박람회의 규정을 보고, 정부가 주최하고 기업조합이 협의하여 추진하는 것이 확실하자 고개를 끄덕여 동의했고, 디자인 맵을 자세히 들여다보며 면밀히 연구했다.

"제가 보기에 이 꽃은 잘못 놓인 것 같아요." 뤄옌이 가리키며 말했다. "5센티미터 내려요. 허리에 바짝 붙게 해서 허리 굵어 보이게 하지 말고요."

야오밍이 고개를 끄덕이며 설명했다.

"이건 초도草圖라서 대략적인 것만 볼 수 있소."

이 국제디자인박람회에 참가하기 위해 야오밍은 중국식과 서양식을 결합한 이브닝드레스를 디자인했다. 치마 몸판 부분을 새틴으로 하고 그 위로 얇은 망사를 덧씌웠다. 얇은 망사 위에 자수를 놓는 것은 매우 어려웠기 때문에 야오밍은 망사 위에 잔잔한 꽃들을 붙여보자고 제안했다.

"그렇게 하면 입체감도 더 배가될 거요."

그가 다소 자신 없는 듯 안경을 밀어 올리며 말했다. 한 번도 만들어 본 적이 없기 때문에 실제 효과가 어떨지는 알 수 없었다. 뤄옌은 매우 공감하며 우선 자투리 천으로 만들어서 먼저 효과를 보는 것이 좋겠다고 했다. 여하튼 그것도 일종의 실험이었다.

"상의는 커다란 꽃을 써도 되는데 호접란이 어떨까? 어깨와 벨트에 놓는 거지."

그녀는 잠시 생각해보았다. 야오밍은 그녀가 신경을 너무 써서 피곤할까 봐 얼른 말렸다.

"우선 자요. 시간은 충분해. 천천히 생각합시다."

뤄옌이 고개를 끄덕였다. 하지만 그녀는 또 습관적으로 디자인 속에서 맴돌고 있었다. 그녀는 달리지도 뛰지도 못하는데 머리 좀 쓰는 것쯤이야 괜찮을 거라고 스스로를 위로했다. 한밤중에 갑자기 놀라 잠에서 깬 뤄옌이 흥분해서 야오밍을 흔들어 깨웠다.

"반드시 목면화여야 해요! 목면화 꽃잎은 호방한 데다 광저우만의 특색도 가지고 있으니까요."

이 전시작품은 박람회에서 좋은 반향을 일으켰다. 특히 변형된 목면화 형태는 뤄옌이 바랐던 바로 그 모양이었는데, 보고 있으면 마치 춤추는 횃불처럼 선이 유연하고 생동감이 넘쳤다. 사실 목면화가 광저우의 시화市花로서 현지 문화를 대표하고는 있었지만, 실제 디자인에서 활용되기는 매우 어려웠다. 꽃잎이 대칭이고 꽃잎 모양도 옹골지게 꽉 찬 모양이라 자칫 답답해보일 수 있기 때문이었다. 야오밍은 수정을 거듭해서 이렇게 변형된 모양을 만들어냈고, 목면화의 특징을 고수하면서도 역동적인 느낌을 살렸다.

언론 보도로 한기의 명성이 더욱 높아졌다. 얼마 지나지 않아 한 현지 방송국이 자체 제작하는 드라마의 의상을 주문하겠다고 찾아왔다.

"단막극이고, 100화 정도 찍을 예정이라는군."

야오밍이 잔뜩 흥분해서 말했다.

뤄옌은 드라마 제목을 보더니 긴 한숨을 내쉬었다.

"당신은 저보다도 대담하시네요. 용감하게 민국복까지 주문을 받다니요."

야오밍이 안경을 올리며 말했다.

"아무리 난이도가 있다고 해도 기껏해야 파이핑 끝 오므리기가 좀 힘든 정도겠지, 뭐."

뤄옌은 그의 말이 우스워 깔깔대며 웃었다.

"자신 있다면 됐어요. 온갖 파이핑들이 죄다 당신한테 달렸네요."

"당신은 고령의 임산부니까 얌전히 몸을 돌봐야 해."

야오밍이 손을 그녀의 배 위에 가볍게 얹으며 온화하게 말했다.

뤄옌이 이 틈을 타 흥정을 걸었다.

"가게는 나가봐야겠어요. 대신 난 그냥 아무것도 안 하고 말만 할게요."

야오밍은 그녀가 화를 내서 태기를 건드릴까 봐 하는 수 없이 승낙했다.

광저우의 옛 거리와 골목은 영원한 미궁처럼 여기저기서 구부러졌다가 다시 갈라지며 굽이친다. 이곳 사람들은 대체로 이곳 지세의 영향을 받아서인지 무언가 생각하거나 행동할 때 출구가 어딘지 묻지도 않고 대뜸 더듬거리며 나아간다는 느낌이 있다. 이들 옛 정취가 가득한 오래된 광저우 민가가 현대 문화의 충격으로 하나둘 철거되면서 점차 축소되어 마치 남은 목숨을 겨우 부지해나가는 노인처럼 현실에서 서서히 퇴장하고 있다. 하지만 좁은 골목 깊숙한 곳으로 들어가면 햇빛이 비스듬히 비추어 나무 그림자가 어지럽게 흔들리고, 만주창滿洲窓[273]이 형형색색의 아름다운 빛을 반사하면서 마치 수많은 전생의 비밀들이 누군가에게 발견되기를 기다리고 있는 듯하다.

이렇게 날로 사라져가는 것들이야말로 사람들이 붙들어 되돌리고 싶어 하는 것이다. 옛 거리, 옛 골목으로 들어서야만 진정 이 도시의 역사와 세월 속에 침전된 삶의 조각들을 만날 수 있다.

텔레비전에서, 신문에서 옛 광저우에 관한 보도가 끊임없이 나왔고, 옛것을 그리워하는 풍조를 일으켰다. 뤄옌은 방송국의 초청을 받아 월극의상의 역사를 강연했다. 어릴 때 들었던 증조할아버지의 이야기, 할아버지의 이야기는 해도 해도 끝이 없었다.

그녀는 이 이야기들을 더 재미있게 들려주어 청중들이 흥미를 느끼게 하고 싶었다. 몇 차례 프로그램에 출연한 그녀는 더 이상 긴장하지 않았고, 생동감 있는 이야기를 끊임없이 이어갔다.

"요즘은 겨우겨우 유지해나가고 있지만, 미래에도 괜찮을지는 알 수 없습니다. 하지만 저는 계속해나갈 거예요. 어느 날 더는 바늘 집어들 힘조차 없어질 때까지 저는 월극의상을 한 벌 한 벌 제대로 만들 겁니다."

또 다른 새벽이었다. 고층빌딩이 하늘의 반을 가렸지만, 햇빛은 빌딩 숲의 틈 사이사이로 뚫고 나와 장원방을 환하게 비추었다. 문 여는 사람은 대문을 활짝 열어젖혔고, 물건을 배송하는 사람은 삼륜차를 밟으며 드나들고 있었다. 도처에 셔터가 열리면서 화르륵 좌르륵 소리가 요

---

273 전통적인 나무틀에 색유리를 끼워 넣은 유리창으로, 중국 것에 서양식을 결합한 실용 공예품이다.

란했다. 뤄옌은 가게 처마 밑에 앉아 편안하게 기지개를 켜고는 런민교고가 위를 오가는 차들을 바라보았다. 그녀의 불룩 내밀어진 배는 이미 만삭이 다 되어 걷기가 매우 불편했다. 그런데도 그녀는 여전히 꿋꿋하게 매일 가게에 나왔다.

가게는 주로 야오밍과 츄이가 관리했다. 공방 직공만도 이미 십여 명이었다. 뤄옌은 배를 만지며 아기가 어서 나오기를 기다렸다. 야오밍은 그녀가 안심하지 못한다는 것을 알고 그녀를 가게에 나오도록 허락했지만 일은 못하게 했다.

뤄옌은 배를 가볍게 두드리며 아가에게 말을 건넸다.

"아가, 어서 나오렴. 엄마가 할 일이 아주 많거든!"

이렇게 말하자마자 곧바로 루이펀에게 핀잔을 들었다.

"좋은 생각이 아니야.", "달을 채워야 아이가 나오지, 절대로 조급하게 굴면 안 돼."

뤄옌이 임신해 있는 열 달 동안 루이펀은 흠칫흠칫 놀라고 가슴 졸이는 열 달을 보내야 했다.

"어느 임산부가 이렇게 바쁘게 뛰어다니니!"

뤄옌은 히죽히죽 웃으면서도 여전히 매일 가게에 나왔다. 여기저기 함부로 돌아다닐 엄두는 나지 않아서 가게 쇼윈도 앞에 앉아 있었다.

이날 이른 아침, 그녀는 가게 안에 앉아 조상님께 분향한 뒤 단향목 연기가 빙글 돌며 올라가는 것을 바라보았다. 마음속에 하고 싶은 말이 아주 많았다.

"한기가 요즘 아주 좋아요. 츄이가 장부 관리를 아주 꼼꼼하게 잘하고 있고, 뤄리도 맡은 일을 아주 잘하고 있어요. 이번 달은 작년보다 주문이 훨씬 많아요."

그녀는 아버지의 영정을 마주하며 허리를 굽혀 세 번 절한 다음 낮게 속삭였다.

"아가도 잘 있고요. 엄마도 벌써 외할머니가 될 준비를 다 해 놓고 기다리고 계세요……."

이때 한 사람이 가게 안으로 들어왔다. 근사한 수트 차림에 피부가 하얗고 잘생긴 얼굴이었다. 뤄옌은 한눈에 월극 하는 사람일 거라고 추측하고는 얼른 다가가 맞았다.

"리쥬어黎卓라고 합니다. 당신은 아마 절 못 알아보실 겁니다. 진한 형님이 제 얘기를 한 적이 있었나요?"

그 사람이 온화하게 웃으며 말했다.

그러고 보니 알 것 같았다. 리바오셩의 둘째 아들이 리쥬어였다. 지금은 홍콩에서 유명한 월극계 인사다. 젊은 시절에 월극을 했지만, 지금은 나이가 들어 더 이상 노래를 하지 않고 텔레비전에서 음악평론을 통해 월극에 관한 옛이야기를 소개하고 있었다. 뤄옌은 다소 놀라서 한동안 멍했다. 그녀는 아버지에게서 당시 사연의 전말을 들었고, 그 이름도 들은 바 있었다.

"이건 당신네 가게에서 만든 건가요?"

리쥬어가 알아서 가게 안으로 들어오더니 정교하고 아름다운 월극 의상에 시선이 닿았는지 거기서 눈을 떼지 못했다.

뤄옌은 손님에게 자리를 권하고 차를 따라주었다. 그녀는 과일 찬합을 열어 그에게 먹어보라고 권한 뒤 의상을 주문할 거냐고 물었다.

자리에 앉아 사방을 둘러보던 손님의 눈길이 천진한의 영정에 머물렀다. 그가 말했다.

"진한 형님이 이미 세상을 떠나셨을 거라고는 생각도 못했습니다."

아버지와 아는 사이라는 것을 알게 되자 뤄옌은 매우 친밀한 느낌이 들었다. 아버지가 세상을 떠난 지 벌써 여러 해가 지났지만, 그녀는 여전히 아버지가 그리웠다. 특히 옛날 사람들 입에서 그에 관한 이야기를 들을 수 있기를 바랐다.

"그해 진한 형님이 선조들로부터 물려받은 보물을 우리 집 뒤뜰에 묻었어요." 리쥐어가 설명했다. "당시 나는 아직 어려서 노는 데 정신이 팔려 있었죠. 어느 날 몰래 작은 모종삽으로 그걸 파냈는데, 원상태로 도로 묻어 놓지 않았어요. 진한 형님이 그걸 못 찾아서 분명 걱정돼 죽겠다고 했을 겁니다."

그는 네모반듯한 물건을 손에 들고 있었다. 신문지로 싼 것이었다. 그가 그것을 조심스럽게 내려놓고 끈을 자르자 안에 들었던 편액이 모습을 드러냈다. 오래된 단향목 색깔의 묵직한 편액에는 힘이 넘치는 서체로 커다랗게 '한기'라는 두 글자가 새겨져 있었다.

뤼엔은 몸이 '펑' 하고 떨리는 것을 느꼈다. 마치 무수한 지난 일들에 얻어맞는 듯했다.

그녀는 아버지가 생각나 눈물이 흘러내릴 것만 같았다. 우레와 천둥이 치는 듯한 요란한 작업장 안에서 그녀는 아버지가 미소 지으며 지나치는 것을 무수히 보았었다. 하지만 두 부녀는 서로 거의 말을 나누지 않았고, 그녀는 남겨진 수기를 통해서 그를 이해했다. 그는 늘 바쁘게 일했었다. 디자인하고, 수선하고, 도처에서 일을 끌어왔다. 그녀는 어느 날 만취한 아버지가 소파에 누워 "한기……한기…….."하고 중얼거리던 것을 기억하고 있었다.

한기에 관해 묘사한 모든 것은 할아버지로부터 전해 들은 것이었다. 그녀는 할아버지의 비틀거리던 걸음걸이와 귀찮지도 않은지 끊임없이 당부하던 잔소리, 생명의 마지막 몇 년 동안 재단판 앞에 굳건하게 서 있던 모습들을 기억했다. 할아버지가 어쩌다 당신의 젊은 시절 얘기를 꺼내면, 시간은 눈 깜짝할 사이에 도처에 불길이 치솟고 전쟁이 벌어지던 시절로 되돌아갔다. 가난하고 궁벽한 시골 마을의 조그마한 노점에 항상 세상에서 가장 예쁜 광둥식 월극의상들을 진열해 놓았던 시절이었다.

그녀는 한기라는 간판을 만들어낸 사람이 증조할아버지인 천더우성이라는 것을 알고 신대에 그의 엄숙한 화상을 모셔두었다. 약 백 년 전, 바로 이곳에서 수많은 수공예인이 열심히 고되게 일했었다. 천들이 재단판 위에 펼쳐져 있고, 수틀에 팽팽히 끼운 천 위를 자수 실이 넘나들었고, 정교하고 섬세하게 수가 놓인 일감들이 선반에 차곡차곡 쌓여 봉제를 기다렸다.

모든 것이 이토록 선명한데, 화면은 가깝기도 하고 멀기도 했다. 그녀는 눈에 고인 눈물을 닦고 천천히 기기 입구로 걸어갔다. 태양이 이미 하늘 높이 솟아올라 황금빛 햇살을 대지에 뿌리고 있었다. 장원방의 패방이 햇빛 아래 반짝반짝 빛나고, 가게 하나하나가 차례로 문을 열었다.

'직업'이라는 단어를 사전에서 찾아보면, "생계를 유지하기 위해 자신의 적성과 능력에 따라 일정한 기간 동안 계속하여 종사하는 일"이라고 정의되어 있다. 사전은 '일정한 기간'이라고 말하고 있지만, 사실 직업을 가지고 사는 시간은 어른으로, 한 사회적 존재로 살아가는 대부분의 시간이기 때문에 우리가 느끼기에는 '인생'의 거의 전부나 다름없다. 또 직업을 설명하는 중요한 요건으로 '자신의 적성과 능력'을 언급하고 있는데, 이렇게 보면 '직업'의 사전적 의미가 왠지 정의定義라기보다는 지향指向처럼 여겨져 사뭇 새삼스럽다.

루쎈盧欣의 『화의금몽華衣錦夢』은 광저우에 뿌리박고 살면서 그곳 전통지방극인 월극粵劇의 무대의상을 백 년 넘게 만들어온 천가 가족 4대의 이야기이다. 한 벌의 월극의상을 수공예로 만드는 일은 백 개가 넘는 조각들에 빼곡히 수를 놓고, 각각을 이어 붙여 완성하는 엄청난 노동의 결과물이지만, 천가 사람들에게 월극의상 제작이라는 노동은 생존 수단으로서의 직업인 동시에 놀이이고, 일상이고, 삶이다. 소설은 굽이굽이 마석이 깔린 골목길과 다닥다닥 어깨를 붙이고 겹쳐 선 청기와 회색벽돌 건물들의 처마 틈 사이로 엿보이는 수놓는 여인들, 그들 손에서 한 땀 한 땀 살아나는 용과 봉황, 시큰하게 코를 찌르는 약품 냄새와 풀 쑤는 냄새, 끈적하고 뿌연 공기가 자욱한 장원방 풍경으로 시작한다.

작가의 시선은 장원방 안에 자리 잡은 월극의상점 '한기'와 천가 사람들 가까이에 바짝 다가가 매일의 밥상과 명절 상에 오르는 요리들, 차, 분향하고 기원하는 그들 일상의 풍경을 세밀 풍속화처럼 섬세하게 그렸다가, 어느새 멀리 물러나서 민국시대의 혁명전쟁과 항일전쟁부터, 건국과 함께 전개된 대규모 사회주의건설과 문화대혁명, 거대한 개혁개방 물결과 산업화의 충격에 이어 또다른 전복적 변화의 문턱을 넘고 있는 현재에 이르기까지 백 년의 역사를 부감으로 바라보며 역사가 자행한 파괴와 수탈을 담담히 견디어 자신과 가족과 신념을 지키며 살아가는 천가 사람들의 삶을 그려낸다. 삶과 일과 예술을 일체화시키는 그 신념이 한 개인의 생애주기를 넘어 4대를 거쳐 이어지는 이 이야기는 의외로 실존하는 원형이 있어서 소설이라기보다 기록물 같기도 하다.

루씬은 광저우시 무형문화유산보호센터에서 십 년 넘게 일하면서 보고 듣고 경험한 것을 27만 자(한글로는 48만여 자)에 달하는 긴 이야기로 풀어냈다. 일과 글쓰기를 병행하는 동안 월극의상 제작에 종사하는 수많은 수공예인과 공장 관리자와 얘기하고 배우고 익히면서 그들 삶에 공감하고 동화된 루씬이 수공예인과 그들의 장인정신에 대해 갖게 된 애정과 존경을 사람들에게, 특히 젊은이들에게 전하고 싶어 하는 순수한 마음과 선의가 그대로 느껴진다.

그래서 진부하고 뻔한 이야기가 아니냐고 혹여 묻는다면, 누군가의 말처럼 "소설이 새로움을 찾아 기괴한 이야기와 위험한 상상력만을 좇을 때, 현실에 두 발을 딛고 서서 먹고 자고 일하고 사랑하는 우리의 하루하루를 이야기하는 것, 그 자체로 온전히 새롭지 않느냐."고 변호하고 싶다. 아니, 어쩌면 지금의 현실이 SF소설보다 더 황당무계하고 그로테스크하고 기괴해서 그럴지도 모르겠다. 4대는 고사하고 한 생애주기 안에서 시대가 여러 번 전복되어 인지부조화를 일으킬 정도의 속도 속에 살고 있다 보니, 자칫 한눈을 팔았다가는 원심력으로 튕겨나가 우주를 부유할 것만 같다.

그러니 루쉰이 소설 속에서 얘기한 '쉼 없이 내달리는 시간의 강 어딘가에 침전되어 있을 삶의 조각들(본문 506p)'과, '남은 목숨을 겨우 부지하는 노인처럼 현실에서 퇴장하고 있는, 그러나 시간의 골목 어느 굽이에서 햇빛에 흔들리는 나무 그림자처럼, 형형색색의 아름다운 빛을 반사하는 만주창처럼, 누군가에게 발견되기를 기다릴 전생의 수많은 비밀들을 붙들어 되돌리고 싶다(본문 611p)'는 말에 공감하지 않을 수 없다.

화의금몽

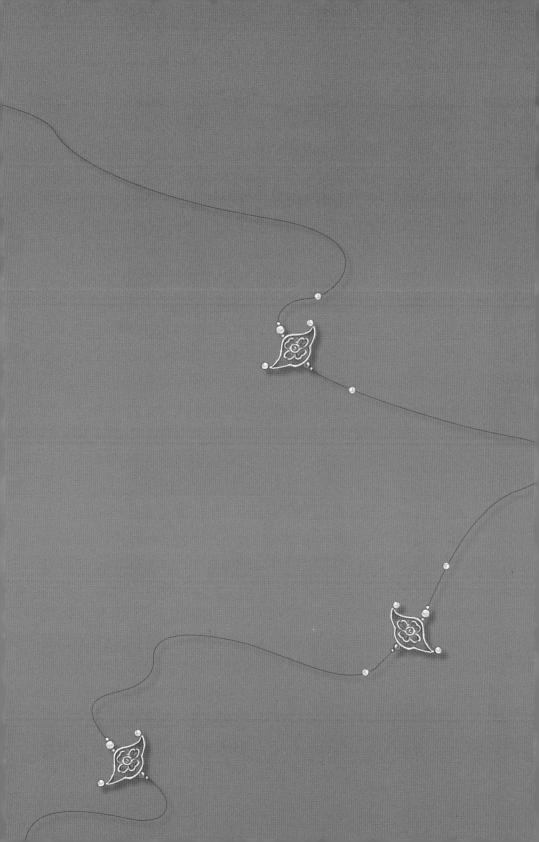

화의금몽

1판 1쇄 인쇄 2021년 1월 4일
1판 1쇄 발행 2021년 1월 8일

지은이 루쎈
옮긴이 임주영

발행인 양원석
편집장 최두은 **디자인** 신자용 **영업마케팅** 양정길 강효경

펴낸 곳 ㈜알에이치코리아
주소 서울시 금천구 가산디지털2로 53, 20층 (가산동, 한라시그마밸리)
편집문의 02-6443-8844   **도서문의** 02-6443-8800
홈페이지 http://rhk.co.kr
등록 2004년 1월 15일 제2-3726호

ISBN 978-89-255-8946-6 (03820)